S0-ERQ-421

Collezione

LA STORIA DA VICINO

Abelardo ed Eloisa

Lettere d'amore

Traduzione dal latino, introduzioni e note
a cura di Federico Roncoroni

Saggio introduttivo di Guido Ceronetti

Rusconi Editore

(1971)

Prima edizione novembre 1971

LA PACE DI ABELARDO E L'INFERNO DI ELOISA

Saggio introduttivo
di
Guido Ceronetti

La leggenda di Abelardo e di Eloisa sembra giudiziosamente suggerire, agli amanti disuniti che le circostanze della morte potrebbero ricongiungere, l'inumazione dei loro corpi. Macinati dal fuoco, liquefatti dal calore, la speranza di riunione materiale che li preoccupa cade; nella terra tutto è possibile. Finché c'è carne, c'è fornicazione. Un fratello e una sorella in Cristo non dovrebbero conoscere che ricongiungimenti pneumatici; non fu così. Perché quando Eloisa, venti anni dopo Abelardo, fu calata accanto a lui nel sepolcro, Abelardo aprì le braccia e le rinchiuse sopra di lei, e in quella posizione di Eros vecchile e tombale rimasero, fino alla completa perdizione della carne. Le colombe dell'anima, strette come Rosa e Iosepha Blazek ammirevoli siamesi, uscirono semicieche da tanta oscurità. Nelle immobili sfere dove *nec nubent nec nubentur*, una sola (stata) donna, circondata da una speciale e benigna tolleranza, continua a credersi e a sentirsi *nupta*: Eloisa del Paracleto, monaca abelardina.

Che cosa può uscire dal coito di un dialettico e di una letterata? Un figlio di nome Astrolabio, è possibile, ma un'amorosa leggenda, impossibile. La letterata può salvarsi: anche inzuppato nei libri, trilinguato da latino-greco-ebraico, un viscere molle resta un molle viscere, grida, cede, si allarga, sospira; il dialettico ha una sola passione, e la sua dialettica applicata all'amore è come un pugno vibrato a una coccinella. Così fu Abelardo innamorato, un magistrale pugno. I Goliardi cantavano *Secundum scientiam et secundum morem - ad amorem clericum dicunt aptiorem*, ma il chierico Abelardo era più *aptus* alle dispute scolastiche e ai labirinti dialettici che all'amore.

> Oh quanto sé a battaglia meglio assetta
> Che ad amar donne, quel baron soprano!

Ci fu tirato dentro, dal demone della fornicazione. Lilit lo assediava, come Abelardo aveva assediato la cattedra di Guglielmo di Champeaux. Il panico dell'inesperienza amorosa, in un uomo maturo, è una specie di emiplegia, da cui gli atti erompono con miserabile sforzo, tra mugolii di pena e di trionfo. Orrore per le infette prostitute *(scortorum immunditia)* fatte al più per la rovina di un professor Unrath, inaccessibilità (per uno al remo sempre della galera Schola) alle dame nobili e alle borghesi sensibili, nessuna inclinazione a percidere allievi come un Palemone o un Ser Brunetto, deciso a non impacciarsi la carriera con i fastidi di un matrimonio legale, aspettava – *melius uri quam nubere* – misteriosamente, nel vicino chiostro di Notre-Dame, aspettato, *commo-*

diorem occasionem: Eloisa, per volontà dello Spirito paracleto, lo aspettava.

Il chierico era *aptus* per la profondità della scienza erotica e la delicatezza dei modi; Abelardo era ignaro e pesante, maneggiava però il verso con precisione e una voce bella lo aiutava. Non è molto, per fare una leggenda sorvolatrice di secoli, e Lancillotto del Lago, Tristano e Romeo Montecchi sembrano estrazioni meglio riuscite di Abelardo. La leggenda di Abelardo e di Eloisa è un miracolo medievale, una metamorfosi predestinata, una cerva parlante. Nelle loro famose lettere, erudizione con poca luce e abuso di scienza discorsiva ti stringono tra ossute mandibole il cuore.

Come l'amore crei le sue figure emblematiche è tra le gesta invisibili una delle meglio sottratte agli abbracci di linguaggio con cui possiamo illuderci di tenerle. Com'è giusto, l'Amore non è mai giusto. Ci sono amori più veri, più grandi, più prodigiosi, più spaventosi di tanti amori diventati modelli, e muoiono senza trasmutazione leggendaria, né trapianto poetico, né memoria nettatrice. Muoiono come formiche in una linguata di formichiere, inutilmente desiderosi di prolungare nel cielo delle idee, in una stenochorizzante musica, la loro soddisfazione breve. Hanno per sé qualche mediocre luogo, camera o giornale, cranio o cimitero, le barbarie della giovinezza o le civiltà dell'età matura, salgono da una semplice trepidazione d'organi che ignorano di essere spade e unghioni, veleni e paracleti, a caricature grandiose dell'Assoluto, a intrecci di mani che emanano dal loro dolore quasi calore di sizigie cosmiche. A volte, è un braccio mozzo che fruga in un buio asciutto, e porta attaccati cento o duecento bocci che non si apriranno, e contempla in sé, nella sua chiusura di morte, le glorie di due o trecento spampanamenti. Gli amori assolutamente morti sviluppano come un gas sotterraneo nel carnario comune che li incoperchia senza un segno di distinzione, una speciale tristezza di non essere archetipi, una tristezza non inferiore a quella, già delirio, di non essere santi e a quella, solo umana, di aver incontrato il freddo del mondo fin dalle pareti del ventre, di cui nessuno li consola. I modelli, invece, sono merluzzi bagnati che squaccherano il proprio risorgimento in un succedersi ininterrotto di fritture. Vanno grassi di capelli, i misteriosamente eletti che l'amore propone inimitabili all'imitazione, tra gusci anonimi di teste rase, amorose ancora, come di lingue umane rosse e parlanti le graffiature di scrittura morta, del proprio esempio polverizzato. I nomi, forse, sbucati da un'urna in lampi di caos, al principio nero dei tempi: Rodolfo d'Absburgo e Maria Vetsera, Shiva e Parvati, David e Betsabea, Enea e Didone, Urano e Gea, Bruto e Porzia, Baptiste e Garance, Teseo e Arianna, Calisto e Melibea, Simone ed Elena, Ruggero e Bradamante, Leandro ed Ero, Abelardo ed Eloisa. La loro genesi avviene, indifferentemente, nella parola e nella carne; se anche nascono dalla carne, è nella parola che non morranno. Abelardo ed Eloisa furono, prima della loro assunzione, una nuda miseria viva. Le loro lettere, tumulate nel tomo centosettantotto della Patrologia

Latina, e veicolo apparente dell'assunzione (già, bereshìt, misteriosamente decisa), sono quel che rimane, un latino dottorale di citazioni, con qualche calembour tragico, della loro miseria lontana.

A quel tempo e in quel punto era, in Occidente, la *vita di Dio*, una delle sue infinite vite, di cui anche la *morte di Dio*, se non la più radiosa (per quel che possiamo giudicarne) è, indivisibile dalle altre, una. Il Dio vivo sognava allora di stare vivendo sotto il nome di Cristo, accettando l'identificazione (chiamata altrove associazione) e forse, per un divino gioco incomprensibile, imponendola. E la persuasione strana che Cristo fosse l'unica salvezza possibile, la negazione assoluta della certezza di miseria della vita, era così solerte e forte che in ogni frammento di essere umano il teologo, che solo di un eccesso di umanità dotato (ma spesso ne difettava) avrebbe potuto sentirne, come di semplice perduto, compassione, vedeva senza riguardi per la sua miseria evidente un tutto riguadagnato da Cristo. Nessun male piegava, con la sua filosofica vista (abbiamo forse faccia di esseri salvati?), la dottrina; anzi la dottrina era pronta, mettendosi una pelle di tigre sulla tonsura, a sbranare il renitente che nel male generale non avesse riconosciuto il segno della salvezza infallibile di tutti e nel proprio, quanto più ne fosse scavato e morto, la distinzione beata di una salvezza speciale. Contemplo ammirato questi abissi, la forza terrificante dell'illusione, e rivendico la libertà di soffrire senza l'obbligo di ringraziare la causa del soffrire.

Abelardo cerca di convincere Eloisa che solo Cristo, suo salvatore, l'abbia veramente amata, non Abelardo, che l'ha soltanto perduta, e considerando la brillante nullità dell'amore di Abelardo non è difficile credere che Eloisa sia stata amata molto di più da Cristo, ma Eloisa, che per un buon giorno non stima un mal mese, sembra meno incline a riconoscere l'illimitatezza, promulgata a fuoco dai teologi, dell'amore di Cristo, che a rinnegare del tutto la miserabile goccia di attaccamento illusorio da lei strappata all'aridità tenace di Abelardo, e se si vuole compatirla per questo suo corto orizzonte sia; io non potrei associarmi.

Eloisa, sulla salvezza assoluta in Cristo, per mezzo di Cristo, protende dal suo dolore di delusa un dubbio significativo. La dottrina glielo avrebbe spezzato subito, spezzando anche a lei le ossa, se avesse potuto scoprirlo, se non fosse stato l'ombra interna di un'ombra sacra, appena un alito di secrezione, nascosto sotto il saio di una badessa irreprensibile. Quel dubbio irrisolto è la gloria di Eloisa, e non presso i turchi e gli atei, ma in ogni certo cristiano. Quando per la sua tremenda mutilazione Abelardo, dopo averla maledetta nella historia calamitatum, moltiplica con furore lo zelo del ringraziamento – *illa saluberrima plaga, iustissima plaga* – la sua pace è nel trionfo della dottrina (quanto più Dio castiga, tanto più le sue grazie colano); la dottrina era la prima cosa che veniva salvata nelle catastrofi individuali e collettive, perché nei suoi tabernacoli le città incendiate rimettevano i balconi e le coglie sparite ringemmavano, la Gerusalemme celeste dipingeva di sublime la faccia canagliesca dei monaci della Parigi terrena e l'eloquio abelardiano copriva il sangue dei lamenti di Giobbe. Ma la dottrina è un piccolo punto che svanisce nel male umano, nonostante la meravigliosa lotta della credenza per respingere i fatti, e l'eccitazione trionfale di Abelardo nel proclamarsi divinamente graziato, graziatissimo, finisce in una grande freddezza, era un comportamento previsto e prescritto, mentre l'intrepidezza di una pena impersuasa è il dono, il miracolo quasi, della monaca Eloisa. Si tratta di un'illuminazione dell'amore umano, rassegnato all'insoddisfazione perpetua piuttosto che ricevere come ricompensa una soddisfazione estranea, proposta dalla vanità totale come infinitamente più alta.

Un automa-monaca governerà il Paracleto per quarantanni, facendo lavorare le sue vergini velate per la salvezza in vita e in morte di un uomo lontano, padrone di quella fonderia apotropaica tra i mirti, signore di ogni preghiera. Fino alla morte della badessa, la macchina del Paracleto sarà in funzione per Abelardo, una gigantesca Eloisa con centinaia di braccia, campi, fabbriche, masserie, foreste, donazioni, mattutini, compiete, virtù offerte, giovinezze sacrificate, corpi mortificati, musiche, sepolture, veglie notturne, digiuni, lapsus carnis, delazioni, infermerie, visite di santi, Lucani e Ovidii, greco ed ebraico, Vangeli e teologie. Questo automa in due sole, non lunghe, lettere, sarà una donna ancora, con due sole braccia non più abbracciatrici, staccata dalla religione del Paracleto per la perfezione della sua inconsolabilità, un solitario uccello sul tetto del convento, prima di trasformarsi, precipitando nel chiostro spalancato, in testa e anima – *Domini specialiter* – di monastero. Eloisa, *per abundantiam litterarum suprema*, le avrà scritte e riscritte con infinita attenzione. Era troppo letterata per non scrivere con vigilata prudenza anche le cose più imprudenti. La cura dello stile non è nemica della verità, serve solo a fissarla meglio, a denudarla con grazia.

Eloisa, grandissima *abbatissa paraclitensis*, fu una donna ordinata secondo un ritmo armonico superiore, che trattò le sue carte d'amore, in cui consegnava il proprio personaggio geronimiano-lucaneo, come una giornata di vita contemplativa nel recinto del Paracleto. Ogni suo strazio ha cadenze precise e, nonostante la diluviale erudizione della *tres sage*, nella fedeltà alla musica oratoriale che governa i suoi atti, la sua verità erotica scatta come un serramanico. Basterebbero il *Quae cum ingemiscere debeam de commissis, suspiro potius de amissis*, e i pensieri rivelati dai movimenti del corpo e dalle parole improvvise. Bisogna accettare la noia di qualche agudeza *(commissis - amissis)* come un paramento necessario allo svolgimento di questo rito tragico del bagliore compresso e del rovescio affiorante.

E un atto osceno è qualsiasi cosa
Parola o atto in pensiero umano
Per cui essere altro e più cerchiamo
– Di essere nel vuoto qualche cosa
Invece che vuoto puro.

Da Abelardo, formata, deformata, trasformata. Una scuola che lasciava il segno, e anche i lividi. Razionalismo, dialettica, critica, ma perfettamente, in una visione dogmatica rigorosamente accettata, inservibili e inapplicabili: come si fa a conciliare critica e simbolo niceno? Meglio un credere cieco, che un credere con occhi finti. Arroganza e superbia di grande disputatore, che immagino non avrà deposte neppure nella stanza del chiostro di Notre-Dame, anzi adoperandole per soggiogare Eloisa. Negli anni della passione, Eloisa subì la brutalità e lo sfruttamento erotico (*saepius minis ac flagellis ad consensum trahebam*) di un amante incapace di uscire un poco da se stesso, vissuto fino a quel momento nei deserti della sua logica (*odiosum me mundo reddidit logica*) in un'oscura fame di corpi da soddisfare, capace di architettare la seduzione di un'allieva (cosa allora non banale) con la freddezza e la determinazione di un criminale superiore. Tuttavia, meglio il violento e intelligente Abelardo, di ogni raffinato, fatuo e turpe Valmont. Un amore di sé che non trema, nonostante il cerimonioso umiliarsi retorico del monaco: Abelardo perde le coglie, in nessun momento il godimento di se stesso.

L'esito del calpestamento, nella letterata sedotta, è incantevole: la sua dichiarata volontà di essere piuttosto *meretrix* e *scortum* di Abelardo che qualsiasi altra cosa, sua moglie, imperatrice romana, sponsa Christi (odore di carmi catulliani, 72 e 73) esprime una magnifica forza. Non cercava una sistemazione stabile... Mette al mondo un figlio e non vuole saperne di legittimarne la paternità. Temeva di guastare l'attimo vissuto di trasgressione pura, nel paradiso della regola interminabile. In profondo, come Abelardo, fatta per la solitudine. Già da lei stessa, prima che dallo schifoso Fulberto, era stato tacitamente mutilato Abelardo. – Che belle lettere scriverò, separata da lui, ricordando e soffrendo! –

Su Eloisa si abbatte una tempesta di erudizione sfrenata e di passione ingenerosa, che alla fine si congiureranno per fare di lei, non saprei dire quanto riluttante, un'angelica e disperata badessa, sfigurata nella sua umanità esteriore da un insegnamento meravigliosamente inconsistente – oh dialettica ammutolita, oh esegesi scritturale senza vita! – e da un magistero totale salito ancora, sulla torre sanguinante della sua mutilazione, in rapacità e violenza.

La fedeltà esaltata al ricordo dell'amore, il miserabile amore di Abelardo, è l'unico modo di sfuggire alle sue tanaglie. L'implacabile monaco detta regole monastiche e poemi liturgici, scioglie trionfalmente nodi di dottrina, ordina treni, navi, carovane di preghiere per le proprie vite, la provvisoria e l'eterna; la badessa obbedisce sempre, facendo risuonare contenta *(meretrix, scortum)* le sue catene di schiavitù d'amore. La fedeltà d'anima all'osceno vissuto, all'osceno perseguitante tra i digiuni squisiti di un chiostro rispettato, è un inferno così bene accettato che, fuori della ricongiunzione tombale dei corpi, per cui lavora Eloisa, non c'è per lei speranza di ricongiungimento. La gioia di continuare a trasgredire, non avendo rinnegato la trasgressione, gli fu più che Abelardo in quella simulata pace.

Chiunque metta le mani in questa antica storia, le ritrae cariche, verso Abelardo, di antipatia sicura. Impossibile sfuggire a questo luogo comune dell'*odioso* Abelardo. La nostra meschinità respinge con raccapriccio le sue, perché è avida di esempi nobili che la stordiscano. E tuttavia quel discutibile amante fu tante volte crocifisso quante volte aprì bocca o prese la penna per confutare qualche cosa e per strappare un consenso su punti di dottrina, in cui passò intera la sessagenaria vita. Punito per la mandorla celeste data con malgarbo a Eloisa nel chiostro di Notre-Dame o nel refettorio del convento di Argenteuil no, sarebbe avvilire in volgari taglioni la legislazione allora in vigore nei territori dell'anima occupati da Cristo; punito per i suoi errori di dottrina, come vorrebbe ancora, negli intervalli delle sue contemplazioni mariane, l'abate di Chiaravalle, oh no no, sarebbe abbassare il cielo infinito ai rigagnoli di qualche teratogena, e spenta in quasi tutti i suoi mostri, controversia teologica: punito per aver troppo parlato, e sempre cercato di aver ragione sulla confusione di tutti, è possibile.

Negli *Epitaphia*, di Pietro il Venerabile e di altri, composti per la sua morte, si leggono cose enormi:

Gallorum Socrates, Plato maximum
[Hesperiarum,
Noster Aristoteles...

Ergo caret regio Gallica sole suo

Occubuit Petrus, succumbit eo moriente
Omnis philosophus, perit omnis philosophia

Summorum maior Petrus Abaelardus
Occidit...

Nec mors cujusquam fit tanta ruina Latinis

Petrus amor cleri, Petrus inquisitio veri,

e mai anima dovette sentirsi più raddolcita da incensi terreni, quando questi elogi funebri arrivarono alle sue nari. Ma ecco, il tempo è colato, il Migne si è rinchiuso, la verità ha bruciato tutte quelle straordinarie illusioni treniche, e dov'è il noster Aristoteles, il sole gallico, il culmine dei culmini, l'orbatore dell'orbe latino? Una governante di Alessandro Manzoni gli raccontava bambino le gesta di Pietro Bailardo, famoso mago; quando gli arrivò la traduzione delle opere abelardiane fatta da Victor Cousin si ricordò di quel mago. Ma è morto anche Pietro Bailardo. Neanche il poeta di inni sacri è sopravvissuto; era pessimo. Ronald Duncan, autore di un contrasto teatrale su un immaginario carteggio dei due amanti, lo dice, come artefice di linguaggio, alla pari di Donne: l'amore fa travedere... Conosceva l'arte dei ritmi, come qualsiasi chierico; è tutto. Un suo verso sostiene che, alla greppia di Betlemme, al posto delle ostetriche c'erano gli angioli. Il celebre planctus della figlia di Iefte è il pianto di una Sorbona, non di un dolore umano. Confrontalo con due o tre versi del Pianto della Madonna del frate Jacopone, vedrai sgonfiarsi tutto, al lampo di un vero San Giorgio, il drago morto Abelardo. Poeta, perdute le sue canzoni d'amore che piacquero a Eloisa e ai chierici (non buoni giudici), non aveva più ali di un gallo e di un gallo che, sciagura, non era più un gallo.

Fu però un *clerc* che non avrebbe mai tradito. Se anche la storia della sua lunga fedeltà al mestiere di chierico non fosse nota, un suo tradimento sarebbe impensabile. Abelardo, per furore di amor proprio e per intransigenza dottrinale, getto unico di collera gelosa e di aggressiva sapienza, non era tagliato per nessun compromesso. Fu un maestro instancabile, la cattedra incarnata, magister magister magister magister. Nient'altro, forse, che *magister*, e di una scuola che il vento ha disperso, un'esaltazione nel rattrappimento, ma, per il cuore e la mente, la misura e il modello dei *magistri*. Oh di quanti Abelardi ci sarebbe bisogno sulle nostre impaurite, tradite, prosciugate, imbarbarite, stremate montagne Sainte-Geneviève! Basta la faccenda dei due Dionigi, per cui si tirò addosso, fedele all'obbiezione sensata del venerabile Beda, il furore dell'abate e dei monaci di Saint-Denis, a provare che, per Abelardo, la verità che crocifigge, soddisfacendo l'amore di sé, era più amabile della quiete guadagnata mentendo. Oggi è da qualsiasi orecchiante di storia, dire che il Dionigi dell'Areopago non può essere il fondatore di Saint-Denis, ma osare dirlo allora in faccia a quei monaci ingarbugliati nelle più vanitose assurdità, e protetti dal re di Francia, significava farsi strappare almeno gli occhi e la lingua, e Abelardo aveva tranquillamente osato. Visse, dopo il crimine di Fulberto, sempre tra monaci orribilmente fanatici, pieni di malvagità e di veleno, perseguitato dai più sporcaccioni e dai più santi, illustrando i conventi, allarmando i teologi, suscitandosi dappertutto, tra rarissimi amici, nemici.

> Consumato ho me stesso e sparso el mio
> Per questi ingrati, (oh perfida sciagura!),
> Or son fugito come un monstro rio.

Molto tempo prima di riaprire a Eloisa le braccia irrigidite, fu ricevuto tra quelle del più aristocratico degli abati; Pietro il Venerabile gli aprì, divino rifugio dopo l'ultima condanna ecclesiastica, le sue, e le porte del regno cluniacense, fiore dei monasteri. L'entrata di Abelardo a Cluny è un'immagine di pace; veniva da ladroni e da arrabbiati, la storia si chiude classicamente, con una bella morte.

Inviando a Eloisa i suoi illeggibili Sermoni, scrisse alla badessa occupata a correggere il latino e gli accenti di passione delle sue epistole, un biglietto perfetto: *Vale in Domino, ejus ancilla, mihi quondam in saeculo chara, nunc in Christo charissima; in carne tunc uxor, nunc in spiritu soror, atque in professione sacri propositi concors.* Questa nobiltà e questa calma scorrono da uno svuotamento chirurgico radicale della carne, sono la bocca di una piaga rinsecchita e perpetuano la finzione di credere Eloisa monaca un automa felice, in cui un amante imbrattato dal troppo ripulirsi i ventricoli di ogni residuo della sua passione spenta s'impiumava di cigno; eppure nella finzione ostinata di Abelardo si scopre soltanto l'inesorabilità di un carattere forte, contrario alle facili pietà, non certo di un debole l'impostura. Eloisa poteva capire, anche se trafitta, l'inesorabilità di un monaco dal quale, nel secolo, essendogli *chara*, non aveva ricevuto né molta cura né molta tenerezza: era una durezza fatta per il suo forte cuore temprato nelle Farsaglie (i classici antichi servono sempre a qualcosa) e nelle Debore tagliateste. La parte della religione, che a quel tempo riempiva tutto, è anche in questa storia grandissima: tanto, che non ci sono vuoti; e certo chi creava allora, secondo la migliore giustizia profetica, il male, dava anche e sempre la pace.

Bons fut li siecles al tens ancienor
Quer feit i ert e justisc et amor

C'era *feit* (fede), ma non regnavano con lei *justise* e *amor*. La fede si rappiglia sopra i due amanti monacati e amore ne sguscia via in cerca di carne più propizia. Intorno a loro, è da evocare una Francia quasi appena nata; una Francia di foreste ancora stregate e di animali con strane lingue e costumi, di cattedrali concepite e di cocollati irrefrenabili; un oceano di verde verde verde verde.

GUIDO CERONETTI

LA VITA DI ABELARDO ED ELOISA

di

Federico Roncoroni

Nel 1066, poco più di dieci anni prima che Pietro Abelardo nascesse, nei pressi di Firenze un monaco del monastero di San Salvi a Settimo affrontò la prova del fuoco per dimostrare la presunta simonia del suo vescovo, e si salvò a stento dalla folla di fiorentini fanatici che volevano a tutti i costi baciargli le mani e i piedi e toccare i lembi delle sue vesti miracolosamente risparmiate dalle fiamme. Poco meno di vent'anni dopo la nascita di Abelardo, l'Europa fu percorsa da quella ondata di entusiasmo religioso che darà vita alla Prima Crociata, con tutti i fenomeni innovatori che il movimento delle Crociate presuppone, sottintende e inevitabilmente determina, quali, ad esempio, i contatti con il mondo arabo e con quello bizantino. Politicamente, l'epoca che precede la nascita e la formazione spirituale e culturale di Abelardo è il periodo della cosiddetta lotta per la investitura: proprio in quegli anni, nell'ultimo quarto del secolo XI, Ildebrando di Soana, ormai diventato papa Gregorio VII, dopo aver validamente promosso l'opera riformatrice del Papato – e non a caso egli veniva dal monastero benedettino riformato di Cluny – si accinge ad attuare un programma più propriamente *politico* di liberazione del Papato dalla soggezione dell'Impero; e nello stesso arco di tempo, tra la fine del secolo XI e la prima metà del XII, dopo che la Chiesa e l'Impero hanno accettato il compromesso sottoscrivendo il Concordato di Worms (1122), i Normanni occupano l'Italia Meridionale fondando nel 1130 quel nuovo Regno di Sicilia e di Puglia che costituirà uno dei punti di forza della politica europea, mentre soltanto un decennio dopo la morte di Abelardo viene eletto imperatore Federico I Barbarossa, capostipite della dinastia degli Svevi. Sono ancora questi gli anni che vedono, attraverso un lento ma deciso processo di gestazione, formarsi ed affermarsi i liberi Comuni con tutte le conseguenze implicite, giacché libero Comune vuol dire san Francesco, Dante, Giotto, vuol dire i grandi mercanti, i primi banchieri, le prime università, i primi coraggiosi viaggiatori, i primi diplomatici. Questo è il quadro storico.

Non meno complesso e intenso è il quadro culturale: si sono citati i nomi di Dante, di Giotto e di san Francesco. In effetti, dal punto di vista artistico-letterario, l'epoca post-ottoniana in cui Abelardo spiritualmente e culturalmente si forma e si afferma, appare estremamente vivace. E non è solamente il rinnovato interesse nei confronti degli autori latini quello che dà i risultati migliori: anzi, talvolta è proprio l'ammirazione dei modelli classici e la conseguente imitazione che determina una produzione piatta e assolutamente priva di originalità, mentre questa originalità appare evidente in altri campi, come in quello della poesia accentuativa e ritmica, nei suoi aspetti profani (i canzonieri goliardici) e nei suoi aspetti religiosi (le raccolte di inni liturgici). Non a caso, proprio negli anni della maturità di Abelardo giungono alla loro piena espressione anche i « generi » che saranno poi caratteristici dell'età romanza: la *Chanson de Roland*, in *lasse* monorime di decasillabi francesi, fu composta nei primissimi anni del secolo XII, nello stesso periodo in cui Abelardo tiene le sue lezioni di dialettica e di teologia a Parigi; nel 1135, quando Abelardo è ancora nel pieno dell'attività didattica e speculativa, Goffredo di Monmouth dedicò a Roberto, duca di Gloucester, la sua *Historia regum Britanniae*, compilazione romanzesca di avventure di coraggio e d'amore, capostipite di tutto il ciclo delle leggende brettoni; e ancora: alla metà del secolo XII risalgono pure le prime composizioni della lirica provenzale destinata a tanta fortuna, mentre su un piano più strettamente filosofico, dopo il fervore determinato dalla disputa intorno agli universali, già ci si avvia verso l'elaborazione del pensiero scolastico. Il secolo XI, infatti, si apre « sotto il segno di un interesse filosofico già avido di terminologia tecnica e già pronto a essere messo al servizio della teologia » (Chérul), per prendere poi il sopravvento su di essa: e Anselmo d'Aosta, pur nella sua posizione tutt'altro che razionalistica *(credo ut intelligam)*, può ben meritare il titolo di « Padre della Scolastica ».

Abelardo vive in questo mondo percorso da fermenti innovatori, volto a superare non già i limiti della *barbarie medioevale* – giacché mai barbarie vi è stata nel Medioevo –, bensì i limiti che ogni epoca sempre incontra nel suo svolgersi.

L'importanza di Abelardo nel campo degli studi filosofici, specialmente teologico-dialettici, è stata negli ultimi tempi sottoposta a più severa critica. Si è constatato che nessuna delle opere di Abelardo reggerebbe a una seria indagine: nel campo della logica egli non fu il grande innovatore che si credette; nel campo della teologia, dove ebbe peraltro il merito di elevare a principio l'applicazione del metodo dialettico anche alle scienze delle cose divine, intuendo in un certo senso il metodo scolastico, non si rivela molto esperto; nel campo dell'etica, infine, che è la parte migliore del suo « sistema », non si scosta di molto dalle posizioni agostiniane e pelagiane. « Abelardo », osserva in proposito il Gilson, « non è stato un grande costruttore di sistemi..., non è stato un iniziatore, non ha fondato la Scolastica, ma è stato uno spirito molto penetrante, un dialettico vigoroso, un professore che tutti dicevano eccezionale e soprattutto una grande anima tormentata che si poteva amare o detestare, ma che non lasciava mai indifferenti ».

Insomma questo filosofo appassionato, razionalista convinto, « questo spirito agitato, orgoglioso, combattivo, questo lottatore » la cui carriera fu spesse volte condizionata, quand'anche non compromessa, dalla superbia, dall'orgoglio e dall'irruenza, « è forse più grande per l'attrattiva che esercita la sua personalità che per l'originalità delle sue speculazioni filosofiche » (Gilson), e ce lo dimostra la storia stessa della sua vita, con le sue lotte, con i suoi trionfi, le sue sconfitte e soprattutto con il suo tormentatissimo amore per Eloisa.

Pietro Abelardo nacque nel 1079 a Le Pallet o Le Palais, a pochi chilometri da Nantes, nel ducato di Bretagna, figlio primogenito del feudatario locale, Berengario, e di una donna chiamata Lucia. Come egli stesso ci racconta nella *Historia calamitatum* (Lettera I), ereditò dal padre, che pur essendo un soldato aveva una preparazione letteraria non comune, l'amore per la cultura: così, naturalmente dotato di acutezza di ingegno e di gusto per gli studi letterari, decise di rinunciare alla carriera militare, all'eredità e ai suoi diritti di primogenito per dedicarsi agli studi, specialmente a quelli di dialettica, l'arte che insegnava a ragionare, a utilizzare la ragione per raggiungere, attraverso la disputa, la verità. Incominciò allora a percorrere la Francia ascoltando le lezioni dei maestri di dialettica e disputando egli stesso in modo da impadronirsi del bagaglio di conoscenze indispensabile al filosofo. È difficile stabilire quali scuole abbia frequentato in quegli anni, dal momento che egli non ci dice niente in proposito, anzi tace perfino, per evidenti motivi polemici, di essere stato discepolo di Roscellino, l'iniziatore del nominalismo, alla scuola di Tours e di Loches, come sappiamo dallo stesso Roscellino e da Ottone di Frisinga.

Verso la fine del secolo XI, forse proprio nel 1099 o nel 1100, Abelardo giunge a Parigi, la città che si avviava a essere il centro culturale dell'Europa. A Parigi frequenta la scuola di dialettica del realista Guglielmo di Champeaux: dopo un breve periodo di più o meno quieta discepolanza, però, entra in urto con il maestro che, secondo la versione di Abelardo, comincia a odiarlo perché egli ha osato contraddirlo. In realtà, l'orgoglio di cui diede prova Abelardo era grande: le parole con cui egli gettò discredito su Guglielmo e sulla sua scuola sono piene di astio, mentre da altre fonti sappiamo che Guglielmo era un ottimo dialettico. Sta di fatto che Abelardo era diventato tanto famoso, o per lo meno si sentiva tale, che decise di aprire una sua scuola nonostante la giovane età: e verso il 1102 presso Melun, una cinquantina di chilometri da Parigi, riuscì a vincere la subdola opposizione di Guglielmo, che voleva impedirgli di dedicarsi all'insegnamento, e iniziò quell'attività che avrebbe continuato quasi fino alla morte. Presto la sua fama di dialettico si diffuse dappertutto, tanto da oscurare quella del maestro e da indurre il giovane a trasferirsi a Corbeil, più vicino a Parigi, per poter intervenire con maggior facilità nelle varie dispute. A interrompere, momentaneamente, la prepotente affermazione del suo genio, intervenne però una malattia che lo costrinse a tornare in Bretagna per curarsi.

Al suo ritorno a Parigi la situazione era di poco mutata: Guglielmo di Champeaux era entrato nell'ordine dei Canonici Regolari, fondando la Congregazione di S. Vittore, con la segreta speranza, insinua Abelardo, di fare carriera più celermente nell'ambito della gerarchia ecclesiastica. Tuttavia, la conversione non l'aveva distolto dall'insegnamento che continuava fuori Parigi; Abelardo tornò da lui per ascoltare le lezioni di retorica, ma presto il contrasto tra i due divenne insostenibile. Abelardo nel corso di una disputa demolì la teoria degli universali di Guglielmo, costringendolo a rivedere tutto il suo sistema: secondo Abelardo, ciò segnò il declino del maestro e l'ascesa del proprio genio; lo stesso successore di Guglielmo gli offrì la cattedra e si unì agli altri discepoli per ascoltarne i lumi. Abelardo tenne per pochi giorni le sue lezioni di dialettica: Guglielmo, « livido di bile e roso dalla rabbia », intervenne bruscamente, avocando a sé il diritto di disporre della cattedra parigina e sostituendo al discepolo, che l'aveva ceduta ad Abelardo, un altro suo discepolo fedele. Abelardo se ne tornò a Melun, dove riprese a insegnare attendendo migliori occasioni: la sua fama cresceva continuamente e quando Guglielmo, travolto, secondo Abelardo, dallo scandalo suscitato dalla sua opportunistica conversione, abbandonò Parigi, egli vi fece ritorno. La cattedra di dialettica era però occupata, e Abelardo andò a installarsi con la sua scuola poco fuori della città, sul colle di Sainte-Geneviève, « come per assediare colui che aveva occupato il *suo* posto ». Guglielmo tornò precipitosamente a Parigi per *difendere* il suo discepolo, ma fu talmente malaccorto da danneggiarlo in modo irrimediabile. Abelardo con i suoi scolari affrontò in dispute serrate Guglielmo e i suoi allievi, ed è quasi inutile dire che il più delle volte la palma della vittoria toccò ad Abelardo. Interessa invece osservare che Abelardo concepiva tutti questi avvenimenti come tante battaglie sostenute contro i suoi nemici: permaneva in lui qualcosa dello spirito militare caratteristico della sua famiglia. Forse è di questi anni la stesura delle opere più importanti di Abelardo dialettico, cioè la *Dialectica*, che tratta il tema della distinzione del vero e del falso nell'ambito del discorso, le *Glossae super Porphirium*, in cui spiega il problema degli universali, e le *Glossulae super Porphirium*, dove espone la propria dottrina.

Verso la fine del primo decennio del secolo, Abelardo torna ancora una volta in Bretagna per provvedere alla nuova situazione determinatasi in famiglia, dopo che il padre e la madre sono entrati nella vita monastica. Ma la parentesi è breve; poco dopo egli ritorna in Francia e ha un nuovo interesse: vuole studiare teologia, la scienza per eccellenza. Comincia a frequentare la scuola di Anselmo di Laon, il maestro riconosciuto dell'epoca. Ma anche qui Abelardo si scontra con tutti: Anselmo con il suo insegnamento tradizionale lo delude. Egli « vuole spiegazioni basate sulla ragione e sulla filosofia, più dimostrazioni che parole », giacché « non si può credere a niente se prima non lo si è capito »: queste sono parole sue (nell'*Historia calamitatum*) e dimostrano che Abelardo è già un razionalista, molto lontano da Anselmo e da quelle che definisce le sue « sterili » dottrine.

Il giovane filosofo si attira l'antipatia astiosa di tutti, e quando giunge al punto di commentare

Figura 1.

Sigillo della Collegiata di Melun, cittadina a 54 km. da Parigi, che fu la sede della prima scuola fondata da Abelardo. Qui lo seguirono i discepoli di Guillaume de Champeau, quando egli fuggì da Parigi (Foto Holzapfel).

un'« oscurissima » profezia di Ezechiele con una serie di fortunate lezioni sull'argomento, la rottura con Anselmo e con i suoi discepoli è inevitabile: e se Anselmo ormai vecchio si limita a proibirgli di continuare a tenere i corsi, due suoi discepoli, Alberico di Reims e Lotulfo Lombardo, spingeranno ben oltre la loro invidia nei confronti di Abelardo, osteggiandolo e perseguitandolo in ogni modo, come vedremo.

Dopo breve tempo, egli è a Parigi dove finalmente occupa la *sua* cattedra; e a provare il successo riscosso da Abelardo come insegnante in entrambe le discipline, nella dialettica e nella teologia, rimangono le testimonianze di molti contemporanei. Non ha più rivali: tutta l'Europa corre a Parigi per ascoltarlo; Parigi diventa un centro universitario di prima grandezza: per Abelardo, « chierico e canonico »,[1] è la ricchezza e la gloria. « Io credevo di essere rimasto l'unico filosofo al mondo », dirà più tardi.

A questo punto la sua vita subisce una brusca svolta. Se consideriamo la successione dei fatti nel quadro complessivo della vita e dell'attività di Abelardo, l'incontro con Eloisa, l'amore, l'evirazione e l'ingresso in monastero, altro non sono che incidenti. Sebbene la sua carriera sia ormai compromessa dallo scandalo, egli continuerà a insegnare, a occuparsi di teologia e di dialettica. L'evirazione lo guarisce, anche spiritualmente, dalla lussuria, ma non dalla superbia, dal suo desiderio di primeggiare, di ottenere il successo. L'Abelardo

[1] Sul valore di questi titoli si veda E. GILSON, *Héloïse et Abélard*, Parigi 1938, 1948, trad. ital. di G. Cairola, Torino 1950, 1970, pp. 25-35.

nuovo, dopo l'avventura e la disavventura, dà la mano all'Abelardo antico, e la sua vita riprende con le polemiche, le battaglie, le dispute, le sconfitte e le vittorie, fino alla sconfitta definitiva che sarà poi, cristianamente e anche umanamente parlando, la vera vittoria. E anche in questo è diverso da Eloisa, l'altro protagonista del dramma: Eloisa infatti non accetterà compromessi, non si quieterà: dopo Abelardo per lei vi sarà soltanto Abelardo, l'unica vita che ella concepirà sarà quella accanto ad Abelardo, per Abelardo: l'unico suo amore sarà quello per Abelardo.

Ma chi è Eloisa? Su di lei non sappiamo se non quello che ci dicono Abelardo che l'amò, e Pietro il Venerabile, che l'ammirò da giovane senza conoscerla, per esserne poi affascinato, quando ormai vecchio ebbe modo di incontrarla; a ciò si aggiunga qualche breve annotazione di altri contemporanei o quello che ci è dato desumere dai documenti pontifici a lei relativi o dai codici del Paracleto. Ma per penetrarne la dimensione spirituale, per capire chi veramente fosse Eloisa, non abbiamo bisogno neppure delle parole di Abelardo o di Pietro il Venerabile: ci bastano, come è giusto, le parole che ella stessa ha scritto parlando di sé ad Abelardo: le sue lettere, integrate ovviamente da quelle in cui Abelardo, si badi bene, non parla *di lei*, ma parla *con lei*. Tutto ciò che è venuto dopo, dai poemi in versi del Pope, alle parvenze di grande *amoureuse* francese che ella assumerà in Rousseau, alle deformazioni sentimentali cui andrà incontro in tanti suoi estimatori – ove si eccettui il solo Gilson –, non ha la minima importanza. E quanto alla sua bellezza fisica, perché anche di questo vorremmo avere notizie, possiamo dire ancor meno: Abelardo si limita a dire che *per faciem* non era *infima*: una notazione piuttosto superficiale in verità, considerando che a suo tempo anche Abelardo dovette apprezzare la bellezza di quella donna. Conosciamo, grazie a un referto medico risalente ai primi anni del secolo XIX – più di sei secoli dopo la sua morte! –, la conformazione dello scheletro di Eloisa, sappiamo così che Eloisa aveva una stupenda ossatura, una fronte *coulante*, ma niente più.

Abelardo, accingendosi a presentare Eloisa, e con lei la brusca svolta subìta dalla sua vita, fa precedere il loro incontro da una lunga considerazione. Quando egli rivive la sua storia vede tutto dall'alto, e quindi anche Eloisa gli appare come uno strumento della volontà divina: narra così che, al vertice della sua fama, era vittima di due gravi vizi, la superbia e la lussuria. E Dio provvide a guarirlo da entrambi: dalla superbia umiliandolo, costringendolo cioè a bruciare con le sue mani il trattato di teologia di cui andava tanto orgoglioso; dalla lussuria, privandolo del mezzo stesso con cui soddisfarla. Come si vede, è il prologo di un dramma: ma all'inizio il dramma prende la forma di una favola e come tale, dimenticando tutte le tragiche implicazioni, egli si accinge a raccontarla.

«Viveva allora a Parigi una fanciulla di nome

Eloisa... Non ultima per bellezza, superava tutte per la sua profonda cultura »: così appare sulla scena Eloisa: ha poca importanza che sia stata la prima donna di Abelardo, come egli afferma sottolineando la propria avversione per i facili amori e l'impossibilità di frequentare donne della borghesia e del popolo, o che invece sia stata soltanto l'ultima delle tante donne che ha incontrato nel corso della sua vita, come gli rinfaccia Roscellino, ormai diventato suo fiero avversario, e come gli rimprovera anche l'amico Folques di Deuil. Quello che importa è notare l'assoluta eccezionalità della cosa, quale si configura nel ricordo, ad Abelardo. In primo luogo è certo che egli non si innamorò subito di Eloisa: all'inizio Eloisa, nipote diciottenne di un certo Fulberto, chierico e canonico come Abelardo e come lui appartenente al mondo di Notre-Dame, è soltanto l'unica persona « degna del suo amore »; e Abelardo sa di essere irresistibile. « Avevo allora », dice, « una tale fama e un tale fascino, anche in considerazione della mia giovane età, che a qualsiasi donna mi fossi degnato di offrire il mio amore, non avevo timore di riceverne alcun rifiuto ». Eloisa è intelligente e colta: ha studiato nel monastero femminile di Argenteuil ed è già famosa per la sua dottrina. Abelardo è – si sente e lo dice – « un lupo affamato ». Come di consueto, egli opera secondo un piano freddamente razionale: anche l'amore gli si configura come un fatto da programmare, da razionalizzare: Eloisa è la fortezza da espugnare, egli deve riuscire ad avvicinarla, a intrecciare con lei rapporti quotidiani e familiari, per rendersela amica in modo da indurla più facilmente a cedergli. Grazie all'intervento di alcuni amici, Abelardo ottiene di andare a vivere in casa di Fulberto che ospita la fanciulla curandone l'educazione: oltre che pagare l'affitto, come è giusto, è disposto a impiegare tutto il suo tempo libero per arricchire la cultura di Eloisa. Fulberto, avido di soldi, è ben felice di poter offrire un simile maestro alla nipote, e invita Abelardo a non lesinare neppure le percosse nel caso che la giovane non si mostri docile allieva: il racconto di Abelardo non è privo di una amara ironia.

Nasce così l'amore tra Abelardo ed Eloisa: che sia amore, che anche Abelardo, oltre alla tenera e fresca Eloisa, si innamori sinceramente, è senz'altro vero. Le pagine in cui Abelardo descrive la passione che li unisce sono straordinarie. Vale la pena di leggerle così come egli le ha rivissute, anni dopo, nel ricordo; la calda sensualità che le anima, anche nelle osservazioni apparentemente più distaccate, emerge con una forza difficilmente raggiungibile. Forse soltanto il Medioevo poteva concepire, anzi vivere, passioni come quelle di Abelardo ed Eloisa, di Ginevra e Lancillotto, di Paolo e Francesca.

Abelardo innamorato corrisposto, pago e felice, non pensa ad altro che al suo amore. Non studia più, insegna in modo fiacco, ripetendo argomenti ormai logori, si reca a scuola di malavoglia: se qualcosa di nuovo gli capita di comporre, non si tratta certo di alta filosofia, ma di canzoni d'amore.

Tutti sono a conoscenza di quel che succede fra Abelardo ed Eloisa, tranne Fulberto. Quando finalmente dopo parecchi mesi egli lo saprà, i due amanti verranno divisi. Ma la separazione non farà che alimentare la passione: « la consapevolezza dell'irrimediabilità dello scandalo » ha reso i due amanti « insensibili allo scandalo ». E quando Eloisa annuncia ad Abelardo di essere rimasta incinta, egli la rapisce nottetempo e la conduce a casa sua, in Bretagna, dove ella darà alla luce un bimbo, che chiamerà Astrolabio.

Fulberto è fuori di sé e medita la vendetta. Abelardo, tornato da solo a Parigi, di fronte al « dolore » dello zio di Eloisa, si sente invaso da una grande compassione e gli offre « una soddisfazione che andava al di là di ogni sua speranza »: gli offre di sposare la fanciulla, a patto che il matrimonio avvenga in segreto per evitare che possa nuocere alla sua reputazione. La condizione imposta era assurda o per lo meno strana: gli studiosi si sono sempre domandati che cosa abbia indotto Abelardo a formularla, ma non sono riusciti a penetrarne del tutto il senso: forse Abelardo, « chierico e canonico », non poteva contrarre matrimonio senza perdere i propri diritti, forse aveva paura che i suoi scolari si allontanassero o forse temeva un brusco arresto della carriera. Sta di fatto che Abelardo vuole sposare Eloisa e va in Bretagna per riportarla a Parigi: ma Eloisa non vuole il matrimonio. Conosce profondamente Abelardo: per un uomo come lui una moglie sarebbe un ostacolo; meglio, dirà Eloisa in una delle sue lettere più belle, essere l'amante di Abelardo che la moglie, perché soltanto così potranno essere felici; Abelardo vivrà con lei perché l'amerà davvero e non perché sarà obbligato dal vincolo del matrimonio a starle accanto. Ma alla fine ella cede: non può disubbidire in nulla al suo Abelardo e accetta di sposarlo, benché sia consapevole delle conseguenze: « Non ci rimane che perderci l'un l'altro e soffrire forse più di quanto abbiamo amato ».

Il matrimonio fu celebrato a Parigi, in gran segreto; e poco dopo Abelardo, per sottrarre Eloisa alle continue angherie di Fulberto, che nel frattempo era venuto meno alla promessa fatta, divulgando la notizia del matrimonio, conduce Eloisa nel monastero di Argenteuil, dove ella aveva studiato adolescente, e le fa indossare l'abito monacale, tranne il velo, segno della definitiva consacrazione a Dio. Qualche volta si reca a trovarla, dando sfogo alla sua passione, nonostante le deboli proteste di Eloisa.

Ma la situazione precipita: Fulberto è convinto che Abelardo abbia allontanato Eloisa per sbarazzarsene e, una notte, insieme con alcuni parenti, corrotto il servo di Abelardo, penetra nella camera dove egli riposa e lo evira. Più tardi Abelardo dirà che Dio l'ha punito proprio dove aveva peccato, ma in quel momento la sua disperazione è grande almeno quanto l'onta; adesso la sua carriera, egli pensa, è finita: si sente lo zimbello di tutti. « In questo stato di prostrazione e di confusione, più per vergogna che per vera vocazione », lo ammette egli stesso, « mi indussi a cercar rifugio nell'ombra del chiostro, non prima però che per mio comando Eloisa spontaneamente avesse preso il velo e fosse entrata in un monastero ».

Entrambi si fanno monaci: Eloisa *spontaneamente per ordine di Abelardo*, Abelardo per sfuggire all'infamia. Eloisa resta ad Argenteuil, Abelardo entra nell'abbazia regale di Saint-Denis, dove presto si inimica i suoi confratelli criticandone la condotta con lo zelo e il moralismo del neofita. Alla fine ottiene di essere trasferito in un piccolo eremo nei pressi di Provins. Qui accetta gli inviti sempre più pressanti dei suoi scolari, che vogliono che ritorni a insegnare, e in armonia con il nuovo stato religioso si dedica soprattutto all'insegnamento della teologia, senza però trascurare le discipline profane: compone un trattato, il *De unitate et trinitate divina*, inteso a penetrare razionalmente il dogma trinitario.

Ma la strada intrapresa non era scevra di pericoli: i suoi « nemici », Alberico e Lotulfo, presero spunto dalla diffusione del trattato per eliminare un avversario pericoloso. Convocarono contro di lui una « specie » di concilio a Soissons: è il 1121, e Abelardo, vittima dell'invidia dei suoi avversari, che sono anche i suoi giudici, viene condannato da un legato pontificio a bruciare con le proprie mani il trattato e ritirarsi nel monastero di Saint-Médard.

Abelardo è colpito nella sua superbia, e le pagine in cui racconta le fasi della sua umiliazione e della sua sconfitta di studioso, sono piene di scorata umanità. Per fortuna, a toglierlo da Saint-Médard interviene lo stesso legato pontificio che, pentito della frettolosa condanna, gli concede di tornare a Saint-Denis. Ma anche questa volta egli trova il modo di inimicarsi i confratelli: la sua arroganza e la sua intransigenza morale hanno infastidito tutti, e non appena egli osa mettere in dubbio l'identificazione di Dionigi l'Areopagita con Dionigi, primo vescovo di Parigi, nonché fondatore dell'Abbazia, i monaci minacciano le più gravi sanzioni. Abelardo fugge: si rifugia nel piccolo eremo di Provins e infine, dopo varie peripezie, si appella direttamente al re di Francia Luigi VI il Grosso, il quale gli riconosce il diritto di recarsi dove voglia, a patto che non entri in nessun'altra abbazia perché il monastero di Saint-Denis « non perda del tutto l'onore che gli viene dall'annoverarlo tra i suoi membri ».

Abelardo si reca così in un luogo deserto dalle parti di Troyes, nella Francia centro-settentrionale, e là, nella più vasta *solitudo* (se ne ricorderà il Petrarca!), su un pezzo di terra che gli è stato donato, fonda un piccolo oratorio che dedica polemicamente alla Santa Trinità. Là cominciano ad affluire in gran numero i suoi vecchi scolari, desiderosi di seguire le sue lezioni, nonostante la desolazione del luogo: Abelardo riprende così a insegnare con grande onta per « i suoi nemici ». I suoi discepoli provvedono a tutte le cose necessarie e ampliano il primitivo oratorio, che Abelardo denomina, in ricordo della consolazione che ha trovato in quel rifugio, « Paracleto », suscitando non poche polemiche. Gli studi e le ricerche procedono nel migliore dei modi, la sua fama si diffonde dappertutto. Forse a quegli anni risale la stesura del *Sic et non*, una raccolta, a scopo didascalico, di tutte le teorie pro e contro ogni tesi teologica, opera di grande importanza storica, in quanto il metodo del *Sic et non* passerà tale e quale non solo nelle varie *Summae* dei seguaci di Abelardo, ma nella stessa *Summa theologiae* di san Tommaso.

Ma neppure al Paracleto Abelardo può vivere in pace: i suoi antichi rivali, tramite soprattutto due « nuovi apostoli », forse san Norberto e san Bernardo, non perdono occasione per criticare Abelardo presso le autorità ecclesiastiche e secolari. Egli confessa di vivere nella paura: « Ogni volta che venivo a sapere che da qualche parte si riuniva un'assemblea di uomini del clero, credevo che la si tenesse per condannare me ». Ormai sarebbe disposto persino ad abbandonare il mondo cristiano e andare a vivere tra gli infedeli, pur di sottrarsi a quel clima insopportabile. Così, quando dalla Bretagna lo invitano a ricoprire il posto di abate a Saint-Gildas de Rhuys, è contento di accettare. Purtroppo però anche a Saint-Gildas de Rhuys non c'è pace per Abelardo: gli abitanti del luogo sono rozzi e ignoranti, i monaci corrotti, ladri e concubini, vittime essi stessi dei ricatti del signorotto locale, e rendono ad Abelardo la vita impossibile. Risale proprio a quegli anni agitati trascorsi a Saint-Gildas la composizione del trattato *Theologia christiana*, in cinque libri, come dimostra la formula *fratres* che più volte ricorre nell'esposizione.

Ma ecco che improvvisamente torna sulla scena Eloisa: per tutto questo tempo ella è rimasta sullo sfondo: se ha mantenuto i contatti con Abelardo, se gli ha scritto, se l'ha visto, non ci è dato sapere. Ora, verso il 1129, Abelardo viene informato che

Eloisa, insieme con le consorelle, è stata cacciata da Argenteuil: l'abate di Saint-Denis, Sugerio, ha chiesto e ottenuto dal re Luigi VI e dal pontefice Onorio II la restituzione del monastero femminile all'abbazia madre di Saint-Denis. Eloisa è senza casa: Abelardo, vedendo in tutto questo un segno di Dio che ha voluto offrirgli la possibilità di provvedere al Paracleto abbandonato, corre a Troyes, vi invita Eloisa con le consorelle che sono con lei e dona loro il Paracleto. Nel 1131 papa Innocenzo II confermerà la donazione e riconoscerà in Eloisa la prima superiora. Sotto la sua guida il Paracleto prospererà notevolmente, grazie alla sua pietà, prudenza, pazienza e mitezza.

Lo stesso Abelardo dovette assisterla nella nuova responsabilità: sappiamo infatti che si recò spesse volte al Paracleto per contribuire con la « predicazione » ad alleviare l'indigenza delle monache: possediamo i *Sermones* che insieme con gli *Inni* egli ha composto per loro.

Ma purtroppo anche questa volta il suo « sincero affetto di carità » è malamente interpretato dai suoi nemici che lo accusano dicendo che « è ancora tutto preso dai piaceri carnali e non può stare lontano neanche un giorno dalla donna che aveva amato »: e pensare, commenta amaramente Abelardo, che la sua stessa menomazione lo pone al riparo da ogni sospetto. Del resto, le visite al Paracleto sono per Abelardo l'unico conforto: egli trova pace soltanto in quel luogo tranquillo, ogni volta che può allontanarsi da Saint-Gildas per andare ad « occuparsi delle sue sorelle, amministrare i loro affari, vegliare su di esse anche con la sua presenza ».

Ma presto, verso il 1133, anche quest'ultimo conforto gli sarà tolto: il crescere delle calunnie dei suoi avversari e forse anche la rinnovata turbolenza dei monaci di Saint-Gildas impediscono ormai ad Abelardo di abbandonare l'abbazia. Qui egli vive giorni d'incubo: la sua stessa vita è in pericolo. Una volta cercano di ucciderlo versando veleno nel calice della Messa, un'altra volta, mentre si trova a Nantes ospite del fratello, gli avvelenano il cibo, ed egli si salva per miracolo; i suoi figli spirituali gli tendono insidie dappertutto, dentro e fuori il monastero, e a nulla valgono la scomunica e l'intervento dello stesso papa Innocenzo II che, tramite un suo legato, cerca di porre rimedio alla situazione.

Con pochi confratelli Abelardo lascia l'abbazia e si rifugia in un piccolo eremo, ma neanche qui è al sicuro. In un momento di sconforto compone quella *Lettera consolatoria a un amico*, più nota come *Historia calamitatum*, che è il racconto di tutta la sua vita fino a quei tempi: immaginando di rivolgersi a un amico, a noi sconosciuto, ma con tutta probabilità fittizio, Abelardo narra le vicende ora liete ora tristi, ma soprattutto tristi, della sua vita e ci lascia così un documento preziosissimo per penetrare nel suo mondo. Questa « lettera » capiterà più tardi in mano a Eloisa e sarà la causa, se così si può dire, di un altro eccezionale documento, l'epistolario, in cui essi rievocano le loro vicende. In una lettera Eloisa lo accusa di averla cancellata dal suo cuore, di non averla mai amata, di aver soltanto desiderato il suo corpo; e Abelardo le risponde rassicurandola di non averla dimenticata, ma nello stesso tempo stigmatizza la loro passione. In un'altra Eloisa si abbandona al ricordo dei giorni felici, quando serena e fiduciosa si sentiva invidiata dal mondo intero per questa sua gioia. Confessa il suo struggimento, la sua ansia d'innamorata, la sua paura di donna debole e sola, il suo tormento per l'uomo che ama, l'impossibilità di dimenticare, anzi il piacere che prova nel ricordo, in tutte le ore del giorno, dovunque si trovi. Ma Abelardo la invita a guardare più lontano, a dimenticare le vicende meschine che ormai non si confanno più al loro stato, a vedere in Cristo il suo vero sposo. Eloisa si sente colpevole per tutto il male che ha fatto ad Abelardo e arriva a rimproverare Dio che ha permesso tutto questo, che li ha puniti quando ormai con il matrimonio avevano posto rimedio alla loro situazione peccaminosa. E Abelardo, a questo punto, preoccupato di tanta tenacia nell'amore da parte della sua « sorella » Eloisa, le risponde duramente. Le spiega che la volontà di Dio è imperscrutabile: Dio non li ha puniti o castigati, li ha salvati, indirizzandoli verso la vera vita: e lei smetta di accusare il Signore, badi a non umiliarsi soltanto per essere esaltata, rinunci alla sua volontà, per abbracciare quella di Dio o per lo meno, se veramente lo ama e se, come dice, non vuole dispiacergli in niente, quella di Abelardo che le ingiunge di cedere a Dio. Gravi sono state le loro colpe, salutare il castigo di Dio. Tutto rientra nei piani del Signore: ora Eloisa può generare e crescere nel chiostro una famiglia spirituale più ricca e più grande di quella carnale che avrebbe partorito e allevato nel mondo, può attendere a quella vita di meditazione, di studio e di preghiera per la quale è nata. E sappia che Abelardo non l'ha mai amata veramente, ma soltanto desiderata per sé, mentre Cristo sì, Cristo l'ha amata, soffrendo per lei la morte più ignominiosa pur di salvarla: « Pianga dunque Eloisa il suo salvatore e non il suo corruttore ». E se dopo queste parole Eloisa deciderà di evitare per sempre argomenti sui quali non potrà controllarsi, ancora una volta lo farà soltanto per ubbidire al suo sposo: e glielo dirà nella dedica di una lunga lettera in cui, rispondendo ad Abelardo che l'ha più volte esortata a essere soltanto la sposa di Cristo, sostiene che, pur appartenendo alle spose di Cristo, è la donna di Abelardo: *Domino specialiter, sua singulariter.* Poi il silenzio. Scriverà ancora due lettere senza accennare più al suo amore: un lungo scritto sui requisiti cui deve rispondere una Regola per gli ordini monastici femminili e un altro breve per presentare quarantadue quesiti su vari passi delle Scritture.

Ma è difficile, anzi impossibile, pensare che Eloisa sia davvero cambiata: il suo, ormai, è diventato un amaro abbandonarsi al dolore, visto che amare non le è più possibile. Certo, il tenero e appassionato interesse che rivelerà per Abelardo quando ne chiederà notizie a Pietro il Venerabile (tenerezza e passione che possiamo intuire dalla tenerezza e dalla passione con cui Pietro il Venerabile le risponde) dimostra che non ha mai smesso di pensare ad Abelardo. E Pietro il Venerabile doveva sapere tutto questo perché non solo, parlandole di Abelardo, lo chiama *ille tuus*, sottolineando così l'unicità del loro legame, ma addirittura, annunciandole la morte del suo Abelardo, aggiunge: « Cristo ora lo tiene nel suo seno al tuo posto e come un'altra te stessa te lo custodisce affinché alla venuta del Signore... per grazia sua ti sia restituito ».

Ma prima di allora, prima che la morte di Abelardo venisse a porre fine alle vicende umane di questo tragico amore, molte altre cose dovevano succedere, avvenimenti che avrebbero intaccato anche la sicurezza del filosofo razionalista. Mentre Eloisa accettava, per ubbidienza ad Abelardo, di seppellirsi nel monastero del Paracleto rivelandosi una badessa esemplare come dimostrano le notizie, i documenti apostolici e gli elogi di santi uomini, Abelardo, come giustamente osserva il Gilson, « continuò la carriera tumultuosa che la fatalità del suo genio non cessò d'inventare per lui ». Abelardo, non sappiamo con esattezza quando, lasciò Saint-Gildas e, dopo aver fatto tappa a Nantes o dalle parti di casa sua, tornò a Parigi. Da Giovanni di Salisbury apprendiamo che egli vi insegnava di nuovo nel 1136: aveva ripreso il suo posto nella scuola di Sainte-Geneviève probabilmente fino dal 1133. Probabilmente, in quest'epoca, o poco prima, Abelardo compone un trattato di etica, lo *Scito te ipsum*, certo il lavoro più vivo e originale del filosofo, in cui egli, distinguendo il peccato dal vizio, sostiene che ciò che ha valore è l'intenzione di chi agisce, mentre le varie azioni esteriori sono del tutto indifferenti; scrisse il *Commentario all'Epistola ai Romani* e forse attese anche alla stesura di quel *Dialogus inter philosophum, judaeum et christianum*, che rimase incompiuto e che alcuni, a torto, attribuiscono all'epoca di Cluny.

Intanto però la situazione di Abelardo diventa sempre più pericolosa: il suo pensiero quale è espresso soprattutto nella *Theologia*, la grossa opera in tre parti *(De fide, De sacramentis, De charitate)*, di cui possediamo soltanto la prima, pervenutaci con l'erroneo titolo di *Introductio ad theologiam*, non può essere condiviso da tutti e, soprattutto, è respinto dagli esponenti di quell'indirizzo mistico che tanta importanza e tanto seguito ha in quell'epoca e che fa capo a san Bernardo di Clairvaux.

Quello che Bernardo e gli altri mistici non potevano tollerare era l'atteggiamento razionalistico di Abelardo: le sue premesse *(intelligo ut credam)* non potevano non preoccuparli. Affermando che la fede deve essere diretta dalla ragione naturale e facendo largo uso nelle sue dissertazioni anche delle dottrine dei filosofi oltre che dei testi delle Scritture, egli iniziava un processo difficilmente controllabile.

Seguire le vicende del conflitto polemico che vede contrapporsi l'un l'altro i due maggiori pensatori del secolo XII, Abelardo e Bernardo, non ci interessa in questa sede se non per i riflessi che hanno avuto sull'uomo Abelardo. Di fatto Abelardo uscirà sconfitto dallo scontro: il 3 giugno 1141 a Sens, alla presenza di un pubblico attento e

Figura 2.

Vestizione di una monaca. Eloisa vestì l'abito religioso nel monastero di Argenteuil « spontaneamente per comando di Abelardo » (*vedi* Lettera I).

interessato, davanti a vescovi e prelati, Abelardo rifiuta di ribattere le accuse di Bernardo che aveva elencato diciannove proposizioni erronee desunte dalle sue opere. Invitato più volte a rispondere in tutta libertà e senza alcun timore, Abelardo si rifiuta ostinatamente di prendere la parola e rinuncia al dibattito che egli stesso ha sollecitato. Venendo a Sens, pensava forse di dover partecipare a una discussione su problemi di teologia; ma quando si vede trattare da accusato si ribella. Alcuni autori suoi contemporanei scrissero che egli ebbe paura e si sentì incapace di confutare efficacemente le accuse di Bernardo, altri parlarono di un improvviso cedimento fisico e nervoso, ricordando anche altre occasioni in cui Abelardo rivelò la sua emotività ed ebbe a soffrire di vere e proprie forme di esaurimento; ma per noi resta più accettabile l'ipotesi che Abelardo non abbia voluto sostenere la parte dell'accusato. Egli si limitò ad appellarsi al Papa e uscì sconvolto dalla cattedrale di Sens dove era avvenuto il breve incontro, mentre i vescovi e i prelati rimasti riprendevano in mano le diciannove proposizioni condannabili, le riducevano a quattordici e decidevano di inviarle a Roma per sottoporle al giudizio del Pontefice. Il consesso vescovile, eccezionalmente, non aveva voluto pronunciarsi sulla persona di Abelardo, limitandosi a condannare, fin dal giorno prima, nel corso di una riunione ufficiosa, i « falsi princìpi » contenuti nelle sue opere. La situazione, comunque, era tutt'altro che chiara: da Sens partiva per Roma una richiesta di giudizio su proposizioni che a Sens erano già state condannate.

Abelardo, sconfitto e solo, ormai più che sessantenne, si mette così in viaggio per Roma. Ma Bernardo di Clairvaux ha già provveduto a porre in guardia gli ambienti della curia contro Abelardo: ha scritto al papa Innocenzo II, denunciando « il nuovo Golia che avanza superbo », che « insulta i dottori della Chiesa e copre di elogi i filosofi », che « alla dottrina dei padri e alla fede ha preferito le belle invenzioni e le novità dei filosofi »; ha scritto tre lettere a tre cardinali romani per denunciare il pericolo sotteso all'appello di Abelardo.

Abelardo è dunque sulla strada di Roma; forse ha già indirizzato a Eloisa, all'unica persona che conoscendolo a fondo può veramente capirlo, quella professione di fede che nessun altro è riuscito a strappargli e che è forse l'ultimo omaggio che egli ha voluto farle quasi per tranquillizzarla, per rassicurarla un'ultima volta; questo bisogno di confessarsi a lei nel momento della sconfitta non può essere senza motivo. Del resto è probabile che non tutti fossero d'accordo con Bernardo e forse qualcuno era rimasto amico di Abelardo, anche se ciò poteva risultare pericoloso: discepolo fedele di Abelardo fu ad esempio Berengario di Poitiers che si scagliò contro i detrattori del maestro, e specialmente contro Bernardo, e qualche anno più tardi avrebbe indirizzato a Eloisa una importante *Apologia* di Abelardo.

Durante il viaggio Abelardo è solo; forse lo sorregge la speranza di ottenere giustizia quando presenterà le sue opere al Papa e potrà parlare davanti a un uditorio che immagina meno ostile, meno prevenuto nei suoi confronti, come talune notizie gli lasciano sperare. Ma la grande forza di volontà, il grande desiderio di andare fino in fondo, che l'hanno sempre sorretto e l'hanno spinto sempre avanti, non possono non risentire della stanchezza e dell'età: così un giorno Abelardo, che è andato di monastero in monastero chiedendo ospitalità anche se forse non tutti erano disposti ad accoglierlo volentieri, bussa a Cluny: l'abate Pietro il Venerabile che lo conosce e già tempo prima gli aveva scritto invitandolo, lo accoglie, gli parla, lo tranquillizza, lo consiglia, lo mette in contatto con Bernardo di Clairvaux, lo assiste mentre si riappacifica con il suo nemico, lo convince a fare una professione di fede completa sulle proposizioni eretiche condannate a Sens e infine gli fa intendere che la cosa migliore per lui è rimanere per sempre a Cluny. Abelardo accetta. Subito Pietro il Venerabile scrive a papa Innocenzo II e prima che le decisioni disciplinari relative vengano messe in atto definitivamente,[2] lo informa che Abelardo è a Cluny, ha trovato la pace, si è riconciliato con tutti e vorrebbe fermarsi nell'abbazia: questo chiede Abelardo, chiede Pietro il Venerabile, chiede tutta la comunità di Cluny. E Abelardo rimarrà a Cluny.

È davvero diventato il passero errante felice di aver trovato un nido, di cui parla Pietro il Venerabile? I fatti sembrano confermarlo. Come

[2] Tranne quella riguardante la condanna al rogo delle opere di Abelardo, che fu simbolicamente eseguita.

lo stesso Pietro il Venerabile scriverà a Eloisa, che gli ha chiesto notizie, Abelardo vive in pace: legge, prega, medita, ha ripreso anche a insegnare; è umile, riservato, schivo di onori, è un modello di carità cristiana. Ma è anche vecchio e stanco: le infermità da cui è da tempo affetto si fanno più gravi. Pietro il Venerabile ritiene opportuno inviarlo in campagna, nel piccolo monastero di Saint-Marcel, presso Châlons. Là, appena le forze glielo consentono, Abelardo riprende a leggere, a scrivere e a dettare, e la morte lo trova vigile e operoso, « con la lucerna piena d'olio ». Il male si aggrava e in breve Abelardo si riduce in fin di vita; confessa i propri peccati, fa la professione di fede, riceve il corpo di Cristo e muore. È il 21 aprile 1142: viene sepolto nel piccolo cimitero di Saint-Marcel.

Ma ecco che riappare Eloisa: è a lei che Pietro il Venerabile scrive per informarla degli ultimi giorni di Abelardo. Ed Eloisa non può non essere contenta di ciò che ha saputo da Pietro il Venerabile. Le rimane ora il compito di soddisfare il desiderio di Abelardo: prega Pietro il Venerabile di poter avere presso di sé al Paracleto le spoglie mortali del suo Abelardo. E Pietro il Venerabile l'accontenta: si reca da lei e rimane colpito e conquistato dalla famosa badessa di cui tanto ha sentito parlare nella sua giovinezza. Le affida il corpo di Abelardo, le promette che pregherà e farà pregare per la salute della sua anima, le invia una patente sigillata con l'assoluzione di Abelardo, le assicura il proprio interessamento per ottenere una qualche prebenda per il giovane Astrolabio. Poi, il 16 maggio 1164, ventidue anni dopo la morte di Abelardo e alla sua stessa età, anche Eloisa muore e viene sepolta nella stessa tomba.

FEDERICO RONCORONI

La traduzione delle Lettere, disposte in quello che è il loro probabile ordine cronologico, in modo tale che siano esse a narrare la *storia*, è stata condotta sui seguenti testi: Le Lettere I-VIII sul testo del Cousin (*Petri Abaelardi opera, hactenus seorsum edita nunc primum in unum collegit textum ad fidem librorum editorum scriptorumque recensuit notas, argumenta, indices adiecit Victor Cousin, adiuvantibus C. Jourdain et E. Despois*, Parisiis, 1849 et 1859, vol. I, pp. 1-236): in effetti il testo più recente del Migne nella *Patrologia Latina* (*Patrologiae Cursus Completus, Series Latina*, t. 178, *Petri Abaelardi abbatis Rugensis Opera Omnia*, Parisiis, 1855, 1885 [2]) si limita a riprodurre, con poche modifiche, l'*editio princeps* del 1616 a cura del Duchesne, in quanto il Migne non poté servirsi del testo più corretto del Cousin, che era troppo recente perché gli fosse concesso di utilizzarlo. Per il testo della Lettera I si è fatto ovviamente ricorso al lavoro definitivo del Monfrin (*Abélard, Historia calamitatum, Texte critique avec une introduction*, publié par J. Monfrin, Parigi 1959, 1962, 1967). I testi delle Lettere IX-XI sono nel Cousin cit., rispettivamente alle pagine 237-238; 295-298; 349-350. Il testo della Lettera XII *(Fidei confessio)* è stato ricavato dalla *Epistola apologetica* di Berengario di Poitiers pubblicata dal Cousin cit., t. II, pp. 771-786. Il testo della Lettera XIII di Pietro il Venerabile a papa Innocenzo II è in P.L. 189, coll. 305-306. La traduzione delle Lettere XIV-XVI (Pietro il Venerabile a Eloisa, Eloisa a Pietro il Venerabile, Pietro il Venerabile a Eloisa) è stata condotta sul testo di P.L. 189, coll. 346-353; 427; 428-429. Di tutti gli altri documenti, ritenuti indispensabili per completare la storia e quindi qui pubblicati accanto alle Lettere, è data notizia nelle singole note introduttive.

Le note esplicative, per facilità di consultazione, sono state collocate dopo ogni singola lettera.

Tempo addietro taluni hanno messo in dubbio l'autenticità del carteggio tra Abelardo ed Eloisa, attribuendolo a uno solo dei due amanti, ora a Eloisa ora ad Abelardo, o a qualche antico e abile mistificatore: oggi, però, dopo le lucide e definitive dimostrazioni del Gilson (*op. cit.*, pp. 148-168), il problema non ha più ragione d'essere: del resto, come osserva lo stesso Gilson prima di intraprendere il suo rigoroso esame, « è impossibile che il carteggio non sia autentico: *è troppo bello* ».

F.R.

LETTERE D'AMORE

I.

ABELARDO A UN AMICO

Historia calamitatum

*È la storia, particolareggiata e, a quel che appare dal confronto con le altre fonti a noi note, sostanzialmente attendibile della vita di Abelardo, narrata in prima persona da lui stesso. Variamente intesa, ora come opera apologetica ora come libello diffamatorio, l'*Historia calamitatum mearum*, come la si indica ormai concordemente, deducendo tale titolo sia dalle ultime battute dell'opera stessa sia da un passo del* De vita solitaria *del Petrarca, trova la sua collocazione, se è il caso di inserirla in un genere letterario preciso, tra le opere autobiografiche, in mezzo alle quali si distingue per la sua originalità e per la sua potenza rievocativa. Concepita come* Lettera consolatoria a un amico *– e infatti in due dei nove codici che l'hanno tramandata, il* Ms. Lat. 2923 *della Bibliothèque Nationale di Parigi e il* Ms. 802 *della Bibliothèque Municipale di Troyes, reca il titolo* Abaelardi ad amicum suum consolatoria *– l'*Historia *supera di gran lunga l'ambito ristretto della* consolatoria, *in cui rientrano soltanto il breve esordio e il non meno breve commiato, per assumere il valore di una vera e propria storia di vita vissuta: giustamente* E. McLeod (Héloïse, *Londra 1938, trad. ital. di N. Ruffini, Milano 1951, p. 115) osserva in proposito che quella della lettera consolatoria altro non è che una pura finzione letteraria cui Abelardo ricorse « per fare ciò che allora era estremamente raro e quasi unico e cioè per scrivere la propria autobiografia; scritta non per consolare un amico infelice, ma per occupare la propria mente in un momento in cui la tensione e le prove gli rendevano impossibile ogni lavoro intellettuale ». E in effetti, a parte la considerazione, più che evidente, che il corpo dell'opera non ha nulla a che fare con il genere della consolatoria, ove si eccettuino, come si diceva, l'esordio e il commiato, non è mai stato possibile rintracciare chi sia l'*amico *cui la lettera è indirizzata,* amico, *che, invece, data la portata degli avvenimenti descritti, avrebbe dovuto essere facilmente* *rintracciabile, mentre la stessa Eloisa, rispondendo, in un certo qual senso, alla* Lettera *di Abelardo, allude pur essa a un* amico, *ma si guarda bene dal farne il nome.* L'Historia *si sviluppa così in modo perfettamente organico, senza trovare alcun impaccio neppure nelle frequenti citazioni di testi classici, sacri e profani, citazioni che, peraltro, specialmente quando si tratta di autori classici, rivelano, come osserva il Crocco (*ABELARDO, Historia calamitatum. *Studio critico e traduzione italiana di Antonio Crocco, Napoli 1969, ed. 2, p. 6), « un sottofondo di passione umanistica » e, quel che più conta, servono a dare ad Abelardo il « senso della propria storia » (*D. DE ROBERTIS, Il senso della propria storia ritrovata attraverso i classici nella « Historia calamitatum » di Abelardo, *in « Maia », 1964, pp. 6-54). Abelardo narra, con slancio e con passione, le vicende della sua vita: il suo scopo non è, come si diceva, quello di difendersi contro i tanti nemici che contava e neppure quello di attaccare tali nemici: tutta la sua vita gli passa davanti agli occhi in rapidi quadri successivi, tutti intimamente legati tra loro dalla presenza della sua persona: da quando, bambino, respira l'aria della Bretagna, a quando percorre le strade della Francia per ascoltare i più dotti maestri del tempo, a quando arriva a Parigi; dalle prime dispute contro i suoi stessi maestri, ai primi trionfi, alle prime delusioni, alla prima scuola sua, ai primi ostacoli frappostigli dall'invidia di chi teme la sua grandezza; e tutto questo per rintracciare negli avvenimenti della propria vita non solo le prove della sua grandezza di uomo, ma anche della grandezza di Dio, perché, non dobbiamo dimenticarlo, Abelardo, quando scrive l'*Historia, *è un Abelardo che* crede *nell'imperscrutabilità dei piani divini, che è convinto, come egli stesso dice, del fatto che « l'immensa bontà di Dio non permette mai che avvenga nulla al di fuori dell'ordine da lui stabilito e che egli è pronto a condurre al miglior fine anche tutto ciò che di male succede nel mondo ». E perciò, quando gli pare di essere arrivato al vertice della sua gloria, Abelardo, come se si rendesse conto che la sua superbia e il suo orgoglio di uomo hanno toccato il fondo, confessa tanto la sua superbia quanto il suo orgoglio e trova giusto che Dio abbia agito nei suoi confronti come ha agito, punendolo, d'accordo, ma anche richiamandolo, come era giusto, al senso del limite. Inizia così la parte a buon diritto più famosa dell'*Historia, *quella dedicata alla tragica storia d'amore che l'unirà per sempre a Eloisa e che darà un valore nuovo a tutta la sua vita. Non riassumeremo certo qui le vicende di questo bellissimo e drammaticissimo amore, che nato a freddo, da un puntiglio di quelli che solo i grandi uomini, a torto o a ragione, arrivano a concepire, si trasformerà nella più dolce e nella più calda delle passioni. Non lo riassumeremo perché esso è* *stupendamente descritto da Abelardo e teneramente* raccontato *dalla stessa Eloisa nelle sue* Lettere; *ci basterà rinviare al lavoro del Gilson* (E. Gilson, Héloïse et Abélard, *Parigi 1939, 1948, trad. ital. di G. Cairola, Torino 1950 e 1970), che rimane insostituibile. E dopo la narrazione dell'innamoramento, dell'amore, della separazione, della nascita di Astrolabio, del matrimonio, della nuova separazione, del « perfido tradimento », dell'evirazione che lo puniva là dove aveva peccato, dell'ingresso dei due amanti in monastero, la* Historia *continua con il suo seguito di avventure e di disavventure, più queste che quelle, che vedono Abelardo toccare il fondo della disperazione quando è costretto a gettare nel fuoco « con le sue mani » il suo trattato* Sull'unità e trinità di Dio; *vittima di persecuzioni, di attentati, di accuse infamanti, prima a Saint-Denis, poi al Paracleto – dove gusta la* solitudo *e dove « insegna » –, infine a Saint-Gildas de Rhuys, dove perfino la sua vita è quotidianamente in pericolo, e dove scrive la sua* Historia, *dopo che anche il conforto di correre a rifugiarsi al Paracleto, che ormai ha donato alla sua sposa in Cristo, Eloisa, gli è stato tolto.*

È una successione di avvenimenti, di fatti: Abelardo, già si diceva, è abbastanza obiettivo: può aver taciuto qualcosa – ha taciuto, ma lo ha fatto volontariamente, di aver frequentato la scuola di Roscellino –, può aver esagerato presentando sotto una cattiva luce questo o quel suo nemico o insistendo troppo sul proprio « ingegno » e sulla propria abilità di maestro « nell'un campo e nell'altro », ma i fatti sono quelli che egli ci narra: anzi, talvolta è talmente obiettivo da riuscire anche cattivo con se stesso, come quando non esita a denunciare tutta la propria smisurata superbia.

*Resta da stabilire la data di composizione dell'*Historia. *Come lucidamente conclude il Crocco cit. (pp. 10-11), l'autobiografia abelardiana fu scritta nell'abbazia di Saint-Gildas de Rhuys, nella Bretagna francese, « non prima del 1132 », in quanto in essa si accenna esplicitamente alla ratifica da parte del pontefice Innocenzo II della donazione dell'oratorio del Paracleto a Eloisa, ratifica che fu sanzionata con una bolla del 28 novembre 1131, mentre più difficile riesce da stabilire il termine* ad quem: *« tuttavia, tenendo conto del fatto che gli avvenimenti posteriori, narrati negli ultimi due capitoli dell'autobiografia, richiedono un periodo di tempo di almeno due anni, possiamo, con notevole approssimazione, indicare come data di composizione dell'*Historia *il 1134 o il 1135, quando Abelardo contava oltre 50 anni e aveva raggiunto la piena maturità spirituale, passando attraverso un lungo itinerario d'innumerevoli sventure » (Crocco cit., p. 13; cfr. anche Gilson cit., p. 150).*

L'Historia calamitatum *non racconta, naturalmente, tutta*

la vita di Abelardo: la parte della sua vita che va dal 1134-1135 fino alla fine ci è nota in modo diverso: forse non nei suoi avvenimenti esteriori, nei suoi avvenimenti storici – per questi e quelli ci sono le cronache dei contemporanei, gli atti dei concili, i documenti pontifici –, ma nei suoi aspetti essenziali; e ci è nota attraverso le lettere che Eloisa e Abelardo si scrivevano, perché, oltre che importante in sé per il suo contenuto e per il suo valore, la Historia calamitatum *è importante anche per il fatto che, per puro caso, capitò sotto gli occhi di Eloisa, e appunto « a questa circostanza fortuita » si deve la prima lettera di Eloisa che ci è stata conservata.*

In parecchi manoscritti il testo è diviso in paragrafi più o meno lunghi, che nel codice di Troyes e in altri due minori portano ciascuno un titolo. Naturalmente né la divisione in paragrafi, che si conserva nella presente edizione, né i vari titoli risalgono ad Abelardo, ma sono opera di qualche ignoto amanuense.

Spesso gli esempi riescono, meglio delle parole, ad eccitare o a placare le passioni degli uomini. Per questo, dopo aver cercato di consolarti di persona quando mi eri vicino, ho deciso, ora che sei lontano, di scriverti una lettera di consolazione, narrandoti tutte le sventure che mi sono capitate, affinché tu possa capire che le tue peripezie in confronto alle mie sono insignificanti o lievi e, di conseguenza, tu possa anche sopportarle con più rassegnazione.

I.

Io sono nato[1] in un paese chiamato Palais,[2] che sorge alle porte della Bretagna Minore,[3] circa otto miglia ad oriente di Nantes.[4] La mia terra d'origine o il sangue che scorre nelle mie vene mi hanno dato non solo un certo acume intellettuale ma anche il gusto degli studi letterari. Anche mio padre,[5] del resto, prima di abbracciare la vita del soldato, aveva una certa cultura letteraria; aveva anzi una tale passione per i libri che volle dare a

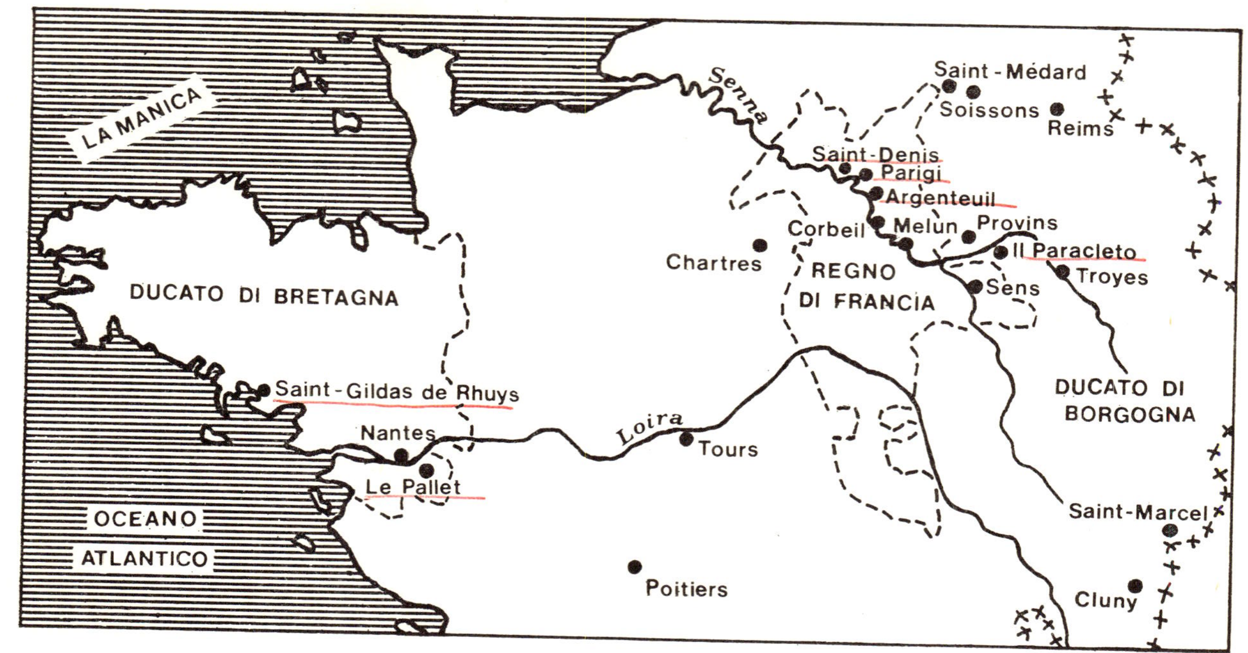
LA MANICA
Saint-Médard
Soissons
Reims
Senna
Saint-Denis
Parigi
Argenteuil
Corbeil
Melun
Provins
Il Paracleto
Troyes
Chartres
REGNO DI FRANCIA
Sens
DUCATO DI BRETAGNA
Saint-Gildas de Rhuys
DUCATO DI BORGOGNA
Nantes
Loira
Tours
Le Pallet
OCEANO ATLANTICO
Saint-Marcel
Poitiers
Cluny

Le Pallet (opp. Le Palais):	il paese, a circa otto miglia da Nantes, dove nacque Abelardo. A Le Pallet Abelardo condurrà più tardi Eloisa prossima a partorire.
Parigi:	grande centro intellettuale della Francia, con la scuola annessa alla cattedrale di Notre-Dame e quella di Sainte-Geneviève.
Melun:	cinquantaquattro chilometri da Parigi: Abelardo vi fondò la sua prima scuola dopo aver lasciato Guglielmo di Champeaux.
Corbeil:	l'antico borgo fortificato a pochi chilometri da Parigi, dove Abelardo trasferì la sua scuola per far meglio sentire la sua voce nelle varie dispute.
Argenteuil:	sede del monastero femminile in cui Eloisa studiò giovanetta; là Eloisa sarà poi inviata da Abelardo poco dopo il matrimonio; nel 1127 l'abbazia di Saint-Denis reclamerà come suo il monastero di Argenteuil ed Eloisa ne sarà espulsa insieme con le monache di cui era priora.
Saint-Denis:	cittadina a nove chilometri da Parigi, sede dell'abbazia regale di Francia: Abelardo vi entrò subito dopo l'evirazione.
Soissons:	sede del primo concilio (1121) tenuto contro Abelardo.
Saint-Médard:	sede del monastero in cui Abelardo rimase per qualche tempo dopo la condanna di Soissons.
Provins:	il *castrum* in cui Abelardo si rifugiò dopo essere fuggito da Saint-Denis a causa della controversia su Dionigi l'Areopagita.
Troyes:	nei pressi di questa città Abelardo si ritirò in solitudine per qualche tempo, fondando poi l'oratorio dedicato alla Santa Trinità, che diventerà in seguito il Paracleto.
Saint-Gildas de Rhuys:	abbazia sulle sponde dell'Oceano, dove Abelardo è chiamato a fare da abate, vivendo mesi di ansia e di paura per la sua stessa vita: qui egli scrisse con tutta probabilità l'*Historia calamitatum*.
Sens:	sede del secondo concilio tenuto contro Abelardo nel 1141.
Cluny:	grande abbazia benedettina dove Abelardo passò gli ultimi giorni di vita, ospite di Pietro il Venerabile.
Saint-Marcel:	in un piccolo monastero vi morì Abelardo, il 21 aprile 1142.

tutti i suoi figli[6] una buona cultura prima di avviarli al mestiere delle armi. Così fece anche con me. Io ero il figlio primogenito: di conseguenza ero quello a lui più caro, e con maggior cura attese alla mia istruzione. Per me studiare era molto facile e piacevole; mi dedicai alle lettere con tanta passione e tale fu il fascino che esse esercitarono su di me, che ben presto decisi di rinunciare alla carriera militare, alla eredità e ai miei diritti di primogenito a favore dei miei fratelli: abbandonai insomma definitivamente la corte di Marte per essere educato in seno a Minerva. E poiché tra tutte le discipline filosofiche preferivo le armi della dialettica,[7] per i suoi acuti ragionamenti, posso dire di aver cambiato le armi della guerra con queste armi e di aver preferito ai trionfi militari le vittorie nelle dispute filosofiche.

II.

Così mi misi a percorrere le varie provincie proprio come un peripatetico,[8] e mi recai dovunque sentivo dire che si studiava questa arte, affrontando ogni tipo di discussione.[9] Giunsi finalmente a Parigi,[10] dove già da tempo gli studi di dialettica avevano raggiunto sviluppi eccezionali, e frequentai la scuola di quel Guglielmo di Champeaux[11] che io considero il più importante dei miei maestri, per preparazione e fama, in questo campo. In un primo tempo lavorai benissimo con lui, ma poi i nostri rapporti si guastarono, perché avevo cominciato a criticare alcune sue idee e non temevo di dimostrargli che spesso era lui che sbagliava, tanto che il più delle volte chi usciva vincitore dalle nostre dispute ero io. D'altra parte la mia sicurezza e la mia bravura suscitavano anche lo sdegno e l'invidia degli altri discepoli che studiavano con me, soprattutto perché ero il più giovane e l'ultimo arrivato.

Di qui ebbero inizio le mie disgrazie, che durano ancora oggi: più la mia fama cresceva, più aumentava l'invidia di tutti nei miei confronti. Alla fine, sopravvalutando forse, data l'età, le mie reali capacità, aspirai, nonostante fossi poco più che un ragazzo, a dirigere una scuola. Subito cercai il posto dove intraprendere questa attività e mi parve di averlo scoperto in Melun,[12] una cittadina allora famosa e per di più residenza regale. Ma il mio maestro intuì le mie intenzioni e ricorse a tutti i mezzi e a tutti i sotterfugi a sua disposizione per relegare me e la mia scuola il più lontano possibile da Parigi: cercava insomma, prima ancora che io lasciassi la sua scuola, di impedirmi di fondarne una mia e faceva di tutto per togliermi il posto che avevo scelto. Per fortuna però egli aveva a lui ostili parecchi tra i signori di quella cittadina, e io, grazie anche al loro appoggio, riuscii a coronare il mio sogno: anzi il suo stesso atteggiamento apertamente ostile giovò a conciliarmi un gran numero di simpatie.

D'altra parte, dopo questo mio esordio nell'insegnamento, la mia fama nel campo della dialettica si diffuse enormemente e a poco a poco oscurò non solo quella dei miei vecchi compagni di studio ma perfino quella dello stesso Guglielmo.

Ben presto i buoni risultati ottenuti mi indussero, sopravvalutando forse ancora una volta le mie reali capacità, a trasferire la mia scuola a Corbeil,[13] la cittadina vicino a Parigi, anche perché così potevo far sentire meglio la mia voce nelle varie dispute. Purtroppo però, non molto tempo dopo, caddi ammalato per l'eccessivo lavoro cui mi ero sottoposto e fui costretto a tornare nel mio paese natale. Per qualche anno me ne stetti là, come in esilio, lontano dalla Francia,[14] mentre qui tutti coloro che volevano imparare la dialettica mi aspettavano con ansia.

Alcuni anni dopo,[15] quando ormai ero già da tempo guarito, venni a sapere che il mio maestro d'un tempo, Guglielmo, il quale era arcidiacono di Parigi, aveva cambiato l'antico abito per entrare nell'Ordine dei Canonici Regolari,[16] perché, a quanto si diceva, sperava di avere più facile accesso alle cariche più elevate con questo gesto di religioso zelo,[17] come di fatto avvenne quando fu nominato vescovo di Châlons.[18] Ma neppure dopo questa specie di conversione egli se ne andò da Parigi o abbandonò i suoi studi di filosofia, e nel monastero stesso, in cui si era trasferito[19] dopo essere entrato nell'Ordine, aprì una scuola pubblica. Allora tornai presso di lui a studiare la retorica[20] e, per non ricordare che una delle tante nostre dispute, gli confutai proprio in quei giorni, anzi gli demolii, facendogli perfino cambiare opinione, la sua vecchia dottrina sugli universali.[21] A proposito della esistenza comune degli universali, infatti, Guglielmo sosteneva che in tutti gli individui è presente essenzialmente la stessa realtà, in modo che non c'è nessuna differenza nell'essenza, ma solo una certa varietà in conseguenza della molteplicità degli accidenti.[22] Dopo la nostra disputa però egli modificò la sua teoria e arrivò a sostenere che la stessa realtà è presente nei singoli individui non essenzialmente ma indifferentemente.[23] Ma, come è noto, il problema degli universali nel nostro campo è un problema fondamentale (non per niente anche Porfirio,[24] nell'*Isagoge*,[25] trattando degli universali, non ardisce procedere a una vera e propria definizione della questione e si limita a dire che «la cosa non è delle più semplici») e perciò quando Guglielmo corresse o meglio fu costretto a modificare completamente il suo pensiero in proposito, le sue lezioni caddero in un tale discredito che a stento gli fu concesso di trattare le altre parti della dialettica, e a ragione, perché in realtà il punto più importante dei nostri studi è proprio quello relativo al problema degli universali.

Comunque, da quel momento, divenni in questo campo una tale autorità che anche coloro che per l'addietro erano i più appassionati seguaci di quel grande maestro e i miei più decisi avversari, si precipitarono in massa alle mie lezioni; anzi, lo stesso successore di Guglielmo nella scuola di Parigi venne a offrirmi il suo posto, per poter assistere insieme con tutti gli altri alle mie lezioni proprio là dove fino a poco tempo prima aveva trionfato il suo e mio maestro.

Dire quanto dolore e quanta invidia provò Guglielmo nei pochi giorni in cui io ressi la scuola di dialettica è quasi impossibile. Livido di bile e roso dalla rabbia, non riusciva a sopportare una situazione del genere, e con l'astuzia cercò di farmi allontanare ancora una volta. Ma poiché non aveva elementi sufficienti per colpirmi direttamente, fece destituire dall'incarico, rinfacciandogli colpe infamanti, colui che mi aveva lasciato il suo posto e gli sostituì un altro suo discepolo notoriamente a me avverso. Allora io me ne tornai a Melun e riaprii la mia scuola; la fama di cui godevo era proporzionale all'ostilità invidiosa di cui Guglielmo non faceva mistero, perché è vero quello che dice il poeta:[26]

« L'invidia è come il vento, che le cime più alte più scuote ».

Poco tempo dopo, Guglielmo, rendendosi conto che quasi tutte le persone assennate, dubitando della sincerità della sua fede, ironizzavano sulla sua conversione per il fatto che egli aveva continuato a vivere a Parigi,[27] si trasferì con la sua piccola confraternita e con tutta la sua scuola in un villaggio lontano da Parigi.[28] Subito da Melun tornai a Parigi, nella speranza che mi avrebbe lasciato in pace, ma poiché trovai la cattedra occupata da quel mio rivale che Guglielmo aveva nominato suo successore andai a installarmi con la mia scuola poco fuori della città sul colle di Sainte-Geneviève,[29] come per assediare colui che aveva occupato il mio posto.[30]

Quando seppe ciò, Guglielmo, deposto ogni scrupolo, non esitò a tornare a Parigi e a riportare nell'antico monastero i suoi confratelli e i pochi scolari che era riuscito a raccogliere. Il suo scopo, per così dire, era quello di liberare, dopo averlo abbandonato, il suo fedele dal mio assedio, ma, nonostante tutto, gli fu più di danno che di utilità. In effetti quel poveretto aveva ancora uno sparuto gruppo di discepoli, grazie soprattutto ai suoi commenti su Prisciano,[31] argomento in cui era considerato molto esperto, ma dopo l'arrivo del suo maestro perdette quasi tutti quei pochi scolari e fu costretto ad abbandonare il governo della scuola: anzi, non molto tempo dopo, disperando ormai di poter conseguire qualche successo in questo campo, entrò anch'egli nella vita monastica.

Quali furono le dispute che i miei scolari sostennero con Guglielmo e con i suoi discepoli dopo il suo ritorno, quali successi in questi scontri riservò la fortuna ai miei scolari, anzi a me attraverso essi, è cosa nota a tutti e anche tu lo sai. Io, come Aiace,[32] potrei limitarmi a dire, con un po' più di modestia forse, ma con lo stesso tono:

> « L'esito vuoi saper della battaglia?
> Sappi che me non sconfisse il nemico ».[33]

Del resto, se anche io tacessi, parlerebbero i fatti: e quel che successe in seguito è qui a dimostrare se dico o non dico il vero.

III.

Nel bel mezzo di queste dispute o discussioni, mia madre Lucia, cui ero sinceramente legato, mi pregò di tornare a casa: mio padre Berengario, infatti, era entrato nella vita monastica e lei si preparava a fare altrettanto. Sbrigate queste faccende, tornai in Francia[34] con la precisa intenzione di studiare la teologia,[35] mentre il più volte nominato mio maestro Guglielmo si era ormai fatto un nome nel suo episcopato di Châlons.[36]

Allora la massima autorità nel campo della teologia, già da molto tempo, era proprio il suo vecchio maestro Anselmo di Laon.[37] Mi recai dunque da questo vecchio, ma ben presto mi resi conto che più che un'effettiva preparazione gli aveva giovato la lunga pratica: in effetti, se qualcuno si recava da lui per consultarlo su qualche problema, andandosene dopo averlo ascoltato aveva più dubbi di prima. Se lo si stava ad ascoltare poteva anche affascinare, ma quando si cominciava a discutere ci si avvedeva della sua nullità. Aveva, è vero, una eccezionale facilità di parola, ma alla fine ci si accorgeva che diceva soltanto cose banali e senza senso. Era simile a un fuoco, che quando si accende invece di illuminare la stanza ti riempie la casa di fumo, o come un albero che da lontano, a causa del gran numero di foglie, ti sembra maestoso e carico di frutti, ma da vicino, se lo guardi bene, scopri che non ne ha neanche uno. Io mi ero accostato a questo albero per raccoglierne qualche frutto, ma capii che era come il fico sterile maledetto dal Signore[38] o come la vecchia quercia, cui Lucano[39] paragona Pompeo, dicendo:

> « È solo l'ombra dell'eroe che fu,
> un'alta quercia in un campo di messi ».[40]

Appena mi resi conto di ciò, non restai a lungo ad oziare all'ombra di quel vecchio e a poco a poco cominciai a diradare la mia frequenza alle sue lezioni. Però alcuni tra i suoi discepoli più affezionati se ne sentirono offesi perché vedevano nel mio contegno un affronto per un così grande maestro, e cominciarono a istigarlo subdolamente contro di me, fino a quando non riuscirono con le loro perfide insinuazioni a rendermelo nemico.

Un giorno, dopo esserci esercitati a confrontare le *Sentenze*,[41] noi studenti discutevamo amichevolmente tra noi. Uno di loro, come per mettermi alla prova, mi domandò che cosa pensassi dello studio delle Sacre Scritture, ed io, che fino allora avevo studiato solo la filosofia, risposi che quel tipo di studio era più utile di qualsiasi altro, perché permetteva di apprendere ciò che è necessario per la salvezza della nostra anima, ma che mi stupiva grandemente il fatto che delle persone istruite come loro non si accontentassero, per capire i commenti dei santi Padri, dei loro scritti o tutt'al più delle glosse, ma avessero bisogno anche di un maestro, di una guida. Molti dei presenti scoppiarono a ridere e mi domandarono se io mi ritenevo in grado di commentare da solo i Sacri Testi. Risposi che se volevano ero pronto a provare, ma essi si misero a gridare e a ridere ancora più forte, dicendo: « Certo che siamo d'accordo! ». « Allora portatemi il commento di un testo poco noto, e poi vedremo ». E tutti d'accordo scelsero un'oscurissima profezia di Ezechiele.[42]

Io presi il commento e subito li invitai a venire il giorno dopo a sentire la mia spiegazione. Essi allora, con l'aria di darmi un consiglio che io non avevo certo richiesto, cominciarono a dirmi che su un argomento così difficile non dovevo aver fretta e che, data la mia inesperienza, avrei dovuto dedicarmi un po' più a lungo alla preparazione e alla comprensione del commento. A questo punto mi sentii offeso e risposi piuttosto irritato che non era mia abitudine imparare le cose a furia di rimuginarle, ma che preferivo capirle: e aggiunsi che avrei rinunciato definitivamente alla prova, se essi non fossero intervenuti alla mia lezione all'ora stabilita.

In realtà alla mia prima lezione erano presenti in pochi, perché a tutti sembrava ridicolo che un principiante come me si sobbarcasse tanto presto a un'impresa del genere. Ma la lezione piacque talmente a coloro che vi erano intervenuti che non solo si congratularono con me ma mi invitarono anche a continuare il mio commento secondo gli stessi criteri. La notizia del mio successo si diffuse fulmineamente, e anche coloro che non erano venuti alla prima lezione si precipitarono alla seconda e alla terza e iniziarono immediatamente a trascrivere le glosse che avevo dettato il primo giorno, all'inizio delle lezioni.

IV.

Naturalmente il mio successo accrebbe l'invidia del vecchio Anselmo, il quale, già infiammato contro di me dalle insinuazioni di quei suoi scolari, cominciò a osteggiare me e le mie lezioni di teologia proprio come Guglielmo aveva fatto quando insegnavo filosofia. Frequentavano allora la sua scuola due giovani che passavano per i migliori, Alberico di Reims e Lotulfo Lombardo,[43] e proprio questi due, che quanta più stima avevano di sé e della loro intelligenza, tanto più mi odiavano, indussero il vecchio, come si seppe in seguito, con le loro squallide insinuazioni, a proibirmi in malo modo di esercitare ancora la mia attività di glossatore nell'ambito della sua scuola, adducendo come pretesto il fatto che non voleva essere lui a subire le critiche nel caso che, inesperto com'ero in questo campo, fossi incappato in qualche errore. Ma gli studenti, non appena lo seppero, si sdegnarono grandemente perché era evidente più che mai che il provvedimento era dettato esclusivamente dalla gelosia, e così, quanto più la cosa era evidente, tanto più essa tornava a mio onore, e anche questa persecuzione non fece altro che accrescere la mia fama.

V.

Pochi giorni dopo, comunque, tornai a Parigi, dove per alcuni anni occupai tranquillamente quella cattedra che già da tempo mi era stata destinata, anche se dapprima ne ero stato cacciato, e che ora mi era stata offerta. Qui mi misi subito, fin dall'inizio del mio insegnamento, a completare il commento su Ezechiele[44] che avevo intrapreso a Laon e che risultò così interessante per i miei lettori che ormai la mia competenza nel campo della teologia non parve loro minore di quella di cui avevo dato prova in filosofia. Così, in conseguenza delle mie lezioni sull'uno e sull'altro argomento, la scuola ebbe uno sviluppo eccezionale,[45] e io ne ricavai gloria e anche parecchio denaro,[46] come sai.

Ma il successo insuperbisce sempre gli stolti e il benessere a lungo andare snerva il vigore dell'animo e lo getta in balia delle passioni della carne: proprio quando mi consideravo ormai l'unico filosofo della terra, e mi sembrava di non aver più nulla da temere, io, che fino ad allora ero vissuto nella più rigorosa castità, cominciai a ubbidire alle passioni. E più progressi facevo nello studio della filosofia e della teologia, più mi allontanavo con la mia condotta licenziosa dalla purezza di vita dei filosofi e dei teologi, giacché, come è noto, i filosofi e in modo particolare i teologi dediti allo studio delle Sacre Scritture si distinsero soprattutto per la virtù della continenza.

Ero dunque interamente divorato dalla superbia e dalla lussuria, ma la grazia divina, benché contro la mia volontà, seppe guarirmi da entrambe le malattie, prima dalla lussuria poi dalla superbia: dalla lussuria privandomi dello strumento con cui la esercitavo; dalla superbia, sentimento che mi veniva soprattutto dalla mia cultura e dalla mia scienza, perché davvero, come dice l'Apostolo,[47] «la scienza gonfia il cuore», umiliandomi con la condanna al fuoco del libro di cui ero particolarmente orgoglioso.

Ma voglio che tu ora sappia con precisione da me e non per sentito dire come andarono veramente le cose. Procediamo con ordine.

Io non avevo mai potuto sopportare il pensiero di frequentare immonde prostitute e, del resto, l'impegno costante dell'insegnamento mi impediva di visitare o frequentare donne di condizione sociale elevata o anche soltanto di avere rapporti con donne del popolo.[48] Ma la mia cattiva sorte, come si dice, lusingandomi, seppe cogliere l'occasione buona per farmi più facilmente precipitare dal vertice della mia altezza; anzi fu la divina misericordia che colse l'occasione per richiamare a sé quell'uomo superbissimo e dimentico della grazia divina che io ero.

VI.

Viveva allora[49] a Parigi una fanciulla di nome Eloisa, nipote di un certo Fulberto, un canonico,[50] che le voleva un grandissimo bene e che aveva cercato di farla istruire in ogni disciplina letteraria. Così Eloisa, non ultima per bellezza,[51] superava tutte per la sua profonda cultura,[52] anzi, proprio questa sua dote, tanto rara nelle donne, le conferiva una particolare attrattiva e le aveva già dato una certa fama in tutto il regno.

Trovando dunque in lei tutto quello che più seduce gli amanti, pensai che sarei facilmente riuscito a farla innamorare di me. Anzi, ero sicuro che nulla mi sarebbe stato più facile: avevo allora una tale fama e un tale fascino, anche in considerazione della mia giovane età, che a qualsiasi donna mi fossi degnato di offrire il mio amore, non avevo timore di riceverne alcun rifiuto. D'altra parte ero convinto che la fanciulla avrebbe corrisposto tanto più volentieri ai miei desideri, quanto più la sapevo colta e appassionata per gli studi letterari; pensavo che, anche quando non avessimo potuto stare insieme, ci saremmo sentiti l'uno accanto all'altra scrivendoci delle lettere,[53] e, per iscritto, ci saremmo detti anche quello che a parole non avremmo mai confessato: insomma, avremmo potuto continuare così senza interruzione i nostri dolci colloqui.

Tutto preso dall'amore per questa fanciulla, studiai il modo di avvicinarla e intrecciare con lei rapporti quotidiani e familiari, per rendermela amica, in modo da indurla più facilmente a cedermi.[54] Per arrivare a questo, mi misi in contatto con suo zio Fulberto e per mezzo di alcuni amici comuni ottenni di farmi ospitare a pensione nella sua casa, che era molto vicina alla scuola: non facevo questione di prezzo e adducevo come pretesto il fatto che il pensiero di dovermi occupare personalmente di una casa nuoceva ai miei studi e mi costava troppo. Fulberto era molto avido di denaro e per di più desiderava moltissimo che sua nipote si perfezionasse negli studi letterari. Puntando su queste due cose, non mi fu difficile convincerlo, e ottenni quello che desideravo: il denaro gli piaceva e lo lusingava sapere che sua nipote avrebbe potuto trarre giovamento dalla mia presenza. A questo proposito, anzi, andò molto oltre le mie stesse speranze e spianò la strada al mio amore: mi affidò infatti la fanciulla in tutto e per tutto, affinché, in ogni momento libero dagli impegni scolastici, di giorno e di notte, io mi occupassi della sua istruzione: e mi diede perfino il permesso di batterla, nel caso che, a mio giudizio, non si fosse applicata convenientemente. La sua ingenuità mi meravigliò non poco e io non riuscivo a credere alle mie orecchie: affidare una così tenera agnella a un lupo affamato! Affidarmi la fanciulla per istruirla e darmi perfino il permesso di batterla, non equivaleva forse a concedere piena libertà ai miei piani e a fornirmi anzi l'occasione, anche se personalmente non l'avessi voluto, di piegare con le minacce e con le percosse la fanciulla, nel caso che non fossero bastate le lusinghe e le carezze? Ma Fulberto era ben lungi dal sospettare simili turpitudini per due buoni motivi: prima di tutto per il suo amore alla nipote e in secondo luogo per l'antica fama della mia castità.

Insomma prima ci trovammo uniti sotto lo stesso tetto, poi anche nei nostri cuori.[55]

Con la scusa di studiare avevamo tutto il tempo per amarci e inoltre lo studio ci permetteva di godere quella solitudine che l'amore sempre richiede. Aprivamo i libri, ma si parlava più d'amore che di filosofia: erano più i baci che le spiegazioni. Le mie mani, invece di sfogliare i libri, correvano al suo seno. L'amore si rifletteva nei nostri occhi più spesso di quanto la lettura non li dirigesse sui libri. E talvolta, per meglio stornare qualsiasi sospetto, io arrivavo al punto di percuoterla: ma era amore, non sdegno, era tenerezza, non ira, e tutto ciò era più dolce di qualsiasi balsamo prezioso.

Ma le parole sono inutili. Noi eravamo come pazzi e passammo per tutte le fasi dell'amore: e se in amore si può inventare qualcosa di nuovo, noi lo inventammo. E il piacere che provavamo era tanto più grande, perché noi non lo avevamo mai conosciuto, e non ci stancavamo mai. D'altra parte, a mano a mano che mi lasciavo portare dalla passione, avevo sempre meno tempo per i miei studi di filosofia e trascuravo anche la scuola. Andare a scuola o rimanervi mi riusciva molto penoso, e anche faticoso, perché dedicavo le notti alle veglie d'amore e il resto della giornata a studiare. Le mie lezioni erano sciatte e prive di entusiasmo: ormai non dicevo più nulla di intelligente e tutto mi usciva di bocca soltanto grazie alla mia lunga pratica: mi limitavo a ripetere quello che avevo composto in passato, e se mi capitava di comporre qualcosa di nuovo, non si trattava certo di alta filosofia, ma di canzoni d'amore.[56] Eppure molte di quelle canzoni, come certo sai, sono ancora oggi diffuse e cantate in molti paesi, soprattutto da coloro cui la vita sorride come allora sorrideva a noi.

Quanta tristezza, quanto dolore, quanta pena provarono i miei scolari quando si accorsero del sentimento, anzi della pazzia, che dominava il mio animo, non è neppure immaginabile. La cosa, in effetti, era tanto evidente che non poteva passare inosservata per alcuno, eccetto colui a danno del quale si consumava, cioè lo zio della fanciulla. Qualcuno, in realtà, aveva cercato più volte di mettere anche lui sull'avviso, ma egli non poteva crederci, sia perché nutriva un affetto quasi morboso per la nipote, come ho detto, sia perché conosceva per fama la mia continenza degli anni passati. In realtà non è facile per noi sospettare di coloro che amiamo: quando si ama davvero non si può prestare ascolto ai sospetti: è peccare. E proprio a questo proposito nella lettera che san Gerolamo scrive a Sabiniano leggiamo:[57] «Noi siamo sempre gli ultimi a sapere i mali delle nostre case e ignoriamo i vizi dei nostri figli e delle nostre mogli quando già i nostri vicini li cantano». Ma quello che si viene a sapere dopo gli altri, si finisce pur sempre col saperlo, e ciò che tutti sanno non può restare celato a lungo a uno solo. E così andò a finire anche nel nostro caso, non prima però che fossero trascorsi parecchi mesi.

Quale dolore provò lo zio, scoprendo la cosa! Quanto soffrirono i due innamorati nel vedersi separare! Quanta vergogna provai! Quanto soffrii al pensiero della povera fanciulla! E che tempesta di tristezza patì ella stessa al pensiero del disonore che mi era caduto addosso! Nessuno di noi pensava a se stesso, ma ognuno soffriva per quello che era successo all'altro: ciascuno di noi piangeva la sventura dell'altro, non la propria.

Ma questa separazione dei corpi non fece altro che avvicinare ancora di più i nostri cuori, e l'impossibilità stessa di soddisfare il nostro amore lo infiammava ancora di più, e perfino la consapevolezza dell'irrimediabilità dello scandalo ci aveva resi insensibili allo scandalo: il senso di colpa, del resto, era tanto minore quanto più dolce era stato il piacere del possesso reciproco. Era successo anche a noi quello che, secondo la nota favola poetica, successe a Marte e a Venere quando furono colti in flagrante.[58]

Non molto tempo dopo Eloisa si accorse di essere incinta. Subito me lo scrisse piena di gioia e di entusiasmo, domandandomi che cosa dovesse fare.[59] Così una notte, mentre suo zio era assente, secondo un piano che avevamo studiato insieme, la rapii dalla casa di Fulberto e la condussi in tutta fretta nel mio paese,[60] dove rimase ospite di mia sorella[61] finché diede alla luce un bimbo cui pose il nome di Astrolabio.[62]

Intanto Fulberto, dopo la fuga di Eloisa, era quasi impazzito: per avere un'idea della violenza del suo dolore e della vergogna che lo affliggeva, bisognerebbe aver provato una tale sventura. Per di più non sapeva che cosa fare nei miei confronti, quali insidie tendermi. Poteva uccidermi o mutilarmi in qualche parte del corpo, ma aveva paura che in Bretagna qualcuno si vendicasse poi sulla sua carissima nipote. Impadronirsi di me rinchiudendomi con la forza in qualche luogo non poteva, soprattutto perché stavo in guardia, dal momento che sapevo bene che egli, se avesse potuto, non avrebbe esitato ad aggredirmi.

Alla fine, mosso a compassione dal suo indicibile dolore e sentendomi anche molto colpevole per l'inganno che per amore avevo macchinato, come se si trattasse di un gravissimo tradimento, andai a trovarlo. Lo supplicai e gli promisi che avrei fatto qualunque cosa egli avesse ritenuta opportuna per rimediare alla situazione incresciosa; gli spiegai anche che quanto era successo non sarebbe parso strano a nessuno di quelli che avessero provato la forza dell'amore o che almeno ricordassero quante volte, fin dall'inizio del mondo, le donne avevano tratto alla rovina anche gli uomini più grandi.[63] E per meglio calmarlo mi dichiarai disposto a dargli una soddisfazione che andava al di là di ogni sua speranza: ero pronto a sposare colei che avevo sedotto, a patto che ciò avvenisse in segreto, perché non nuocesse alla mia reputazione.[64] Fulberto acconsentì; mi diede la sua parola e quella dei suoi parenti e suggellò con i baci quella pace che io avevo sollecitato. Tutto questo per tradirmi meglio.

VII.

Subito tornai in patria e riportai a Parigi la mia Eloisa per farla mia sposa. Ma ella non ne volle sapere[65] e anzi cominciò a dissuadermi dal mio progetto per due buoni motivi: prima di tutto per il rischio che il matrimonio comportava, poi per il disonore che me ne sarebbe venuto. Giurava che nulla mai sarebbe valso a soddisfare suo zio, come si vide in seguito. Si domandava se mai avrebbe potuto sentirsi contenta di una soluzione che avrebbe compromesso la mia reputazione e che avrebbe rovinato lei e me nello stesso tempo. Si domandava quanto colpevole sarebbe apparsa agli occhi del mondo, se l'avesse privato di un lume di sapienza quale ero io e quante maledizioni, quanti danni per la Chiesa, quante lacrime di filosofi sarebbe costato il nostro matrimonio! E non era affatto giusto, diceva, anzi era inconcepibile che io che ero stato creato per il bene di tutti mi dedicassi ad una sola donna, assoggettandomi per lei ad una situazione così disonorevole. Rifiutava insomma decisamente questo matrimonio, ritenendo che per me sarebbe stato degradante e oneroso sotto ogni aspetto. Insieme col mio disonore, mi ricordava gli inconvenienti del matrimonio, che l'Apostolo ci esorta ad evitare, là dove dice:[66] « Se hai la fortuna di non aver moglie, non cercarne una. Ma se hai già preso moglie, non hai peccato, come non commetterà peccato una vergine se si sposerà. Costoro però soffriranno le tribolazioni della carne, mentre a voi io voglio risparmiarle ». E più avanti:[67] « Vorrei che voi foste senza preoccupazioni ». Se poi, continuava Eloisa, non volevo ascoltare né i consigli dell'Apostolo né le esortazioni dei santi Padri, riguardo al grave giogo del matrimonio, consultassi almeno i filosofi e meditassi quanto essi stessi avevano scritto o quanto su di essi era stato scritto in proposito, giacché anche i santi seguono diligentemente lo stesso criterio quando si tratta di rimproverarci. Prova ne sia, diceva, il passo di san Gerolamo nel primo libro *Contro Gioviniano*, dove appunto il santo ricorda che Teofrasto,[68] dopo aver diligentemente passato in rassegna gli insopportabili fastidi della vita matrimoniale e le conseguenti noie, dimostra con argomentazioni inconfutabili che il saggio non deve sposarsi, e conclude egli stesso le esortazioni del filosofo con queste parole:[69] « Noi cristiani potremmo forse stupirci di sentire dire questo da Teofrasto ». Lo stesso nel medesimo libro dice:[70] « Cicerone, invitato da Irzio a sposare sua sorella, dopo il ripudio di Terenzia, si rifiutò energicamente sostenendo che non poteva occuparsi contemporaneamente di filosofia e di una donna». E non disse soltanto *occuparsi* ma aggiunse *contemporaneamente*, ad indicare che egli non voleva pensare a nulla che potesse distrarlo dalla filosofia.

Ma, lasciando ora da parte questo tipo di inconvenienti, continuava Eloisa, non bisogna dimenticare i limiti che comporterebbe un legame legittimo. Che rapporto può esserci tra l'attività accademica e la vita familiare, tra la cattedra e una culla, tra un libro o un quaderno e una conocchia, tra uno stilo e una penna e un fuso? Pensi che ti riuscirà facile, mentre sarai tutto intento allo studio delle Sacre Scritture e della filosofia, sopportare i vagiti dei bambini o le nenie delle nutrici che cercano di farli tacere o l'andare e venire dei domestici, uomini e donne? E che dire del puzzo insopportabile dei neonati? Queste cose, tu dirai, vanno bene per i ricchi, è chiaro: essi posseggono dimore ampie o addirittura locali appartati, possono affrontare qualsiasi spesa e non sono assillati dalle quotidiane necessità. Ma, ti rispondo, tra un filosofo e un ricco c'è molta differenza, e di regola chi cerca di far denaro inseguendo i successi mondani non può dedicarsi agli studi di teologia o di filosofia. E proprio per questo i più famosi filosofi antichi disprezzavano le cose del mondo e le abbandonavano, anzi le fuggivano, privandosi di tutti i piaceri per riposare tra le braccia della filosofia. Uno di questi, il sommo Seneca,[71] ammonendo Lucilio scrive:[72] «Non è quando non hai niente da fare che devi dedicarti alla filosofia: bisogna trascurare tutto, per dedicarvisi completamente, e il tempo che le si dedica non è mai sufficiente. Trascurarla anche per un attimo solo è come abbandonarla del tutto: appena ti distrai, non ti rimane più nulla. È necessario non lasciarsi attrarre da nessun tipo di attività, e non basta sbrigare le altre faccende in fretta, bisogna eliminarle completamente». Insomma quello che oggi presso di noi i veri monaci fanno per amore di Dio, tutti i filosofi pagani più nobili lo fecero per amore della filosofia. Presso tutti i popoli, infatti, sia pagani che ebrei o cristiani, ci fu sempre chi si distinse tra gli altri per religiosità o per onestà di costumi, vivendo appartato dai più in un particolare stato di astinenza o di continenza. Così, nei tempi antichi, tra gli Ebrei, c'erano i Nazirei che si consacravano al Signore secondo la legge,[73] e i figli dei Profeti,[74] seguaci di Elia o di Eliseo, che nell'Antico Testamento, come ci testimonia san Gerolamo,[75] erano chiamati monaci. Così, più tardi, come monaci vissero i membri delle tre sette filosofiche che Giuseppe[76] nel diciottesimo libro delle sue *Antichità* distingue in Farisei, Sadducei ed Esseni.[77] Così presso di noi ci sono i monaci, che imitano o la vita comunitaria degli Apostoli o la primitiva vita solitaria di Giovanni. Così presso i pagani fecero, come abbiamo visto, i filosofi; infatti essi non riferivano il nome di sapienza o di filosofia alla conoscenza delle varie dottrine, ma all'austerità della vita, come si può dedurre dalla stessa etimologia della parola e dalla testimonianza dei santi Padri.

Ad esempio, a questo proposito, sant'Agostino,[78]

nell'ottavo libro della *Città di Dio*, distinguendo le varie scuole filosofiche dice:[79] « Il fondatore della scuola italica fu Pitagora, cui pare si debba perfino il nome della filosofia: prima di lui, infatti, si chiamavano *sapienti* coloro che parevano distinguersi dagli altri per la morigeratezza, degna di lode, della loro vita, ma Pitagora, una volta che gli fu chiesto che cosa si ritenesse, rispose di essere un *filosofo*, cioè uno che perseguiva e amava la sapienza, poiché gli sembrava un atto di eccessiva superbia professarsi sapiente ». E quando in questo passo si dice: « coloro che parevano distinguersi dagli altri per la morigeratezza, degna di lode, della loro vita », si vuole sottolineare appunto che, presso i pagani, i sapienti, cioè i filosofi, erano considerati tali più per il loro tenore di vita che per la loro sapienza. Naturalmente, diceva ancora Eloisa, non è il caso che io adduca esempi sulla sobrietà e sulla castità della vita di questi individui, perché non voglio aver l'aria di insegnare qualcosa a Minerva.[80] Se dunque, continuava Eloisa, i pagani e i laici, senza essere vincolati a nessun voto religioso, sono vissuti in questo modo, che cosa spinge te, che sei chierico e canonico,[81] a preferire turpi piaceri al tuo sacro ministero, a farti risucchiare a capofitto da questa Cariddi,[82] a immergerti vergognosamente e per sempre in queste dissolutezze? Se non vuoi pensare ai tuoi doveri di chierico,[83] difendi almeno il tuo prestigio di filosofo; se non hai alcun rispetto di Dio, dall'affrontare una simile onta ti trattenga almeno il senso dell'onore. Ricorda che Socrate[84] aveva moglie[85] e ricorda con quale disonorante esperienza scontò per primo questa offesa fatta alla filosofia, tanto che, se non altro, il suo esempio dovrebbe rendere più cauti gli altri, come dice lo stesso Gerolamo, che parlando di Socrate nel primo libro *Contro Gioviniano* scrive:[86] « Un giorno, mentre cercava di controbattere il diluvio di insulti che sua moglie Santippe gli scagliava contro dall'alto, si trovò tutto bagnato di acqua sporca, ma asciugandosi la testa, si limitò a concludere: "Sapevo bene che dopo i tuoni sarebbe venuta la pioggia!" ».

Infine, venendo a se stessa, Eloisa metteva in evidenza quanto pericoloso sarebbe stato per me ricondurla a Parigi e quanto sarebbe stato più bello per lei e più onorevole per me averla come amante che come moglie:[87] così, solo l'amore mi avrebbe legato a lei e non il vincolo matrimoniale. Inoltre, diceva, dopo ogni periodo di separazione, la gioia di stare insieme sarebbe stata più grande, proprio perché più rara.

Poi, vedendo che i suoi tentativi di persuadermi o dissuadermi con queste e altre argomentazioni non potevano farmi desistere dalla mia folle decisione, quasi non osasse dispiacermi oltre, tra lacrime e sospiri concluse il suo discorso, dicendo: « Non ci rimane dunque che perderci l'un l'altro e soffrire forse più di quanto abbiamo amato ». E in questo, come tutti hanno potuto vedere, fu profetessa verace.

Affidammo dunque a mia sorella il nostro piccolo e tornammo di nascosto a Parigi. Pochi giorni più tardi, dopo aver trascorso la notte in una chiesa a vegliare in preghiera, in gran segreto, di buon mattino, alla presenza di suo zio e di alcuni miei e suoi amici, fummo uniti in matrimonio. Poi uscimmo separatamente dalla chiesa senza farci vedere e non ci vedemmo più se non di rado e di nascosto,[88] cercando di tener celato il più possibile ciò che avevamo fatto.

Ma suo zio Fulberto e i suoi familiari, cercando uno sfogo al loro disonore, cominciarono a mettere in giro la notizia del matrimonio, tradendo così la promessa che mi avevano fatto a proposito. Eloisa giurava e spergiurava che era tutto falso, tanto che suo zio, esasperato da questo suo contegno, la angariava di continuo.

Allora, saputo ciò, la portai nell'abbazia femminile di Argenteuil,[89] poco fuori Parigi, dove da bambina era stata allevata e istruita, e le feci anche preparare e indossare l'abito religioso, adatto alla vita monastica, eccetto il velo.[90]

A questo punto, suo zio Fulberto e tutti i suoi parenti pensarono che io mi fossi fatto beffe di loro e che avessi messo Eloisa in monastero per sbarazzarmene più facilmente. Perciò, gravemente offesi, si accordarono, e una notte, dopo aver corrotto un mio servo con denaro, mi sorpresero mentre riposavo tranquillamente in una stanza appartata di casa mia e mi punirono con la più crudele e infamante delle vendette, vendetta che tutti appresero con immenso stupore: mi tagliarono cioè la parte del corpo con cui avevo commesso ciò di cui essi si lamentavano. Riuscirono a fuggire tutti, tranne due, ai quali, dopo la cattura, furono cavati gli occhi e tagliati i genitali:[91] uno di essi era proprio il servo che, pur essendomi particolarmente affezionato, si era lasciato indurre al tradimento per cupidigia di denaro.

VIII.

Il mattino dopo, tutta la città era radunata davanti alla mia casa: narrare lo stupore, i lamenti, le grida, i pianti perfino troppo insistenti e fastidiosi, sarebbe difficile e forse impossibile.[92] Soprattutto i chierici, e in particolare i miei scolari, mi tormentavano con i loro lamenti e i loro gemiti insopportabili, al punto che soffrivo più per la compassione di cui mi sentivo oggetto da parte loro che per il dolore della ferita: la vergogna mi bruciava più della mutilazione, l'onta patita più del dolore.

Pensavo alla fama di cui godevo fino al giorno prima e alla rapidità con cui, ora, da una disgrazia qualsiasi era stata offuscata, anzi annientata. Come è giusto, pensavo, che la giustizia di Dio mi abbia punito proprio in quella parte del corpo con cui ho peccato! Come era giusto che colui che io per primo avevo tradito mi avesse restituito il tradimento! I miei avversari potevano a buon diritto compiacersi di una simile prova di umana giustizia. Quale inconsolabile dolore la mia mutilazione avrebbe recato ai miei cari e ai miei amici! Una simile notizia, una infamia così eccezionale si sarebbe presto diffusa dappertutto, e io non avrei più potuto mostrarmi in nessun luogo. Con quale faccia sarei apparso in pubblico? Tutti mi avrebbero segnato a dito; sarei stato sulla lingua di tutti: sarei stato davvero un bello spettacolo!

Ma quello che non mi preoccupava meno era il pensiero che, secondo la lettera della legge, la « lettera che uccide »,[93] gli eunuchi sono considerati talmente abominevoli agli occhi di Dio che gli uomini privi dei testicoli in conseguenza di una amputazione o di una atrofizzazione non sono neppure ammessi in chiesa perché fetidi e immondi, e gli animali stessi, quando si trovano in tale condizione, non possono essere utilizzati nei sacrifici, come si legge nel Levitico:[94] « Ogni animale che abbia i testicoli atrofizzati, contusi, tagliati o che ne sia comunque privo, non sarà offerto a Dio », e nel ventiduesimo capitolo del Deuteronomio:[95] « L'eunuco, i cui testicoli si saranno atrofizzati o saranno stati tagliati, o comunque privo di genitali, non entrerà nel tempio di Dio ».

In questo stato di prostrazione e di confusione più per vergogna che per vera vocazione – lo ammetto – mi indussi a cercar rifugio nell'ombra del chiostro, non prima però che per mio comando Eloisa spontaneamente[96] avesse preso il velo e fosse entrata in un monastero. Così entrambi vestimmo contemporaneamente l'abito sacro, io nell'abbazia di Saint-Denis,[97] lei nel suddetto monastero di Argenteuil. Ricordo bene che parecchi la compatirono e cercarono di sottrarre la sua adolescenza al giogo della regola monastica, come se si trattasse di un supplizio insopportabile; ma tutto fu vano, perché ella, ripetendo con appassionata serietà il celebre lamento di Cornelia,[98] tra le lacrime e i singhiozzi, come poté, disse:[99]

«...O mio nobile sposo,
non meritavi ch'io mi unissi a te!
Di tanto uomo, questa era la sorte?
Perché fui così empia da sposarti,
se per te fui rovina? In espiazione
accetta i mali che per te io soffro».

Con queste parole sulle labbra si avvicinò rapidamente all'altare, subito prese il velo benedetto dalle mani del vescovo e davanti a tutti si legò per sempre alla vita monastica.

Intanto, quando ormai cominciavo a guarire dalla mia ferita, i chierici, venendo in gran numero a trovarmi, cominciarono a pregare insistentemente tanto me quanto il mio abate, affinché io riprendessi a fare per amore di Dio quello che fino allora avevo fatto per denaro o per desiderio di gloria: essi sostenevano che avrei dovuto render conto a Dio, e con gli interessi, del talento che egli stesso mi aveva dato; io che fino ad allora mi ero sempre occupato delle persone ricche, dovevo ora dedicarmi all'educazione dei poveri; dovevo anche riconoscere, dicevano, che la mano del Signore mi aveva toccato soprattutto affinché, libero ormai dalle lusinghe della carne, sottratto ai tumulti della vita mondana, potessi dedicare tutto il mio tempo agli studi letterari; da filosofo del mondo sarei dovuto diventare il vero filosofo di Dio.

Ma l'abbazia in cui mi ero ritirato era mondana e corrotta. Lo stesso abate,[100] che avrebbe dovuto essere il primo per autorità, era invece il primo per dissolutezza e scostumatezza. Io avevo biasimato spesso con vigore questo comportamento scandaloso, parlandone ora privatamente ora pubblicamente, ma l'unica cosa che ottenni fu di diventare odioso e insopportabile a tutti più del necessario, al punto che essi furono ben contenti di approfittare delle continue insistenze dei miei scolari per sbarazzarsi di me.

Così, cedendo ai reiterati e talvolta importuni inviti degli studenti, e a causa anche dell'intervento dell'abate e degli altri confratelli, mi ritirai in un piccolo eremo,[101] per dedicarmi ancora una volta all'insegnamento. E ancora una volta l'afflusso di studenti fu tale che né c'era spazio per accoglierli tutti né la terra produceva abbastanza per nutrirli. In quell'occasione tenni lezioni soprattutto sulle Sacre Scritture, come si addiceva alla mia nuova condizione,[102] ma non trascurai del tutto neppure lo studio delle arti liberali, in cui ero più esperto e di cui soprattutto si voleva che io parlassi: e io mi servivo delle arti liberali come di un amo, con il quale portavo coloro che mi ascoltavano allo studio della vera filosofia: conquistavo i miei scolari con un'esca di sapore filosofico, proprio come, secondo la *Storia ecclesiastica*,[103] faceva Origene,[104] il più grande dei filosofi cristiani.

E poiché sembrava che il Signore mi avesse favorito non meno nell'interpretazione delle Sacre Scritture che in quella dei testi profani, i frequentatori di entrambe le mie lezioni cominciarono a moltiplicarsi mentre diminuivano sensibilmente quelli delle altre scuole. Era perciò inevitabile che il mio successo suscitasse contro di me l'odio e l'invidia dei vari maestri, i quali, denigrandomi in tutti i modi che potevano, mi rinfacciavano, sempre in mia assenza, due cose in particolare: in primo luogo che era assolutamente contrario allo spirito della vita monastica dedicarsi allo studio dei testi profani, e in secondo luogo che io avevo osato accingermi all'interpretazione e all'insegnamento delle Sacre Scritture senza mai aver seguito un maestro. Il loro scopo era evidentemente quello di impedirmi l'esercizio della mia professione di insegnante, e per questo istigavano di continuo vescovi, arcivescovi, abati e qualunque altra persona munita di un titolo ecclesiastico.

IX.

Proprio allora mi era capitato di dedicarmi per la prima volta all'analisi del fondamento stesso della nostra fede sulla base di analogie razionali[105] e avevo anche composto un trattato di teologia su *L'unità e trinità di Dio*[106] ad uso dei miei scolari che mi richiedevano spiegazioni basate sulla ragione e sulla filosofia e volevano, insomma, più dimostrazioni che parole: sostenevano infatti che i discorsi sono inutili se prima non si capiscono le cose, e che non si può credere a niente se prima non lo si è capito, perché sarebbe ridicolo che qualcuno cerchi di spiegare agli altri ciò che né lui né quelli cui insegna sono in grado di comprendere:[107] e Dio stesso condanna « i ciechi che fanno da guida ai ciechi ».[108]

Il trattato era stato letto da molti e posso dire che era piaciuto moltissimo a tutti, proprio perché sembrava dare una risposta soddisfacente a tutti quei problemi: e, come succede in questi casi, quanto più i problemi sono considerati difficili e complessi, tanto più si stima e si ammira chi è stato in grado di risolverli. Ma i miei nemici persero la pazienza e decisero di riunire contro di me un concilio: i più inveleniti erano i miei due vecchi avversari, Alberico e Lotulfo,[109] i quali, dopo la morte dei nostri comuni maestri, Guglielmo e Anselmo,[110] aspiravano a dominare incontrastati e si consideravano i loro unici eredi. Essendo entrambi maestri presso la scuola di Reims, essi con continue calunnie nei miei confronti indussero il loro arcivescovo Radulfo[111] a far venire Conano,[112] vescovo di Preneste,[113] che in quei tempi si trovava in Francia come legato pontificio, e a riunire una specie di assemblea nella città di Soissons[114] facendola passare per un concilio; e io naturalmente fui invitato a presentarmi e a portare il mio famoso trattato sulla Trinità. E così feci. Ma prima che io arrivassi, i miei due rivali mi avevano talmente diffamato presso il clero e il popolo, che fin dal primo giorno del nostro arrivo, io e i pochi scolari che mi avevano accompagnato rischiammo quasi di essere lapidati dalla folla, che mi accusava, come le era stato dato ad intendere, di andar dicendo e di aver addirittura scritto che esistono tre dèi.[115]

Tuttavia, appena giunto in città, mi presentai al legato, gli consegnai il mio libro affinché lo esaminasse e lo giudicasse e mi dichiarai disposto ad apportare qualsiasi correzione alla mia dottrina o a fare qualsiasi altro tipo di riparazione, nel caso che risultasse che avevo scritto o sostenuto qualcosa in contrasto con l'ortodossia cattolica. Ma egli subito mi ingiunse di consegnare il trattato all'arcivescovo e ai miei due rivali, in modo che mi avrebbero giudicato quelli stessi che mi accusavano. Così si adempiva anche per me quello che dice il Signore:[116] « E i nostri nemici sono i nostri giudici ».

Quelli, però, pur sfogliando ed esaminando a lungo il mio libro, non vi trovarono nulla che potessero osare di produrre a mio carico durante l'udienza, e perciò rimandarono sino alla conclusione del concilio la condanna che stava loro a cuore.

Io intanto, nei giorni che avevano preceduto l'apertura del concilio, avevo discusso pubblicamente davanti a tutti i princìpi della fede cattolica sulla base dei miei scritti, e tutti coloro che mi avevano ascoltato avevano apprezzato incondizionatamente la mia interpretazione e lo spirito che mi guidava. Anzi il popolo e il clero, vedendo quanto succedeva, cominciarono a dirsi: « Ma guarda questo che parla davanti a tutti e nessuno lo contraddice! E il concilio, che, come ci hanno detto, è stato riunito soprattutto contro di lui, sta per essere sciolto. Forse i giudici hanno capito che a sbagliare sono stati loro e non lui? ». Ovviamente tali discorsi infiammavano di sdegno ogni giorno di più i miei rivali.

Un giorno Alberico, volendo studiare le mie intenzioni, venne da me con alcuni suoi discepoli e dopo i soliti convenevoli mi disse di aver trovato nel mio libro un passo che lo aveva stupito: dal momento che Dio ha generato Dio e che vi è un solo Dio, come potevo negare che Dio aveva generato se stesso?

« Se volete », gli risposi subito, « ve lo dimostrerò razionalmente ».

« In qucsto campo », mi ribatté, « noi non prendiamo in considerazione la ragione umana o le tue personali opinioni, ma solo le parole di qualche scrittore autorevole ».

« E allora voltate la pagina del libro », gli dissi, « e troverete anche quelle autorevoli parole ».

Avevamo a portata di mano il libro che egli aveva recato con sé. Lo presi e lo aprii al punto che sapevo e che a lui naturalmente era sfuggito, forse perché vi cercava solo i passi che potevano nuocermi. E Dio volle che mi capitasse subito sotto gli occhi quello che volevo: era il passo tratto dal primo libro *Sulla Trinità* di sant'Agostino, dove si legge:[117] « Chi ritiene Dio tanto potente da essersi generato da solo, si sbaglia: e non solo perché ciò non è vero nei confronti di Dio, ma nei confronti di nessuna creatura spirituale o materiale. In effetti non esiste nessuna cosa che si generi da sola ». I discepoli di Alberico presenti, sentendo ciò, arrossirono dallo stupore, ma egli, cercando di salvarsi in qualche modo, soggiunse: « Bisogna però capirlo bene ». Io gli feci notare che non era una novità e, d'altra parte, ciò non aveva niente a che fare con la nostra discussione attuale, perché egli mi aveva chiesto solo le parole di un'autorità e non il loro significato. Aggiunsi che tuttavia, nel caso volesse penetrarne anche il senso attraverso la ragione, ero pronto a dimostrargli sulla base delle sue stesse opinioni che era caduto nell'eresia che sostiene che il Padre è figlio di se stesso.[118] A queste parole Alberico si infuriò e passò alle minacce, gridando che né i miei ragionamenti né tutte le opinioni di qualsivoglia autorevole fonte mi sarebbero servite in quella causa. E così se ne andò.

L'ultimo giorno del concilio, prima di aprire la seduta, il legato e l'arcivescovo discussero a lungo con i miei due rivali e con certi altri personaggi sulle decisioni da prendere nei confronti miei e del mio libro, per il quale, soprattutto, era stato convocato il concilio. Ma né nelle mie parole né nello scritto che avevano in visione trovarono alcunché cui appigliarsi per incriminarmi: ci fu allora un momento di silenzio e sembrava che anche i miei rivali più intransigenti non sapessero più che cosa dire. Anzi Goffredo, vescovo di Chartres,[119] che eccelleva sugli altri vescovi per la fama della sua pietà e per l'importanza della sua sede, prese a dire: « Voi tutti, signori qui presenti, sapete bene che la cultura di quest'uomo, qualunque essa sia, e il suo ingegno, a qualsiasi disciplina si sia dedicato, hanno riscosso molte simpatie e molto seguito: egli, per parlare chiaramente, ha offuscato la fama dei suoi e nostri maestri, e la sua vigna, se mi permettete l'espressione, ha esteso i suoi tralci da un mare all'altro.[120] Se voi ora, per qualche prevenzione, cosa che non voglio neppure pensare, vorrete far cadere su di lui il peso di una sia pur giusta condanna, sappiate che offenderete molte persone e che non mancherà certo chi lo difenderà, tanto più che, obiettivamente, nello

Tavola I.

Cattedrale di Notre-Dame a Le Puy (seconda metà del secolo XI). Figura dell'arcangelo san Michele. In alto a sinistra, Salomone. Abelardo nelle sue lettere si appella spesso alla sapienza di Salomone.

scritto in questione non abbiamo trovato nulla che possa essere sicuramente messo sotto accusa. E poiché, come dice san Gerolamo, "la violenza commessa apertamente suscita rivali"[121] e, d'altra parte,

"i fulmini feriscono le più alte cime"[122]

badate che un'azione troppo violenta nei suoi confronti non si risolva in un aumento di fama per lui; non vorrei che ci si trovasse più in colpa noi in conseguenza dell'invidia suscitata che non lui in conseguenza della condanna. "Una falsa insinuazione", infatti, come ricorda ancora san Gerolamo,[123] "viene subito messa a tacere, e le vicende successive dimostrano chi aveva ragione". Se invece intendete procedere contro di lui secondo le norme del diritto canonico, è necessario che la sua dottrina e il suo testo siano presi qui in attenta considerazione e che egli sia interrogato personalmente e possa liberamente rispondere, in modo tale che, se si dimostrerà che è colpevole o se egli stesso lo ammetterà, sia costretto a tacere per sempre. Insomma, atteniamoci almeno alla sentenza del beato Nicodemo, che per salvare nostro Signore diceva:[124] "Da quando la nostra legge condanna un uomo senza prima averlo ascoltato ed aver saputo che cosa faccia?" ».

A queste parole i miei rivali cominciarono a rumoreggiare e gridavano: « Ma che bel consiglio! Invitarci a gareggiare in eloquenza con uno alle cui argomentazioni e ai cui sofismi non c'è nessuno al mondo in grado di opporsi! ». Certo, misurarsi con Cristo in persona sarebbe stato ben più difficile; ciò nonostante Nicodemo chiedeva che Egli fosse almeno ascoltato come la legge imponeva!

Allora il vescovo, vedendo che non poteva indurli ad accettare il suo punto di vista, cercò di porre freno alla loro invidia in un altro modo: dichiarò che per un problema di tale importanza i pochi presenti non potevano bastare, e che insomma tutta la causa richiedeva un esame più approfondito: pertanto, per il momento, egli riteneva opportuno che il mio abate, che era lì presente, mi riportasse nella mia abbazia, al monastero di Saint-Denis, dove un più nutrito consesso di dotti, dopo un più attento esame, avrebbe preso i provvedimenti necessari.

Il legato pontificio approvò quest'ultima proposta, seguito da tutti gli altri. Subito dopo si alzò per andare a celebrare la Messa prima di recarsi al concilio e mi fece pervenire tramite il vescovo Goffredo l'autorizzazione a tornare al mio monastero, dove avrei dovuto attendere le future decisioni.

A questo punto però i miei nemici, che non miravano certo a che le cose fossero fatte secondo giustizia, ben sapendo che se quella specie di processo si fosse tenuto fuori della loro diocesi non avrebbero potuto esercitare le loro pressioni, convinsero l'arcivescovo che sarebbe stato un gran disonore per lui se il processo fosse stato trasferito ad altro tribunale e che la soluzione prospettata era comunque pericolosa, qualora io riuscissi ad evitare la condanna. Subito dopo si precipitarono dal legato, fecero cambiare opinione anche a lui e, benché quello non fosse del tutto convinto, lo indussero a condannare il mio libro senza più nessun'altra inchiesta e a farlo bruciare subito alla presenza di tutti: quanto a me, dovevo essere chiuso per sempre in un nuovo monastero. Sostenevano infatti che per giustificare la condanna del mio trattato poteva bastare anche il fatto che io avevo osato leggerlo pubblicamente e per di più darlo da trascrivere a parecchie persone senza l'autorizzazione del Pontefice romano e della Chiesa; la mia condanna sarebbe stata utilissima per la fede cristiana, perché l'esempio di quello che era capitato a me sarebbe servito a prevenire una siffatta presunzione da parte di molti altri.

Purtroppo il legato, non essendo colto come la sua carica avrebbe richiesto, si rimetteva per lo più alle decisioni dell'arcivescovo e l'arcivescovo a sua volta a quelle dei miei nemici. Il vescovo di Chartres, non appena si rese conto di quello che si stava macchinando, venne subito a informarmi e mi esortò vivamente a sopportare la cosa con tanta più rassegnazione quanto più evidente era il torto che mi si faceva: non dovevo infatti dubitare, mi diceva, che un colpo così violento, suggerito chiaramente dall'invidia, sarebbe tornato a tutto danno di coloro che me lo avevano inferto, mentre io ne sarei uscito avvantaggiato; quanto alla relegazione in monastero, inoltre, non dovevo affatto preoccuparmi, perché sapevo bene che il legato, che me l'aveva comminata per forza, pochi giorni dopo la sua partenza mi avrebbe senz'altro fatto liberare. E così, mescolando le sue lacrime alle mie, mi consolò come poté.

X.

Pertanto, quando fui invitato a comparire davanti al concilio, mi presentai subito. Là, senza alcun esame, senza alcuna discussione, mi costrinsero a gettare sul fuoco con le mie stesse mani il mio libro, che così andò in fiamme. Tuttavia, affinché non sembrasse che tutti avessero perso la parola, uno dei miei avversari mormorò che nel libro aveva trovato scritto che soltanto Dio Padre è onnipotente. Il legato, che era riuscito a sentire, gli ribatté, molto stupito, che un errore del genere non era credibile neanche in un bambino, poiché, disse, è una comunissima verità di fede che tutti e tre i componenti della Santa Trinità sono onnipotenti. A queste parole un maestro di scuola, un certo Terrico,[125] replicò ironicamente con il noto passo di Atanasio:[126] « E tuttavia non ci sono tre persone onnipotenti, ma un solo onnipotente ».[127] Il suo vescovo prese naturalmente a rimproverarlo accusandolo di aver osato contraddire l'autorità del legato, ma Terrico gli teneva testa validamente e, citando le parole di Daniele,[128] disse: « Così, o stolti figli di Israele, senza giudicare, senza esaminare la verità, avete condannato un figlio di Israele. Ritornate in giudizio[129] e giudicate il giudice stesso, voi che l'avete eletto per guidarvi nella fede e per correggere chi sbaglia. Egli, che avrebbe dovuto giudicare, si è condannato con le sue stesse parole, mentre la divina misericordia oggi manda libero davanti a tutti un innocente come un giorno Susanna fu liberata dai suoi falsi accusatori ».[130] Allora, si alzò l'arcivescovo e cambiando un po' le parole, come richiedeva la circostanza, confermò la sentenza del legato: « In verità, signore, onnipotente è il Padre, onnipotente il Figlio, onnipotente lo Spirito Santo.[131] E chiunque non accetta questo dogma, è evidentemente fuori strada e non merita neppure di essere ascoltato. Ora però, se siete d'accordo, sarebbe bene che questo fratello facesse qui davanti a tutti la sua professione di fede, in modo che si possa, secondo i casi, o approvarla o disapprovarla ed eventualmente correggerla ». Mi alzai allora io, per esporre la mia professione di fede, ma i miei nemici, affinché non[132] esprimessi direttamente il mio pensiero, precisarono che non dovevo far altro che recitare il *Simbolo atanasiano*,[133] come avrebbe potuto fare anche un bambino. E affinché non potessi evitare di farlo dicendo che non lo ricordavo, fecero portare il testo scritto perché lo leggessi, come se proprio non avessi mai sentito quelle parole. Così tra sospiri, lacrime e singhiozzi lessi come potei. Poi, come se fossi un delinquente o un reo confesso, fui affidato all'abate di Saint-Médard,[134] che pure era presente al concilio, e condotto nel suo chiostro come in un carcere. Subito dopo il concilio fu sciolto.

L'abate e i monaci del monastero, convinti che io arrivavo per restarci a lungo, mi accolsero con grande simpatia e mi trattarono con ogni premura, sforzandosi anche, ma invano, di consolarmi.

Dio, tu che sei l'unico giudice dei giusti, tu solo sai con quanto fiele, nella mia follia, inveissi contro di te e con quanta amarezza, accecato dall'ira, ti accusassi, ripetendo di continuo l'angoscioso lamento di sant'Antonio:[135] «O buon Gesù, dov'eri?». E ora non saprei più neppure spiegare quello che provai allora: il dolore che mi bruciava, la vergogna che mi confondeva, la disperazione da cui mi lasciavo prendere. Paragonavo la mia situazione di allora a quello che avevo patito prima, non eccettuato lo strazio del corpo, e mi sentivo il più infelice degli uomini. In confronto all'oltraggio presente, il tradimento patito mi sembrava poca cosa; soffrivo più per il danno inferto alla mia fama che per la mutilazione fisica, perché quella l'avevo voluta io, mentre l'evidente persecuzione cui ora ero sottoposto era stata causata solo dalle più sincere intenzioni e da quell'amore e rispetto per la fede che mi avevano indotto a scrivere.

L'assurdità e la crudeltà del provvedimento preso nei miei confronti, naturalmente, non mancò di suscitare lo sdegno violento e le proteste di tutti coloro che ne venivano a conoscenza: gli stessi membri del concilio che mi aveva condannato si attribuivano l'un l'altro la responsabilità della cosa; si arrivò anzi al punto che i miei stessi rivali dichiararono di non aver avuto parte alcuna in una simile decisione, mentre il legato pontificio ebbe occasione di deplorare più volte pubblicamente la cattiveria dimostrata dai Franchi in quell'occasione. Ben presto, quindi, il legato stesso, un po' perché pentito di quello che aveva decretato e un po' perché, di fatto, era stato costretto, pur contro la sua volontà, a dar soddisfazione all'astio dei miei nemici, mi fece uscire dal monastero dove mi trovavo e mi rimandò nel mio.[136]

Là, ormai da tempo, come ho già detto,[137] avevo ostili quasi tutti i miei confratelli, giacché essi, a causa della loro turpe condotta di vita e delle loro abitudini licenziose, non potevano non guardare con odio un uomo come me, che non esitava a puntare il dito sulle loro miserie. Ma, trascorsi appena pochi mesi, la sorte offrì loro l'occasione propizia per liberarsi di me per sempre. Infatti, un giorno, mentre leggevo il commento di Beda[138] agli Atti degli Apostoli, mi capitò per caso sotto gli occhi un passo[139] in cui si affermava che Dionigi l'Areopagita[140] era stato vescovo di Corinto e non di Atene. Tale affermazione sembrava assai in contrasto con l'opinione dei miei confratelli, perché essi sostenevano, menandone gran vanto, che il loro Dionigi era quell'Areopagita che, come dimostrano le vicende della sua vita, fu anche vescovo di Atene. Comunque, non appena l'ebbi trovato, tanto per scherzare, feci leggere ad alcuni dei confratelli presenti il passo in cui, dicevo, Beda non era d'accordo con loro. Ma essi si sdegnarono violentemente: Beda per loro era un impostore e consideravano più degno di fede il loro abate Ilduino, che per accertare la verità dei fatti aveva percorso in lungo e in largo tutta la Grecia, e appurata la verità, aveva autorevolmente eliminato ogni dubbio in proposito nella sua *Vita di san Dionigi*.[141] E poiché uno di essi insisteva perché esponessi la mia opinione riguardo alle tesi di Beda e di Ilduino, dichiarai che l'autorità di Beda, i cui scritti sono diffusi presso tutta la Chiesa latina, mi pareva più degna di fede.

Non l'avessi mai detto! Infiammati dallo sdegno, cominciarono a gridare che finalmente avevo parlato chiaro, mostrando apertamente che avevo sempre odiato il monastero, e che ora ero arrivato al punto di menomare il prestigio di tutto il regno di Francia, togliendogli, con il negare l'identità del suo patrono con l'Areopagita, un onore di cui andava particolarmente fiero. Io ribattei che non avevo mai detto niente di simile e che del resto non importava proprio niente che san Dionigi fosse l'Areopagita o arrivasse da qualche altra parte, purché avesse davvero ottenuto da Dio una corona così bella.[142] Essi però corsero subito dall'abate e gli riferirono quanto mi avevano falsamente attribuito.

L'abate fu ben contento di sentire una cosa del genere, felice di poter approfittare dell'occasione buona per allontanarmi dal suo monastero, poiché quanto più turpe era la sua vita, tanto più grande era la paura che gli incutevo. Convocato dunque il suo consiglio, davanti a tutti i confratelli mi minacciò severamente e disse che mi avrebbe deferito immediatamente al re,[143] perché mi punisse per aver tentato di privarlo della sua gloria regale e della sua corona stessa. Nel frattempo, in attesa che fossi consegnato al re, diede ordine di sorvegliarmi a vista, e invano io chiesi di essere punito secondo la norma della nostra regola, se proprio avevo commesso qualche colpa.

Ormai non riuscivo più a sopportare l'orrore che mi ispirava la loro condotta. Esasperato dai continui colpi della fortuna, ero anche profondamente disperato, perché mi sembrava che tutto il mondo mi perseguitasse. Così, con la complicità di alcuni confratelli, mossi a pietà per me, e grazie all'aiuto di alcuni miei discepoli, nottetempo fuggii e mi nascosi nel vicino territorio del conte Teobaldo,[144] nel piccolo eremo dove ero già stato una volta.[145] Conoscevo appena il conte, ma sapevo che era al corrente delle mie peripezie ed era dalla mia parte. Così cominciai a stabilirmi colà, nel castello di Provins,[146] in un eremo di monaci di Troyes,[147] il cui priore, già da tempo mio buon amico e legato a me da grande affetto, fu molto contento del mio arrivo e mi trattò con ogni riguardo.

Un giorno al castello giunse l'abate del mio monastero, per far visita al conte e per sbrigare certi suoi affari. Non appena lo seppi, mi recai dal conte insieme con il mio priore, per pregarlo di intercedere per me presso l'abate, affinché mi assolvesse e mi desse il permesso di andare a vivere monasticamente dove avessi ritenuto più opportuno. L'abate e coloro che l'accompagnavano promisero di prendere in esame la cosa e dissero che avrebbero dato una risposta quello stesso giorno prima di partire. Ma, riunitisi in consiglio, capirono che se io mi fossi trasferito in un altro monastero, per loro sarebbe stato un grave disonore. In effetti, essi consideravano come un titolo di gloria che io, in occasione del mio ingresso in monastero, mi fossi recato da loro, quasi disprezzando tutti gli altri monasteri, e ora si dicevano che per loro sarebbe stato un vero obbrobrio, se li avessi abbandonati per andare in un altro luogo. Decisero quindi di non prestar ascolto né a me né al conte e anzi minacciarono di scomunicarmi seduta stante se non fossi tornato immediatamente nel monastero, e intimarono al priore presso il quale mi ero rifugiato di non trattenermi più oltre, se non voleva incorrere anche lui nella scomunica. Questa precisa presa di posizione gettò sia me sia il priore in un'angoscia disperata. Così l'abate se ne andò ben deciso a non cedere, ma pochi giorni dopo morì.[148] Io allora, non appena fu eletto il suo successore,[149] mi recai da lui insieme con il vescovo di Meaux[150] supplicandolo di concedermi quello che avevo chiesto al suo predecessore. Ma, poiché nemmeno lui da principio sembrava voler acconsentire alla mia richiesta, io, grazie ad alcuni amici che mi fecero da intermediari, interpellai sul mio caso il re[151] e il suo consiglio, e ottenni ciò che desideravo. Stefano,[152] che allora rivestiva la carica di siniscalco del re,[153] convocò presso di sé l'abate e i suoi amici e chiese loro perché mai volessero trattenermi contro la mia volontà ed esporsi così, per un nonnulla, a uno scandalo inevitabile, tanto più che era impossibile mettere d'accordo il mio tenore di vita con il loro. D'altra parte io sapevo che, a proposito del monastero, il regio consiglio era dell'opinione che esso doveva riscattare le irregolarità di cui si era macchiato con una sottomissione più stretta alla corona e con il pagamento di interessi più elevati sulle sue rendite temporali, e proprio per questo aspetto della faccenda mi auguravo di poter ottenere più facilmente l'appoggio del re e dei suoi consiglieri. E così fu. Mi concessero dunque di ritirarmi nel luogo che avrei preferito, ma a patto che non entrassi ufficialmente in alcuna abbazia, perché il mio monastero non perdesse del tutto l'onore che gli veniva dall'annoverarmi tra i suoi membri. Tutto ciò fu discusso e sottoscritto da ambo le parti alla presenza del re e dei suoi consiglieri.

Mi ritirai allora in un eremo che già conoscevo, dalle parti di Troyes:[154] là alcuni benefattori mi donarono un pezzo di terra e io, con l'approvazione del vescovo della regione,[155] vi costruii un oratorio[156] di canne e di stoppie dedicandolo alla Santa Trinità.[157] Là, lontano da tutti, in compagnia di un mio chierico, potevo veramente gridare al Signore:[158] « Ecco che sono fuggito lontano e sono venuto a stare nel deserto ».

XI.

Ben presto i miei discepoli scoprirono dove mi trovavo, e cominciarono ad affluire da tutte le parti:[159] abbandonavano città e villaggi per venire ad abitare nel deserto; lasciavano le loro comode case e si costruivano piccole capanne; abbandonavano i cibi prelibati cui erano avvezzi, per nutrirsi di erbe selvatiche e di pane duro; abbandonavano i loro letti molli per riposare su paglericci che si costruivano con le loro mani, abbandonavano le loro tavole e si accontentavano di mense fatte con zolle di terra. Si sarebbe veramente potuto dire che essi imitassero quegli antichi filosofi, a proposito dei quali san Gerolamo, nel secondo libro

Contro Gioviniano, così si esprime:[160] « I sensi sono come le finestre attraverso cui i vizi si introducono nell'anima. La cittadella e la rocca della mente non possono essere conquistate finché l'esercito nemico non vi entra per le porte... Se qualcuno prova piacere a guardare i giochi del circo, le gare di atletica, le smorfie dei pagliacci, la bellezza delle donne, lo splendore delle gemme o delle vesti e simili, attraverso le finestre degli occhi vien ridotta in catene la libertà e si avverano le parole del profeta:[161] "La morte è entrata attraverso le nostre finestre...". Quando, dunque, questa schiera, per così dire, apportatrice di turbamenti attraverso le porte dei sensi sarà penetrata nella rocca del nostro spirito, dove andranno a finire la nostra libertà, la nostra forza, il nostro pensiero di Dio, soprattutto se si pensa che i sensi conservano l'immagine anche dei piaceri passati e suscitandone il ricordo costringono lo spirito a tollerare i vizi e a compiere in un modo o nell'altro, con l'immaginazione, ciò che non si fa materialmente? Questi sono i motivi che hanno indotto molti ad abbandonare gli agglomerati urbani e i giardini suburbani, dove i campi ben irrigati, le fronde degli alberi, il cinguettio degli uccelli, gli specchi d'acqua, il mormorio di un ruscello sono altrettanti motivi di distrazione per gli occhi e le orecchie, in quanto con la loro materiale e lussureggiante sovrabbondanza fiaccano la forza dello spirito e fanno violenza alla sua purezza. Infatti è perfettamente inutile che ci si metta nelle condizioni di aver sempre sotto gli occhi le cose che ci hanno già fatto cadere una volta, o addirittura esporsi volontariamente alla tentazione delle cose di cui sappiamo di poter fare a meno a fatica. Proprio per questo, proprio per evitare pericoli di questo genere, i Pitagorici[162] vivevano in assoluta solitudine nei luoghi deserti... E lo stesso Platone,[163] che pure era ricco – tanto ricco che un giorno Diogene[164] si mise a calpestare il suo letto con i piedi tutti infangati –, per dedicarsi alla filosofia scelse come sede della sua Accademia[165] una zona deserta e malsana, piuttosto fuori della città, affinché i disagi e la frequenza delle malattie togliessero ogni vigore agli attacchi delle passioni e i suoi discepoli non conoscessero nessun piacere diverso da quello delle dottrine che imparavano ».

Una vita simile si racconta che abbiano condotto anche i figli dei Profeti,[166] seguaci di Eliseo. Lo stesso san Gerolamo, ad esempio, che parla di loro come dei monaci di quei tempi, tra le altre cose così scrive nella sua lettera *Al monaco Rustico*:[167] « I figli dei Profeti, che l'Antico Testamento ci presenta come monaci, si costruivano piccole capanne sulle rive del Giordano, lontano dalla folla delle città, e vivevano di polenta e di erbe selvatiche ». Così i miei scolari, che avevano costruito le loro capanne presso il fiume Arduzon,[168] parevano eremiti più che studenti.

Eppure, quanto più aumentava il numero degli scolari, quanto più dura era la vita che essi conducevano per ascoltare le mie lezioni, tanto più i miei soliti rivali vedevano in questo altrettanti motivi di gloria per me e di vergogna per loro. Ormai sembrava loro che tutto quello che avevano potuto tramare ai miei danni si fosse sempre risolto a mio vantaggio, e ciò li irritava non poco, proprio come scrive san Gerolamo:[169] « Anche quando mi ero rifugiato lontano dalle città, dal foro, dalle contese e dalla folla, l'invidia, come dice anche Quintiliano,[170] mi aveva saputo trovare ». Essi, lamentandosi sommessamente, andavano mormorando: « Ecco! Tutti vanno da lui.[171] Perseguitandolo non abbiamo ottenuto nulla, anzi abbiamo contribuito ad accrescere la sua gloria. Volevamo spegnere la fama del suo nome, e invece l'abbiamo fatta splendere di più. E gli studenti? Hanno qui, nelle città, tutto quello di cui possono aver bisogno, e, disprezzando tutti i vantaggi della civiltà, vanno a vivere in luoghi deserti, dove mancano di tutto, e si riducono volontariamente a vivere in miseria ».

In verità, allora fu proprio l'estrema povertà in cui vivevo che mi indusse ad aprire una scuola: « Per lavorare la terra non avevo le forze, a mendicare mi vergognavo »,[172] e così, ricorrendo all'unica arte che conoscevo, invece di lavorare con le mani, misi a frutto la fatica della lingua. Gli studenti stessi mi fornivano tutto quello di cui avevo bisogno, dal cibo ai capi di vestiario, e provvedevano alla coltivazione dei miei campi e alle spese per i vari edifici, in modo che nessun pensiero di ordine pratico mi distraeva dallo studio. Quando poi il mio piccolo oratorio non bastò più a contenerli tutti e si dovette ingrandirlo in rapporto alle nuove esigenze, essi vi provvidero personalmente costruendone uno più bello di pietra e di legno.

In un primo tempo l'oratorio era stato fondato

in onore della Santa Trinità e a lei era stato dedicato, ma ora, tenendo conto del fatto che vi ero giunto fuggendo e in preda alla disperazione e che vi avevo trovato un po' di conforto grazie alla divina misericordia, lo chiamai « Il Paracleto ».[173]

Questa denominazione fu accolta da molte persone con stupore, e parecchi la criticarono duramente, sostenendo che non era lecito dedicare una chiesa solo allo Spirito Santo, e neppure soltanto a Dio Padre: sarebbe stato più giusto dedicarla soltanto al Figlio o a tutta la Trinità, secondo la tradizione. In realtà il loro errore nel caso particolare di questa critica dipendeva dal fatto che non facevano nessuna distinzione tra il Paracleto e lo Spirito Paracleto; come la stessa Santissima Trinità e ciascuna delle persone della Santissima Trinità è detta Dio o Protettore, così la si può benissimo chiamare Paracleto, cioè Consolatore, secondo le parole stesse dell'Apostolo:[174] « Benedetto sia Dio, Padre del Signore nostro Gesù Cristo, padre delle misericordie e Dio di ogni consolazione, il quale ci consola in ogni nostra tribolazione », e anche secondo quanto dice la Verità[175] stessa:[176] « E vi darà un altro Paracleto ». Inoltre, dal momento che ogni chiesa è ugualmente consacrata nel nome del Padre, del Figlio e dello Spirito Santo, senza che essi la posseggano in modo diverso l'uno dall'altro, che cosa impedisce di dedicare la casa del Signore al Padre o allo Spirito Santo, come la si dedica al Figlio? Chi avrebbe il coraggio di cancellare dalla facciata di una casa il nome del suo padrone? E ancora: se il Figlio si è offerto in sacrificio al Padre e proprio per questo durante la celebrazione della Messa le preghiere sono rivolte in modo speciale al Padre e a lui si immola l'ostia, perché dovrebbe sembrare sconveniente che l'altare appartenga principalmente a colui al quale sono rivolte le preghiere e il sacrificio? È forse più giusto dire che l'altare è di colui che viene immolato, anziché di colui in onore del quale si compie l'immolazione? O qualcuno ci verrà a dire che è meglio pensare che l'altare appartiene alla croce del Signore o al suo sepolcro o a san Michele o a san Giovanni o a san Pietro o a qualche altro santo, i quali tutti non sono né la vittima del sacrificio, né i destinatari dello stesso e neppure l'oggetto delle preghiere? In verità, anche gli idolatri dedicavano i loro templi e i loro altari alle divinità cui volevano rendere omaggio.

Ma forse qualcuno potrebbe obiettare che al Padre non si devono dedicare né chiese né altari perché non esiste nessun fatto[177] che legittimi una solennità speciale in suo onore. Ma questo ragionamento non fa altro che togliere lo stesso privilegio alla Santissima Trinità, mentre non lo toglie allo Spirito Santo, il quale ha, come esclusivamente sua, la solennità della Pentecoste in memoria della sua discesa,[178] così come il Figlio ha la festività del Natale in memoria della sua venuta. Infatti, come il Figlio fu mandato nel mondo, così lo Spirito Santo fu inviato sui discepoli e può a buon diritto pretendere una festa tutta per sé.

Anzi, se interpretiamo diligentemente le parole degli Apostoli e l'opera stessa dello Spirito Santo, capiremo che è più giusto che si dedichi un tempio a lui che non ad un'altra delle tre persone della

Tavola II.

Cristo in trono circondato dagli Apostoli. Pittura murale nella cappella di Berzé-la-Ville, prima metà del secolo XII.

Santissima Trinità. In effetti, tra le persone della Santissima Trinità solo allo Spirito Santo l'Apostolo attribuisce uno speciale tempio: non parla, infatti, di un tempio del Padre o di un tempio del Figlio, bensì solo del tempio dello Spirito Santo quando nella prima Lettera ai Corinti scrive:[179] « Chi si unisce al Signore è un solo spirito con lui ». E più avanti:[180] « Non sapete voi che il vostro corpo è tempio dello Spirito Santo che è in voi, che vi è stato dato da Dio, e che voi non appartenete a voi stessi? ». Chi non sa, inoltre, che i benefici dei sacramenti divini, conferiti dalla Chiesa, sono da attribuirsi specialmente all'azione della grazia divina, cioè all'azione dello Spirito Santo? Grazie all'acqua e allo Spirito Santo, nel battesimo risuscitiamo[181] e allora per la prima volta diventiamo uno speciale tempio di Dio. Nella cresima è ancora la grazia dello Spirito che ci è comunicata nella forma dei sette doni,[182] che contribuiscono appunto ad abbellire e a consacrare veracemente il tempio di Dio. Che cosa c'è dunque di strano se noi dedichiamo un tempio materiale a quella persona della Trinità, alla quale l'Apostolo stesso attribuisce uno speciale tempio spirituale?[183] A quale delle tre persone divine si può dire con più ragione che appartenga una chiesa, se non a quella dalla cui azione derivano tutti i benefici dei sacramenti che in quella chiesa vengono amministrati?

Ciò naturalmente non significa che io chiamando Paracleto il mio oratorio intendessi dedicarlo ad una sola delle persone della Santissima Trinità. Io l'ho chiamato così per i motivi che ho già detto, in memoria cioè del conforto che vi ho trovato; del resto, se anche avessi fatto ciò solo per il motivo che comunemente si crede, non avrei commesso nulla di male, per quanto la cosa si scostasse dalla tradizione.

XII.

Intanto, mentre con il corpo me ne stavo laggiù, la fama del mio nome si spargeva per tutto il mondo e vi diffondeva la mia voce, proprio alla maniera di quel personaggio inventato dai poeti che si chiama Eco,[184] che sembra aver parecchie voci e che in realtà è privo di corpo. Allora, i miei antichi rivali, avendo compreso che da soli non avrebbero concluso mai nulla, mi suscitarono contro due nuovi apostoli, che godevano in quel tempo il favore di molta parte dell'opinione pubblica, e di cui uno si vantava di aver restaurato la vita dei Canonici Regolari, l'altro quella dei monaci.[185] Costoro andavano in giro per il mondo a predicare e non tralasciavano mai l'occasione di attaccarmi così mordacemente e impudentemente, che in breve tempo mi infamarono non meno presso certi ecclesiastici che presso i laici: anzi, sul conto della mia vita e della mia fede divulgarono tali mostruosità che riuscirono a staccare da me perfino gli amici più cari, e se qualcuno di essi conservava ancora in cuor suo un po' di affetto per me, cercava di tenerlo nascosto in tutti i modi, per paura di loro.

Dio stesso mi è testimone del fatto che ogni

volta che venivo a sapere che da qualche parte si riuniva un'assemblea di uomini del clero, credevo che la si tenesse per condannare me. Ero addirittura terrorizzato, come se mi attendessi un colpo di fulmine da un momento all'altro: mi aspettavo di essere preso e di essere trascinato davanti a un concilio o a un tribunale come un eretico o un sacrilego.[186] E, se mi è lecito paragonare una pulce ad un leone o una formica ad un elefante, i miei rivali mi perseguitavano con la stessa intransigenza con cui un tempo gli eretici si accanivano contro sant'Atanasio.[187]

Spesso – Dio lo sa – mi sono lasciato cadere nella disperazione: fui anche sul punto di abbandonare i paesi cristiani per andare tra i pagani, e là vivere cristianamente in pace, a costo di pagare qualsiasi tributo, tra i nemici di Cristo. Ed ero convinto che i pagani mi avrebbero accolto di buon grado, perché, a giudicare dalle accuse che in campo cristiano mi erano mosse, potevano ben credere che mi avrebbero facilmente indotto ad abbracciare la loro religione.

XIII.

Gli attacchi e le critiche, dunque, erano così gravi e così incessanti che non mi restava altro, ormai, che andare a cercare Cristo tra i suoi nemici. Avevo bensì creduto di approfittare di una occasione che sembrava permettermi di scansare almeno un po' questi attacchi, ma in realtà mi ero imbattuto in cristiani, e monaci per di più, molto più crudeli e malvagi dei pagani. Infatti nella Bretagna Minore, e precisamente nell'episcopato di Vannes,[188] l'abbazia di Saint-Gildas de Rhuys,[189] alla morte dell'abate, era rimasta vacante.[190] La scelta dei confratelli era caduta concordemente su di me, ed essi, con l'assenso del signore del paese,[191] mi avevano invitato a ricoprire quel posto ed erano anche riusciti ad ottenere con facilità l'autorizzazione del mio abate e degli altri monaci. Così l'ostilità invidiosa dei Francesi mi esiliava in Occidente, proprio come quella dei Romani aveva esiliato in Oriente Gerolamo.[192] E Dio sa che mai avrei accettato questa carica, se non avessi avuto, come ho già detto, la speranza di sottrarmi in qualche modo alle continue angherie di cui ero vittima.

Mi trovai in un paese selvaggio, di cui non conoscevo neppure la lingua, tra monaci la cui vita sconcia e insofferente di ogni freno era ben nota a tutti, in mezzo ad una popolazione rozza e volgare. Così come uno che atterrito dalla minaccia di una spada che gli pende sul capo si getta in un burrone e, per ritardare di un attimo la morte, va incontro ad un'altra, io coscientemente passai da un pericolo all'altro. E là, sulle sponde dell'Oceano rimbombante, dove la terra stessa che finiva dove cominciava il mare mi toglieva la possibilità di fuggire più lontano, ripetevo spesso nelle mie preghiere:[193] « Dall'estremo lembo della terra ti ho invocato, mentre il mio cuore era in preda all'angoscia ».

Credo infatti che ormai nessuno ignori quale angoscia tormentasse il mio cuore, giorno e notte, quando, già preoccupato per i pericoli spirituali e materiali cui ero esposto, avevo a che fare con quella turba riluttante ad ogni disciplina che mi era stata affidata. Da una parte, cercare di ricondurre i monaci alla vita regolare che avevano promesso di seguire voleva dire mettere a repentaglio la mia vita stessa; dall'altra, ero convinto che non fare tutto quello che potevo per recuperarli significava dannarmi per sempre. Per di più un signorotto locale,[194] approfittando della confusione che regnava nel monastero, aveva ridotto l'abbazia in suo potere, appropriandosi tutti i possedimenti adiacenti al monastero e pretendendo dai monaci tributi più pesanti di quelli cui erano soggetti gli ebrei.[195] I monaci, poi, mi infastidivano di continuo con le loro necessità quotidiane, ma la comunità non possedeva niente che io potessi distribuire, e ciascuno di loro doveva tirar fuori dalla sua borsa i soldi necessari per mantenere se stesso, le sue concubine e tutti i figli e le figlie.[196] Godevano nel vedermi preoccupato per questa situazione e non esitavano a rubare e a portar via tutto quello che potevano, in maniera che, quando non fossi più riuscito a far quadrare i conti dell'amministrazione, io mi trovassi costretto ad essere meno rigoroso o ad andarmene del tutto. Del resto, il paese era talmente selvaggio e i suoi abitanti talmente lontani da qualsiasi forma di legalità o di civiltà che non c'era davvero nessuno su cui potessi contare, anche perché non era concepibile che potessi scendere a compromessi con chicchessia.

All'esterno, dunque, il signorotto e i suoi sgherri mi tormentavano di continuo; all'interno i monaci non smettevano di rendermi la vita impossibile, sicché sembrava proprio scritto per me il noto passo dell'Apostolo:[197] « Lotte al di fuori, timori al di dentro ». Io consideravo quanto inutile e infelice fosse ormai la mia vita sia per me sia per gli altri, e ne piangevo; un tempo ero stato di grande aiuto ai miei chierici, ma ora che li avevo lasciati per dedicarmi ai monaci, non riuscivo a combinare nulla di buono né per gli uni né per gli altri; tutti i miei tentativi, tutti i miei sforzi si vanificavano, e a buon diritto chiunque, ormai, avrebbe potuto rinfacciarmi:[198] « Costui ha cominciato a costruire, ma non è riuscito a condurre a termine il suo lavoro ». Al pensiero di quel che avevo lasciato e di quel che avevo trovato qui, mi sentivo profondamente disperato: tutte le sventure di un tempo mi sembravano inezie e spesso, con le lacrime agli occhi, mi dicevo: « È giusto che soffra quello che soffro, perché abbandonando "il Paracleto", cioè il *Consolatore*, sono venuto a cacciarmi in questo luogo maledetto; per sottrarmi a quelle che erano solo minacce, sono caduto in pericoli reali ».

In particolare mi addolorava il fatto che, dopo aver abbandonato il mio oratorio, non potevo più provvedere a farvi celebrare gli uffici divini, come sarebbe stato giusto, perché il luogo era così povero di risorse che a stento vi sarebbe potuta vivere una sola persona. Ma, mentre ero così abbattuto, il vero Paracleto mi recò una vera consolazione e provvide egli stesso ai bisogni del suo oratorio. Accadde infatti che il mio abate di Saint-Denis rivendicasse con ogni mezzo, perché un tempo sottoposta alla diretta giurisdizione del suo monastero, l'abbazia di Argenteuil (dove Eloisa, non più mia sposa ma sorella in Cristo, aveva preso il velo), scacciandone con la forza la comunità di monache di cui la mia compagna era priora.[199] Vedendole esuli e sul punto di disperdersi in luoghi diversi,[200] capii che il Signore mi offriva l'occasione per provvedere al mio oratorio. Vi feci dunque ritorno, invitai Eloisa a venirvi insieme con le altre religiose della sua comunità e, dopo averle lì riunite, feci loro dono dell'oratorio con tutti i terreni annessi. Qualche tempo dopo, grazie all'intervento e all'appoggio del vescovo della regione,[201] papa Innocenzo II confermò con un privilegio ad esse e alle monache future il possesso della donazione per sempre.[202]

Colà in un primo tempo esse condussero una vita povera e molto solitaria, ma ben presto lo sguardo misericordioso di Dio, di cui erano devote serve, si posò su di loro per consolarle, mostrandosi anche nei loro confronti vero Paracleto, giacché contribuì a rendere più pietose e più generose verso le monache le genti che vivevano nelle vicinanze. In un solo anno, Dio mi è testimone, il loro benessere materiale aumentò più di quanto non sarei riuscito a ottenere io in cento anni, se vi fossi rimasto. E ciò dipende forse dal fatto che la fragilità delle donne suscita negli uomini un più forte senso di pietà per la loro povertà e la loro miseria, e la loro virtù è più gradita sia agli uomini sia a Dio. Inoltre la mia sorella Eloisa, che era a capo della comunità, per volere del Signore divenne carissima agli occhi di tutti: i vescovi la amavano come una figlia, gli abati come una sorella, i laici come una madre. Tutti, indistintamente, ammiravano la sua religiosità, la sua saggezza e la sua incomparabile bontà e pazienza in ogni cosa. Anzi, quanto meno ella si faceva vedere, per potersi con più devozione dedicare nel chiuso della sua cella alle sacre meditazioni e alle preghiere, tanto più ardentemente coloro che vivevano fuori del monastero chiedevano di intrattenersi con lei, per riceverne utili ammonimenti spirituali.

XIV.

Tutti coloro che abitavano nei pressi del monastero, intanto, mi rimproveravano vivamente di non fare tutto quello che potevo e dovevo per venire in aiuto alla loro povertà, mentre grazie alla mia abilità di predicatore tutto ciò mi sarebbe stato estremamente facile. Così cominciai a recarmi da loro più spesso, per aiutarle in un modo o nell'altro.[203]

Ma anche questa volta non mancarono le solite insinuazioni degli invidiosi: quello che facevo per sincero affetto di carità fu ancora una volta malamente interpretato dai miei nemici, che con la loro solita perversità andavano accusandomi dicendo che ero ancora tutto preso dai piaceri carnali e che non potevo stare lontano neanche un giorno dalla donna che avevo amato.[204] Mi venivano allora spesso alla mente le dolorose parole che san Gerolamo scrive ad Asella quando, parlando dei finti amici, dice:[205] «Null'altro mi si rimprovera se non il mio sesso, e mi si rimprovera questo solo perché Paola[206] viene a Gerusalemme con me». E ancora:[207] «Prima che io cominciassi a frequentare la casa della virtuosa Paola, in tutta la città non si faceva che parlare dei miei studi: a giudizio di tutti, ero degno di aspirare al sommo sacerdozio. Ma so che al regno dei cieli si arriva attraverso la buona e cattiva fama».[208] Così, ripensando alle ingiurie che avevano colpito un uomo così grande, mi consolavo non poco: «Chissà come mi tormenterebbero con le loro insinuazioni i miei rivali», mi dicevo, «se trovassero in me un così grande motivo di sospetto! Ma ora che la divina provvidenza mi ha messo al riparo da ogni sospetto, dal momento che mi è stata tolta la possibilità stessa di compiere certe cose, come è possibile che rimangano ancora dei sospetti? Che senso ha quest'ultima scandalosa accusa?». Normalmente, infatti, quello che è successo a me elimina qualsiasi sospetto circa certe turpitudini, tanto è vero che tutti coloro che vogliono far custodire con assoluta sicurezza la loro donna si servono di eunuchi.[209] Lo si vede anche nella Storia Sacra a proposito di Ester e delle altre fanciulle del re Assuero.[210] Così leggiamo[211] che fu un eunuco anche il potente amministratore di tutti i tesori della regina Candace,[212] al quale l'angelo inviò l'apostolo Filippo per convertirlo e battezzarlo. Gli eunuchi, insomma, hanno evidentemente riscosso tanta più stima e confidenza presso le donne oneste e pudiche, quanto più erano lontani dal destare turpi sospetti. Proprio per dissolvere definitivamente qualsiasi dubbio in proposito lo stesso

Origene,[213] il più grande filosofo cristiano, volendo dedicarsi all'istruzione religiosa delle donne, si evirò con le sue stesse mani, come leggiamo nel sesto libro della *Storia ecclesiastica.*[214] A questo proposito io pensavo che la misericordia divina era stata più propizia a me che a lui, perché la mutilazione che Origene si sarebbe fatto da se stesso inconsultamente, non senza incorrere in una grave colpa, a me l'avevano procurata altri, quasi per rendermi libero e dispormi al mio attuale compito e con tanta minor sofferenza quanto più tutto era stato rapido e improvviso, giacché io, quando mi misero le mani addosso, dormivo e quasi non sentivo.

Ma se prima avevo sofferto relativamente meno in conseguenza della ferita fisica, ora ben più gravemente soffro sotto i colpi delle calunnie. Gli attacchi scagliati contro la mia reputazione mi fanno soffrire ben più che la mutilazione del corpo, perché, come è scritto, « una buona reputazione vale più di molte ricchezze ».[215] E non a caso sant'Agostino in un sermone *Sulla vita e i costumi dei chierici* ricorda:[216] « Chi fidando nella sua coscienza trascura il proprio nome, fa il suo danno ». E prima:[217] « *Cerchiamo di fare il bene*, come dice l'Apostolo, *non soltanto davanti a Dio, ma anche davanti a tutti gli uomini.*[218] Per noi può bastare la testimonianza della nostra coscienza. Per gli altri la nostra reputazione non deve essere macchiata, ma brillare luminosa. La coscienza e la reputazione sono due cose ben distinte: la prima serve a te, la seconda agli altri ».

Talvolta mi capita di pensare che cosa la cattiveria dei miei rivali non avrebbe rinfacciato a

Cristo stesso o ai suoi seguaci, cioè ai Profeti e agli Apostoli o a tutti gli altri santi Padri, se fossero vissuti ai loro tempi, vedendoli intrattenersi, con ogni parte del corpo intatta, in grande familiarità con le donne! Sant'Agostino, nel suo libro *Sui doveri dei monaci*, afferma che le donne erano le compagne inseparabili di Nostro Signore Gesù Cristo e degli Apostoli, tanto che li accompagnavano anche durante le predicazioni. « Andavano con loro », egli infatti scrive,[219] « anche delle donne devote, che possedevano un loro patrimonio, col quale provvedevano alle loro necessità distribuendolo tra loro, in modo tale che essi non sentissero la mancanza delle cose necessarie alla vita quotidiana... E chi non crede che erano proprio gli Apostoli a permettere a queste sante donne di seguirli dovunque andavano a predicare il Vangelo, rilegga il Vangelo e saprà che essi anche in questo caso non facevano che imitare l'esempio del Signore... Nel Vangelo infatti è scritto:[220] "In seguito Gesù andava per città e villaggi predicando e annunziando il regno di Dio: e con lui erano i dodici, e alcune donne che erano state liberate da spiriti maligni e da infermità: Maria, detta la Maddalena, e Giovanna, moglie di Cuza, procuratore di Erode, Susanna e molte altre che li assistevano con i loro averi" ».

Anche Leone IX,[221] confutando la lettera di Parmeniano sulla cura del monastero, dice:[222] « Noi dichiariamo che non è assolutamente lecito a un vescovo, a un presbitero, a un diacono o a un suddiacono considerarsi dispensato per motivi religiosi dal provvedere alla propria moglie e lasciarle così mancare il necessario per mangiare e per vestirsi; è loro proibito giacere carnalmente con lei. Lo stesso sappiamo che fecero i santi Apostoli, e san Paolo afferma appunto:[223] "Non abbiamo forse il diritto di portare con noi una donna sorella, come i fratelli del Signore e Cefa?". Ma bada, o stolto, che non dice: Non abbiamo forse il diritto *di giacere con una donna sorella*, ma dice *di portare con noi*, perché in effetti essi portavano con sé tali donne per essere da queste sostentati con quello che ricavavano, senza però che tra loro ci fossero rapporti carnali».

Senza dubbio, il Fariseo che dentro di sé diceva del Signore:[224] «Costui, se fosse un profeta, certo saprebbe che donna è costei che lo tocca e che razza di peccatrice è», sul piano dei giudizi umani avrebbe potuto concepire sul conto del Signore sospetti infamanti più facilmente di quanto questi miei rivali non possono fare sul conto mio; e ancora più fondati motivi di sospettare avrebbero avuto quelli che vedevano la Madre di Cristo affidata ad un giovane[225] o chi vedeva i profeti ospiti di vedove o comunque in intimità con esse.[226]

E che cosa avrebbero detto coloro che tanto mi calunniano, se avessero visto Malco, lo schiavo fattosi monaco[227] di cui scrive san Gerolamo, vivere con la moglie nella stessa capanna? Chissà di che cosa non lo avrebbero accusato, dal momento che quel famoso Dottore, dopo averlo visto, ne parla in termini estremamente elogiativi dicendo:[228] «Viveva colà un vecchio di nome Malco... originario del luogo stesso. Con lui, nella stessa capanna, viveva anche una vecchia... Entrambi erano così pieni di zelo per la religione, da consumare la soglia della chiesa: si sarebbe potuto scambiarli per Zaccaria ed Elisabetta[229] del Vangelo, se non fosse stato per il fatto che in mezzo a loro non c'era Giovanni». Perché, infine, costoro non calunniano anche i santi Padri, che, come spesso leggiamo e come già si è visto, fondarono anche monasteri femminili e se ne occuparono personalmente,[230] sull'esempio dei sette diaconi che gli Apostoli misero al proprio posto per provvedere alle mense e all'assistenza delle donne?[231] Il sesso più debole, infatti, ha talmente bisogno dell'aiuto del sesso più forte, che l'Apostolo ha voluto che l'uomo presiedesse sempre come capo alla donna, e ciò è simboleggiato chiaramente nel fatto che ha ordinato che la donna porti sempre il capo velato.[232]

Così mi meraviglia non poco il fatto che nei monasteri ormai si sia diffusa l'abitudine di porre delle badesse a capo delle donne, come a capo degli uomini si pongono gli abati: e non meno mi stupisce che tanto gli uomini quanto le donne si assoggettino alla stessa regola, mentre è evidente che ci sono taluni aspetti di essa che una donna, sia essa una superiora o una semplice sorella, non può osservare.[233] In parecchi monasteri, anzi, vediamo che con un vero e proprio capovolgimento dell'ordine naturale le badesse e le monache comandano a quegli stessi chierici ai quali è affidato il popolo; e tra l'altro sappiamo bene che esse possono indurli ai più turpi desideri tanto più facilmente quanta più autorità posseggono su di loro, autorità che, peraltro, esercitano in modo durissimo. E il famoso poeta satirico[234] doveva pensare a una situazione del genere quando scriveva:[235]

> « Nulla è più insopportabile
> di una donna ricca ».

XV.

Dopo aver riflettuto a lungo su queste cose, decisi di fare quanto mi era possibile per occuparmi delle mie sorelle, amministrare i loro affari, vegliare su di esse anche con la mia presenza, in modo tale che esse mi rispettassero ancor di più e io potessi rendermi personalmente conto di tutto quello di cui avessero bisogno. Così, poiché in quei giorni mi sentivo perseguitato con più insistenza e con più crudeltà dai miei figli[236] di quanto non lo fossi stato per l'addietro dai miei confratelli,[237] dopo tante tempeste mi piaceva correre a rifugiarmi da loro come nella tranquillità di un porto, e là respirare un poco, perché almeno là potevo ottenere quei frutti che non avevo potuto ottenere in mezzo ai monaci; là infatti mi sentivo tanto meglio, quanto più proficua mi sembrava la mia presenza per soccorrere la loro debolezza.[238]

Ma purtroppo Satana mi ha impedito di rifugiarmi anche al Paracleto,[239] e così ora non trovo più un luogo dove possa non dico star tranquillo, ma vivere: profugo e ramingo vado vagabondo di luogo in luogo, come il maledetto Caino,[240] mentre, come ho già detto, « lotte al di fuori, timori al di dentro »[241] incessantemente mi tormentano; anzi, timori dentro e fuori, e lotte e timori nello stesso tempo, senza requie. E la persecuzione di cui sono oggetto da parte dei miei figli è ben più pericolosa e terribile di quella dei miei nemici, perché questi miei figli sono sempre qui vicino a me e io sono sempre esposto alle loro insidie. Se esco dal chiostro, posso accorgermi delle insidie che i nemici tramano contro di me, ma stando in monastero devo continuamente guardarmi dai tranelli, non meno violenti che astuti, dei miei figli, di quei monaci cioè che sono stati affidati a me come loro abate e padre. Quante volte hanno cercato di avvelenarmi, proprio come successe a san Benedetto![242] E se lo stesso motivo che indusse il santo ad abbandonare i suoi figli perversi mi avesse indotto a seguirne l'esempio, avrei fatto benissimo, perché vivere in mezzo a simili pericoli non voleva dire amare Dio ma metterlo alla prova, voleva dire uccidersi con le proprie mani. In effetti, poiché io stavo in guardia contro simili insidie che erano all'ordine del giorno, e stavo attento a quello che bevevo e mangiavo, cercarono di avvelenarmi perfino sull'altare durante la Messa, mettendo del veleno nel calice.[243] Un'altra volta mi ero recato a Nantes per far visita al conte ammalato, ed ero ospite in casa di un mio fratello:[244] ebbene, per mezzo di un servo che faceva parte del seguito essi tentarono di togliermi di mezzo con il veleno anche là, certo perché pensavano che in casa di mio fratello sarei stato meno in guardia. Ma il cielo volle che quella volta io non toccassi neppure il cibo che mi era stato preparato, mentre uno dei monaci che mi avevano seguito, e che era all'oscuro della cosa, ne mangiò un po' e cadde morto sul colpo. Il servo che aveva osato mettere il veleno fuggì, terrorizzato sia dalla voce della sua coscienza sia dall'evidenza dei fatti.

Da quel giorno però essi non poterono più celare le loro reali intenzioni, e io cominciai a prendere apertamente tutte le precauzioni possibili per evitare le loro insidie. Per prima cosa abbandonai la comunità dell'abbazia e me ne andai ad abitare con pochi compagni in un piccolo eremo. Ma essi, ogni volta che venivano a sapere che sarei passato da qualche parte, pagavano dei briganti che mi assalissero lungo la strada o per i sentieri mi uccidessero.

Un giorno, mentre mi dibattevo in mezzo a questi pericoli, caddi da cavallo e la mano di Dio mi percosse duramente spezzandomi le vertebre del collo. Questa frattura mi fece soffrire e mi indebolì molto più della ferita che avevo subìto un tempo.

Intanto ero ricorso perfino alla scomunica per porre fine a quel continuo stato di ribellione, e riuscii così ad indurre taluni di loro – e in particolare quelli di cui avevo più da temere – a promettermi sul loro onore e a giurarmi pubblicamente che se ne sarebbero andati per sempre dall'abbazia e non mi avrebbero più dato alcun fastidio. Ma con grandissima impudenza essi violarono apertamente sia la parola data sia i giuramenti prestati, finché l'autorità di papa Innocenzo, per bocca di un legato appositamente inviato, non li costrinse a ripetere lo stesso giuramento e a ripeterne parecchi altri alla presenza del conte e dei vescovi.[245] Né per questo tuttavia hanno smesso di tormentarmi.

Così, dopo aver cacciato i monaci di cui ho parlato, ho fatto ritorno nella comunità dell'abbazia, dove ai monaci rimasti avevo dato tutta la mia fiducia, perché sul loro conto non nutrivo sospetto alcuno. Ma ho dovuto ricredermi, perché essi erano peggiori degli altri, tanto è vero che a stento, grazie all'intervento di un signore del luogo, sono riuscito a fuggire ad un loro tentativo non già di avvelenarmi, ma addirittura di tagliarmi la gola con una spada.

Ancor oggi, del resto, la mia vita è in pericolo, e ogni giorno ho la sensazione che sulla testa mi penda una spada, tanto che mentre mangio mi sento mancare il fiato, proprio come si legge di quel tale che credeva che la più grande felicità consistesse nella potenza e nelle ricchezze del tiranno Dionigi, ma che, vedendo una spada sospesa con un filo sopra la sua testa, capì quale sorta di felicità comporti la potenza terrena.[246] Anch'io, che da semplice monaco sono stato promosso abate e sono diventato tanto più infelice quanto più ricco, provo oggi ad ogni istante la stessa sensazione. Il mio esempio dovrebbe servire, se non altro, a frenare l'ambizione di coloro che a tutto questo volontariamente aspirano.

Questa, o mio dilettissimo fratello in Cristo e compagno carissimo per lunga amicizia, è la storia delle mie sventure,[247] nelle quali mi dibatto quasi fino da quando ero nella culla. Mi auguro che l'avertela scritta sia sufficiente ad alleviare il tuo sconforto a causa del torto che hai ricevuto. Come ti dicevo all'inizio della lettera, ora puoi ben giudicare come la persecuzione di cui sei fatto oggetto, in confronto alla mia disgrazia, sia un'inezia. Così, la devi sopportare con tanta più serenità, quanto meno grave la giudicherai, ricordando sempre a tuo conforto quello che il Signore ha predetto ai suoi figli da parte dei figli del diavolo:[248] « Se hanno perseguitato me, perseguiteranno anche voi. Se il mondo vi odia, sappiate che prima di voi ha odiato me. Se voi foste del mondo, il mondo amerebbe ciò che è suo ». E anche l'Apostolo dice:[249] « Tutti quelli che vogliono vivere piamente in Cristo, saranno perseguitati ». E in un altro punto:[250] « Non chiedo di piacere agli uomini. Se piacessi ancora agli uomini, non sarei servo di Cristo ». E il Salmista:[251] « Coloro che piacciono agli uomini sono rimasti confusi, perché Dio li ha disprezzati ». E meditando proprio su queste cose, san Gerolamo, del quale in particolare mi sento l'erede per quello che riguarda l'invidia e la calunnia, nella sua lettera a Nepoziano scrive:[252] « Se piacessi ancora agli uomini, dice l'Apostolo, non sarei servo di Cristo.[253] Non piacere più agli uomini significa divenire servo di Cristo ». Sempre san Gerolamo nella lettera ad Asella parlando dei falsi amici scrive:[254] « Ringrazio il mio Signore di avermi fatto degno dell'odio del mondo ». E nella lettera al monaco Eliodoro:[255] « Sbagli, fratello, sbagli, se credi che un cristiano non sia mai perseguitato. Il nostro avversario ci gira intorno come un leone ruggente, pronto a sbranarci,[256] e tu credi di poter star tranquillo? Egli tende insidie e soprattutto a quelli che sono ricchi ».

Così, incoraggiati da questi insegnamenti e da questi esempi, sopportiamo le nostre sventure con tanta più serenità, quanto più immeritate le sappiamo; e se non giovano ai nostri meriti, esse gioveranno certo a purificarci di qualche colpa, su questo non dobbiamo aver dubbi. Tutto avviene per volontà di Dio, anche in casi come questi, come in ogni afflizione; e il vero fedele si consoli almeno al pensiero che l'immensa bontà di Dio non permette mai che avvenga nulla al di fuori dell'ordine da lui stabilito, e che egli è pronto a condurre al miglior fine anche tutto ciò che di male succede. Per questo è giusto dirgli sempre: *Sia fatta la tua volontà!*[257]

Grandissimo, infine, è il conforto che coloro che amano Dio possono trovare nell'autorevole voce dell'Apostolo, che appunto dice:[258] « Sappiamo che tutto si risolve in bene per chi ama Dio ». E la stessa cosa voleva dire il più saggio degli uomini,[259] quando nei Proverbi scriveva:[260] « Nulla di ciò che accadrà al giusto potrà danneggiarlo ». Da questo si capisce chiaramente quanto si allontanino dalla strada della giustizia tutti coloro che, di fronte alle più piccole contrarietà, si adirano per le prove che pure sanno capitar loro per volontà di Dio. E ciò avviene perché essi sono soggetti più alla propria volontà che a quella di

Dio: con la bocca dicono *Sia fatta la tua volontà*, ma in cuor loro si ribellano, anteponendo alla volontà divina la propria.

Addio.

---

[1] Abelardo nacque nel 1079: infatti nel Necrologio francese del Paracleto, all'anno 1142, si legge: *Maître Pierre Abélard, fondateur de ce lieu et instituteur de sainte religion, trespassa le XXI avril âgé de LXIII ans.*

[2] *Palatium* nel testo latino, da cui deriva ad Abelardo l'appellativo di *philosophus Palatinus*, con cui egli è talvolta indicato.

[3] La Bretagna Minore corrisponde all'odierna Bretagna francese.

[4] Nel testo *Namnetica urbs*, dal nome della tribù celtica dei *Namnetes*.

[5] Il padre si chiamava Berengario, come più avanti dirà Abelardo stesso.

[6] I figli di Berengario a noi noti sono cinque: oltre ad Abelardo conosciamo un Dagoberto, cui Abelardo dedicò la sua *Dialectica*, un Porcario, canonico della cattedrale di Nantes e ricordato da Abelardo stesso (vedi p. 127) e infine un Radulfo e una Dionigia ricordati nel Necrologio latino del Paracleto; Dionigia dovrebbe essere anche il nome della sorella cui Abelardo affiderà il figlioletto Astrolabio.

[7] La dialettica è per eccellenza l'arte di ragionare, è la parte della logica che insegna ad argomentare e scoprire metodologicamente la verità.

[8] Con il nome di Peripatetici (da περίπατος, portico del Liceo, ove Aristotele e i suoi discepoli erano soliti passeggiare discutendo) si indicano appunto i discepoli di Aristotele: Abelardo usa il termine a indicare la sua condizione di *clericus vagans*, in quanto si spostava di scuola in scuola.

[9] « Ignoriamo quali scuole abbia frequentato il giovinetto Abelardo in queste sue peregrinazioni per le varie provincie di Francia... Sappiamo però che egli qui tace intenzionalmente di essere stato per lungo tempo discepolo di Roscellino, alla scuola di Tours e di Loches. Roscellino infatti nella sua famosa *Epistola* (P.L. 178, coll. 357 ss.) rimprovera Abelardo di essere *oblitus* dei benefici elargitigli *a puero usque ad iuvenem sub magistri nomine* e gli ricorda appunto il suo insegnamento a Tours e a Loches, *ubi ad pedes meos, magistri tui discipulorum minimus, tam diu resedisti* (ib., col. 360). Anche Ottone di Frisinga (*Gesta Friderici*, I, 47) attesta che Abelardo ebbe come primo maestro Roscellino, l'iniziatore del nominalismo: *Habuit primo praeceptorem Rozelinum quendam, qui primus nostris temporibus in logica sententiam vocum instituit* » (Crocco cit., p. 24, nota 6).

[10] Probabilmente negli ultimissimi anni del secolo XI, quando era sui vent'anni.

[11] Guglielmo di Champeaux (1070-1121), allora arcidiacono di Parigi, poi canonico regolare e infine vescovo di Châlons, era il principale rappresentante della scuola « realista » (*v.* nota 21).

[12] Melun, *Meliduni castrum* nel testo, cinquantaquattro chilometri da Parigi, era uno dei luoghi dove risiedeva il re Filippo I (1060-1108) (cfr. P.L. 178, col. 116, nota 15). Attualmente è il capoluogo del dipartimento di Seine-et-Marne.

[13] Corbeil, *Castrum Corbolii* nel testo, era un antico borgo fortificato a pochi chilometri da Parigi (cfr. P.L. 178, col. 117, nota 16).

[14] Ai tempi di Abelardo il ducato di Bretagna *(Britannia Minor)* non apparteneva ancora al regno di Francia, cui fu annesso solo nel corso del secolo XV.

[15] Nel 1108, come si deduce dall'accenno alla *conversio* di Guglielmo di Champeaux.

[16] Nel 1108 Guglielmo passò dai *Canonici saeculares* ai *Canonici regulares* o Agostiniani (*v.* Lettera VI, nota 50), fondando nel 1112 la Congregazione di S. Vittore.

[17] Nonostante l'evidente ironia di Abelardo, che, per screditare il maestro, non esita a riportare le più malvagie dicerie, sappiamo da altre fonti che l'improvvisa conversione di Guglielmo fu dettata da sincero zelo religioso (cfr. P.L. 178, col. 118, nota 17).

[18] Guglielmo fu eletto vescovo di Châlons-sur-Marne nel 1113, cinque anni dopo la sua *conversio*, e occupò tale carica fino alla morte, avvenuta nel 1119.

[19] Nel monastero di S. Vittore da lui fondato nel 1112 a pochi chilometri da Parigi: la scuola teologico-mistica di Guglielmo, checché ne dica Abelardo, ebbe una grande importanza anche negli anni successivi alla morte del fondatore.

[20] La retorica è la seconda delle arti liberali secondo la classificazione medioevale in trivio e quadrivio, e propriamente è l'arte di ben parlare e di ben scrivere.

[21] Il problema degli universali o dei concetti che si predicano nei giudizi è un problema di logica che appassionò per due secoli, dall'XI al XII, i dottori medioevali. Esso nasce dallo studio dei commentari di Porfirio e di Boezio alla logica greca: le divergenze tra i pensatori antichi riguardo al valore dei concetti (per Platone i concetti sono idee, cioè essenze sussistenti per sé che hanno una loro realtà; per Aristotele i concetti sono forme razionali presenti negli individui, che non costituiscono delle sostanze indipendenti; per gli stoici e gli epicurei i concetti sono semplici formazioni della nostra mente e mancano di ogni realtà sostanziale) danno luogo nel Medioevo a tre correnti di dottrina che si scontrano tra loro in modo estremamente vivace. Alla concezione platonica corrisponde il realismo, che fa degli universali delle sostanze reali, *ante rem*, e che ha il suo principale fautore proprio in Guglielmo di Champeaux; alla concezione stoico-epicurea corrisponde il nominalismo, che considera gli universali come puri nomi, *post rem*, e che, nonostante le sue implicite tendenze eretiche, trova i suoi massimi sostenitori in Berengario di Tours e in Roscellino di Compiègne; alla concezione aristotelica corrisponde il concettualismo, che considera gli universali come forme immanenti agli individui, *in re*, e che trova il suo più grande rappresentante in Abelardo (cfr. G. De Ruggero, *Storia della filosofia*, Bari 1920, parte II, vol. II, pp. 225-226).

[22] Come si è visto nella nota precedente, Guglielmo era il massimo fautore della tesi del « realismo ».

[23] Guglielmo passò insomma alla cosiddetta « teoria dell'indifferenza » degli universali (cfr. Crocco cit., p. 29, nota 8).

[24] Porfirio di Tiro (232-305), discepolo del filosofo neoplatonico Plotino, fu autore di numerosi scritti tra i quali soprattutto famosa fu la Εἰσαγωγή o *Introductio in categorias Aristotelis*, che fu tradotta in parecchie lingue (per la cultura occidentale fu fondamentale la traduzione latina di Boezio) e che, come si è visto, ebbe grande influsso sulla formulazione del problema degli universali.

[25] L'*Isagoge* (Εἰσαγωγή vale letteralmente « Introduzione »), come si è visto nella nota precedente, è l'opera fondamentale di Porfirio, nota ad Abelardo nella traduzione latina di Boezio: per il passo citato, cfr. Boezio, *In Porphirium comm. lib. I* (P.L. 64, col. 82b).

[26] Ovidio, *Remedia amoris*, I, 396.

[27] *V.* nota 17.

[28] Nel monastero di S. Vittore (nota 19).

[29] La collina di Sainte-Geneviève, in quei tempi al di fuori delle mura di Parigi, pare fosse già sede di una pubblica scuola (P.L. 178, col. 119, nota 18).

[30] Questa sua lotta per la conquista del posto che gli spetta si configura agli occhi di Abelardo come una vera e propria guerra.

[31] Prisciano di Cesarea di Mauritania, cristiano, visse a Costantinopoli tra il secolo V e il VI: autore di molte opere minori, ebbe grandissima fama nel Medioevo per le sue *Institutiones grammaticae*, in diciotto libri, in cui creò la terminologia grammaticale latina. Secondo il metodo in uso nelle scuole medioevali, il suo testo era oggetto di commenti.

[32] Aiace Telamonio, re di Salamina, il grande guerriero greco celebrato da Omero.

[33] Ovidio, *Metamorph.* XIII, 89-90. Aiace allude al combattimento che ha sostenuto contro Ettore e che era rimasto indeciso (Omero, *Iliade*, VII, 45, 175).

[34] *V.* nota 14. Del resto, con il nome di *Francia* si indicava il centro del regno, l'Île-de-France.

[35] In quel tempo la teologia era considerata il coronamento di tutti gli altri studi relativi alle scienze profane: buona parte degli insegnanti e degli studenti dopo aver appreso le arti liberali passavano alla scienza per eccellenza.

[36] *V.* nota 18.

[37] Anselmo di Laon (1050 c.-1117) fu considerato ai suoi tempi un grande maestro di teologia ma « agli occhi di Abelardo apparve come il tipico rappresentante dei vecchi teologi, del tutto incapaci a comprendere le nuove esigenze della coscienza religiosa dell'epoca; di qui la ingiusta e immeritata "stroncatura" che segue » (Crocco cit., p. 34, nota 1). Ad Anselmo sono comunemente attribuite parte della *Glossa interlinearis*, le *Sententiae Anselmi* e le *Sententiae divinae paginae*.

[38] Cfr. *Matth.* XXI, 18-22; *Marc.* XI, 12-14.

[39] Lucano, nato a Cordova nel 39 d.C. e morto suicida per ordine di Nerone nel 65, nipote e discepolo di Seneca, è il più grande poeta dell'età postaugustea: il suo poema *Pharsalia* o *Bellum civile* in dieci libri fu molto diffuso nel corso del Medioevo.

[40] Lucano, *Pharsal.* I, 135-136. Per Lucano, ai tempi della guerra contro Cesare, Pompeo non era più che *magni nominis umbra*.

[41] Il Crocco cit. (p. 36, nota 1) pensa che si accenni a una delle opere attribuite ad Anselmo, le *Sententiae Anselmi*.

[42] La profezia di *Ezech.* XII, 1 - XIX, 14 riguardo alla distruzione di Gerusalemme, oppure qualcuna delle profezie di *Ezech.* XXXIII-XLVIII relativa alla restaurazione di Israele. Abelardo, secondo l'uso delle scuole medioevali, si accinge a glossare, cioè a leggere e interpretare il commento (l'*expositio*) di qualche Padre sull'argomento.

[43] Questi due discepoli di Anselmo, che appariranno nuovamente quali fieri avversari di Abelardo in occasione del Sinodo di Soissons, sono altrimenti poco noti: Ottone di Frisinga (*Gesta Friderici*, I, 47), che invece di Lotulfo Lombardo parla di un certo *Lentaldus* di Novara, li ricorda come *egregi viri et nominati magistri* (cfr. anche P.L. 178, coll. 143-144, nota 37).

[44] L'*Expositio in Hezechielem prophetam* di Abelardo è andata perduta.

[45] Se ne veda la testimonianza nella *Epistola* di Folques di Deuil allo stesso Abelardo, in P.L. 178, col. 371.

[46] Come la maggior parte dei maestri di quel tempo (Bernardo di Clairvaux si scaglierà spesso contro coloro che « vogliono apprendere per vendere poi la loro scienza, sia per ricavarne denaro sia per essere innalzati alle più alte cariche »), Abelardo, che probabilmente godeva già di qualche prebenda, si faceva pagare le lezioni dai suoi scolari.

[47] Paolo, in *I Corinth.* VIII, 1.

[48] A dar retta a Folques di Deuil, Abelardo in realtà avrebbe avuto molte altre avventure prima di incontrare Eloisa: egli anzi espressamente dichiara: « Ciò che, a quel che si dice, ha causato la tua rovina è l'amore di tutte le donne *(singularum feminarum)* e i lacci della passione con cui catturano i libertini » (*Epistola ad Abaelardum*, in P.L. 178, col. 373a). Su tutta la questione si vedano comunque le argute osservazioni di Gilson cit., pp. 19 ss.

[49] L'incontro di Abelardo con Eloisa dovrebbe risalire al 1118 quando Abelardo era sui quarant'anni ed Eloisa era poco più che diciottenne.

[50] Circa la personalità storica di questo Fulberto, chierico e canonico di Notre-Dame come Abelardo, cfr. P.L. 178, col. 126, nota 23.

[51] Il brevissimo accenno, in forma di litote, all'aspetto fisico di Eloisa da parte di Abelardo, che poi insiste soprattutto sull'intelligenza e sulla cultura della donna, non può non stupire. Niente del resto sappiamo di preciso sulla bellezza di Eloisa: gli unici dati a nostra disposizione sono quelli deducibili dalle testimonianze di coloro che nel 1792 assistettero alla seconda esumazione dei resti dei due amanti, secondo le quali, a giudicare dall'ossatura, Eloisa doveva essere « di statura grande e di belle proporzioni..., con la fronte liscia e rotonda e in perfetta armonia con le altre parti del viso...; la sua mascella era fornita di denti bianchissimi » (cfr. peraltro McLeod cit., pp. 18-19).

[52] Dell'eccezionale cultura di Eloisa si veda lo splendido elogio nella lettera a lei indirizzata da Pietro il Venerabile, da noi riportata (pp. 533 ss.).

[53] E lettere infatti i due amanti si scrissero, lettere che comunque non ci sono pervenute, dato che quelle a noi note sono successive a questa *Historia calamitatum*: Abelardo stesso, ad esempio, allude a una lettera che Eloisa gli avrebbe scritto per annunciargli la prossima maternità.

[54] Abelardo anche in questa occasione si esprime in termini per così dire militari. La genesi « a freddo » della sua passione con tutte le sue vanità e le sue bassezze, se non fosse raccontata da lui in persona, potrebbe parere diffamante.

[55] Le righe che seguono sono tra le più alte dell'Epistolario.

[56] Questi *carmina amatoria* di Abelardo sono andati perduti: anche Eloisa nella Lettera II (*v.* p. 158) ricorderà le poesie d'amore che Abelardo ha composto per lei nei giorni più caldi della loro passione, e anch'essa sottolineerà l'enorme diffusione che tali poesie ebbero in tutto il mondo, « per la loro eccezionale dolcezza musicale e poetica ». La stessa Eloisa nella medesima lettera dirà che Abelardo aveva « due cose in particolare che suscitavano l'interesse delle donne: il modo di parlare e la dolcezza con cui cantava, due cose che di solito i filosofi non hanno ». Di Abelardo, comunque, ci restano gli *Hymni* da lui composti per le monache del Paracleto (*v.* Lettera X e Introduzione relativa) e i *Planctus*, componimenti che ci permettono di valutare pienamente le sue doti poetiche: si vedano, oltre che l'edizione del Cousin (V. Cousin, *Petri Abaelardi opera*, Parigi 1849), anche G.M. Dreves, *Petri Abaelardi Hymnarius Paraclitensis*, Parigi 1891 (che riporta alcuni inni sconosciuti al Cousin, in quanto scoperti successivamente in un manoscritto della biblioteca di Chaumont), e Pietro Abelardo, *I « Planctus »*, introduzione, testo critico e trascrizioni musicali a cura di G. Vecchi, Modena 1951.

[57] Gerolamo, *Epist. CXLVII*, 10 (P.L. 22, col. 1203).

[58] Cfr. Ovidio, *Ars amat.* II, 561 ss.; *Metamorph.* IV, 169 ss. Marte e Venere erano stati sorpresi l'uno tra le braccia dell'altra da Vulcano, il marito tradito, il quale li legò, mentre dormivano, con sottilissime catene e li espose al dileggio di tutti gli altri dèi.

[59] Questa lettera di Eloisa non ci è pervenuta.

[60] A Palais, in Bretagna, come sappiamo.

[61] Forse la sorella Dionigia.

[62] Lo strano nome, Astrolabio o Astralabio, forse non privo di un valore simbolico, significa « colui che abbraccia le stelle ». Astrolabio resterà praticamente ai margini della vicenda di Eloisa e Abelardo: Abelardo gli dedicherà un poemetto didascalico, i *Monita ad Astrolabium filium* (cfr. soprattutto J.B. HAURÉAN, *Le poème adressé par Abélard à son fils Astralabe*, in « Notices et extraits des manuscrits de la Bibliothèque Nationale », XXXIV, 1895, partie II, pp. 151-187); Eloisa, da parte sua, molti anni dopo, quando Abelardo sarà già morto e Astrolabio ormai grande, scrivendo a Pietro il Venerabile gli chiederà: « Ricordatevi, anche, per l'amore di Dio, di nostro figlio Astrolabio, che è anche il vostro, in modo da ottenere per lui una prebenda dal vescovo di Parigi o da quello di qualche altra diocesi » (v. Lettera XV, p. 552) e Pietro il Venerabile con altrettanta gentilezza le risponderà che, per quanto la cosa sia difficile, farà il possibile per accontentarla (*v.* Lettera XVI, p. 556). Infine, dal Necrologio latino del Paracleto apprendiamo che *IV Kal. Novemb. obiit Petrus Astralabius magistri nostri Petri filius* (*v.* anche p. 557, nota 3, sulla probabile fine di Astrolabio).

[63] Questa considerazione tornerà spesso nelle parole di Eloisa (*v.* Lettera IV, p. 181) e di Abelardo (*v.* Lettera V, p. 221).

[64] Riguardo ai motivi che possono aver indotto Abelardo ad imporre la segretezza come unica condizione per il matrimonio, si vedano le pagine fondamentali del Gilson. Il problema, più complesso e più interessante di quanto non possa parere al lettore superficiale, è di grandissima importanza per comprendere non solo il comportamento futuro di Abelardo e di Eloisa, ma anche la stessa personalità del filosofo. Cfr., comunque, Gilson cit., pp. 24-51.

[65] Anche sui motivi che possono aver indotto Eloisa a rifiutare il matrimonio riparatore offerto da Abelardo, cfr. Gilson cit., specialmente pp. 36 ss.

[66] *I Corinth.* VII, 27-28.

[67] *Ib.* 32.

[68] Teofrasto (371-287 a.C.), discepolo e successore di Aristotele, esplicò una enorme attività scientifica e letteraria. Famosi, tra le poche opere che ci sono pervenute, i suoi *Caratteri*. L'opera cui allude san Gerolamo e che avrebbe dovuto essere intitolata *De nuptiis*, è andata perduta, e noi la conosciamo soltanto dal lungo estratto riportato dallo stesso Gerolamo nell'*Adversus Jovinianum* (P.L. 23, coll. 288-291).

[69] Gerolamo, *Adversus Jovinianum*, I, 48 (P.L. 23, col. 291a).

[70] *Ib.* col. 291b.

[71] Lucio Anneo Seneca, il grande scrittore latino originario della Spagna, vissuto dal 4 a.C. al 65 d.C. Filosofo, storico e autore tra l'altro di Dialoghi e di Tragedie, fu molto caro agli scrittori cristiani e agli uomini del Medioevo. Per Abelardo in particolare Seneca è « il fervido amante della povertà e della continenza, il più intenso predicatore morale fra tutti i filosofi » (*v.* Lettera VIII, p. 449). L'opera per cui è qui citato da Abelardo sono le *Ad Lucilium epistolae morales*, una raccolta di centoventiquattro lettere distribuite in venti libri, in cui Seneca affronta in maniera approfondita ma anche cordialmente aperta una vasta serie di problemi, da quelli morali a quelli stilistici, da quelli filosofici a quelli artistici.

[72] Seneca, *Ad Lucilium*, III, 72, 3.

[73] Cfr. *Num.* VI, 1 ss.; *Judic.* XIII, 5; *Amos*, II, 11; Lettera IV, nota 17.

[74] Premesso che l'espressione « figlio di Profeta » significa in ebraico « individuo appartenente alla categoria dei Profeti », con il nome generico di « figli dei Profeti » nell'Antico Testamento si indicano dei Profeti sconosciuti: così in *III Reg.* XX, 35 ss. e in *IV Reg.* VI, 1: in questo ultimo passo tra l'altro si fa cenno al fatto che questi « figli

dei Profeti » vivevano insieme in luoghi appartati, come scrive anche san Gerolamo (*v.* nota seguente).

[75] Gerolamo, *Epist. CXXV ad Rusticum monachum*, 7 (P.L. 22, col. 1076). Più avanti (p. 109, nota 166) Abelardo citerà direttamente il passo in questione, paragonando ai figli dei Profeti i discepoli che l'hanno raggiunto sulle rive dell'Arduzon.

[76] Giuseppe, che si aggiunse il soprannome di Flavio dopo aver ottenuto la libertà da Vespasiano, è uno dei massimi esponenti della cultura greco-giudaica. Nato a Gerusalemme verso il 37 d.C. e morto a Roma verso la fine del secolo, ci lasciò il *De bello judaico* in sette libri, le *Antichità giudaiche*, in cui, in venti libri, traccia una storia del suo popolo da Mosè a Nerone e poi una storia universale, e una *Autobiografia*.

[77] Flavio Giuseppe, *Antiquit. jud.* XVIII, I, 2.

[78] Circa sant'Agostino, *v.* Lettera VI, nota 47.

[79] Agostino, *De civitate Dei*, VIII, 2 (P.L. 41, col. 225).

[80] L'espressione era proverbiale: insegnare qualcosa a Minerva, dea della sapienza, era perfettamente superfluo.

[81] Sul valore dei termini « chierico » e « canonico » nel caso particolare di Abelardo, cfr. Gilson cit., pp. 25 ss. In effetti, se Abelardo era un « chierico », cioè aveva ricevuto gli Ordini Minori e aveva fatto il voto di castità, un matrimonio era perlomeno sconveniente.

[82] Il gorgo vorticoso che nello stretto di Messina inghiotte le navi, mitologicamente personificato nel mostro Cariddi.

[83] *V.* nota 81.

[84] Il grande filosofo greco vissuto ad Atene tra il 469 e il 399 a.C.

[85] La moglie di Socrate si chiamava Santippe, come vedremo più avanti.

[86] Gerolamo, *Adversus Jovinianum*, I, 48 (P.L. 23, col. 291b-c).

[87] Queste parole potrebbero sembrare eccessive in bocca a Eloisa, ma Abelardo non fa altro che riportare le sue stesse parole. Infatti nella Lettera II, che in un certo senso risponde a questa di Abelardo, Eloisa non solo conferma queste parole e le precedenti, ma va anche oltre (*v.* Lettera II, p. 155).

[88] Si veda la drammatica descrizione di uno di questi furtivi incontri nella Lettera V a p. 215.

[89] La cittadina di Argenteuil sorge sulla destra della Senna. Oggi è quasi un sobborgo di Parigi, ma le sue origini risalgono alla fondazione (sec. VII) di un famoso monastero femminile dipendente dall'abbazia di Saint-Denis, che, distrutto in seguito dai Normanni, fu ricostruito verso la fine del secolo X dalla regina Adelaide, moglie di Ugo Capeto, e affidato alle monache benedettine. Il monastero, da cui le monache furono cacciate, quando già Eloisa era loro priora, a opera dell'abate di Saint-Denis (*v.* pp. 118-119, nota 199), fu soppresso nel 1790, ma restano ancora tracce delle antiche mura e di una cappella del Priorato costruita nel secolo XI.

[90] « Il velo era infatti il segno di chi aveva emesso la professione religiosa e si era consacrato a Dio con il voto di castità » (Crocco cit., p. 63, nota 23).

[91] Folques di Deuil nella sua *Epistola ad Abaelardum* (P.L. 178, col. 375), oltre che confermare questo particolare ci informa che, in seguito a un regolare processo tenuto dal tribunale ecclesiastico di Parigi, Fulberto, principale responsabile dell'attentato, fu condannato alla perdita dei beni.

[92] A conferma delle parole di Abelardo circa la vastità dell'impressione suscitata dall'attentato, abbiamo la già citata *Epistola* di Folques di Deuil, che, pur essendo anteriore di qualche anno all'*Historia calamitatum*, concorda comunque con essa su molti punti.

[93] Difficile rendere esattamente la concisa espressione del testo latino *secundum occidentem legis litteram*: Abelardo, richiamando (cfr. anche

Gerolamo, *Epist. LII*, 2) il noto passo di Paolo, *II Corinth.* III, 6: *littera enim occidit, spiritus autem vivificat*, allude al fatto che la legge giudaica scritta sulle Tavole, non conferisce come tale l'ubbidienza a Dio o l'onestà di vita, anzi, al contrario, rivelando in modo inequivocabile il peccato nascosto nell'uomo, pone quest'ultimo sotto i colpi della giustizia divina; lo spirito invece dà all'uomo la vita, in quanto agisce sull'uomo dall'interno. In effetti la nuova legge, quella predicata da Gesù, e basata non più sulla lettera ma sullo spirito, contiene un'attenuazione anche della condanna degli eunuchi (cfr. *Act. Apost.* VIII, 27-38 e Lettera V, nota 52).

[94] *Levit.* XXII, 24.

[95] Non *Deuter.* XXII, ma *Deuter.* XXIII, 2.

[96] *Ad imperium nostrum sponte:* « per mio comando spontaneamente »: una delle più ingenue contraddizioni del grande logico Pietro Abelardo.

[97] L'abbazia di S. Dionigi o, meglio, di Saint-Denis, nove chilometri da Parigi, nella città omonima, era l'Abbazia regale di Francia, in quanto chiesa delle corti francesi fin dai tempi del re Dagoberto (630).

[98] Cornelia era la giovane e bella moglie di Pompeo.

[99] Lucano, *Pharsal.* VIII, 94-98.

[100] In quegli anni, abate di Saint-Denis era Adamo, che aveva assunto la carica nel 1094. La corruzione sua e del suo monastero era ben nota (si vedano in proposito le parole di san Bernardo in P.L. 182, col. 193, nota 4), anche se è probabile che Abelardo abbia calcato la mano.

[101] « Il testo dice *ad cellam*; ma qui il termine, come appare dal verbo *recessi* e da un successivo accenno di Abelardo in occasione della sua fuga da Saint-Denis, ha un significato diverso dall'usuale e indica un luogo lontano dal monastero, un piccolo "ritiro" o "eremo", situato nel vasto feudo dell'abbazia, nei pressi di Provins » (Crocco cit., p. 70, nota 2).

[102] Non dobbiamo dimenticare che entrando in monastero Abelardo aveva emesso i voti.

[103] Eusebio, *Hist. eccles.* VI, 9 (P.G. 20, col. 563). Abelardo conosceva l'opera di Eusebio nella traduzione latina di Rufino, magari attraverso qualche florilegio.

[104] *V.* Lettera V, nota 49.

[105] Abelardo era un razionalista.

[106] Il trattato in questione, che come vedremo sarà condannato e bruciato nel corso del concilio di Soissons nel 1121, ci è pervenuto in due redazioni (cfr. H. Ostlender, *Peter Abaelards Theologia « Summi Boni » zum erstes Male vollständing herausgegeben*, in « Beiträge », XXXV, Monaco 1939, 2-3). In un'altra occasione, in una lettera indirizzata a Gilberto, vescovo di Parigi (P.L. 176, col. 357), Abelardo afferma di aver composto il trattato non solo per uso dei suoi scolari che gli chiedevano una argomentazione razionale a sostegno del dogma della Trinità, ma anche, e soprattutto, per combattere varie eresie nate proprio in quegli anni.

[107] Ottimamente il Crocco cit., p. 72, nota 6: « Erano queste le nuove esigenze della coscienza religiosa contemporanea, alle quali Abelardo cercò di rispondere con il tentativo di illustrare con analogie razionali *(humanae rationis similitudinibus)* i dogmi della fede, suscitando l'ira e lo scandalo dei vecchi teologi, usi a esporre le verità dogmatiche con il solo richiamo all'autorità delle Scritture e dei Padri, senza alcuna investigazione razionale ».

[108] *Matth.* XV, 14.

[109] *V.* p. 73 e nota 43.

[110] Guglielmo era morto vescovo di Châlons nel 1119, Anselmo, invece, a Laon nel 1116.

[111] Il nome è incerto nelle fonti e oscilla tra Rodulfo, Radulfo e Rodolfo: sulla sua figura storica cfr. P.L. 173, col. 143, nota 39.

[112] Conano o Canone, vescovo di Palestrina, fu in Francia una prima volta come legato del pontefice Pasquale II nel 1115 e una seconda volta come legato di Callisto II nel 1120.

[113] L'odierna Palestrina, in provincia di Roma.

[114] Soissons, *Suesionensis civitas* nel testo, è una città della Francia settentrionale, attualmente capoluogo del circondario omonimo nel dipartimento dell'Aisne. Il concilio di Soissons fu tenuto nel 1121: Ottone di Frisinga (*Gesta Friderici*, I, 47) conferma quanto dice Abelardo circa i criteri seguiti per la convocazione del concilio e durante il suo svolgimento: *Suessione provinciali contra eum [Abaelardum] synodo sub praesentia Romanae sedis legati congregato, ab egregiis viris et nominatis magistris Alberico Remense, et Leutaldo Novariensi, Sabellianus haereticus iudicatus, libros quos ediderat propria manu ab episcopis igni dare coactus est nulla sibi respondendi facultate, eo quod disceptandi in eo peritia ab omnibus suspecta haberetur, concessa.*

[115] L'accusa era evidentemente assurda ma rispecchia bene lo stato d'animo del popolo. In realtà Abelardo nel suo trattato aveva attaccato il triteismo nominalista di Roscellino.

[116] *Deuter.* XXXII, 31.

[117] Agostino, *De trinitate*, I, 1 (P.L. 42, col. 820); cfr. anche l'opera di Abelardo, *Tractatus de unitate et trinitate divina* (ed. Stölzle, 1891, p. 42).

[118] Probabilmente una forma di priscillianesimo o una conseguenza di posizioni patripassiane.

[119] Successore di Ivo nella sede vescovile di Chartres, Goffredo II fu poi anche legato pontificio. Il suo biografo, Bernardo di Bonneval, ci fa un ritratto del suo carattere che coincide perfettamente con la descrizione di Abelardo.

[120] Cfr. *Psalm.* LXXIX, 12: « Israele, vigna di Dio, distese fino al mare i suoi tralci ».

[121] Gerolamo, *Libr. hebr. quaest. in Genesim*, praef. (P.L. 23, col. 984a).

[122] Orazio, *Carmina*, II, 10, 11-12.

[123] Gerolamo, *Epistola LIV ad Furiam*, 13 (P.L. 22, col. 556).

[124] *Joan.* VII, 51. Nicodemo è il fariseo che dopo aver fatto visita a Gesù nottetempo (cfr. *Joan.* III, 1 ss.), lo difese contro le accuse degli altri Farisei e, morto Gesù, si palesò pubblicamente suo discepolo portando cento libbre di mirra e di aloe per la sua imbalsamazione (cfr. *Joan.* XIX, 39).

[125] Terrico o Teodorico, o meglio Thierry di Chartres, fu dal 1121 al 1155 il celebre maestro della scuola di Chartres. Ebbe vivo amore per la cultura e fu tra i primi che si accostarono a Tolomeo e ad Aristotele.

[126] Atanasio di Alessandria (295-373) fu uno dei più validi difensori dell'ortodossia: combattendo instancabilmente contro eretici, concili e imperatori con l'azione e gli scritti (si ricordino le quattro lunghe orazioni *Contra Arianos* e il trattato *De incarnatione Verbi*), assicurò alla Chiesa la vittoria sull'eresia di Ario. Anche se il cosiddetto *Simbolo atanasiano*, nella forma che ci è pervenuta, non è attribuibile ad Atanasio, a lui si deve la definizione della dottrina delle tre persone esistenti in Dio e delle due nature di Gesù Cristo.

[127] *Symbolum « Quicumque »* in H. Denzinger, *Enchiridion Symbolorum et definitionum*, Frib. i. Br. 1932, ed. 20, p. 17, rigo 15.

[128] Daniele è l'ultimo dei Profeti maggiori.

[129] *Dan.* XIII, 48-49. Nel passo in questione Daniele si leva ad accusare i due giudici che hanno condannato Susanna per quanto la sapessero pura e innocente: Daniele denuncia appunto la malafede dei giudici e invita il popolo a rendere giustizia a Susanna, figlia di Israele, e a condannare invece i due giudici. Abelardo, rispetto all'originale, ha mutato il *filiam*, riferito a Susanna, in *filium*.

[130] *V.* la nota precedente.

[131] *Symbolum « Quicumque »*, Denz. cit., p. 17, rr. 13-14.

[132] Il testo è incerto.

[133] *V.* nota 126.

[134] Il monastero di Saint-Médard si trovava poco lontano da Soissons.

[135] Atanasio, *Vita Beati Antonii Abbatis, interprete Evagrio*, IX (P.L. 73, col. 132d).

[136] A Saint-Denis.

[137] *V.* p. 90 e nota 100.

[138] Beda detto il Venerabile, nato a Wearmouth nel 674, morto a Jarrow nel 735, fu famoso per la sua pietà e per la sua immensa dottrina; compose numerose opere di vario soggetto, illustrando le arti liberali, l'esegesi biblica, la metrica e la cronologia; la maggior parte dei suoi studi trovano la loro origine e il loro scopo nella sua attività di insegnante che lo spinse, in linea con l'indole dei suoi tempi e con il suo stesso gusto personale, a dare alla sua prodigiosa attività di pensatore un indirizzo enciclopedico. La sua opera più originale è la *Historia ecclesiastica gentis Anglorum*.

[139] Beda, *Expositio super Acta Apostolorum*, XVII, 34 (P.L. 92, col. 981a): « Costui è quel Dionigi che poi fu eletto vescovo di Corinto e lasciò molti volumi a riprova del suo ingegno ».

[140] Dionigi, convertito al cristianesimo da san Paolo con il famoso discorso all'Areopago (*Act. Apost.* XVII, 34) e perciò detto l'Areopagita, fu il primo vescovo di Atene e morì martire verso la fine del secolo I. Comunque, Dionigi l'Areopagita, vescovo di Atene, fu poi confuso con l'omonimo primo vescovo di Parigi, morto nel secolo III.

[141] Ilduino, abate di Saint-Denis nella prima metà del secolo IX, nella sua *Vita Sancti Dionysii* (cfr. *Sancti Dionysii Vita iussu Ludovici Pii ab Hilduino scripta*, P.L. 106, coll. 14-24, opp. M.G.H., *Epp. Carol. aevi*, III, pp. 327-335) confuse, non sappiamo se volontariamente o involontariamente, san Dionigi primo vescovo di Parigi, morto martire nel secolo III, con Dionigi l'Areopagita, primo vescovo di Atene, morto, come si è visto (nota 140), nel secolo I. Il problema fu dibattuto a lungo nel Medioevo (cfr. R.J. Loenertz, *La légende parisienne de Saint-Denis l'Areopagite*, in « Analecta Bollondiana », 69, 1951, pp. 217 ss.).

[142] Entrambi avevano meritato la corona del martirio.

[143] Re di Francia in quel tempo era Luigi VI il Grosso (1108-1137) del ramo dei Capetingi.

[144] Teobaldo o Teobando II era in quel tempo conte di Troyes e di Provins.

[145] *V.* p. 91 e nota 101.

[146] Provins, l'antica *Pruvinum*, è una città della Francia centro-settentrionale, un centinaio di chilometri da Parigi.

[147] Troyes, l'antica *Tricae* o *Trecace*, un tempo capitale della Champagne, è una città della Francia centro-settentrionale, capoluogo del dipartimento dell'Aube.

[148] « L'abate Adamo morì il 19 febbraio 1122. Poco prima che egli morisse, Abelardo, per placarlo, gli aveva indirizzato una lettera (*Epistola XI*, P.L. 178, coll. 341 ss.) in cui cercava di conciliare l'opinione di Beda con quella di Ilduino » (Crocco cit., p. 94, nota 7).

[149] L'abate Sugerio, che al momento della morte del suo predecessore si trovava a Roma presso il papa Callisto II, fu consigliere di Luigi VI e poi reggente del regno durante l'assenza di Luigi VII, partito per la seconda Crociata (*v.* anche nota 199).

[150] Con tutta probabilità il vescovo Burcardo, benefattore del monastero di Saint-Denis, o il suo successore Manasse (cfr. J. Mabillon, *Annales Ordinis Sancti Benedicti*, IV, Parigi 1739, p. 77).

[151] Luigi VI il Grosso, come si è visto; il ricorso al re e al suo consiglio non è casuale, in quanto l'abbazia di Saint-Denis era l'Abbazia regale di Francia.

[152] « Stefano de Garland, un ecclesiastico ambizioso e mondano, più tardi destituito dal suo incarico a corte per intervento di san Bernardo (cfr. *Epist. ad Sugerium abbatem sancti Dionysii*, P.L. 182, col. 197, nota 11) » (Crocco cit., p. 95, nota 11).

[153] Siniscalco, *dapifer* nel testo, era originariamente il maestro di casa, il maggiordomo, che aveva cura della mensa: il titolo passò poi a indicare il tesoriere di corte e anche un qualsiasi grande dignitario che poteva avere anche ufficio di generale in capo.

[154] Esattamente, *in pago Trecensi, in parochia vero Quincei, supra fluvium Arduconem*, come si legge nella lettera di papa Innocenzo II a Eloisa.

[155] In quel tempo vescovo di Troyes era Attone, che in seguito si ritirò nel monastero di Cluny.

[156] Piccolo edificio sacro nel quale ci si raccoglie per pregare e, talora, per celebrare delle Messe (cfr. Du Cange, *Glossarium mediae et infimae latinitatis*, Niort 1886, *sub voce*).

[157] Nella scelta del nome dell'oratorio è evidente da parte di Abelardo il sottinteso polemico contro il concilio di Soissons che aveva condannato il suo trattato sulla Trinità.

[158] *Psalm.* LIV, 8.

[159] L'elogio della solitudine che segue piacque a Francesco Petrarca che oltre ad annoverare Abelardo tra gli amici della solitudine nel suo *De vita solitaria* (e per indicare questa lettera di Abelardo usa proprio le parole *Historia calamitatum*: cfr. *De vita solitaria*, II, 7, 1, Basilea 1581, I, p. 278) scrisse in margine a questo passo, nel manoscritto dell'*Historia calamitatum* in suo possesso, la parola *solitudo* in grosse lettere: cfr. Bibliothèque Nationale, Fond latin, 2923, f. 9 v.

[160] Gerolamo, *Adversus Jovinianum*, II, 8-9 (P.L. 23, coll. 310-312).

[161] *Jerem.* IX, 20.

[162] I discepoli di Pitagora, più volte citati anche da Abelardo per il loro tenore di vita.

[163] Il grande filosofo greco vissuto tra il 428 e il 348.

[164] Diogene di Sinòpe (413-323), rappresentante della scuola cinica, di cui portò alle estreme conseguenze il rigorismo etico, sopprimendo tutti i bisogni artificiali e riducendo a un minimo irrisorio le necessità della vita.

[165] La scuola filosofica che Platone fondò ad Atene verso il 387 nei giardini di Academo, e perciò chiamata Accademia.

[166] *V.* nota 74.

[167] *V.* nota 75.

[168] L'affluente della Senna che bagnava il Paracleto.

[169] Gerolamo, *Liber hebr. quaest. in Genesim*, praef. (P.L. 23, col. 984a).

[170] Quintiliano, *Declamationes*, XIII, 2.

[171] *Joan.* XII, 19. Le parole sono dei Farisei che mormoravano contro Gesù Cristo.

[172] *Luc.* XVI, 3. Le parole sono del fattore infedele, che nella parabola evangelica, licenziato dal padrone, chiamò i vari debitori del padrone e condonò loro dei debiti, onde avere poi degli amici presso cui rifugiarsi.

[173] Paracleto vale letteralmente « avvocato, consolatore », ed è appellativo, tipicamente giovanneo e denso di significato, dello Spirito Santo: cfr. *Joan.* XIV, 16, 26; XV, 26; XVI, 7. Abelardo si accinge a spiegare la legittimità di un tale nome dato al suo oratorio, nome che resterà poi anche al monastero di cui sarà badessa Eloisa, anche se nei documenti dell'epoca esso è variamente definito *Paracletense coenobium, Oratorium Sanctae Trinitatis, Paracletum, Oratorium Sancti Spiritus* e anche *Parthenon Sancti Spiritus.*

[174] *II Corinth.* I, 3-4.

[175] Gesù Cristo, che di sé dice appunto: *Ego sum via, et veritas, et vita* (*Joan.* XIV, 6).

[176] *Joan.* XIV, 16.

[177] *Factum* nel testo: il Crocco cit. (p. 105, nota 14) traduce « manifestazione sensibile », e commenta: non esiste per il Padre nessuna manifestazione sensibile « come l'incarnazione del Figlio e le due manifestazioni sensibili dello Spirito sotto figura di colomba o di fuoco che costituiscono gli effetti visibili e storici delle "missioni" divine, e sebbene opera di tutta la Trinità, sono però esclusive della seconda e della terza Persona ».

[178] *Act. Apost.* II, 1-11. La festa della Pentecoste cade, come è noto, cinquanta giorni dopo la Pasqua.

[179] *I Corinth.* VI, 17.

[180] *Ib.* 19.

[181] Cfr. *Joan.* III, 5: « Nessuno, se non nasce da acqua e da Spirito Santo, può entrare nel regno di Dio » (cfr. anche *Matth.* XXVIII, 19; *Luc.* III, 16; *Joan.* III, 22).

[182] Cfr. *Joan.* XIV, 16; *Act. Apost.* I, 8. I sette doni dello Spirito Santo sono: sapienza, intelletto, consiglio, fortezza, scienza, pietà e timor di Dio.

[183] *V.* note 179 e 180.

[184] Originariamente, secondo il mito, Eco era una bellissima ninfa che, innamoratasi del pastore Narciso e non essendo ricambiata, languì fino a divenire semplice voce (Ovidio, *Metamorph.* III, 351 ss.).

[185] Questi due « nuovi apostoli » sono comunemente identificati con san Norberto, fondatore dei Premostratensi (o Congregazione dei Canonici Regolari di Prémontre) e san Bernardo, fondatore dei Cistercensi, anche se tale identificazione è tutt'altro che sicura (Crocco cit., p. 108, nota 17).

[186] *Expectabam ut quasi hereticus aut prophanus in conciliis traherer aut sinagogis*, nel testo.

[187] *V.* nota 126.

[188] Vannes (nel testo *Venecensis episcopatus* dal nome del popolo celto dei *Veneti*) è attualmente il capoluogo del Morbihan nella Bassa Bretagna.

[189] L'abbazia di Saint-Gildas de Rhuys dovrebbe essere la più antica delle abbazie fondate in Bretagna: la sua fondazione infatti risalirebbe al secolo VI, ai tempi del re Childerico, figlio di Meroveo, e sarebbe dovuta al monaco Gildas, *Gildasius*, soprannominato « il Saggio », originario della Bretagna insulare e autore di un *De excidio et conquestu Britanniae*.

[190] Gli avvenimenti qui narrati sono con tutta probabilità databili verso il 1125.

[191] Conone IV, duca di Bretagna.

[192] San Gerolamo, fatto bersaglio di accuse infamanti per il suo fervido apostolato in mezzo alle matrone romane che educava alla pratica dell'ascetismo e allo studio delle Sacre Scritture, lasciò nel 385 l'Italia per andare a stabilirsi in Oriente (cfr. l'*Epistola XLV ad Asellam*, che Abelardo stesso citerà più volte nelle sue lettere).

[193] *Psalm.* LX, 3.

[194] Qualche piccolo feudatario di cui ignoriamo il nome.

[195] In Francia, dopo l'epoca dei primi Carolingi, epoca di benessere e di prestigio per gli ebrei, che riuscirono a concentrare nelle loro mani buona parte dei traffici e dei commerci, l'avvento al potere dei feudatari laici ed ecclesiastici vide gli ebrei sottoposti a gravi angherie e a forti contribuzioni.

[196] Una siffatta situazione di corruzione e di dilagante immoralità ci è testimoniata anche per molte altre abbazie del tempo.

[197] *II Corinth.* VII, 5.

[198] *Luc.* XIV, 30.

[199] Gli avvenimenti in questione datano all'anno 1127. Di fatto il monastero di Argenteuil fu, dai suoi stessi fondatori, sottoposto all'au-

torità dell'abbazia di Saint-Denis e lo stesso Carlo Magno, affidandolo alla figlia Teodrada che vi riunì una comunità monastica femminile, pose come condizione che dopo la morte di Teodrada il monastero ritornasse sotto l'abbazia di Saint-Denis. Pertanto l'abate Sugerio (*v.* nota 149), pur ricorrendo a tutti i mezzi per ottenere dal re Luigi VI e dal pontefice Onorio II la restituzione di Argenteuil a Saint-Denis (arrivò perfino ad accusare di immoralità le monache e a falsificare documenti: cfr. Sugerio, *Liber de rebus in administratione sua gestis,* III, P.L. 186, col. 1214d), non faceva altro che rivendicare un suo diritto.

[200] Parte delle monache espulse da Argenteuil si trasferirono nel cenobio di S. Maria de Footel o del Bosco, altre in una località messa a loro disposizione dalla stessa abbazia di Saint-Denis. Poche seguirono Eloisa al Paracleto.

[201] *V.* nota 155.

[202] La donazione di Abelardo avvenne verso la fine del 1129 e il *privilegium* di Innocenzo II è del 28 novembre 1131 (se ne veda il testo in P.L. 179, col. 114). « Il documento pontificio, che fu redatto ad Auxerre e di cui esiste ancora l'originale, conservato alla Biblioteca di Châlons-sur-Marne, è importantissimo per stabilire la data di composizione dell'*Historia calamitatum* » (Crocco cit., p. 118, nota 3).

[203] Possediamo una predica che Abelardo pronunciò in una di quelle occasioni (*Sermo XXX, De eleemosyna, pro sanctimonialibus de Paraclito,* P.L. 178, coll. 564-569).

[204] « Ci si può fare un'idea di quel che furono queste calunnie leggendo l'ignobile lettera dove Roscellino accusa Abelardo di indennizzare la sua ex amante con il denaro che guadagnava al Paracleto: cfr. P.L. 178, coll. 370 ss. » (Gilson cit., p. 59, nota 2).

[205] Gerolamo, *Epistola XLV ad Asellam*, 2, 3. Abelardo citerà spesso questa lettera in cui san Gerolamo, sul punto di imbarcarsi per l'Oriente onde sottrarsi alle accuse infamanti di cui era fatto oggetto (*v.* nota 192) scrive ad Asella (*v.* Lettera IX, nota 4) per lamentarsi della perfidia dei suoi nemici.

[206] Paola, nata a Roma nel 347 da famiglia patrizia, sposò il senatore Tossozio da cui ebbe, tra gli altri figli, quella Eustochio che apparirà spesso nelle Lettere di Abelardo e di Eloisa. Rimasta vedova, Paola fece parte del cenacolo di matrone romane che si riunivano nella casa di Marcella sull'Aventino, per dedicarsi allo studio delle Sacre Scritture e alla vita ascetica, sotto la guida di san Gerolamo. Nel 386 abbandonò Roma e raggiunse Gerolamo che era partito fin dall'anno precedente per sfuggire alle accuse di cui era fatto oggetto (*v.* la nota precedente). Si stabilì quindi a Betlemme dove, con l'aiuto di san Gerolamo, fondò un monastero femminile che diresse fino alla morte, avvenuta nel 404. Gerolamo ne scrisse l'elogio funebre *(Epistola CVIII)*. La Chiesa l'ha proclamata santa.

[207] Gerolamo, *Epist. XLV ad Asellam*, 6.

[208] Cfr. *II Corinth.* VI, 8.

[209] L'uso di nominare guardiani delle donne gli eunuchi era molto diffuso nel mondo orientale: non di rado questi eunuchi, proprio per la loro natura di uomini di fiducia e di confidenti, diventavano molto potenti e influivano sulla politica dei vari Stati.

[210] Cfr. *Esther*, II, 8. L'eunuco, « governatore e custode delle donne regali », « custode delle vergini » del re persiano Assuero (Serse I, 485-465), tra le quali c'era anche la bellissima Ester, si chiamava Egeo.

[211] Cfr. *Act. Apost.* VIII, 27 ss.

[212] Candace è il titolo dinastico delle regine dell'Impero etiopico.

[213] *V.* Lettera V, nota 49.

[214] Eusebio, *Hist. eccles.* VI, 9. *V.* anche la nota 103.

[215] *Prov.* XXII, 1.

[216] Agostino, *Sermo CCCLV*, 1 (P.L. 39, col. 1569a).

[217] *Ib.*

[218] *II Corinth.* VIII, 21.

[219] Agostino, *De opere monachorum,* IV-V (P.L. 40, coll. 552-553).

[220] *Luc.* VIII, 1-3.

[221] Leone IX, tedesco, papa dal 1048 al 1054: ma si veda la nota seguente.

[222] La citazione di Abelardo presenta due errori. In primo luogo il passo citato non è di Leone IX ma del suo legato, il cardinale Umberto di Silva Candida (cfr. Umberto, *Contra Nicetam mon. monasterii Studii,* XXII, P.L. 143, coll. 997d-998a), anche se nelle antiche raccolte di canoni, come nella *Panormia* di Ivo di Chartres (III, 115, P.L. 161, col. 1155a) da cui probabilmente l'ha ricavata Abelardo, figura sotto il nome di Leone IX. In secondo luogo la lettera non è indirizzata a Parmeniano (l'eretico donatista contro il quale sant'Agostino scrisse il trattato *Contra epistolam Parmeniani*) ma contro il monaco Niceta Stethatos del monastero di Studion (il celebre monastero nei pressi di Costantinopoli fondato nel secolo V dal console romano Studion) ma il Cousin e il Migne hanno frainteso la lezione originaria *de Studii monasterio,* e hanno scritto *de studio monasterii,* vedendovi il titolo dell'opera di Parmeniano). Il Monfrin (*Historia calamitatum, texte critique avec une introduction,* publié par J. Monfrin, Parigi 1959, 1962, 1967, p. 103, nota *ad loc.*) si domanda se il nome di Parmeniano, tramandatoci dai manoscritti, non sia per caso dovuto a una corruzione del riferimento alla *Panormia,* l'opera di Ivo di Chartres da cui, come si è detto, Abelardo deve aver preso tutto il passo. Cfr., oltre che il passo citato del Monfrin, Crocco cit., p. 125, nota 13.

[223] *I Corinth.* IX, 5.

[224] *Luc.* VII, 39. Simone, uno dei Farisei, dopo aver invitato Gesù a desinare in casa sua, vedendo che egli accettava l'omaggio di una donna che era notoriamente una peccatrice, cominciò a mormorare contro di lui. Ma Gesù seppe metterlo a tacere. L'episodio tornerà altre volte nelle Lettere di Abelardo.

[225] Cfr. *Joan.* XIX, 21: Gesù, dall'alto della croce, affidò sua madre a Giovanni, il più caro dei suoi discepoli.

[226] Cfr. *III Reg.* XVII, 10 ss., in cui si parla di Elia che si fa ospitare da una vedova di Sarepta, e *IV Reg.* IV, 8 ss., in cui si dice che Eliseo si ferma a mangiare e a riposare da una ricca donna di Sunam.

[227] Il protagonista della vita omonima, scritta da Gerolamo: si veda la nota seguente.

[228] Gerolamo, *Vita Malchi monachi captivi,* 2 (P.L. 23, col. 56a).

[229] Rispettivamente padre e madre di Giovanni il Battista (*Luc.* I, 5 ss.).

[230] Come è il caso ad esempio di san Gerolamo, che a Betlemme fondò e diresse personalmente monasteri non solo maschili ma anche femminili.

[231] Cfr. *Act. Apost.* VI, 1-6. L'episodio sarà oggetto di un lungo esame nella Lettera VII, p. 293.

[232] Cfr. *I Corinth.* XI, 4-6. In pubblico la donna era solita coprirsi il capo e la fronte con un velo che era simbolo di modestia e segno della sua dipendenza dall'uomo, padre o marito. Solo le schiave e le peccatrici andavano con il capo scoperto.

[233] La stessa osservazione sull'assurdità del fatto che uomini e donne, benché tanto diversi per natura, stiano soggetti alla stessa regola (la *Regola* di san Benedetto) farà Eloisa, con abbondanza di considerazioni, nella Lettera VI, in cui appunto chiederà ad Abelardo di spiegarle l'origine del monachesimo femminile e di tracciarle una regola di vita per le monache del Paracleto: e Abelardo, come vedremo, verrà incontro alle richieste di Eloisa con le Lettere VII e VIII.

[234] Giovenale, vissuto tra il 50-60 e il 130 d.C., autore di sedici satire, caro agli scrittori cristiani per la durezza con cui critica molti

aspetti della vita pagana. Qui è citato per un suo verso tratto dalla famosa satira VI, contro i vizi delle donne.

[235] Giovenale, *Sat. VI*, 160.

[236] I monaci di Saint-Gildas de Rhuys di cui Abelardo era abate.

[237] I monaci di Saint-Denis.

[238] Sul valore di queste pagine, cfr. Gilson cit., pp. 60-61.

[239] « Ciò avvenne probabilmente verso il 1133, forse a causa di una nuova campagna di calunnie dei suoi avversari, ma soprattutto, come si deduce dal seguito del racconto, per l'accresciuta turbolenza dei monaci di Saint-Gildas, che non gli permettevano di allontanarsi dall'abbazia » (Crocco cit., p. 131, nota 1).

[240] Cfr. *Gen.* IV, 14.

[241] *V.* nota 197.

[242] Cfr. Gregorio Magno, *Dialoghi*, II, 3 (a cura di U. Moricca, Roma 1924, p. 81).

[243] Non sappiamo con precisione quando Abelardo divenne sacerdote, però il Gilson osserva che questo passo testimonia che egli lo era già quando divenne abate di Saint-Gildas e che con tutta probabilità « doveva già esserlo al tempo del suo ritiro al Paracleto, quando si nascose in quella solitudine, in cui era, con il suo chierico, il solo officiante dell'oratorio della Santissima Trinità. Si è così indotti a pensare che Abelardo sia stato ordinato sacerdote ben poco tempo dopo la sua monacazione » (Gilson cit., p. 80). Si veda a proposito anche Lettera IV, nota 2.

[244] Probabilmente Porcario, canonico della chiesa di Nantes.

[245] Nessun documento ci è pervenuto a proposito di questo intervento di papa Innocenzo II.

[246] Si tratta dell'episodio della spada di Damocle, narrato da Cicerone in *Tuscul.* V, 20-21: giustamente però il Monfrin cit. (p. 107, nota *ad loc.*) osserva che l'episodio era già stato ripreso da un gran numero di scrittori in modo tale che è difficile stabilire donde l'abbia ricavato Abelardo. Questo, delle fonti delle citazioni da autori classici, è comunque un problema di fondamentale importanza: sarà infatti opportuno precisare che, nella maggior parte dei casi, si tratta di citazioni indirette, ricavate da scrittori precedenti o anche da qualcuno di quei compendi tanto cari alla cultura tardo latina e medioevale.

[247] *Calamitatum mearum historia*, nel testo: e con il titolo di *Historia calamitatum* si dovette ben presto indicare questa lettera di Abelardo (*v.* Introduzione alla Lettera, p. 57).

[248] *Joan.* XV, 20, 18, 19.

[249] *II Timoth.* III, 12.

[250] *Galat.* I, 10.

[251] *Psalm.* LII, 6. La citazione è, insolitamente, modificata rispetto all'originale.

[252] Gerolamo, *Epistola LII ad Nepotianum*, 13 (P.L. 22, col. 337).

[253] *V.* nota 250.

[254] Gerolamo, *Epist. XLV ad Asellam*, 6 (P.L. 22, col. 482).

[255] Gerolamo, *Epist. XIV ad Heliodorum monachum*, 4 (P.L. 22, col. 349).

[256] *I Petri*, V, 8.

[257] *Matth.* VI, 10, nell'*Oratio Dominica.*

[258] *Rom.* VIII, 28.

[259] Salomone, *sapientior cunctis* (*III Reg.* IV, 31), cui è tradizionalmente attribuito il libro dei Proverbi.

[260] *Prov.* XII, 21.

II.

ELOISA AD ABELARDO

Eloisa ha avuto per caso tra le mani la lettera che Abelardo ha scritto all'amico. Preoccupata per quanto vi ha letto sulle attuali condizioni di Abelardo, ella lo prega di tenerla costantemente informata di tutto quello che gli succede, perché vuole dividere con lui ogni gioia e ogni dolore. Gli domanda poi perché non le abbia più scritto dal giorno in cui è partito dopo averla insediata al Paracleto, e, ricordandogli sia il proprio amore sensuale di un tempo sia quello casto anche se ancora appassionato di ora, si lamenta di non essere minimamente ricambiata. Vorrebbe, dice, trovare un motivo qualsiasi per scusarlo, ma pensa che purtroppo dovrà ammettere anche lei quello che ormai tutti gli altri già sanno: Abelardo l'ha dimenticata.

La rievocazione della passata felicità, la consapevolezza di aver troppo amato (« Se tu fossi meno sicuro del mio amore... forse... saresti più sollecito »), la tristezza di Eloisa nel sentirsi trascurata, la durezza stessa con cui ella rinfaccia ad Abelardo di non amarla più, anzi di non averla mai amata (« I sensi e non l'affetto ti hanno legato a me: la tua era attrazione fisica, non amore... ») danno un tono particolarmente commosso a tutta la lettera. Notevole anche, oltre all'enunciazione di quella morale dell'intenzione per cui quello che conta non sono gli atti ma l'intenzione che li determina, è la pagina in cui Eloisa, prendendo Dio a testimone, dichiara apertamente, senza mezzi termini, che avrebbe preferito appartenere ad Abelardo senza unirsi con lui in matrimonio. « L'essenza vera di questo amore totale, ciò che agli occhi di Eloisa ne costituisce la vera gloria e la sola cosa cui in definitiva ella dia importanza, è dunque il suo completo, il suo assoluto disinteresse. Nihil mihi reservavi, *"nulla mi sono riservata": ecco la sostanza della sua vita, e non una sola parola di Eloisa suggerisce l'ipotesi che abbia mai provato la tentazione di rinnegarla » (Gilson cit., p. 70).*

Al suo signore e padre, allo sposo e fratello; la sua ancella e figlia, la sua sposa e sorella: ad Abelardo Eloisa.

Carissimo, poco fa per puro caso mi è capitata fra le mani la lettera pietosa e compassionevole che avete scritto ad un amico. Subito, dalla intestazione stessa, ho capito che era vostra, e mi son messa a leggerla con un entusiasmo pari soltanto all'affetto che porto a chi l'ha scritta: ho voluto, per così dire, ritrovare nelle sue parole l'immagine di colui che non è più con me. Ma quasi ogni riga della lettera – mi è rimasta tutta nella memoria – era piena di fiele e di assenzio, né, forse, poteva essere diversamente, dal momento che non vi si narra altro che la infelice storia che ci ha portati in monastero e le sofferenze che quotidianamente ti[1] travagliano, mio unico bene.

Certo nella lettera hai conseguito lo scopo che ti eri ripromesso all'inizio: il tuo amico deve aver capito che le sue pene sono poca cosa o nulla addirittura, in confronto alle tue. Infatti, dopo aver ricordato le persecuzioni che hai sofferto da parte dei tuoi maestri e il terribile oltraggio che proditoriamente è stato inflitto al tuo corpo, hai denunciato con estremo vigore l'odioso atteggiamento di invidia dei tuoi stessi condiscepoli, Alberico di Reims e Lotulfo Lombardo. Non hai trascurato di ricordare né la sorte toccata al tuo glorioso trattato di teologia, né ciò che accadde a te, quando quasi fosti messo in prigione, in conseguenza delle calunnie di quei signori. Sei passato poi a raccontare gli imbrogli dell'abate e degli altri tuoi falsi confratelli, e le gravissime calunnie di cui sei stato fatto oggetto da parte di quei due falsi apostoli suscitati dai tuoi soliti rivali. Parli poi dello scandalo suscitato nella gente comune dal fatto che, andando contro la tradizione, hai consacrato il tuo oratorio al Paracleto; e, infine, hai concluso questo tragico quadro alludendo alle insopportabili persecuzioni che ancora adesso, come affermi, ti infliggono quel crudelissimo aguzzino e quei monaci che hai il coraggio di chiamare figli.

Sono convinta che nessuno potrebbe leggere o ascoltare tutto ciò senza piangere. Quanto a me, ti confesso che ho sofferto tanto più quanto più crudi e precisi erano i particolari: ma quello che soprattutto mi preoccupa è il saperti tuttora in pericolo: qui noi[2] siamo tutte in ansia per la tua vita e in cuor nostro trepidiamo e palpitiamo per te, al punto che ci aspettiamo da un momento all'altro di venire a sapere che sei morto.

Così, in nome di colui che ancora, in qualche modo, ti protegge, in nome di Cristo, noi, sue e tue serve, ti scongiuriamo di degnarti di tenerci informate, almeno per lettera, delle tempeste che ancora ti investono. Noi siamo tutto quello che ti rimane al mondo, e vogliamo dividere con te ogni dolore e ogni gioia: di solito, infatti, quando si soffre, fa piacere e conforta un po' il sapere che qualcuno partecipa al nostro dolore, e un fardello, se lo si porta in molti, pare meno pesante, più facile da sopportare. Se poi le acque nel frattempo si saranno calmate, affrettati ugualmente a scriverci, perché la nostra gioia sarà grande. E poi, non avrà molta importanza il tenore delle tue lettere; scrivendoci tu ci recherai sempre un non piccolo conforto, perché, se non altro, capiremo che non ci dimentichi.

Quanto sia bello ricevere lettere dagli amici lontani, ce lo dimostra con un esempio personale anche Seneca, che scrivendo all'amico Lucilio a un certo punto[3] dice: « Mi scrivi spesso, e io te ne sono grato. Così mi vieni a trovare nell'unico modo che ti è possibile: ogni volta che ricevo una tua lettera, mi sembra di essere ancora con te. E se i ritratti degli amici lontani ci sono cari, perché ce li ricordano e ci consolano della loro lontananza, anche se è un povero conforto, quanto piacere possono farci le lettere, che ci portano la vera voce di un amico lontano! ». E, grazie a Dio, tu puoi ancora darci questa gioia: nessuno ti proibisce di scriverci, nulla te lo impedisce e, mi auguro, non sarà certo la tua pigrizia la causa di un eventuale ritardo.

Hai scritto al tuo amico una lunga lettera per consolarlo delle sue sventure, è vero, ma è dclle  tue che gli parli. E ricordando ad una ad una le tue disgrazie per confortarlo, ci hai gettate nello sconforto: così, mentre cercavi di guarire le sue ferite, hai aperto nuove piaghe nel nostro dolore e hai allargato quelle di un tempo. Ora guarisci, ti scongiuro, il male che hai fatto tu stesso, visto che hai trovato il modo di curare quello che altri hanno fatto. Agendo come hai agito, ti sei comportato da vero amico, hai saputo pagare il tuo debito all'amicizia e al ricordo della vita che avete trascorso insieme: ma il debito che ti lega a noi è ben più grande, perché noi per te siamo più che amiche, siamo più che compagne, siamo figlie, e figlie ci puoi chiamare, se non sai trovare un nome più dolce o più santo.

Del resto, se tu avessi qualche dubbio, non sarebbe proprio il caso di andare a cercare prove a testimonianza della grandezza del debito che ti lega a noi: anche se tutti tacessero parlerebbero i fatti. Tu solo, dopo Dio, tu solo hai fatto nascere questo luogo, tu hai costruito questo oratorio, tu hai dato vita a questa comunità. Qui prima non c'era nulla, e tutto quello che ora vi sorge è opera tua. Qui un giorno si aggiravano solo belve o banditi: non c'era né una capanna né una casa. E là tra le tane delle belve e i covi dei banditi, là dove di solito non si sente neppure nominare il nome di Dio, hai innalzato un divino tabernacolo e hai dedicato un tempio esclusivamente allo Spirito Santo. Per questa tua opera non hai chiesto aiuto a nessuno, né a re né a principi, anche se avresti potuto domandarne e averne in gran misura: tutto doveva essere attribuito a te solo. Chierici e discepoli allora corsero a gara qui per seguire le tue lezioni, e ti procuravano tutto quello di cui avevi bisogno; e anche coloro che vivevano di benefici ecclesiastici ed erano abituati a ricevere offerte piuttosto che a farne, anche coloro che fino ad allora non avevano avuto le mani che per prendere, per te diventavano generosi e quasi ti soffocavano con le loro offerte.

Tuo, dunque, tutto tuo è il merito di questa nuova piantagione nel campo del Signore: ma, per crescere, i teneri virgulti di cui è ricca hanno bisogno di essere innaffiati. Per la natura stessa e il sesso di coloro che la abitano, questa piantagione è debole, e sarebbe debole anche se non fosse tanto giovane: e anche per questo deve essere curata con più amore e con maggiore assiduità, secondo le parole dell'Apostolo:[4] « Io l'ho piantata, Apollo[5] l'ha irrigata, ma è Dio che l'ha fatta crescere »: e in effetti l'Apostolo con la sua predicazione aveva piantato, cioè fondato nella fede i Corinzi ai quali scriveva; il suo discepolo Apollo aveva poi provveduto a irrigarli con le sue sante esortazioni, e infine la grazia divina era intervenuta direttamente per farli crescere nella virtù.

È inutile che ti metta a coltivare una vigna che non hai piantato tu,[6] una vigna la cui dolcezza, certo, si è trasformata per te in amarezza: le tue continue ammonizioni sono inutili, e vane sono le tue sante prediche: pensa a quel che puoi fare nella tua vigna, invece di sciupare così il tempo per la vigna di un altro.

Tu ti sforzi di istruire e guidare gente che non vuole essere istruita e guidata, e così non ottieni nessun risultato: invano tu spargi davanti ai porci le perle[7] della parola divina. Se sprechi tanto tempo con persone che non ti stanno neppure ad ascoltare, pensa che cosa dovresti dare a chi ti segue e ti ubbidisce. Se tanto ti sacrifichi per i tuoi nemici, che cosa dovresti dare alle tue figlie? E anche a voler trascurare tutte le altre, pensa di quanto sei debitore a me: tutte le altre si sono consacrate a Dio, io invece mi sono consacrata a te.

I santi Padri hanno indirizzato numerosi e profondi trattati alle monache, per istruirle, per esortarle e anche per consolarle: e certo tu, intelligente come sei, sai meglio di noi, povere donne, con quanto amore e con quanto zelo abbiano atteso a questo genere di lavoro. Ma io ora mi stupisco non poco vedendo che da lungo tempo ormai[8] tu hai come dimenticato gli inizi ancor fragili della nostra vita monastica:[9] e niente, né il rispetto di Dio, né l'amore per me, né l'esempio dei santi Padri, sembra possa indurti a confortare e ad aiutare con le tue parole o anche solo con una lettera questa tua povera Eloisa che è in preda all'incertezza e che si sente quasi morire a causa del lungo dolore patito. Eppure tu sai bene che a legarci c'è anche il sacro vincolo del matrimonio, e sai bene che io ti ho amato sempre di un amore senza fine. Tu sai, mio caro – perché lo sanno tutti –, quel che ho perduto perdendo te. Tu sai quel che ha voluto dire per me la terribile vicenda, ormai nota a tutti, che mi ha strappata dal mondo insieme con te: eppure quello che mi fa più soffrire non è il dolore in sé, ma il fatto di non averti più con me. E allora, quanto maggiore è la causa del mio dolore, tanto più efficaci devono essere anche i rimedi, e devi essere tu a porgermeli, e non un altro, perché tu solo, tu che sei la causa del mio dolore, tu solo puoi aiutarmi.

Come solo tu puoi farmi soffrire, così solo tu puoi rasserenarmi e consolarmi. È un tuo dovere, perché io ti ho sempre ubbidito con fervore, ho sempre fatto quello che tu mi dicevi di fare, tant'è vero che, non potendo oppormi in alcun modo a te, non ho esitato, a un tuo ordine, neppure a perdere per sempre me stessa. Ma sono andata anche più in là. Può sembrare strano, ma ero talmente pazza d'amore che ho rinunciato perfino all'uomo che amavo, senza alcuna speranza di poterlo un giorno riavere; una tua parola è bastata perché con l'abito mutassi anche il cuore; e con questo ho voluto dimostrarti che tu eri l'unico padrone non solo del mio corpo ma anche della mia anima.

In te ho cercato e amato solo te, Dio mi è testimone; ho desiderato te, non i tuoi beni o le tue ricchezze. Non miravo a farmi sposare né a farmi mantenere; non volevo soddisfare la mia volontà e il mio piacere, ma te e il tuo piacere, lo sai bene. E anche se il nome di sposa può parere più sacro e più valido, io preferivo essere per te un'amica, una compagna, perfino una concubina, se non ti offendi, o una sgualdrina. Mi sarei annullata di fronte a te, paga soltanto del tuo amore, e sarei vissuta all'ombra della tua grandezza.

Tu stesso, del resto, parlando di te nella lettera che hai scritto al tuo amico per consolarlo, dimostri di non aver dimenticato del tutto queste cose. Tuttavia, anche se gli esponi qualcuno dei motivi che io adducevo per costringerti a rinunciare a un matrimonio che consideravo dannoso, hai taciuto quasi tutte le ragioni che mi facevano preferire l'amore al matrimonio, la libertà a una catena. Chiamo Dio a testimone: se Augusto stesso, il padrone del mondo, si fosse degnato di chiedermi in sposa e mi avesse offerto il dominio perpetuo sul mondo, per me sarebbe stato più dolce e più bello essere considerata una prostituta qualsiasi e stare con te, piuttosto che essere un'imperatrice con lui. Essere ricco e potente non significa essere anche grande: la prima qualità dipende dalla fortuna, la seconda dai meriti personali. Sposare un uomo perché è ricco vuol dire vendersi, vuol dire amare il suo denaro, non lui: e colei che si sposa per interesse merita di essere pagata, non di essere amata: una donna simile vuole il denaro, non un marito, e si può stare sicuri che appena potrà andrà a vendersi a uno più ricco. Questa è la conclusione cui arriva la saggia Aspasia, secondo quanto ci riferisce Eschine, discepolo di Socrate, alla fine della sua discussione con Senofonte e sua moglie. Quella dottissima donna, che si era proposta di riconciliare i due coniugi, alla fine conclude: « Solo quando vi convincerete che non c'è sulla terra un uomo migliore né una donna più amabile, capirete di aver conseguito l'unica cosa veramente importante: tu ti renderai conto di essere il marito della migliore delle donne e tu di essere la moglie del migliore dei mariti ».[10]

Ecco un concetto più santo che filosofico: qui si tratta di saggezza, non di filosofia. Davvero fortunati gli sposi che, per una sorta di errore o per un felice inganno, grazie a un perfetto accordo conservano anche nella vita matrimoniale la loro purezza, e non praticando la continenza dei corpi, ma serbando il pudore delle anime!

E quello che le altre donne capiscono solo attraverso l'errore, per me era una verità chiara ed evidente: in effetti quello che soltanto ciascuna di esse poteva pensare del proprio marito, di te non ero solo io a pensarlo ma il mondo intero, il quale non solo lo pensava, ma lo sapeva; e il mio amore per te, così, era tanto più vero quanto più lontano dall'errore. Quale re o quale filosofo, infatti, poteva vantare una fama pari alla tua? Quale regione, città o paese non era agitato dal desiderio di vederti? Chi, dimmi, non si precipitava a vederti le rare volte che apparivi in pubblico e non ti seguiva con gli occhi fissi, tendendo il collo, quando te ne andavi? Quale sposa o quale vergine non si consumava per te quando non c'eri e non diventava di fiamma quando le stavi accanto? Quale regina, quale principessa non invidiava le mie gioie e il mio letto?

Tu avevi due cose in particolare che suscitavano l'interesse delle donne, il tuo modo di parlare e la dolcezza con cui cantavi, due cose che di solito i filosofi non hanno. Ed è proprio grazie a queste tue doti che, quasi per riposarti dai faticosi esercizi filosofici, hai composto tante poesie e canzoni d'amore che poi, cantate dappertutto, per la loro eccezionale dolcezza musicale e poetica, facevano di te l'oggetto delle comuni conversazioni; e la vaghezza stessa delle melodie ti aveva reso famoso anche presso coloro che altrimenti mai ti avrebbero conosciuto.[11] Le donne sospiravano d'amore per te soprattutto per questo, e poiché la maggior parte di quelle poesie cantavano il nostro amore, ben presto anche il mio nome si diffuse in parecchi paesi, e io divenni oggetto di invidia agli occhi di molte donne.

D'altra parte bisogna anche dire che eri giovane, bello e intelligente. E sono sicura che chiunque, fra le donne che allora mi invidiavano, oggi mi capirebbe e mi compatirebbe sapendomi privata di tali delizie. Chi è quell'uomo o chi è quella donna che, per ostile e nemica che sia, ora non proverebbe un senso di giusta compassione nei miei confronti?

Sono colpevole, colpevole sotto ogni aspetto, ma sono anche innocente, completamente innocente,[12] tu lo sai bene, perché la colpa non sta nelle conseguenze del gesto ma nell'intenzione di chi lo compie: la giustizia valuta non l'atto in sé ma il pensiero che ha ispirato l'atto.[13] E a questo punto solo tu che li hai provati, puoi giudicare e valutare i sentimenti che ho nutrito per te. Rimetto tutto al tuo esame, mi rimetto completamente a te.

Dimmi soltanto, se puoi, perché dopo il nostro ritiro in convento, ritiro che tu solo hai deciso, hai cominciato a trascurarmi tanto e a dimenticarti tanto di me, al punto che né mi vieni a trovare, né mi scrivi.[14] Rispondimi, ti prego, se puoi, altrimenti sarò costretta a dire io quello che penso o meglio quello che ormai tutti sospettano: i sensi e non l'affetto ti hanno legato a me; la tua era attrazione fisica, non amore, e quando il desiderio si è spento, con esso sono scomparse anche tutte le manifestazioni d'affetto con cui cercavi di mascherare le tue vere intenzioni. E questa, amore mio, non è la mia opinione, ma l'opinione di tutti: non sono io che penso così, ma tutti; è una cosa di pubblico dominio. Volesse il cielo che fosse soltanto una mia sensazione, e che il tuo amore potesse inventare una scusa qualsiasi, per calmare un poco, non tanto, il mio dolore! Io stessa vorrei poter trovare dei buoni motivi per scusarti e giustificare in qualche modo anche la mia mancanza di fiducia.

Ascolta, ti prego, quello che ti chiedo: è una cosa da nulla e per te sarà facilissimo accontentarmi. Finché mi sarà negata la gioia di vederti, non privarmi almeno del piacere di sentirti vicino grazie a una tua lettera – e una lettera a te non costa fatica. E come potrò sperare da te un aiuto materiale, se ti trovo così avaro perfino di parole? E pensare che finora avevo creduto di poter ottenere tutto da te, visto che ti ho sempre ubbidito e che anche adesso continuo a ubbidirti. Perché tu sai bene che ho accettato di sacrificare la mia giovinezza nell'austerità della vita monastica non per vocazione ma solo per ubbidire a un tuo preciso ordine: e ora giudica pure tu a che cosa mi è servito tutto ciò, se tu non mi degni neanche di una parola. Sta' pur sicuro che da Dio non mi aspetto alcuna ricompensa, perché so che per amore di lui finora non ho fatto assolutamente nulla.

Quando ti sei incamminato verso Dio ti ho seguito, anzi ti ho preceduto. Forse ti sei ricordato della moglie di Loth, che si voltò indietro,[15] e hai voluto che io mi legassi a Dio, prendendo l'abito religioso e i voti monastici prima di te. E questa tua mancanza di fiducia nei miei confronti – l'unica, è vero – mi ha riempita di dolore e di vergogna, adesso posso dirtelo: io non avrei esitato un attimo a precederti o a seguirti anche all'inferno[16] se tu me lo avessi ordinato, Dio mi è testimone. Il mio cuore non era più con me, era con te. E anche ora, più che mai, se non è lì con te non è da nessuna parte. Senza di te non può stare, ma tu fa' in modo che con te stia bene, ti prego. E sai che si troverà bene con te, se ti troverà ben disposto, se gli darai amore in cambio dell'amore che ti porta, anche poco in cambio di tanto, di tantissimo, una parola di conforto in cambio di tante prove d'affetto.

Se tu fossi meno sicuro del mio amore, carissimo, forse ti preoccuperesti di più e saresti più sollecito. Ma ho fatto tanto per renderti sicuro del mio amore, ed ora ti sento indifferente e lontano. Ricordati però, ti scongiuro, di tutto quello che ho fatto per te, e pensa un po' anche a quello che mi devi.

Finché io godevo con te i piaceri della carne, qualcuno poteva domandarsi se io lo facessi per amore o per soddisfare la mia voglia: ma ora, il risultato ultimo di tutto dimostra quale fosse in realtà il sentimento che mi animava fin dall'inizio. Ho rinunciato a qualsiasi forma di piacere, per attenermi alla tua volontà: per me non ho serbato nulla, se non la possibilità di essere tua, solo tua.

Come sei ingiusto se, nonostante quel che ho fatto per te, adesso mi trascuri, anzi quasi dimentichi che esisto! E pensare che quello che ti chiedo è ben poco, e per te facilissimo!

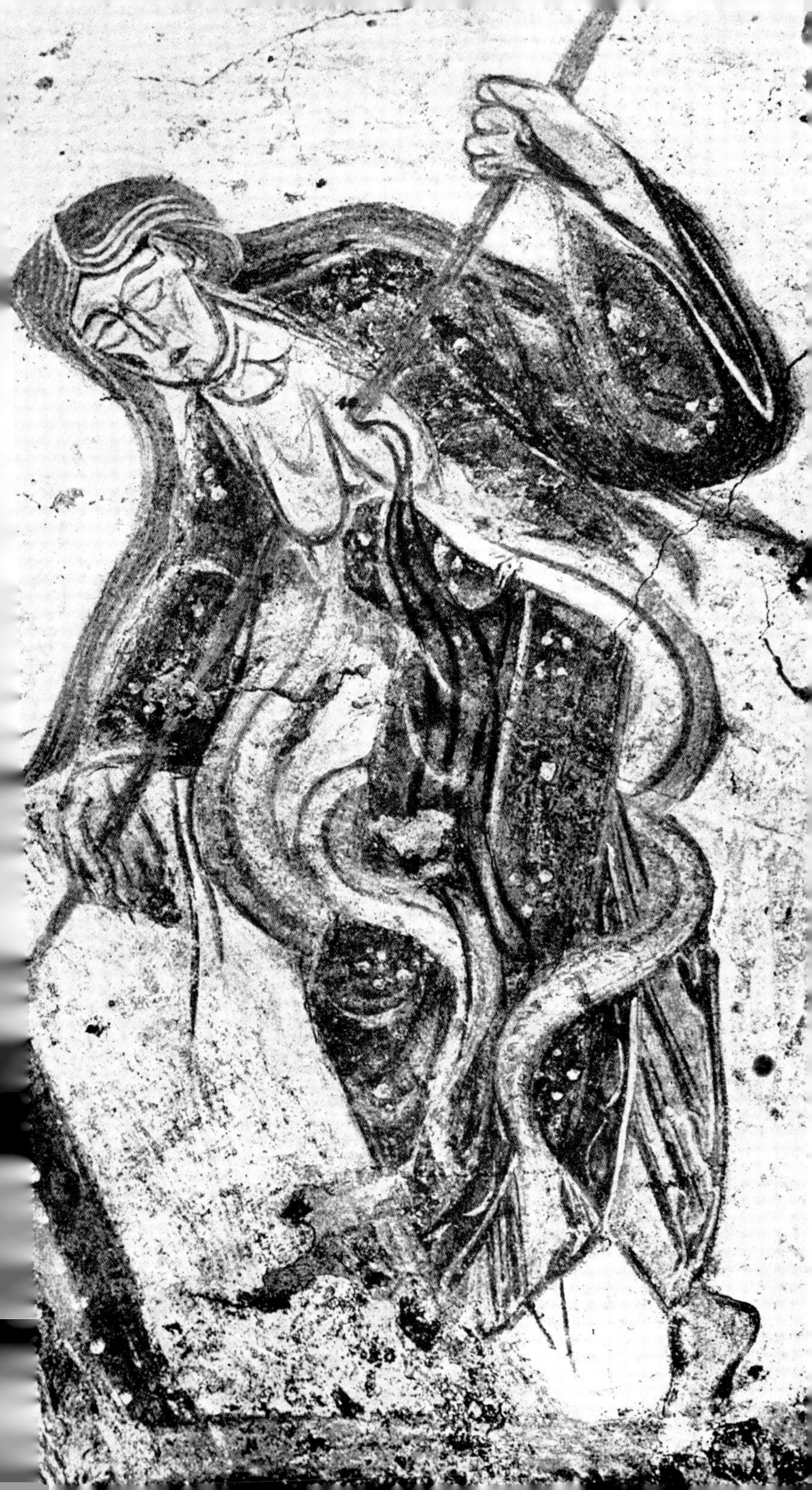

Figura 3.

Raffigurazione simbolica della lussuria (Cripta di Saint-Nicolas, 1150 circa). Nella prima lettera a Eloisa Abelardo scrive: « Il successo insuperbisce sempre gli stolti e il benessere a lungo andare snerva il vigore dell'animo e lo getta in balia delle passioni della carne: proprio quando mi consideravo ormai l'unico filosofo della terra, e mi sembrava di non aver più nulla da temere... cominciai a ubbidire alle passioni... ».

In nome di colui al quale ti sei consacrato, in nome di Dio, ti supplico: fammi il dono della tua presenza, nell'unico modo che ti è possibile, cioè scrivendomi qualche parola di conforto; fallo almeno perché io possa trovare nelle tue lettere la forza di dedicarmi con più zelo al servizio del Signore. Un tempo, quando mi cercavi per soddisfare il tuo piacere, mi venivi a trovare spessissimo con i tuoi scritti e grazie alle tue poesie il nome della tua Eloisa era sulle labbra di tutti: in ogni piazza e in ogni casa risuonava il mio nome. E non sarebbe più giusto che tu oggi incitassi all'amore di Dio colei che un giorno spingevi al piacere?

Ricorda, ti prego, quello che mi devi, considera quello che ti chiedo. Termino questa lunga lettera con poche parole: addio, mio unico bene.

---

[1] Il brusco passaggio dal *voi* al *tu* è nel testo latino. Per tutto il resto dell'*Epistolario* Abelardo ed Eloisa si rivolgeranno l'uno all'altro con la seconda persona singolare.

[2] Eloisa parla spesso a nome delle monache del Paracleto di cui è badessa.

[3] Seneca, *Epist. XL ad Lucil.*, 11, 1.

[4] *I Corinth.* III, 6.

[5] Il dotto discepolo di Paolo, educato ad Alessandria d'Egitto.

[6] Il monastero di Saint-Gildas de Rhuys, di cui, come è noto, Abelardo era abate, ma che diversamente dal Paracleto non aveva fondato di persona.

[7] Cfr. *Matth.* VII, 6: *neque mittatis margaritas vestras ante porcos.*

[8] *Iamdudum:* se i calcoli del Gilson sono esatti, il silenzio di Abelardo dovrebbe essere durato un paio d'anni, fra il 1131, data del suo probabile rientro a Saint-Gildas, e il 1136, anno in cui Abelardo è di nuovo a Parigi, perché è tra il 1131 e il 1136, e più precisamente tra il 1132 e il 1134, che va posta la composizione dell'*Historia calamitatum* e di alcune delle lettere dell'*Epistolario* (Gilson cit., p. 157, nota 1).

[9] Tutto questo passo è stato preso in attento esame da coloro che negano l'autenticità dell'*Epistolario*: il Gilson cit. (pp. 150-161) ha comunque dimostrato chiaramente che qui il termine *conversio*, o meglio *conversatio* secondo i codici più attendibili, indica non l'ingresso

di Eloisa nella vita monastica (il che infirmerebbe l'autenticità dell'*Epistolario*, perché Eloisa dicendo di non aver più visto Abelardo dopo il suo ingresso nella vita monastica andrebbe contro la realtà dei fatti, in quanto ella lo vide in occasione del suo ingresso al Paracleto), ma la *vita religiosa* da poco intrapresa da lei e dalle altre monache al Paracleto. Si veda comunque tutta la questione in Gilson cit., pp. 148-168.

[10] Cicerone, *De invent.* I, 31.

[11] Questi *carmina amatorio metro vel rhythmo composita* sono andati perduti. Di Abelardo ci resta comunque un congruo numero di componimenti poetici di contenuto religioso: *v.* Lettera I, nota 56.

[12] Eloisa si sente colpevole di aver contribuito alla rovina di Abelardo, ma nello stesso tempo si sente anche innocente perché sa di non aver mai voluto che il suo bene.

[13] Eloisa si giustifica prendendo come fondamento la cosiddetta morale dell'intenzione, che Abelardo ha sviluppato nello *Scito te ipsum*, derivandola probabilmente da un'interpretazione unilaterale di alcuni testi di sant'Agostino (*De Serm. Domini in monte*, II, 13, n. 16; *Enarr. in Ps. XL*, 9; *De bono coniugali*, XXI, 25-26): la qualità buona o cattiva di un atto dipende unicamente dall'intenzione che lo anima: colpevole o innocente non è l'atto in sé ma l'intenzione che lo ha dettato, perché agli occhi di Dio conta solo l'intenzione.

[14] Anche su questo passo si è appuntata l'attenzione di coloro che negano l'autenticità dell'*Epistolario*: ma si veda la nota 8.

[15] Cfr. *Gen.* XIX, 26: Dio aveva invitato Loth e i suoi familiari a fuggire da Sodoma che stava per essere distrutta, senza però voltarsi indietro a guardare: ma la moglie di Loth, peccando di curiosità e di disubbidienza, si voltò e fu tramutata in una statua di sale.

[16] *Ad Vulcania loca* nel testo.

III.

ABELARDO A ELOISA

Abelardo risponde alla lettera di Eloisa e si scusa del lungo silenzio: se non le ha mai scritto è solo perché ha sempre pensato che la sua intelligenza e la sua fede non avessero bisogno né di esortazione né di conforto: tuttavia, se crede che i suoi consigli e il suo aiuto spirituale possano giovarle, non esiti a farglielo sapere, perché egli provvederà subito ad accontentarla. Abelardo chiede poi a Eloisa di pregare per lui insieme con le vergini e con le vedove del Paracleto, ricordandole quanto gradite siano al Signore le preghiere delle donne e suggerendole anche le varie orazioni con cui vuole che esse preghino per lui ormai lontano, alla fine di ogni ora canonica. Infine, conscio dei pericoli quotidiani in mezzo ai quali vive, Abelardo chiede a Eloisa di provvedere, una volta che sarà morto, a trasportare il suo cadavere al Paracleto.

« Tutta la lettera di Abelardo è di una giustezza di tono veramente perfetta. Eloisa aveva rivendicato i suoi diritti di sposa, e Abelardo le chiede di usare per lui dei suoi diritti di sposa presso Dio; ella gli chiede consigli, egli li promette; proclama la sua passione per lui, ed egli le chiede di pregare appassionatamente Dio perché conservi loro la sua grazia; lo supplica di ritornare al Paracleto, ed egli la prega di riportarvi almeno il suo corpo dopo la morte. La trasfigurazione in sentimenti divini dei sentimenti umani di Eloisa non poteva essere suggerita né con più discrezione né con più fermezza » (Gilson cit., p. 91).

Ad Eloisa, sorella carissima in Cristo, Abelardo, suo fratello in Cristo.

Se dopo la nostra fuga dal mondo e il nostro ingresso in monastero non ti ho ancora scritto una sola parola di conforto o di incoraggiamento, non lo devi attribuire a una mia deliberata intenzione di trascurarti, ma alla tua saggezza, in cui ho sempre grandissima fiducia. Mi spiego. Ho pensato che una donna come te, cui Dio ha dato tutto quello che poteva servirle, non avesse bisogno di aiuti del genere. Di fatto tu da sola sei in grado, con la parola e con l'esempio, di ricondurre sulla retta strada chi sbaglia, sai confortare chi è scoraggiato, sai esortare chi è incerto, come del resto hai sempre fatto, fin da quando, sottoposta a una badessa, non avevi altro titolo che il priorato.[1] E, mi sono detto, se ora[2] è tanto abile nel provvedere alle sue figliole come lo era quando doveva badare alle sue consorelle, non ha certo bisogno né dei miei consigli né del mio conforto. Ma se tu, nella tua umiltà, pensi che le cose non stiano così e se anche in quello che riguarda Dio senti il bisogno della nostra guida e dei nostri consigli scritti, dimmi che cosa vuoi che ti spieghi e io, con l'aiuto del Signore, provvederò senz'altro a risponderti.

Ringrazio Dio che almeno voi abbiate compassione dei grandissimi e continui pericoli cui sono esposto, e non mi lasciate solo nel mio dolore: ora so che grazie alle vostre preghiere la misericordia di Dio mi proteggerà e presto schiaccerà Satana sotto i miei piedi. Proprio in vista di questo mi sono affrettato a spedirti la copia del Salterio,[3] che mi hai chiesto con tanta insistenza,[4] sorella un tempo tanto cara nel mondo, ma ora ben più cara in Cristo: il libro certo ti gioverà moltissimo per offrire al Signore un perpetuo sacrificio di preghiere in espiazione dei nostri numerosi e gravi peccati e per scongiurare i pericoli da cui sono quotidianamente minacciato.

Sai bene quanto siano efficaci presso Dio e i santi le preghiere dei fedeli, e in particolare quelle delle mogli per i mariti: le testimonianze e gli esempi che lo provano mi vengono in mente numerosi. L'Apostolo[5] stesso, ben sapendo quanto ciò sia vero, non trascura mai l'occasione di esortarci a pregare, e leggiamo che il Signore disse a Mosè:[6] « Lascia che il mio furore si accenda ». E a Geremia:[7] « Non intercedere per il tuo popolo e non cercare di opporti alla mia decisione ». Ora, con queste sue parole il Signore stesso ammette apertamente che le preghiere dei santi possono, per così dire, porre alla sua collera un freno che la trattiene e le impedisce di colpire i malvagi con la violenza che meriterebbero; la giustizia insomma lo porterebbe naturalmente a punire i colpevoli, ma le suppliche dei fedeli lo inducono a pietà e facendogli in un certo senso violenza lo trattengono, quasi suo malgrado. Proprio per questo a chi lo prega o si accinge a pregarlo egli dice:[8] « Lasciami e non opporti alla mia volontà »; il Signore, cioè, non vuole che si preghi per i malvagi. Eppure un giusto pregò anche in questo caso,[9] nonostante il divieto del Signore, e ottenne da lui ciò che gli chiedeva e riuscì a far cambiare parere al giudice irato: alludo a Mosè, a proposito del quale, infatti, si osserva: « E il Signore si placò e non fece al suo popolo quel male che aveva minacciato ».[10] In un altro passo, a proposito delle opere di Dio in generale, si trova scritto: « Disse e fu fatto ». In realtà nel nostro caso ci si limita a sottolineare che aveva detto che il suo popolo aveva meritato un castigo, ma che poi, indotto dall'efficacia delle preghiere, non aveva fatto quello che aveva minacciato. Considera dunque quanto efficace sia la preghiera, quando con essa chiediamo ciò che ci è prescritto, dal momento che il profeta non solo ha potuto ottenere con la preghiera quello che Dio gli aveva espressamente proibito di chiedere, ma è anche riuscito a rimuovere Dio stesso dalle sue decisioni. Anche un altro profeta,[11] infatti, dice al Signore: « E quando sarai sdegnato, ricordati della tua misericordia ».

I potenti della terra, soprattutto, dovrebbero far tesoro di questo modo di comportarsi del Signore: essi infatti, quando si tratta di rendere giustizia, sono più ostinati e caparbi che giusti, e temono di apparire deboli se compiono un atto di clemenza, o bugiardi se cambiano parere o se non vanno fino in fondo anche quando sanno di essere in torto o se si comportano diversamente da quello che hanno detto. Costoro assomigliano in tutto e per tutto a Jefte, che per tener fede a un voto fatto in un momento di folle impulsività non esitò a uccidere la sua unica figlia.[12]

Tutti coloro, invece, che vogliono diventare figli di Dio, dicono con il Salmista:[13] « Canterò, o Signore, la tua misericordia e la tua giustizia ». « La misericordia », sta scritto,[14] « trionfa sulla giustizia », e riferendosi chiaramente a una situazione del genere la Sacra Scrittura minaccia:[15] « Giustizia senza misericordia colpisca chi non ha mai fatto uso di misericordia ». Certo anche il Salmista[16] pensava a questo quando, alle preghiere della moglie di Nabal del Carmelo, non attuò, per misericordia, la promessa di uccidere Nabal e distruggere la sua casa, che aveva fatto per un senso di giustizia: il Salmista, evidentemente, tenne in maggior considerazione le preghiere della donna che non la giustizia, e così le suppliche di lei cancellarono le colpe del marito.[17]

Per te, sorella carissima, questo è un grande esempio, che ti deve rassicurare: pensa quanto efficaci al cospetto di Dio saranno le tue preghiere per me, se le preghiere di quella donna hanno ottenuto tanto da un uomo! Certo, Dio che è nostro padre ama i suoi figli più di quanto Davide non potesse amare la donna che lo supplicava: Davide, invero, era considerato pietoso e misericordioso, ma Dio è la pietà e la misericordia stessa; inoltre colei che supplicava Davide era soltanto una donna laica, mentre tu sei legata a Dio da una santa professione di fede. Del resto, se tu non bastassi, il santo stuolo di vergini e di vedove che vive con te ti aiuterà nella preghiera. Dio, che è verità, disse infatti ai suoi discepoli:[18] « Dove sono due o tre radunati in nome mio, io sono in mezzo a loro », e ancora:[19] « Se due di voi si accordano sinceramente su che cosa chiedermi, il Padre mio li esaudirà ». Come dunque si può mettere in dubbio l'efficacia presso Dio delle preghiere fatte in comune? Se, come afferma lo stesso Apostolo,[20] « l'assidua preghiera del giusto vale molto », che cosa non si può sperare dalla preghiera di un intero gruppo di fedeli?

Certo tu conosci, sorella carissima, la trentottesima omelia di san Gregorio,[21] e sai perciò quanto conforto abbiano recato le preghiere di tutta una comunità a un fratello, malgrado la sua netta opposizione e la sua incredulità. E certo non ti è sfuggita la tristezza con cui è descritto lo stato di depressione in cui il poveretto si trovava, la sua disperazione, il suo disgusto stesso della vita, per cui esortava i suoi confratelli a non pregare per lui. Sono particolari minimi, ma io mi auguro che possano indurre te e le tue sorelle a pregare col maggiore zelo, affinché io vi sia serbato vivo da colui che, secondo la testimonianza di Paolo,[22] accordò ad alcune donne la grazia di veder risuscitare i loro morti.

Se infatti sfogli le pagine dell'Antico e del Nuovo Testamento, troverai che i più grandi miracoli di risurrezione sono stati operati, se non esclusivamente per lo meno in massima parte, in virtù delle preghiere di donne, o a favore di donne.[23]

L'Antico Testamento ricorda due casi di morti risuscitati grazie alle preghiere di una madre, uno ad opera di Elia,[24] l'altro del suo discepolo Eliseo;[25] nel Vangelo invece si narra di tre morti risuscitati dal Signore, e il fatto che tutte e tre le volte si riferiscano a donne conferma chiaramente le parole già ricordate dell'Apostolo: « Le donne ottennero la risurrezione dei loro morti ».[26] È una madre vedova colei alla quale il Signore, mosso a compassione, rese il figlio alle porte di Naim.[27] E Lazzaro stesso, il suo amico Lazzaro, fu risuscitato grazie alle preghiere delle sue due sorelle Maria e Marta.[28] E quando accordò la stessa grazia alla figlia del capo della sinagoga, che tanto lo aveva pregato,[29] anche quella volta « le donne ottennero la risurrezione dei loro morti », perché, a voler ben interpretare la cosa, la fanciulla risuscitando salvò dalla morte il suo corpo proprio come le altre donne avevano salvato il corpo dei loro cari.

E se poche preghiere, come è noto, sono state sufficienti per ottenere miracoli così grandiosi, sarà certo facile per voi, con le vostre numerose e devote preghiere, ottenere la salvezza della mia vita. La continenza e la castità delle monache, inoltre, sono molto care a Dio e lo rendono più propizio a esaudire i loro voti. E, ancora, se la maggior parte di coloro che furono risuscitati non erano forse neppure fedeli, come è il caso della vedova di cui si parlava,[30] alla quale Dio risuscitò il figlio, benché ella non glielo avesse chiesto espressamente, noi siamo non solo dei buoni fedeli, ma anche dei religiosi.

Ma lasciamo ora da parte questa santa comunità

in cui tante vergini e vedove servono devotamente il Signore, e parliamo un poco di te.

Io non dubito che la tua santità possa molto agli occhi di Dio e sono convinto che soprattutto tu devi aiutarmi in un momento come questo, per me tanto grave. Ricordati dunque sempre nelle tue preghiere di me, perché io ti appartengo. Persevera nelle tue preghiere, non stancarti mai, perché sai che così bisogna fare e che così facendo si fa cosa gradita a colui che si invoca. Ascolta, ti prego, con l'orecchio del cuore quello che spesso hai ascoltato con l'orecchio del corpo. Nei Proverbi sta scritto:[31] « Una buona moglie è un premio per il marito »; e più avanti:[32] « Chi trova una buona moglie, trova un tesoro e riceverà conforto dal Signore »; e ancora:[33] « La casa e le ricchezze sono un dono dei genitori, ma una moglie prudente è un dono speciale del Signore ». Nell'Ecclesiastico, poi, si legge:[34] « Fortunato il marito di una buona moglie »; e poco più avanti:[35] « Una buona moglie è un grande bene ». E infine, secondo l'autorevole testimonianza dell'Apostolo:[36] « Lo sposo infedele è santificato dalla sposa fedele ».

E anche qui, nel regno dei Franchi,[37] la grazia divina ci ha fornito una lampante prova della verità di queste affermazioni: il re Clodoveo,[38] infatti, fu convertito alla fede di Cristo più grazie alle preghiere della moglie che dalle prediche dei santi, e si convertì in modo tale che ben presto tutto il regno in virtù dell'esempio dei sovrani non esitò a sottomettersi alla legge di Dio e a perseverare nelle preghiere. Appunto a perseverare nella preghiera ci invita vivamente la nota parabola del

Signore, in cui, tra l'altro, si dice:[39] « Se quello continuerà a picchiare alla porta, vi assicuro che, quand'anche l'altro non gli desse ciò che vuole perché si tratta di un amico, pure, per il fastidio che gli dà, si alzerà e gli darà tutto quello di cui ha bisogno ». Allo stesso modo, tormentandolo, per così dire, con l'insistenza delle sue preghiere, Mosè riuscì a raddolcire Dio e a fargli cambiare opinione.[40]

Tu sai, mia cara, quanto affetto mi testimoniava con le sue preghiere tutta la vostra comunità, quando ero lì con voi. Ogni giorno, infatti, alla fine di ogni ora canonica eravate solite rivolgere a Dio una preghiera speciale per me: dopo il canto del responsorio con i relativi versetti, aggiungevate la preghiera e l'orazione così:

Responsorio: « Non mi abbandonare, non andartene lontano da me, o Signore ».[41]

Versetto: « Sii sempre pronto a porgermi aiuto, o Signore ».[42]

Preghiera: « Salva il tuo servo, mio Dio, che spera in te.[43] Ascolta la mia preghiera, o mio Signore, e il mio grido giunga a te ».[44]

Orazione: « Dio, che per mezzo del tuo umile servo ti sei degnato di riunire nel tuo nome queste povere ancelle, concedi a lui come a noi di perseverare nella tua volontà. Te ne preghiamo per nostro Signore, ecc. ».

Ora invece non sono più lì con voi, ma ho tanto più bisogno del conforto delle vostre preghiere quanto più gravi sono i pericoli da cui sono minacciato. Pertanto vi supplico e vi scongiuro, vi scongiuro e vi supplico di dimostrarmi la sincerità del vostro affetto anche se sono lontano, aggiungendo alla fine di ogni ora queste parole alle vostre solite preghiere:

Responsorio: «Non abbandonarmi, mio Signore e Padre, Signore della mia vita, non permettere che io cada davanti agli occhi dei miei avversari, affinché di me non rida il mio nemico».[45]

Versetto: «Prendi le armi e lo scudo, e vieni in mio aiuto,[46] affinché di me non rida il mio nemico».[47]

Preghiera: «Salva, mio Dio, il tuo servo che spera in te.[48] Mandagli, o Signore, in aiuto i santi e proteggilo dall'alto di Sion.[49] Sii per lui, o Signore, una salda torre di fronte ai suoi nemici.[50] Signore, ascolta la mia preghiera e il mio grido giunga a te».[51]

Orazione: «Dio, che per mezzo del tuo umile servo ti sei degnato di riunire nel tuo nome queste povere ancelle, proteggilo, ti preghiamo, da tutte le avversità e rendilo sano e salvo alle tue umili ancelle. Per nostro Signore, ecc.».

Se poi Dio vorrà che io cada nelle mani dei miei nemici, se cioè accadrà che i miei nemici abbiano la meglio e mi uccidano o se per un qualsiasi motivo dovessi incamminarmi per la via che aspetta tutti mentre sarò lontano da voi, voglio che il mio cadavere, dovunque sia stato sepolto o abbandonato, sia fatto portare, vi prego, nel vostro cimitero,[52] affinché le mie figliole, anzi le mie sorelle in Cristo, siano indotte dalla vista stessa della mia tomba a pregare più spesso per me il Signore. Io invero penso che per un'anima pentita dei suoi peccati e rattristata dai suoi errori non ci sia un luogo più tranquillo e più sicuro di quello che è stato espressamente consacrato al vero Paracleto, cioè al Consolatore, del cui nome appunto questo monastero si fregia.[53] E sono altresì convinto che un cristiano non possa riposare in alcun luogo meglio che in un monastero di donne consacrate a Cristo, perché proprio alcune donne si occuparono della sepoltura di nostro Signore Gesù Cristo, lo spalmarono di profumi preziosi, lo precedettero, lo seguirono[54] e si fermarono a piangere sopra la sua tomba: e infatti è scritto:[55] « Le donne, sedute presso la tomba, si lamentavano piangendo il Signore ». Ancora le donne, inoltre, furono le prime ad essere consolate dall'apparizione e dalle parole dell'angelo che annunciò loro la risurrezione del Signore,[56] e furono ancora donne quelle che in seguito meritarono di gioire della sua risurrezione e di toccarlo con le mani, le due volte che apparve loro.[57]

Di una cosa, per finire, soprattutto vi prego: le ansie e le preoccupazioni che oggi vi angosciano forse anche troppo, al pensiero dei pericoli che corre il mio corpo, diventino, quando non ci sarò più, una ben più viva preoccupazione per la salvezza della mia anima: così, attraverso il prezioso soccorso delle vostre speciali preghiere, mi testimonierete veramente, quando sarò morto, tutto il bene che mi avete voluto mentre ero vivo.

Vivi in salute, e in pace vivete, care sorelle, ma in Cristo conservate, vi prego, memoria di me.

---

[1] Ad Argenteuil (*v.* Lettera I, p. 87, nota 89), dove aveva studiato giovinetta e dove, in un primo tempo, subito dopo il matrimonio, era entrata di nascosto come novizia, Eloisa aveva solo il titolo di priora ed era perciò soggetta alla badessa. In effetti negli Ordini che seguono la *Regola* di san Benedetto il titolo di priore *claustrale* si dà a colui o a colei (priora *claustrale*) che occupa il secondo posto dopo l'abate (o la badessa) del monastero, lo aiuta e, all'occorrenza, lo supplisce.

[2] Al Paracleto, di cui, come già si è detto, Eloisa fu la prima badessa. Il titolo di abbadessa o badessa *(abbatissa)* fu dato, per analogia con il titolo di abate (sul valore e sui limiti di questo titolo *v.* Abelardo stesso, Lettera VII, pp. 304-305), alle religiose preposte a monasteri femminili dell'ordine benedettino.

[3] Il Salterio, o libro dei Salmi, è l'insieme dei canti religiosi degli Ebrei, tramandatici dall'Antico Testamento.

[4] Coloro che negano l'autenticità dell'*Epistolario* si sono domandati quando mai Eloisa ha chiesto ad Abelardo il Salterio, visto che nella sua prima lettera non ha fatto alcun cenno in proposito: acutamente, però, il Gilson cit. (pp. 160-161) fa notare che questo non è un buon motivo per mettere in dubbio l'autenticità delle lettere, perché nulla impedisce che Eloisa abbia chiesto ad Abelardo un Salterio mentre questi era ancora con lei al Paracleto.

[5] *I Thess.* V, 17: *sine intermissione orate.*

[6] *Exod.* XXXII, 10: dopo che gli Ebrei ebbero costruito e adorato il vitello d'oro, « il Signore disse a Mosè: "Vedo bene che questo popolo è di dura cervice: ora tu non intervenire, lascia che il mio furore si accenda contro di loro e li stermini" ». Già Gregorio Magno aveva osservato che con queste parole Dio, invitando a non pregare per chi ha peccato, ammette implicitamente che la preghiera dei fedeli potrebbe indurlo, anche contro voglia, a perdonare: ovviamente, sapendo ciò, il fedele si sente spronato a pregare ancor di più.

[7] *Jerem.* VII, 16.

[8] Una semplice variazione di *Exod.* XXXII, 10.

[9] *Exod.* XXXII, 11: « Ma Mosè supplicava il Signore Dio suo... ».

[10] *Ib.* 14.

[11] Il profeta Abacuc, l'ottavo dei Profeti minori (*Habac.* III, 2).

[12] *Judic.* XI, 1-40. Jefte, eletto giudice in occasione della guerra contro gli Ammoniti, aveva promesso al Signore che in cambio della vittoria gli avrebbe sacrificato la prima persona che fosse uscita dalle porte della città per andargli incontro, e questa fu proprio la sua unica figlia. Jefte è citato come esempio di stoltezza e di empietà non solo per aver fatto un simile voto, ma per averlo anche mantenuto, un'altra volta da Abelardo, nella Lettera VII, p. 318.

[13] *Psalm.* C, 1.

[14] *Jac.* II, 13.

[15] *Ib.*

[16] Davide.

[17] *I Reg.* XXV. Nabal era un ricco proprietario di greggi, che viveva sul Carmelo, la catena montuosa della Giudea. Invitato un giorno a rifornire di vettovaglie le truppe di Davide, rifiutò in modo villano, suscitando lo sdegno di Davide che gli marciò contro. La moglie di Nabal, Abigail, però, rifornì di nascosto i soldati, salvando così Nabal da una rappresaglia. Nabal, comunque, resosi conto del pericolo corso, morì di paura: sua moglie si sposò più tardi con Davide.

[18] *Matth.* XVIII, 20.

[19] *Ib.* 19.

[20] San Giacomo (*Jac.* V, 16).

[21] Gregorio Magno, *Hom. XXXVIII,* 16 (P.L. 46, coll. 1291-1293).

[22] *Hebr.* XI, 35.

[23] Abelardo tornerà sull'argomento nella Lettera VII, p. 326.

[24] *III Reg.* XVII, 17. Elia durante il suo soggiorno presso la vedova di Sarepta risuscitò con le sue preghiere il figlio della donna.

[25] *IV Reg.* IV, 11-38. Eliseo risuscitò il figlio di una ricca donna di Sunam, che lo aveva ospitato e onorato.

[26] *Hebr.* XI, 35.

[27] *Luc.* VII, 15. Si tratta del noto episodio della risurrezione del figlio della vedova di Naim.

[28] *Joan.* XI, 1-44: si tratta dell'episodio della risurrezione di Lazzaro.

[29] *Luc.* VIII, 41 ss.; cfr. anche *Matth.* IX, 18-25; *Marc.* V, 22 ss. Si tratta dell'episodio della risurrezione della figlia di Giairo, *princeps synagogae*.

[30] La vedova di Naim.

[31] *Prov.* XII, 4. Il libro dei Proverbi, o delle Sentenze, è una raccolta di massime, attribuite in maggior parte a Salomone, il Savio per eccellenza.

[32] *Prov.* XVIII, 22.

[33] *Prov.* XIX, 14.

[34] *Eccli.* XXVI, 1. I Padri della Chiesa fin dal secolo III denominarono Ecclesiastico (cioè « Libro della Chiesa ») il più lungo e il più ricco dei libri sapienziali, perché era il più usato nella Chiesa per istruire i catecumeni e i fedeli.

[35] *Ib.* 3.

[36] *I Corinth.* VII, 14.

[37] *In regno... nostro, id est Francorum* nel testo. Ai tempi di Abelardo (1079-1142) la dinastia che regnava in Francia era quella dei Capetingi.

[38] Clodoveo, re dei Franchi Salî fin dal 481 e in prosieguo di tempo anche di altre stirpi franche, si distinse per l'abilità con cui condusse le sue imprese nell'epoca immediatamente successiva alla caduta dell'Impero romano. Nel 493 Clodoveo sposò Clotilde, nipote del re della Borgogna, la quale era cattolica. È fuor di dubbio che Clotilde abbia esercitato una notevole influenza su Clodoveo, ma è altrettanto certo che già da tempo Clodoveo era ben disposto verso il cristianesimo, di cui aveva intuito l'importanza storica: così, dopo la vittoria di Tolbiaco sugli Alamanni (496), egli passò pubblicamente al cattolicesimo facendosi battezzare da Remigio vescovo di Reims insieme con un gran numero (tremila, secondo le fonti) di suoi seguaci. Il gesto di Clodoveo, tra l'altro, poneva le basi di una operosa intesa tra i Franchi e l'elemento cattolico non solo delle Gallie ma di tutta l'Europa cristiana, in funzione antiariana. Clodoveo morì a Parigi nel 511.

[39] *Luc.* XI, 8. Gesù prospetta il caso che nel cuore della notte uno vada a chiedere tre pani a un amico: dapprima questi si rifiuterà di alzarsi per accontentarlo, ma poi, se quello insiste, l'amico, se non altro per levarsi il fastidio, finirà col dargli ciò di cui ha bisogno. Abelardo interpreta la parabola come un invito a persistere nella preghiera: se l'amico accontentò l'importuno perché la smettesse di infastidirlo, a maggior ragione Dio, che è buono, accontenterà noi.

[40] *Exod.* XXXII, 10-14. In occasione del già citato episodio (note 6, 9, 10) del vitello d'oro.

[41] *Psalm.* XXXVII, 22.

[42] *Ib.* LXIX, 2.

[43] *Ib.* LXXXV, 2.

[44] *Ib.* CI, 2.

[45] *Eccli.* XXIII, 1 e 3.

[46] *Psalm.* XXXIV, 2.

[47] *Eccli.* XXIII, 3.

[48] *V.* nota 43.

[49] Cfr. *Psalm.* XIX, 3.

[50] Cfr. *Ib.* LX, 4.

[51] *V.* nota 44.

Figura 4.

Sigillo dell'Università di Parigi. La grande università francese si andava formando proprio ai tempi di Abelardo, che la frequentò prima come studente, poi come maestro (Foto Holzapfel).

52 Abelardo fu dapprima sepolto nel monastero di Saint-Marcel, nei pressi di Châlons, dove era morto il 21 aprile 1142. Poi, grazie all'aiuto di Pietro il Venerabile, che, dietro preghiera di Eloisa (*v.* le lettere di Eloisa a Pietro il Venerabile e di questi a Eloisa) fece togliere furtivamente il corpo di Abelardo dalla tomba e lo portò di persona al Paracleto: il voto di Abelardo fu soddisfatto. Circa le vicende successive dei resti dei due amanti si veda l'Appendice, pp. 571 ss.

53 *V.* Lettera I, p. 111 ss.

54 *Marc.* XVI, 1 ss.

55 *Matth.* XXVII, 71 e *Luc.* XXIII, 27.

56 Cfr. *Luc.* XXIV, 1 ss. e *Matth.* XXVIII, 1 ss.

57 Gesù apparve alle donne una prima volta al sepolcro e una seconda volta mentre tornavano a casa: cfr. *Matth.* XXVIII, 1-10.

IV.

ELOISA AD ABELARDO

Eloisa è disperata: la lettera di Abelardo, anziché contribuire a tranquillizzarla, l'ha gettata nello sconforto: come può Abelardo essere tanto crudele da parlare del giorno in cui morirà? Ella si augura di poterlo precedere nella morte e di essere da lui sepolta invece che doverlo seppellire, perché per lei Abelardo è tutto e, se morirà, invece di pregare Dio, lo maledirà. Eloisa si sente la più infelice delle donne: a nessuno come a lei è stato riservato un dolore tanto grande dopo la gioia di un tempo: di questo ella non perdonerà mai Dio, il quale, tra l'altro, invece di punire il loro amore quando questo era peccaminoso, lo ha punito quando era stato santificato dal matrimonio. Si sente anche colpevole per essere stata la causa dell'orrenda mutilazione toccata ad Abelardo, ma sa anche di essere stata solo uno strumento inconsapevole. Il dolore che ora soffre, comunque, è giusto e lo offre in espiazione, non a Dio, ma ad Abelardo stesso. Tutti la credono casta e pia, ma in realtà le cose stanno diversamente: la giovinezza, l'ardore dei desideri e il ricordo dei dolci piaceri provati, non solo la ossessionano giorno e notte, ma la rendono anche indegna dell'altrui stima. Eviti perciò Abelardo, in futuro, di lodarla, perché non lo merita, ma non la lasci sola, non la abbandoni, perché è ben lungi dall'essere « guarita ».

« Questi sono gli ultimi sentimenti personali che Eloisa ci abbia confidato, e nulla, non una riga, ci autorizza a pensare che in seguito sia avvenuto in lei un cambiamento. Spinta da Abelardo ad assumere verso Dio un atteggiamento più conforme alla sua condizione, ella si risolverà a parlar d'altro, e piuttosto a scrivere d'altre cose... Eloisa starà dunque zitta, ma per lo stesso motivo che ha comandato tutti i suoi atti, per ubbidienza. A partire da questo momento avremo ancora una sua lettera, piena di fermezza e di buonsenso, sulle condizioni cui dovrebbe soddisfare una regola religiosa appli-

cabile a monasteri femminili; poi quarantadue quesiti, tutti aridi, su vari passi della Sacra Scrittura, poi più nulla. Noi non sapremo mai se il silenzio che si era imposta come disciplina, e senza altra intenzione che quella di adempiere una volta di più alla volontà di Abelardo, si sia mai mutato in una accettazione della volontà di Dio. Non lo sapremo mai e, umanamente parlando, ci sono poche ragioni di pensare che sia stato così. La ferrea volontà di cui Eloisa ha sempre dato prova non permette affatto di credere che ella abbia finito col tradire la passione struggente da cui aveva tratto tutta la sua gloria e su cui ha potuto tacere, ma che non una parola uscita dalla sua penna ha mai rinnegato» (Gilson cit., pp. 109-110).

Notevoli, nella lettera, oltre l'accorata tristezza presente in ogni riga e l'attenta disamina della propria situazione, la consapevolezza di aver fatto sempre tutto per Abelardo e non per Dio, e la dolorosa confessione dei propri peccati di desiderio.

A colui che è tutto per lei dopo Cristo, colei che è tutta per lui in Cristo.

Mi stupisce, mio carissimo, che tu, contro le norme dello stile epistolare, e anche contro l'ordine naturale delle cose, al principio della lettera, nell'intestazione, ti sia permesso di porre il mio nome davanti al tuo,[1] di porre cioè la donna davanti all'uomo, la moglie davanti al marito, l'ancella davanti al padrone, la monaca davanti al monaco e al sacerdote,[2] la diaconessa[3] davanti all'abate. Quest'uso di scrivere il proprio nome dopo quello del destinatario è giusto e doveroso quando si scrive a un superiore o a un collega di pari grado, ma quando si scrive a qualcuno che ci è inferiore, l'ordine dei nomi si deve regolare su quello della dignità.

Un'altra cosa mi ha stupito non poco: dovevi scriverci per darci un po' di conforto, e invece non hai fatto altro che aumentare la nostra desolazione; invece di asciugare le nostre lacrime ci hai fatto piangere ancor di più. E, d'altra parte, come vuoi che si possa leggere senza piangere[4] quello che scrivi verso la fine della lettera,[5] quando accenni all'eventualità che Dio ti faccia cadere in mano ai tuoi nemici e che essi ti uccidano, e altre cose simili? Ma come hai potuto, mio unico bene, pensare una cosa del genere, come hai potuto dirla? Voglia il cielo che Dio non si debba mai dimenticare delle sue povere ancelle al punto da serbarle in vita più a lungo di te: vivere così, senza di te, per noi sarebbe più penoso che qualsiasi tipo di morte! Sei tu che devi celebrare le nostre esequie, tu devi raccomandare a Dio le nostre anime: tu ci hai raccolte nel nome del Signore e a lui tu devi presentarci; solo allora potrai dire di aver finito di occuparti di noi. Allora ci seguirai con tanta più gioia quanto più, ormai, sarai sicuro della nostra salvezza.

Risparmiaci, ti prego, risparmiaci questi discorsi, che non fanno altro che accrescere la nostra disperazione, e non amareggiarci questi pochi giorni che ancora ci restano da vivere. « Basta a ciascun giorno il suo affanno »,[6] e quel giorno fatale pieno d'amarezza porterà certo con sé bastanti affanni a tutti coloro che colpirà. « Che bisogno c'è infatti », dice Seneca,[7] « di anticipare le disgrazie e perdere la vita prima ancora di morire? ».

Ci chiedi, carissimo, nel caso che qualche disgrazia ponga fine alla tua vita lontano da qui, di far trasportare il tuo corpo nel nostro cimitero, affinché, tu dici, l'incessante presenza del tuo ricordo ti assicuri da parte nostra una più abbondante messe di preghiere. Ma come puoi immaginare che noi possiamo dimenticarti? O pensi forse che noi riusciremo a pregare quando il dolore non ci lascerà un momento di quiete? quando la nostra anima avrà perduto il senso della ragione e la lingua avrà perduto l'uso della parola? quando i nostri cuori, fuori di sé per il dolore, più sdegnati nei confronti di Dio, per così dire, che rassegnati, invece di calmarlo con le preghiere, lo irriteranno con le lacrime? Allora noi, povere infelici, sapremo soltanto piangere: pregare non potremo. Saremo preoccupate di seguirti più che di pensare alla tua sepoltura, così che più che poterti seppellire, dovremo essere sepolte anche noi con te. Con te noi perderemo ogni ragione di vita, e quando te ne sarai andato non avremo più motivo di vivere. Speriamo anzi di non dover neppure vivere fino a quel giorno!

Il solo pensiero della tua morte è già una sorta di morte per noi. E la tua morte, la tua morte vera, allora, se ci troverà in vita, che cosa sarà? No, Dio non può permettere che noi ti sopravviviamo per renderti questo estremo dovere, per prestarti quell'assistenza che invece ci aspettiamo da te. Io prego il cielo che anche in questo io ti possa precedere, non seguire.[8]

Risparmiaci, ti supplico; risparmia almeno colei che vive solo per te; non dire più cose del genere, che ci trafiggono il cuore come spade di morte e ci rendono ancor più penoso della morte questo poco tempo che ci rimane da vivere.

Un cuore pieno di dolore non è certo sereno, e una mente in preda a preoccupazioni non può volgersi sinceramente a Dio. Ti scongiuro, non impedirci di attendere ai santi doveri ai quali tu stesso ci hai consacrate. Quando una disgrazia è inevitabile, bisogna augurarsi che avvenga all'improvviso, anche se sappiamo che porterà con sé immensi dolori; così si eviterà di attendere a lungo nel terrore e nella paura una cosa che, del resto, non si può in alcun modo stornare. Anche il poeta[9] dimostra di aver ben capito ciò quando rivolge a Dio questa preghiera:

> « Venga inatteso quel che tu trami, e di quel [che accadrà
> restino ignari i cuori. Chi teme, possa spe- [rare ».[10]

Ma quando ti avrò perduto che cosa mi resterà da sperare? E che motivo avrei di restare ancora in questo mondo, dove anche adesso non ho altro conforto che te, dove io non ho altra gioia che quella di saperti vivo, dal momento che qualsiasi altra gioia che mi poteva venire da te mi è stata tolta, e non mi è neppure concesso di vederti, per sentirmi una volta tanto me stessa?

Se non fosse una bestemmia, potrei accusare Dio, che è stato tanto crudele con me, con la sua clemenza inclemente. Il destino mi è stato avverso. Contro di me ha esaurito tutti i suoi colpi, e ormai non dovrebbe averne più per colpire gli altri; ha vuotato contro di me tutta la faretra e ormai non può intimorire più nessuno. Del resto, anche se gli fosse rimasto ancora qualche dardo, non saprebbe più dove colpirmi. Dopo tanti colpi, il destino avrebbe motivo di temere che la morte ponga fine a tutte queste mie sofferenze; e così, pur non cessando mai di tormentarmi, ha paura di veder arrivare il momento di quella morte che fa di tutto per procurarmi.

Me infelice e disgraziata, più infelice e più disgraziata di chiunque altra! Tu mi hai sollevata al di sopra di tutte le donne, preferendomi tra tutte, solo perché adesso io debba patire quello che nessun'altra ha mai patito, quello che è tanto doloroso per te come per me?

Quanto più in alto si sale, tanto più violento è il colpo quando si cade, lo so. Certo, tra le donne di nobile stirpe o di alto rango non ce n'è una che possa dire di aver, non dico superato, ma almeno eguagliato la mia felicità: ma chi poi è caduta nella disperazione come sono caduta io, chi ha sofferto poi come ho sofferto io? Guarda quale posto mi ha serbato il destino accanto a te. Guarda come sono caduta in basso; davvero il destino nei miei confronti è passato da un eccesso all'altro e tanto nel bene quanto nel male ha voluto esagerare: mi ha reso la più felice di tutte solo perché mi sentissi poi la più disgraziata, e perché al pensiero di ciò che avevo perduto l'intensità del dolore fosse pari alla gravità della perdita e l'amarezza del rimpianto pari alla gioia passata; perché, infine, la stessa ineffabile gioia del supremo piacere morisse nella tristezza senza fine della disperazione.

E pare inoltre che, a complicare le cose, a rendere ancor più evidente la nostra colpa, si sia verificato un vero e proprio capovolgimento dei valori consueti. Mentre infatti ci abbandonavamo paghi alle gioie dell'amore o, per usare una parola più volgare ma più espressiva, alla lussuria,[11] la severità divina ci ha risparmiati. Ma appena legittimammo la nostra situazione, appena con il matrimonio cancellammo la vergogna del nostro illecito rapporto, la collera del Signore ci colpì in pieno e non risparmiò neanche per un momento quel letto, ormai purificato dal sacro vincolo matrimoniale, che pure aveva così a lungo sopportato quando lo sconciavamo in tutti i modi. Il castigo che tu hai subìto sarebbe stato la giusta punizione per qualsiasi uomo colto in flagrante adulterio: ma tu non te lo sei meritato per esserti macchiato di una tale colpa, bensì per esserti sposato, per aver fatto ciò che, secondo le tue intenzioni, avrebbe dovuto cancellare ogni torto.

Hai patito per causa della tua legittima sposa quella che di solito è la conseguenza di un amore illecito con un'amante, con un'adultera. E l'hai patito non quando ci lasciavamo andare ai piaceri ma quando, già momentaneamente separati, vivevamo ormai castamente, tu a Parigi, a capo della tua scuola, io, secondo i tuoi ordini, ad Argenteuil,[12] in mezzo alle monache; quando ormai eravamo lontani l'una dall'altro, per poter attendere con più zelo e con più libertà tu alla scuola, io alla preghiera e alla meditazione dei sacri testi. Eppure proprio allora, mentre conducevamo questa vita che era tanto più santa quanto più casta, proprio allora tu solo hai pagato nel tuo corpo per tutti e due. A peccare eravamo stati in due, ma tu solo hai pagato: e ha pagato colui che era il meno colpevole, perché tu ormai ti eri umiliato per me e avevi posto ampiamente riparo alla faccenda, onorando me e tutta la mia famiglia: e non era davvero il caso che tu apparissi colpevole di alcunché né davanti a Dio né davanti a quei vili.

Maledetta me, che sono nata per essere la causa di questo crimine! Ma sempre le donne sono la causa della rovina degli uomini grandi, e non a caso nei Proverbi a questo proposito si legge:[13] « Or dunque, figlio mio, ascoltami, sta' attento alle parole della mia bocca: il tuo cuore non si lasci trascinare nelle vie di lei, non ti smarrire nei suoi sentieri; perché molti ne ha fatti cadere trafitti, ed anche i più forti furono da lei uccisi. La sua casa è la via dell'inferno, e discende negli abissi della morte ». E nell'Ecclesiaste:[14] « Ho passato in rassegna in cuor mio tutte le cose, ed ho trovato che la donna è più amara della morte; è un laccio di cacciatore: il suo cuore è una rete, le sue mani sono catene. Colui che è caro a Dio si salverà da lei, ma il peccatore ne resterà preso ». Fin dall'inizio fu una donna a far bandire dal Paradiso l'uomo,[15] e colei che era stata creata dal Signore come aiuto dell'uomo,[16] si è rivelata la causa della sua rovina. Per sconfiggere il fortissimo Nazireo,[17] l'uomo del Signore la cui nascita fu annunciata nientemeno che da un angelo, ci volle una donna: e infatti fu Dalila che consegnò Sansone ai suoi nemici, lo privò della vista e lo ridusse in uno stato tale di disperazione che egli finì per seppellire se stesso e i suoi nemici sotto le rovine del tempio. Anche il sapientissimo Salomone[18] fu ammaliato da una donna, e proprio da quella cui si era unito: egli era stato scelto dal Signore,[19] in luogo di suo padre Davide, che pure era giusto, per edificare il suo Tempio;[20] ma quella donna lo sprofondò in un tale abisso di pazzia che si allontanò da Dio e restò in preda all'idolatria fino alla fine dei suoi giorni, proprio lui che sia con le parole sia con gli scritti aveva predicato e insegnato il culto del vero Dio.[21] E fu proprio contro sua moglie, che lo esortava a bestemmiare Dio, che quel sant'uomo di Giobbe ebbe a sostenere l'ultima e più grave battaglia.[22]

Il maligno tentatore sa benissimo, per averne già fatto molte volte la prova,[23] che il modo migliore per mandare in rovina gli uomini è quello di servirsi delle loro donne; nel nostro caso, in particolare, visto che non gli era riuscito di perderti per mezzo della lussuria, pensò bene di provare con il matrimonio; e così con la sua solita perfidia ha tratto il male dal bene, poiché non gli era stato possibile fare il male con il male.

Grazie a Dio, però, se il maligno ha potuto servirsi del mio amore per i suoi tristi fini, tuttavia non ha potuto indurmi a farti del male con le mie mani, come è successo nel caso delle donne di cui ho citato l'esempio poco fa. Comunque, anche se, in coscienza, ho la consapevolezza di essere innocente e sono sicura di essere stata solo lo strumento inconsapevole[24] di quella efferata vendetta, tuttavia i miei precedenti peccati sono tali e tanti che non posso sentirmi completamente priva di colpa. Troppo a lungo, infatti, mi sono abbandonata ai piaceri della carne e alle lusinghe dei sensi, e perciò era giusto che soffrissi quello che soffro: questo è il giusto castigo dei peccati che ho commesso.

Del resto, date le premesse, non poteva certo andare a finir bene. L'unica cosa che mi resta, a questo punto, è sperare di poter espiare le mie colpe con una giusta penitenza in modo tale che almeno tale espiazione, che mi auguro lunga, serva a compensare in un modo o nell'altro il duro colpo che ti è stato inferto: io voglio provare per tutta la vita attraverso la contrizione dell'anima quello stesso dolore che tu hai sofferto per un attimo nella carne e offrire così a te, se non a Dio,[25] una specie di soddisfazione.

In effetti, per confessare apertamente la miseria e la debolezza del mio cuore, non saprei proprio trovare da sola una forma di espiazione che possa soddisfare Dio; anzi talora arrivo al punto di accusarlo di crudeltà per aver permesso l'oltraggio di cui sei stato vittima, e mi rendo conto che più che cercare di placare la sua collera con la penitenza, lo offendo con il mio atteggiamento ribelle e con la mia sorda opposizione alla sua volontà.[26] Che senso ha, infatti, dire che si è pentiti dei propri peccati e umiliare in tutti i modi il proprio corpo, se la mente è ancora pronta a peccare e anzi brucia delle stesse passioni di un tempo? È facile, non lo metto in dubbio, confessare i propri peccati e accusarsene e magari sottoporre il proprio corpo a macerazioni esteriori: quello che è difficile è strapparsi dall'anima il desiderio dei più dolci piaceri. Per questo, non senza motivo Giobbe dopo aver detto:[27] « Scaglierò le mie parole contro di me » – cioè scioglierò la lingua, e aprirò la bocca per confessare e denunciare i miei peccati –, subito aggiunge:[28] « Parlerò nell'amarezza del mio cuore ». E spiegando questo passo, san Gregorio osserva:[29] « C'è parecchia gente che confessa i propri peccati a voce alta, ma nel corso della confessione non riesce a piangere e dice ridendo quello che dovrebbe dire con le lacrime agli occhi... Non basta dunque parlare delle proprie colpe e detestarle, ma bisogna parlarne nell'amarezza dell'anima, affinché questa amarezza stessa purifichi tutte le colpe che la lingua guidata dalla mente denuncia ». Ma questa amarezza che accompagna il vero pentimento è molto rara, e giustamente sant'Ambrogio ce lo fa notare quando scrive:[30] « Finora ho trovato più gente che si è conservata innocente che gente che ha fatto penitenza ».

Per me, d'altra parte, i piaceri dell'amore che insieme abbiamo conosciuto sono stati tanto dolci che non posso né odiarli né dimenticarli. Dovunque vada, li ho sempre davanti agli occhi e il desiderio che suscitano non mi lascia mai. Anche quando dormo le loro fallaci immagini mi perseguitano. Persino durante la santa Messa, quando la preghiera dovrebbe essere più pura, i turpi fantasmi di quelle gioie si impadroniscono della mia anima e io non posso far altro che abbandonarmi ad essi e non riesco nemmeno a pregare. Invece di piangere pentita per quello che ho fatto, sospiro, rimpiangendo quel che ho perduto. E davanti agli occhi ho sempre non solo te e quello che abbiamo fatto, ma perfino i luoghi precisi dove ci siamo amati, i vari momenti in cui siamo stati insieme, e mi sembra di essere lì con te a fare le stesse cose, e neppure quando dormo riesco a calmarmi. Talvolta, da un movimento del mio corpo o da una parola che non sono riuscita a trattenere tutti capiscono quello a cui sto pensando.[31]

Allora mi sento un'infelice e posso ben esclamare anch'io con quella povera anima in pena:[32] « Oh, me infelice! Chi mi libererà da questo corpo di morte? », e potessi anch'io aggiungere davvero:[33] « La grazia di Dio per nostro Signore Gesù Cristo! ». Su di te, amore mio, questa grazia è già scesa, senza che tu la chiedessi: la ferita che hai ricevuto nel corpo, liberandoti da tutti questi stimoli, ti ha guarito anche dalle piaghe dell'anima: e proprio là dove sembrava che ti avesse maggiormente danneggiato, Dio si è rivelato invece molto propizio, proprio come un buon medico che non esita a far soffrire il suo paziente quando vuol assicurargli la guarigione. Io invece sono giovane, facile preda alle lusinghe del piacere, e il ricordo stesso dei piaceri già gustati raddoppia il desiderio che mi brucia: in me gli stimoli della carne sono tanto più pericolosi quanto più debole è la natura con cui hanno a che fare.

La gente loda la mia castità, ma non sa che in realtà io sono un'ipocrita. Mi considerano virtuosa perché conservo pura la carne, ma la virtù è una cosa che riguarda l'anima, non il corpo.[34] E se, nonostante tutto, gli uomini possono lodarmi, presso Dio non ho alcun merito, perché egli sonda il cuore e le reni,[35] e vede anche ciò che gli altri non possono vedere.[36] Lodano la mia religiosità, ma oggi la religiosità in gran parte non è altro che ipocrisia, e per essere lodati basta non andare contro il senso comune. Forse in un certo senso può apparire lodevole e può anche in qualche modo essere gradito a Dio il fatto che qualcuno, al di là delle sue intenzioni,[37] non dia scandalo in seno alla Chiesa con il suo comportamento esteriore: dopo tutto basterebbe ad esempio che non desse agli infedeli il motivo di bestemmiare il nome di Dio o ai libidinosi l'occasione di diffamare l'ordine a cui ha fatto voto di appartenere. Anche questo, in effetti, è un dono, piccolo o grande che sia, della grazia divina, che sola può suggerire non solo di fare il bene, ma anche di non fare il male. Ma è inutile mettere in pratica quest'ultimo suggerimento, se poi non si attua l'altro, se cioè non si fa anche il bene, perché sta scritto:[38] « Fuggi il male e fa' il bene »: ed è inutile anche fare l'una e l'altra cosa, se non si fanno per amore di Dio.

Ora, in tutto il corso della mia vita – Dio lo sa – ho sempre temuto più di offendere te che di offendere Dio, ho sempre cercato di piacere a te più che a lui. Un tuo ordine, e non la voce di Dio, mi ha indotta a prendere l'abito religioso. Pensa dunque come debba essere infelice e miserabile la mia vita, se qui sulla terra sopporto pene così atroci, pur sapendo che non ne riceverò alcuna ricompensa in futuro.

La mia abilità nel fingere ti ha a lungo tratto in inganno, come del resto ha ingannato tutti: anche tu, come tutti, hai attribuito a un sentimento di devozione religiosa quello che altro non era che ipocrisia: e così ti sei raccomandato alle mie preghiere, ma non sai che quello che tu chiedi a me, io lo aspetto da te.

Non sopravvalutare i miei reali meriti, ti prego. Non smettere neanche per un attimo di aiutarmi con le tue preghiere: io non sono affatto guarita, non posso fare a meno dell'aiuto della tua medicina. Non credere che io non abbia più bisogno di te e delle tue cure, perché in realtà non puoi lasciarmi sola neanche un momento. Io non sono affatto guarita e potrei cadere prima che tu giunga in tempo per tenermi in piedi.

Le lodi e le adulazioni hanno mandato in rovina molte persone, perché hanno tolto loro gli aiuti e gli appoggi di cui invece avevano ancora bisogno. E giustamente il Signore grida per bocca di Isaia:[39] « O popolo mio, quelli che ti esaltano ti ingannano e rovinano la via per la quale devi passare ». E per bocca di Ezechiele:[40] « Guai a voi che cucite fasce per le giunture di ogni mano e fate guanciali per le teste di ogni età, con lo scopo di impadronirvi delle anime! ». Ma Salomone dice:[41] « Le parole dei saggi sono come pungoli, come chiodi ficcati dentro profondamente, che non leniscono una ferita, ma la lacerano ».

Evita, dunque, di lodarmi continuamente, ti prego, se non vuoi apparire un volgare adulatore o un perfido bugiardo. Del resto, se proprio ti sembra di trovare in me qualche cosa di buono, bada che le tue lodi non lo spazzino via al soffio della vanità. Nessun medico veramente esperto diagnostica una malattia interna sulla base di un superficiale esame del corpo del malato. Tutto quello che è comune tanto ai reprobi quanto agli eletti è senza meriti agli occhi di Dio: e tra queste cose c'è appunto l'atteggiamento esteriore, al quale i santi non badano, ma gli ipocriti sì.

« Il cuore degli uomini è malvagio, ma anche imperscrutabile: chi lo potrà conoscere? ».[42] E ancora:[43] « Ci sono delle vie che all'uomo paiono giuste, ma finiscono col portarlo alla morte ». Temerario è il giudizio degli uomini nelle cose che solo Dio può valutare. E proprio per questo sta scritto:[44] « Non lodate nessuno finché è vivo ». In effetti non si deve lodare nessuno, perché proprio lodandolo lo si può rendere indegno delle lodi.

Per quel che mi riguarda, in particolare, le tue lodi per me sono tanto più pericolose quanto più mi suonano gradite: e quanto più sogno di piacerti in tutto, tanto più ti credo, e mi sento lusingata. Nei miei confronti è sempre meglio, ti prego, che tu pecchi di sfiducia, perché così non mi lascerai mai mancare la tua affettuosa sollecitudine. Ed è soprattutto adesso che devi diffidare delle mie forze, perché adesso non sei più in grado di soddisfare la mia sensualità.[45]

Non voglio che, per esortarmi alla virtù e per spronarmi a combattere, tu mi dica:[46] « La virtù si perfeziona attraverso le tentazioni », o: « Solo chi combatterà lealmente fino alla fine riceverà la corona della vittoria ».[47] Io non voglio la corona della vittoria. Mi basta evitare il pericolo. È più sicuro evitare il pericolo che attaccare battaglia. Qualunque sia l'angolo di cielo cui Dio mi vorrà assegnare, io sarò contenta. Lassù non si proverà invidia per nessuno, perché a ognuno basterà quello che avrà.

E, per suffragare questi miei consigli anche con l'appoggio d'una voce autorevole, ascoltiamo san Gerolamo:[48] « Confesso la mia debolezza, non voglio combattere nella speranza di vincere, per paura che mi accada invece di perdere ». Che senso ha, infatti, abbandonare il certo per seguire l'incerto? 49

. . . .

---

[1] Abelardo nell'intestazione della sua lettera aveva scritto: *Heloissae dilectissimae sorori suae in Christo frater eius in ipso.*

[2] *...monaco et sacerdoti*, nel testo: il fatto che Eloisa non si rivolga più ad Abelardo chiamandolo « chierico e canonico » ma lo chiami « monaco e sacerdote », indica che egli, anche se non ce lo ha mai detto, fu ordinato sacerdote.

[3] *Diaconissa:* per Abelardo ed Eloisa ha lo stesso significato di *abbatissa*, cioè badessa. Propriamente, però, nei primi secoli cristiani il termine diaconessa designava le donne che attendevano a funzioni varie, ministeriali o assistenziali.

[4] *Siccis oculis*, nel testo.

[5] *V.* Lettera III, p. 173.

[6] *Matth.* VI, 34.

[7] Seneca, *Epist. XXIV ad Luc.*, 3, 1.

[8] Eloisa allude al fatto che in occasione dell'ingresso in monastero Abelardo l'ha costretta a prendere i voti prima di lui.

[9] Lucano, il poeta dell'età di Nerone, nipote e discepolo di Seneca, autore del poema *Pharsalia* o *Bellum civile*: insieme con Virgilio, con Ovidio e con Stazio era uno dei poeti più noti nel Medioevo.

[10] Lucano, *Pharsal.* II, 14-15.

[11] *Fornicatio*, nel testo.

[12] Il già citato monastero di Argenteuil (*v.* Lettera I, p. 87, nota 89), scelto da Abelardo per ospitare Eloisa dopo il matrimonio, anche in considerazione del fatto che ella ivi era stata educata e istruita nella giovinezza.

[13] *Prov.* VII, 24 ss.

[14] *Eccles.* VII, 26. L'Ecclesiaste è un libro sapienziale: l'Ecclesiaste propriamente è « il predicatore », « colui che parla nell'assemblea ».

[15] *Gen.* III, 6: è il noto episodio in cui Eva, sedotta dal serpente, induce anche Adamo a mangiare il frutto dell'albero proibito.

[16] *Gen.* II, 18: « Il Signore disse: "Non è bene che l'uomo sia solo: facciamogli un *aiuto* simile a lui" ».

[17] Con il nome di *Nazirei* si indicava (cfr. *Num.* VI, 1-21) una classe di uomini che durante le lotte del tempo dei Giudici erano consacrati mediante un voto a servire Dio: segno della loro consacrazione erano i capelli lunghi, e gli obblighi principali si riducevano a non bere sostanze inebrianti e a star lontani da qualunque cadavere. Il Nazireo di Dio cui qui allude Eloisa è Sansone, la cui nascita fu annunciata alla madre, da tempo sterile, da un angelo (cfr. *Judic.* XIII, 2 ss.). Come è noto, Sansone, mediante la consacrazione a nazireo ricevette una forza eccezionale, ma dopo molte prodezze compiute nel nome del Signore, si lasciò convincere da Dalila, una donna di cui era innamorato, a confessare il segreto della sua forza: così Dalila gli fece tagliare i capelli, simbolo della sua consacrazione a Dio e della sua forza,

e lo diede in mano ai Filistei, che da tempo cercavano di catturarlo. Sansone fu accecato e schernito, finché, ritrovato l'aiuto di Dio, egli non fece crollare il tempio di Gaza seppellendo sé e tutti i Filistei presenti (*Judic.* XIV-XVI).

[18] Salomone, figlio di Davide, re di Israele (c. 961-922 a.C.), famoso per la sua proverbiale sapienza (cfr. *III Reg.* I ss.) e per il grande impulso culturale ed economico dato al paese.

[19] Secondo il racconto di *III Reg.* XI, 1 ss., Salomone fu trascinato all'idolatria non da una sola donna (la figlia del Faraone, di cui è cenno in *III Reg.* III, 1) ma da tutte le donne (« Salomone ebbe settecento mogli come regine e trecento concubine »), che aveva sposato per accattivarsi l'amicizia dei sovrani stranieri: « Quand'era ormai vecchio il suo cuore fu depravato per opera delle donne tanto da andar dietro a dèi stranieri ».

[20] Il Tempio che Salomone fece costruire a Gerusalemme con l'aiuto di architetti e di maestranze fenicie, inviate da Hiran, signore di Tiro. Se ne veda la dettagliata descrizione in *III Reg.* VI; VII, 13-51; VIII. Fu distrutto circa tre secoli dopo, nel 587.

[21] Si ricordino, ad esempio, le « sentenze » contenute in *Prov.* I-IX; X-XXII, 16 e XXV-XXIX, attribuite a Salomone.

[22] *Job*, II, 9 ss.: Giobbe, il protagonista del libro omonimo, famoso per la pazienza con cui accettò i mali inviatigli da Dio, rispose duramente alla moglie che, vedendolo rovinato e in preda ad atroci dolori, lo invitava a bestemmiare Dio.

[23] Come in occasione dei quattro episodi di Adamo, Sansone, Salomone e Giobbe, testé citati.

[24] A sua discolpa Eloisa ha già invocato la cosiddetta morale dell'intenzione (Lettera II, nota 13).

[25] Eloisa svela qui il suo cruccio più profondo, quello che ne fa la donna eccezionale che in realtà è: ella concepisce la sua professione religiosa solo come un sacrificio di espiazione offerto ad Abelardo, al quale sa di aver gravemente nuociuto, e non a Dio: è stato per ubbidire ad Abelardo che ella ha preso il velo, non certo per devozione verso Dio; da Dio Eloisa non si aspetta niente, perché ella sa di non aver fatto niente per lui (Lettera II, p. 159: *Nulla mihi super hoc merces expectanda est a Deo, cuius adhuc amore nihil me constat egisse*), e tutto invece per Abelardo. Abelardo non deve pensare che Eloisa abbia trovato la serenità nella pace del chiostro, perché in realtà ella anela ancora e sempre a lui.

[26] Eloisa è consapevole di bestemmiare dicendo queste parole, eppure non può fare a meno di accusare ancora Dio per il colpo terribile con cui li ha colpiti. Appunto su questa *querela*, su questa incapacità da parte di Eloisa di rassegnarsi alla volontà di Dio insisterà Abelardo nella parte più elevata della sua lettera di risposta (Lettera V), cercando di convincere Eloisa ad accettare la sua nuova vita e a vedere anche in quello che di male è loro capitato non solo una giusta punizione per i peccati commessi, ma anche l'intervento positivo di Dio che ha voluto salvarli.

[27] *Job*, X, 1.

[28] *Ib.*

[29] Gregorio, *Moral. in Job*, IX, 43-44.

[30] Ambrogio, *De poenitentia*, II, 10.

[31] È questa la pagina liricamente più alta dell'*Epistolario*: Eloisa mette a nudo i suoi sentimenti e confessa crudamente e appassionatamente il valore eterno dell'amore che la lega ad Abelardo. Si vedano, in proposito, le bellissime pagine di Gilson cit. (pp. 67-112: « Il mistero di Eloisa »).

[32] *Rom.* VII, 24. La citazione è estratta da un contesto che ben si addice allo stato d'animo di Eloisa.

[33] *Ib.*

[34] Eloisa si rende conto che la sua castità è soltanto esteriore, è soltanto negli atti, mentre sa benissimo che l'unica cosa veramente importante è l'intenzione. Giustamente a questo proposito, il Gilson cit. (p. 109, nota 1) cita Gerolamo, *De perpetua virginitate B. Mariae*, 20: *...quia nihil prosit carnem habere virginem, si mente nupserit.* Si veda anche quanto si è osservato sulla cosiddetta morale dell'intenzione nella Lettera II, nota 13.

[35] L'espressione è ricalcata su quella di *Jerem.* XI, 20: *probator justi, qui vides renes et cor;* cfr. anche *I Reg.* XVI, 7; *I Par.* XXVIII, 9; *Psalm.* VII, 10; *Apoc.* II, 23.

[36] Cfr. *Eccli.* XXXIX, 19: *non est quidquam absconditum ab oculis eius.*

[37] Ma sappiamo che per Eloisa, come per Abelardo, quelle che contano sono proprio le intenzioni (Lettera II, nota 13).

[38] *Psalm.* XXXVI, 27.

[39] *Is.* III, 12.

[40] *Ezech.* XIII, 18: il passo, di difficile interpretazione (le *fasce* dovrebbero essere delle specie di guanti che aderivano perfettamente alle mani), è chiaro nel suo senso simbolico: Ezechiele si scaglia contro le false profetesse che non solo vanno a caccia di clienti, ma adattano i loro vaticini alle varie persone, assecondando desideri e illusioni (cfr. *La Sacra Bibbia*, tradotta dai testi originali e commentata a cura di S. Garofalo, Torino 1963, *ad loc.*).

[41] *Eccles.* XII, 11. Salomone è spesso preso ad esempio dall'Ecclesiaste per dimostrare la vanità delle cose terrene. Qui la citazione è incompleta e adattata da Eloisa al contesto.

[42] *Jerem.* XVII, 9.

[43] *Prov.* XIV, 12.

[44] *Eccli.* XI, 30.

[45] Nel testo: *Nunc vero praecipue timendum est, ubi nullum incontinentiae meae superest in te remedium.*

[46] *II Corinth.* XII, 9: i moderni traduttori del testo paolino (cfr. ad esempio *La Sacra Bibbia* cit., *ad loc.*) intendono il nesso *nam virtus in infirmitate perficitur*: « infatti la mia [= di Cristo] potenza si mostra appieno nella debolezza », e ciò in armonia con il contesto: ma ci pare che nel caso di Eloisa il senso da noi attribuito alla frase sia più esatto.

[47] *II Timoth.* II, 5.

[48] Gerolamo, *Adversus Vigilantium*, 16 (P.L. 23, col. 367b).

[49] La lettera è parsa ai più interrotta. In effetti, oltre alla mancanza di qualsiasi formula di saluto, presente invece in tutte le altre lettere, stupisce la brusca sospensione del discorso su di una citazione. Il Quadrelli (ABELARDO ED ELOISA, *Lettere*. Prima traduzione italiana dal testo latino di E. Quadrelli, Roma 1927, nota *ad loc.*) pensa che ciò sia dovuto a un commiato eccessivamente appassionato di Eloisa, ma è molto più probabile « che ciò debba imputarsi alle cattive condizioni del manoscritto o dei manoscritti da cui fu tratta la lettera. Nulla di strano che un giorno o l'altro si ritrovi il seguito, che deve certo essere rilevante, come si arguisce dalla risposta di Abelardo » (PIETRO ABELARDO, *Epistolario completo.* Traduzione completa e note critiche di C. Ottaviano, Palermo 1934, p. 88, nota 25).

V.

ABELARDO A ELOISA

*È la risposta attenta e meditata all'ultima lettera di Eloisa: Abelardo, colpito forse da certe dichiarazioni di Eloisa, è seriamente deciso a cancellare ogni possibile dubbio e a ricondurre la sua troppo tenera e sentimentale monaca a una più esatta valutazione della realtà presente: punto per punto, il vecchio logico ribatte in questa lettera tutte le obiezioni ingenuamente sollevate da Eloisa, nello sforzo tanto evidente quanto disperato di indurla a rinunciare a quelle che egli ormai considera pure fantasticherie. Abelardo contempla tutti gli avvenimenti da un punto di vista più alto, e tutto gli appare come frutto di un piano preciso in cui Dio ha operato, nei confronti suoi e di Eloisa, non solo con giustizia, ma anche con misericordia: la rievocazione, potente nel suo spietato realismo, dei giorni folli della passione (lo scorcio dell'angolo di refettorio nel monastero di Argenteuil dove Abelardo si unisce a Eloisa e la descrizione della sua sfrenata libidine costituiscono i momenti più drammatici di tutto l'*Epistolario) *serve non meno delle citazioni degli* auctores *e dei testi sacri a suscitare l'orrore della vita peccaminosa di un tempo. Abelardo, veramente, è ormai circonciso nell'anima come nel corpo. E Abelardo non risparmia a Eloisa neppure i più duri rimproveri: non solo quando la mette in guardia dal pericolo che ella voglia umiliarsi perché la si esalti, o quando le rinfaccia di essere disposta a seguirlo dovunque, anche all'inferno, ma di non far nulla per seguirlo in paradiso, ma nel corso di tutta la lettera che vuole essere da parte di Abelardo un taglio netto con il passato. Non a caso, nella sua successiva lettera, Eloisa, dopo un breve accenno alla propria situazione personale con la promessa di evitare argomenti su cui non potrebbe trattenere i suoi sentimenti, passerà a trattare di tutt'altro.*

« In tutte le opere di Abelardo, nulla si può paragonare alle pagine ardenti e incalzanti con cui l'abate di Saint-Gildas

tenta, con uno sforzo disperato, di ottenere da Eloisa quella rinuncia al proprio volere che ella si ostina a rifiutare. [...] Non c'è nulla che possa sostituire la lettura di queste pagine mirabili, serrate al pari di un tessuto vivente, e che è impossibile analizzare senza sacrificarne la maggior parte delle bellezze » (Gilson cit., pp. 93-94).

Alla sposa di Cristo il suo servo.

L'ultima tua lettera, che mi ha colpito per il suo tono tra il commosso e l'offeso, si può dividere in quattro parti. Prima di tutto mi rimproveri di essere andato contro le regole dello stile epistolare, anzi contro lo stesso ordine naturale delle cose, ponendo il tuo nome davanti al mio nella formula di saluto. In secondo luogo mi fai osservare che invece di recarvi un po' di conforto, ho aumentato la vostra disperazione e vi ho fatto perfino piangere, prospettandovi l'eventualità che il Signore mi faccia cadere in mano ai miei nemici e che essi mi uccidano. Poi ti sei abbandonata ancora una volta alle tue solite recriminazioni nei confronti di Dio[1] per il modo in cui siamo stati indotti a ritirarci in monastero e per la crudele vendetta di cui sono stato vittima. Infine hai respinto i miei elogi nei tuoi confronti accusandoti apertamente e mi hai pregato, con estrema vivacità, di non sopravvalutare più i tuoi meriti reali.

A questo punto non posso far altro che dare una risposta particolare a ciascuna delle tue obiezioni,[2] non tanto per giustificare me stesso, quanto per illuminare e incoraggiare te. Infatti, solo se riuscirò a convincerti che quello che ti chiedo è giusto, tu mi accontenterai: e certo sarai più disposta ad ascoltarmi per quello che ti riguarda quando ti renderai conto che io non ho nulla da rimproverarmi per quello che riguarda me: insomma, avrai più fiducia in me, quando scoprirai che non merito affatto le tue critiche.

Per quello che riguarda la formula di saluto in cui ho messo il tuo nome davanti al mio, mi sembra di non aver fatto altro che attenermi alla norma cui tu stessa alludi. Non hai osservato tu stessa, giustamente, che quando si scrive a un superiore si usa far precedere il suo nome? Ebbene, sappi che tu mi sei superiore e che hai cominciato ad esserlo il giorno in cui sei diventata la sposa del mio Signore, secondo quanto dice san Gerolamo scrivendo ad Eustochio:[3] « Ho scritto proprio "mia signora", Eustochio, perché non posso chiamare diversamente la sposa del mio Signore ». Fortunato scambio di legame coniugale! Sposa di una miserabile creatura umana, ti è toccato l'onore di essere innalzata al talamo del Re dei re, e la gloria di questo privilegio ti ha posta al di sopra non solo del tuo primo sposo ma di tutti gli altri servitori di quel Re.[4] Non stupirti dunque se, vivo o morto, io mi raccomando particolarmente alle tue preghiere: tutti sanno che l'intervento di una sposa presso il padrone è più efficace che quello di tutta la servitù, e che la voce della padrona è più autorevole di quella dei servi.

Del resto, proprio in questo atteggiamento, come vero simbolo di quella sposa, è descritta la nostra regina, la sposa del sommo re, nelle parole del Salmo:[5] «La regina sta alla tua destra». Ed è come se si dicesse più esplicitamente: «Ella sta accanto al suo sposo, cammina insieme con lui, e tutti gli altri si tengono a una distanza rispettosa o li seguono da lontano». Felice e consapevole dell'onore che le è toccato, la sposa del Cantico dei Cantici,[6] l'Etiope, per così dire, sposa di Mosè,[7] afferma:[8] «Sono nera, ma bella, figlie di Gerusalemme: ecco[9] perché il re[10] mi ha amata e mi ha accolta nella sua stanza». E più avanti:[11] «Non badate se sono un po' scura: è il sole che mi ha bruciata». È vero che queste parole generalmente sono riferite alla descrizione dell'anima contemplativa che è considerata la vera sposa di Cristo,[12] ma la veste che indossi testimonia che si riferiscono ancor più espressamente a voi. In effetti, la vostra veste di colore nero e di stoffa ruvida, in tutto simile al lugubre vestito delle buone vedove che piangono la morte degli amati sposi, dimostra che veramente in questo mondo siete vedove e sconsolate, come dice l'Apostolo,[13] e che la Chiesa deve davvero mantenervi con i suoi mezzi. Nella Scrittura si ricorda appunto il dolore di queste vedove che piangono il loro sposo ucciso:[14] «Le donne sedute presso il sepolcro si lamentavano piangendo il Signore».

La donna etiope ha la pelle nera; esteriormente sembra senz'altro meno bella delle altre donne, ma non è a loro inferiore in nulla nelle bellezze interiori, e anzi le supera in bellezza e splendore in molte parti, come le ossa e i denti. E il candore dei denti è lodato dallo sposo stesso, quando dice:[15] « I suoi denti sono più bianchi del latte ».

Ella dunque è nera di fuori, ma di dentro è bella: e di fatto sono state le frequenti disgrazie e tribolazioni da cui il suo corpo è stato colpito in questa vita, che hanno fatto, per così dire, diventar scura la sua pelle, secondo quanto dice l'Apostolo:[16] « Tutti coloro che vogliono vivere piamente in Cristo soffriranno tribolazioni ». Infatti, come il bianco è simbolo della felicità, il nero, al contrario, simboleggia a buon diritto la sventura. Ma dentro splende, per così dire, il candore delle sue ossa, perché la sua anima è preziosamente adorna di ogni virtù, proprio come è scritto:[17] « Tutta la bellezza della figlia del re viene dal suo cuore ». E le ossa, rivestite esteriormente dalla carne, di cui sono nello stesso tempo il sostegno e l'appoggio, possono ben simboleggiare l'anima, che vivifica, sostiene, fa muovere e guida il suo involucro di carne e gli comunica tutto il suo vigore; la purezza e la grazia sono appunto le doti tipiche dell'anima, le virtù di cui essa è adorna.

Al di fuori l'anima è nera, perché durante il lungo esilio su questa terra vive nell'abiezione e nello squallore, per sublimarsi poi nello splendore di quell'altra vita che è la sua vera patria e che per ora è celata con Gesù Cristo nel grembo di Dio. Ed è il vero sole che le fa cambiare colore, cioè l'amore dello sposo celeste che l'umilia e le impone ogni sorta di tribolazioni, per paura che la prosperità gonfi il suo cuore. E le fa cambiare colore, cioè la rende diversa dalle altre donne che aspirano ai beni terreni e che ambiscono la gloria di questo mondo, affinché ella diventi in grazia della sua umiltà il vero giglio delle valli:[18] non il giglio dei monti, come quelle vergini fatue che, tutte superbe della castità del corpo e della purezza esteriore, sono interiormente bruciate dal fuoco delle tentazioni.[19]

Giustamente, rivolgendosi alle figlie di Gerusalemme, cioè a quei fedeli imperfetti che meriterebbero il nome di figlie piuttosto che quello di figli, ella dice:[20] « Non badate se sono un po' scura: è il sole che mi ha bruciata »; ed è come se dicesse chiaramente: « Se mi umilio così o se sopporto con coraggio tante prove, non è merito mio, ma delle grazie di colui che servo ».

Ben diversa è la condotta degli eretici e degli ipocriti che, nella speranza di una gloria mondana, fanno gran mostra di umiltà agli occhi degli uomini e si sottopongono a inutili sacrifici. Certo questa loro finta umiltà, queste loro sofferenze non possono non stupirci se pensiamo che essi, comportandosi così, diventano i più disgraziati degli uomini perché non godono né i beni della terra né quelli del cielo.[21] E proprio pensando a una situazione del genere, la sposa dice: « Non stupitevi se mi comporto così ». Infatti ci si deve stupire di quelli che, rincorrendo vanamente un miraggio di gloria terrena, rinunciano senza alcun frutto ai beni di questo mondo e si costruiscono con le loro mani una vita misera, ora, in futuro e sempre. Essi si comportano proprio come le vergini stolte che nonostante la loro continenza furono chiuse fuori della porta.[22]

Giustamente, ancora, ella dice che, nera e bella come è, il re l'ha amata e introdotta nella sua stanza,[23] cioè nel luogo segreto e tranquillo della contemplazione, nel letto appunto di cui poi altrove dirà:[24] « Di notte, nel mio letto ho cercato l'amore dell'anima mia »; ella è nera e perciò ama più l'ombra che la luce, ama più i luoghi appartati che il contatto con la folla. Una sposa così ha care le gioie segrete del matrimonio più che i piaceri del mondo, preferisce farsi apprezzare a letto che farsi ammirare a tavola. E se il colorito scuro può parere indice di poca bellezza, in realtà queste donne hanno la pelle più dolce e vellutata; il loro corpo è uno scrigno di piaceri segreti che i più ignorano; ma i loro mariti, che le conoscono bene, per gustare pienamente il frutto della loro bellezza preferiscono tenerle in casa, nella loro stanza, piuttosto che portarle in giro.

E proprio conformemente a questa immagine, simbolica se vuoi, la sposa spirituale, dopo aver detto:[25] « Sono nera, ma bella », subito aggiunge:[26] « Ecco perché il re mi ha amata e mi ha accolta nella sua stanza », istituendo così tra le due cose uno stretto rapporto di causa e di effetto: « mi ha amata perché sono bella; poiché sono nera mi ha fatta entrare nella sua stanza ». Bella era dentro, come ho già detto, per le virtù che sempre uno sposo apprezza; nera, invece, esteriormente, per i colpi delle disgrazie e delle tribolazioni materiali.

Questo colorito nero, determinato dalle tribolazioni materiali, stacca facilmente le anime dei fedeli dall'amore dei beni di questo mondo, li solleva verso il desiderio di una vita eterna e li trascina lontano dal rumore del mondo, nei misteri della vita contemplativa: proprio come è successo a san Paolo quando per primo abbracciò, secondo il racconto di san Gerolamo,[27] questo nostro stesso tipo di vita, la vita monastica.

Anche la povertà di questo nostro modo di vestire è adatta più a vivere in luoghi appartati che non a recarsi in mezzo alla gente, e noi dobbiamo a tutti i costi proteggere la nostra povertà e la nostra solitudine, perché ben si addicono al carattere dei nostri voti. Non c'è nulla che spinga a mostrarsi in pubblico come la ricchezza e l'eleganza dei propri abiti: ma a queste cose bada solo chi ha a cuore le pompe di questo mondo e le meschine soddisfazioni della vanità, come espressamente dimostra san Gregorio dicendo:[28] « Non pensa a vestirsi bene chi conduce vita solitaria, ma solo chi vuole essere guardato ».

La stanza di cui parla la sposa, poi, è quella stessa in cui, nel Vangelo, anche lo sposo[29] invita chi vuol pregare, dicendo:[30] « Ma tu, quando vorrai pregare, entra nella tua stanza, chiudi la porta e invoca il Padre », ed è come se dicesse: « Non nelle piazze o davanti a tutti, come fanno gli ipocriti ». Con il termine « stanza » vuole indicare un luogo lontano dai rumori e dagli sguardi indiscreti, dove si possa pregare in assoluta tranquillità e purezza di cuore, come nel silenzio dei nostri monasteri, dove la regola prescrive di chiudere la porta, cioè di sprangare tutti gli accessi, per evitare che qualcosa turbi il raccoglimento necessario alla preghiera o che i nostri occhi distraggano la nostra povera anima. Eppure ancor oggi ci capita di vedere, proprio tra coloro che vestono il nostro abito, tante persone che disprezzano questo consiglio, o meglio questo precetto divino: quando celebrano i santi riti, costoro spalancano porte e cori e affrontano impudentemente lo sguardo indiscreto non solo degli uomini ma anche delle donne; questo accade soprattutto in occasione delle feste più solenni, quando possono sfoggiare i loro più preziosi ornamenti, rivaleggiando quasi con i profani davanti ai quali si pavoneggiano. Evidentemente, essi giudicano la festa tanto più bella quanto più ricchi sono i fronzoli che indossano e quanto più sontuosi i piatti imbanditi. Ma tutto questo non è altro che una deplorevole cecità, completamente estranea allo spirito della Chiesa del Cristo dei poveri, ed è meglio tacerne perché non se ne potrebbe parlare senza vergognarsene. Costoro sono dei veri e propri giudei, che non seguono altra regola che le loro sconce abitudini, e per restare fedeli alle loro tradizioni hanno trovato comodo metter da parte i precetti divini, perché ormai essi non si conformano più al dovere, ma all'uso, mentre come è noto – e lo ricorda anche sant'Agostino – il Signore ha detto:[31] « Io sono la verità », e non: « Io sono l'uso ».

Ora, alle preghiere di gente di questa risma, preghiere fatte a porte aperte, si raccomandi pure chi vuole. Io preferisco affidarmi alle vostre preghiere, che sono tanto più pure e tanto più efficaci quanto più voi siete intime amiche di quel re del cielo che di persona vi ha voluto introdurre nella sua stanza. A voi mi raccomando: so che riposate tranquille tra le braccia di quello sposo, e nel chiuso delle vostre celle siete sempre in colloquio con lui, perché – come dice anche l'Apostolo[32] – « chi si tiene stretto al Signore forma con lui un unico spirito ». E spero anche che la tua preghiera troverà un non piccolo motivo di fervore nella consapevolezza del vincolo d'affetto che ci unisce.

Quanto poi al fatto che vi ho spaventate parlandovi dei pericoli che mi minacciano e della paura che ho di morire, anche in questo caso non ho fatto altro che venire incontro ai tuoi desideri o meglio alle tue preghiere. Non sei forse stata tu a scrivermi, nella tua prima lettera, queste precise parole? « In nome di colui che ancora, in qualche modo, ti protegge, in nome di Cristo, noi, sue e tue serve, ti scongiuriamo di degnarti di tenerci informate, almeno per lettera, delle tempeste che ancora ti investono. Noi siamo tutto quello che ti rimane al mondo, e vogliamo dividere con te ogni dolore e ogni gioia: di solito, infatti », continuavi, « quando si soffre, fa piacere e conforta un po' il sapere che qualcuno partecipa al nostro dolore, e un fardello, se lo si porta in molti, pare meno pesante, più facile da sopportare ». Ricordi? E allora perché mi rimproveri di avervi messe in ansia parlandovi delle mie disgrazie, dal momento che tu stessa mi hai indotto a farlo con la tua insistenza? Preferiresti forse startene tranquilla e spensierata, mentre io trascino disperatamente la mia vita in mezzo ad affanni di ogni genere? Volete dividere con me soltanto le gioie e non i dolori? Non volete piangere con chi piange, ma solo ridere con chi è felice, forse? La differenza più grande tra i veri e i falsi amici consiste proprio nel fatto che gli uni te li trovi accanto nel momento del bisogno, gli altri solo quando c'è da stare allegri. Non dire mai più cose del genere, ti prego, ed evita lamentele come queste che non sono certo dettate da spirito di carità.

Comunque, se le mie parole ti turbano ancora, pensa che dopo tutto, in balia dei pericoli come sono e sempre in forse per quello che riguarda la mia vita, pensa che dopo tutto è giusto che io mi occupi e mi preoccupi della salvezza della mia anima, finché mi è possibile. E tu, se davvero mi vuoi bene, non dovresti trovare eccessiva questa mia preoccupazione. Anzi, se tu avessi davvero qualche speranza nella misericordia di Dio nei miei confronti, ti augureresti di vedermi libero una volta per tutte dagli affanni di questa vita, e con tanto più ardore quanto più li sai insopportabili e penosi. Perché certo tu sai che chiunque mi toglierà da questa vita non farà altro che liberarmi da pene più gravi. Quello che mi aspetto nell'altra vita proprio non lo so, ma conosco bene le pene da cui mi libererò.

Il momento della morte, quando si è vissuta una vita disgraziata, è sempre dolce;[33] e tutti coloro che compatiscono e condividono i dolori altrui non possono che augurar loro che queste disgrazie abbiano termine, anche se dovessero soffrirne essi stessi, se davvero amano coloro che vedono soffrire e se hanno a cuore non tanto la loro egoistica gioia ma il bene dei loro cari. Così una madre, sapendo suo figlio gravemente ammalato senza speranza di guarigione, non può non desiderare che la morte venga a porre fine a sofferenze di cui ella stessa non può sopportare la vista, e preferisce perderlo per sempre piuttosto che averlo con sé in quelle condizioni. Chiunque, per felice che possa essere quando ha un amico accanto, non può che essere contento di saperlo felice lontano da lui piuttosto che vederselo accanto triste e abbattuto; non potendo in alcun modo porre rimedio alle sue disgrazie, non potrebbe neppure sopportarle passivamente.

A te, d'altra parte, è stata negata anche la gioia di avermi vicino, per quanto dolorosa possa essere la mia situazione, e, dal momento che tutti i tuoi sforzi per aiutarmi sono chiaramente vani, non vedo perché tu debba preferire che io continui a condurre questa vita di sofferenza piuttosto che cessare di vivere e trovare finalmente la felicità. Se poi è per te che desideri veder continuare le mie sofferenze, allora è chiaro che non sei un'amica, ma una nemica, e se non vuoi sembrare tale, smetti, per favore, di lamentarti a questo modo.

Quanto al fatto che rifiuti qualsiasi lode, sono d'accordo con te: in questo modo dimostri di essere davvero degna delle lodi che ti vengono fatte. Non senza motivo è scritto:[34] « Il giusto è il primo accusatore di se stesso » e[35] « Chi si umilia si esalta »: e mi auguro che tu pensi davvero quello che hai scritto, perché se davvero le cose stanno così, se davvero la tua modestia è sincera – e io non ne dubito –, allora non c'è pericolo che le mie parole la turbino. Non vorrei però che tu dicessi con la bocca di non volere quello che in cuor tuo desideri, e che, insomma, sembrasse che tu in realtà ricerchi le lodi altrui proprio perché rifiuti di essere lodata. Non a caso, tra le altre cose, san Gerolamo così scrive in proposito alla vergine Eustochio:[36] « Per natura incliniamo al male. Ascoltiamo con piacere chi ci adula, e anche se ci schermiamo dicendo che non meritiamo simili elogi e molto calcolatamente il nostro volto si copre di rossore, in cuor nostro ci sentiamo lusingati e contenti ». Così si comporta l'astuta e lasciva Galatea virgiliana,[37] che otteneva quello che voleva fingendo di non volerlo affatto, e appunto fingendo di respingere il suo innamorato non faceva altro che infiammarlo di più:

> « e fugge dietro i salici, ma si augura
> che la vedano prima che scompaia ».[38]

Prima che si nasconda, cioè, vuole che si veda dove va a celarsi, così che la fuga con cui sembra voler sottrarsi alla compagnia del giovane, altro non è che un mezzo per assicurarsela. Allo stesso modo noi, quando sembra che vogliamo evitare le lodi altrui, in realtà ne suscitiamo ancora di più, e quando fingiamo di voler restare in ombra, per evitare che qualcuno trovi in noi qualche motivo di lode, senza accorgercene ci tiriamo addosso le lodi di tutti, perché un comportamento del genere ci fa parere ancor più degni di lode.

Naturalmente ti dico questo perché di solito così accade, non perché dubiti di te, o della tua umiltà e modestia. Io voglio soltanto che tu eviti di usare parole o espressioni tali da far credere a chi non ti conosce che « cerchi la gloria », come dice Gerolamo,[39] « fuggendola ».

Le mie lodi del resto non vogliono insuperbirti, ma solo spingerti a migliorare sempre: e so che ti gioveranno in questo senso, perché tu per farmi piacere migliorerai sempre te stessa in quegli aspetti del tuo carattere che io lodo. La mia lode non vuole essere, sappilo, un attestato di santità per te, qualcosa che ti ispiri un senso di orgoglio: non si deve mai credere alle lodi degli amici più di quanto non si creda ai biasimi dei nemici.

Non mi rimane, infine, che affrontare il problema delle tue recriminazioni riguardo alle circostanze che ci hanno indotto ad entrare in convento: è cosa lontana e superata, lo sai, ma continui a rimestare in quella vecchia storia, e invece di ringraziare Dio, come sarebbe giusto, hai la sfrontatezza di metterlo sotto accusa. Io mi ero illuso che ormai, di fronte all'evidente intervento della divina Provvidenza, la tua amarezza d'animo si fosse dissolta, tanto più che una simile amarezza, che ti consuma nel corpo non meno che nello spirito, è certo un grave pericolo per te, ma anche un motivo non trascurabile di ansia e di dolore per me.

E se davvero, come dici, tu vuoi solo piacermi in tutto e per tutto, allora, per non tormentarmi più o almeno per farmi piacere, allontana una volta per tutte questo astio che ti impedisce di piacermi completamente e di raggiungere la beatitudine eterna insieme con me. O forse, dopo che ti sei detta pronta a seguirmi anche all'inferno, hai deciso di lasciarmi andare lassù da solo, senza di te? Fa' appello al tuo sentimento religioso per non essere separata da me anche quando andrò con Dio, e pensa che il fine ultimo di tutto questo è la felicità eterna, e che i frutti di questa felicità saranno più dolci se noi li gusteremo insieme.

Ricordati di quello che hai detto a proposito di come è cominciato il nostro ritiro, ricorda quello che tu stessa mi hai scritto[40] riguardo alla bontà del Signore nei miei confronti, anche in occasione del terribile episodio[41] che ha determinato la nostra entrata in monastero, anche quando, cioè, io lo consideravo più ostile, e accetta umilmente la volontà del Signore, almeno in considerazione di quanto mi è stata salutare e di quanto lo sarà anche per te, non appena il dolore ti permetterà di capirlo. Non dolerti di essere la causa di un bene grande come questo: ormai tu non dovresti più dubitare di essere stata creata da Dio proprio per operare questo bene. Non piangere dunque per quello che posso aver sofferto io, o meglio piangi come piangeresti di fronte ai supplizi dei martiri e alla morte stessa di nostro Signore Gesù Cristo, da cui tanto bene è venuto al mondo.

Pensi forse che se avessi meritato quello che mi è accaduto, ne avresti sofferto meno o tutto ti sarebbe parso più facile da sopportare? No, certo, perché allora una cosa simile sarebbe stata per me causa di vergogna e di disonore, e motivo di vanto per i miei nemici: loro sarebbero dalla parte della giustizia, io, invece, dalla parte del torto, e nessuno li condannerebbe per aver fatto quello che hanno fatto, nessuno avrebbe pietà di me.

Tuttavia, per lenire l'amarezza del tuo dolore,

voglio dimostrarti quanto giusto sia stato quello che mi è successo, e anche utile, e come abbia fatto bene Dio a punirci quando ormai avevamo regolarizzato la nostra posizione invece di intervenire quando vivevamo nel peccato.

Un giorno, poco dopo il nostro matrimonio, quando vivevi nel monastero di Argenteuil presso le monache, venni a trovarti in segreto, e certo ricordi a quali eccessi mi sia lasciato andare con te, in quell'angolo del refettorio, visto che non avevamo nessun altro posto dove andare. Ricordi, voglio dire, come la nostra impudicizia in quell'occasione non abbia avuto rispetto neppure per un luogo sacro, per di più consacrato alla Vergine. Questo, anche se non avessimo altre colpe da rimproverarci, sarebbe di per sé degno di un castigo ben più grave. Ma non è certo il caso che stia a ricordarti tutte le cose sconce e vergognose, tutti gli atti immorali, tutte le sozzure che hanno preceduto il nostro matrimonio. Ed è inutile che ti parli dell'atroce tradimento che ho perpetrato nei confronti di tuo zio, approfittando della sua fiducia, del fatto stesso che mi aveva accolto in casa sua, per sedurti in modo così turpe. A questo punto, chi potrebbe dire che non ha fatto bene a tradirmi anche lui, dal momento che io per primo l'ho trattato in maniera così oltraggiosa? Pensi forse che una semplice ferita e un attimo di dolore siano bastati per punire colpe così gravi? O meglio: ti pare giusto che il frutto di tanti peccati sia stata quella grazia? Quale ferita pensi che possa espiare agli occhi della giustizia di Dio la profanazione di un luogo consacrato alla sua santa Madre? Certo non mi sbaglio se dico che in espiazione di quei peccati mi sono stati inferti, oltre a quella ferita che si è rivelata così salutare e propizia per me, tutti i colpi che oggi mi affliggono senza un attimo di respiro.

Tu sai anche che quando ti ho portata al mio paese, ed eri ormai incinta, ti sei travestita da monaca, indossando un abito consacrato, e che allora, con quel travestimento, ti sei presa gioco in modo irriverente della condizione di quelle monache di cui anche tu oggi fai parte. Di fronte a questo, pensa se non ha fatto bene la giustizia divina, anzi la grazia divina, a farti abbracciare, anche se non volevi, quegli ordini religiosi di cui ti eri burlata. Dio ha voluto che tu espiassi la tua colpa portando quell'abito stesso con cui hai peccato, e ha fatto in modo che anche nella realtà tu fossi quello che avevi finto di essere, per rimediare con la verità al tuo atto di falsità.

Se poi, dopo avere ammesso il criterio di giustizia con cui Dio ha operato nei nostri riguardi, consideri anche i vantaggi che ce ne sono venuti, ti accorgerai che per quello che ci è successo non si può parlare solo di giustizia, ma di grazia di Dio. Pensa, infatti, mia cara, pensa da quali profondi abissi, da quale pericolosissimo mare ci ha salvato il Signore con le reti della sua misericordia, a quale gorgo ben più temibile di Cariddi[42] ha sottratto noi, poveri naufraghi che neppure volevamo essere salvati! Davvero ora mi sembra che a buon diritto anche noi due possiamo esclamare:[43] « Dio si preoccupa per me! ». Pensa sempre in quali pericoli ci trovavamo invischiati e ricorda che da

essi Dio ci ha liberati. Racconta sempre « quanto bene ha fatto Dio alla nostra anima »,[44] ringraziandolo come si conviene, e se vedi che qualche disgraziato dispera della bontà di Dio, consolalo citandogli quello che è successo a noi, in modo che tutti, vedendo l'aiuto concesso a dei peccatori incalliti che neppur volevano essere aiutati, sappiano che cosa aspetta chi invoca e prega.

Valuta esattamente l'imperscrutabile disegno della divina provvidenza nei nostri confronti; Dio, nella sua misericordia, si è servito della sua giustizia per rimetterci sulla retta via, ha saputo trarre il bene anche dal male, ha sfruttato per giusti fini anche la nostra empietà, in modo che la ferita così giustamente inferta a una sola parte del mio corpo è valsa a guarire due anime in una volta sola.

Paragona il rischio che abbiamo corso e il modo con cui siamo stati salvati. Considera quello che meritavano le nostre colpe, e capirai e ammirerai l'effettiva portata della pietà e dell'amore di Dio.

Tu sai a quale turpe schiavitù aveva asservito i nostri corpi la mia sfrenata passione: non c'era alcuna forma di decenza e alcun rispetto per Dio, neppure nel giorno della sua morte in croce e neanche in occasione delle più grandi solennità, che potesse impedirmi di rotolarmi in quel pantano. Quando tu non volevi e ti opponevi o cercavi di dissuadermi come potevi, visto che eri la più debole, io ricorrevo anche alle minacce e alle percosse per forzare la tua volontà. Ormai ti desideravo con tanto ardore che per soddisfare quelle mie tristi e sconce voglie – il loro solo nome ora

mi fa arrossire – avevo dimenticato tutto, e Dio e me stesso. Mi sembra che, per salvarmi, la clemenza di Dio non poteva far altro, se non impedirmi per sempre di godere quei piaceri. Tutto è andato come doveva andare: la giustizia e la clemenza di Dio hanno lasciato che avvenisse l'indegno tradimento di tuo zio: era giusto. Cose ben più importanti mi attendevano, e così sono stato privato di quella parte del corpo che era il centro della mia libidine, la causa prima di tutta la mia concupiscenza. È giusto: il membro che è stato punito è quello che aveva peccato e con il dolore ha espiato il crimine dei suoi piaceri. In questo modo Dio mi ha liberato da tutte le sconcezze in cui ero completamente immerso come in una palude di fango, e insieme con il corpo mi ha circonciso[45] l'anima: ormai potevo dedicarmi con tutta serenità ai sacri misteri dell'altare, senza più temere che gli appetiti della carne me ne distogliessero. E bisogna riconoscere che egli è stato clemente punendomi solo in quell'organo, senza il quale, tra l'altro, potevo finalmente provvedere alla salvezza della mia anima; non ha voluto sfigurarmi nel corpo né impedirmi di attendere ad alcun lavoro, anzi, torno a dirlo, liberandomi una volta per tutte dal turpe giogo delle passioni carnali, mi ha reso più idoneo a tutto quello che c'è di onesto. Staccando dal mio corpo quelle sconce parti che si chiamano vergogne[46] proprio per la loro vergognosa funzione e perché non potrebbero essere chiamate con il loro vero nome, la grazia divina non me ne ha privato, ma me ne ha purificato: non ha fatto altro che eliminare tutte le sconcezze

e tutti i vizi che potevano impedirmi di conservare la purezza.

E sappiamo che proprio per conservare questo dono della purezza molti saggi non esitarono a mutilarsi con le loro mani, pur di eliminare per sempre il pericolo della concupiscenza. A questo proposito si legge che anche l'Apostolo pregò il Signore di liberarlo dagli stimoli della carne, ma che non fu esaudito.[47] Comunque, basti per tutti l'esempio di quel grande filosofo cristiano che fu Origene,[48] il quale per spegnere una volta per sempre in sé questo incendio non esitò a mutilarsi con le proprie mani. Origene infatti considerava felici nel senso vero della parola solo coloro che si erano castrati da soli per essere degni del regno dei cieli[49] e anch'egli, facendo quello che fece, era convinto di attenersi fedelmente ai precetti del Signore,[50] che appunto ci invita a tagliare e a gettar lontano da noi gli organi dello scandalo. Insomma, egli prendeva alla lettera e non in senso simbolico il passo in cui Isaia afferma che il Signore preferisce gli eunuchi agli altri fedeli, dicendo:[51] « Se gli eunuchi osserveranno i miei sabati e sceglieranno quello che mi è gradito, darò ad essi un posto nella mia casa e tra le mie mura, e un nome migliore di quello di figli e di figlie: darò loro un nome eterno che non perirà mai ».

Tuttavia Origene commise un grave errore, mutilandosi il corpo per prevenire i peccati: pieno di zelo verso Dio, ma di uno zelo non santo, mutilandosi con le sue mani, si è macchiato del reato di omicidio. Ma quello che egli ha fatto per ispirazione diabolica o per un assurdo errore, io l'ho

subìto, grazie a Dio, per mano d'altri. Io ho ottenuto lo stesso scopo, quello di non poter più peccare, senza sporcarmi le mani. Meritavo la morte e Dio mi ha dato la vita. Dio mi chiama e io non gli rispondo. Mi ostino nella mia vita di peccati e Dio, quasi facendo forza alla mia volontà, mi guida verso il riscatto. Un Apostolo lo prega, ma egli non gli presta ascolto; quello insiste nella sua preghiera, ma non ottiene nulla.[52] Davvero « Dio si preoccupa di me ».[53] Racconterò a tutti « quanto il Signore ha fatto per la mia anima ».[54]

Ma anche tu, mia inseparabile compagna, unisciti a me nel ringraziare Dio: anche tu hai peccato, e anche tu sei stata perdonata. Dio non si è dimenticato della tua anima, anzi ha sempre pensato a te: con una specie di santo presagio ha voluto che anche nel nome tu ti riconoscessi come sua, perché ti ha chiamato Eloisa, da Eloim appunto, che è il suo nome.[55] Dio, ti dico, nella sua clemenza ha fatto sì che uno solo di noi due bastasse per riscattarci entrambi, proprio mentre il diavolo mirava a perderci entrambi per mezzo di uno solo di noi. Poco prima che succedesse quel che è successo, egli ci ha uniti con l'indissolubile vincolo del matrimonio, e non sono stato io che al culmine della mia passione per te ho desiderato legarti a me per sempre: è stato Dio che ha voluto così, perché uniti potessimo meglio ritornare a lui. E, in effetti, se non fossi stata unita con me in matrimonio, tu certo, dopo la mia fuga dal mondo, vuoi per effetto dei consigli dei tuoi parenti, vuoi per le lusinghe dei piaceri della carne, saresti rimasta attaccata alle cose del mondo.[56]

Dio, come vedi, ha sempre pensato a noi, come se ci riservasse per qualcosa di eccezionale: e forse era anche offeso e addolorato, per il fatto che noi non usavamo l'intelligenza che ci aveva dato per celebrare il suo nome, o forse non si fidava del suo servo di cui conosceva tutta l'incontinenza. E non per niente sta scritto:[57] « Le donne fanno cambiare idea anche ai saggi », come dimostra il sapientissimo Salomone.[58]

Ora invece tu offri ogni giorno a Dio il frutto dell'intelligenza che egli ti ha concesso. Tu gli hai già dato molte figlie spirituali, mentre io sono rimasto completamente sterile, e anzi perdo il mio tempo in mezzo ai figli della perdizione.[59] Pensa quale deplorabile perdita sarebbe stata, quale dolorosa disgrazia, se tu, soddisfacendo le sconce voglie della carne, avessi messo al mondo, nel dolore, pochi figli, in luogo di questa numerosa famiglia che tu nella gioia vieni partorendo per il cielo! Allora non saresti stata che una donna qualsiasi, ora invece sei di gran lunga superiore agli stessi uomini e hai trasformato la maledizione di Eva nella benedizione di Maria. E sarebbe stato davvero un peccato se le tue mani sante, abituate oggi a sfogliare le pagine dei sacri testi, fossero state condannate a sbrigare le faccende domestiche, come una donna qualsiasi.

Dio in persona si è degnato di liberarci da questa sozzura e di tirarci fuori da questo pantano di fango: egli ci ha conquistato con quella stessa forza con cui ha colpito e convertito Paolo:[60] e forse con il nostro esempio ha anche voluto mettere in guardia gli altri letterati[61] dall'osare quello

che abbiamo osato noi. La disgrazia, se così vuoi chiamarla, che ci ha colpito, non ti deve dunque preoccupare, sorella: e soprattutto non devi lagnartene con Dio che paternamente ci ha rimesso sulla retta via. « Dio », non dimenticarlo mai, « colpisce coloro che ama. Mette alla prova coloro che ha scelto come figli ».[62] Così è scritto. E altrove si legge:[63] « Chi fa poco uso della frusta, non vuol bene a suo figlio ». Questo che ci ha assegnato è un castigo di breve durata, non una pena eterna: è un mezzo di espiazione, non una condanna. « La giustizia di Dio non colpirà due volte per la stessa colpa; il dolore non cadrà due volte sulla stessa persona »:[64] ascolta la parola del profeta[65] e fatti coraggio. Ricorda sempre la preziosa massima che dice:[66] « Con la pazienza salverete le vostre anime »: è una vera e propria esortazione, e anche Salomone dice:[67] « L'uomo paziente vale più dell'uomo forte, e chi sa comandare a se stesso vale più di chi espugna città ».

Ma dimmi: non ti vien voglia di piangere, non ti commuovi, pensando all'Unigenito Figlio di Dio che, innocente come era, per salvare te e tutti gli uomini è stato catturato, trascinato, flagellato, schernito, coperto in viso con uno straccio, bastonato,[68] riempito di sputi, coronato di spine e infine ignominiosamente crocifisso in mezzo a due ladroni e ucciso in quel modo orrendo, il più infame, anzi, per quei tempi? Lui, sorella, è il tuo vero sposo, lo sposo di tutta la Chiesa: abbilo sempre davanti agli occhi, portalo sempre in cuore. Guardalo mentre si avvia per essere crocifisso per te, per la tua salvezza: anche lui porta la sua croce.

Tavola III.

Conca absidale della cappella di Berzé-la-Ville, prima metà del secolo XII (particolare). Figure di Apostoli: al centro, san Paolo. Sulla destra si intravede la mano di Cristo benedicente.

di commisurare la sua riconoscenza al favore ottenuto: « Quanto a me, non sia mai che mi glorî d'altro se non della croce di nostro Signore Gesù Cristo, per cui il mondo è stato crocifisso per me e io per il mondo ». Tu vali più del cielo, vali più della terra, perché lo stesso Creatore del mondo si è offerto come prezzo del tuo riscatto.

Ma quale misterioso tesoro può aver mai scoperto in te Cristo, lui che non ha bisogno di nulla, se per averti ha affrontato un'agonia tanto dolorosa e una morte così vergognosa? Ti posso rispondere: te cercava, te e basta. Ed ecco allora il tuo vero amico, colui che vuole te, non i tuoi beni, colui che morendo per te diceva:[79] « Nessuno ama di più di colui che dà la vita per i suoi amici ». Lui ti amava sinceramente, io no. Il mio amore, l'amore che ci trascinava al peccato, era attrazione fisica, non amore. Con te io soddisfacevo le mie voglie, e questo era quello che amavo di te. Ho sofferto per te, tu dirai; può anche essere vero, ma sarebbe più giusto dire che ho sofferto per causa tua, e tra l'altro contro la mia volontà. A farmi soffrire non è stato l'amore per te, ma la disgrazia che mi è capitata; e la mia sofferenza non ti ha salvata, ti ha solo dato sofferenza. È Cristo, invece, che ha sofferto per salvarti, che ha sofferto volontariamente per te e con la sua sofferenza ha guarito tutte le malattie, ha eliminato tutte le sofferenze. A lui, dunque, non a me, devi tutto il tuo affetto, tutta la tua pietà, tutta la tua compassione. Ciò che deve addolorarti non è la giusta punizione che mi ha colpito, e che del resto, come dicevo, si è risolta in un'immensa grazia per entrambi, ma l'iniquità del castigo che è toccato a quella povera creatura innocente. E sei ingiusta se ti ribelli deliberatamente alla volontà, anzi alla grazia di Dio.

Piangi per chi ti ha salvata, non per chi ti ha sedotta, piangi per chi ti ha riscattata, non per chi ti ha portata alla perdizione: piangi il Signore che è morto per te, non il suo servo che è ancora vivo, o meglio, che è stato salvato all'ultimo momento dalla morte eterna. Cerca, ti prego, di non meritare anche tu le dure parole con cui Pompeo cercò di calmare il dolore di Cornelia:[80]

> « Il grande Pompeo sopravvive alle battaglie,
> solo la sua fortuna è perita;
> tu hai sempre amato quello che ora piangi ».[81]

Pensaci bene, ti prego, e vergognati se ancora ti lusinga il ricordo di quanto abbiamo fatto.

Accetta, ti prego, accetta con rassegnazione questo colpo che la misericordia divina ci ha inferto. È come lo staffile di un padre, non la spada di un carnefice. Un padre frusta per correggere, per evitare che il nemico colpisca per uccidere. Ferisce per prevenire la morte, non per darla; usa il ferro per tagliare via la parte malata, ferisce il corpo e guarisce l'anima. Avrebbe dovuto ucciderci e invece ci ridà la vita. Taglia le parti incancrenite, per salvare ciò che non è stato ancora raggiunto dalla cancrena. Punisce una volta per non punire in eterno. Io solo ho sofferto per la ferita, ma a salvarci dalla morte siamo stati in due; due erano i colpevoli, uno solo è stato punito. Questa indulgenza del Signore nei tuoi confronti è ancora una volta un effetto della sua pietà per la tua debolezza di donna, ma in un certo senso ti spettava. Infatti, pur essendo più debole per natura, sei stata più continente e virtuosa, e di conseguenza meno colpevole. Ringrazia quindi anche di questo il Signore, che ti ha condonato la pena per riservarti la corona. Con il colpo inferto al mio corpo, Dio mi ha liberato una volta per tutte dall'ardore della passione da cui ero come soffocato, mi ha, per così dire, raffreddato per impedirmi di sbagliare ancora. Quanto a te, invece, egli, abbandonando a se stessa la tua giovinezza, lasciando la tua anima in preda agli stimoli della carne, ha voluto riservarti per la corona del martirio. Ed è perfettamente inutile che tu dica di non voler sentir parlare di queste cose. Non si può far tacere la verità: chi combatte merita la corona, perché, come è scritto, non sarà coronato « se non chi avrà combattuto secondo le regole ».[82] Per me invece non c'è alcuna corona, perché io ormai non ho più battaglie da vincere; per colui al quale, come a me, sono stati tolti gli stimoli della carne, non ci sono più tentazioni contro cui combattere. Tuttavia per me sarà già qualcosa se, pur non ricevendo nessun premio, sarò riuscito a non avere castighi da temere e se in virtù del dolore che ho patito qui sulla terra mi sarà risparmiato il castigo eterno. Non a caso, a proposito delle bestie (perché gli uomini che hanno vissuto una vita disperata come la mia, non sono altro che bestie) è scritto:[83] « Le bestie da soma marciranno in mezzo al loro sterco ».

E non mi interessa di veder diminuiti i miei

meriti, visto che ciò accresce i tuoi, e noi, dopo tutto, siamo una cosa sola in Cristo e, in virtù del nostro matrimonio, un corpo solo. Veramente quello che è tuo è anche mio, e tuo, ora che sei diventata sua sposa, è Cristo. E se un giorno tu mi consideravi tuo padrone, oggi, come ho già detto, voglio essere solo il tuo umile servo, ma un servo legato a te da un vincolo di affetto spirituale più che dalla soggezione e dalla paura.

Pertanto, se tu intercedi per me presso Gesù Cristo, sono sicuro di poter ottenere con le tue preghiere quello che io non riuscirei mai a ottenere con le mie, soprattutto in questi tempi in cui non ho, non dico il tempo di pregare, ma neanche di respirare, a causa della terribile situazione in cui mi trovo.[84] Ricordi l'eunuco,[85] che alla corte di Candace,[86] regina d'Etiopia, custodiva tutti i tesori regali e che si era recato da terre così lontane a Gerusalemme per rendere omaggio al Signore? Ecco, io vorrei che anche a me capitasse quello che capitò a lui, quando, durante il viaggio di ritorno, l'angelo gli mandò incontro l'apostolo Filippo che doveva convertirlo alla vera fede, in virtù dei meriti acquisiti grazie alle sue preghiere e grazie allo zelo con cui si era accostato ai sacri testi. Perciò, benché fosse pagano e per di più ricchissimo, la grazia divina fece in modo che anche durante il viaggio leggesse le Sacre Scritture e che gli capitasse sott'occhio proprio un passo[87] che offrì all'Apostolo l'occasione propizia per operare la sua conversione.

E affinché tu possa cominciare subito a pregare per me, ho provveduto io stesso a comporre e a inviarti questa preghiera, con cui vorrei che supplicassi per me il Signore:[88]

« Dio, tu che, fin dall'inizio della creazione degli uomini, traendo la donna dalla costola dell'uomo, hai istituito il grande sacramento del matrimonio, tu che hai sublimato il matrimonio, sia nascendo dal seno di una donna sposata, sia iniziando i tuoi miracoli proprio in occasione di un matrimonio,[89] tu che un tempo hai pietosamente posto rimedio, qualunque sia il modo in cui ti è piaciuto farlo, alla mia incontinente debolezza, non disprezzare le preghiere che io, tua ancella, umilmente levo al cospetto della tua divina maestà per i miei peccati e per quelli del mio caro. Perdona, o Dio di bontà, o Dio che sei la bontà stessa. Perdona tutti i nostri peccati, per gravi e numerosi che siano, e l'immensità delle nostre colpe sperimenti l'ineffabile grandezza della tua misericordia.

« Punisci subito in questo mondo chi ha peccato, ma risparmialo nell'altro. Puniscici ora, per non punirci in eterno. Contro i tuoi servi impugna la frusta della correzione, non la spada del furore. Fa' soffrire la carne, per salvare le anime. Vieni a riscattarci, non a vendicarti: sii benigno più che giusto, sii padre misericordioso più che Signore severo. Mettici alla prova, o Signore, e tentaci, ma come vuole essere messo alla prova il profeta,[90] perché con le sue parole è come se dicesse: "Valuta prima le mie forze, e sulla base di esse regola poi la forza delle tentazioni". E anche san Paolo promette ciò ai fedeli, là dove dice:[91] "Dio è potente, e non permetterà che voi siate tentati oltre le vostre forze, ma insieme con la tentazione vi darà anche il mezzo per sopportarla".

«Tu, Signore, ci hai uniti, tu ci hai separati, quando hai voluto e come hai voluto. Ora, Signore, conduci misericordiosamente a termine ciò che non meno misericordiosamente hai iniziato, e unisci a te per sempre in cielo coloro che una volta hai separato qui nel mondo, tu nostra speranza, nostra eredità, nostra attesa, nostra consolazione, o Signore che sei benedetto in tutti i secoli. Amen».

Salute in Cristo, sposa di Cristo, in Cristo salute e vita. Amen.

---

[1] *Veterem illam et assiduam querelam tuam in Deum adiecisti*, nel testo.

[2] La lettera di Abelardo prende infatti avvio dalla risposta ai quattro punti toccati da Eloisa per sviluppare una vera e propria *exhortatio*.

[3] Gerolamo, *Epist. XXII ad Eustochium*, 2: si tratta della famosa lettera *De custodia virginitatis*. Eustochio, nata a Roma nel 368 e morta a Betlemme nel 418, espertissima nelle lettere classiche, studiò anche l'ebraico e aiutò san Gerolamo nella trascrizione di alcuni codici della Bibbia. Dopo aver fatto parte, insieme con la madre Paola, del circolo femminile che si raccoglieva in casa di Marcella e di cui san Gerolamo era il capo spirituale, nel 386 con la madre raggiunse a Gerusalemme lo stesso Gerolamo, per trasferirsi poi a Betlemme, dove Gerolamo fondò un cenobio femminile che fu diretto prima da Paola poi da Eustochio. La Chiesa l'ha proclamata santa.

[4] « L'intenzione che si attribuisce ad Abelardo di conquistare Eloisa per mezzo dell'adulazione non è menomamente provata » (Gilson cit., p. 86, nota 1).

[5] *Psalm.* XLIV, 10. Il Salmo forse celebra le nozze di Salomone con la figlia del Faraone: ma Salomone è qui tipo del Messia e questo canto è stato sempre interpretato come il canto nuziale del Messia che sposa la Chiesa.

[6] Inizia da questo punto (cfr. anche Gerolamo, *Epist. XXII ad Eustochium*, 1) un breve ma interessantissimo *specimen* di interpretazione del Cantico dei Cantici, il dialogo lirico dai movimenti drammatici in cui si canta l'amore umano come figura dell'amore divino, cioè dell'amore di Cristo con l'anima e con la Chiesa. In particolare, secondo Abelardo, la sposa, nera di fuori ma bella di dentro, è l'anima, messa alla prova da tante tribolazioni ma sempre fedele a Cristo: però egli

accanto a questa interpretazione ne propone un'altra: la sposa è la monaca e, in genere, chiunque si dà a Cristo, il vero sposo. Così, tutti gli elementi del Cantico dei Cantici relativi alla sposa sono applicati alla vita monastica (la carnagione scura della sposa è l'abito nero dei monaci, la stanza appartata della sposa è il monastero, ecc.).

[7] *Exod.* II, 16, 21-22 e *Num.* XII, 1. La moglie di Mosè era Sefora ed era chiamata Etiope, o Chushita, perché originaria di una tribù dell'Arabia del Sud in stretti rapporti con gli Etiopi.

[8] *Cant.* I, 4: la sposa va a trovare lo sposo accompagnata dalle amiche e con loro si scusa del colore nero della sua pelle. Sarà bene osservare che l'Etiope, moglie di Mosè, è stata citata da Abelardo solo come termine di paragone, giacché egli qui torna a parlare della sposa del Cantico dei Cantici, la cui carnagione scura è, secondo le sue stesse parole, da attribuirsi al sole (cfr. *Cant.* I, 5), anche se poi ovviamente questo particolare sarà interpretato simbolicamente.

[9] *Cant.* I, 3: stranamente la citazione non è fedele al testo della Volgata: probabilmente Abelardo cita a memoria.

[10] Secondo l'uso orientale, lo sposo e la sposa sono chiamati re e regina.

[11] *Cant.* I, 5. Abelardo interpreterà poi simbolicamente tutti questi passi.

[12] Abelardo riporta l'interpretazione più diffusa del Cantico dei Cantici per cui la sposa è l'anima mentre lo sposo è Cristo, ma si accinge a dare la sua particolare interpretazione.

[13] *I Timoth.* V, 3-16: tutta la prima parte del capo V della lettera in questione riguarda il comportamento da tenere nei confronti delle vedove.

[14] *Matth.* XXVII, 61: la citazione è a memoria.

[15] *Gen.* XLIX, 12: l'espressione in realtà è di Giacobbe che parla di suo figlio Giuda.

[16] *II Timoth.* III, 12.

[17] *Psalm.* XLIV, 14.

[18] Cfr. *Cant.* II, 1: « Io sono il fiore del campo e il giglio delle convalli ».

[19] Forse con allusione a *Matth.* XXV, 2, ss.; *v.* anche nota 22.

[20] *Cant.* I, 5.

[21] I sacrifici degli eretici (*haeretici* è qui usato nel senso generico di *falsi christiani*) e degli ipocriti sono inutili e non valgono certo a guadagnar loro i premi celesti.

[22] *Matth.* XXV, 2 ss.

[23] Cfr. *Cant.* I, 4 e 3.

[24] *Ib.* III, 1.

[25] *Ib.* I, 4.

[26] *Ib.* 3.

[27] Gerolamo, *Vita Pauli*, 1 ss. (P.L. 23, coll. 17-30): Paolo di Tebe, noto anche come san Paolo l'eremita, vissuto tra il secolo III e il IV, è considerato il fondatore della vita monastica *(auctor vitae monasticae)*.

[28] Gregorio, *Homil. XL*, 3 (P.L. 76, col. 1305b).

[29] Cristo, nel caso particolare.

[30] *Matth.* VI, 6.

[31] *Joan.* XIV, 16.

[32] *I Corinth.* VI, 17.

[33] Felicissimo il testo latino: *Omnis vita misera iucundum exitum habet.*

[34] *Prov.* XVIII, 17.

[35] *Luc.* XVIII, 14.

[36] Gerolamo, *Epist. XXII ad Eustochium*, 24.

[37] La pastorella civettuola e scherzosa, di cui il pastore Dameta si dice innamorato nella *III Ecloga* di Virgilio.

[38] Virgilio, *Ecl. III*, 65.
[39] Gerolamo, *Epist. XXII ad Eustochium*, 27.
[40] *V.* Lettera IV, p. 191.
[41] L'evirazione.
[42] Cariddi era il mostro che, per aver rubato a Ercole alcuni buoi di Gerione, fu trasformato in un vortice che nello stretto di Messina, di fronte a Scilla, travolgeva tutte le navi.
[43] *Psalm.* XXXIX, 18.
[44] *Ib.* LXV, 16.
[45] Circoncidere ha qui chiaramente il significato di purificare. La circoncisione, infatti, è il rito che gli antichi Ebrei avevano in comune con molti popoli primitivi, come rito di iniziazione, in virtù del quale l'adolescente veniva ammesso tra gli adulti. Riservata agli individui di sesso maschile, la circoncisione consisteva nel taglio del prepuzio mediante un coltello di pietra. Ben presto però il rito fu anticipato all'ottavo giorno di vita e perse il carattere di iniziazione alla vita adulta per diventare un segno dell'appartenenza di un individuo al popolo di Dio: la circoncisione acquistò così « un valore profondamente spirituale, che riesce difficile da comprendere per noi moderni, tanto che divenne il segno di una consacrazione di tutta la persona » (*Dizionario Biblico*, Milano 1968, *sub voce*).
[46] *Pudenda* nel testo.
[47] Cfr. *II Corinth.* XII, 6 ss. Paolo, parlando della sua debolezza d'uomo, dice: « E affinché la grandezza delle rivelazioni [Paolo allude a quanto aveva visto e udito quando fu rapito in Paradiso] non mi facesse insuperbire, m'è stato dato lo stimolo della mia carne... Tre volte pregai il Signore perché lo allontanasse da me. Ed egli mi ha detto: "Ti basti la mia grazia" ».
[48] Eusebio, *Hist. eccles.* VI, 7. Il teologo gnostico Origene nacque verso il 135 ad Alessandria d'Egitto e morì a circa settant'anni a Cesarea di Palestina, dopo aver svolto un'intensa attività letteraria, filologica ed esegetica. Egli, spinto dal suo eccessivo rigorismo e male interpretando alla lettera il passo di *Matth.* XIX, 12: « e vi sono eunuchi che si mutilarono per il regno dei cieli », si evirò con le proprie mani: il terribile atto gli fu costantemente rimproverato, tanto che dopo essere stato ordinato prete irregolarmente, a causa della mutilazione, fu deposto ed espulso da Alessandria d'Egitto, dove reggeva il famoso Didaskaléion.
[49] Cfr. *Matth.* XIX, 12: la parola di Gesù va intesa in senso spirituale: Gesù propone il celibato volontario per conservare tutte le forze al servizio di Dio.
[50] *Matth.* XVIII, 6-9: « ... ora se la tua mano o il tuo piede ti sono di scandalo tagliali e gettali lontano da te; meglio è per te entrare nella vera vita monco o zoppo che con due mani o due piedi essere gettato nel fuoco eterno. E se il tuo occhio ti è di scandalo, cavatelo e gettalo via da te... ».
[51] *Is.* LVI, 4-5. Il passo di Isaia costituisce, all'interno stesso dell'Antico Testamento (cfr. poi *Act. Apost.* VIII, 27-38), un superamento del principio per cui l'eunuco era considerato indegno di far parte di una comunità: cfr. *Deut.* XXIII, 2 e *Lev.* XXII, 24.
[52] *V.* nota 43.
[53] *Psalm.* XXXIX, 18.
[54] *Ib.* LXV, 16.
[55] Infatti *Heloim* è il termine più comune per designare Dio: si tratta di forma plurale, da intendere come un plurale di astrazione *(divinità)*.
[56] Abelardo dichiara apertamente la sua mancanza di fiducia nei confronti di Eloisa. « Abelardo non fu mai più sincero di quando scriveva queste righe; egli non ha mai provato più chiaramente com'era indegno di Eloisa e quanto su questo piano di amore umano egli sia

sempre rimasto al di sotto di lei » (Gilson cit., pp. 49-50). Del resto, proprio questa mancanza di fiducia gli ha già rinfacciato Eloisa nella sua prima lettera (Lettera II, pp. 159-160).

57 *Eccli.* XIX, 2.

58 *V.* Lettera IV, p. 187, note 18 e 19.

59 Abelardo allude ai monaci dell'abbazia di Saint-Gildas, in cui, come appare dal contesto, si trovava quando scriveva questa lettera.

60 San Paolo, l'Apostolo che fu convertito sulla via di Damasco (*Act. Apost.* IX, 1 ss.).

61 *Litterarum periti* nel testo: il fatto che con questa espressione Abelardo non alluda in particolare agli interpreti dei testi sacri, pare dimostrato dalla presenza in altri codici della lezione *encyclopediae omnium artium liberalium periti.*

62 *Prov.* III, 12; *Hebr.* XII, 6.

63 *Prov.* XIII, 24.

64 *Nahum*, I, 9, limitatamente al passo *non consurget duplex tribulatio.*

65 Nahum è il settimo dei Profeti minori secondo la Volgata.

66 *Luc.* XXI, 19.

67 *Prov.* XVI, 32.

68 Nel testo *colaphizatus*, grecismo che Abelardo leggeva nella Volgata (cfr. *II Corinth.* XII, 7; *I Petri*, II, 20).

69 *Luc.* XXIII, 27.

70 *Ib.* 28 ss.

71 Se un innocente come Gesù viene trattato così, che cosa accadrà al popolo di Israele, che invece è colpevole? Gesù è come il legno verde che non dovrebbe essere usato per accendere il fuoco; il popolo di Israele è il legno secco, molto adatto per il fuoco.

72 *V.* p. 203, e nota 14.

73 Il secondo dei Profeti maggiori (VII-VI sec. a.C.).

74 *Lament. Jerem.* I, 12.

75 L'undicesimo dei Profeti minori.

76 *Zach.* XII, 10. Il lamento in occasione della morte di un figlio primogenito era considerato il più doloroso dei lamenti funebri.

77 Difficile rendere il nesso latino: *emit te, et redemit.*

78 *Galat.* VI, 14.

79 *Joan.* XV, 13.

80 Secondo il racconto di Lucano (cfr. specialmente *Pharsal.* VIII, 40 ss.), Cornelia, la giovane e tenera moglie di Pompeo, vedendo che il marito era uscito sconfitto dalla guerra con Cesare, si era lasciata andare alla disperazione: Pompeo allora la consolò rimproverandole di non amare lui ma la sua fortuna e i suoi beni, i quali soli erano andati perduti. Tutto il discorso di Pompeo (Lucano, *Pharsal.* VIII, 72-85) pare essere stato tenuto presente da Abelardo nel corso della sua serrata risposta a Eloisa: anche in questo caso, come ha fatto osservare per alcuni passi dell'*Historia calamitatum* il De Robertis cit. (pp. 49 ss.), la citazione dell'*auctoritas* con cui si chiude il passo è una « citazione pregnante, che presuppone la conoscenza dell'intero contesto e ne provoca come la presenza ».

81 Lucano, *Pharsal.* VIII, 84-85: *v.* anche la nota precedente.

82 *II Timoth.* II, 5.

83 *Joel.* I, 17.

84 Abelardo allude ancora una volta alla increscìosa e pericolosa situazione in cui si trovava a Saint-Gildas (Lettera I, pp. 116 ss.).

85 L'episodio è narrato in *Act. Apost.* VIII, 29 ss.

86 Candace era il nome di tutte le regine d'Etiopia (all'incirca l'odierna Nubia), come Faraone era il nome dei re d'Egitto.

87 Un passo di Isaia, esattamente *Is.* LIII, 7.

88 « La commovente preghiera che Abelardo supplica la badessa di recitare per loro due, ce lo mostra al sommo della sua elevazione spirituale » (Gilson cit., p. 95).

[89] In occasione delle nozze di Cana (*Joan* II, 1 ss.).

[90] *Psalm.* XXV, 2: il testo esatto del passo suona: *Proba me, Domine, et tenta me, ure renes meos et cor meum.*

[91] *I Corinth.* X, 13. Nel testo paolino però anziché « Dio è potente » si legge « Dio è fedele »: Abelardo, che qui non pare citare a memoria, ha evidentemente adattato il passo alla situazione.

VI.

ELOISA AD ABELARDO

Eloisa eviterà per sempre di parlare ad Abelardo di cose in cui non saprà dominarsi; d'ora innanzi il suo cuore tacerà per sempre, anche se non cesserà di soffrire: stia dunque tranquillo Abelardo. C'è ancora una cosa, però, in cui egli potrà giovare a lei e alle sue figlie spirituali: non potrebbe Abelardo spiegar loro quale sia stata l'origine degli Ordini monastici femminili e tracciare per le monache del Paracleto una Regola *che vada bene per le donne? Infatti le monache non hanno una* Regola *specifica, dato che l'unica* Regola *esistente, quella di san Benedetto, è stata concepita solo per gli uomini, benché venga imposta anche alle donne. Le contraddizioni e le manchevolezze di una tale situazione sono più che evidenti: Eloisa le passa in rassegna con cognizione di causa, adducendo i Sacri Testi a favore delle sue tesi. Poi passando a indicare quella che dovrebbe essere secondo lei una* Regola *monastica cui anche una donna può obbligarsi senza il timore di affrontare sacrifici insostenibili, traccia una norma di vita monastica basata sul rispetto della libertà e della personalità dell'uomo, in nome della restaurazione di quella legge naturale che è stata predicata da Gesù Cristo e dai Padri della Chiesa e che ha certo ispirato lo stesso san Benedetto nella stesura della sua* Regola. *Eloisa vuole inoltre bandire ogni forma di ipocrisia ed evitare ogni eccesso. Ella propone ad Abelardo un modello ben preciso: deboli come sono, le donne non debbono farsi eccessive illusioni; sarà già tanto se uguaglieranno in continenza e in astinenza « i capi della Chiesa e i chierici rivestiti degli Ordini sacri » e, perché no?, gli stessi laici di santi costumi. Eloisa non vuole esagerare: la continenza unita all'osservanza dei precetti del Vangelo è quanto di meglio cui le donne possono aspirare per perfezionare la loro vita monastica. Tenga dunque conto di tutto questo Abelardo, e non perda mai di vista, nello stendere la nuova* Regola, *né la debolezza tipica del sesso femminile né i veri scopi della vita monastica. E si affretti a scrivere la* Regola: *a lui e non ad altri spetta il doveroso compito: a lui che nei confronti delle sue figlie spirituali ha contratto il più grande dei debiti. Le parole di un altro, ammesso che un altro possa amarle come lui, forse non sarebbero ascoltate con lo stesso zelo. Parli, dunque: esse ascolteranno.*

Le poche parole di carattere personale con cui si apre la lettera costituiscono di per sé un programma di vita: con accenti di profonda tristezza, ma di una tristezza su cui domina il senso della propria dignità di donna, di una donna innamorata, ma non per ciò meno consapevole della propria dignità, Eloisa si impone di non parlare più di sé e del suo amore per Abelardo; ella, ancora una volta, non vuole dispiacere in nulla al suo uomo, e piuttosto che procurargli dolore accetta di tacere, anche se, ammette, non cesserà di soffrire.

Al Signore come creatura, a te come donna.[1]

Io non voglio che tu possa accusarmi di averti disubbidito in qualcosa, e perciò ho deciso di porre un freno, come tu volevi, al libero sfogo del mio dolore. Mi sono imposta di mantenere il silenzio, almeno quando ti scrivo, su tutti quegli argomenti che mi sarebbe difficile, anzi impossibile evitare se ti potessi parlare di persona. Se c'è qualcosa che sfugge al nostro controllo, è proprio il cuore, e tu sai che al cuore non si comanda, ma si ubbidisce soltanto. Così, quando si è sotto gli stimoli delle sue passioni, nessuno è in grado di rintuzzarne gli impulsi improvvisi o impedire che balzino fuori, traducendosi rapidamente in atti e diffondendosi ancora più in fretta per mezzo della parola, sbocco naturale delle passioni dell'anima, giacché, com'è scritto, « è la pienezza del cuore che fa parlare la bocca ».[2] Frenerò dunque la mia mano e le impedirò di scrivere, se vedrò che si tratta di cose tali che, parlandone, non sarei in grado di controllare la mia lingua. E volesse il cielo che il mio cuore sofferente mi ubbidisse come mi ubbidisce la destra mentre scrivo!

Tu, comunque, puoi ancora recare un po' di conforto al mio dolore, visto che ti è impossibile liberarmene completamente. Infatti, come un chiodo scaccia l'altro, così un nuovo pensiero scaccia il vecchio, e lo spirito intento a qualcosa di nuovo è costretto ad abbandonare il ricordo delle cose passate o almeno a metterlo momentaneamente da parte. E un pensiero ha tanta più forza di tenere occupato lo spirito e di liberarlo da tutti gli altri, quanto più onesto ci sembra ciò che pensiamo e quanto più indispensabile ci pare l'oggetto verso cui tende il nostro sforzo. Così noi tutte, ancelle di Cristo e tue figliole in Cristo, umilmente chiediamo alla tua bontà di padre due cose, che ci sembrano oltremodo necessarie. Prima di tutto dovresti spiegarci come siano nati gli Ordini monastici femminili, chiarendoci su che cosa si fondi la nostra professione; in secondo luogo dovresti comporre per noi una regola, una regola scritta che sia adatta a noi donne ed enunci in modo completo gli obblighi della nostra comunità.

Per quello che mi consta, i santi Padri non hanno mai provveduto a farlo, e oggi, proprio a causa della mancanza di norme precise in proposito, vengono indiscriminatamente ammessi alla vita monastica sia gli uomini sia le donne, con l'assurda conseguenza che al cosiddetto sesso debole viene imposto lo stesso giogo monastico del sesso forte. Finora, presso i Latini, le donne come gli uomini hanno professato solo la *Regola* di san Benedetto,[3] benché sia evidente che questa regola fu redatta solo per gli uomini e che non può essere osservata che da uomini, sia per quello che riguarda i superiori sia per quello che riguarda i semplici monaci. Infatti, senza parlare qui di tutti i capitoli della *Regola*, che senso ha per le donne quello che in essa si dice riguardo ai cappucci, alle gambiere e agli scapolari?[4] Che cosa interessa a noi donne delle tuniche e degli indumenti di lana da portare sulla nuda pelle, dal momento che noi a causa delle mestruazioni non possiamo affatto indossarli? Altrettanto assurdo è l'articolo[5] che prescrive all'abate di leggere personalmente il Vangelo e di intonare un inno subito dopo la lettura, o l'articolo[6] che ordina all'abate di farsi preparare una tavola a parte insieme con i pellegrini e con gli ospiti. Ti pare forse conveniente che una badessa offra ospitalità a uomini e che, dopo averli accolti, vada addirittura a mangiare con loro? Ahimè, come è facile cadere quando si vive insieme, uomini e donne! E soprattutto a tavola, dove regnano la crapula e l'ubriachezza, dove insieme con il vino si beve dolcemente la lussuria! Anche san Gerolamo intuisce questo pericolo scrivendo a due donne, madre e figlia,[7] e ricorda loro:[8] « Quando si va ai banchetti è difficile restare casti ». E il poeta[9] che fu vero maestro di lussuria e di immoralità analizza acutamente nella sua *Arte d'amare* quante occasioni di peccare offrano i banchetti, e dice appunto:[10]

> « Quando il vino ha bagnato le assorbenti ali [di Cupido[11]
> resta immobile il Dio appesantito al suo [posto...

11 debauchery

Nascono allora le risa, il povero alza la cresta,
svanisce il dolore e la fronte corrucciata si
[spiana.
A questo punto spesso ai giovani han rubato
[il cuore le fanciulle,
e nelle vene Venere infuria, come fuoco sul
[fuoco ».

Del resto, anche se le monache ammettessero alla loro tavola soltanto ospiti femminili, il pericolo non sarebbe minore. Per sedurre una donna non c'è nulla di meglio delle lusinghe di un'altra donna, e nessuno meglio di una donna è in grado di inculcare nel cuore di un'altra certe voglie peccaminose. Proprio a questo proposito lo stesso san Gerolamo invita[12] le donne che si sono votate a una vita santa a evitare scrupolosamente qualsiasi contatto con le altre donne.

Ammettiamo, infine, di rifiutare ospitalità agli uomini e di accogliere soltanto le donne: è chiaro che comportandoci così scontentiamo e anzi offendiamo proprio quegli uomini del cui aiuto, deboli come siamo noi donne, il monastero non può certo fare a meno; e ciò è vero soprattutto se si pensa che così appariremo poco riconoscenti, per non dire che non lo saremo affatto, proprio nei confronti di coloro che meglio ci aiutano.

A questo punto, d'altra parte, se noi donne non possiamo seguire lo spirito della regola a cui ci siamo assoggettate, comincio a temere che le dure parole dell'apostolo Giacomo suonino anche a nostra condanna: « Chi, pur avendo osservato tutta la legge, avrà mancato anche in un sol punto, sarà

IOHS
LVCAS

Tavola IV.

Cristo in trono circondato dai simboli dei quattro Evangelisti (Pieve di Saint-Jacques-des-Guérets, 1200 circa).

ritenuto colpevole di tutto »,[13] il che significa: un uomo, che pure ha fatto molto, è colpevole per quell'unica cosa che non ha fatto; così, per un solo punto che non si è osservato, si diventa trasgressori della legge, perché la legge, in quanto tale, deve essere osservata in tutta la sua complessità e non in una casa sì e nell'altra no. E lo stesso Apostolo, subito dopo, insiste e ribadisce l'affermazione aggiungendo:[14] « Colui che ha detto: "Non fornicare", ha detto anche: "Non uccidere". Ora se tu non fornicherai, ma ucciderai, sei ugualmente un trasgressore della legge ». Ed è, ancora una volta, come se san Giacomo chiaramente dicesse: un uomo è colpevole anche se trasgredisce un solo comandamento di Dio, perché Dio, come ha comandato una cosa, così ha comandato anche l'altra, e perciò, qualunque sia il precetto della legge che si viola, in pratica si offende colui che ha fondato la sua legge non su un solo comandamento ma su tutti e dieci.

Ma anche a non voler considerare le varie disposizioni della *Regola* che noi non possiamo osservare o per lo meno non potremmo osservare senza incorrere in gravi pericoli, il problema è molto vasto. Quando mai, ad esempio, si è visto una comunità di monache uscire per raccogliere le messi o per attendere ai lavori dei campi?[15] E un solo anno di noviziato basta forse per saggiare la solidità della vocazione di una donna, prima di accoglierla nell'Ordine, ed è davvero sufficiente, per istruire le novizie, legger loro tre volte la *Regola*, come è prescritto dalla *Regola* stessa?[16] Eppure tutti sanno che non c'è nulla di più stolto che avviarsi per una via sconosciuta senza alcuna indicazione precisa. D'altra parte, che cosa c'è di più presuntuoso che scegliere di abbracciare un genere di vita di cui si ignora tutto, o dei voti che non si è in grado di mantenere? Ma se veramente la prudenza è la madre di tutte le virtù e la ragione la mediatrice di tutti i beni, chi potrebbe considerare una virtù o un bene ciò che prescinde chiaramente dall'una e dall'altra cosa, dalla prudenza come dalla ragione? Anzi, le virtù che oltrepassano il giusto limite, secondo san Gerolamo,[17] devono essere considerate veri e propri vizi. E chi non vede che imporre oneri alla gente senza prima valutarne le reali possibilità, in modo tale che la fatica sia proporzionata alle loro forze naturali, vuol dire prescindere completamente da qualsiasi forma di ragione e di prudenza? A nessuno verrebbe in mente di mettere in groppa ad un asino il carico adatto a un elefante. Sarebbe come pretendere le stesse cose da un bimbo o da un vecchio e da un uomo nel fiore degli anni, da una persona debole e da una forte, da una malata e da una sana, da una donna, insomma, e da un uomo. Come si possono pretendere dal sesso debole le stesse cose che si pretendono dal sesso forte?

Giustamente a questo proposito san Gregorio papa,[18] nel quattordicesimo capitolo del suo *Pastorale*,[19] fa la seguente distinzione sia nel campo dei consigli sia in quello delle norme vincolanti:[20] « Altro è dettare istruzioni per gli uomini, altro è dettarle per le donne: agli uni si può chiedere di più, alle altre, evidentemente, di meno; se per gli uomini ci vogliono pratiche anche di una certa durezza, basta un po' di dolcezza per indirizzare sulla retta via le donne».

Io, poi, sono convinta che coloro i quali composero le regole per i monaci non solo hanno volontariamente taciuto delle donne, ma hanno anche fissato delle norme alle quali sapevano benissimo che esse non avrebbero mai potuto attenersi. Essi devono aver abbastanza chiaramente intuito che sarebbe stato assurdo porre sul collo di un toro e di una giovenca lo stesso giogo, perché effettivamente è assurdo sottoporre alle stesse fatiche esseri che la natura ha creato diversi. A san Benedetto, del resto, non è sfuggita questa distinzione: pieno, si può ben dire, dello spirito di tutti i giusti, nella sua *Regola* ha tenuto conto dei diversi tipi di uomini e perfino del mutare del tempo, in modo tale che tutto, come egli stesso conclude a un certo punto,[21] si faccia secondo misura. Così, cominciando dall'abate, gli raccomanda di vigilare sui suoi monaci, « in maniera tale da andare d'accordo con tutti, secondo la personalità e l'intelligenza di ciascuno, così che non solo non debba provare il dolore di vedere assottigliarsi il gregge che gli è stato affidato, ma possa anzi avere la soddisfazione di vederlo crescere »;[22] gli raccomanda di « non perdere mai di vista l'umana fragilità e ricordare sempre che non si devono calpestare le canne sconquassate »;[23] lo invita a « valutare ed esaminare attentamente le varie circostanze tenendo sempre presente le sagge parole del pio Giacobbe:[24] "Se costringerò i miei greggi a camminare ancora, morranno tutti in capo a un giorno". Prendendo dunque spunto da questi consigli e da tutte le altre prove di prudenza, che è detta madre di virtù, l'abate regoli sempre tutto in modo tale da accontentare i forti e da non scoraggiare i deboli ».[25]

A questi criteri di misura naturalmente si ispirano anche le disposizioni di san Benedetto riguardo ai fanciulli, ai vecchi e ai più deboli in generale, come anche l'ordine di far mangiare prima degli altri il lettore e coloro che sono settimanalmente incaricati di servire a tavola, e, all'interno della stessa comunità, l'invito di preparare cibi e bevande diversi per qualità o anche semplicemente per quantità secondo le diverse esigenze dei vari monaci; di questi problemi la *Regola* parla con dovizia di particolari.[26] Secondo gli stessi criteri san Benedetto fissa anche la durata dei digiuni secondo le stagioni e proporziona le attività lavorative dei monaci alle loro effettive possibilità fisiche.

E a questo punto, visto che egli ha disposto ogni cosa tenendo conto dei diversi temperamenti e delle diverse età degli uomini, in modo che le varie prescrizioni potessero essere accettate da tutti senza lamentele, a questo punto io mi domando quale regola san Benedetto avrebbe composto per le donne, se avesse voluto comporne una anche per loro. In effetti, se ha creduto necessario temperare il rigore della sua *Regola* per quel che riguarda i fanciulli, i vecchi e i malati in considerazione della delicatezza e debolezza della loro natura, che cosa non avrebbe fatto in favore delle donne, la cui naturale fragilità è ben nota a tutti? Considera dunque quanto sia assurdo e irragionevole volere assoggettare uomini e donne alle stesse regole, volere insomma mettere lo stesso carico sulle spalle di una persona forte e di una persona delicata.

Io sono convinta che per la nostra debolezza sarebbe sufficiente se riuscissimo a imitare in continenza e in astinenza i capi della Chiesa e in generale i chierici rivestiti degli Ordini sacri,[27] soprattutto perché la Verità[28] dice:[29] « Ognuno sarà perfetto, se arriva ad essere come il suo maestro ». E sarebbe anche molto bello, se potessimo eguagliare i religiosi laici,[30] perché siamo soliti ammirare nelle persone notoriamente deboli ciò che nelle persone forti ci sembra cosa da poco; e, appunto, secondo l'Apostolo,[31] « la virtù nei deboli si nota di più ». Del resto noi non dobbiamo mai sottovalutare la religiosità dei laici come Abramo,[32] Davide,[33] Giobbe,[34] benché fossero tutti sposati:[35] e lo dimostra lo stesso Crisostomo[36] nel suo settimo *Sermone* di commento alla Lettera agli Ebrei, quando dice:[37] « Ci sono molti mezzi cui ricorrere per incantare quella bestia infernale.[38] Quali sono, questi mezzi? Il lavoro, la lettura, la veglia. – Ma per noi che non siamo monaci, che senso hanno queste cose? – E lo chiedi a me? Domandalo a Paolo, quando dice:[39] "Vegliate pregando con incessante perseveranza", oppure:[40] "Non abbiate tanta cura della carne da svegliarne le concupiscenze". Non è solo per i monaci che scriveva queste cose, ma per tutti, per tutti coloro che abitano nelle città. Infatti l'unica diversità che può sussistere tra un uomo laico e un uomo di chiesa, un monaco, è che il primo può vivere con una donna – egli gode di questo privilegio e non di altri –, ma in tutto il resto è tenuto a comportarsi come un uomo di chiesa. Le stesse beatitudini promesse da Cristo[41] non valgono soltanto per i monaci, perché sarebbe davvero inammissibile, se le virtù fossero appannaggio solo dei monaci. E nessuno si sposerebbe più, se il matrimonio fosse veramente un grave ostacolo alla nostra salvezza ». Da tutte queste parole risulta evidente che chiunque aggiungerà la virtù della continenza al rispetto dei precetti del Vangelo, realizzerà perfettamente l'ideale della vita monastica. E voglia il cielo che la nostra professione religiosa possa permetterci di raggiungere l'ideale suggerito dal Vangelo, non di superarlo, perché noi non abbiamo l'ambizione di essere più che buone cristiane.

Certo, se non vado errando, il motivo per cui i santi Padri non hanno ritenuto opportuno stabilire anche per noi, come hanno fatto per gli uomini, una regola generale, una specie di nuova legge, è questo: essi non hanno voluto schiacciare la nostra debolezza sotto il peso di voti che non avremmo potuto mantenere, giacché sapevano che « la legge produce l'ira, perché là dove non c'è legge non c'è nemmeno trasgressione »,[42] e che « la legge è stata creata dopo, affinché il peccato si moltiplicasse »,[43] come afferma l'Apostolo.[44] Egli, inoltre, pur essendo il più convinto sostenitore della necessità della continenza, è ben consapevole della umana debolezza, e spinge quasi le giovani vedove a sposarsi una seconda volta:[45] « Voglio che le giovani », dice, « prendano marito, che mettano al mondo dei figli, che diventino delle buone madri di famiglia, in modo che non diano nessuna occa-

sione all'avversario ». Dello stesso parere è anche san Gerolamo, che anzi, apprezzando molto quella soluzione, così risponde a Eustochio, che l'aveva interrogato circa l'eccessiva rapidità con cui talvolta le donne emettono i voti:[46] « Se coloro che sono vergini non possono venire assolte neppure per colpe di tutt'altro genere, che cosa sarà di loro se avranno prostituito le membra di Cristo e avranno trasformato il tempio dello Spirito Santo in un lupanare? Meglio sarebbe stato per loro accettare di unirsi a un uomo e restare con i piedi per terra piuttosto che mirare così in alto per poi precipitare nel profondo dell'inferno ».

Sempre per mettere in guardia le donne dal legarsi a voti in modo sconsiderato, sant'Agostino[47] così scrive a Giuliano, nel suo libro *Sulla continenza delle vedove*:[48] « Chi non ha ancora preso i voti, ci pensi bene; chi li ha già presi, vi resti fedele. Non si deve dare all'avversario la minima occasione di approfittarne, né d'altra parte si deve togliere a Cristo ciò che gli si è offerto ». Proprio in considerazione di questo, proprio in considerazione della nostra debolezza tutta femminile, i canoni prescrivono che una diaconessa non possa essere ordinata prima dei quarant'anni,[49] e anche allora solo dopo un severo esame, mentre un uomo può essere promosso diacono anche a vent'anni.

Esistono monasteri in cui taluni monaci, che sono chiamati Canonici Regolari di S. Agostino,[50] professano, così dicono, una regola particolare, e non si sentono inferiori agli altri monaci, anche se notoriamente si cibano di carne e fanno uso di vesti di lino. Se la nostra debolezza riuscisse ad elevarsi al livello delle virtù di tali monaci, non sarebbe già qualcosa per noi?

Per quello che riguarda il cibo, in realtà noi donne non abbiamo motivo di temere: basterà lasciarci soltanto più libertà nella scelta, giacché per natura noi donne siamo più sobrie. È noto infatti che le donne si accontentano di poco e non hanno bisogno, come gli uomini, di un'alimentazione sostanziosa; la fisica, d'altra parte, dimostra che le donne non si ubriacano tanto facilmente, come espressamente ricorda anche Macrobio Teodosio[51] nel settimo libro dei suoi *Saturnali*:[52] « Aristotele dice che le donne si ubriacano raramente, mentre per i vecchi è più facile. La donna ha per natura un corpo molto umido, come dimostra la morbidezza e la lucentezza della sua pelle e come dimostrano anche le periodiche purgazioni che liberano il suo corpo dagli umori superflui. Di conseguenza quando il vino che la donna beve cade in questa massa d'umore, perde tutta la sua forza e, privo del suo naturale vigore, non è più in grado di raggiungere la sede del cervello ». E ancora:[53] « Il corpo della donna, depurato come è da frequenti purgazioni, è come un tessuto pieno di fori attraverso i quali fuoriesce tutto l'umore che vi si ammassa e che preme per uscire. Attraverso questi stessi fori rapidamente esala anche il vapore del vino. Nei vecchi, invece, il corpo è secco, come prova la ruvidità e la rugosità della pelle ».

Da tutte queste cose puoi ben capire quanto, dopo tutto, sia giusto, anzi conveniente, concederci nel mangiare e nel bere quella libertà che anche la nostra natura di donne comporta, soprattutto se si tiene conto del fatto che siamo meno soggette alla crapula e all'ebrezza, poiché la nostra frugalità ci preserva dal primo eccesso e la nostra costituzione fisica dal secondo. Deboli come siamo, per noi sarebbe sufficiente, sarebbe anzi già molto, se, vivendo nella continenza e senza possedere nulla, tutte dedite agli uffici divini, potessimo uguagliare con la nostra maniera di vivere i capi della Chiesa e i religiosi laici o anche coloro che sono chiamati Canonici Regolari e sostengono di prendere a modello particolarmente la vita degli Apostoli.[54]

Infine mi sembra che sia molto saggio e prudente, da parte di coloro che si consacrano a Dio, fare voti non molto impegnativi, in modo tale da poter poi eventualmente dare più di quanto non abbiano promesso, aggiungendo personalmente qualcosa agli obblighi che hanno contratto. La Verità[55] stessa, infatti, ha detto testualmente:[56] « Quando avrete fatto tutto ciò che vi è stato comandato, dite: "Siamo servi inutili: non abbiamo fatto che il nostro dovere" ». Ed è come se avesse detto: « Siete gente meschina, inutile e senza merito alcuno, perché, paghi d'aver saldato il vostro debito, non avete aggiunto nulla di vostra iniziativa ». Eppure, proprio a proposito di quel qualcosa di più che ciascuno può dare gratis per un senso di riconoscenza, il Signore stesso, parlando per parabole, in un altro passo dice:[57] « Se spenderai qualcosa di più, te lo renderò al mio ritorno ».

E se tutti coloro che oggi entrano così alla leggera nella vita monastica riflettessero un po' di più e pensassero bene a che cosa vanno incontro, e valutassero a fondo anche lo spirito delle regole cui si sottopongono, le violerebbero meno per ignoranza e peccherebbero meno per negligenza. Oggi invece, mentre tutti sembrano precipitarsi indiscriminatamente ad abbracciare la vita monastica, nei conventi si vive in modo ancor più disordinato di come vi si è entrati, e i più, con la stessa faciloneria con cui hanno abbracciato una regola che in pratica ignoravano e continuano a ignorare, si prendono come leggi le abitudini che più li soddisfano.

Noi donne, dunque, non illudiamoci di poterci assoggettare a oneri sotto i quali vediamo già quasi tutti gli uomini vacillare, per non dire soccombere. Il mondo è invecchiato, non è difficile rendersene conto, e anche gli uomini, come tutto il resto, hanno perduto il loro primitivo vigore naturale: veramente, secondo la parola della Verità,[58] ormai non è tanto la carità di molti uomini che si è raffreddata, quanto quella di quasi tutti gli uomini. Perciò, se questa è la situazione presente, è venuto il momento di cambiare o di temperare le regole in rapporto alle umane condizioni che si sono venute a creare, visto che le regole sono fatte per gli uomini e non viceversa.

Questa differenza tra l'antica severità e la rilassatezza che subentra non era sfuggita a san Benedetto, il quale confessa di aver in un tempo successivo a tal punto temperato il rigore originario delle norme monastiche, che ormai la *Regola* che egli e i suoi monaci osservavano in confronto a quella dei primi cenobi non era altro che una regola di tutto comodo, adatta a un nuovo tipo di convivenza religiosa senza grandi pretese: « Noi », osserva,[59] « abbiamo tracciato questa *Regola* per dimostrare che coloro che la osservano posseggono, bene o male, l'onestà dei costumi e che sono riusciti a dar inizio a una vita in comune. Quanto al resto, però, a chi aspira a perfezionarsi veramente in questo genere di vita non resta che ricorrere alle dottrine dei santi Padri, la cui pratica conduce gli uomini al sommo della perfezione ». E ancora:[60] « Chiunque tu sia, se aspiri alla patria celeste, ricorda che questa *Regola* non è che una piccola parte, non è che l'inizio: osservala, con l'aiuto di Cristo, e allora finalmente, con la protezione di Dio, raggiungerai il culmine della scienza e delle virtù ».

I santi Padri, ad esempio, come dice lo stesso san Benedetto,[61] erano soliti un tempo leggere ogni giorno tutto il Salterio, ma egli, notando il progressivo offuscarsi dello spirito religioso, si vide costretto a diluirne la lettura nell'arco di un'intera settimana, in modo che anche in questo caso i monaci si trovarono ad essere meno impegnati dei chierici.

C'è poi una cosa che è del tutto incompatibile con le pratiche religiose e con la quiete della vita monastica, perché fomenta la lussuria, provoca disordini e distrugge in noi l'immagine stessa di Dio, cioè la ragione, che è l'unica cosa che ci eleva al di sopra di tutti gli altri esseri. Qual è? Senza dubbio il vino,[62] che la Scrittura stessa definisce il più dannoso e pericoloso di tutti i generi alimentari e contro il quale, non per niente, ci mette in guardia. Ad esempio proprio al vino allude il più grande dei saggi[63] nei Proverbi, quando dice:[64] « Il vino eccita la lussuria e l'ubriachezza provoca tumulti. Colui al quale piacciono queste cose, non potrà mai essere saggio ». « A chi i guai?[65] Al padre di chi i guai? A chi i litigi? A chi le violenze mortali, a chi le ferite senza motivo, a chi gli occhi iniettati di sangue? Non forse a quelli che indugiano a bere e vuotano un bicchiere dietro l'altro? Non guardare il vino quando sembra dorato, quando scintilla con i suoi colori nella coppa: scende dolce nella gola, ma alla fine morde come un serpente, e come un aspide sparge veleno. I tuoi occhi vedranno cose strane e dal tuo cuore usciranno discorsi stravolti. E tu sarai come uno che dorme in mezzo al mare, come un pilota che assopendosi ha perduto il timone, e dirai: "Mi hanno frustato, ma non ho sentito dolore, mi hanno trascinato via e non me ne sono accorto. Quando potrò svegliarmi e trovare altro vino?" ». E ancora:[66] « Non dare, o Lamuele,[67] non dare vino ai re: non v'è segreto dove regna l'ebrezza, ed essi, dopo aver bevuto, potrebbero dimenticare la legge e tradire la causa dei figli del povero ». E nell'Ecclesiastico si legge:[68] « Il vino e le donne fanno apostatare i sapienti e dannano anche i più assennati ». Anche san Gerolamo, nella lettera a Nepoziano *Sulla vita dei chierici*, quasi si sdegna al pensiero che gli antichi sacerdoti della legge, astenendosi da tutto quello che avrebbe potuto inebriarli, superassero di gran lunga in fatto di astinenza i nostri sacerdoti, e dice:[69] « Stai bene attento a non puzzare mai di vino, perché altrimenti si dirà che quando dai un bacio è come se porgessi una coppa di vino, come argutamente osserva il filosofo ». Anche l'Apostolo condanna i preti che si ubriacano,[70] e l'antica legge testualmente prescrive:[71] « Coloro che servono sull'altare non devono bere né vino né *sicera*,[72] dove con *sicera* in ebraico si indica qualsiasi tipo di bevanda capace di ubriacare, come quella che deriva dalla fermentazione dell'orzo, quella che si ottiene dal succo delle mele o dalla cottura del miele o di infusi di erbe, oppure quella che si ottiene spremendo i frutti di palma, o anche quell'acqua sciropposa che cola dal grano quando lo si fa cuocere. Insomma, tutto quello che inebria e sconvolge la mente, evitalo come il vino ». Ecco, dunque, perché il vino è bandito dalla tavola dei re, perché lo si proibisce assolutamente ai sacerdoti; esso è considerato l'alimento più pericoloso.

Lo stesso san Benedetto, tuttavia, da quel sant'uomo illuminato dallo Spirito Santo che era, si sentì costretto, in considerazione del generale rilassamento dei costumi della sua epoca, a venire incontro ai suoi monaci, e infatti dice:[73] « Leggiamo che il vino non va affatto bene per i monaci, tuttavia poiché ai nostri tempi è diventato impossibile farlo capire ai monaci... »; egli aveva letto, se non vado errando, ciò che è scritto nelle *Vite dei Padri*,[74] dove appunto troviamo: « Alcuni riferirono all'abate Pastore che un monaco non beveva vino, ed egli rispose: "Il vino, infatti, non va bene per i monaci"... ». E più avanti: « Un giorno sul monte dell'abate Antonio, mentre si celebrava la Messa, fu trovato un vaso di vino.

Uno dei vecchi presenti ne riempì un bicchiere, lo portò all'abate Sisoi e glielo offrì. Questi bevve e ne bevve anche un secondo quando gli fu portato. Il vecchio gliene offrì poi un terzo, ma allora l'abate rifiutò dicendo: "Basta, fratello. Non sai che il vino è Satana?"». E ancora, sempre riguardo all'abate Sisoi, leggiamo: «Disse dunque il vecchio ai suoi discepoli che gli chiedevano se fosse troppo bere tre coppe di vino il sabato e la domenica, quando si va in chiesa: "Se non fosse Satana, non sarebbe troppo!"».

Ma dimmi, ti prego, quando mai Dio ha condannato l'uso della carne e ha proibito ai monaci di mangiarla? Considera attentamente quali dovettero essere i motivi che indussero san Benedetto a temperare il rigore della sua *Regola*, anche là dove ciò era più pericoloso per i monaci: certo il santo doveva aver capito che la cosa era superiore alle loro forze, e che, insomma, dati i tempi, era ormai impossibile convincere i monaci a rinunciare al vino. E a questo punto ci sarebbe proprio da augurarsi che anche oggi si facessero delle concessioni del genere, e che il rigore delle prescrizioni fosse temperato secondo gli stessi criteri, almeno per quanto riguarda tutte quelle cose che, prese in sé e per sé, non sono né buone né cattive, ma, per così dire, indifferenti.[75] Così, se ci sono aspetti di una regola che ormai sono superati perché nessuno li vuol più osservare, mi sembrerebbe giusto che si eliminassero, soprattutto quando si tratta di aspetti secondari, che possono essere ignorati senza scandalo; basterebbe, secondo me, proibire solo ciò che fosse causa di veri e propri peccati. Ad esempio, per quello che riguarda il mangiare e il vestirsi, la regola dovrebbe lasciare la massima libertà e limitarsi a prescrivere che ci si accontenti di quello che c'è di più semplice e di meno caro: come dire che la regola dovrebbe limitarsi a suggerire che in tutte le cose si badi al necessario e non al superfluo.

In effetti, non bisogna attribuire eccessiva importanza a cose che non ci preparano al regno di Dio o che non giovano affatto a segnalarci agli occhi del Signore, come tutte quelle pratiche esteriori che sono comuni tanto ai reprobi quanto agli eletti, agli ipocriti come ai pii.[76] Quello che distingue veramente il giudeo dal cristiano non è quello che ciascuno dei due fa, ma quello che pensa: la linea profonda di demarcazione tra i figli di Dio e quelli del diavolo altro non è che l'amore, e l'Apostolo definisce questa virtù compimento della legge e fine ultimo di tutti i comandamenti.[77] Ecco perché lo stesso Apostolo, minimizzando i meriti delle opere per anteporre ad essi la giustizia della fede, rivolgendosi ai Giudei dice:[78] « Dov'è ciò di cui vi vantate? È stato eliminato. E da quale legge? Da quella delle opere? No: dalla legge della fede. Noi riteniamo che l'uomo è giustificato per mezzo della fede senza le opere della legge ». E ancora:[79] « Se Abramo è stato giustificato dalle opere, egli ha di che gloriarsi, ma non dinanzi a Dio. Che cosa dice, infatti, la Scrittura? Abramo credette in Dio, e la sua fede gli fu imputata a giustizia[80] ». E più avanti:[81] « A colui che non si esercita nelle opere, ma crede in Dio che giustifica l'empio, la fede è imputata a giustizia, secondo il decreto della grazia di Dio ». Più avanti ancora l'Apostolo, lasciando liberi i cristiani di mangiare qualsiasi tipo di cibo, e distinguendo da queste cose quelle che ci giustificano davanti a Dio, dice:[82] « Il regno di Dio non è mangiare e bere, ma è giustizia e pace e gioia nello Spirito Santo. Certo, tutte le cose sono pure in sé, e il male è nell'uomo che mangia dando scandalo. Bene è non mangiar carne e non bere vino, né fare alcuna cosa che possa offendere o scandalizzare tuo fratello o violare la sua fede ». Qui, dunque, non si proibisce nessun cibo, ma si condanna soltanto lo scandalo che potrebbe derivarne, come ad esempio si scandalizzavano taluni Giudei appena convertiti vedendo che si mangiavano anche cibi che erano proibiti dalla legge. E fu appunto per aver voluto evitare questo scandalo che Pietro fu duramente rimproverato, ma fu per il suo bene, come ricorda Paolo nella sua Lettera ai Galati.[83] Sempre a questo proposito nella Lettera ai Corinzi Paolo osserva:[84] « Non è il cibo che ci rende cari a Dio ». E ancora:[85] « Mangiate di tutto quello che si vende al macello », perché « del Signore è la terra con tutto quello che essa contiene ».[86] E nella Lettera ai Colossesi:[87] « Nessuno dunque vi condanni per quello che mangiate o per quello che bevete ». E più sotto:[88] « Se siete morti con Cristo agli elementi di questo mondo, perché vi sottomettete, come se viveste ancora nel mondo, a questi precetti: non prendere, non gustare, non toccare? Queste sono cose destinate tutte a consumarsi per l'uso, basate, come sono, su precetti e dottrine d'uomini ».[89] Paolo chiama *elementi di questo mondo* i primi rudimenti della legge relativi alle osservanze carnali, quella specie di alfabeto elementare su cui si esercitava il mondo primitivo, quel popolo ancora in balia della carne. A questi elementi, cioè alle osservanze della carne, tanto Cristo quanto i cristiani sono morti; a queste cose essi non debbono più nulla, giacché ormai non vivono più in questo mondo, cioè in mezzo a questi uomini carnali che s'attaccano alle forme, che danno ordini, stabiliscono delle distinzioni tra questo e quel cibo, tra questa e quella cosa, e dicono: « Non toccare questo, non toccare quello », tutte cose che, secondo loro, dice l'Apostolo, basta toccarle o assaggiarle o maneggiarle, per provocare la morte dell'anima, anche quando ce ne serviamo per nostra utilità: ma essi parlano, ripeto, secondo i precetti e le dottrine degli uomini che vivono nella carne, e intendono la legge nel senso della carne, non secondo la legge di Cristo e dei cristiani.

Infatti, quando il Signore inviò i suoi Apostoli a predicare, doveva, allora più che mai, fare in modo che essi non dessero adito al più piccolo scandalo: e tuttavia anche allora accordò loro la più ampia libertà nella scelta dei cibi, tanto che essi, ogni volta che venivano ospitati da qualcuno, pranzavano come tutti gli altri, mangiando e bevendo tutto quello che c'era.[90] Certo, però, già lo stesso Paolo per mezzo dello Spirito Santo prevedeva che presto ci si sarebbe allontanati dalla dottrina del Signore, che dopo tutto era anche la sua, perché scrive a Timoteo:[91] « Lo Spirito Santo dice apertamente che in futuro taluni si staccheranno dalla fede, per dare ascolto agli spiriti dell'errore e alle dottrine di demoni che parlano ipocritamente e in modo menzognero, che vietano le nozze e predicano l'astensione dai cibi, i quali pure sono stati creati da Dio affinché i fedeli e coloro che sanno distinguere la verità ne facciano uso con gratitudine; perché tutto quello che è stato creato da Dio è buono, e non c'è nessuna cosa che debba essere rigettata, se la si prende con gratitudine, essendo santificata dalla parola di Dio e dalle preghiere. Se insegnerai queste cose ai fratelli, sarai buon servitore di Gesù Cristo, ben nutrito dalle parole della fede e della buona dottrina che hai ricevuto ».

Infine, se si dovesse badare alle apparenze, chi non anteporrebbe a Gesù Cristo e ai suoi discepoli Giovanni[92] e i suoi seguaci che si maceravano nell'astinenza in modo anche eccessivo? Essi, che badavano solo alle forme alla maniera dei Giudei, giunsero al punto di mormorare contro Cristo e i suoi Apostoli, e di chiedergli:[93] « Perché i tuoi discepoli non digiunano mai, mentre noi e i Farisei digiuniamo spesso? ».

A questo proposito, poi, sant'Agostino vede una notevole differenza tra la virtù e l'ostentazione della virtù, concludendo saggiamente che gli atti esteriori nulla aggiungono ai nostri meriti, e nel suo libro *Sul bene coniugale* dice testualmente:[94] « La castità è una virtù dell'anima e non del corpo. Talvolta le virtù dell'anima si manifestano esteriormente, come nel caso dei martiri, che mostrano la loro virtù sopportando i supplizi, talvolta invece sono un modo di essere dell'anima ». E più avanti: « La pazienza era già nell'animo di Giobbe e il

Signore la conosceva e ne rendeva testimonianza, ma gli uomini non la conobbero se non dopo le prove delle tentazioni ». E ancora: « Ma, affinché si capisca più chiaramente come la virtù possa consistere in un modo di essere dell'anima anche se non appare esteriormente, citerò un esempio che toglierà qualsiasi dubbio a tutti i cristiani. Che nostro Signore Gesù Cristo, nella realtà della carne, abbia sofferto la fame e la sete ed abbia di conseguenza mangiato e bevuto, nessuno di coloro che credono al suo Vangelo potrebbe contestarlo. Ma ciò significa forse che la virtù dell'astinenza nei confronti del mangiare e del bere in lui era minore che in Giovanni Battista? Venne infatti Giovanni che non mangiava e non beveva, e dissero:[95] "Costui è posseduto dal demonio". È venuto poi il Figlio dell'uomo, che invece mangiava e beveva, e quegli stessi dissero:[96] "Ecco un mangiatore e un beone, un amico di pubblicani e di peccatori"... Poi, dopo aver parlato di Giovanni e di sé, l'Evangelista aggiunge:[97] "Alla sapienza è stata resa giustizia dai suoi figli": essi infatti vedono che la virtù della continenza deve sempre consistere in un atteggiamento dell'anima, mentre invece la sua manifestazione esteriore attraverso le opere è subordinata alle circostanze e alle situazioni, come la virtù della pazienza nei santi martiri ». Perciò, come non c'è sostanziale differenza, quanto a virtù di pazienza, tra Pietro, che ha subìto il martirio, e Giovanni, che non l'ha subìto, così sul piano della castità non c'è differenza tra Giovanni, che non si è mai sposato, e Abramo che ha avuto figli, perché entrambi, l'uno restando celibe, l'altro sposandosi, a seconda delle circostanze, hanno militato per la causa di Cristo: semmai la differenza sta nel fatto che Giovanni era casto anche esteriormente, Abramo invece soltanto in cuor suo.

È anche vero che ai tempi dei Patriarchi la legge malediceva colui che non contribuiva a incrementare il popolo di Israele;[98] tuttavia, chi non potendo non lo faceva, non era meno fedele alla legge. In seguito poi, venne la pienezza dei tempi e si disse:[99] « Chi può comprendere, comprenda », chi è in grado operi; chi non vuole fare le opere non dica di non avere la capacità di farle.

Da tutto questo risulta chiaramente che solo la virtù è meritoria agli occhi di Dio, e che tutti coloro che sono pari per virtù, benché le loro opere siano diverse, sono ugualmente cari al Signore. Così i veri cristiani devono occuparsi dell'uomo interiore, arricchirlo continuamente di virtù e purificarlo da tutti i vizi, mentre dell'uomo esteriore possono curarsi poco o addirittura trascurarlo.[100] Gli stessi Apostoli, come si legge, non si occupavano minimamente della forma esteriore, e anche quando camminavano al seguito del Signore si comportavano alla buona, come se lui neanche ci fosse: anzi,[101] se capitava loro di attraversare un campo, non si vergognavano di cogliere qualche spiga, di aprirla con le mani e di mettersi a mangiarla, proprio come bambini; non si davano neanche pensiero di lavarsi le mani prima di cominciare a mangiare, e per questo taluni li accusarono di maleducazione,[102] ma il Signore li scusa:[103] « Mangiare senza lavare le mani », dice, « non contamina certo l'uomo », e subito aggiunge,[104] portando la cosa su di un piano più generale, che l'anima non può essere contaminata dalle cose esteriori ma solo da quelle che escono dal cuore, come « i cattivi pensieri, gli adulteri, gli omicidi, ecc. ».[105] Infatti, se l'animo non si lascia prima corrompere dalle intenzioni malvagie, qualsiasi atto esteriore, ad opera del corpo, non potrebbe certo essere peccaminoso. Perciò fa bene il Signore a dire che anche i peccati di adulterio e di omicidio vengono dal cuore, perché peccati simili possono essere commessi anche senza l'intervento del corpo, giacché sta scritto:[106] « Chiunque avrà guardato una donna con desiderio, ha già commesso adulterio nel suo cuore », e anche:[107] « Chiunque odia il proprio fratello, è un omicida ». Invece non si può parlare di adulterio né di omicidio, anche se materialmente i corpi ne subiscono tutte le conseguenze, quando una donna cede alla violenza e quando un giudice in nome della giustizia è costretto a condannare a morte un reo. Ma « nessun omicida », come è scritto,[108] « ha un posto nel regno di Dio ». Pertanto bisogna valutare attentamente non le cose che facciamo, ma le intenzioni con cui le facciamo, se vogliamo piacere a colui che sonda i cuori e le reni,[109] e vede anche là dove non si vede,[110] « colui che giudicherà i segreti pensieri degli uomini », come dice Paolo,[111] « secondo il mio Vangelo », cioè secondo la dottrina che va predicando. E si spiega così anche come mai la piccola offerta della vedova,[112] che non dà che due spiccioli, equivalenti a un quadrante,[113] fu preferita alle ricche offerte di tutti gli altri signori da colui al quale noi diciamo:[114] « Tu, o Dio, non hai bisogno dei miei beni ». Dio, infatti, apprezza l'offerta a seconda di colui che offre e non colui che offre a seconda dell'offerta, perché è scritto:[115] « Il Signore guardò con affetto Abele e i suoi doni ». Dio, anche in quell'occasione, ha valutato prima di tutto la pietà di colui che faceva l'offerta, e ha apprezzato l'offerta proprio perché era Abele a fargliela. Invece agli occhi di Dio l'umana devozione è tanto più cara quanto più è lontana dall'assumere aspetti banalmente esteriori e di vana ostentazione, e l'Apostolo, nella già ricordata Lettera a Timoteo, dopo aver accordato piena libertà nella scelta dei cibi,[116] aggiunge anche a proposito delle fatiche fisiche:[117] « È nel campo della pietà che bisogna operare: le fatiche del corpo sono utili solo fino a un certo punto, la pietà invece è utile in tutto, perché è ad essa che è stata promessa la vita presente e quella futura ». Infatti la devozione e la pietà del nostro cuore verso Dio ottengono da lui sia le cose necessarie in questo mondo sia la vita eterna nell'altro.

Insomma, tutti questi spunti dottrinali non hanno altro scopo che quello di insegnarci a vivere secondo la saggezza cristiana e a usare, per dar da mangiare al proprio padre, gli animali domestici, come Giacobbe, e non andare a prendere come Esaù gli animali delle foreste;[118] l'importante è non badare molto alle forme esteriori,[119] come invece fanno i Giudei. A questa stessa conclusione porta anche il precetto del Salmista:[120] « Mi stanno a cuore i voti che ti ho fatto, o Dio, li soddisferò con inni di lode», e possiamo benissimo citare anche il noto passo poetico:[121]

«Non cercare te stesso al di fuori di te».

Non mancano certo, né presso gli autori profani né presso gli autori sacri, le testimonianze che ci insegnano che non bisogna attribuire eccessiva importanza agli atti che si definiscono esteriori e indifferenti. Altrimenti le opere della legge e l'insopportabile giogo della sua schiavitù, come dice Pietro,[122] sarebbero preferibili alla libertà predicata dal Vangelo, al dolce giogo di Cristo e al suo lieve fardello. Gesù Cristo stesso, per invitarci a questo dolce giogo e a questo lieve fardello ci dice:[123] «Venite a me voi tutti che siete affaticati e oppressi». E proprio per questo Pietro, rimproverando duramente alcuni Giudei che si erano convertiti al cristianesimo, ma che credevano di essere ancora legati all'antica legge,[124] come troviamo negli Atti degli Apostoli, dice:[125] «Fratelli, perché tentate Dio, perché volete imporre sul collo dei discepoli un giogo che né i nostri padri né noi abbiamo potuto portare? Ma[126] per la grazia di nostro Signore Gesù Cristo crediamo di salvarci, noi così come loro».

Dunque, ti prego: tu, che sei non solo un discepolo di Gesù Cristo, ma anche un fedele imitatore di questo Apostolo sia nel nome[127] sia nella saggezza, componi una regola che vada bene per noi donne e che, nello stesso tempo, ci permetta di dedicarci il più possibile alla celebrazione delle lodi del Signore; questo infatti è l'unico tipo di offerta che egli raccomanda, in quanto, dopo aver condannato tutti gli altri sacrifici esteriori, dice:[128] « Se avessi fame, non verrei a dirlo a te, perché mio è l'universo e tutto ciò che contiene. Dovrò forse mangiare carne di tori o dovrò forse bere sangue di capri? Offri a Dio un sacrificio di lodi e adempi i voti che hai fatto all'Altissimo. E invocami nel giorno della tribolazione: io ti libererò e tu mi glorificherai ».

Noi, del resto, non ti chiediamo questo perché vogliamo sottrarci a qualsiasi tipo di lavoro fisico nel caso che ce ne fosse bisogno, ma perché non abbiamo alcuna intenzione di attribuire soverchia importanza alle opere che interessano soltanto il corpo e perciò nuocciono alla celebrazione dell'ufficio divino; tanto più che, anche secondo l'autorevole testimonianza dell'Apostolo,[129] le donne consacrate a Dio godono dell'indiscutibile privilegio di vivere dei doni dell'altrui generosità più che del frutto del loro lavoro. Infatti Paolo scrive a Timoteo:[130] « Se qualche fedele ha delle vedove in casa, le mantenga lui e non ne sia gravata la Chiesa, affinché essa possa provvedere a quelle che veramente sono vedove »; e vere vedove sono tutte le monache, alle quali non solo è morto il marito, ma è morto il mondo, come esse sono morte per il mondo, e di conseguenza è giusto che esse siano mantenute a spese della Chiesa mediante le rendite, per così dire, del loro sposo. Proprio per questo, il Signore preferì affidare sua madre a un Apostolo piuttosto che al marito,[131] e gli Apostoli stessi istituirono[132] sette diaconi, cioè sette ministri della Chiesa per provvedere ai bisogni delle donne devote.

Sappiamo che l'Apostolo, scrivendo ai Tessalonicesi,[133] condanna duramente coloro che vivono nell'ozio, e stabilisce che[134] chi si rifiuta di lavorare non mangi; sappiamo anche che san Benedetto ha esplicitamente prescritto[135] il lavoro manuale come rimedio all'ozio. Ma allora? Maria[136] non era forse in ozio quando se ne stava seduta ai piedi di Cristo ad ascoltare le sue parole, mentre Marta, che lavorava tanto per lei quanto per il Signore, brontolava con una punta d'invidia contro l'inattività della sorella e si lamentava di dover lei sola sopportare il peso della giornata soffocante? Allo stesso modo, oggi, vediamo spesso brontolare coloro che si dedicano ad attività manuali quando vanno a portare i generi di prima necessità a coloro che sono al servizio del Signore: anzi spesso essi si lamentano meno per tutto quello che perdono a causa delle ruberie dei vari signorotti di quanto non si lamentino per quel poco che sono costretti a pagare a quei parassiti, come li chiamano, a quei fannulloni buoni a nulla che sono i monaci. Eppure sanno bene che quei fannulloni sono sempre occupati non solo ad ascoltare le parole di Cristo, ma anche a leggerle e a diffonderle. Né pensano che non è poi gran cosa, come dice l'Apostolo,[137] fornire il necessario per vivere a coloro dai quali attendono la salvezza dell'anima e che non è strano che coloro che si sono dedicati alle cose terrene servano coloro che si dedicano alle cose spirituali. In effetti questa salutare libertà di potere anche non far nulla è stata concessa ai ministri della Chiesa da una precisa prescrizione della legge: la tribù di Levi non possedeva nulla, e perché potesse dedicarsi più liberamente al servizio del Signore viveva delle decime e delle offerte di coloro che lavoravano.[138]

Anche riguardo al digiuno, che naturalmente per i cristiani vorrà dire astinenza dai vizi più che dai cibi, mi sembra il caso che tu decida se è necessario aggiungere qualcosa alle attuali disposizioni ecclesiastiche, affinché anche in questo campo tutto sia adatto a noi donne.

In particolare dovrai occuparti dei sacri uffici della chiesa e della distribuzione dei Salmi: anche qui, naturalmente, ti prego, tieni conto della debolezza delle nostre forze. Potresti, ad esempio, fare in modo che leggendo il Salterio nell'arco di una settimana non fossimo costrette a ripetere gli stessi Salmi. Anche san Benedetto,[139] del resto, dopo avere regolato la settimana secondo il suo criterio, lasciò ai suoi successori la libertà di modificare il tutto nel caso che fosse loro parso opportuno; certo, il santo prevedeva che con il passare del tempo il decoro della Chiesa sarebbe aumentato: e infatti quella Chiesa che alle origini era sorta da così rozze fondamenta è poi diventata uno stupendo e grandioso edificio.

Ma c'è un punto, in particolare, che vorremmo che tu definissi per così dire preliminarmente: che cosa dobbiamo fare riguardo alla lettura del Vangelo durante le veglie notturne?[140] A me pare pericoloso far venire da noi, a un'ora simile, qualche prete o qualche diacono per tenere quelle letture, soprattutto in considerazione del fatto che è meglio che noi monache evitiamo di avere a che fare con uomini, o anche solo di vederne qualcuno: solo così, infatti, potremo dedicarci più sinceramente a Dio e anche essere più al sicuro dalle tentazioni.

A te ora, mio signore, finché sei in vita, spetta il compito di istituire la regola che noi dovremo seguire per sempre. Tu che, dopo Dio, hai dato vita alla nostra comunità, tu ora, insieme con Dio, devi dare una regola al nostro Ordine.

Forse, dopo di te, avremo un altro capo, ma egli fabbricherà su fondamenta non sue, e perciò la nostra paura è che egli non si occuperà di noi come sarebbe giusto o anche che noi non sapremo ubbidirgli: forse, anche se avesse le tue stesse buone intenzioni, non potrebbe ottenere i tuoi stessi risultati. Parla, dunque, e noi ti ascolteremo. Addio.

---

[1] Difficile rendere esattamente l'originale latino: *Domino specialiter, sua singulariter.* « Il Rémusat ha tradotto molto bene: "A Dio per la specie, a lui come individuo", che vuol dire: "La monaca è di Dio, la donna è tua". Dopo una simile frase il cui significato non poteva sfuggire a un professore di logica, Eloisa poteva scrivere le righe in cui si impegnava a non parlare mai più dei suoi sentimenti. Abelardo ne era ormai sin troppo bene informato. Egli ha compiuto sforzi disperati per far comprendere a Eloisa che ella è ormai soltanto la sposa di Cristo; ma Eloisa ha trovato modo di rispondere, senza parlare, con la sola dedica della sua lettera: sì, io appartengo alla specie delle spose di Cristo, ma di donne di Abelardo ce n'è una sola, e sono io » (Gilson cit., p. 110, nota 4 e p. 111).

[2] *Matth.* XII, 34.

[3] San Benedetto da Norcia (480-543) fu veramente il padre del monachesimo occidentale: venuto a Roma ancor giovane, si convertì presto da una vita di corruzione agli ideali dell'ascetismo cristiano; si ritirò quindi in una grotta nell'alta valle dell'Aniene, dove condusse una vita di penitenza. Fondò così, con alcuni compagni, delle piccole comunità monastiche intorno a Subiaco e poi, nel 529, il monastero di Monte-

cassino da dove emanò la famosa *Regola*, che divenne nel suo aspetto pratico oltre che contemplativo *(ora et labora)* la norma di tutto il monachesimo occidentale. La critica cui Eloisa sottopone la *Regola* benedettina, soprattutto nei suoi aspetti che non si adattano agli Ordini monastici femminili, non è mai disgiunta da una sincera stima nei confronti dell'autore della *Regola* stessa: Eloisa, anzi, non tace la sua ammirazione per la lungimiranza e la perspicacia di san Benedetto. Per il testo della *Regula* si veda D.C. Butler, *Santi Benedicti Regula Monasteriorum*, Friburgo 1927.

[4] *Regula Sancti Benedicti*, LV, 6-30, *De vestiario fratrum*: « Io credo che in linea di massima possono bastare un cappuccio e una tunica per ciascuno: il cappuccio sarà di lana per l'inverno e invece semplice per l'estate; per il lavoro ci vorrà uno scapolare e per i piedi un paio di scarpe leggere e un paio di sandali... ».

[5] *Ib.* XI, 12 ss.

[6] *Ib.* LVI, 1 ss.: « La mensa dell'abate sia sempre pronta per i forestieri e gli ospiti ».

[7] Rispettivamente la madre e la sorella di un non meglio identificato *frater e Gallia*, cui san Gerolamo indirizza una lunga lettera nel 405-406.

[8] Gerolamo, *Epist. CXVII ad matrem et filiam in Gallia commorantes*, 6.

[9] Publio Ovidio Nasone, il poeta nato a Sulmona nel 43 a.C. e morto in esilio a Tomi tra il 17 e il 18 d.C.: autore degli *Amores*, delle *Heroides*, delle *Metamorfosi*, dei *Fasti*, dei *Tristia* e delle *Epistulae ex Ponto*, è qui ricordato come *luxuriae turpitudinisque doctor* in quanto autore dell'*Ars amatoria* o *Ars amandi*, il malizioso trattato in tre libri sul modo di conquistare la donna. In effetti il gran numero di codici medioevali contenenti l'*Ars amatoria* ci testimonia che Ovidio fu uno dei poeti più cari al Medioevo, come maestro di mondane eleganze. Per quello che riguarda la citazione di Eloisa, argutamente il Gilson osserva: « O la badessa aveva un'ottima memoria, ed è la cosa più probabile, o al Paracleto c'era un *De arte amandi* » (Gilson cit., p. 139).

[10] Ovidio, *Ars amatoria*, I, 233 ss. Per il v. 244 ci atteniamo alla lezione del Cousin e del Migne *in venis*, in luogo delle comuni lezioni *in vinis*: è difficile in effetti stabilire quale sia la lezione scelta da Eloisa.

[11] Il giovane dio dell'Amore.

[12] Gerolamo, *Epist. XXII ad Eustochium*, 16.

[13] *Jac.* II, 10.

[14] *Ib.* 11.

[15] La *Regola* di san Benedetto prescrive le attività manuali e pratiche accanto a quelle propriamente spirituali e intellettuali (XLVIII, *De opera manuum*).

[16] Si veda il bellissimo c. LVIII *(De disciplina suscipiendorum fratrum)* della *Regola*.

[17] Gerolamo, *Epist. XXII ad Eustochium*, 27.

[18] Gregorio Magno, papa dal 590 al 604, uno dei maggiori rappresentanti della civiltà cristiana, *consul Dei* e *defensor civitatis*, *servus servorum Dei*, mistico religioso, esperto diplomatico, zelante protettore dei poveri e degli indifesi, autore di una *Regula pastoralis* (*v.* la nota seguente), di *Omelie*, di *Epistole* e di *Dialoghi*.

[19] Nel *Pastorale*, o meglio *Regula pastoralis*, in quattro libri, san Gregorio Magno, all'inizio del suo pontificato, « quasi a tracciare anzitutto per se stesso il modo di affrontare le nuove responsabilità », mostra « le doti che si richiedono in un pastore d'anime, come deve regolare la propria vita, come istruire e guidare gli altri » (M. Pellegrino, *Letteratura latina cristiana*, Roma 1963, ed. 2, p. 167).

[20] Gregorio, *Reg. pastor.* III, 1 (P.L. 71, col. 51).

[21] *Regula Sancti Benedicti*, XLVIII, 20-21: *omnia tamen mensurate fiant*.

[22] *Ib.* II, 90-96.
[23] *Ib.* LXIV, 34.
[24] *Gen.* XXXIII, 13.
[25] *Regula Sancti Benedicti,* LXIV, 44 ss.
[26] *Ib.* XXXV-XLI.
[27] *Ecclesiae rectores et qui in sacris ordinibus constituti sunt clerici,* nel testo: evidentemente Eloisa allude qui ai vescovi e ai sacerdoti.
[28] Gesù Cristo, che di se stesso ha detto: *Ego sum via, et veritas, et vita* (*Joan.* XIV, 6).
[29] *Luc.* VI, 40.
[30] *Religiosi laici,* nel testo: più avanti come *religiosi laici* sono citati Abramo, Davide e Giobbe (note 32, 33 e 34).
[31] *II Corinth.* XII, 9.
[32] Abramo, il più grande patriarca del popolo ebraico, nato a Ur in Caldea intorno al 2000 a.C., passò poi nella terra di Canaan; sposò Sara, da cui ebbe Isacco, mentre la schiava Agar gli diede Ismaele; morì a centosettantacinque anni. In tutta la storia di Abramo è messa in risalto l'assoluta fiducia che il patriarca ha nei confronti di Dio.
[33] Davide, il re degli Ebrei vissuto intorno al 1000 a.C.: guerriero eccezionale, sconfisse il gigante Golia; sposò Micol, figlia di Saul, cui, dopo varie peripezie e persecuzioni, successe sul trono. A lui sono attribuiti molti Salmi e perciò Abelardo ed Eloisa il più delle volte lo chiamano nelle loro lettere con il nome di Salmista. Anche la figura di Davide si segnala, nella Bibbia, per il suo vivo senso di comunione con Dio.
[34] Giobbe, il protagonista dell'omonimo libro, famoso per la pazienza con cui sopportò le prove cui il Signore volle sottoporlo.
[35] La condizione di uomini sposati non infirma la religiosità di questi *laici.* Anche in questo caso Eloisa, come poi Abelardo, tende a ridar valore al matrimonio cristiano sulle tracce del *De bono coniugali* di sant'Agostino (cfr. Gilson cit., p. 140, nota 2).
[36] Giovanni, soprannominato per la sua eloquenza Crisostomo (Χρυσόστομος, « bocca d'oro »), nato ad Antiochia intorno al 345 e morto sulla via dell'esilio nel 407, dopo essere stato vescovo di Costantinopoli in tempi particolarmente difficili, è uno dei più cospicui rappresentanti della Patristica greca. Fu autore di numerose *Omelie* di carattere esegetico, di trattati ascetici, dogmatici e morali e di *Lettere.*
[37] Crisostomo, *Hom. VII in Epist. ad Hebr.* 4 (P.G. 63, col. 67). La citazione di un passo del Crisostomo induce a credere che Eloisa conoscesse effettivamente il greco, come Abelardo afferma nella Lettera IX (*quae [Heloissa] non solum Latinae verum etiam tam Hebraicae quam Graecae non expers litteraturae, sola hoc tempore, illam trium linguarum adepta peritiam videtur...*: P.L. 178, col. 333b-c): la cosa in sé potrebbe anche essere possibile, ma c'è da domandarsi allora dove Eloisa abbia trovato il testo del Crisostomo, testo senz'altro rarissimo nell'Europa del secolo XII. Perciò si può pensare o che Eloisa disponesse di una traduzione latina o che, come è probabile, trovasse il passo in un autore latino a lei noto.
[38] Il Diavolo, simbolo delle tentazioni.
[39] *Ephes.* VI, 18.
[40] *Rom.* XIII, 14.
[41] *Matth.* V, 1 ss.
[42] *Rom.* IV, 15 ss. Per andare contro la legge bisogna che la legge esista: e quando la legge esiste se la si trasgredisce si deve subire l'ira della legge. Eloisa in pratica, citando Paolo, ribadisce il concetto che i santi Padri non hanno voluto imporre alle donne una regola monastica per non metterle in condizioni di trasgredirla, date le loro deboli forze, e quindi di peccare.
[43] *Ib.* V, 20. La legge, dando per così dire contorni precisi al pec-

cato (stabilendo che cosa è *peccato*), non ha fatto altro che aumentare sia in gravità sia in numero i peccati: quando non c'era la legge uno non sapeva di peccare; ora l'esistenza e la consapevolezza dell'esistenza di una sanzione contro il peccato rendono più grave il peccato stesso.

[44] San Paolo è sempre l'Apostolo per eccellenza per Abelardo ed Eloisa.

[45] *I Timoth.* V, 14.

[46] Gerolamo, *Epist. XXII ad Eustochium*, 6.

[47] Sant'Agostino (354-430), il grande Padre della Chiesa, polemista, esegeta, studioso di questioni dogmatiche e morali, compose tra l'altro il *De Trinitate*, le *Confessiones* e il *De civitate Dei*. Qui è citato da Eloisa per un'opera di carattere morale composta verso il 400 d.C., *De continentia viduali*.

[48] Agostino, *De bono viduali*, 3 (P.L. 40, col. 437). Il breve *liber* o *epistola* è indirizzato alla vedova Giuliana e non a Giuliano.

[49] Si vedano le precisazioni sull'argomento nella Lettera VIII, pp. 381 ss.

[50] L'Ordine dei Canonici Regolari di S. Agostino o Agostiniani trae le sue origini dalla comunione di vita praticata da sant'Agostino a Ippona con il suo clero fin dal 396, ma solo dopo il Concilio Lateranense del 1059, prescrivente la comunione dei beni, l'Ordine assunse l'aspetto che gli resterà tipico.

[51] Ambrosio Teodosio Macrobio, forse di origine africana, vissuto tra il secolo IV e il V d.C., fu un intellettuale collegato ai circoli dell'ultima cultura romano-pagana, con interessi prevalentemente filosofici e grammaticali. Ci lasciò tre opere, il *De differentiis et societatibus Graeci Latinique verbi*, i *Commentarii in somnium Scipionis*, e i *Saturnalia*, in sette libri, l'opera per cui qui è citato e che tanta importanza ha avuto nel corso del Medioevo. In essa Macrobio immagina di riferire le conversazioni conviviali tenute durante le feste di Saturno a Roma da un gruppo di dotti dell'ultimo paganesimo su svariati argomenti e in particolare su argomenti suggeriti dal testo di Virgilio.

[52] Macrobio, *Saturn.* VII, 6, 16-17.

[53] *Ib.* 18.

[54] *V.* nota 50.

[55] *V.* nota 28.

[56] *Luc.* XVII, 10.

[57] *Ib.* X, 35. Le parole sono messe in bocca al buon Samaritano, il quale, dopo aver raccolto e curato un poveretto assalito dai banditi, lo affida a un albergatore dicendogli appunto: « Abbi cura di lui, e *quel che avrai speso di più te lo renderò al mio ritorno* ».

[58] *Matth.* XXIV, 12: « Moltiplicandosi la iniquità, si raffredderà la carità dei più »: il passo è tratto dal brano famoso in cui Gesù (la *Verità*, *v.* nota 28) sta parlando della distruzione di Gerusalemme.

[59] *Regula Sancti Benedicti*, LXXIII; si tratta del capitolo conclusivo della *Regola*.

[60] *Ib.*

[61] *Ib.* XVIII, 73-75.

[62] Eloisa ha già accennato all'argomento delle bevande a p. 248.

[63] Salomone, *sapientior cunctis hominibus* (*III Reg.* IV, 31), cui è tradizionalmente attribuito il libro dei Proverbi, la raccolta biblica di massime e sentenze.

[64] *Prov.* XX, 1.

[65] *Ib.* XXIII, 29 ss.

[66] *Ib.* XXXI, 4 e 5.

[67] Nulla sappiamo di questo Lamuele, re di Massa, cui sono attribuiti i *Detti* del capitolo citato da Eloisa.

[68] *Eccli.* XIX, 2.

[69] Gerolamo, *Epist. LII ad Nepotianum*, 11. Nepoziano era un giovane sacerdote, nipote di Eliodoro, amico di san Gerolamo, cui il Santo

indirizza la lettera in questione per esortarlo a praticare i doveri del suo stato monastico.

70 *I Timoth.* III, 3: *oportet episcopum... esse... non vinolentum.*

71 *Levit.* X, 9. Il Levitico, così detto perché è una specie di rituale dei Leviti, è un vero e proprio testo di leggi e di norme per i sacerdoti.

72 Gerolamo stesso spiegherà il significato del vocabolo ebraico che, tramite la versione greca, si è conservato immutato anche nella versione latina (si veda anche *Luc.* I, 15).

73 *Regula Sancti Benedicti*, XL, 11 ss.; il passo lasciato in sospeso da Eloisa si conclude con queste parole: « ... lasciamo che i monaci bevano, non però fino al punto di ubriacarsi ».

74 Per tutto quello che riguarda la *Vitae Patrum*, cfr. P.L. 73; il passo citato, relativo all'abate Pastore, è in *Vitae Patrum*, V, 4, 31; quelli relativi all'abate Sisoi sono in V, 4, 36-37 (col. 869).

75 È la dottrina stoica degli *indifferentia*, cioè delle cose che si pongono tra la virtù e il vizio, e che sono prive di valore morale. Eloisa la trovava espressa in Seneca, *Ad Lucilium*, CXVII e in Gerolamo, *Epist. CXII ad Augustinum.*

76 *V.* la nota precedente.

77 *Rom.* XIII, 10: *plenitudo... legis est dilectio.*

78 *Ib.* III, 27-28: per i Giudei la dottrina della giustificazione era fondata sul principio del merito: Dio giustificandoci premia l'*opera* umana e, insomma, l'uomo si salva per mezzo delle *opere*; da qui derivava l'enorme importanza attribuita dai Giudei alla *legge*, intesa come codificazione delle opere meritorie, strumento indispensabile per la salvezza. Per Paolo, invece, tutto ciò è errato: al principio del merito viene sostituito quello della gratuità, alle *opere* dell'uomo la pura fede in Dio. Il passo paolino è di capitale importanza, anche per l'interpretazione che quattro secoli dopo Abelardo ed Eloisa ne darà Lutero.

79 *Ib.* IV, 2-3. Se Abramo fosse stato riconosciuto giusto per le sue opere, osserva Paolo, egli avrebbe avuto qualcosa di cui vantarsi presso Dio. Ma, precisa Paolo, egli non ebbe questo titolo di gloria, perché, secondo le Scritture, fu la sua *fede* che gli fu *imputata a giustizia.*

80 *Gen.* XV, 6.

81 *Rom.* IV, 5. Paolo insiste sul fatto che l'uomo può salvarsi con la fede anche senza le opere.

82 *Ib.* XIV, 17 e 20-21.

83 *Galat.* II, 11 ss. Ad Antiochia Paolo si era scagliato contro Pietro che aveva rinunciato a mangiare (con allusione al mistero eucaristico) con i pagani convertiti per non offendere i Giudei, anch'essi appena convertiti ma legati ancora alla legge giudaica, la quale, come è noto, impediva loro di mangiare con peccatori o pagani. Così facendo Pietro si mostrava ancora legato alla legge.

84 *I Corinth.* VIII, 8. Il cibo è una cosa moralmente indifferente: come non ci arricchisce spiritualmente se lo mangiamo, così non ci impoverisce spiritualmente se ce ne asteniamo.

85 *Ib.* X, 25-26. La citazione paolina, per quanto estratta da un contesto del tutto diverso (Paolo osserva che è lecito comprare carne al pubblico mercato, senza indagare se si tratta di carne sacrificata agli idoli), si adatta benissimo al nuovo contesto.

86 *Psalm.* XXIII, 1. Ogni cosa, come creatura di Dio, è buona.

87 *Coloss.* II, 16.

88 *Ib.* II, 20-22. Le prescrizioni limitative dell'uso dei cibi e delle bevande non hanno più senso. « Dall'essere i fedeli misticamente morti, con Cristo, *agli elementi del mondo*, deriva che essi non possono adattarsi a servire a ciò che in Cristo è stato abolito » (*La Sacra Bibbia* cit., vol. III, p. 600, *ad loc.*).

89 Le norme cui si ispira un culto che contrasta con la spiritualità di Dio e dell'uomo stesso sono esteriori, materiali e si distruggono

con l'uso. È questa l'interpretazione più diffusa del difficile passo paolino; non sarà però inutile osservare che in base alla spiegazione che Eloisa stessa sente il bisogno di dare al passo in questione, il nesso: *quae sunt omnia in interitum ipso usu secundum praecepta et doctrinas hominum* si può anche intendere: « tutte quelle cose il cui uso dà la morte, secondo i precetti e le dottrine degli uomini ».

[90] *Luc.* X, 8.

[91] *I Timoth.* IV, 1-6. La lunga citazione non è completa: Eloisa ha saltato il nesso *et cauteriatam habentium suam conscientiam*, forse perché non le interessava.

[92] Giovanni Battista, colui che è venuto « per preparare la via al Signore »; il suo rigorismo ascetico era famoso: « Giovanni era vestito di peli di cammello, con una cintura di cuoio intorno ai fianchi, e si nutriva di cavallette e di miele » (*Marc.* I, 6: cfr. anche *Matth.* XI, 18 ss. e *Luc.* VII, 33).

[93] *Marc.* II, 18. Ma Gesù rispose loro: « Possono forse gli invitati alle nozze digiunare mentre lo sposo è con loro? Fino a quando hanno lo sposo con loro non possono digiunare. Verranno però i giorni in cui sarà loro tolto lo sposo e allora, in quel giorno, digiuneranno » (*ib.* 19-20).

[94] Agostino, *De bono coniugali*, XXI, 25 (P.L. 40, col. 390).

[95] *Matth.* XI, 18.

[96] *Ib.* 19.

[97] *Ib.* « La difficile massima potrebbe significare che, nonostante le opposizioni e le incomprensioni, in altri termini la stoltezza dell'uomo, i disegni della sapienza di Dio si realizzano e i prodigi compiuti da Gesù [o i fedeli seguaci di Gesù] dimostreranno che la ragione sta dalla parte di Dio, al quale perciò è stata fatta giustizia » (*La Sacra Bibbia* cit., vol. III, p. 43 *ad loc.*).

[98] Cfr. *Deuter.* XXV, 7 ss.

[99] *Matth.* XIX, 12.

[100] Il principio è tipicamente agostiniano.

[101] Cfr. *Matth.* XII, 1.

[102] Cfr. *Matth.* XV, 2. In effetti i Farisei e gli scribi accusarono i discepoli di trasgredire le *tradizioni degli antichi*, perché non si lavavano le mani al momento di mangiare.

[103] *Matth.* XV, 20.

[104] In realtà il passo in questione (*Matth.* XV, 19) precede quello citato poco fa.

[105] *Matth.* XV, 19.

[106] *Ib.* V, 28.

[107] *I Joan.* III, 13.

[108] *Ib.*

[109] Cfr. *Jerem.* XI, 20: *Domine, qui... probas renes et corda.*

[110] Cfr. *Matth.* VI, 4: *Pater tuus, qui videt in abscondito.*

[111] *Rom.* II, 16.

[112] È il noto episodio della povera vedova, la cui piccola offerta è apprezzata da Gesù più di quella di tutti gli altri (*Marc.* XII, 42 ss.).

[113] Nel testo *duo minuta quod est quadrans*, proprio come nel passo evangelico citato: il *quadrante* (pari a poco più di tre grammi) era la quarta parte di un *asse.*

[114] *Psalm.* XV, 2.

[115] *Gen.* IV, 4.

[116] *V.* nota 91.

[117] *I Timoth.* IV, 7-8.

[118] Cfr. *Gen.* XXVII, 1 ss. Isacco, cieco, sul punto di morire aveva chiamato a sé il figlio maggiore Esaù e lo aveva pregato di andare a caccia di selvaggina per preparargli di che mangiare onde potesse poi benedirlo (il banchetto era un rito preliminare nel corso della solenne celebrazione del conferimento della benedizione da parte del

VII.

ABELARDO A ELOISA

L'origine del monachesimo femminile

Abelardo, rispondendo alla domanda che Eloisa gli ha rivolto circa l'origine degli Ordini monastici femminili, traccia una vasta storia del monachesimo femminile dalle sue origini più remote fino ai tempi più recenti. La storia, che si articola in varie sezioni – prima di Cristo, ai tempi di Cristo, ai tempi degli Apostoli, ai tempi dei Padri della Chiesa; le donne dell'Antico Testamento, le donne del Nuovo Testamento; le donne ebraiche, le donne convertite; le vergini, le vedove –, è altresì la celebrazione degli eccezionali meriti acquisiti dal cosiddetto sesso debole presso il Signore, di modo che i due momenti sono difficilmente separabili: Abelardo esalta il sesso femminile in ogni momento della sua storia, e tutta la storia è piegata a questa esaltazione. Per far questo egli non esita neppure, sulla traccia di sant'Agostino, a celebrare le virtù della verginità anche presso i pagani e a vedere anche nelle sacerdotesse del culto pagano un preannuncio delle monache cristiane.

In un'epoca in cui l'atteggiamento misogino era comune, in un'epoca in cui la donna era considerata causa di rovina e di perdizione – Eloisa stessa è convinta di essere lei, lei sola, la causa della terribile mutilazione di Abelardo e l'unica sua consolazione è che da sempre le donne sono la causa della rovina degli uomini –, *Abelardo, sulla base delle Sacre Scritture e con l'ausilio dell'autorevole voce dei Padri, esalta cristianamente la figura della donna, quando essa, vergine o vedova che sia, sappia uccidere dentro di sé gli stimoli della carne per rivolgersi alla Verità.*

La figura ideale di donna cristiana, di sposa di Cristo, che Abelardo vagheggiava e nelle sue Lettere precedenti indicava a Eloisa come modello cui rifarsi per essere veramente degna di lui e di Cristo, assume qui, attraverso questa storia o celebrazione, contorni sempre più precisi: la nuova Eloisa che Abelardo vuole forgiare è la sorella di Debora, di Ester, di Giuditta, di Anna, di Maria, ed egli è ormai sicuro che la sua Eloisa sarà quella che egli sogna.

La lettera è una specie di breve trattato che si segnala, oltre che per la concisa successione logica delle argomentazioni e per l'abilità con cui Abelardo rintraccia e impiega i passi delle Sacre Scritture, per l'entusiasmo e la sincera ammirazione nei confronti dell'ideale della continenza che la animano dall'inizio alla fine.

Sorella carissima, nel tuo zelo di carità mi hai chiesto, anche a nome delle tue figlie spirituali, di parlarti dell'Ordine di cui fai parte, di parlarti cioè dell'origine degli Ordini monastici. Cercherò dunque di risponderti in modo breve e succinto.

Gli Ordini religiosi dei monaci e delle monache hanno ricevuto la loro forma definitiva ad opera di nostro Signore Gesù Cristo in persona. Già prima della sua incarnazione c'erano stati qua e là alcuni tentativi in questo senso sia da parte di uomini sia da parte di donne. Gerolamo, infatti, scrivendo a Eustochio, osserva:[1] « I figli dei Profeti che l'Antico Testamento ci presenta come monaci... ». L'Evangelista[2] ricorda anche che Anna, rimasta vedova, si consacrò ai servizi del tempio e là, insieme con Simone, meritò di ricevere il Signore e di essere riempita di spirito profetico. Così, in effetti, Gesù Cristo, il vero fine della giustizia e la somma di tutti i beni, venendo nella pienezza dei tempi perfezionò ciò che di bene si era già cominciato a fare e fece conoscere quello che ancora era sconosciuto: egli infatti con la sua venuta non solo riscattò e salvò uomini e donne, ma si degnò anche di raccogliere tanto gli uni quanto le altre in un'unica vera comunità, che fissasse per gli uomini come per le donne i princìpi fondamentali della vita religiosa e fosse per tutti un vero modello di vita perfetta. Accanto a Gesù Cristo, in effetti, oltre agli Apostoli, agli altri discepoli e a sua madre troviamo anche un gruppo di sante donne.[3] Indubbiamente, rinunciando al mondo e spogliandosi di tutti i loro beni per possedere solo Cristo, perché, come è scritto: « Il Signore è la mia parte di eredità »,[4] esse non facevano altro che compiere devotamente quel gesto che, secondo la regola data dal Signore, devono compiere tutti coloro che si accingono a lasciare questo mondo per entrare nelle comunità religiose:[5] « Solo chi rinuncerà a tutto quello che possiede », egli dice, « potrà essere mio discepolo ».

Le Sacre Scritture ci raccontano fedelmente con quale devozione quelle sante donne, che si possono considerare vere e proprie monache, abbiano seguito Gesù Cristo e con quali onori prima Cristo e poi i suoi Apostoli abbiano ricompensato questa loro devozione. Nel Vangelo leggiamo[6] che Gesù Cristo mise seccamente a tacere tutte le maligne insinuazioni del fariseo[7] che lo ospitava, mostrando chiaramente di preferire di gran lunga alla sua ospitalità l'umile omaggio della peccatrice. Leggiamo[8] inoltre che dopo la risurrezione di Lazzaro, durante il banchetto, mentre Marta, una delle due sorelle, serviva da sola a tavola, Maria versò sui piedi del Signore una libbra[9] di unguento prezioso e li asciugò con i suoi capelli, in modo che il profumo dell'unguento si sparse per tutta la casa: il Vangelo continua dicendo[10] che Giuda, in un momento di rabbia, si sdegnò, come anche gli altri discepoli, vedendo sciupare inutilmente una merce tanto costosa, ma quello che qui ci interessa sottolineare è l'atteggiamento delle due donne: mentre Marta si occupa del cibo, Maria provvede ai profumi: l'una rifocilla il Signore, l'altra allevia la sua stanchezza.[11]

Il Vangelo non ci parla se non di donne che servirono il Signore consacrando tutti i loro beni al suo mantenimento quotidiano e procurandogli tutto quello che gli era necessario.[12] Cristo stesso, del resto, nei confronti dei suoi discepoli si comportava con grande umiltà: li serviva a tavola, lavava loro i piedi,[13] ma non ci risulta, ad esempio, che mai egli abbia ricevuto da parte loro, né da alcun altro, un simile servizio: in effetti, come già abbiamo detto, dal Vangelo si deduce che soltanto le donne lo hanno aiutato in queste e in tutte le altre sue necessità materiali. Così hanno fatto Marta e Maria, ognuna a suo modo, e Maria nel rendere a Cristo il suo servizio fu tanto più devota quanto più colpevole era stata in precedenza.[14] Mentre il Signore lavò i piedi ai suoi discepoli con l'acqua di una bacinella, Maria gli rese lo stesso servizio non con semplice acqua, ma con le lacrime del suo intimo pentimento; il Signore asciugò i piedi dei suoi Apostoli con un panno, Maria, invece, usò i suoi capelli[15] e gli unse anche i piedi con essenze preziose, cosa che non risulta Gesù abbia mai fatto. Tutti sanno, d'altra parte, che Maria aveva una tale fiducia nella grazia del Signore che versò il profumo anche sulla sua testa.

Si noti: il Vangelo[16] non dice che il profumo fu versato dall'ampolla di alabastro,[17] ma precisa che a sottolineare l'ardore della sua devozione Maria spezzò addirittura l'ampolla, convinta che ormai non avrebbe più potuto usare per nessun altro ciò che era servito a un tale omaggio.

Con il gesto di Maria, inoltre, si compì la profezia di Daniele,[18] che aveva predetto quello che sarebbe successo dopo che il Santo dei Santi fosse stato unto. Infatti questa donna, ungendo il Santo dei Santi, dimostra con il suo gesto che egli è nello stesso tempo colui in cui ella crede e colui che il profeta aveva designato con le sue parole.

Il Signore dunque è tanto buono da lasciarsi ungere i piedi e la testa soltanto da donne, o sono le donne che meritano un tale privilegio? Dimmi, che cosa è questo privilegio del sesso debole, per cui proprio una donna doveva essere chiamata a ungere colui che fin dal tempo della sua concezione era stato unto con tutti gli unguenti dello Spirito Santo?[19] Era un semplice caso che proprio una donna, consacrandolo, per così dire, re e sacerdote con quei sacramenti materiali, facesse del Signore anche materialmente il Cristo, cioè l'Unto?[20]

Sappiamo che il patriarca Giacobbe, per primo, unse una pietra a simboleggiare il Signore,[21] e che in seguito fu concesso soltanto agli uomini il permesso di ungere i re o i sacerdoti e di amministrare gli altri sacramenti, benché in determinate occasioni le donne possano impartire il battesimo. Un tempo il patriarca santificò con l'olio la pietra che simboleggiava il tempio, e oggi il prete fa la stessa cosa nei confronti dell'altare. Gli uomini, dunque, non consacrano che dei simboli, mentre la donna ha operato sulla verità stessa, come testimonia la Verità[22] in persona, dicendo:[23] «Ha compiuto un'opera buona nei miei confronti». Cristo si è fatto ungere da una donna, i cristiani invece sono unti dagli uomini. Il che significa: una donna ha consacrato la testa,[24] gli uomini non consacrano che le membra.[25] Si osservi che la donna ha versato il profumo sulla sua testa,[26] non l'ha fatto cadere a goccia a goccia, secondo quanto aveva cantato la sposa nel Cantico dei Cantici dicendo:[27] «Come profumo che si spande è il tuo nome». E il Salmista[28] ha misticamente prefigurato l'abbondanza di questo profumo con quello che allora si spandeva dalla testa fino all'orlo della veste, dicendo:[29] «Come l'olio prezioso che versato sul capo scende sulla barba, la barba di Aronne, che discende sull'orlo della sua veste».

Davide, come ci testimonia anche Gerolamo nel commento al Salmo 26,[30] ricevette una triplice unzione, proprio come Cristo e i cristiani: nel caso di Cristo infatti, in un primo tempo la donna gli unse sia i piedi sia la testa[31] e in un secondo tempo, dopo la sua morte, secondo quanto riferisce Giovanni,[32] Giuseppe di Arimatea[33] e Nicodemo[34] lo seppellirono dopo averlo cosparso di profumi. Anche i cristiani ricevono tre unzioni che li santificano: la prima in occasione del battesimo, la seconda per essere confermati nella fede, la terza in punto di morte.[35]

E il fatto[36] che Cristo quando era in vita si fece ungere due volte, sui piedi e sulla testa, proprio da una donna, ricevendone l'unzione di re e di sacerdote, è indubbiamente indicativo della stima che egli aveva delle donne. Le essenze di mirra[37] e di aloe[38] che si usano per imbalsamare i corpi dei morti[39] non sono altro che il simbolo della futura incorruttibilità del corpo del Signore, incorruttibilità di cui con la risurrezione godranno tutti gli eletti. Ma i primi profumi usati dalla donna testimoniano l'eccezionale grandezza del regno e del sacerdozio di Gesù Cristo, e più esattamente: la grandezza del primo attraverso l'unzione della testa, la grandezza del secondo attraverso l'unzione dei piedi. Ed ecco dunque che da una donna Cristo ha accettato anche l'unzione a re, lui che aveva rifiutato il regno quando erano stati uomini ad offrirglielo, lui che si era sottratto con la fuga a quegli stessi uomini che volevano rapirlo per farlo re. La donna l'ha consacrato re del cielo, non re della terra, perché, secondo quanto ha detto egli stesso,[40] « Il mio regno non è di questo mondo ».

I vescovi si gloriano quando tra gli applausi della folla ungono i re della terra o quando, adorni di splendide vesti dorate, consacrano i semplici preti, benedicendo spesso proprio coloro che Dio maledice. Là invece troviamo una donna che, in tutta umiltà, senza cambiare abito, senza ostentazione, anzi tra le grida di sdegno degli Apostoli, somministra a Cristo questi sacramenti, e non per il puro dovere che deriva da un ufficio sacerdotale, ma per vera devozione. O grande costanza di fede! O inestimabile ardore di carità, che « tutto crede, tutto spera, tutto sopporta! ».[41] Il fariseo mormora perché una peccatrice unge i piedi del Signore;[42] gli Apostoli stessi visibilmente si sdegnano perché una donna ha osato toccare la testa del loro Signore.[43] Tuttavia la fede della donna non vacilla: ella confida nella bontà del Signore ed egli approva il suo comportamento nell'un caso e nell'altro; infatti in entrambe le occasioni Gesù stesso testimonia quanto gli siano graditi quei profumi e quanta letizia gli abbiano dato. Pregando di serbare tali profumi per lui, dice a Giuda che si era sdegnato:[44] «Lasciala agire così; e ciò le valga per il giorno della mia sepoltura», ed è come se dicesse: «Non impedire questo suo atto di omaggio nei miei confronti, mentre sono ancora in vita, perché non vorrei che, dopo morto, tu le togliessi la possibilità di testimoniare la sua devozione per me».

Comunque è fuor di dubbio che, anche in occasione della sepoltura del Signore, siano state le donne a preparare i profumi, ed è altrettanto certo che in quell'occasione Maria non avrebbe portato il suo contributo se la prima volta avesse subìto la vergogna di una ripulsa. Invece, mentre i discepoli erano indignati con la donna per quello che aveva osato fare e, come ricorda Marco,[45] fremevano contro di lei, Gesù, dopo averli calmati con parole piene di dolcezza, lodò il gesto della donna al punto che volle fosse inserito nel Vangelo, affinché fosse predicato e diffuso con il Vangelo in tutto il mondo, in memoria e in onore della donna che non aveva esitato a compiere un gesto tanto ardito;[46] e sappiamo che mai Dio, verso nessun altro degli omaggi che gli sono stati resi, si è comportato così. Anche in un'altra occasione, però, preferendo l'elemosina della povera vedova a tutte le offerte del tempio,[47] ha chiaramente dimostrato quanto gli stia a cuore la devozione delle donne.

Pietro non esita a dire[48] che lui e i suoi compagni hanno abbandonato tutto per seguire Gesù Cristo. Zaccheo,[49] per festeggiare l'atteso arrivo del Signore, fa dare ai poveri la metà dei suoi beni e restituisce il quadruplo a coloro che riteneva di aver frodato di qualcosa. Molti altri hanno fatto spese ancor più grandi in nome di Cristo o per Cristo, distribuendo in ubbidienza a Dio, o abbandonandole per seguire Cristo, ricchezze di gran lunga più preziose. Eppure nessuno di costoro, né Pietro né Zaccheo né tutti gli altri, ha ottenuto dal Signore le attestazioni di gratitudine o le lodi che hanno ottenuto le donne.

Del resto, anche il loro comportamento in occasione della morte di Gesù dimostra chiaramente quanto grande sia sempre stata la loro devozione nei suoi confronti. Mentre infatti il capo degli Apostoli lo rinnega,[50] mentre lo stesso suo Apostolo preferito fugge, mentre tutti gli altri Apostoli si disperdono,[51] esse soltanto rimangono là, imperterrite: nulla, né la paura né la disperazione valgono a separarle da Cristo nel momento della sua passione e morte. Davvero sembra essere stato scritto apposta per loro quanto dice l'Apostolo:[52] « Chi potrà separarci dall'amore di Dio? La tribolazione forse, o l'angoscia? ». E anche Matteo, dopo aver parlato di sé e degli altri dicendo chiaramente:[53] « Allora tutti i discepoli l'abbandonarono e fuggirono », sottolinea la fedeltà delle donne che, finché fu loro permesso, gli stettero accanto anche quando fu messo in croce:[54] « C'erano lì in disparte molte donne, che avevano seguito Gesù dalla Galilea servendolo ». Più avanti, infine, lo stesso Evangelista efficacemente ce le descrive quasi incapaci di staccarsi dal sepolcro, dicendo:[55] « Ma c'erano là Maria Maddalena e l'altra Maria,[56] sedute di fronte al sepolcro ». Anche Marco parlando delle donne dice:[57] « C'erano pure alcune donne che guardavano da lontano, tra le quali erano Maria Maddalena e Maria, madre di Giacomo il Minore e di Giuseppe, e Salome,[58] che lo avevano seguito per servirlo fin da quando era in Galilea, e molte altre che erano venute con lui a Gerusalemme ». Giovanni, che in un primo tempo era scappato, racconta[59] di essere rimasto ai piedi della croce e di aver assistito Gesù anche quando fu crocifisso, ma prima parla del coraggio delle donne, come se anch'egli fosse stato incoraggiato e indotto a tornare dal loro esempio:[60] « Accanto alla croce di Gesù », dice, « stavano sua madre e la sorella di sua madre Maria di Cleofa e Maria Maddalena. Quando dunque Gesù vide sua madre e il suo discepolo accanto a lei... ».

In realtà, questa fermezza dimostrata dalle sante donne e la fuga stessa dei discepoli erano già state profetizzate molto tempo prima da Giobbe, in persona del Signore, là dove il sant'uomo dice:[61] « Le ossa, dopo che le mie carni si sono consumate, mi si sono attaccate alla pelle, e intorno ai denti non mi restano che le labbra ». Nelle ossa, infatti, che sostengono o portano la carne e la pelle, risiede la forza del corpo. Ora, nel corpo di Gesù Cristo, che è la Chiesa, Giobbe chiama ossa il solido fondamento della fede cristiana, oppure quel fervore di carità di cui si canta:[62] « Neppure acque su acque potranno spegnere la carità », e di cui anche l'Apostolo dice:[63] « Tutto sopporta, tutto crede, tutto spera, tutto accetta ». La carne è nel corpo la parte interna, la pelle la parte esterna. Gli Apostoli, dunque, che mediante la predicazione diffondono il cibo spirituale dell'anima, e le donne, che provvedono ai bisogni del corpo, possono essere paragonati rispettivamente alla carne e alla pelle. Quando la carne si è consumata, le ossa di Gesù Cristo si sono attaccate alla pelle, perché, quando in occasione della passione del Signore gli Apostoli si lasciarono prendere dal panico e disperarono della sua morte, solo la devozione delle sante donne rimase inalterata e non abbandonò affatto le ossa di Gesù Cristo: esse perseverarono tanto nella fede, nella speranza e nella carità da non staccarsi da lui, dopo la morte, né con la mente né con il corpo. Per natura gli uomini sono più forti delle donne nel corpo e nell'anima, e perciò a buon diritto, con la carne, che è più vicina alle ossa, si designa la natura dell'uomo, con la pelle invece quella delle donne con la sua fragilità.

Gli Apostoli, il cui compito è quello di mordere le colpe degli uomini rimproverandoli, sono chiamati anche denti del Signore,[64] ma essi ormai non avevano altro che le labbra, avevano cioè parole piuttosto che fatti, perché, in preda alla disperazione come erano, parlavano di Gesù Cristo senza fare nulla per lui. Tali erano certamente i discepoli che si recavano ad Emmaus e che parlavano tra loro di tutto quello che era accaduto, quando Gesù apparve loro per rimproverarli e confortarli nella fede.[65] E infine, Pietro e gli altri Apostoli che cosa fecero oltre che parlare, quando venne il momento della passione del Signore? Quando Gesù aveva predetto loro che in occasione della sua morte si sarebbero comportati scandalosamente, Pietro disse:[66] « Anche se tutti patissero scandalo a cagion tua, a me non succederà mai », e ancora:[67] « Anche se dovessi morire con te, non ti rinnegherò. E tutti i discepoli dissero la stessa cosa ». Sì, lo dissero, ma non lo fecero. Infatti proprio lui, il primo, il più grande degli Apostoli, che a parole aveva dimostrato tanto coraggio da dire al Signore:[68] « Con te sono pronto ad andare anche in prigione e alla morte », proprio lui, Pietro, a cui in particolare il Signore aveva allora affidato la sua Chiesa dicendogli:[69] « E tu, quando ti sarai ravveduto, conferma nella fede i tuoi fratelli », proprio lui, udendo una parola di una serva, non esita a rinnegarlo.[70] E non una volta sola, ma due, tre volte lo rinnega, mentre è ancora vivo; e mentre è ancora vivo anche gli altri Apostoli scompaiono in un attimo fuggendo; le donne, invece, non si staccano da lui né con il corpo né con l'anima neppure dopo la sua morte. Anzi, una di esse, la fortunata peccatrice,[71] cercandolo anche dopo che era morto e riconoscendolo apertamente come suo Dio, dice:[72] « Hanno portato via il Signore dal suo sepolcro »; e più avanti:[73] « Se l'hai portato via tu, dimmi dove l'hai messo, e io andrò a prenderlo ». Gli arieti fuggono, anzi fuggono anche i pastori del gregge del Signore: solo le pecore rimangono, imperterrite. Il Signore rimprovera loro la debolezza della carne, perché durante la sua passione non hanno potuto vegliare con lui neppure un'ora;[74] le donne, invece, passarono la notte intera in lacrime presso il suo sepolcro e meritarono di vedere per prime la gloria della sua risurrezione. Grazie a questa loro fedeltà anche dopo la sua morte esse hanno dimostrato non con le parole ma con i fatti quanto l'abbiano amato mentre era vivo. Ed è ancora per la sollecitudine che dimostrarono in occasione della sua passione e morte che esse gustarono per prime la gioia della sua risurrezione.

Infatti, mentre Giuseppe d'Arimatea e Nicodemo, secondo Giovanni,[75] avvolgevano il corpo del Signore in lenzuoli di lino e lo cospargevano di profumi per seppellirlo, Maria Maddalena e Maria madre di Giuseppe, secondo il racconto di Marco,[76] guardavano attentamente il luogo dove stava per essere deposto. Anche Luca ne parla, dicendo:[77] « Le donne che erano venute con Gesù dalla Galilea andarono a vedere il sepolcro e il modo con cui il corpo vi era stato posto; poi ritornarono a preparare aromi ». Evidentemente non ritennero sufficienti quelli procurati da Nicodemo e vollero aggiungervi anche i loro. Il sabato, poi, rimasero tranquille, come era stato loro ordinato, ma, secondo Marco,[78] non appena la giornata di sabato fu trascorsa, di buon mattino, il giorno stesso della risurrezione, Maria Maddalena, Maria madre di Giacomo e Salome si recarono al sepolcro.

Ora che ne abbiamo celebrato la devozione, vediamo quanto onore queste donne meritarono. Prima di tutto apparve loro un angelo che le consolò

Figura 5.

Abside della chiesa di Notre-Dame a Vicq-sur-Saint-Chartrier (prima metà del secolo XI). Scena della Visitazione.

annunziando che il Signore era risuscitato;[79] poi furono le prime a vedere e a toccare il Signore.[80] La prima di tutte, invero, fu Maria Maddalena,[81] che era più appassionata delle altre, e poi lei e le altre insieme, tutte quelle, insomma, di cui si legge che dopo l'apparizione dell'angelo[82] « uscirono dal sepolcro e corsero ad annunziare ai discepoli la risurrezione del Signore. Ed ecco, Gesù si fece loro incontro e disse: "Salve". Esse gli si accostarono, gli strinsero i piedi e lo adorarono. Allora Gesù disse: "Andate e dite ai miei fratelli che vengano in Galilea: là mi vedranno" ». Anche Luca, continuando questo racconto, dice:[83] « A raccontare queste cose agli Apostoli erano la Maddalena, Giovanna, Maria madre di Giacomo e tutte le altre che vivevano con loro ». Anche Marco non tace che proprio esse per prime furono inviate dall'angelo ad annunziare la cosa agli Apostoli, là dove mette in bocca all'angelo, che appunto parla alle donne, queste parole:[84] « È risuscitato, non è qui. Ma andate, e dite ai suoi discepoli e a Pietro che vi precederà in Galilea ». Il Signore stesso, del resto, apparendo per la prima volta a Maria Maddalena, le dice:[85] « Va' dai miei fratelli e di' loro che io salgo al Padre mio ».

Da tutte queste notizie si può dedurre, mi sembra, che queste sante donne furono apostole degli Apostoli, dal momento che esse furono più volte inviate[86] dal Signore o dagli angeli ad annunziare loro la grande gioia della risurrezione da tutti attesa: è stato, insomma, grazie a loro che gli Apostoli hanno appreso quello che avrebbero poi dovuto predicare a tutto il mondo.

L'Evangelista[87] riferisce anche che il Signore, dopo la risurrezione, andando loro incontro le salutò, e certo, sia con la sua apparizione sia con il suo saluto, egli voleva dimostrare quanta sollecitudine e quanta riconoscenza aveva per loro. Infatti non ci risulta che abbia mai salutato nessun altro dicendo esplicitamente: « Salve », mentre sappiamo che aveva proibito ai suoi discepoli di farlo, dicendo loro:[88] « Non salutate nessuno lungo la strada ». Sembra quasi che egli abbia voluto riservare questo privilegio alle sante donne, per farne uso egli stesso dopo aver conseguito la gloria dell'immortalità.

Anche gli Atti degli Apostoli,[89] quando, riferendo che subito dopo l'ascensione del Signore gli Apostoli tornarono dal monte Oliveto a Gerusalemme, descrivono fedelmente lo zelo religioso di tutta la loro santa comunità, non passano sotto silenzio la fermezza e la devozione delle sante donne: « Essi », vi si legge,[90] « perseveravano tutti unanimi nelle preghiere, insieme con le donne e con Maria, madre di Gesù ».

Ma lasciamo da parte le donne ebree, le quali, convertite alla fede dalla parola stessa del Signore ancora vivo in carne ed ossa, hanno dato inizio a questo genere di vita, e osserviamo le donne greche che in seguito furono convertite dagli Apostoli.[91] Subito appaiono chiare l'attenzione e la sollecitudine di cui anch'esse sono state oggetto da parte degli Apostoli, soprattutto se si tiene conto che per occuparsi di loro gli Apostoli stessi scelsero addirittura Stefano, il protomartire,[92] il glorioso vessillifero della milizia cristiana insieme con altri uomini dediti allo spirito. A questo proposito, negli stessi Atti degli Apostoli si legge:[93] «Crescendo il numero dei discepoli, tra i Greci si levò un mormorio nei confronti degli Ebrei,[94] perché nella distribuzione quotidiana delle elemosine le loro vedove[95] erano trascurate. Allora i dodici Apostoli convocarono tutti i discepoli e dissero: "Non conviene che noi smettiamo di predicare la parola di Dio per occuparci del servizio della mensa. Sceglíete dunque tra voi, o fratelli, sette uomini che godano la stima di tutti, pieni di Spirito Santo e di sapienza, ai quali si possa affidare questo incarico. Così noi potremo dedicarci esclusivamente alla preghiera e al ministero della parola". Tutta l'assemblea approvò tale decisione ed elesse Stefano, uomo pieno di fede e di Spirito Santo, Filippo, Procoro, Nicanore, Timoteo,[96] Parmena e Nicolao di Antiochia. Poi li presentarono agli Apostoli, i quali imposero loro le mani pronunciando una preghiera». Tutto questo, quindi, prova la continenza di Stefano, dal momento che egli fu scelto per provvedere ai bisogni delle sante donne; e d'altra parte gli stessi Apostoli hanno dimostrato l'eccellenza di tale ministero, tanto ai loro occhi quanto a quelli di Dio, pregando e imponendo loro le mani[97] come se volessero scongiurare coloro ai quali avevano affidato tale incarico di esercitarlo seriamente, e nello stesso tempo aiutarli a compiere quella missione con la loro benedizione e con le loro preghiere.

Anche Paolo, reclamando per sé, per la pienezza del suo apostolato, questo servizio, si chiede:[98] « Non abbiamo anche noi il diritto di portare con noi una donna quasi fosse una sorella, come fanno tutti gli altri Apostoli? ». Ed è come se avesse detto chiaramente: « Non ci è forse permesso di tenere e portare con noi durante le predicazioni un gruppo di donne devote, come fanno tutti gli altri Apostoli, ai quali esse si limitano a fornire, attingendo dai propri beni, tutto ciò di cui hanno bisogno nel corso delle predicazioni? ». E Agostino nel suo libro sul *Lavoro dei monaci* commenta:[99] « Per questo, insieme con loro viaggiavano alcune fedeli abbastanza ricche che attingendo dai loro beni personali li mantenevano, in modo tale da non lasciar mancare loro nessuna delle cose necessarie per vivere ». E ancora: « Chiunque non crede che gli Apostoli permettevano a donne di santi costumi di seguirli dovunque andavano a predicare il Vangelo, legga il Vangelo e vedrà che essi non facevano altro che seguire l'esempio del Signore... Nel Vangelo, infatti, è scritto:[100] "Gesù andava per città e villaggi predicando e annunziando il regno di Dio; e con lui erano i dodici e alcune donne che erano state guarite da spiriti maligni e da infermità, Maria detta la Maddalena, Giovanna, moglie di Cuza procuratore di Erode, Susanna e molte altre che lo assistevano con le loro sostanze" ». E questo dimostra chiaramente che il Signore stesso, quando era in giro a predicare, era servito in tutti i suoi bisogni materiali dalle donne, le quali seguivano lui e gli Apostoli come compagne inseparabili.

Ma quando l'usanza di dedicarsi alla vita religiosa si diffuse anche fra le donne, come già fra gli uomini, subito, fin dagli esordi della Chiesa appena nata, anche le donne come già gli uomini cominciarono ad avere monasteri propri.[101] La *Storia ecclesiastica*,[102] riferendo l'elogio che Filone,[103] l'eloquente giudeo, non solo pronunciò ma scrisse a proposito della Chiesa di Alessandria ai tempi di Marco, osserva tra l'altro nel sedicesimo capitolo del secondo libro:[104] « In molte parti del mondo ci sono comunità di questo tipo », e più avanti:[105] « In ciascuno di quei luoghi si trova una casa consacrata alla preghiera che si chiama *senivor*[106] o monastero »; e più sotto:[107] « Ed essi non solo capiscono i vecchi inni più sottili, ma ne compongono anche di nuovi in onore di Dio che poi intonano in tutti i metri e i ritmi con accordi assai belli ed eleganti ». Nello stesso passo, dopo aver parlato a lungo della loro esistenza e delle cerimonie inerenti al culto divino, si aggiunge:[108] « Insieme con gli uomini di cui si è parlato ci sono anche donne, tra le quali si trovano parecchie vergini già molto avanti negli anni, che hanno conservato la loro purezza e la loro castità non per qualche necessità ma per devozione: esse, nella loro passione per gli studi di sapienza, consacrano a Dio non solo l'anima ma anche il corpo, perché stimano indegno dedicare al piacere un vaso preparato per ricevere la saggezza e giudicano altrettanto sconveniente mettere al mondo figli mortali, dal momento che tutte aspirano ad unirsi in sacre e immortali nozze con il Verbo divino, per acquisire presso i posteri una fama che non è soggetta a nessuna forma di corruzione ». E ancora:[109] « Filone riguardo a queste comunità scrive anche

che gli uomini e le donne vivono separatamente negli stessi monasteri, e celebrano veglie come siamo soliti fare anche noi ». In lode della filosofia cristiana, cioè della vita monastica abbracciata sia dagli uomini sia dalle donne, è anche quello che si legge nella *Storia tripartita*[110] nell'undicesimo capitolo del primo libro:[111] « I fondatori di questa nobilissima filosofia[112] furono, secondo taluni, il profeta Elia e Giovanni Battista. Il pitagorico Filone,[113] inoltre, ricorda che ai suoi tempi alcuni Ebrei[114] di eccezionale bravura si riunivano da ogni parte a filosofare in una fattoria nei dintorni dello stagno di Maria sulla cima di un colle: e quello che ci dice a proposito delle loro dimore, del loro vitto e delle loro conversazioni corrisponde esattamente a quello che è possibile osservare ancora oggi presso i monaci d'Egitto. Essi, secondo quanto scrive Filone, non toccano cibo prima del tramonto del sole, si astengono dal vino e dalla carne, vivono solo di pane, di sale e di issopo[115] e bevono solo acqua; con loro, inoltre, abitano delle donne vergini ormai piuttosto avanti con gli anni che, per amore della filosofia, hanno spontaneamente rinunciato a sposarsi ».

Alle stesse cose allude Gerolamo quando, tessendo le lodi di Marco e della sua Chiesa nell'ottavo capitolo dei suoi *Uomini illustri*, scrive:[116] « Marco non solo fu il primo che predicò Cristo ad Alessandria, ma vi fondò anche una Chiesa che divenne tanto famosa per la sua dottrina e per la sua serietà di vita da indurre tutti i seguaci di Cristo a imitare il suo esempio; Filone, poi, il più eloquente dei Giudei, vedendo che la prima Chiesa di Alessandria propendeva ancora verso forme di giudaismo, scrisse un libro in lode del suo popolo e sulla sua conversione:[117] e se Luca racconta[118] che i cristiani di Gerusalemme avevano tutto in comune, Filone osserva che egli vedeva attuato lo stesso principio ad Alessandria sotto la guida di Marco ». Sempre Gerolamo, nell'undicesimo capitolo, dice:[119] « Il giudeo Filone, nato ad Alessandria da una famiglia di sacerdoti, è da noi posto tra gli scrittori ecclesiastici, perché nel libro che ha scritto sulla prima Chiesa d'Alessandria fondata dall'evangelista Marco, ha lodato a lungo i nostri fratelli, ricordando che ce ne sono molti altri in parecchie provincie e che le loro dimore si chiamano monasteri ».

Da tutto questo appare dunque evidente che i primi cristiani sono il modello che i nostri monaci vogliono imitare, quando stabiliscono che nessuno deve possedere beni di sorta, che tra di loro non ci devono essere né ricchi né poveri o quando decidono di distribuire il loro patrimonio ai bisognosi, di dedicarsi alle preghiere e al canto dei Salmi, alle predicazioni e alla continenza, proprio come i primi cristiani di Gerusalemme secondo il racconto di Luca.[120]

Se poi sfogliamo l'Antico Testamento, troveremo che in tutto quello che riguarda Dio e i singoli atti del culto le donne non sono mai distinte dagli uomini. Anch'esse, secondo i testi sacri, non solo cantavano ma addirittura componevano inni in onore di Dio, proprio come gli uomini. Gli uomini e le donne, infatti, cominciarono con il cantare insieme il cantico sulla liberazione del popolo di Israele[121] e da allora esse si sono conquistate il diritto di celebrare gli uffici divini nella Chiesa. E invero è scritto:[122] « Maria, la profetessa sorella di Aronne,[123] prese in mano un timpano[124] e tutte le donne la seguirono danzando e suonando i loro timpani, e insieme intonarono dopo di lei questo cantico: "Cantiamo lodi al Signore, perché la sua gloria ha brillato" ». Qui non si dice che Mosè abbia fatto il profeta né che abbia intonato il cantico, come invece fece Maria, e non si dice neppure che gli uomini abbiano preso i timpani o intrecciato danze, come fecero le donne. Pertanto il fatto che Maria, quando intona il canto, è chiamata profetessa indica che non si è limitata a recitarlo o a cantarlo ma che l'ha in un certo senso profetizzato. Si osservi poi che l'ha intonato insieme con le sue compagne, come per voler sottolineare l'armonia e la concordia con cui cantavano il Salmo. Infine, il fatto che esse accompagnarono il canto con il suono dei timpani e con danze non è solo indicativo della loro grande devozione, ma simboleggia anche con estrema precisione i modi e le forme dei cantici spirituali nelle comunità di monaci.

Anche il Salmista, infatti, ci esorta a fare lo stesso, dicendo:[125] « Lodate il Signore con timpani e danze », cioè con la mortificazione della carne e con quella concordia di carità di cui sta scritto:[126] « La moltitudine dei credenti formava un sol cuore e un'anima sola ».

Insomma, quello che si dice esse abbiano fatto per cantare il Signore non è privo di valori simbolici: in questo loro atteggiamento, infatti, è rappresentata la gioia dell'anima contemplativa, che mirando alle cose del cielo abbandona, per così dire, il luogo del soggiorno terrestre, e dal profondo della dolcezza della sua contemplazione scioglie al Signore uno spirituale inno di esultanza.

Sempre nell'Antico Testamento troviamo i cantici di Debora,[127] di Anna[128] e di Judith,[129] la vedova, così come nel Vangelo troviamo il cantico di Maria,[130] madre di Dio. Ad esempio, Anna, offrendo al tabernacolo del Signore il suo Samuele,[131] diede implicitamente ai monasteri il permesso di accogliere i bambini. E a questo proposito Isidoro[132] scrivendo ai fratelli che si trovavano nel cenobio di Onorio,[133] nel quinto capitolo osserva:[134] « Chiunque sia stato portato in monastero dai suoi genitori, sappia che vi dovrà restare per sempre. Anna, infatti, offrì al Signore suo figlio Samuele e questi rimase nel tempio ad assolvere fedelmente quelle funzioni alle quali era stato destinato da sua madre ».[135] È altresì noto che[136] anche le figlie di Aronne attesero insieme con i loro fratelli al santuario assolvendo questa specie di servizio ereditario della tribù di Levi,[137] al punto che il Signore provvide al loro mantenimento, come si legge nel libro dei Numeri là dove il Signore stesso dice ad Aronne:[138] « Tutte le primizie del santuario offerte al Signore dai figli di Israele, le do a te, ai tuoi figli e alle tue figlie, per sempre ». Tra l'altro, anche da questo passo si può dedurre che non è mai stata fatta alcuna distinzione tra gli Ordini monastici maschili e quelli femminili: anzi appare chiaro che le donne sono intimamente legate agli uomini anche per via del nome, perché abbiamo delle diaconesse allo stesso modo che abbiamo dei diaconi, e in entrambi possiamo, per così dire, riconoscere la tribù di Levi e anche la loro funzione.[139]

Nello stesso libro,[140] infatti, troviamo che certi importantissimi voti, come la consacrazione dei Nazirei,[141] sono stati istituiti dal Signore tanto per gli uomini quanto per le donne, perché il Signore stesso dice a Mosè:[142] « Parla ai figli di Israele e di' loro: "Quando un uomo o una donna avranno fatto voto di santificarsi e vorranno consacrarsi al Signore, si asterranno dal vino e da tutto ciò che può inebriare. Non useranno aceto fatto di vino o di altra bevanda e non berranno ciò che si spreme dall'uva. Per tutto il tempo in cui sono consacrati per voto al Signore non mangeranno uva fresca o secca, e per tutto il tempo in cui rimarranno appartati non mangeranno alcun prodotto della vigna, dall'uva passa agli acini" ». Io credo che a queste restrizioni fossero soggette anche le donne che vegliavano alle porte del Tabernacolo: i loro specchi servirono a Mosè per fare la conca in cui si lavavano Aronne e i suoi figli, come si legge:[143] « Mosè vi pose una conca di bronzo, costruita con gli specchi delle donne che vegliavano davanti alla porta del Tabernacolo, affinché Aronne e i suoi figli si lavassero ». Con estrema diligenza si sottolinea quindi lo zelo religioso con cui esse, anche quando il tempio era ormai chiuso, restavano fuori, attaccate alle porte per celebrare le sante veglie e passavano tutta la notte in preghiera senza interrompere il servizio divino neppure quando gli uomini riposavano. Ora, il fatto che si dica che il tempio era chiuso per loro sta chiaramente a indicare la vita dei penitenti che si tengono in disparte per sottoporsi alle mortificazioni di una penitenza più rigorosa: e questo tipo di vita è senz'altro l'immagine precisa della vita monastica, che, dopo tutto, altro non è che una forma di penitenza più mite. Anche il Tabernacolo, sulla cui soglia le donne vegliavano, è naturalmente da intendersi simbolicamente come quello di cui parla l'Apostolo scrivendo agli Ebrei:[144] « Noi abbiamo un altare dal quale non possono nutrirsi quelli che servono il Tabernacolo », un altare, cioè, al quale non sono degni di accostarsi coloro che soddisfano tutte le brame del corpo, che è per la loro anima come una tenda al cui interno essi fanno i servi. La porta del Tabernacolo è la fine della vita presente, il momento in cui l'anima esce dal corpo per entrare nella vita futura. Davanti a questa porta vegliano coloro che pensano al momento in cui lasceranno questo mondo ed entreranno nell'altro e si preparano ad esso mediante la penitenza che li rende degni di entrare nell'eternità.

A proposito di queste giornaliere entrate e uscite nell'ambito della Santa Chiesa, esiste una preghiera del Salmista:[145] « Il Signore ti protegga all'entrare e all'uscire »; in effetti il Signore ci protegge contemporaneamente tanto nell'entrare quanto nell'uscire, quando all'uscita da questa vita, se ci siamo già purificati mediante la penitenza, ci introduce subito nell'altra. E il Salmista ha fatto bene a citare l'entrata prima dell'uscita, badando più all'importanza delle due cose che alla loro successione cronologica: l'uscita da questa vita avviene nel dolore, l'ingresso nella vita eterna, invece, è accompagnato da grandissima gioia.

Quanto poi agli specchi delle donne, essi sono le loro opere esteriori, dalle quali si vede la vergogna o la bellezza dell'anima proprio come da un vero specchio si giudicano le qualità del volto umano. Il fatto che con questi specchi si costruisca un vaso in cui si purificano Aronne e i suoi figli, sta ad indicare due cose: prima di tutto significa che le opere delle sante donne e, in generale, la fermezza del sesso debole nei confronti di Dio suonano come una dura condanna per la pigrizia e le trascuratezze dei pontefici e dei presbiteri[146] e li inducono a piangere di vergogna per i peccati commessi; in secondo luogo ciò testimonia che qualora essi, pontefici e presbiteri, si prendano cura di queste donne, come dovrebbero, le buone opere compiute dalle donne garantiranno ai loro peccati il perdono in cui essi si purificheranno. È certo con questi specchi che san Gregorio[147] si forgiava un vaso di vergogna per i suoi peccati, quando ammirando la virtù delle sante donne e i trionfi del sesso debole nel martirio, si chiedeva con le lacrime agli occhi: « Che cosa diranno questi barbari vedendo tenere fanciulle soffrire tanti tormenti in nome di Cristo, vedendo come trionfa un sesso così debole in una lotta tanto ardua, dal momento che spesso le donne si sono distinte riportando la duplice corona della verginità e del martirio? ».

Alla schiera delle donne che vegliano, come si è detto, alla porta del Tabernacolo e che, ancelle naziree del Signore, hanno ormai consacrato a lui la loro vedovanza, appartiene senza dubbio anche Anna,[148] la santa donna che insieme con il pio Simeone meritò di ricevere nel tempio il vero e unico Nazireo di Dio, nostro Signore Gesù Cristo, e, piena di spirito più che profetico, riconobbe, contemporaneamente a Simeone, il Salvatore, e annunciò pubblicamente la sua venuta. L'Evangelista, tessendo diligentemente le sue lodi, dice:[149] « Vi era anche Anna, una profetessa, figlia di Fanuel della tribù di Aser. Ella era molto avanti negli anni ed era vissuta con il marito per sette anni da che si era unita a lui vergine; rimasta vedova, era vissuta fino a ottantaquattro anni senza uscire mai dal tempio, servendo Dio notte e giorno in digiuni e preghiere. E anche lei, arrivando in quel momento si mise a lodare il Signore e a parlare di lui a tutti coloro che aspettavano la redenzione di Israele ».

Considera ora attentamente tutto quello che dice l'Evangelista. Osserva con quanto entusiasmo egli lodi la vedova, e come si sforzi di sottolineare la sua virtù: prima parla del dono della profezia di cui ella godeva da lungo tempo, di suo padre, della sua tribù, dei sette anni trascorsi con il marito, del lungo periodo di tempo che dopo essere diventata vedova aveva consacrato al Signore; poi della sua assidua presenza nel tempio, della frequenza dei suoi digiuni, delle sue continue preghiere; infine riferisce le lodi con cui ringraziò il Signore e il discorso con cui annunciò pubblicamente la nascita del Salvatore promesso; lo stesso Evangelista, parlando poco prima[150] di Simeone, ne aveva lodato la giustizia ma non aveva fatto alcun cenno al dono della profezia, non aveva esaltato tanto né la sua continenza né la sua astinenza né la sua sollecitudine nel servizio del Signore, e non aveva detto nulla di eventuali sue predizioni nei confronti di alcuno.

Questo stesso genere di vita condussero, a mio giudizio,[151] anche le vere vedove di cui parla l'Apostolo nella sua Lettera a Timoteo, quando dice:[152] « Onora le vedove che sono veramente vedove », e ancora:[153] « Colei che è veramente vedova e sola al mondo, speri in Dio e perseveri notte e giorno nelle preghiere. Fa' loro ogni raccomandazione affinché siano irreprensibili ». E ancora:[154] « Se un fedele ha delle vedove, provveda personalmente a mantenerle, e non ne sia gravata la Chiesa, affinché essa possa mantenere quelle che sono veramente vedove ». L'Apostolo chiama vere vedove quelle che non hanno disonorato la loro vedovanza con nuove nozze e quelle che continuando a vivere in questo stato più per devozione che per necessità si sono consacrate al Signore. L'Apostolo le definisce anche sole al mondo, perché dopo aver rinunciato a tutto non si sono riservate nessuna consolazione terrena e non hanno nessuno che si prenda cura di loro. Queste appunto sono le vedove che egli ordina di onorare e di mantenere a spese della Chiesa, cioè per mezzo delle rendite di Cristo loro sposo.

Egli indica poi esplicitamente anche quali tra loro possano essere scelte per il ministero del diaconato:[155] « Si scelga una vedova », dice,[156] « di non meno di sessant'anni, che sia stata moglie di un solo uomo e sia stimata per le sue buone opere, per aver educato i figli, praticato l'ospitalità, lavato i piedi ai santi,[157] prestato soccorso agli infelici, per avere insomma compiuto ogni tipo di opera buona. Scarta invece le vedove troppo giovani ». San Gerolamo, commentando quest'ultimo passo, osserva:[158] « Scarta per il servizio del diaconato le vedove troppo giovani, perché esse potrebbero dare cattivo esempio: più esposte, come sono, alle tentazioni, e più deboli per natura, esse sono anche prive di quell'esperienza che è frutto dell'età e potrebbero essere di cattivo esempio a coloro cui dovrebbero dare il buon esempio ». Il cattivo esempio che potrebbe venire dalle vedove troppo giovani doveva essere ben noto anche all'Apostolo, che lo denuncia chiaramente e suggerisce anzi il modo per prevenirlo. Infatti, dopo aver premesso: « Scarta le vedove troppo giovani », precisa i motivi che l'hanno indotto a dare questo consiglio e aggiunge, prospettando anche il rimedio opportuno:[159] « Dopo aver conosciuto i piaceri dell'amore in Gesù Cristo, vogliono risposarsi, meritandosi così una condanna, perché violarono la loro prima fede. D'altra parte, rimanendo in ozio si abituano a vagare senza costrutto per le case: e non sono solo sfaccendate, ma anche pettegole e curiose, e parlano sempre a sproposito. Perciò preferisco che le vedove troppo giovani si risposino mettano al mondo figli, diventino buone madri di famiglia e non diano così ai nostri nemici nessuna occasione di sparlare di noi. Infatti alcune si sono già sviate per seguire Satana ».

Rifacendosi a questa lungimirante osservazione

dell'Apostolo circa la scelta delle diaconesse, san Gregorio nella sua lettera a Massimo, vescovo di Siracusa, precisa:[160] « Proibiamo assolutamente di nominare badesse ancora giovani. Il tuo zelo fraterno non permetta dunque a nessun vescovo di dare il velo ad alcuna vergine che abbia meno di sessant'anni e che non sia di vita e costumi sperimentati ».

Quelle che ora noi chiamiamo badesse una volta si chiamavano diaconesse, perché le si considerava più delle addette ai servizi del culto che delle madri: diacono infatti significa servitore,[161] e si riteneva che le diaconesse dovessero derivare il loro nome dal tipo di servizio cui erano adibite più che dal loro rango, secondo quanto il Signore ha stabilito con le parole:[162] « Chi è maggiore tra voi sarà vostro servitore »; e ancora:[163] « Chi è da più: chi sta a tavola o chi serve? Io sono in mezzo a voi come chi serve »; e altrove:[164] « Ad esempio, il figlio dell'uomo non è venuto per essere servito ma per servire ». A questo proposito anche san Gerolamo, forte dell'autorità del Signore, condannava duramente il titolo di abate, di cui, come aveva sentito dire, molti si vantavano; anzi commentando il passo della Lettera ai Galati in cui si legge appunto:[165] « Gridando: "*Abba*, Padre" », osserva:[166] « *Abba* è un termine ebraico che significa padre. Ora, dal momento che in ebraico e in siriaco il termine ha questo significato e il Signore nel Vangelo ordina[167] di non chiamare padre nessuno se non Dio, non capisco perché mai nei monasteri diano o si lascino tranquillamente dare questo nome. È fuor di dubbio che colui che ha

La confession de abaelart a heloys jadis la femme

Ma suer
heloys jadiz ma chiere amie ou siecle maintenant treschiere en Jhucrist || les
philosophes anciennement ne tenoient point les articles de la foy que nous
tenons et pour tant que abaelart allegoit les philosophes comme il appert en
son livre de theologie disoit on que il estoit trop philosophe et que il ne lui
chaloit des docteurs de sainte eglise || logique m'a rendu hayneus au monde
dient les pervers des quelz la sapience est en perdicion que je suis trop preste
en logique mais je devoye grandement en saint pol et quant ilz preschent
la subtilite de mon engin il me soustraient la purte de ma foy crestiene
en qui y come il me semble il vont plus par volente que par raison je ne vueil
pas maistres ainsy estre philosophe que je regibe a saint pol je ne vueil
pas ainssi estre aristote que je soye exclus de Jhucrist car soubz le ciel n'a
autre nom ou quel il me couviegne estre sauvez je adoure Jhucrist seant
ou regne a la destre de dieu le pere je l'embrasse par bras de foy en char
humaine prinse ou ventre de la vierge le quel fait en divines choses
glorieuses et a ce que perireuse cusancon et toutes doubtes soient desploiees
de la beaute couraige de tout [illegible] de moy que j'ay fonde ma conscience sur
icelle pierre sur la quelle Jhucrist a edifie son eglise de la quelle pierre je
te monstrere briefment le tiltre je croy ou pere ou filz et ou saint esperit
un seul et vray dieu naturelment le quel par tel maniere appmene trinite
en personnes a ce qu'il garde tousjours unite en substance je croy en dieu
le filz pareil par toutes choses a dieu le pere c'est assavoir en pardurablete
en puissance en volente et en euvre je ne voy pas arrius l'erite qui par
pervers engin et par esprit demoniaque fait degrez en la trinite disans que dieu
le pere est plus grans que dieu le filz come s'il eust oublie le comandement
de la loy qui dit Tu ne monteras pas dit la loy a mon autel par degrez
car il monte par degrez qui met en la trinite bas ou haut je tesmoigne aussi
que le saint esprit est pareil par toutes choses et d'une substance au pere et
au filz je dampne sabellius l'erite qui maintenoit que le pere et le filz en la trinite
fust une seule personne et dit que dieu le pere avoit souffert passion de quoy
lui et ses suivans furent appellez patripassiam je croy aussi que dieu le filz.

Figura 6.

Professio fidei di Abelardo a Eloisa (Biblioteca Nazionale, Parigi). *Vedi* Lettera XII.

dato questo ordine è lo stesso che ha detto che non si deve giurare: quindi se non giuriamo, non dobbiamo neppure chiamare nessuno padre. Se invece diamo una diversa interpretazione di questo punto relativo al nome *padre*, saremo costretti a mutare opinione anche a proposito del problema del giuramento ».

È certo che tra queste diaconesse era anche Febe, la donna che l'Apostolo raccomanda ai Romani pregandoli vivamente:[168] « Vi raccomando », dice, « nostra sorella Febe, che è al servizio della Chiesa di Cencre.[169] Vi raccomando di accoglierla nel Signore in modo degno dei santi, e di assisterla in qualunque cosa possa aver bisogno del vostro aiuto, perché anche lei ha assistito molti e anche me ». Tanto Cassiodoro[170] quanto Claudio,[171] commentando questo passo, asseriscono che Febe era diaconessa di quella Chiesa. Cassiodoro, in particolare, dice:[172] « Vuol dire che era diaconessa della Chiesa madre, come si usa ancora oggi in Grecia a mo' di apprendistato: alle diaconesse del resto non è negato neppure il diritto di battezzare in chiesa ». E Claudio da parte sua precisa:[173] « Questo passo dimostra che anche le donne sono state ordinate al servizio della Chiesa dall'autorità degli Apostoli: nella chiesa di Cencre, appunto, questo compito fu affidato a quella Febe che l'Apostolo loda e raccomanda entusiasticamente ». Lo stesso Apostolo nella Lettera a Timoteo,[174] annoverando queste donne tra i diaconi, le assoggetta tutte alla stessa regola di vita. In questa occasione, anzi, fissando la gerarchia dei servizi ecclesiastici, dopo essere passato dal vescovo ai diaconi, osserva:[175]

« Anche i diaconi siano pudichi, non siano ambigui nel parlare, non siano dediti agli eccessi del vino, non bramino sordidi guadagni, ma custodiscano il mistero della fede con coscienza pura ». E aggiunge:[176] « Anche costoro, comunque, siano prima messi alla prova, e solo se risulteranno irreprensibili siano ammessi ad esercitare il loro ministero. Allo stesso modo, le donne siano pudiche, aliene da qualsiasi forma di pettegolezzo, sobrie, fedeli in ogni cosa. I diaconi dovranno avere una moglie sola e dovranno sapere educare bene i loro figli e governare bene le loro case. Quelli poi che adempiranno bene il loro compito, cresceranno di grado e acquisteranno una gran franchezza nella fede che è in Cristo Gesù ».

Pertanto, chiaramente, ciò che l'Apostolo dice a proposito dei diaconi, che « non devono essere ambigui nel parlare », egli lo ribadisce anche a proposito delle diaconesse, che « devono essere lontane da ogni forma di maldicenza ». E se degli uomini dice che « non devono essere dediti al vino », delle donne dice che « devono essere sobrie ». Infine tutto quello che segue a proposito degli uomini è brevemente riassunto per le donne nell'invito ad essere « fedeli in tutto ». Inoltre, come non vuole che i vescovi e i diaconi si siano sposati più di una volta, così, secondo quanto già si è ricordato, prescrive che anche le diaconesse devono aver avuto un solo marito: « Si scelga », dice,[177] « una vedova di non meno di sessant'anni, che sia stata moglie di un solo uomo e sia stimata per le sue buone opere, per aver educato i figli, praticato l'ospitalità, lavato i piedi ai santi, prestato soccorso agli infelici, per avere insomma compiuto ogni tipo di opera buona. Scarta invece le vedove troppo giovani ».

Da questa descrizione delle diaconesse o, meglio, da queste vere e proprie regole di vita si può dedurre quanto più severo l'Apostolo sia stato nei loro confronti che non nei confronti della scelta dei vescovi e dei diaconi. In effetti a proposito dei diaconi non ha mai detto quello che invece dice a proposito delle diaconesse, che « devono essere stimate per le loro buone opere » o che « devono aver praticato l'ospitalità ». E tutto quello che aggiunge a proposito delle donne circa il dovere di « lavare i piedi ai santi e di prestare soccorso, ecc. », è taciuto a proposito dei vescovi e dei diaconi, per i quali si limita a dire che « devono essere irreprensibili », laddove per le donne non solo vuole che siano « senza colpe » ma pretende anche che « abbiano compiuto ogni tipo di opera buona », per usare le sue parole.

Con scrupolosa cautela l'Apostolo ha provveduto a fissare anche l'età esatta in cui esse avrebbero meglio potuto esercitare la loro autorità: e precisando che esse non devono mai avere « meno di sessant'anni » ha fatto sì che esse fossero rispettate non solo per la purezza, ma anche per la lunghezza di una vita messa alla prova in tante occasioni. Ed è proprio questo il motivo per cui anche il Signore, pur amando di più Giovanni, preferì tanto a lui che agli altri Pietro, che era più vecchio;[178] del resto ognuno di noi soffre meno nel vedersi porre a capo uno più vecchio che non uno più giovane: a uno più vecchio di noi ubbidiamo più volentieri, perché non sono solo le situazioni contingenti della vita che lo mettono al di sopra di noi, ma anche la natura e l'ordine stesso del tempo. A questo proposito anzi, san Gerolamo, accennando nel primo libro del *Contro Gioviniano* all'elezione di Pietro, osserva:[179] « Ne viene scelto uno, affinché con la nomina di un capo si elimini ogni occasione di scisma. Ma perché non fu scelto Giovanni? Gesù, evidentemente, ha tenuto conto dell'età: Pietro era più vecchio, ed egli certo non volle porre a capo di uomini già avanti negli anni uno che era ancora giovane, anzi, quasi un fanciullo: da buon maestro qual era, egli doveva togliere ai suoi discepoli qualsiasi motivo di screzio e non fornire possibili pretesti di invidia nei confronti del giovanetto che amava ».

Anche l'abate di cui si parla nelle *Vite dei Padri*[180] doveva pensare a qualcosa del genere quando tolse il titolo di priore a un giovane che pure era entrato per primo in monastero, per darlo al suo fratello maggiore, e ciò soltanto per il fatto che questo era più anziano di quello: evidentemente temeva che questo fratello ancora invischiato nelle cose della carne mal sopportasse di stare soggetto ad uno più giovane di lui. Forse egli si ricordava anche di quello che era successo quando gli stessi Apostoli si erano sdegnati nei confronti di due di loro[181] che si credeva avessero ottenuto qualche privilegio presso Cristo in conseguenza dell'intervento della loro madre: ed erano indignati soprattutto con quello dei due che era il più giovane, cioè con quel Giovanni di cui parlavamo poco fa.

Ma non è soltanto nella scelta delle diaconesse

che l'Apostolo ha raccomandato la più grande attenzione: basti pensare quanto preciso e chiaro sia stato a proposito di tutto quello che riguarda le vedove che vogliono consacrarsi a Dio; veramente egli ha voluto toglier loro ogni occasione di tentazione. Dopo aver premesso:[182] « Onora le vedove che sono veramente tali », subito aggiunge:[183] « Ma se qualche vedova ha dei figliuoli o dei nipoti, cominci con l'imparare a governare la sua casa e a ricambiare i benefici che ha ricevuto dai suoi genitori ». Dopo qualche riga, continua:[184] « Se qualcuno non ha cura dei suoi cari e soprattutto dei suoi familiari, vuol dire che ha rinnegato la fede ed è peggiore di un infedele ». Con queste parole l'Apostolo provvede tanto ai doveri dell'umanità quanto alle esigenze della professione religiosa: vuole infatti impedire che, con la scusa della professione religiosa, dei poveri fanciulli siano abbandonati nella miseria e che, d'altra parte, l'umana compassione nei confronti dei bisognosi turbi i santi propositi delle vedove, costringendole a volgersi a guardare indietro o le trascini, come spesso succede, a qualche atto sacrilego inducendole a rubare qualcosa alla comunità per darlo ai loro cari. Era dunque veramente necessario consigliare a tutti coloro che hanno legami familiari di cominciare con il rendere quello che hanno ricevuto, prima di passare alla vera vedovanza e di dedicarsi completamente al servizio di Dio, giacché è giusto che come sono state educate dai loro genitori, così provvedano anch'esse all'educazione dei loro figli.

L'Apostolo, inoltre, mirando a perfezionare ulteriormente la religiosità delle vedove, raccomanda loro di dedicarsi notte e giorno alla preghiera, ma, seriamente preoccupato anche delle loro necessità, precisa:[185] « Se qualche fedele ha delle vedove, le aiuti personalmente, in modo che la Chiesa non ne sia gravata e possa mantenere quelle che veramente sono vedove »; ed è come se dicesse apertamente: « Se qualche vedova ha dei familiari che sono in grado di mantenerla con i loro mezzi, è giusto che a lei provvedano questi suoi parenti, di modo che le normali rendite della Chiesa possano essere impiegate per aiutare le altre ». Da queste parole appare chiaro che chiunque si rifiuti di provvedere debitamente alle proprie vedove può e deve essere costretto sulla base dell'autorità dell'Apostolo a fare ciò che deve fare. L'Apostolo, del resto, non si è limitato a provvedere ai bisogni materiali di queste vedove, ma ha pensato ad assicurare loro l'onore dovuto: « Onora », dice infatti,[186] « le vedove che sono veramente vedove ». E veramente vedove furono, secondo l'opinione generale, sia colei che egli stesso chiama madre[187] sia colei che Giovanni Evangelista definisce sua signora,[188] per rispetto della sua santa condizione. « Salutate », dice Paolo nella sua Lettera ai Romani,[189] « salutate Rufo, eletto nel Signore, e sua madre, che è anche per me una madre ».[190] E Giovanni comincia la sua seconda Lettera dicendo:[191] « L'Anziano alla signora eletta e ai suoi figli... » e poi più avanti aggiunge, domandandole la sua amicizia:[192] « E ora, ti prego, mia signora, amiamoci l'un l'altro ».

Ed è proprio fondandosi sull'autorità di questo

passo che Gerolamo, scrivendo alla vergine Eustochio che aveva fatto i vostri stessi voti, non si vergogna di chiamarla direttamente signora, anzi si sente in dovere di farlo, e subito spiega:[193] « Chiamo Eustochio mia signora, perché non so come dovrei altrimenti chiamare la sposa di nostro Signore... ». E più avanti, nella stessa lettera, ponendo l'eccellenza di questa vostra santa condizione al di sopra di tutte le glorie della terra, dice:[194] « Non voglio che tu frequenti le matrone, non voglio che tu vada nelle case dei nobili, non voglio insomma che tu veda troppo spesso quello cui hai rinunciato per essere una vergine... Se per ambizione i cortigiani si precipitano a salutare la moglie dell'imperatore, perché tu vuoi offendere il tuo sposo? Tu che sei la sposa di Dio non devi piegarti a rendere omaggio alla moglie di un uomo qualsiasi. Sii orgogliosa della tua condizione. Sappi che tu sei superiore a tutti ». Lo stesso Gerolamo, scrivendo ad una vergine consacrata a Dio a proposito della felicità che spetta in cielo alle vergini consacrate a Dio e del rispetto che esse meritano anche sulla terra, comincia dicendo:[195] « Quale felicità sia riservata in cielo alla santa verginità, oltre che dalle testimonianze delle Sacre Scritture ci è insegnato anche dalle pratiche della Chiesa stessa, dalla quale appunto apprendiamo che meriti speciali acquisiscono quelle che si sono consacrate al Signore. Infatti, benché i credenti abbiano tutti ugualmente diritto ai doni della grazia e tutti si glorino di godere i benefici dei medesimi sacramenti, le vergini hanno rispetto a tutti gli altri un particolare privilegio, perché, grazie ai meriti del loro severo proposito, sono scelte dallo Spirito in mezzo al santo e immacolato gregge della Chiesa come vittime più sante e più pure per essere offerte sull'altare di Dio dal sommo sacerdote ». E ancora: « La verginità possiede qualcosa che gli altri non hanno perché ottiene una grazia speciale e gode, per così dire, del privilegio di una consacrazione particolare. Infatti la consacrazione delle vergini, a meno che non esista un pericolo di morte imminente, non può essere celebrata in epoche diverse dall'Epifania, dalla domenica in Albis[196] e dai giorni delle feste degli Apostoli; inoltre solo il sommo sacerdote, cioè un vescovo, può benedire le vergini e i veli che devono coprire le loro teste santificate ». Nel caso dei monaci, invece essi, benché appartengano alla stessa professione o anche allo stesso ordine e benché siano rappresentanti di un sesso più degno, possono ricevere la benedizione in qualsiasi giorno e dalle mani del loro stesso abate sia per quello che riguarda loro direttamente sia per quello che riguarda i loro vestiti, cioè i cappucci, e questo anche nel caso che si fossero mantenuti sempre casti. Anche i presbiteri,[197] come è noto, e tutti gli altri chierici di grado inferiore possono essere ordinati durante il periodo di digiuno delle *Quattro Tempora*,[198] e i vescovi tutte le domeniche, mentre la consacrazione delle vergini, tanto più preziosa quanto più rara, è riservata alle feste più solenni e più gioiose. Allora veramente tutta la Chiesa esulta di gioia per celebrare la mirabile virtù delle vergini, proprio come aveva predetto il Salmista con le parole:[199] « Dopo di lei saranno presentate al re le vergini», e poi ancora:[200] «Saranno condotte con letizia e gioia, saranno fatte entrare nel tempio del re». Si crede inoltre che sia stato l'apostolo ed evangelista Matteo a comporre o a dettare il rituale di questa consacrazione, perché stando a quanto si legge negli *Atti* della sua passione, egli sarebbe morto martire proprio per difendere l'istituzione delle vergini consacrate.[201] Sulla benedizione dei chierici e dei monaci, invece, gli Apostoli non ci hanno lasciato scritto niente.

Inoltre solo la professione delle religiose deriva il suo nome direttamente dalla santità, giacché esse sono chiamate *Sanctimoniales* dalla parola *sanctimonia* che significa appunto santità. Infatti il sesso delle donne è più debole e perciò più caro a Dio e più perfetta è la loro virtù, come testimonia il Signore stesso, quando esortando l'Apostolo ad abbandonare ogni timore e a combattere per la corona del martirio dice:[202] «Ti basti la mia grazia, perché la mia potenza si fa meglio sentire nella debolezza». Inoltre, parlando per bocca dello stesso Apostolo delle membra del suo corpo, cioè della Chiesa, nella prima Lettera ai Corinti dice, come se volesse attirare l'attenzione sui riguardi che spettano alle membra più deboli:[203] «Le membra del corpo che sembrano più deboli, sono le più necessarie; quelle che riteniamo le più ignobili, sono proprio quelle che rivestiamo con più ornamenti: le parti meno nobili sono quelle meglio trattate, mentre le parti nobili non hanno bisogno di particolare riguardo. Ma Dio ha disposto il corpo in modo da dare maggior onore alle parti che non ne avevano, affinché non ci fosse divisione nel corpo e le membra concorressero ad aiutarsi vicendevolmente ». E a chi la grazia divina ha dispensato i suoi tesori in modo più completo che al sesso debole, quel sesso che tanto il peccato originale quanto la natura stessa avevano reso oggetto di profondo disprezzo? Esamina le diverse condizioni in cui può trovarsi una donna, considera non solo le vergini e le vedove o le donne sposate, ma anche le povere disgraziate che si prostituiscono, e vedrai che su di esse cade più copiosa la grazia di Cristo, in modo che veramente, secondo la parola del Signore e dell'Apostolo,[204] « gli ultimi saranno i primi, e i primi saranno gli ultimi », e[205] « là ove più grande è stato il peccato, più grande sarà anche la grazia ».

Se poi prendiamo a considerare i benefici e gli onori di cui la grazia divina ha fatto oggetto la donna, troveremo subito che l'atto stesso della creazione l'ha posta su di un piano più alto, dal momento che la donna è stata creata in Paradiso, l'uomo invece fuori del Paradiso.[206] Di conseguenza le donne sanno benissimo che il Paradiso è la loro vera patria e sanno anche che devono cercare di vivere nel celibato una vita conforme a quella del Paradiso. Ambrogio, nel suo libro *Sul Paradiso*, dice:[207] « Dio prese l'uomo che aveva fatto e lo pose nel Paradiso ». Si capisce quindi che egli ha preso qualcuno che esisteva già e lo ha messo nel Paradiso: evidentemente l'uomo è stato creato fuori del Paradiso, la donna nel Paradiso. L'uomo, che è stato creato in un luogo inferiore, è considerato il migliore, la donna invece, che è stata creata in un luogo più nobile, si trova oggi ad essere inferiore.

Inoltre il Signore ha riscattato in Maria la colpa di Eva, causa di tutti i mali, prima che la colpa di Adamo fosse riparata da Cristo. E come una donna è stata la causa del castigo, così da una donna ci è venuta la grazia, e i privilegi della verginità sono tornati a fiorire.[208] Anna[209] e Maria infatti avevano già offerto alle vedove e alle vergini un modello di vita religiosa prima che Giovanni e gli Apostoli dessero agli uomini un esempio di vita monastica. E se, dopo Eva, si considera attentamente la virtù di cui hanno dato prova Debora, Judith ed Ester, si troverà che il loro comportamento è motivo di non poca vergogna per il cosiddetto sesso forte. Debora,[210] giudice del popolo di Dio, quando ormai gli uomini stavano per arrendersi, scese in campo, sconfisse i nemici, liberò il suo popolo e riportò un grande trionfo. Judith,[211] senza armi, accompagnata solo dalla sua serva, affrontò un esercito terribile e, tagliando con la sua spada la testa di Oloferne, sconfisse da sola tutti i nemici e liberò il suo popolo che era ormai disperato. Ester,[212] che per segreta ispirazione dello Spirito Santo aveva sposato un re idolatra andando contro la legge stessa, prevenne il piano dell'empio Aman e il crudele editto del re, mutando quasi in un attimo la sentenza regale. Si considera un grande atto di valore il fatto che Davide con una fionda e una pietra abbia assalito e sconfitto Golia: Judith, che non era che una povera vedova, non aveva né fionde né pietre né alcun tipo di arma quando marciò contro l'armata nemica. Ester solo con la parola liberò il suo popolo e ritorse contro i suoi nemici il decreto di proscrizione, precipitandoli tutti nello stesso tranello che essi stessi avevano ordito: e in ricordo di questa eccezionale impresa ogni anno presso i Giudei si celebravano feste solenni,[213] onore questo che nessun uomo poté mai meritare con le sue imprese per splendide che fossero.

Chi non ammira l'incomparabile fermezza della madre che, secondo la storia dei Maccabei,[214] fu fatta rapire con i suoi sette figli dall'empio re Antioco[215] che cercò invano di costringerli a mangiare, contro la legge,[216] carne di maiale? Questa madre, facendo tacere la sua stessa natura e tutti i suoi sentimenti umani per ubbidire soltanto al Signore, non solo esortò i suoi figli a cogliere la corona che li attendeva, ma affrontò anch'ella il martirio, dopo averlo subìto in ciascuno dei suoi figli. Certamente, neppure se sfogliassimo tutti i libri dell'Antico Testamento, potremmo trovare qualcosa cui paragonare la fermezza di questa donna. Basti pensare che il demonio stesso, dopo aver duramente messo alla prova il beato Giobbe, alla fine, ben conoscendo la debolezza della natura umana di fronte alla morte, disse:[217] « L'uomo per salvare la propria pelle è disposto a dare la pelle altrui: darà tutto per salvare la propria vita ». Infatti per natura abbiamo tanta paura delle sofferenze e della morte che spesso sacrifichiamo un membro per salvarne un altro, e non esitiamo ad adattarci a qualsiasi situazione pur di salvare la vita. Quella madre, invece, ebbe il coraggio di sacrificare non solo tutto quello che possedeva, ma anche la sua vita e la vita dei suoi figli, pur di non violare neanche un punto della legge. E ditemi: qual è il punto della legge che le si voleva far trasgredire? La si voleva forse costringere ad abiurare Dio o a sacrificare agli idoli? No, certo: si voleva soltanto che lei e i suoi figli mangiassero un tipo di carne di cui la legge proibiva l'uso. O fratelli, o voi che come me avete abbracciato la vita monastica, voi che ogni giorno con tanta sfrontatezza violate la nostra regola e i nostri voti seguendo la carne, che cosa dite della fermezza di questa donna? Siete forse tanto privi di senso del pudore da non arrossire di vergogna sentendo cose come queste? Ricordate, fratelli, il rimprovero che il Signore fa agli increduli a proposito della regina del Mezzogiorno:[218] « La regina del Mezzogiorno », dice, « nel giorno del giudizio si leverà contro questa generazione e la condannerà ».[219] Certo voi, di fronte alla fermezza di quella donna, siete tanto più degni di rimprovero quanto più grande è ciò che ella ha fatto e quanto più stretti dovrebbero essere i vincoli che vi legano a questa vostra regola. Dalla Chiesa ella ha meritato, in virtù del coraggio di cui ha dato prova in quel terribile frangente, l'altissimo onore di avere solenni letture commemorative e una Messa,[220] onore che non era mai stato concesso a nessuno dei santi anteriori alla venuta del Signore, benché, nella medesima storia dei Maccabei, si ricordi che Eleazaro, il venerabile vecchio che fu uno dei primi scribi, aveva già ottenuto la corona del martirio per lo stesso motivo.[221] Ma, come abbiamo già osservato, più la donna è per sua natura debole, più la sua virtù è cara a Dio e più è degna di onori; al contrario qualsiasi altro martirio, cui non abbia partecipato una donna, non ha mai meritato di essere ricordato con una festa, come se non fosse il caso di meravigliarsi se il cosiddetto sesso forte affronta prove degne di lui. Perciò anche la Scrittura lodando più del consueto questa donna dice:[222] « Soprattutto fu meravigliosa e degna della memoria di tutti i buoni la madre che, vedendo morire in un sol giorno i suoi sette figli, sopportò tutto di buon animo perché aveva fiducia in Dio: anzi ella, ripiena dello spirito della saggezza e facendo mostra, lei donna, di un coraggio da uomo, incoraggiava ad uno ad uno i suoi figli ».

E la figlia di Jefte[223] non è forse degna di essere ricordata anche da sola a gloria delle vergini? La fanciulla, infatti, per evitare che suo padre fosse accusato di non aver mantenuto il voto fatto, per sconsiderato che fosse, e per evitare che la grazia divina fosse defraudata della vittima che le era stata promessa in cambio dell'aiuto prestato, esortò ella stessa il padre vittorioso a sgozzarla. Ora, che cosa non avrebbe fatto una donna simile nella lotta del martirio se gli infedeli avessero voluto costringerla a negare Dio e ad abiurare la sua fede? Interrogata sul conto di Cristo insieme con il capo degli Apostoli avrebbe forse detto come lui:[224] « Non conosco quell'uomo »? Ella fu lasciata libera dal padre, ma allo spirare dei due mesi tornò da lui per farsi uccidere. Spontaneamente va incontro alla morte e ben lungi dal temerla la va a cercare. Ella paga con la vita la stolta promessa di suo padre, e per rispetto della verità lo libera dal voto fatto. Se è stata così intransigente nei confronti della promessa sbagliata fatta dal padre, chissà quanto sarebbe stata intransigente nei confronti di se stessa! Il suo ardore di vergine tanto verso il padre carnale quanto verso quello spirituale doveva essere eccezionale: con la sua morte, nel momento stesso in cui libera il primo dall'accusa di spergiuro, mantiene anche la promessa che è stata fatta al secondo. Ed è quindi giusto che tanta forza d'animo in una fanciulla abbia meritato che in suo onore ogni anno le figlie di Israele si radunassero per celebrare i suoi funerali con inni solenni e per compiangere pietosamente il suo sacrificio di vittima innocente.[225]

Ma lasciamo da parte tutti questi esempi particolari che si potrebbero citare e domandiamoci: che cosa può essere stato più necessario per la nostra redenzione e per la salvezza di tutta l'umanità di quel sesso femminile che ci ha partorito il Salvatore? Ed è proprio su questo merito eccezionale che insistette la donna che per prima osò presentarsi a sant'Ilarione, tutto allibito e stupito, e gli obiettò:[226] « Perché non ascolti le mie preghiere? Non pensare che io sono una donna, se non vuoi; pensa soltanto che sono un'infelice. Il mio sesso ha partorito il Salvatore ». In verità non c'è gloria che si possa paragonare a quella che questo sesso si è guadagnata nella persona della madre del Signore. Il nostro Redentore, se avesse voluto, avrebbe potuto nascere anche da un uomo, così come ha tratto la donna dal corpo dell'uomo: ma ha preferito che l'eccezionale gloria di questo suo atto di umiltà tornasse ad onore del sesso debole. Avrebbe anche potuto, per nascere, scegliere nella donna una parte più nobile di quella da cui nascono, dopo esservi stati concepiti, tutti gli altri uomini, ma, ad eterna gloria del corpo della donna, ha voluto con la propria nascita nobilitare i suoi organi genitali molto più di quanto non avesse fatto per quelli maschili mediante la circoncisione.[227]

Ma per quel che riguarda il particolare onore riservato alle vergini penso che tutto questo possa bastare: passiamo quindi, seguendo il piano che ci siamo proposti, alle altre donne.[228]

Considera, ad esempio, quanto onore la venuta di Cristo ha recato ad Elisabetta[229] che era sposata, e ad Anna, che invece era già vedova. Zaccaria, marito di Elisabetta e gran sacerdote del Signore, non aveva ancora riacquistato l'uso della parola perduta a causa della sua incredulità,[230] quando,[231] all'arrivo di Maria, subito dopo le sue parole di saluto, Elisabetta, ripiena di Spirito Santo, sentendo muoversi in grembo il suo bambino,[232] capì per prima che Maria aveva concepito un figlio e divenne così più che profeta. Subito infatti annunciò l'eccezionale prodigio ed esortò la madre del Signore a ringraziare e lodare Dio per l'onore che le aveva riservato. E certo il dono della profezia pare più completo e perfetto in Elisabetta, la quale ha riconosciuto il figlio di Dio appena era stato concepito, che non nello stesso Giovanni, il quale non lo annunciò che dopo la sua nascita. Pertanto, come ho chiamato Maria Maddalena apostola degli Apostoli,[233] così non esiterei a chiamare

Elisabetta profetessa dei profeti, allo stesso modo di Anna, la santa vedova, di cui si è già a lungo parlato.[234]

Se poi vogliamo prendere in considerazione il dono della profezia anche presso i Gentili,[235] esaminiamo prima di tutto la Sibilla[236] e quello che le è stato rivelato riguardo a Gesù Cristo. Se paragoniamo a lei tutti i profeti, ivi compreso anche Isaia, che, secondo Gerolamo, fu non tanto un profeta quanto un evangelista,[237] vedremo confermata anche in questo caso la superiorità delle donne sugli uomini. Agostino, adducendo la testimonianza della Sibilla contro gli eretici, dice:[238] « Sentiamo le parole della Sibilla, loro profetessa, riguardo a Cristo: " Il Signore ha invitato gli uomini fedeli ad adorare un altro Dio "; " Riconosci il tuo Signore come figlio di Dio". Altrove, poi, indica il figlio di Dio con il termine *symbolum*, vale a dire consigliere. E il profeta dice:[239] "Lo chiameranno il mirabile e il Consigliere " ». Sempre a proposito della Sibilla lo stesso sant'Agostino, nel diciottesimo libro della *Città di Dio*, scrive:[240] « Alcuni dicono che in quel tempo la Sibilla Erettea, secondo altri la Cumana, aveva fatto una profezia di ventisette versi che, tradotta, conteneva un passo che suona così:

"Il pudore della terra annuncerà il prossimo [giudizio.
Dal cielo scenderà un re che vivrà nei secoli,
per giudicare in carne ed ossa tutto il [mondo".

Leggendo di fila le prime lettere di questi versi nell'originale greco si ottiene questa frase: "Gesù Cristo, di Dio figlio, Salvatore" ».[241]

Anche Lattanzio riferisce alcune profezie della Sibilla riguardo a Cristo:[242] « Poi », dice, « sarà catturato dagli infedeli che lo schiaffeggeranno con le loro mani sacrileghe e lo copriranno di sputi avvelenati con la loro bocca impura. Egli porgerà umilmente alle loro fruste le sue spalle sante e si lascerà schiaffeggiare in silenzio perché nessuno capisca che è il Verbo e riveli agli inferi la sua origine. E verrà coronato di spine. Come cibo gli daranno fiele e come bevanda aceto: questa sarà la loro mensa ospitale. Popolo stolto! Il tuo Dio meritava di essere adorato da tutti i mortali e tu non l'hai capito, ma l'hai incoronato di spine e hai bagnato le sue labbra con il fiele. Si spaccherà la volta del tempio e a metà del giorno si farà notte per tre ore e morirà, ma dopo aver riposato tre giorni risorgerà dagli inferi e allora tornerà alla luce mostrando in sé per primo il principio della risurrezione ».

Il più grande dei nostri poeti, Virgilio, conosceva certamente questa profezia della Sibilla, se non erro, e doveva averla presente quando nella IV Egloga preannunciava che sotto Cesare Augusto, durante il consolato di Pollione, sarebbe nato in maniera miracolosa un fanciullo, mandato sulla terra dal cielo, che avrebbe tolto i peccati del mondo e vi avrebbe inaugurato una nuova età meravigliosa.[243] Tutto questo Virgilio cantava sulla traccia, lo ammette egli stesso,[244] di un vaticinio del carme cumano, cioè della Sibilla detta appunto

Cumana. E con il suo canto sembra esortare gli uomini a rallegrarsi e a cantare e a scrivere sulla futura nascita di questo fanciullo tanto nobile che, al suo confronto, ogni altro argomento sembra basso e vile. Dice infatti:[245]

> « Muse Sicule, innalziamo il tono del nostro [canto:
> non a tutti piacciono gli arbusti e gli umili [tamerischi.
> . . . .
> È giunta l'ultima età vaticinata dalle profe- [zie cumane;[246]
> da capo nasce una gran serie di secoli.
> Già torna anche la vergine,[247] tornano i regni [di Saturno,
> già dall'alto discende una nuova progenie... ».

Considera bene ogni parola della Sibilla e vi troverai un riassunto chiaro e completo di tutte le verità che sono oggetto della fede in Cristo. Le parole della Sibilla e i versi di Virgilio non tralasciano né la divinità né l'umanità del Cristo, né il suo duplice avvento sulla terra né il suo duplice giudizio, in quanto egli una prima volta è stato giudicato ingiustamente nel corso della sua passione e una seconda volta verrà nel pieno della sua maestà a giudicare gli uomini in base ai princìpi della giustizia. Non è dimenticata la sua discesa agli inferi[248] né la sua gloriosa risurrezione, ma tutto è annunciato, superando non solo i profeti, ma gli stessi Evangelisti, che sulla discesa agli inferi non hanno speso molte parole.

Chi può fare a meno di ammirare anche il lungo e familiare colloquio con cui Cristo ha voluto intrattenersi a tu per tu con la donna pagana e samaritana, per istruirla con tanta sollecitudine che perfino gli Apostoli si stupirono?[249] Dapprima le rimproverò la sua infedeltà e il gran numero dei suoi amanti,[250] poi volle chiederle da bere, lui che non aveva mai chiesto cibo a nessuno. Sopraggiungono gli Apostoli e gli offrono le vivande che avevano acquistato dicendo:[251] « Mangia, maestro! », ma egli rifiuta e, come per scusarsi, dice:[252] « Io posso mangiare un cibo che voi non conoscete ». Eppure si rivolge alla donna e le chiede da bere: questa gli rifiuta il favore dicendo: « Come mai tu, che sei giudeo, chiedi da bere a me che sono samaritana? I Giudei non vanno d'accordo con i Samaritani ».[253] E poi: « Tu non hai un recipiente per attingere, e il pozzo è profondo ». Così egli chiede da bere a una donna infedele che, per di più, si rifiuta di appagare il suo desiderio, mentre non presta attenzione ai cibi che gli Apostoli gli hanno offerto.

Ma quale benevolenza, vi chiedo, egli usa nei confronti del sesso debole, tanto da chiedere a questa donna l'acqua, egli che dà a tutti la vita? E che scopo egli ha se non quello di mostrare chiaramente che la virtù delle donne gli è tanto più gradita, quanto più la loro natura è debole, e che egli ha tanta più sete della loro salvezza quanto più sa che la loro virtù è ammirevole? Quindi, chiedendo da bere a una donna, lascia capire che vuol appagare la sua sete mediante la salvezza delle donne. D'altra parte egli chiama cibo questa bevanda e dice:[254] « Io posso mangiare un cibo che voi non conoscete », e poi spiega:[255] « Il mio cibo consiste nel fare la volontà del Padre mio », come per dire che la particolare volontà del Padre consiste nel collaborare alla salvezza del sesso più debole.

Nel Vangelo leggiamo[256] che Cristo ebbe un colloquio familiare anche con quel capo giudeo di nome Nicodemo che si era recato da lui in segreto: volle istruirlo sulla sua salvezza, ma da quel colloquio non riuscì a raccogliere i frutti sperati. Sappiamo che questa donna samaritana invece fu subito piena di spirito profetico e corse ad annunciare che Cristo era già venuto presso i Giudei e sarebbe venuto anche presso i Gentili dicendo:[257] « So che deve venire il Messia, che si chiama Cristo, e quando sarà venuto, ci insegnerà tutto », in modo tale che, spinta da queste parole, molta gente di quella città corse a sentire Cristo e credette in lui e riuscì a trattenerlo per tre giorni, benché in un'altra occasione egli stesso avesse detto agli Apostoli:[258] « Non andate fra i Gentili e non entrate nella città dei Samaritani ».

Sempre Giovanni, in un altro passo,[259] riferisce che alcuni Gentili, recatisi a Gerusalemme per celebrare una festività, avevano annunciato a Cristo, tramite Filippo e Andrea, che volevano vederlo, ma non conferma poi che siano stati ricevuti né che Cristo abbia concesso a loro che pure la chiedevano una grazia pari a quella che donò alla Samaritana che neanche l'aveva chiesta. Di fatto questo incontro con la Samaritana può essere considerato l'inizio della sua predicazione presso i

Gentili, perché ella non solo fu convertita, ma divenne anche il mezzo per la conquista di molte altre anime. Si dice che i Magi, appena furono illuminati dalla stella e guidati da Cristo,[260] con le loro esortazioni e con la loro saggezza riuscirono a portare a lui molti uomini, ma sappiamo che gli si presentarono da soli. Questo dimostra una volta di più quanto potere sia stato conferito, tra i Gentili, da Cristo a questa donna, a cui bastò correre in città ad annunciare la sua venuta e dire ciò che aveva sentito per conquistare subito molte persone.

Se sfogliamo l'Antico Testamento o il Vangelo, vediamo che anche nel campo della risurrezione dei morti la grazia divina ha concesso i più grandi benefici soprattutto a delle donne e che questo tipo di miracolo o ha avuto come oggetto delle donne o, per lo meno, si è sempre verificato per loro intercessione.[261] In primo luogo, infatti, leggiamo che i fanciulli risuscitati da Elia[262] ed Eliseo[263] furono risuscitati per intercessione delle rispettive madri e d'altra parte Gesù stesso, risuscitando il figlio della vedova,[264] la figlia del capo della sinagoga[265] e Lazzaro,[266] quest'ultimo dietro preghiera delle sue sorelle, mostra di aver concesso soprattutto a delle donne il beneficio di questo grande miracolo. E si spiega così perché l'Apostolo nella sua Lettera agli Ebrei scriva:[267] « Le donne ottennero la risurrezione dei loro morti ». Infatti la fanciulla risuscitata ricevette il suo corpo ormai defunto[268] e le altre donne ebbero la consolazione di veder tornare in vita i familiari di cui piangevano la morte. Anche questo dimostra quanta grazia

Cristo abbia sempre accordato alle donne, perché se prima le colmò di gioia risuscitando da morte loro stesse e i loro cari, in seguito è a loro che concesse, come sta scritto,[269] il grande privilegio di essere le prime testimoni della sua risurrezione. Esse potrebbero aver meritato questa benevolenza in cambio della spontanea tenerezza di cui diedero prova nei confronti di Cristo durante la sua passione: Luca, infatti, attesta che,[270] durante la salita al Calvario, le mogli degli stessi uomini che conducevano Cristo seguivano il corteo compiangendo il triste destino del condannato e lamentandosi; egli allora si volse verso di loro e, come se nel momento della passione avesse voluto ricambiarne il pietoso attaccamento con la sua misericordia, predisse loro i mali futuri perché potessero premunirsi, dicendo:[271] « Figlie di Gerusalemme, non piangete su di me, ma su voi stesse e sui vostri figli, perché verranno giorni in cui si dirà: "Beate le sterili e i ventri che non hanno generato" ». Matteo ricorda che la moglie del giudice iniquo che aveva condannato Cristo aveva fatto di tutto per liberarlo:[272] « Mentre il giudice sedeva in tribunale, sua moglie gli mandò a dire: "Non ci sia nulla fra te e quel giusto perché oggi, in sogno, ho sofferto molto a motivo di lui" ». E, ancora, leggiamo che durante una sua predicazione, una donna, sola in mezzo alla folla, aveva gridato a Gesù:[273] « Beato il ventre che ti ha portato e le mammelle che ti hanno nutrito », ed egli aveva subito piamente corretto questa verissima professione di fede, aggiungendo: « Beati piuttosto quelli che ascoltano la parola di Dio e la osservano scrupolosamente ».

Soltanto Giovanni, tra gli Apostoli, ottenne il privilegio dell'amore di Cristo, tanto che fu chiamato il prediletto del Signore.[274] Eppure egli a proposito di Marta e Maria scrive:[275] « Gesù amava Marta, sua sorella Maria e Lazzaro »: lo stesso Apostolo che, come si è detto, sa di essere il prediletto del Signore, accorda ad alcune donne questo privilegio che non riconosce a nessun altro degli Apostoli. E se a questo onore associa anche il loro fratello Lazzaro, tuttavia lo mette all'ultimo posto, come se le due sorelle lo precedessero nell'amore del Signore.

Infine, per tornare alle donne fedeli, alle prime grandi cristiane, voglio raccontare ammirando e ammirare raccontando l'effetto della misericordia divina anche sull'abiezione di donne votate alla prostituzione. Che cosa c'è di più ripugnante della vita condotta da Maria Maddalena[276] o da Maria Egiziaca[277] prima della conversione? Eppure, c'è qualche donna che sia stata elevata dalla grazia divina a un più alto grado di onore e di merito? Come si è già detto,[278] la prima rimase nella comunità degli Apostoli e l'altra sopportò con sovrumana costanza le prove degli anacoreti, e la virtù di queste sante donne riceve anzi particolare risalto dal confronto con il tenore di vita dei monaci di entrambi i sessi; così anche le parole che il Signore diceva agli increduli:[279] « Le meretrici vi precederanno nel regno dei cieli » possono benissimo essere applicate agli stessi monaci, riferendo alla differenza di sesso e di vita la massima per cui gli ultimi diventeranno i primi e i primi saranno gli ultimi.[280] Chi, infine, potrebbe mettere in dubbio che le donne hanno accolto l'esortazione di Cristo e il consiglio dell'Apostolo praticando la castità con tanto zelo da immolarsi in olocausto a Dio per conservare la purezza materiale e insieme spirituale e da seguire ovunque l'Agnello sposo delle Vergini,[281] conquistandosi una duplice corona?[282] La perfezione di questa virtù, rara tra gli uomini, è invece frequente, come abbiamo visto, tra le donne, alcune delle quali hanno seguito con tanto rigore la scelta da loro fatta in merito alla castità da non esitare a uccidersi per non perdere quella purezza che avevano votato a Dio e per giungere vergini al loro sposo immacolato. E Dio, peraltro, ha mostrato di gradire tanto il sacrificio di queste sante donne da salvare una gran quantità di pagani che durante un'eruzione dell'Etna si erano affidati alla protezione di sant'Agata:[283] egli contenne il flusso della terribile lava con il velo della santa e li liberò dal fuoco materiale e spirituale. Ora, non ci risulta che nessun cappuccio di monaco abbia mai avuto il potere di compiere un così grande prodigio; è vero che alle acque del Giordano è bastato il contatto con il mantello di Elia per dividersi e per offrire un passaggio attraverso la terra asciutta tanto a lui quanto ad Eliseo,[284] ma il velo di questa vergine ha procurato a una grandissima quantità di infedeli la salvezza del corpo e anche dell'anima, aprendo loro la strada del cielo mediante la conversione.

La dignità di queste sante donne è confermata anche dal fatto tutt'altro che trascurabile che esse si consacrano da sé con queste parole di sant'Agnese, la vera e propria formula che le vergini pronunciano per legarsi a Cristo: « Con il suo anello mi ha legata a lui e io gli sono fidanzata ».

Chi poi, desideroso d'incoraggiamento, voglia rintracciare anche presso i pagani forme di vita simili alle attuali e capire in quale considerazione fossero tenute le vergini anche in quei tempi, troverà parecchie istituzioni affini alle odierne, indipendentemente dalla diversa fede, e si accorgerà che presso i pagani come presso i Giudei erano in uso pratiche religiose che la Chiesa ha migliorato, ma non soppresso. Tutti sanno, ad esempio, che la Chiesa ha preso dalla Sinagoga[285] l'intera gerarchia dei chierici dall'ostiario al vescovo, l'uso stesso della tonsura ecclesiastica con la quale si entra a far parte del clero, il digiuno delle *Quattro Tempora,*[286] il sacrificio degli azzimi,[287] gli stessi ornamenti degli abiti sacri e perfino alcuni riti di dedicazione e di consacrazione. E chi non sa che con una disposizione molto saggia presso i popoli convertiti sono stati conservati non solo i gradi delle dignità secolari, come quello dei re e degli altri principi, ma anche alcune norme di legge e certi princìpi di vita e, inoltre, alcuni gradi delle dignità ecclesiastiche, la pratica della continenza e il culto della purezza corporale? Così, dove un tempo esercitavano il loro ministero i flamini e gli arciflamini,[288] ora ci sono i vescovi e gli arcivescovi, e i templi che erano stati innalzati ai demoni sono stati in seguito consacrati al Signore e dedicati alla memoria dei santi.[289] Sappiamo che la verginità era considerata un grande merito anche presso i Gentili,[290] mentre la maledizione della legge costringeva i Giudei alle nozze;[291] e i pagani sapevano apprezzare tanto questa virtù o purezza della carne che i loro templi erano pieni di sacerdotesse dedite alla pratica della castità. Ecco dunque perché Gerolamo, nel terzo libro del suo commento alla Lettera ai Galati, dice:[292] « Che dobbiamo fare quando vediamo, a nostra vergogna, che Giunone ha le sue donne consacrate e Vesta le sue vergini consacrate e qualsiasi altra divinità le sue sacerdotesse votate a castità? ». Gerolamo parla propriamente di « univire » e « univergini », indicando con il primo termine le monache che hanno conosciuto l'uomo, e con il secondo le monache vergini,[293] giacché *monos*, da cui deriva *monacus*, vale a dire solitario, significa *uno solo*. Nel primo libro del *Contro Gioviniano*, poi, dopo aver riportato molti esempi di castità e di continenza di donne pagane, dice:[294] « So di essere stato piuttosto prolisso in questo elenco, ma l'ho fatto perché le donne cristiane, che disprezzano gli esempi evangelici di pudicizia, imparino la castità almeno dai pagani ». In un passo precedente dello stesso libro, egli aveva esaltato talmente la continenza da dare l'impressione che il Signore abbia apprezzato in ogni popolo soprattutto la virtù della purezza e l'abbia voluta esaltare anche in alcuni infedeli o mediante il conferimento di particolari ricompense o attraverso i miracoli:[295] « Che dire », osserva, « della Sibilla Erettea e della Cumana e delle altre otto? Secondo Varrone, infatti, furono dieci[296] in tutto e la loro virtù peculiare fu la verginità, ricompensata da Dio con il dono della divinazione ». E ancora: « Si narra che la vergine vestale Claudia, sospettata di atti immorali, abbia dimostrato la sua innocenza trascinando con la sua cintura[297] una nave che neppure un migliaio di uomini sarebbero riusciti a smuovere ». E Sidonio, vescovo di Clermont,[298] nel carme accompagnatorio del suo libro, dice:[299]

« Qual non fu Tanaquilla né la donna
che tu, Tricipitino, procreasti,
né quella che votata a Vesta Frigia
una nave trainar sul gonfio Tevere
poté coi suoi virginei capelli ».

Agostino, nel ventiduesimo libro della *Città di Dio*, dice:[300] « Se poi consideriamo i miracoli che sono stati fatti dai loro dèi, e che vengono contrapposti agli atti dei nostri martiri, troveremo che depongono anch'essi a nostro favore e giovano alla nostra causa. Ad esempio, il più grande miracolo dei loro dèi è certamente quello ricordato da Varrone a proposito di una vergine vestale che, trovandosi in grave pericolo perché ingiustamente sospettata di atti immorali, avrebbe riempito un setaccio con l'acqua del Tevere e l'avrebbe portato davanti ai suoi giudici senza perderne nemmeno una goccia. Chi impedì all'acqua di passare attraverso tutti quei fori? Non potrebbe Dio onnipotente aver tolto egli stesso il peso a una sostanza materiale, rendendo corpo vivificato quel medesimo elemento in cui ha voluto infondere lo Spirito vivificante? ». Nessuno si stupisca dunque se Dio ha esaltato con questi e altri miracoli anche la castità degli infedeli, servendosi anche dei demoni come intermediari allo scopo di stimolare i fedeli a praticare questa virtù con uno zelo che sarebbe stato tanto maggiore quando avessero saputo che era esaltata anche dagli infedeli. Sappiamo anche che la grazia della profezia fu accordata non alla persona di Caifa, ma alla sua dignità[301] e che, talvolta, anche i falsi apostoli hanno operato miracoli, ma in virtù di un potere concesso al loro ruolo, non alla loro persona.

Che c'è dunque di strano se il Signore ha concesso questo dono non a donne pagane prese nella loro individualità, ma alla virtù della continenza da esse rappresentata, per dimostrare l'innocenza di una vergine e sventare la falsa accusa di cui era oggetto? Del resto il culto della castità è apprezzabile anche negli infedeli come il rispetto della fedeltà coniugale è considerato un dono di Dio presso tutti i popoli. Dunque non meravigliamoci se Dio, con prodigi adeguati alla loro particolare mentalità, onora non i pagani, che sono al di fuori della fede, ma i doni da lui concessi; nessuno stupore, soprattutto, quando il prodigio serve, come ho detto, a far trionfare l'innocenza e a punire la malizia dei cattivi, mentre anche i fedeli ricevono un maggiore incentivo a praticare questa virtù che vedono tanto glorificata, se considerano che anche per gli infedeli è un titolo di merito astenersi dai piaceri della carne.

Per questo, opportunamente, san Gerolamo, d'accordo con la maggior parte dei Padri, ha rinfacciato a quell'eretico avversario della castità ricordato prima[302] che doveva arrossire di trovare nei pagani ciò che non apprezzava nei cristiani. Chi potrebbe negare che siano doni di Dio anche il potere che i principi infedeli possiedono, anche se poi se ne servono a sproposito, o il loro amore per la giustizia, o la clemenza che può essere suggerita loro soltanto dal rispetto della legge naturale, o tutte le altre virtù tipiche dei principi? O forse si vorrebbe negar loro la qualifica di virtù per il semplice fatto che coesistono con dei vizi, quando sant'Agostino dice, e la ragione lo conferma senza ombra di dubbio, che non possono esserci vizi se non in una natura buona? Chi non si sente di condividere la massima del poeta che dice:[303]

« Per amor di virtù il buono odia il male »?

Svetonio narra che Vespasiano, quando non era ancora imperatore, operò la guarigione miracolosa di un cieco e di uno zoppo:[304] chi preferirebbe contestare questo miracolo o quello con cui san Gregorio avrebbe salvato l'anima di Traiano,[305] invece di prestarvi fede, se non altro perché sono di incentivo per altri principi ad emulare la virtù dei protagonisti? Gli uomini sanno trovare una perla nel fango e separare il grano dalla paglia: Dio non può ignorare i doni che ha fatto agli infedeli né pentirsi dei benefici che ha loro concesso; anzi, quanto più questi sono messi in risalto da prodigi, tanto più dimostrano che egli ne è l'autore e che non possono essere offuscati dalla malvagità umana. Infine, dal comportamento tenuto da Dio verso gli infedeli, anche i fedeli possono capire come egli si comporterà verso di loro.

Quanto rispetto godesse presso gli infedeli la castità delle vergini votate al culto, lo mostrano anche le punizioni riservate a chi la violasse, come prova il passo della quarta satira di Giovenale riferito a Crispino e ai suoi rapporti con una vestale:[306]

> « Poco fa la sacerdotessa con lui giaceva già corrotta,
> ma presto scenderà viva sotto terra ».

A questo proposito, nel terzo libro della *Città di Dio*, sant'Agostino osserva:[307] « Anche gli antichi Romani condannavano le vestali scoperte in flagrante peccato di incontinenza a essere sepolte vive; essi, è vero, punivano anche le donne adultere, ma mai con la morte ». Come si vede, vendicavano più severamente quello che ritenevano il santuario della divinità che non il letto degli uomini.

Presso di noi, i principi cristiani hanno vigilato sulla nostra castità con cura tanto maggiore quanto più erano convinti che essa fosse una virtù sacra. L'imperatore Giustiniano dichiara:[308] « Se qualcuno oserà, non dico toccare, ma soltanto tentar di sedurre ai fini del matrimonio una vergine consacrata, sia punito con la morte ». È chiaro inoltre con quanta severità la disciplina monastica, che pure non richiede pene capitali ma sollecita il pentimento del peccatore, tenti di prevenire le vostre cadute. Ad esempio, nel tredicesimo capitolo del trattato di papa Innocenzo[309] dedicato a Victricio, vescovo di Rouen, leggiamo:[310] « Se le vergini che si sono sposate spiritualmente con Cristo e hanno ricevuto il velo dal sacerdote prendono marito pubblicamente o vengono sedotte di nascosto, non dovranno essere ammesse alla penitenza se non dopo la morte dell'uomo con cui hanno avuto rapporti ». Invece quelle che, pur non avendo ancora ricevuto il sacro velo, hanno già promesso di voler mantenere il voto di castità, nel caso che lo infrangano dovranno subire un periodo di penitenza, perché ormai il Signore aveva accettato la loro promessa. In effetti, se un contratto stretto da due uomini sulla base della fiducia non può essere rotto per nessun motivo, a maggior ragione una promessa fatta a Dio non potrà mai essere sciolta impunemente. E se l'Apostolo Paolo dice[311] che le donne che hanno lasciato cadere il proposito di conservare la loro vedovanza meritano di essere punite per aver infranto una precedente promessa, certamente più colpevoli sono le vergini che non hanno saputo mantenere il loro voto. Perciò, sulla base di questa considerazione, il famoso Pelagio[312] scrisse alla figlia di Maurizio:[313] « Una donna che si macchia di adulterio nei confronti di Cristo è più colpevole di una che pecca nei confronti del marito. Giustamente la Chiesa romana ha da poco pronunciato un giudizio severo a questo proposito, ritenendo appena appena degne di penitenza le donne che hanno contaminato con la loro impura libidine un corpo votato a Dio ».

Se poi vogliamo considerare quante affettuose e diligenti attenzioni i santi dottori hanno mostrato verso le vergini consacrate seguendo l'esempio degli Apostoli e del Signore stesso, troveremo che essi hanno sempre accolto e incoraggiato il loro voto con grande zelo di carità e ne hanno contemporaneamente illuminato e accresciuto la fede con la loro vasta dottrina e le loro esortazioni.

Tra tutti ricordiamo soltanto i principali dottori della Chiesa, cioè Origene,[314] Ambrogio[315] e Gerolamo. Il primo, che fu certamente il più grande filosofo cristiano, si dedicò con tanto fervore alle comunità religiose femminili che si mutilò, come attesta la *Storia ecclesiastica,*[316] per evitare che qualche sospetto potesse distoglierlo dal continuare a istruire e ad ammaestrare le donne. E chi non sa quale messe di libri sacri ha scritto Gerolamo per soddisfare Paola ed Eustochio?[317] Tra le altre cose, scrivendo per loro, in seguito a una loro richiesta, il sermone sull'Annunciazione della Madre del Signore,[318] ammette: « Visto che non posso rifiutarvi nulla di ciò che mi chiedete, obbligato come sono dal vostro grande amore, proverò ad accontentarvi ». Eppure sappiamo che alcuni grandi dottori, illustri sia per rango sia per dignità di vita, lo sollecitarono ripetutamente, scrivendogli da località molto distanti, a dar loro alcune risposte, ma non furono mai accontentati. Ad esempio sant'Agostino, nel secondo libro delle *Ritrattazioni*, dice:[319] « Ho inviato al presbitero Gerolamo, che attualmente si trova a Betlemme, due libri, uno sull'origine dell'anima,[320] l'altro sul passo in cui l'apostolo Giacomo afferma:[321] " Chi pur avendo osservato tutta la legge l'ha violata in un punto, è colpevole come se l'avesse violata tutta ",[322] e gli ho chiesto il suo parere. In effetti, mentre nel primo di questi miei lavori mi sono limitato ad impostare il problema, senza risolverlo, nel secondo ho anche anticipato una soluzione e volevo sapere se egli la trovasse accettabile. Ma mi ha scritto dicendo che era contento che l'avessi interpellato, ma che non aveva tempo per rispondere alle mie domande. Comunque io, fin che è rimasto in vita, non ho voluto pubblicare le due opere perché speravo che prima o poi potesse giungermi una sua risposta, che avrei potuto includere nella pubblicazione, e le ho divulgate solo dopo la sua morte ». Ecco dunque che mentre quel grande uomo aspettò invano per tanto tempo poche parole da san Gerolamo, questi, dietro preghiera di due donne, si applicava con grande zelo sia a tradurre sia a comporre opere ponderose, dimostrando con ciò di tenere in maggior considerazione le loro richieste che quelle di un vescovo. Forse il suo zelo nei confronti della loro virtù e il suo desiderio di non deluderle dipendeva dal fatto che egli sapeva quanto fragile sia la natura femminile. Spesso, anzi, la sua carità nei confronti di queste donne è tale che quando le loda sembra oltrepassare i limiti della verità, come se avesse sperimentato in se stesso il valore della massima già ricordata che dice: « La carità non ha misura ». Così, ad esempio, all'inizio della vita di santa Paola, come per attirare l'attenzione del lettore, egli dice:[323] « Se tutte le membra del mio corpo si mutassero in altrettante lingue e tutti i miei organi potessero esprimersi con voce umana, non riuscirei ugualmente a lodare in maniera adeguata la virtù della santa e venerabile Paola ». Gerolamo scrisse anche alcune vite di venerandi santi Padri,[324] piene di miracoli e di prodigi ben più stupefacenti, ma non risulta che abbia lodato nessuno di loro con parole tanto intense come quelle impiegate nell'elogio di questa vedova. E scrivendo alla vergine Demetriade, riempie il prologo della lettera di lodi tanto esagerate che sembra cadere in una adulazione senza misura, giacché dice:[325] « Tra tutti gli argomenti su cui fin dalla prima infanzia ho scritto, sia con le mie mani sia con l'aiuto dei miei segretari, questo è il più difficile. Se, dovendo scrivere a Demetriade, vergine consacrata a Cristo e famosa a Roma per nobiltà e ricchezze, volessi provarmi a presentare sotto una giusta luce le sue virtù, mi si accuserebbe di adulazione ». Certo per il sant'uomo indirizzare al difficile esercizio della virtù la fragile natura di una donna con l'aiuto della parola doveva essere un compito dolcissimo.

I fatti più che le parole possono comunque illuminarci in proposito: il suo affetto per queste donne fu tale che anche la sua immensa santità ne risentì non poco,[326] come attesta egli stesso nella lettera ad Asella, quando a proposito dei falsi amici e dei suoi detrattori dice tra l'altro:[327] « Sebbene alcuni mi considerino uno scellerato macchiato di tutti i delitti, tu fai bene a giudicare buoni secondo il tuo cuore anche i cattivi. In effetti è « pericoloso giudicare il servo altrui »[328] e non si perdonerà facilmente a chi calunnia i giusti. Taluni mi baciavano le mani, mentre con bocca velenosa sparlavano di me, piangevano per me con le labbra, ma nel cuore gioivano. Ma dicano se hanno mai notato in me qualcosa di estraneo alle convenienze cristiane! Non mi si rinfaccia altro che il mio sesso. E anche questo non me lo rinfaccerebbero se Paola non venisse con me a Gerusalemme ». E ancora:[329] « Prima che io entrassi nella casa della santa Paola, tutta la città era d'accordo nell'apprezzarmi: a giudizio di tutti ero ritenuto degno del pontificato. Ma quando in omaggio ai meriti della sua santità incominciai a venerarla, a onorarla e a proteggerla, allora improvvisamente tutte le virtù mi hanno abbandonato », e più avanti:[330] « Salutami Paola ed Eustochio, che, lo voglia o non lo voglia il mondo, sono mie in Cristo ».

Il Signore stesso, come si legge,[331] si comportò familiarmente nei confronti della fortunata meretrice, e il Fariseo che l'aveva invitato alla sua tavola, cominciando per questo a diffidare di lui, diceva: « Se costui fosse un profeta, saprebbe chi è questa donna che lo tocca e quali sono i suoi costumi ». Che cosa c'è dunque di strano se per conquistare tali anime i santi, membra del corpo di Cristo, seguendo il suo esempio, non esitano a sacrificare la loro reputazione? Origene, invero, come si è detto, per evitare tali sospetti, preferì sottoporsi a un sacrificio fisico ancora più grave.

Del resto, i santi Padri non si sono limitati a manifestare la loro carità verso le donne, istruendole o esortandole, ma hanno provveduto anche a consolarle e a confortarle con tanto zelo che talvolta sembra addirittura che, per calmare il loro dolore, la compassione li abbia indotti a promettere cose contrarie alla fede. Ciò succede per esempio a sant'Ambrogio[332] quando, scrivendo alle sorelle di Valentiniano[333] per consolarle in occasione della morte di questo imperatore, afferma addirittura che l'anima di Valentiniano si era certamente salvata, anche se era morto quando era appena catecumeno, sostenendo una cosa che è in stridente contrasto con i princìpi della fede cristiana e della verità evangelica.

I santi Padri non ignoravano quanto sia sempre stata gradita a Dio la virtù del sesso debole. Mentre vediamo che molte vergini seguono l'esempio della madre di Dio abbracciando questa vostra professione religiosa, conosciamo pochi uomini che hanno ricevuto la grazia di questa virtù e con essa la facoltà di « seguire ovunque l'Agnello ».[334] E benché in talune il rispetto della castità sia stato tale da indurle a darsi la morte per mantenere pura anche quella carne che avevano consacrato a Dio, esse non solo non sono state condannate, ma in genere sono state riconosciute dalla Chiesa proprio per questo loro martirio.

Inoltre, anche le vergini già fidanzate, se, prima di avere rapporti carnali con i loro mariti, decidono di entrare in monastero e sposarsi con Dio rinunciando allo sposo terreno, sono libere di seguire la loro scelta, mentre agli uomini non è mai stata riconosciuta una simile facoltà. Molte poi furono infiammate da un tale zelo di castità che non solo indossarono abiti maschili per custodire più facilmente la loro purezza, benché la legge lo vieti, ma le loro virtù risaltarono tanto in confronto con quelle dei monaci che queste donne meritarono di essere nominate abati, come nel caso di Eugenia che con la complicità del santo vescovo

Elenio, anzi dietro suo ordine, prese l'abito maschile e dopo essere stata battezzata da lui entrò in un monastero di monaci.[335]

Io credo, mia carissima sorella in Cristo, di aver risposto in maniera esauriente alla prima delle domande che mi hai recentemente rivolto in merito alla legittimità del vostro Ordine e alla considerazione in cui esso è tenuto per la sua dignità. Ora che ne conoscete l'eccellenza, potrete applicarvi con tanto maggior zelo ai doveri a cui i voti vi obbligano; da parte mia mi auguro che i vostri meriti e le vostre preghiere mi ottengano la grazia di poter rispondere, se piace a Dio, anche alla seconda domanda. Addio.

---

[1] In realtà la lettera da cui è tratto il passo in questione non è indirizzata a Eustochio ma al monaco Rustico: cfr. Gerolamo, *Epist. CXXV ad Rusticum monachum*, 7, 23-24.

[2] *Luc.* II, 25 ss.

[3] Cfr. *Luc.* VIII, 2: « Erano con lui i dodici e alcune donne che erano state guarite da spiriti maligni e da infermità... ».

[4] *Psalm.* XV, 5.

[5] *Luc.* XIV, 33.

[6] *Ib.* VII, 37 ss. Abelardo allude all'episodio in cui Gesù in casa del fariseo Simone accetta di buon grado l'umile omaggio della peccatrice che non ha esitato a lavare i piedi di Gesù e ad asciugarglieli con i suoi capelli. Di fronte alle indirette rimostranze del fariseo (« Costui se fosse profeta, saprebbe chi è e di che genere è la donna che lo tocca ») Gesù reagisce lodando l'estrema devozione della donna.

[7] Con il termine di Farisei si indica il partito giudaico, composto di laici di tutte le categorie, particolarmente diffuso in Palestina a partire dai tempi di Gesù. I Farisei si distinguevano tra gli altri Giudei per la loro pietà e il loro rigorismo nella interpretazione della legge, in quanto volevano che tutti gli atti della vita fossero regolati dal rispetto della volontà di Dio. Naturalmente questo atteggiamento spirituale aveva molti lati negativi e i Vangeli, che costituiscono una notevole voce di opposizione contro il rigorismo farisaico, denunciano a più riprese il formalismo esteriore dei Farisei (*Matth.* XXIII, 25-27) e la loro incapacità di distinguere le cose più importanti da quelle secondarie (*ib.* 23).

[8] *Joan.* XII, 3.

[9] Una libbra romana equivaleva a poco più di trecento grammi: nel

caso specifico, una libbra di unguento prezioso (probabilmente profumo) doveva essere una quantità piuttosto notevole.

[10] *Joan.* XII, 4 ss. Abelardo tornerà sull'episodio più avanti.

[11] *V.* Lettera VI, nota 136.

[12] *Luc.* VIII, 2.

[13] *Joan.* XIII, 5.

[14] Abelardo identifica Maria, sorella di Lazzaro e di Marta, con la peccatrice di cui ha già fatto cenno nelle prime battute della lettera e di cui si parla in *Luc.* VII, 37 ss. (*v.* nota 6).

[15] L'atto di asciugare le mani o i piedi di qualcuno con i capelli manifestava tenera devozione.

[16] La precisazione del fatto che il vasetto contenente il profumo fu spezzato per facilitare l'uscita del liquido si legge in *Marc.* XIV, 3.

[17] I profumi allora erano contenuti in vasetti di alabastro, in quanto gli antichi credevano che questo tipo di pietra calcarea, somigliante al marmo ma trasparente e più tenero, li conservasse meglio.

[18] *Dan.* IX, 24 ss. Il profeta Daniele nel passo in questione parla del tempo che dovrà trascorrere prima che « sia unto il Santo dei Santi », cioè, con tutta probabilità, il Messia, l'*unto* (cfr. *ib.* 25), che toglierà il peccato facendo trionfare la giustizia.

[19] Cfr. *Is.* XI, 2: « E sopra di lui si poserà lo spirito del Signore, spirito di sapienza e di intelligenza, spirito di prudenza e di fortezza, spirito di scienza e di pietà; lo riempirà lo spirito del timor di Dio ».

[20] Cristo, dal greco Χριστός, significa *Unto.*

[21] Cfr. *Gen.* XXVIII, 18 ss.: « Alla mattina presto Giacobbe si alzò, prese la pietra che gli era servita come sostegno del capo e versandovi sopra dell'olio la eresse in monumento... Giacobbe fece questo voto: " ... Questa pietra che io ho eretto come una stele sarà una casa di Dio" ».

[22] *V.* Lettera VI, nota 28.

[23] *Marc.* XIV, 6. Le parole di Gesù sono rivolte ai discepoli che avevano criticato il gesto con cui Maria aveva versato tutto il profumo sul capo e sui piedi del Signore.

[24] Gesù Cristo.

[25] I cristiani.

[26] *V.* nota 16.

[27] *Cant.* I, 2.

[28] L'autore dei Salmi, cioè Davide.

[29] *Psalm.* CXXXII, 2. Aronne, fratello di Mosè, è qui citato proprio a proposito della sua consacrazione a sacerdote.

[30] Gerolamo, *Expl. in Psalm. XXVI,* 1 ss. (P.L. 26, coll. 948-952). Davide fu unto tre volte: prima da suo padre Jesse (*I Reg.* XVI, 3), poi in Ebron (*II Reg.* II, 4), infine a Gerusalemme, quando divenne re (*ib.* V, 3): tutto il passo di Abelardo si ispira al commento di Gerolamo.

[31] Cfr. *Joan.* XII, 3 ss.

[32] *Ib.* XIX, 38.

[33] Giuseppe di Arimatea è il discepolo di Gesù che, pur non osando dichiararsi tale per timore dei Giudei, chiese a Pilato il permesso di portar via e di seppellire il corpo di Gesù.

[34] Sulla figura di Nicodemo, l'autorevole membro del sinedrio, amico di Gesù, cfr. *Joan.* III, 1 ss.; VII, 45 ss.

[35] Con allusione ai sacramenti del battesimo, della cresima, e dell'unzione degli infermi.

[36] Abelardo allude ancora all'episodio di *Joan.* XII, 3 ss., episodio intorno al quale ruota tutta la sua dimostrazione della stima che Gesù Cristo aveva per le donne.

[37] La mirra, cioè la gomma resinosa che trasuda dai rami di un arbusto dell'Arabia e dell'Abissinia, serviva a preparare profumi di lusso. Essa era tra i doni offerti a Gesù dai Magi (*Matth.* II, 11) e fu

usata altresì in occasione della sepoltura del Signore (*Joan.* XIX, 39).

[38] Il legno dell'aloe, l'albero ad alto fusto originario dell'India, da non confondersi con l'altra pianta omonima che fornisce un purgante amarissimo, era molto apprezzato per il suo profumo. Ridotto in polvere era usato nella sepoltura dei morti (*v.* la nota seguente).

[39] Di mirra e di aloe furono cosparse infatti le bende di Gesù in occasione della sua sepoltura (*Joan.* XIX, 39).

[40] *Joan.* XVIII, 36.

[41] *I Corinth.* XIII, 10.

[42] *Luc.* VII, 37; *v.* anche note 6 e 7.

[43] *Joan.* XII, 7; *v.* anche note 8, 10 e 36.

[44] *Ib.*

[45] *Marc.* XIV, 4 ss.: l'episodio è identico a quello di *Joan.* XII, 3 ss. ma è narrato con maggior ricchezza di particolari.

[46] Cfr. *Marc.* XIV, 9: « In verità vi dico: dovunque sarà predicato l'evangelo, si parlerà anche di ciò che ha fatto costei, in suo ricordo ».

[47] *Marc.* XII, 41 ss.

[48] *Matth.* XIX, 27; cfr. anche *Marc.* X, 28 e *Luc.* XVIII, 28.

[49] Cfr. *Luc.* XIX, 1 ss.: Zaccheo è il ricco capo dei pubblicani che durante il passaggio di Gesù per Gerico salì su di una pianta per vederlo meglio. Gesù lo vide e lo invitò a scendere, dicendogli che si sarebbe fermato in casa sua. Zaccheo lo accolse e in atto di omaggio nei confronti dell'ospite eccezionale promise di mettere a disposizione per la carità e la giustizia le ricchezze accumulate più o meno legalmente nel corso della sua professione.

[50] *Matth.* XXVI, 69 ss. Come Gesù gli aveva predetto (cfr. *Matth.* XXVI, 34), Pietro lo rinnegò tre volte prima del canto del gallo.

[51] *Matth.* XXVI, 56. Dopo l'arresto di Gesù, « tutti i discepoli lo abbandonarono e fuggirono ».

[52] *Rom.* VIII, 35.

[53] *V.* nota 51.

[54] *Matth.* XXVII, 55.

[55] *Ib.* 56.

[56] Maria, madre di Giacomo e Giuseppe.

[57] *Marc.* XV, 40 ss.

[58] Moglie di Zebedeo, madre di Giacomo e Giovanni.

[59] *Joan.* XIX, 25.

[60] *Ib.*

[61] *Job.* XIX, 20. Le parole di Giobbe, relative alla sua sofferenza fisica, sono interpretate misticamente da Abelardo nelle righe seguenti.

[62] *Cant.* VIII, 7.

[63] *I Corinth.* XIII, 7.

[64] In *Mich.* III, 5 si parla di profeti *qui mordent dentibus suis.*

[65] Cfr. *Luc.* XXIV, 13 ss.

[66] *Matth.* XXVI, 33.

[67] *Ib.* 35.

[68] *Luc.* XXII, 33.

[69] *Ib.* 32.

[70] *Matth.* XXVI, 69 ss.

[71] Maria Maddalena, *beata illa peccatrix*: in realtà l'identificazione di Maria Maddalena, che fu liberata da sette demoni e che subito credette in Gesù aiutandolo con i suoi mezzi (*Luc.* VIII, 2), con la peccatrice di cui si parla in *Luc.* VII, 36 ss., è del tutto priva di fondamento.

[72] *Joan.* XX, 2.

[73] *Ib.* XX, 15: queste parole Maria Maddalena ha rivolto a Gesù stesso che le è apparso dopo la risurrezione ma che lei non ha riconosciuto.

[74] Cfr. *Matth.* XXVI, 40 ss. Nell'orto del Gethsemani Gesù rimprovera i discepoli che l'hanno accompagnato, perché « non hanno potuto vegliare con lui nemmeno un'ora ».

[75] Cfr. *Joan.* XIX, 38 ss.
[76] Cfr. *Marc.* XV, 47.
[77] *Luc.* XXIII, 55-56.
[78] *Marc.* XVI, 1.
[79] *Matth.* XXVIII, 1 ss.
[80] *Ib.* 9.
[81] La precisazione si legge in *Marc.* XVI, 9 e in *Joan.* XX, 14 ss.
[82] *Matth.* XXVIII, 8 ss.
[83] *Luc.* XXIV, 10.
[84] *Marc.* XVI, 6-7.
[85] *Joan.* XX, 17.
[86] Apostolo, infatti, dal greco ἀπόστολος, è « colui che è stato inviato » (a predicare il Vangelo).
[87] Matteo nel citato passo XXVIII, 8 ss.
[88] *Luc.* X, 4. In effetti nel passo in questione Gesù, inviando innanzi a sé settantadue discepoli, tra le altre cose raccomanda loro di « non salutare nessuno per via », giacché non vuole che perdano tempo prezioso in convenevoli.
[89] *Act. Apost.* I, 12 ss.
[90] *Ib.* 14.
[91] La ricostruzione storica dell'origine degli Ordini monastici femminili procede secondo criteri rigorosamente cronologici (prima di Cristo, con Cristo, dopo Cristo) e geografici (nel mondo ebraico, nel mondo greco). La Lettera VII assume così l'aspetto di un vero e proprio trattato.
[92] La storia di Stefano protomartire (fu il primo in ordine di tempo a essere ucciso in testimonianza della sua fede in Gesù) è narrata negli Atti degli Apostoli (VI, 1-VIII, 2). Eletto diacono, come ricorda anche Abelardo, esercitò il suo ministero con zelo e passione, finché i suoi avversari non lo condussero davanti al sinedrio, accusandolo di bestemmiare « contro Mosè e contro Dio »: Stefano si difese con un lungo discorso, alla fine del quale i suoi accusatori, più sdegnati che mai, lo cacciarono fuori dalla città e lo lapidarono. La morte di Stefano pare sia avvenuta verso il 36.
[93] *Act. Apost.* VI, 1-6. A Gerusalemme i convertiti di origine pagana (i « Greci ») erano divenuti così numerosi da ottenere la nomina di sette tutori dei loro interessi, cioè, con tutta probabilità, di sette *diaconi*.
[94] I « Greci », citati per primi, sono gli stranieri pagani convertiti al cristianesimo dagli Apostoli, mentre gli Ebrei sono gli indigeni palestinesi pure essi passati al cristianesimo.
[95] Le vedove costituivano evidentemente i membri più poveri della comunità e assisterle era un obbligo preciso per i cristiani. Se nell'occasione cui fanno cenno gli Atti degli Apostoli esse *furono trascurate* quanto *al servizio* (soccorsi caritativi in denaro e in natura), ciò dipendeva dal fatto che mancavano le persone adatte.
[96] Tutti i manoscritti di Abelardo danno concordemente Timoteo: nel passo citato degli Atti degli Apostoli si legge però *Timone.*
[97] « Già in uso sia nel Vecchio Testamento per la consacrazione dei Leviti sia al tempo di Gesù per la laurea di un rabbino o per la sua ammissione nel sinedrio, l'imposizione delle mani equivale all'investitura in campo sacro, quasi al trasferimento dei propri poteri a un'altra persona » (*La Sacra Bibbia* cit., vol. III, p. 304, *ad loc.*).
[98] *I Corinth.* IX, 5. Paolo, pur vivendo in perfetta castità, avrebbe potuto prendere con sé una donna che lo aiutasse e lo soccorresse con i suoi mezzi, come era avvenuto a Gesù e come avveniva per gli altri Apostoli.
[99] Agostino, *De opere monachorum*, IV, 5 e V, 6 (P.L. 40, coll. 552-553).
[100] *Luc.* VIII, 1 ss.
[101] Abelardo passa ora a esaminare una fase successiva nella costi-

tuzione di quella che sarà la vita monastica femminile, e precisamente la fase subapostolica.

[102] La *Storia ecclesiastica*, in dieci libri, composta da Eusebio di Cesarea contiene la storia della Chiesa dalle origini fino al 324. L'autore analizza la storia nei suoi vari aspetti – successioni di vescovi, Padri e scrittori ortodossi, autori eretici, persecuzione contro i cristiani e loro martiri –, offrendo un quadro completo, anche se episodico e frammentario, dei primi secoli del cristianesimo. L'opera, che vale soprattutto come raccolta, spesso insostituibile, di materiali e documenti, nel 402 fu tradotta in latino da Rufino, che la continuò anche fino al 395. È molto probabile che Abelardo attingesse alla traduzione latina e non all'originale: si veda, comunque, anche la Lettera I, nota 103.

[103] Filone, noto con il soprannome di Giudeo, cui allude anche Abelardo, è uno dei più cospicui esponenti della cultura greco-giudaica, cioè di quella cultura che voleva armonizzare il pensiero biblico con le speculazioni ellenistiche. Nacque ad Alessandria tra il 30 e il 20 a.C. e morì intorno al 45 d.C., dopo aver partecipato a una ambasceria a Roma nel 38-40 presso Caligola. Filone Giudeo lasciò una vastissima produzione letteraria che va da scritti di carattere filosofico *(De aeternitate mundi, De providentia)* a opere esegetiche sul Pentateuco, e scritti storico-apologetici *(De vita Mojsis, De vita contemplativa, Legatio ad Gaium)*. « La produzione di Filone è di fondamentale importanza per la conoscenza della cultura giudaica in un momento particolare, poiché Filone è vissuto precisamente al tempo di Gesù Cristo » (R. CANTARELLA, *Storia della letteratura greca*, Milano 1962, p. 952).

[104] Eusebio, *Hist. eccles.* II, 16, ma soprattutto 17 (P.G. 20, coll. 178 ss.).

[105] *Ib.* 17, 55.

[106] Nel testo greco si legge esattamente σεμνεῖον, cioè « luogo sacro, casa religiosa, monastero », mentre nella traduzione latina si legge *semneum*.

[107] Eusebio, *Hist. eccles.* II, 17, 56.

[108] *Ib.*

[109] *Ib.*

[110] Con il nome di *Historia ecclesiastica tripartita* si indica un'opera che Cassiodoro compose in collaborazione con il monaco Epifanio, « traducendo da principio la compilazione fatta da Teodoro lettore (secolo V) delle storie ecclesiastiche di Socrate, Sozomeno e Teodoreto, e per il resto coordinando in un unico racconto tradotto i tre storici menzionati » (Pellegrino cit., p. 164).

[111] *Hist. eccl. tripart.* 11 (P.L. 69, col. 897).

[112] Filosofia ha qui il senso, già sopra chiarito da Abelardo, di « tenore di vita ».

[113] *V.* nota 103. L'appellativo di pitagorico dato a Filone Giudeo vale genericamente « filosofo ».

[114] Con tutta probabilità si tratta degli Ebrei appartenenti alla setta degli Esseni, di cui Filone parla specialmente in una sua opera pervenutaci solo parzialmente, il *De vita contemplativa* (2, 632). In effetti la descrizione che segue della vita condotta da questi *Hebraei egregii* coincide perfettamente con quella che tanto Filone quanto Giuseppe Flavio fanno della comunità in questione, la cui sede si localizza oggi sul bordo occidentale del Mar Morto (si veda lo « stagno di Maria », di cui parla Abelardo) dove nel 1947 sono stati scoperti alcuni manoscritti, i cosiddetti « rotoli del Mar Morto » o « manoscritti di Qumrân », contenenti appunto testi delle Sacre Scritture e manuali di devozione degli Esseni.

[115] L'issopo (*hysopy* nel testo, greco ὕσσωπον), è una pianta di incerta identificazione di cui si parla spesso nella Bibbia: secondo alcuni si tratterebbe dell'*hyssopus officinalis*, secondo altri dell'*origanum*

maru della famiglia delle *Labiate*, secondo altri della pianta cespugliosa che gli Arabi chiamano *zuhef*. Certo è, comunque, che un rametto d'issopo veniva usato dagli Ebrei per le purificazioni (cfr. *Exod.* XII, 22; *Lev.* XIV, 4 ss.; *Psalm.* L, 9: « Aspergimi con l'issopo e sarò purificato »).

[116] Gerolamo, *De viris illustribus*, VIII, 844 (P.L. 23, col. 654b).

[117] È lo stesso libro in lode della Chiesa di Alessandria (probabilmente una parte del *De vita contemplativa*) di cui Abelardo ha già parlato, citandone alcuni passi che trovava nella *Historia ecclesiastica* di Eusebio probabilmente nella versione latina di Rufino.

[118] *Act. Apost.* II, 44. L'attribuzione a Luca del passo in questione dipende dal fatto che secondo la tradizione tutti gli Atti degli Apostoli sono attribuiti a Luca, anche se oggi ciò è ritenuto improbabile.

[119] Gerolamo, *De viris illustribus*, XI, 2 (P.L. 23, col. 658b).

[120] *Act. Apost.* IV, 32 ss. Circa l'attribuzione a Luca *v.* nota 118.

[121] Come dirà più avanti Abelardo, non si tratta del Salmo CXIII, *In exitu Israël de Aegypto*, ma del Cantico di *Exod.* XV, 1-18, *Cantemus Domino: gloriose enim magnificatus est*, messo sulle labbra di Mosè e dei figli d'Israele e poi di Maria e di tutte le donne (*ib.* 20-21).

[122] *Exod.* XV, 20-21.

[123] Aaronne o Aronne, fratello di Mosè: cfr. *Num.* XXVI, 59.

[124] Sorta di tamburello di forma circolare, ricoperto da una pelle ben tesa che veniva percossa con il palmo della mano.

[125] *Psalm.* CL, 4.

[126] *Act. Apost.* IV, 32.

[127] Debora, profetessa e giudice di Israele, fu l'anima della lotta contro i Cananei in un'epoca in cui il popolo di Israele era ancora diviso e male organizzato (*Judic.* IV e V). Nel Cantico di Debora (cfr. *Judic.* V, 1-31), uno dei più antichi documenti originali della poesia epica ebraica, si celebra la vittoria di Jahweh sul nemico.

[128] Anna, moglie di Elkana, dopo essere stata a lungo sterile, ottenne da Dio la grazia di avere un figlio, Samuele, che consacrò poi al servizio del Signore. Il Cantico di Anna (*I Reg.* II, 1-20, *Exultavit cor meum in Domino*) è appunto un salmo di ringraziamento.

[129] Judith o Giuditta, la pia vedova che, come narra il Libro che porta il suo nome, salvò Israele tagliando la testa di Oloferne, il generale del re degli Assiri Nabucodonosor. Il Cantico di Giuditta (*Judit.* XVI, 2-21) è considerato uno dei più belli della poesia ebraica.

[130] Il Cantico di Maria altro non è che il *Magnificat*, il canto messo in bocca a Maria quando si trova presso Elisabetta: cfr. *Luc.* I, 46-55, *Magnificat anima mea Dominum*. Esso si ispira soprattutto al Cantico di Anna (nota 128).

[131] Come si è visto (nota 128), Anna consacrò il figlio Samuele, il futuro ultimo giudice di Israele, al servizio di Dio nel santuario di Silo: *I Reg.* I, 24-28 e II, 11. Abelardo, sull'esempio di alcuni Padri della Chiesa, interpreta l'episodio in senso particolare, in quanto vede nel gesto di Anna l'autorizzazione data a tutti i cristiani di consacrare a Dio i loro figli mettendoli in monastero.

[132] Isidoro (560 c.-636), vescovo di Siviglia, studioso di vastissima erudizione, si occupò di grammatica (*Differentiarum libri, Synonymorum libri*), di scienze naturali, di storia (*Chronica maiora, Historia Gothorum, Vandalorum, Sueborum, De viris illustribus*), di esegesi biblica (*Allegoriae quaedam sacrae Scripturae, Quaestiones in Vetus Testamentum*), di teologia (*Sententiarum libri*), di liturgia (*De ecclesiasticis officiis, Regula Monachorum*) e di ascetica. In Isidoro, che con le sue *Origines* o *Etymologiae* lasciava in eredità al Medioevo uno dei testi enciclopedici più diffusi, « la tradizione classica si è risolta in cultura organizzata, in civiltà da conservare e da trasmettere » (L. ALFONSI, *Letteratura latina*, Firenze 1960, ed. 3, p. 480).

[133] *In coenobio honorianensi* opp. *in coenobio honoriacensi* nel testo: si tratta del monastero di Honorat (P.L. 81, col. 481).

[134] Cfr. P.L. 83, coll. 867 ss.

[135] Note 128 e 131.

[136] Cfr. *Exod.* XXIX, 9 ss. Aronne, fratello di Mosè, fu consacrato sacerdote assieme ai suoi figli, con il diritto di trasmettere la carica ai suoi discendenti.

[137] Sulla tribù di Levi, *v.* Lettera VI, nota 138. A evitare qualsiasi confusione tra i sacerdoti figli di Aronne e i sacerdoti della tribù di Levi si ricordi la distinzione che tra i due ordini si opera in *Num.* XVIII, 2: « Con te [Aronne] prendi anche i tuoi fratelli della tribù di Levi e della tribù di tuo padre. Essi si uniscano a te e *ti siano ministri* quando tu e i tuoi figli siete davanti alla Tenda del Tabernacolo ». Cfr. anche *Num.* VIII, 6-22 e XVIII, 8-13.

[138] *Num.* XVIII, 19.

[139] Il passo, piuttosto oscuro, pare vada inteso nel senso che gli Ordini religiosi tanto maschili quanto femminili sono i legittimi eredi della tribù di Levi.

[140] Il libro dei *Numeri.* Il libro dei *Numeri*, quarto libro del Pentateuco, è così chiamato perché contiene le cifre dei censimenti di Israele: esso alterna nel suo racconto fatti e leggi, e comprende il periodo della vita degli Ebrei nel deserto.

[141] Sul Nazireato (o Nazareato) e sui Nazirei (o Nazarei) si veda la nota 17 della Lettera IV.

[142] *Num.* VI, 2 ss.

[143] Cfr. *Exod.* XXX, 17-19. La citazione, diversamente dal solito, è approssimativa e la precisazione relativa al fatto che il vaso di bronzo era stato « costruito con gli specchi delle donne che vegliavano davanti alla porta del Tabernacolo » è in *Exod.* XXXVIII; cfr. anche *I Reg.* II, 22 e *Num.* IV, 23; VIII, 24.

[144] *Hebr.* XIII, 10. Il passo paolino è estremamente complesso, per le varie interpretazioni cui ha dato luogo. Abelardo, come appare dalle sue stesse parole, vede nel Tabernacolo, metaforicamente, il corpo e le sue passioni, in linea con alcuni tardi interpreti latini, e intende con ciò sottolineare l'abisso che separa dai veri cristiani che possono accostarsi all'*altare* (l'eucaristia?) coloro che servono il Tabernacolo, cioè il corpo e le sue passioni.

[145] *Psalm.* CXX, 8.

[146] Presbitero qui è usato nel senso generico di « prete », « sacerdote ».

[147] *V.* Lettera VI, nota 18.

[148] Da non confondersi con Anna, madre di Samuele, citata più sopra. Abelardo stesso illustrerà con dovizia di particolari la personalità della profetessa in questione. Cfr. anche *Luc.* II, 36 ss.

[149] *Luc.* II, 36 ss.

[150] *Ib.* 25 ss.

[151] Si passa a un'altra categoria di donne: le vedove.

[152] *I Timoth.* V, 3. Nel passo in questione Paolo dà consigli pastorali a Timoteo e analizza soprattutto il problema delle vedove.

[153] *Ib.* 5.

[154] *Ib.* 16.

[155] Con tutta probabilità le « vere vedove » dovevano attendere, nell'ambito della comunità cui appartenevano, a funzioni caritative: queste funzioni caritative, la cui effettiva portata ci sfugge, sono probabilmente quelle inerenti al diaconato (= servizio). Più avanti Abelardo spiegherà il significato dei termini diacono e diaconessa, ma sarà bene osservare che mentre Paolo nella prima Lettera a Timoteo parla genericamente delle vedove e del loro « diaconato », Abelardo fa senz'altro coincidere il nome di diaconessa con quello di badessa, come di fatto si verificò nel corso del Medioevo, e pur prospettando il valore del diaconato come « servizio », vede nel diacono e nella diaconessa i capi

delle varie comunità, cioè coloro che sono « al servizio » dei loro monaci.

[156] *I Timoth.* V, 9-10.

[157] Lavare i piedi ai santi, cioè ai pellegrini cristiani, era un gesto di ospitalità.

[158] L'attribuzione a san Gerolamo del *Comment. in epist. ad Timoth.*, da cui è ricavato questo passo, non è del tutto sicura (cfr. comunque P.L. 20, col. 926).

[159] *I Timoth.* V, 11 ss.

[160] Gregorio M., *Epist. IV*, 11. Il destinatario si chiama Massimiano e non Massimo.

[161] Diacono deriva dal greco διάκονος, che significa « servo ».

[162] *Matth.* XXIII, 11.

[163] *Luc.* XXII, 27.

[164] *Matth.* XX, 28.

[165] *Galat.* IV, 6. La stessa espressione, come è noto, pronuncia Gesù nell'orto del Gethsemani (*Marc.* XIV, 36).

[166] Gerolamo, *Comm. in epist. ad Galat.* II, 4 (P.L. 26, col. 400b).

[167] *Matth.* V, 34.

[168] *Rom.* XVI, 1-2. Febe, come dimostra il nome, doveva essere una pagana convertita. È difficile stabilire in che cosa consistesse il suo servizio (il testo greco la definisce « diaconessa » della Chiesa di Cencre, come se si trattasse di una carica ufficiale), ma è probabile che più che compiti liturgici avesse incombenze di ordine caritativo.

[169] Cencre o Cencree era un sobborgo di Corinto.

[170] Flavio Magno Aurelio Cassiodoro, nato a Squillace in Calabria intorno al 485, fu *magister officiorum* di Teodorico, alla morte del quale ebbe praticamente in mano il governo dello Stato. Visto però fallire il suo sogno di una fusione tra l'elemento latino e l'elemento gotico in nome della libertà, nel 540 si ritirò nel monastero da lui fondato a *Vivarium*, in Calabria, dove si dedicò alla vita ascetica e agli studi, svolgendo « con l'aiuto di alcuni discepoli, un'intensa attività nel campo degli studi ecclesiastici e profani, con le raccolte e trascrizioni di codici, rendendo preziosi servizi alla cultura con la conservazione e l'investigazione del patrimonio classico » (Pellegrino cit., p. 163). Oltre ai *Chronica*, alle *Variae* (la raccolta di lettere e di documenti ufficiali da lui composti quando era *magister officiorum*), alle *Istitutiones*, lasciò tutta una serie di commenti ai Salmi e alle Lettere degli Apostoli.

[171] Claudio, spagnolo d'origine, nacque alla fine del secolo VIII e morì dopo l'823. Verso l'817 Ludovico il Pio lo nominò vescovo di Torino, dove egli si distinse per il suo fiero atteggiamento a favore dell'iconoclastia. Fu accusato anche di arianesimo e di adozionismo.

[172] Cassiodoro, *Comment. in epist. ad Romanos*, XVI, 1 (P.L. 70, coll. 1331-1332).

[173] Cfr. *Cod. regium parisiensem*, 2392, f. 64 r., col. 1; Fabricius, *Bibl. med. et inf. lat.* I, p. 388.

[174] *I Timoth.* III, 11.

[175] *Ib.* 8 s.

[176] *Ib.* 10-13.

[177] *Ib.* V, 9-10.

[178] Cfr. *Joan.* XXI, 15 ss.

[179] Gerolamo, *Contra Jovinianum*, I, 37 (P.L. 23, coll. 221 ss.).

[180] *Vitae Patrum*, V, 8, 113 (P.L. 73, col. 932d).

[181] Giacomo e Giovanni, figli di Zebedeo. Per tutto l'episodio cfr. *Matth.* XX, 20-24.

[182] *I Timoth.* V, 3.

[183] *Ib.* 4.

[184] *Ib.* 8.

[185] *Ib.* 16.

[186] *V.* nota 182.

[187] *V.* note 189-190.

[188] *V.* nota 191.

[189] *Rom.* XVI, 13. Rufo è un cristiano di Roma cui Paolo invia i suoi saluti: se si trattasse del figlio di Simone il Cireneo citato in *Marc.* XV, 21, si capirebbe anche come Paolo lo conoscesse senza mai essere stato a Roma.

[190] La madre di Rufo era « madre » anche per Paolo, in quanto più anziana di lui.

[191] *II Joan.* I, 1. Bisogna però osservare che con tutta probabilità la « signora eletta » cui l'Anziano (nel senso di « presbitero », con allusione sia all'età sia all'autorità di Giovanni) indirizza la lettera è una qualche Chiesa o di Roma o dell'Asia Minore.

[192] *Ib.* 5.

[193] Gerolamo, *Epist. XXII ad Eustoch.* 2, 4-5.

[194] *Ib.* 16, 1-9.

[195] L'attribuzione a Gerolamo di questa lettera sembra impropria (Cousin cit., p. 137, note 9 e 10).

[196] La prima domenica dopo Pasqua, cosiddetta perché in quell'occasione i catecumeni ritornavano a S. Giovanni in Laterano per deporvi la bianca veste *(alba)* che avevano ricevuto e che avevano indossato per tutta la settimana di Pasqua. Le candide vesti, riposte nel tesoro della Basilica, sarebbero state conservate come testimonianza del battesimo dei neofiti.

[197] Il termine è usato per indicare i sacerdoti.

[198] Nella più antica liturgia romana esistevano tre digiuni speciali, in tre diversi periodi dell'anno, dopo la Pentecoste, in settembre e in dicembre; quando poi al tempo di papa Leone Magno fu fissato un uguale digiuno per le prime settimane di Quaresima (primavera), questi digiuni furono chiamati *delle Quattro Tempora,* cioè del tempo di santificazione delle quattro stagioni dell'anno con il digiuno e la preghiera.

[199] *Psalm.* XLIV, 15.

[200] *Ib.* 16.

[201] La tradizione narra che Matteo, dopo l'Ascensione di Gesù, andò a predicare il Vangelo in Persia e che là subì il martirio.

[202] *II Corinth.* XII, 9.

[203] *I Corinth.* XII, 22 ss.

[204] *Matth.* XX, 16.

[205] *Rom.* V, 20.

[206] La curiosa distinzione di Abelardo trova la sua giustificazione nel fatto che in *Gen.* II, 8 si legge: « Il Signore Dio aveva piantato fin da principio un paradiso di delizie dove pose l'uomo che aveva formato ». Del resto, a sostegno della sua distinzione, Abelardo cita anche l'autorevole opinione di sant'Ambrogio.

[207] Ambrogio, *De paradiso,* IV, 44 (P.L. 14, col. 300). Nel passo in questione sant'Ambrogio commenta *Gen.* II, 15.

[208] Nella sua logica sinteticità il breve passo è uno dei più efficaci di tutta la lettera.

[209] Anna, figlia di Fanuel della tribù di Aru: era la vedova che prestava i suoi servizi al Tempio quando vi fu condotto Gesù. Abelardo ne ha già parlato a lungo (note 148-149).

[210] Cfr. *Judic.* IV e V e nota 127.

[211] Cfr. *Judit.* X ss. e nota 129.

[212] Ester, la protagonista del Libro omonimo, è una bellissima ebrea cugina e figlia adottiva di Mardocheo e sposa del re Assuero (Serse). Contro Mardocheo e contro gli Ebrei trama però Aman, favorito del re, che riesce a strappare al re un decreto in cui si ordina di massacrare tutti gli Ebrei. La situazione è disperata senonché Ester, dopo aver svelato al re Assuero la propria origine ebraica, lo informa anche del perfido piano di Aman. Allora il re fa impiccare Aman e, dietro richiesta di Ester, autorizza gli Ebrei a vendicarsi dei loro nemici.

[213] Per ricordare gli avvenimenti di cui Ester era stata protagonista,

Tavola V.

Figura simbolica dell'Agnello di Dio. A lato, un angelo (Cripta di Saint-Aignan-sur-Cher, fine del secolo XII).

Mardocheo istituì la festa di *Pûrîm* o delle *Sorti*, detta anche *festa di Ester*, festa che veniva celebrata nei due giorni successivi al 13 del mese di *Adar* (febbraio-marzo), il giorno in cui il perfido Aman aveva deciso di trucidare tutti gli Ebrei. Cfr. *Esther*, III, 7 e IX, 21.

214 *II Mach.* VII, 1 ss. Abelardo allude al famoso episodio del martirio dei sette fratelli chiamati Maccabei.

215 Antioco IV Epifane, della dinastia dei Seleucidi, re di Siria e di conseguenza anche della Palestina, dal 175 al 163 a.C. Durante il suo regno cercò in tutti i modi di estirpare la religione giudaica per diffondere presso gli Ebrei la civiltà e la religione greca: così, oltre che sconsacrare il Tempio di Gerusalemme vietando la celebrazione dei sacrifici, decretò la pena di morte per coloro che avessero osservato il sabato e la circoncisione. L'atteggiamento del re provocò una violenta reazione da parte della famiglia dei Maccabei, che portò alla liberazione della Palestina dal giogo dei Seleucidi di Siria.

216 Cfr. *Deut.* XIV, 7.

217 *Job*, II, 4.

218 *Matth.* XII, 42. La regina del Mezzogiorno è la regina di Saba, cosiddetta perché il territorio di Saba (parte SO dell'*Arabia Felix*) era a sud della Palestina.

219 La regina di Saba, che, pur essendo regina di un popolo di predoni e di pagani, si recò presso Salomone per rendere omaggio alla sua sapienza, avrà il diritto di condannare gli uomini dell'epoca di Gesù, i quali non credono né alle sue parole né ai suoi miracoli.

220 La Messa in commemorazione dei santi Maccabei martiri si celebra il 1° agosto.

221 Cfr. *II Mach.* VI, 18 ss. Come i fratelli Maccabei anche Eleazaro, il nonagenario scriba e dottore della Legge, fu condannato a morte da Antioco IV per essersi rifiutato di mangiare carni proibite dalla legge.

222 *II Mach.* VII, 20-21.

223 Cfr. *Judic.* XI, 29 ss. Jefte, uno dei giudici di Israele, al tempo della lotta contro gli Ammoniti aveva fatto voto di sacrificare al Signore, in cambio della vittoria, la prima persona che gli fosse andata incontro dopo la battaglia; Dio acconsentì, ma per punirlo della imprudenza con cui aveva fatto il voto gli fece uscire incontro l'unica figlia che aveva. Abelardo ha già fatto cenno all'episodio nella Lettera III (nota 12), dove però sottolineava non tanto l'atteggiamento coraggioso della fanciulla quanto l'assurdità e la crudeltà del voto di Jefte.

224 *Luc.* XXII, 57. Si tratta, come è noto, delle parole con cui Pietro rinnega una prima volta Gesù.

225 Cfr. *Judic.* XI, 40: « Di qui venne in Israele questa usanza ancora conservata: ogni anno le figlie di Israele si radunano a piangere per quattro giorni la figlia di Jefte il Galaadita ».

226 Gerolamo, *Vita S. Hilarionis*, 13 (P.L. 23, col. 34c). Sant'Ilarione nacque in Palestina verso il 288: dopo aver studiato ad Alessandria si convertì alla fede cristiana e si fece discepolo di sant'Antonio. Si ritirò nel deserto dove morì nel 371, dopo una lunga vita di preghiere e di digiuni.

227 Sulla circoncisione, *v.* Lettera V, nota 45.

228 Ha inizio una nuova sezione nell'ambito del trattatello sull'origine degli Ordini monastici femminili: Abelardo passa a esaminare i meriti delle donne sposate.

229 Elisabetta, moglie di Zaccaria, è la madre di Giovanni Battista (*Luc.* I, 15): era altresì parente di Maria, la quale dopo l'annunzio dell'angelo si recò a farle visita (*ib.* 39-44).

230 Zaccaria era divenuto muto perché non aveva creduto subito alle parole dell'angelo che gli annunziava che sua moglie Elisabetta, nonostante la sua sterilità e l'età ormai avanzata, gli avrebbe dato un figlio (*Luc.* I, 5 ss.).

231 Cfr. il racconto di *Luc.* I, 39 ss. sulla visita di Maria a Elisabetta.

[232] Il futuro Giovanni Battista, come si è detto.
[233] *V.* p. 289.
[234] *V.* pp. 301 ss.
[235] Dal latino *gentes*, il termine « Gentili », adoperato comunemente per indicare i pagani, è la traduzione dal greco τὰ ἔθνη, « i popoli ». Il termine non ha significato geografico ma solo spirituale: « i popoli », con un certo senso di disprezzo, sono tutti gli uomini cui Dio non si è ancora rivelato e che perciò vivono nell'ignoranza e nel peccato.
[236] Con il nome « Sibilla » si indicava nel mondo antico una vergine giovane, ma talvolta anche molto avanti negli anni, la quale, quando veniva posseduta e ispirata dalla divinità, prediceva il futuro. Famose quelle di Delfo e di Cuma.
[237] Isaia, il primo dei quattro Profeti maggiori, attivo tra il 740 e il 700 a.C. Abelardo, sulla scorta di san Gerolamo, lo dice « evangelista più che profeta », per aver profetizzato con termini estremamente precisi le vicende della passione di Cristo, come se avesse scritto un Vangelo anziché una profezia. Cfr. Gerolamo, *Exposit. Isaiae prophetae, prol.*
[238] Agostino, *Contra quinque haereses*, III, 1 (P.L. 42, col. 1203).
[239] *Is.* IX, 6.
[240] Agostino, *De civitate Dei*, XVIII, 23 (P.L. 41. col. 579).
[241] Praticamente si leggeva la parola greca ἰχθύς che sciolta suonava appunto Ἰησοῦς Χριστός Θεοῦ υἱός σωτήρ.
[242] Lattanzio, *Instit. div.* IV, 18. Cecilio Firmiano Lattanzio, nato verso il 250 in Africa, allievo di Arnobio, retore prima in patria poi a Nicodemia, dove fu chiamato da Diocleziano e dove, probabilmente, si convertì al cristianesimo, fu poi chiamato in Gallia verso il 317 da Costantino per attendere all'educazione di suo figlio, e poco tempo dopo morì. Lattanzio è giustamente considerato il maggiore degli apologeti, in quanto con lui la difesa del cristianesimo si avvia ad assumere la forma di una vera e propria sistemazione della dottrina e dei dogmi del cristianesimo stesso. Il suo capolavoro sono i sette libri delle *Institutiones divinae*, grandiosa *summa* razionale della dottrina cristiana, in cui egli sfrutta ampiamente anche gli autori classici e, come nel passo citato da Abelardo, adduce tra le sue fonti anche gli oracoli sibillini.
[243] Nel Medioevo gli autori cristiani interpretavano in chiave messianica la *IV Ecloga* di Virgilio: nel *puer*, di cui Virgilio preannuncia la nascita e la benefica influenza sul mondo tutto, gli uomini del Medioevo videro il Figlio di Dio fatto uomo per redimere l'umanità. Solo con il Petrarca, nel secolo XIV, si respingerà come antistorica e assurda una tale interpretazione.
[244] Cfr. Virgilio, *Ecl. IV*, 4: *Ultima Cumaei venit iam carminis aetas.*
[245] *Ib.* 1-2, 4-7.
[246] La Sibilla Cumana aveva predetto che nella storia del mondo si sarebbe aperto un nuovo ciclo, quando si fosse compiuta l'ultima età. Gli autori medioevali videro, ovviamente, in questi versi il preannuncio della nuova età del mondo, quella cristiana.
[247] Per Virgilio, con tutta probabilità, la vergine Astrea, dea della giustizia; per gli autori medioevali la Vergine, madre di Dio.
[248] Abelardo allude forse alla discesa di Enea agli inferi, descritta da Virgilio nel VI libro dell'*Eneide*.
[249] *Joan.* IV, 6 ss. Si tratta del noto episodio del colloquio di Gesù con la Samaritana presso il pozzo.
[250] *Ib.* 16: « Gesù le disse: "Va', chiama tuo marito e torna qui". La donna rispose: "Non ho marito". Le dice Gesù: "Hai detto bene: Non ho marito; hai avuto infatti cinque mariti e quello che hai adesso non è tuo marito; in questo hai detto la verità" ».
[251] *Ib.* 31.
[252] *Ib.* 32.
[253] Per comprendere i motivi dell'ostilità tra Ebrei e Samaritani bi-

padre nei confronti del figlio prediletto, che gli doveva succedere nella direzione della famiglia); ma l'altro suo figlio Giacobbe, spinto a ciò dalla madre Rebecca, si presentò a Isacco fingendo di essere Esaù e, imbandendogli due bei capretti del gregge, gli carpì la benedizione: Giacobbe diventò così l'erede legittimo di Isacco e il capostipite di tutto il popolo eletto.

[119] È questa l'interpretazione che Eloisa dà dell'episodio di Giacobbe ed Esaù: Esaù ha badato troppo alla forma, Giacobbe invece, preparando per il padre due capretti in luogo della selvaggina da lui espressamente richiesta, ha mirato alla sostanza e ha ottenuto la giusta ricompensa.

[120] *Psalm.* LV, 12.

[121] Persio, *Sat. I*, 7.

[122] Non risulta che Pietro si sia mai espresso in questi termini. Parole abbastanza vicine a quelle citate da Eloisa sono dette da Gesù in *Matth.* XI, 30: *iugum meum suave est et onus meum leve.*

[123] *Matth.* XI, 23.

[124] I Giudei appena convertiti credevano di dover ancora osservare le minute disposizioni formali contemplate nella *legge*, cioè nei testi sacri del giudaismo in cui era raccolta e codificata tutta la casistica derivata dalle varie interpretazioni rabbiniche dei comandamenti di Dio.

[125] *Act. Apost.* XV, 10-11. La *tentazione* da parte dei Giudei nei confronti di Dio che Pietro condanna consisterebbe nel fatto che essi vorrebbero quasi costringere Dio ad aiutare i pagani convertiti a osservare una legge che non solo è inutile ma è anche assurda.

[126] È il principio della giustificazione, cioè della salvezza, per mezzo della fede e della grazia di Dio, che abbiamo già visto in *Galat.* II, 11-14.

[127] Abelardo si chiamava infatti Pietro, come il primo degli Apostoli.

[128] *Psalm.* XLIX, 12-14. Dio non ha bisogno di carni bruciate sull'altare o di sangue sparso all'intorno: questi sono solo sacrifici esteriori, formali; Dio apprezza invece l'omaggio di lodi che scaturiscano da uno spirito consapevole della santità divina.

[129] *I Timoth.* V, 16.

[130] *V.* la nota precedente.

[131] Cfr. *Joan.* XIX, 26-27: « Vedendo sua madre e accanto a lei il discepolo che amava [Giovanni], Gesù disse a sua madre: "Donna, ecco tuo figlio". Poi disse al discepolo: "Ecco tua madre". E da quel giorno il discepolo la ricevette con sé ».

[132] Cfr. *Act. Apost.* VI, 1 ss. I sette diaconi o coadiutori degli Apostoli avevano lo scopo di assistere i membri più poveri della comunità e le vedove (cfr. specialmente VI, 1).

[133] *II Thess.* III, 6: « Vi ordiniamo, o fratelli, in nome del Signore nostro Gesù Cristo, di evitare ogni fratello che vive oziosamente e non secondo l'insegnamento che avete ricevuto da noi ».

[134] *Ib.* 10: « Se qualcuno non vuole lavorare, non mangi neppure ».

[135] Cfr. *Regula Sancti Benedicti*, XLVIII, *De opera manuum cotidiana.*

[136] Maria, sorella di Marta e di Lazzaro; l'episodio qui riportato è quello di *Luc.* X, 39 ss.: « Mentre erano in cammino, il Signore entrò in un villaggio, e una donna di nome Marta lo ospitò nella sua casa. Costei aveva una sorella chiamata Maria, la quale, sedutasi ai piedi di Gesù, ascoltava la sua parola. Marta invece si affannava per le faccende del servizio. Ma, alla fine, disse: "Signore, non vedi che mia sorella mi lascia sola a servire? Dille dunque di aiutarmi!". Ma il Signore le rispose: "Marta, Marta, tu ti affanni e ti agiti per troppe cose, mentre una sola cosa è necessaria! Maria ha scelto la parte migliore, che non le sarà tolta" ». Come è noto, Maria è simbolo della vita contemplativa, mentre Marta è simbolo della vita attiva.

[137] *I Corinth.* IX, 11. Difendendo in uno stupendo capitolo i suoi diritti d'Apostolo, Paolo, tra l'altro, osserva: « Se abbiamo seminato

per voi beni spirituali, sarà troppo se usufruiamo dei vostri beni materiali? ».

[138] Cfr. *Num.* XVIII, 21 ss. Levi, figlio di Giacobbe, fu il capostipite di una tribù d'Israele che diventò poi la tribù consacrata al servizio del culto. La tribù di Levi non aveva un territorio suo, perché Dio volle staccare i suoi componenti dalle cose terrene onde potessero attendere unicamente al culto, ma viveva delle decime offerte da tutte le altre tribù.

[139] *Regula Sancti Benedicti*, XVIII, 62 ss.: *hoc praecipue commonentes, ut si cui forte haec distributio psalmorum displicuerit, ordinet si melius aliter iudicaverit.*

[140] La lettura dei Salmi e di pagine del Vangelo durante le ore notturne era espressamente imposta dalla *Regola* (cfr. *Regula Sancti Benedicti*, IX).

dolore più grande del mio»: esistono cioè sofferenze per cui vale la pena di piangere, quando io, io solo, senza colpa alcuna, devo pagare le colpe che altri hanno commesso? E Cristo è la via attraverso cui i fedeli passano da questo luogo di esilio alla loro patria, e la croce dall'alto della quale parla è una scala che egli ha voluto mettere a nostra disposizione per permetterci di raggiungere la salvezza. Su quel legno l'Unigenito Figlio di Dio è stato ucciso; egli si è offerto in olocausto volontario. Lui devi compatire, per lui devi soffrire, condividendo il suo dolore. Fa' quel che devono fare, secondo il profeta Zaccaria,[75] le anime devote:[76] «Piangeranno sopra di lui come si fa sopra un figlio unico; lo piangeranno come si piange la morte di un primogenito». E certo tu conosci, o sorella, il dolore che provano coloro che amano un re quando questi perdesse il suo primogenito e il suo unico figlio. Osserva bene il dolore dei familiari e la tristezza che regna in tutta la corte; se poi ti avvicini alla sposa di questo giovane figlio unico, non riuscirai nemmeno a sopportare i suoi lamenti. Tale deve essere il tuo dolore, tali i tuoi lamenti, sorella, perché così merita il divino sposo cui ti sei unita in matrimonio. Egli ti ha comperata non con le sue ricchezze, ma con se stesso: con il suo sangue t'ha redenta.[77] Considera dunque quanti diritti egli può vantare su di te, considera a che prezzo ti ha acquistata.

Anche l'Apostolo,[78] paragonando il valore della propria anima e l'inestimabile prezzo della vittima che si è offerta per salvarla, dichiara, cercando

Mescolati anche tu alla folla, alle donne che piangevano e si lamentavano, come racconta Luca:[69] « Lo seguiva una gran folla di popolo e di donne, le quali piangevano e si lamentavano per lui »; ed egli voltandosi benevolmente predisse i castighi che sarebbero caduti su tutti a punizione della sua morte, castighi cui esse, se fossero state sagge, avrebbero potuto sottrarsi prestando ascolto alle sue parole:[70] « Figlie di Gerusalemme », disse, « non piangete per me, ma per voi e i vostri figlioli, perché, ecco, verranno i giorni in cui si dirà: "Beate le sterili e i seni che non hanno generato e le mammelle che non hanno allattato". Allora gli uomini cominceranno a dire alle montagne: "Cadeteci addosso"; e alle colline: "Ricopriteci". Perché se si tratta così il legno verde, che ne sarà di quello secco? ».[71]

Abbi amore per chi non ha esitato a soffrire per redimerti, per chi si è lasciato mettere in croce per salvarti. Immagina di essere sempre accanto al suo sepolcro; piangi e lamentati insieme con le pie donne, di cui, come ho già detto,[72] si legge: « Le donne stavano sedute presso la tomba e si lamentavano piangendo il Signore ». Prepara anche tu profumi per la sua sepoltura, ma profumi più fragranti, profumi spirituali, non materiali: quelli egli vuole, perché di questi altri non sa che farsene, e tu offriglieli commossa, con tutto il cuore.

Del resto il Signore stesso, per bocca di Geremia,[73] invita i suoi fedeli ad aver compassione della sua sofferenza:[74] « O voi tutti, che passate per la via », egli dice, « fermatevi e guardate se v'è sogna ricordare che i Samaritani, abitanti della Samaria, erano stati importati in Palestina dagli Assiri nel 721 a.C. quando gli Ebrei ne erano stati allontanati. Essi, che erano di origine babilonese, si mescolarono con i pochi indigeni accettandone molte costumanze e anche la religione (anche i Samaritani aspettavano il Messia, ma avevano un proprio tempio sul monte Garizim e della Bibbia accettavano solo il Pentateuco), ma furono sempre in urto con gli Ebrei, dei quali si sentivano più scrupolosi per quello che riguardava l'osservanza della legge: gli Ebrei da parte loro li ricambiavano considerandoli una razza bastarda e maledetta. Ai giorni nostri sopravvivono poco più di duecento Samaritani nel villaggio di Nablus in Giordania e nei pressi di Haifa, ma paiono destinati a scomparire, cancellati dall'ostilità ideologica che li circonda e dalla stessa pratica dell'endogamia.

[254] *Joan.* IV, 32.

[255] *Ib.* 34. Abelardo cita a memoria, semplificando il testo evangelico.

[256] *Joan.* III, 1. Nicodemo è il notabile giudeo, nonché autorevole membro del Sinedrio, che si recò da Gesù nottetempo, non sappiamo se per timore o se per trascorrere qualche ora di tranquilla conversazione; il colloquio tra i due, del resto, è improntato a grandissimo rispetto reciproco. Nicodemo comunque svelò poi la sua vera natura quando difese Gesù contro le accuse dei Farisei e si professò suo discepolo portando cento libbre di mirra e di aloe per imbalsamare il corpo di Gesù (*Joan.* XIX, 39: quest'ultimo episodio è già stato citato anche da Abelardo (p. 281).

[257] *Joan.* IV, 25.

[258] *Matth.* X, 5.

[259] *Joan.* XII, 20 ss.

[260] Cfr. *Matth.* II, 1-12.

[261] Abelardo ha già affrontato il problema negli stessi termini nella Lettera III (pp. 169 ss.).

[262] *III Reg.* XVII, 22. Elia fece risuscitare il figlio della vedova che lo ospitava.

[263] *IV Reg.* IV, 22. Eliseo fece risuscitare il figlio della donna di Shunam.

[264] *Luc.* VII, 15.

[265] *Marc.* V, 42.

[266] *Joan.* II, 44.

[267] *Hebr.* XI, 35.

[268] Abelardo riduce entro i limiti della norma esposta anche il caso della risurrezione della figlia del capo della sinagoga (*Marc.* V, 42): mentre tutte le altre risurrezioni sono avvenute per intercessione delle donne, la fanciulla subisce essa stessa la risurrezione, confermando, nonostante l'apparente diversità della situazione, che il miracolo in questione riguarda sempre e soltanto donne.

[269] Cfr. *Matth.* XXVIII, 1 ss. e *Marc.* XVI, 1 ss.

[270] *Luc.* XXIII, 27.

[271] *Ib.* 28-29.

[272] *Matth.* XXVII, 19. Il giudice iniquo che condannò Gesù è Pilato.

[273] *Luc.* XI, 23.

[274] Cfr. *Joan.* XIII, 23; XIX, 26; XX, 2; XXI, 7, 20.

[275] *Ib.* XI, 5.

[276] Come già si è detto (nota 71), Abelardo accetta l'identificazione di Maria Maddalena, che fu liberata da sette demoni e che subito credette in Gesù aiutandolo con i suoi mezzi (*Luc.* VIII, 2), con la peccatrice di cui si parla in *Luc.* VII, 36 ss., identificazione che oggi pare del tutto priva di fondamento.

[277] Maria, detta Egiziaca o Egiziana perché nata in Egitto verso il 345, a dodici anni lasciò la casa paterna e si recò ad Alessandria dove visse come peccatrice per diciassette anni. Un giorno, a Gerusalemme,

dove si era recata per capriccio, ebbe una visione davanti alla basilica del S. Sepolcro, visione che l'indusse a convertirsi. Si trasferì quindi nel deserto e vi condusse per quarantasette anni una vita di austera penitenza, fino alla morte avvenuta nel 421.

[278] *V.* p. 287 e note 71-73.

[279] *Matth.* XXI, 31.

[280] Cfr. *Matth.* XIX, 30 e *Marc.* X, 31.

[281] Cfr. *Apoc.* XIV, 4.

[282] L'alloro della castità e quello del martirio.

[283] Sant'Agata, il cui nome vuol dire « la buona », nata in Sicilia, è una delle quattro vergini e martiri venerate nella Chiesa di Roma (Agata, Lucia, Agnese e Cecilia). Secondo gli *Atti* del suo martirio, si consacrò a Dio fin dalla sua infanzia e fu martirizzata verso il 251, per aver difeso la sua castità.

[284] *IV Reg.* II, 6. Poco prima di essere trasportato in cielo, il profeta Elia, fermatosi davanti al Giordano con Eliseo, « prese il mantello, lo arrotolò e percosse le acque. Queste si divisero in due parti così che tutti e due poterono passare sull'asciutto ».

[285] Nel senso che la liturgia cristiana si è modellata per molti aspetti sulla liturgia giudaica.

[286] *V.* nota 198.

[287] Il pane azzimo è il pane non lievitato, che si offriva a Dio o che si usava in occasione della Pasqua, a ricordo della fretta con cui gli Ebrei erano fuggiti dall'Egitto e della santità del popolo eletto.

[288] In Roma era detto flàmine il sacerdote addetto a una particolare divinità da cui prendeva il nome (*flamen Dialis, flamen Martialis*, ecc.). Caratteristico era il copricapo dei flamini, che terminava in alto con un minuscolo filamento di lana detto apice.

[289] La trasformazione dei templi pagani in chiese era una cosa usuale e doveva aver colpito la fantasia degli uomini del Medioevo: quasi con le stesse parole di Abelardo, Paolo Diacono tre secoli prima nella sua *Historia Langobardorum* (IV, 36) osservava: « Lo stesso Foca su richiesta di un altro papa Bonifacio, comandò che si togliessero dal vecchio tempio chiamato *Pantheum* tutti i segni dell'idolatria pagana e lo si trasformasse in una chiesa dedicata alla beata sempre vergine Maria e a tutti i martiri, *in modo tale che là dove un tempo si celebravano i culti non di tutti gli dèi, ma di tutti i diavoli, si celebrasse per l'innanzi il ricordo di tutti i santi* ». In Abelardo, rispetto a Paolo Diacono, c'è la volontà di dimostrare non tanto la negazione delle vecchie credenze religiose, quanto il superamento di esse e il loro perfezionamento nelle nuove.

[290] *V.* nota 235.

[291] *Deuter.* XXV, 5 ss. Abelardo allude all'obbligo da parte del cognato di sposare la moglie del fratello nel caso che questi muoia.

[292] Gerolamo, *Comm. in Epist. ad Galat.* III, 4 (P.L. 26, col. 462).

[293] Il testo presenta qui diverse lezioni e il passo risulta oscuro. Probabilmente si tratta di una glossa penetrata nel testo.

[294] Gerolamo, *Contra Jovinianum*, I, 27 (P.L. 23, coll. 288-289).

[295] *Ib.* 41 (col. 283a). Anche il passo successivo, relativo alla vergine Claudia, è tolto dallo stesso capitolo.

[296] Varrone, il dotto antiquario romano del secolo I a.C., fissa infatti a dieci il numero delle Sibille e le dispone nel seguente ordine cronologico: Persica, Libica, Delfica, Cimmeria, Eritrea, Samia, Cumana, Ellespontica, Frigia, Tiburtina.

[297] La cintura, o *zona*, simbolo di verginità.

[298] Apollinare Sidonio (430-489), vescovo di Clermont-Ferrand, oltre che operare positivamente nelle Gallie in favore dei suoi fedeli contro i soprusi dei conquistatori ariani, si segnalò anche per la sua notevole cultura: coltivò la poesia in ventiquattro *Carmina*, in cui si rifà specialmente a Stazio e a Virgilio, e l'epistolografia, pubblicando cento-

quarantasette lettere divise in nove libri, a imitazione di Plinio e di Simmaco.

[299] Apollinare Sidonio, *Carmina,* XXIV *Propempticon ad libellum*, vv. 39 ss. (P.L. 58, col. 746).

[300] Agostino, *De civitate Dei*, XXII, 11, 3 (P.L. 41, coll. 773-774).

[301] Caifa era il sommo sacerdote dei Giudei che interrogò e accusò Gesù: cfr. *Matth.* XXVI, 63-66; *Marc.* XIV, 53-65; *Luc.* XXII, 70-71. In *Joan.* XI, 47 ss. si legge il passo cui allude Abelardo: dopo che Caifa ha suggerito al sinedrio di far morire Gesù, l'Evangelista osserva: « Ora questo non lo disse da se stesso, ma, essendo sommo sacerdote di quell'anno, profetò che Gesù doveva morire per la nazione, e non soltanto per la nazione, ma affinché raccogliesse in unità i figli di Dio dispersi ».

[302] Gioviniano: *v.* p. 331.

[303] Orazio, *Epist. I*, 16, v. 52.

[304] Svetonio, *Vespas.* VII, 1-3; cfr. anche Tacito, *Hist.* IV, 81.

[305] Abelardo allude a una delle leggende più care agli uomini del Medioevo, quella della salvezza dell'imperatore Traiano: il papa Gregorio Magno venuto a conoscenza della bontà e della giustizia di Traiano avrebbe pregato il Signore di farlo tornare in vita, risuscitandolo dall'inferno, affinché potesse convertirlo, battezzarlo e salvarlo: e il Signore avrebbe premiato la fiduciosa speranza di Gregorio Magno compiendo il miracolo. In effetti, prendendo lo spunto da un aneddoto di Dione Cassio (XIX, 5), la leggenda compare per la prima volta nella vita di san Gregorio compilata nel secolo IX dal diacono Giovanni e di lì passa nelle raccolte di *exempla* per i predicatori, in Giovanni di Salisbury, in Jacopo di Varazze e infine nelle raccolte più varie, come il Novellino. Anche Dante, come è noto, accetta la leggenda (*Purgatorio*, X, 73-78) e pone Traiano in Paradiso tra gli spiriti giusti (*Paradiso*, XX, 106 ss.). Sarà bene ricordare che, qualche decennio dopo Abelardo, san Tommaso spiega la salvezza dell'imperatore in questi termini: *« De facto Traiani hoc modo potest probabiliter aestimari, quod precibus beati Gregorii ad vitam fuerit revocatus et ita gratiam consecutus sit, per quam remissionem peccatorum habuit et per consequens immunitatem a poena »* (*Summa theologica,* III, suppl., q. LXXI, 5).

[306] Giovenale, *Satyrae*, IV, vv. 9-10. I codici di Abelardo presentano al v. 9 la lezione *vitiata*, mentre gli editori di Giovenale preferiscono oggi la lezione *vittata*, « adorna delle sacre bende », forse più esatta. Difficile, comunque, stabilire che cosa scrisse esattamente Abelardo.

[307] Agostino, *De civitate Dei,* III, 5 (P.L. 41, col. 82).

[308] Codex, liber III, tit. III, leg. 5.

[309] Innocenzo I, papa dal 401 al 417.

[310] Cfr. *Epistol. roman. Pontificum,* stud. et lab. P. Constant, Parisiis 1721, in-fol., p. 755, oppure: Innocenzo I, *Epist.* II, 3 (P.L. 20, coll. 478-479).

[311] *I Timoth.* V, 12.

[312] Pelagio, nato nella Britannia verso il 354 e morto intorno al 427 forse in Egitto dopo essere vissuto a lungo a Roma, è l'eretico contro cui si scagliò, tra gli altri, sant'Agostino. Pelagio, partendo da una accentuata preoccupazione morale, faceva leva esclusivamente sulla volontà umana che riteneva capace di elevarsi da sola alla perfezione, e negava così il peccato originale, la grazia attuale e l'efficacia dei sacramenti. Ci lasciò opere di carattere esegetico, polemico, dogmatico-ascetico, parenetico *(De virginitate, De castitate)* e due lettere *(Ad Demetriadem* e *Ad Celantiam).*

[313] Il passo è incerto.

[314] *V.* Lettera V, nota 48.

[315] *V.* Lettera X, nota 9.

[316] Eusebio, *Hist. eccl.* VI, 7. Abelardo ha già citato più volte l'evi-

razione volontaria di Origene, contrapponendola alla sua, tutt'altro che volontaria.

[317] Su Paola e sua figlia Eustochio, *v.* rispettivamente Lettera I, nota 206 e Lettera V, nota 3.

[318] L'attribuzione del sermone sull'annunciazione a Gerolamo è probabilmente errata. Cfr. comunque Gerolamo, *Epist.* VIII (P.L. 30, col. 126).

[319] Agostino, *Retractationes,* II, 45 (P.L. 32, col. 649).

[320] Il *De anima et eius origine*, in quattro libri, composti fra il 420 e il 421.

[321] *Jac.* II, 10.

[322] Cfr. Agostino, *Epist. CLXVII, De sententia Jacobi Apostoli.*

[323] Gerolamo, *Epist. CVIII, Epitaphium Sanctae Paulae,* 1.

[324] Gerolamo compose tre *Vite*, di Paolo, di Ilarione e di Malco, veramente « piene di miracoli e di prodigi stupefacenti », come dice Abelardo.

[325] Gerolamo, *Epist. CXXX, Ad Demetriadem,* 1.

[326] Gerolamo rimase molto amareggiato dalle accuse infamanti di cui fu più volte fatto oggetto per il suo fervido apostolato tra le matrone dell'aristocrazia romana.

[327] Gerolamo, *Epist. XLV, Ad Asellam,* 1 e 2. Nell'agosto del 385, al momento di imbarcarsi per l'Oriente, Gerolamo scrive alla fida Asella per protestare contro le accuse dei suoi nemici (*v.* nota precedente).

[328] Cfr. *Rom.* XIV, 4.

[329] Gerolamo, *Epist. XLV* cit., 3.

[330] *Ib.* 7.

[331] *Luc.* VII, 39. L'episodio della *beata meretrix* che si reca a rendere omaggio a Gesù in casa del fariseo Simone suscitando la reazione di quest'ultimo, è già stato citato da Abelardo all'inizio di questa stessa lettera (p. 278 e nota 6).

[332] Sulla personalità di sant'Ambrogio *v.* Lettera X, nota 9.

[333] Ambrogio, *De obitu Valentiniani consolatio,* 44 (P.L. 16, col. 1433a).

[334] *Apoc.* XIV, 4.

[335] Cfr. la *Vita Sanctae Eugeniae* di autore incerto, in P.L. 21, coll. 1106-1122.

VIII.

ABELARDO A ELOISA

Istituzione o Regola per le religiose

Abelardo ha risposto alla prima domanda di Eloisa, spiegandole quale sia l'origine e la dignità degli Ordini monastici femminili, e si accinge ora a rispondere alla seconda domanda, tracciando per Eloisa e per le altre monache del Paracleto una Regola *che sia adatta a delle creature deboli come le donne. Nasce così l'ampia e circostanziata Lettera VIII, che più che una Lettera può benissimo essere considerata un trattato, una* Regola *per i monasteri femminili che elimini le assurde incongruenze contenute nella* Regola *di san Benedetto.*

Eloisa aveva già analizzato il problema, proponendone anche una soluzione nella sua Lettera VI e auspicando, come si è visto, quella restaurazione della legge naturale e quella osservanza dei precetti evangelici che, unita alla pratica della continenza, avrebbe permesso a tutti e a tutte di raggiungere la perfezione monastica. La Regola *di Abelardo è un piccolo gioiello di chiarezza e di linearità, pur nell'ampiezza dell'argomento trattato. E se, come osserva il Gilson cit. (p. 144, nota 1), « lo studio dell'ideale monastico di Abelardo e delle sue fonti rimane da fare », è però innegabile che Abelardo nella sua vasta meditazione mette a frutto la sua esperienza di uomo e di monaco, di studioso delle Scritture e di fine conoscitore delle letterature classiche. In effetti la sua* Regola, *come egli stesso programmaticamente dichiara all'inizio della lettera, è fondata sulle buone consuetudini (l'*usus*), sulla Scrittura e sugli insegnamenti dei santi Padri; e poco importa se tra i santi Padri c'è anche quel Seneca « eminente apostolo della povertà e della continenza e supremo maestro di morale fra tutti i filosofi », secondo le parole stesse di Abelardo, quel Seneca che di fatto fu nel Medioevo considerato santo. Intorno alle norme contenute nella* Regola *di san Benedetto, che è un po' il cardine di tutto il trattatello, si vengono così a porre, in perfetto e* *armonico equilibrio, i suggerimenti di Seneca, presente soprattutto con l'*Epistola V ad Lucilium, *di san Gerolamo, presente con il suo trattato* De virginitate, *cioè con la lunga* Epistola XXII ad Eustochium, *e poi di sant'Ambrogio, di sant'Agostino, Basilio, Gregorio di Nazianzo, Origene e altri ancora: né mancano, giacché* fas est et ab hoste doceri, *Lucano e Ovidio.*

Così Abelardo analizza, con dovizia di particolari, i tre punti fondamentali in cui consiste la perfezione monastica, cioè la castità, la povertà e il silenzio. Esamina le diverse funzioni che devono assolvere le monache, dalla badessa alle officiarie, alle converse e alle novizie nel campo sia delle cose spirituali sia di quelle temporali. Quindi, con scrupolosa precisione, passa in rassegna tutto ciò che riguarda la vita di una comunità, dettando minute norme sul cibo, sul vestiario, sul lavoro, sui rapporti con l'esterno, sulle cerimonie religiose, sui digiuni, elaborando così una Regola *che, se non ha della* Regula *la partizione in capitoli e in paragrafi, ne ha però la compattezza e il valore vincolante. Violente prese di posizione contro la degenerazione del monachesimo benedettino, contro la mondanizzazione dell'alto clero e contro il lassismo imperante presso il basso clero, interrompono spesso la pur sempre vibrante esposizione delle norme per le religiose, e costituiscono, in un certo senso, l'espressione pratica di quella polemica contro l'atteggiamento ipocrita tipico di tanta parte della cristianità dell'epoca, che è sempre presente in Abelardo.*

Ma la Lettera VIII, al di là del suo indiscutibile valore come testimonianza, la prima e per moltissimo tempo l'unica, di una Regola *per le monache, ha dei pregi altrettanto indiscutibili. E non è tanto, come si diceva, la cristallina compattezza della trattazione, che semmai è frutto del rigore logico con cui Abelardo affronta anche questo argomento, quanto l'amore con cui Abelardo traccia le linee di un ideale di monachesimo* o *meglio di cenobitismo, che è prima di tutto un ideale di vita. Del resto le pagine in cui Abelardo descrive quelli che sono i compiti delle monache officiarie – la sacrestana, la corista, l'infermiera, la guardarobiera, la dispensiera e la portinaia –, o le pagine in cui descrive la morte e il funerale della monaca sono di una vivacità e di una bellezza che potrebbero stupire in un uomo come Abelardo, se non sapessimo che sono dovute a quello stesso uomo che, al vertice della sua carriera di filosofo, di teologo e di insegnante, si innamora di Eloisa e, trascurando tutto il resto, attende a comporre canzoni d'amore. La sua conoscenza della vita del mondo, del piccolo mondo che vive all'interno di un monastero e del mondo più grande che vive fuori delle sue mura, è qui messa pienamente a frutto.* Forse *Eloisa si aspettava qualcosa di più o qualcosa di diverso da quello che Abelardo ha scritto per lei, ma anche Abelardo – anche l'Abelardo monaco senza crisi e senza facili ripensamenti che in quegli stessi tempi a Saint-Gildas e poi a Cluny non praticò certo quel temperamento della rigidità della* Regola, *che prospetta nelle sue pagine – anche Abelardo è sulla strada per raggiungere Eloisa, in un altro tempo; il suo monaco può dire con Seneca che* propositum nostrum est secundum naturam vivere *e che tutto bisogna fare* naturam sequens potius quam trahens: *e a nessuno sfugge, per ripeterlo ancora una volta, come questo ideale monastico – perché Abelardo scrive per le monache del Paracleto – sia prima di tutto un ideale di vita: per tutti gli uomini.*

Dopo aver risposto, come ho potuto, alla prima parte della tua domanda,[1] devo ora, con l'aiuto di Dio, occuparmi della seconda parte per appagare il desiderio tuo e delle tue figlie spirituali. Devo dunque, secondo l'ordine della vostra richiesta, tracciare e consegnarvi un programma di vita, cioè una specie di regola per la vostra comunità, affinché voi possiate trovare nei precetti scritti una guida più sicura per la vostra condotta di quanto non sia l'abitudine corrente. Ho dunque pensato di fondarmi sia sulle buone consuetudini sia sulle testimonianze e sulle spiegazioni della Scrittura, e di riunirle in un unico corpo dottrinale, affinché, dovendo decorare il tempio spirituale di Dio, che siete voi, potessi ornarlo di insigni dipinti, e tentare di completare in questa mia trattazione le varie opere parziali sull'argomento. Nella fondazione di questo tempio spirituale ho deciso di imitare la tecnica usata per i templi materiali dal pittore Zeusi,[2] al quale, come ricorda Cicerone nella *Retorica*,[3] era stato affidato dagli abitanti di Crotone[4] il compito di ornare con i dipinti più splendidi un tempio per il quale essi avevano grande venerazione. Egli, perché il suo lavoro fosse più accurato, aveva scelto le cinque fanciulle più nobili della città e le aveva fatte posare davanti a lui per potersi ispirare alla loro bellezza e infonderla nel dipinto, ed è probabile che questa idea gli fosse stata suggerita da due ragioni: in primo luogo dal fatto che, come ricorda lo stesso Cicerone, egli aveva raggiunto un alto grado di perfezione nel dipingere le donne, in secondo luogo anche perché l'aspetto di una fanciulla è ritenuto naturalmente più elegante e più dolce di quello di un uomo. Ma il filosofo sopra ricordato[5] dice anche che Zeusi scelse più fanciulle perché era convinto che una sola non potesse avere tutte le parti del corpo ugualmente belle e che la natura non avesse dato a nessuna il dono della bellezza in misura tale da conferire la stessa perfezione a tutte le sue membra, giacché essa nel plasmare i corpi si è sempre astenuta dal produrre qualcosa di assolutamente perfetto, come se temesse di consumare i suoi doni assegnandoli tutti a una sola persona. Anch'io voglio dipingere la bellezza dell'anima e illustrare la perfezione della sposa di Cristo,[6] dandone una immagine che voi possiate tener sempre presente come uno specchio che rifletta il modello della vergine consacrata, in modo che, guardando in esso, vi sia dato scoprire la vostra bellezza o la vostra turpitudine. A questo scopo mi sono proposto di compilare una regola per la vostra vita monastica sulla base dei numerosi insegnamenti dei santi Padri e delle migliori norme in uso presso i vari monasteri,[7] scegliendo i diversi elementi della regola qua e là, come mi vengono in mente, e riunendo come in un mazzo di fiori tutto ciò che mi sembrerà adeguato ai vostri santi propositi. E non mi limiterò a considerare la regola dei monasteri femminili, ma esaminerò anche quelle dei nostri monasteri maschili, perché, come abbiamo in comune il nome e il voto di castità, così è giusto che anche a voi si adattino quasi tutte le nostre norme. Da tutto ciò, come ho detto, coglierò i vari precetti quasi fossero fiori da unire come ornamento ai gigli della vostra castità e raffigurerò la vergine di Cristo con una cura maggiore di quella che Zeusi impiegò nell'effigiare il suo idolo. Egli credette che cinque vergini potessero bastargli come modello, ma io, avendo a disposizione la magnifica abbondanza degli insegnamenti dei santi Padri, non dispero, con l'aiuto della grazia divina, di lasciarvi un lavoro ancora più perfetto, mediante il quale possiate eguagliare il destino e le virtù di quelle cinque vergini prudenti che il Signore nel Vangelo ci propone come modello tracciando il ritratto della vergine perfetta.[8] Speriamo che le vostre preghiere mi ottengano la grazia di poter realizzare come voglio questo progetto. Salute a voi in Cristo, spose di Cristo.

Nell'intento di illuminare e consolidare il vostro fervore religioso, e per meglio tracciare la forma del vero culto del Signore, ho deciso di dividere in tre parti questo mio trattato, perché sono convinto che tutta la vita monastica si articola intorno a tre punti, la castità, la povertà e il silenzio, e questo, secondo la regola dettata dal

Signore nel Vangelo, significa cingere i fianchi,[9] rinunciare a tutto[10] e non dire parole vane.[11]

In primo luogo, la continenza è quella pratica della castità per cui, secondo l'Apostolo,[12] « colei che non è maritata ed è vergine, pensa alle cose del Signore per essere santa nel corpo e nello spirito ». E dice *in tutto il corpo,* e non soltanto in una parte di esso, perché non vorrebbe che qualche suo membro commettesse peccato o con il gesto o con la parola. La vergine, inoltre, è santa *nello spirito* quando la sua mente non è contaminata né dal consenso verso il peccato né dall'orgoglio, come quella delle cinque vergini stolte[13] che andarono a comprare l'olio e rimasero chiuse fuori; si misero, è vero, a bussare alla porta già chiusa, gridando:[14] « Signore, Signore, aprici », ma lo sposo rispose loro duramente, dicendo: « In verità vi dico che io non vi conosco ».

In secondo luogo, poi, dopo esserci spogliati di tutto, seguiamo nudi il Cristo, nudo anch'esso, come fecero i santi Apostoli,[15] quando per lui rinunciamo non soltanto ai beni del mondo o alle passioni della carne, ma anche alla nostra volontà, così da ridurci al punto di vivere non più secondo il nostro arbitrio, ma secondo gli ordini del nostro superiore e così da non esitare a sottometterci a colui che ci governa in nome di Cristo come faremmo nei confronti di Cristo stesso. Egli stesso ha detto:[16] « Chi ascolta voi, ascolta me, e chi disprezza voi, disprezza me ». E anche se i nostri superiori – Dio ce ne liberi – si comportassero male, pur imponendo precetti giusti, non dobbiamo disprezzare la parola di Dio per gli errori di un uomo, perché Dio ci ordina espressamente:[17] « Osservate e fate quello che dicono, ma non regolatevi sulle loro azioni ». Dio stesso inoltre illustra con cura quella che deve essere la nostra conversione spirituale dal mondo, dicendo:[18] « Chi di voi non rinuncia a quanto possiede non può essere mio discepolo ». E ancora:[19] « Se qualcuno viene a me e non odia il padre suo e la madre e la moglie e i figli e i fratelli e le sorelle e anche la sua vita, non può essere mio discepolo ». E odiare il padre e la madre significa non voler seguire le inclinazioni della carne, mentre odiare la propria vita significa non voler seguire la propria volontà: infatti altrove il Signore ribadisce il consiglio, dicendo:[20] « Se qualcuno vuole venire dietro di me rinneghi se stesso, prenda la sua croce e mi segua ». Solo così, infatti, ci possiamo avvicinare a lui e andargli dietro, cioè imitarlo e seguirlo, giacché è proprio lui che dice: « Non sono venuto per fare la mia volontà, ma quella di colui che mi ha mandato », ed è come se dicesse: « Fate tutto per ubbidienza ». Che cosa significa infatti *rinnegare se stesso*, se non lo si intende come un invito a sacrificare le passioni della carne e la propria volontà per sottomettersi alla guida di un altro? E così non riceviamo la croce dalle mani di un altro, ma prendiamo noi stessi quella croce tramite la quale il mondo è crocifisso per noi e noi per il mondo, quando con il voto spontaneo della professione religiosa sopprimiamo i nostri desideri umani e terreni, cioè rinunciamo alla nostra volontà. Infatti, che cosa desiderano le persone attaccate alla carne se non di realizzare i loro desideri? E che cos'è il piacere terreno se non un compimento della propria volontà anche quando ciò costa grande sacrificio e comporta dei pericoli? E portare la propria croce, cioè soffrire qualche tormento, non è forse fare qualcosa contro la nostra volontà, benché ciò possa sembrarci facile o utile? Per questo un altro Gesù,[21] sebbene molto inferiore a quello vero, ci ammonisce nell'Ecclesiastico dicendo:[22] «Non lasciarti trascinare dalle tue passioni e frena la tua volontà. Se coltivi nel tuo spirito le cupidigie della tua volontà, farai la gioia dei tuoi nemici». Ma quando noi riusciamo a rinunciare completamente sia alle nostre cose sia a noi stessi, eliminata ogni forma di proprietà privata, allora iniziamo veramente a vivere quel tipo di vita apostolica in cui tutto si mette in comune, proprio come si legge:[23] «La moltitudine dei credenti aveva un cuore solo e un'anima sola. Nessuno di loro avanzava diritti su ciò che possedeva, ma tutto era tra loro in comune... e si dividevano i beni tenendo conto dei bisogni di ciascuno». Infatti, poiché non tutti avevano le stesse necessità, non si distribuivano a tutti le stesse cose, ma si teneva conto dei bisogni di ciascuno. Essi avevano un cuore solo rispetto alla fede, perché è con il cuore che si crede, e un'anima sola, perché grazie all'amore anche la loro volontà era identica e ciascuno desiderava per gli altri ciò che voleva per sé, senza distinguere il proprio vantaggio da quello degli altri: tutto era sempre visto in rapporto agli interessi di tutti e nessuno cercava o perseguiva ciò che era suo, bensì ciò che era di Gesù Cristo; in effetti non si può vivere senza possedere qualcosa in proprio se non a questa condizione, perché la proprietà è una forma di ambizione, più che una forma di possesso.

Una sola parola superflua è inutile nella stessa misura in cui è inutile un discorso lungo e pleonastico. Per questo Agostino nel primo libro delle *Ritrattazioni*, afferma:[24] « Che non mi capiti di considerare troppo lungo quel discorso in cui si dicono cose necessarie anche se con prolissità », e Salomone osserva:[25] « In un discorso troppo lungo non potrà mancare qualche errore. Chi sa moderare le parole, invece, si dimostra saggio ». Occorre dunque usare molte cautele nel fare ciò che può dar luogo a errori, e questo inconveniente richiede un rimedio tanto più efficace quanto più è pericoloso e difficile evitarlo. San Benedetto[26] voleva provvedere proprio a questo quando diceva:[27] « In ogni momento i monaci devono applicarsi al silenzio ». Ed è chiaro che « applicarsi al silenzio » è più che « mantenere il silenzio » perché l'applicazione è un tenace sforzo dell'animo rivolto al compimento di qualche azione. Infatti noi facciamo molte cose con negligenza o contro voglia, ma non possiamo applicarci a una cosa se non con un atto di volontà e di attenzione.

L'apostolo Giacomo osserva opportunamente quanto sia difficile e utile tenere a freno la lingua, quando dice:[28] « Noi tutti pecchiamo in molte cose. Se uno però non pecca nel parlare, è un uomo perfetto ». E ancora:[29] « Ogni specie di bestia, di uccelli, di rettili e di altri animali si può domare ed è stata domata dall'uomo... ». Nello stesso tempo, considerando quanti mali la lingua può provocare e tutti i beni che essa può guastare, prima e dopo il passo riportato dice: « La lingua è una piccola parte del corpo, ma è una scintilla in grado di incendiare una selva immensa...[30] Essa è la causa di tutte le iniquità...,[31] è un male inquieto e pieno di veleno mortale ».[32] Infatti che cosa c'è di più pericoloso e temibile del veleno? E come il veleno sopprime la vita, così la loquacità sradica lo spirito religioso. Per questo lo stesso apostolo in un passo precedente dice:[33] « Se uno crede di essere religioso, ma non sa tenere a freno la lingua, inganna se stesso e la sua religiosità è vana ». Per lo stesso motivo nel libro dei Proverbi si legge:[34] « L'uomo che non sa padroneggiarsi quando parla è simile a una città smantellata e priva di mura ». Proprio a questo alludeva quel vecchio che, quando sant'Antonio gli chiese, riferendosi alla loquacità dei monaci che si erano uniti a lui lungo il cammino: « Hai trovato dei buoni confratelli, padre? », rispose: « Sono buoni, però la loro casa non ha porte: chiunque può entrare nella stalla e staccare l'asino ».[35]

La nostra anima, infatti, è come legata alla mangiatoia del Signore, dove si nutre ruminando, per così dire, i temi della meditazione sacra, ma se ne stacca e vaga qua e là nel mondo con i suoi pensieri, se il vincolo del silenzio non la trattiene. Le parole proiettano all'esterno l'anima, permettendole di rivolgersi ai suoi oggetti e di applicarvisi con il pensiero. In realtà noi con il pensiero parliamo a Dio come con le parole parliamo agli uomini, ed è chiaro che la nostra attenzione,

SCS FLO
RENTIVS

Tavola VI.

San Florenzio (pittura murale della seconda metà del secolo XI, oggi conservata al Museo Gouin di Tours).

quando rivolgiamo la parola agli uomini, deve necessariamente distogliersi dal pensare a Dio, giacché non possiamo rivolgerci contemporaneamente a Dio e agli uomini. Bisogna dunque evitare non soltanto le parole inutili ma anche quelle che sembrano comportare qualche utilità, perché è poi facile passare da quelle necessarie a quelle inutili e da quelle inutili a quelle dannose. « La lingua », dice Giacomo,[36] « è un male inquieto » e quanto più è piccola e sottile in confronto alle altre parti del corpo, tanto più è mobile anche rispetto alle membra più inquiete; essa, inoltre, si stanca quando non si muove e il riposo è per lei una fatica. Anzi, quanto più sottile e flessibile essa è rispetto a tutte le articolazioni del nostro corpo, tanto più è mobile e pronta alla parola, ed è senza dubbio il principio di ogni malizia. L'Apostolo,[37] osservando che questo difetto è tipico soprattutto di voi donne, proibisce rigorosamente alle donne di parlare in chiesa, anche se si tratta di cose che riguardano il servizio divino, e permette loro di rivolgersi agli uomini soltanto in casa. Inoltre, sia quando si dedicano allo studio sia quando lavorano, le vincola anzitutto al silenzio, come dice nella Lettera a Timoteo:[38] « La donna impari il silenzio con piena sottomissione. Non voglio che le donne insegnino o dettino legge all'uomo, le donne devono stare in silenzio ». E se queste leggi sul silenzio riguardano le donne laiche e coniugate, voi che cosa dovete fare? Di fatto, spiegando al medesimo Timoteo il motivo di questa prescrizione, Paolo accusa le donne di essere loquaci e di parlare quando non è necessario.[39]

Così noi, per rimediare in qualche modo a un così grave difetto, cerchiamo di mantenere il silenzio almeno in determinati ambienti e momenti, cioè durante la preghiera, nel chiostro, nel dormitorio, nel refettorio, in tutti i locali destinati ai pasti, e in cucina; l'obbligo del silenzio, poi, sia rigorosamente rispettato da tutti soprattutto dopo compieta.[40] In questi luoghi e in questi momenti ci si limiti a comunicare a segni, se è proprio necessario. Si provveda dunque con la massima cura a insegnare e a imparare questi segni mediante i quali si potranno invitare a ritirarsi in un luogo adatto e appositamente riservato quelle persone che dovessero per forza parlare: in tal caso si cerchi di sbrigare rapidamente il colloquio per tornare o alla precedente occupazione o a quelle più adatte alle necessità del momento. Si deve punire severamente chi fa troppo frequentemente uso di parole o di segni, ma soprattutto chi usa troppe parole, perché esse comportano il pericolo maggiore. Ed è proprio per aiutarci ad evitare questo grave e frequente pericolo che san Gregorio,[41] nell'ottavo libro dei *Moralia*, ci suggerisce:[42] « Trascurando di evitare le parole inutili, noi finiamo col cadere in parole dannose: così si seminano discordie, nascono le liti, si accendono le fiamme dell'odio e muore tutta la pace dei cuori ». Ha ragione dunque Salomone, quando dice:[43] « Colui che lascia uscire l'acqua è la causa delle liti », perché « lasciar uscire l'acqua » significa abbandonare la lingua all'effluvio delle parole. Al contrario, in senso buono, egli dice:[44] « Acque profonde provengono dalla bocca dell'uomo ». Chi dunque dà libero corso all'acqua è la causa delle liti, perché colui che non sa tenere a freno la lingua distrugge la concordia; e perciò è scritto:[45] « Chi impone silenzio a uno stolto, raffredda la collera degli altri ».

Tutte queste osservazioni contengono un chiaro ammonimento a correggere con la censura più rigorosa questo difetto e a non rinviarne assolutamente la repressione perché esso, più di ogni altro, mette in pericolo la fede. Esso è la fonte delle maldicenze, delle liti, delle ingiurie e talvolta fa anche sorgere i complotti e le congiure che non si limitano a minare ma rovesciano dalle fondamenta l'intero edificio della fede. Estirpando questo vizio forse non si riuscirà a estinguere completamente i pensieri malvagi, ma almeno la corruzione non potrà trasmettersi da un individuo all'altro. Si ricorda, ad esempio, che l'abate Macario esortava a fuggire questo difetto, come se ciò fosse sufficiente ai fini della pietà religiosa; leggiamo infatti:[46] « L'abate Macario, superiore del monastero della Scizia, diceva ai suoi confratelli: "Al termine delle Messe, uscite di chiesa". E a un monaco che gli domandava: " Padre, dove dobbiamo andare per trovare una solitudine più profonda di questa? ", egli rispondeva ponendosi un dito sulle labbra: "Questo è ciò che dico di evitare". Poi entrava nella sua cella e vi si rinchiudeva in solitudine ». Questa virtù del silenzio che, secondo Giacomo,[47] dona all'uomo la perfezione, e di cui Isaia ha detto:[48] « Il silenzio è garanzia di giustizia », è stata praticata dai santi Padri con tanto fervore che, come è stato tramandato,[49] l'abate Agatone per tre anni tenne in bocca un sasso, finché imparò a mantenere il silenzio.

L'ambiente, benché non sia esso a salvarci, tuttavia ci aiuta molto a seguire con maggior facilità le pratiche religiose e a conservare più saldamente la nostra pietà: infatti dal luogo in cui viviamo derivano molti vantaggi o molte difficoltà ai fini della nostra fede religiosa. Per questo anche i figli dei Profeti,[50] che, secondo Gerolamo,[51] sono i monaci dell'Antico Testamento, si ritirarono nella solitudine del deserto e si costruirono delle abitazioni al di là del Giordano. Anche Giovanni e i suoi discepoli,[52] che noi consideriamo i primi che praticarono questo nostro genere di vita, e poi Paolo,[53] Antonio,[54] Macario[55] e tutti coloro che si distinsero in questo santo proposito, fuggendo il tumulto del mondo e tutte le sue tentazioni, trasportarono nella quiete di un luogo deserto la sede della loro vita contemplativa per potersi dedicare a Dio con maggiore libertà. Il Signore stesso, benché nessuna tentazione avesse potere su di lui, per istruirci con il suo esempio si ritirava in solitudine ed evitava il rumore della folla quando doveva fare qualcosa di importante; per questo ha reso sacro per noi il deserto digiunandovi per quaranta giorni[56] e nel deserto ha nutrito la folla;[57] talvolta, per conferire maggior purezza alla sua preghiera, abbandonava non soltanto la gente[58] ma anche gli Apostoli.[59] Inoltre egli istruì e consacrò i suoi fedeli Apostoli sulla cima di un monte isolato, nobilitando quel luogo deserto con la sua gloriosa trasfigurazione,[60] su un monte rallegrò con lo spettacolo della sua risurrezione i discepoli riuniti,[61] da un monte ascese in cielo[62] e molti altri miracoli compì in luoghi deserti o appartati. Egli è apparso anche a Mosè e agli antichi Padri nel deserto; per condurre il suo popolo nella Terra Promessa gli ha fatto attraversare il deserto e ve lo ha trattenuto a lungo per consegnargli la sua legge, vi ha fatto piovere la manna, ha fatto scaturire l'acqua dalla pietra e lo ha confortato con numerose apparizioni e con i suoi miracoli per mostrarci chiaramente quanto sia vantaggiosa la tranquillità del deserto nel quale possiamo coltivare con maggior purezza la nostra solitudine.

Il Signore, dipingendo e ammirando la libertà della figura mistica dell'onagro,[63] che ama la vita appartata, dice, rivolto al buon Giobbe:[64] « Chi ha dato la libertà all'onagro e ha sciolto i suoi legami e gli ha dato il deserto come casa e come dimora una terra salmastra?[65] Esso se la ride della folla delle città, non ode il grido dell'esattore, vaga per i monti del suo pascolo in cerca delle erbe verdeggianti ». Ed è come se dicesse: « Chi può aver fatto ciò, se non io? ».

L'onagro, infatti, che noi chiamiamo asino selvatico, è il monaco che, sciolto dai legami del mondo, ha abbracciato la tranquillità e la libertà della vita solitaria e, schivo del mondo, ha preferito abbandonarlo. Esso abita in una terra salata, e le sue membra si sono disseccate e inaridite in seguito all'astinenza. Non ode le grida dell'esattore, ma solo la sua voce, perché non concede al ventre il superfluo, ma soltanto il necessario. C'è infatti un esattore così importuno e quotidianamente puntuale come il ventre? Esso grida, cioè avanza pretese esagerate nel chiedere cibi superflui e delicati, ma non bisogna assolutamente dargli ascolto. Per il monaco, i monti coperti di pascoli sono le vite e le dottrine dei santi Padri, la cui lettura e meditazione sempre ci ristorano, mentre le erbe verdeggianti sono gli scritti che guidano alla vita celeste e che non possono appassire.

Anche san Gerolamo, nella lettera a Eliodoro, ci esorta a vivere in solitudine quando dice:[66] « Traduci il termine monaco cioè il nome che porti: che cosa fai tra la folla, tu che sei *solo* per definizione? ».[67] Sempre san Gerolamo, nella lettera al prete Paolo,[68] distingue la nostra vita da quella dei chierici, dicendo:[69] « Se vuoi esercitare le funzioni del prete e se il ministero o, meglio, il gravoso impegno dell'episcopato ti attira, vivi nelle città e nei villaggi e provvedi ad acquistare meriti per la tua anima salvando gli altri. Se invece vuoi essere ciò che ti definisci, cioè monaco, vale a dire *solitario*, che cosa fai nelle città, che non sono il posto adatto per i solitari ma solo per la folla? Ogni categoria di persone ha i suoi iniziatori... e, per venire alla nostra religione, i vescovi e i preti prendano ad esempio gli Apostoli e i seguaci degli Apostoli e, visto che occupano il loro rango, si sforzino di acquistare anche il loro merito. Quanto a noi, prendiamo a modello le personalità più illustri della nostra professione religiosa, cioè i Paoli,[70] gli Antoni,[71] gli Ilarioni,[72] i Macari,[73] e, per tornare alla Scrittura, i nostri modelli sono Elia,[74] Eliseo[75] e i figli dei Profeti,[76] che abitavano nei campi e nel deserto e si costruivano le dimore presso il corso del Giordano. Di costoro facevano parte anche quei figli di Rechab[77] che non bevevano vino né bevande fermentate, che abitavano sotto le tende e che sono lodati da Dio per bocca di Geremia[78] con la promessa che alla loro stirpe non mancherà qualcuno degno di stare al cospetto di Dio ».

Anche noi dunque, se vogliamo stare accanto a Dio ed essere sempre pronti a servirlo, piantiamo le nostre tende nel deserto, per evitare che la folla possa scuotere il letto della nostra tranquillità turbando il nostro riposo, inducendoci in tentazione e distraendo la nostra mente dal nostro santo proposito. Il beato Arsenio, ispirato dal Signore, ha dato un chiaro esempio atto a indurre gli uomini ad abbracciare questo genere di vita libera e solitaria. In effetti leggiamo:[79] « L'abate Arsenio, quando viveva ancora a palazzo, pregò Dio dicendo: "Signore, indicami la via della salvezza". E una voce gli rispose: "Arsenio, fuggi gli uomini e sarai salvo". Arsenio allora, abbandonato il mondo, si diede alla vita monastica e rivolse a Dio la stessa preghiera: "Signore, indicami la via della salvezza", e sentì una voce che gli diceva: "Arsenio, fuggi via in silenzio e dedicati alla contemplazione; questo è il primo modo per non peccare". Egli dunque, seguendo come unica regola questo ordine di Dio, non solo evitò gli uomini ma li tenne anche lontani in tutti i modi. Un giorno che il suo arcivescovo e un magistrato erano andati a trovarlo e gli avevano chiesto di tener loro un discorso di edificazione morale, egli rispose loro: "Se esigerò da voi un impegno, lo osserverete?". Quelli diedero la loro promessa ed egli disse: "Dovunque sentirete dire che si trova Arsenio, non avvicinatevi". In occasione di un'altra visita, l'arcivescovo pensò bene di mandare prima a domandargli se gli avrebbe aperto, e il monaco gli fece rispondere: "Se vieni, ti aprirò, ma se riceverò te, poi dovrò ricevere tutti e allora non potrò più abitare qui". Allora, sentendo queste parole, l'arcivescovo disse: "Se adesso vado a infastidirlo, non potrò più tornare a fargli visita". A una matrona romana che era venuta per vedere un uomo di tanta santità Arsenio disse: "Come hai osato intraprendere un viaggio tanto lungo? Non sai che sei una donna e che non potresti uscire di casa? O sei venuta per poter tornare a Roma a dire alle altre donne che hai visto Arsenio, così che il mare diventerà una strada piena di donne che verranno da me?". Ella rispose: "Se il Signore vorrà che io torni a Roma, non lascerò venire qui nessuno. Ma tu prega per la mia anima e ricordati sempre di me". E il santo le ribatté: "Io prego il Signore di cancellare dal mio cuore il tuo ricordo". A queste parole la donna se ne andò molto turbata». Infine si asserisce che avendogli chiesto l'abate Marco perché fuggisse gli uomini, Arsenio rispose: «Dio sa che io li amo, ma non posso stare nello stesso tempo con Dio e con gli uomini».

I santi Padri, poi, avevano tanto timore della vicinanza degli uomini che alcuni di loro, per tenersene del tutto lontani, si fingevano pazzi o, addirittura, con un espediente inaudito, si professavano eretici. Chi vuole può leggere, tra le vite dei santi Padri, quella dell'abate Simone,[80] che narra come questo santo si preparò a ricevere il magistrato della sua provincia: si coprì di sacco, prese in mano pane e formaggio, poi si sedette sulla porta della sua cella e incominciò a mangiare. Oppure legga l'aneddoto[81] di quell'anacoreta che, avendo saputo che alcune persone si stavano recando da lui con lampade, si tolse i vestiti, li gettò nel fiume e stando in piedi completamente nudo incominciò a lavarsi. Il suo servo, vedendo la scena, arrossì di vergogna e disse ai visitatori: « Tornate pure indietro perché il nostro vecchio è uscito di senno ». Poi lo raggiunse e lo apostrofò: « Perché hai fatto questo, padre? Tutti quelli che ti hanno visto si saranno detti che sei posseduto dal demonio ». Ed egli rispose: « E io volevo proprio che dicessero questo ». Legga anche la storia dell'abate Mosè[82] che, per non ricevere il magistrato della sua provincia, andò a nascondersi in una palude. Qui incontrò il magistrato con la sua scorta, il quale gli chiese: « Vecchio, dimmi dov'è la cella dell'abate Mosè ». Ed egli rispose: « Perché lo cercate? È un pazzo e un eretico ». Che dire, poi, dell'abate Pastore,[83] che non si lasciò vedere dal giudice della provincia che avrebbe dovuto liberare dal carcere il figlio di una sua sorella che gli aveva rivolto una supplica?

Ecco che, mentre i potenti del mondo animati da un sentimento di devota venerazione cercano di vedere i santi, essi fanno di tutto per evitarli, anche con mezzi assai sconvenienti. E, per farvi conoscere ora la virtù dimostrata dal vostro sesso in questo campo, chi potrebbe lodare adeguatamente quella vergine che rifiutò anche la visita di san Martino[84] per non interrompere la sua contemplazione? A questo proposito Gerolamo nella lettera al monaco Oceano scrive: « Nella *Vita di san Martino* Sulpicio[85] narra che, volendo il santo salutare, mentre era di passaggio, una vergine insigne per la sua condotta irreprensibile e per la sua castità, questa si rifiutò di accogliere la sua visita, limitandosi a inviargli un dono e a dire al sant'uomo attraverso la finestra: "Padre, prega stando lì dove sei, perché non ho mai ricevuto la visita di un uomo". Udendo queste parole, san Martino rese grazie a Dio perché, in virtù di questi costumi, quella donna era riuscita a mantenere intatta la sua castità; quindi la benedisse e se ne andò pieno di gioia ». Veramente questa donna che, sdegnosa, rifiutava di lasciare il letto delle sue contemplazioni, era pronta a rispondere a un amico che avesse bussato alla sua porta:[86] « Ho finito adesso di lavarmi i piedi, perché dovrei sporcarli? ». Chissà come si sarebbero sentiti offesi i vescovi e i prelati del giorno d'oggi se avessero subìto un simile rifiuto da parte di Arsenio o di questa vergine!

Di fronte a esempi del genere arrossiscano i monaci che vivono nel deserto, se ce n'è ancora qualcuno, visto che essi sono ben contenti di ricevere le visite dei vescovi, per i quali, anzi, fabbricano addirittura edifici destinati a riceverli: i monaci di oggi, infatti, non solo non fanno nulla per evitare le visite dei potenti della terra con tutto il codazzo di persone che sempre li accompagna o che accorre per vederli, ma le sollecitano e, con la scusa che debbono ospitare tutta questa gente, costruiscono case su case, trasformando il luogo deserto in cui si sono ritirati in una vera e propria città.

Certo, proprio per una macchinazione del nostro antico e astuto tentatore[87] si è giunti al punto che ormai tutti i nostri monasteri, che pure un tempo erano stati costruiti in località deserte per fuggire gli uomini, raffreddandosi il fervore religioso si sono riempiti di gente, accogliendo interi gruppi di servi e di ancelle: nei luoghi riservati un tempo alla vita monastica sono sorte così grandi città, e i monaci sono tornati nel mondo, o meglio hanno fatto venire da loro il mondo. Gettandosi a capofitto nelle occupazioni più meschine e lasciandosi dominare completamente dalle potenze ecclesiastiche e temporali, nel desiderio di condurre una vita oziosa e di vivere del frutto della fatica altrui, i monaci non sono più tali, cioè *solitari*, né di nome né di fatto. Spesso poi questo loro genere di vita comporta inconvenienti tanto gravi che, mentre cercano di proteggere i loro cari e i beni di questi, perdono i propri beni; talvolta, anzi, anche i loro monasteri sono bruciati negli incendi delle case vicine. Ma nemmeno questo basta a contenere la loro avidità.

Quelli, poi, che non potendo sopportare in nessun modo le costrizioni del monastero si sono sparsi nei sobborghi, nelle città e nei villaggi dove vivono a gruppi di due o di tre o anche da soli senza osservare nessuna regola, sono tanto peggiori perfino delle persone che vivono nel mondo, quanto più gravemente infangano la loro professione di fede.

Essi, abusando del termine, chiamano *Obbedienze* le case ove abitano, dove non si deve osservare nessuna regola, dove non si ubbidisce a nulla se non al ventre e alla carne, dove vivono con i loro parenti o amici e fanno il loro comodo tanto più liberamente quanto meno temono i rimproveri della loro coscienza. E, senza ombra di dubbio, queste mancanze, che sarebbero peccati da poco negli altri uomini, sono eccessi criminosi in questi svergognati apostati. Gente simile evitate non solo di imitarla, ma anche di incontrarla!

Voi, poi, deboli come siete, avete ancor più bisogno di star sole, perché nella solitudine siete meno esposte agli assalti delle tentazioni carnali e avete meno occasioni di vagare con i sensi dietro le cose materiali. Sant'Antonio a questo proposito osserva:[88] « Chi vive solo e appartato si sottrae a tre assalti, quello dell'udito, quello della parola e quello della vista, e dovrà sostenerne soltanto uno, quello del cuore ». Anche Gerolamo, l'insigne dottore della Chiesa, considerando attentamente questi e tutti gli altri vantaggi della vita eremitica, esorta caldamente il monaco Eliodoro ad assicurarseli, ed esclama:[89] « O eremo che godi la familiarità di Dio! Che fai, fratello, nel mondo, tu che sei superiore al mondo? ».

Finora abbiamo parlato dei luoghi dove è opportuno costruire i monasteri; vediamo adesso quale deve essere la loro posizione. Nello scegliere il luogo del monastero, come ha previsto san Benedetto,[90] occorre assicurarsi, se è possibile, che nel suo interno possa accogliere soprattutto ciò che è necessario alla sua attività, vale a dire un giardino, una fonte, un mulino con il suo forno e i vari ambienti che sono necessari al lavoro quotidiano, per evitare che le monache abbiano occasione di uscire.

Come negli accampamenti militari degli uomini, così anche negli accampamenti del Signore, cioè nelle comunità monastiche, bisogna eleggere dei capi. Nei normali eserciti un solo generale comanda a tutti, e tutti ubbidiscono ai suoi ordini: egli poi, in base alla grandezza dell'esercito e alla diversità dei compiti, distribuisce le varie incombenze tra i suoi subalterni, incaricando ciascuno di loro di provvedere ad un determinato servizio. Lo stesso deve avvenire anche nei monasteri, dove l'autorità suprema deve essere affidata a una sola superiora ai cui ordini tutte le altre ubbidiscano con sottomissione, in modo che nessuna osi fare qualche obiezione o mormorare contro qualsiasi suo ordine. È chiaro infatti che nessuna comunità umana e nessuna famiglia, per quanto piccola, può sostenersi a lungo se qualcuno non provvede a tenerla unita, concentrando nelle proprie mani il controllo di tutto. Anche l'arca,[91] che è la figura della Chiesa, benché avesse molti cubiti sia in lunghezza sia in larghezza, finiva in uno solo. E nel libro dei Proverbi è scritto:[92] « I principi si moltiplicano a causa dei peccati della terra ». Anche dopo la morte di Alessandro, infatti, i re si moltiplicarono[93] insieme con i vizi, e Roma non poté mantenere la concordia quando fu affidata a più governanti,[94] e proprio per questo Lucano[95] nel primo libro dice:[96]

« Sei tu la causa dei mali
tuoi, Roma, da quando a tre padroni ti offristi;
mai senza lutti in vero fu un regno diviso fra tanti ».

E poco più avanti:[97]

« Finché la terra sosterrà il mare e l'aria la terra,
e il Titano continuerà la sua eterna fatica,
e in cielo notte a giorno seguirà, con gli astri [consueti,
mai in unico regno sarà luogo a diversi padroni,
e dominio nessuno sarà mai diviso in più parti ».

Tali erano, certamente, anche quei discepoli che il santo abate Frontonio[98] aveva raccolto fino a raggiungere il numero di settanta nella sua città natale acquistandosi grandi meriti sia presso Dio sia presso gli uomini e che poi, abbandonando il monastero della città, aveva trascinato con sé nel deserto con le poche cose che potevano portare. Ma poi, come un tempo il popolo di Israele si era lamentato con Mosè accusandolo di averlo indotto ad abbandonare l'Egitto dove il cibo era abbondante e la terra fertile per andare nel deserto,[99] anche costoro cominciarono a mormorare e dire: « Ma da quando in qua la castità regna solo nel deserto e non può essere praticata anche nelle città? Perché non torniamo nella città che, in fondo, abbiamo lasciato solo temporaneamente? Forse che Dio ci ascolterà solo se preghiamo nel deserto? Chi potrebbe vivere del cibo degli angeli? A chi piace vivere in compagnia degli animali selvatici e delle fiere? E poi, che bisogno c'è di restare qui? Perché non torniamo a benedire il Signore là dove siamo nati? ».

A questo proposito dobbiamo tener presente anche il consiglio dell'apostolo Giacomo:[100] « Non vogliate, fratelli », egli dice, « essere in molti a far da maestri, perché sapete che in tal modo vi esponete a un giudizio troppo severo ». Anche san Gerolamo, inviando al monaco Rustico delle istruzioni sulla sua condotta di vita, dice:[101] « Nessun mestiere si impara senza maestro. Anche gli animali muti e i branchi di bestie feroci seguono i loro capi; tra le api, una va avanti e tutte le altre le vanno dietro; le gru volano l'una dietro l'altra formando una lettera dell'alfabeto. L'imperatore è uno solo, e ogni provincia è retta da un solo magistrato. Roma, all'epoca della sua fondazione, non poteva avere come re tutti e due i fratelli e fu consacrata con un fratricidio.[102] Esaù e Giacobbe si fecero guerra già nel ventre di Rebecca.[103] Ogni Chiesa ha un vescovo, un arciprete, un arcidiacono e ogni ordine ecclesiastico ha il suo capo. Sulla nave c'è un solo timoniere, nella casa un solo padrone, e un esercito può essere anche molto grande ma dipende dagli ordini di una sola persona. Tutto questo discorso vuole insegnarti che non devi abbandonarti al tuo arbitrio, ma devi vivere in monastero sotto la direzione di un solo padre e insieme con molti confratelli ».

Sempre, dunque, per poter conservare la concordia è opportuno che ci sia una sola superiora a cui tutte ubbidiscano in tutto. Questa avrà poi alle sue dipendenze, come veri e propri magistrati, alcune persone scelte secondo i suoi criteri: esse si occuperanno, finché lei lo vorrà, di quelle incombenze di cui saranno state incaricate, così da essere come altrettanti capi o consoli nell'esercito del Signore; tutte le altre monache invece saranno i soldati e i fanti, e combatteranno liberamente contro il demonio e i suoi alleati, rimettendosi in tutto alle cure di quelle che sono loro preposte. Quanto all'amministrazione complessiva di tutto il monastero, io credo che siano necessarie sette persone e non di più, cioè la portinaia, la dispensiera, la guardarobiera, l'infermiera, la maestra del coro, la sacrestana e infine la diaconessa, o badessa, come oggi si dice.

In questo accampamento, in questa, per così dire, divina milizia – giacché, come si legge, « la vita dell'uomo sulla terra è una milizia »,[104] e ancora: « ... è terribile come un esercito schierato a battaglia »[105] – la diaconessa tiene il posto del generale a cui tutti ubbidiscono in tutto e le altre sei, dette officiarie, occupano, come si è visto, il ruolo dei vari capi e dei consoli. Le altre monache, dette claustrali, hanno un compito affine a quello dei soldati, cioè compiono con zelo il servizio divino. Le converse,[106] poi, che hanno pure rinunciato al mondo e si sono votate all'ubbidienza nei confronti delle monache assumendo un abito religioso che non è però quello monastico, occupano, come fanti, il grado inferiore.

Ora mi resta da stabilire, con l'ispirazione di Dio, quali siano le incombenze dei vari gradi di questa milizia, affinché essa sia veramente « un esercito schierato a battaglia »[107] contro gli assalti dei demoni. Cominciando dunque da quello che è stato definito il capo di questa istituzione, cioè dalla diaconessa, trattiamo in primo luogo di lei, che regola tutto il resto. Come abbiamo accennato nella lettera precedente,[108] l'apostolo san Paolo, nella sua Lettera a Timoteo, descrive accuratamente quanto insigne e provata debba essere la santità della diaconessa:[109] «Si scelga», egli dice, «una vedova di non meno di sessant'anni, che sia stata moglie di un solo uomo e sia stimata per le sue buone opere, per aver educato i figli, praticato l'ospitalità, lavato i piedi ai santi, prestato soccorso agli infelici, per avere insomma compiuto ogni tipo di opera buona. Scarta invece le vedove troppo giovani». E poco prima, dettando una regola di vita per i diaconi, aveva precisato, sempre in merito alle diaconesse:[110] «Allo stesso modo, le donne tengano un contegno onesto e non siano maldicenti ma sobrie e fedeli in tutte le cose». Mi sembra d'aver sufficientemente dimostrato, nella lettera precedente, il significato e il motivo di tutte queste prescrizioni e soprattutto di aver spiegato perché l'Apostolo desideri che esse abbiano avuto un solo marito e siano di età avanzata. Per questo ci sorprende non poco che la Chiesa abbia permesso che si formasse la dannosa abitudine di scegliere vergini ancor giovani in luogo di vedove che hanno conosciuto l'uomo, di modo che spesso sono le più giovani a comandare alle anziane, mentre l'Ecclesiaste dice:[111] «Guai alla terra che ha per re un ragazzo», e tutti condividiamo il detto del beato Giobbe:[112] «La sapienza è negli anziani e la prudenza si acquista nell'età avanzata». A questo proposito anche nei Proverbi sta scritto:[113] « La vecchiaia è una corona gloriosa che si trova sulle vie della giustizia », e nell'Ecclesiastico:[114] « Quanto si addice ai capelli bianchi giudicare e ai giovani seguire la guida degli anziani! Come è bella la sapienza nel vecchio, e la sua intelligenza, e il suo senno! La gloriosa corona dei vecchi è la loro grande esperienza, e la loro gloria è il timore di Dio ». E ancora:[115] « Parla, o anziano, tocca a te... Tu invece, o giovane, parla appena delle cose che ti riguardano e soltanto quando è strettamente necessario. Se vieni interrogato due volte la tua risposta sia breve, in molte cose non avere scrupolo a sembrare ignorante; ascolta in silenzio e domandando, non pretendere di parlare in mezzo ai grandi e parla poco dove ci sono dei vecchi ».

Tra l'altro, proprio per questo motivo, anche i preti che nella Chiesa sono posti a capo dei fedeli sono chiamati presbiteri, vale a dire *più vecchi*,[116] affinché il nome stesso indichi ciò che devono essere. E coloro che hanno scritto le *Vite* dei santi chiamano vegliardi[117] quelli che noi oggi chiamiamo abati.

Bisogna dunque prendere tutti i provvedimenti per far sì che nell'elezione e nella consacrazione della diaconessa prevalga il consiglio dell'Apostolo,[118] in modo che si scelga una persona tale che sia superiore alle altre per condotta di vita e istruzione religiosa, che dia garanzia di maturità di costumi per la sua età, che si sia resa degna di comandare ubbidendo, che abbia imparato la *Regola* più con la pratica che sui libri e la conosca a fondo. Se sarà priva di cultura letteraria, sappia che non è chiamata a tenere dissertazioni filosofiche o dispute dialettiche, ma deve semplicemente conformarsi alla *Regola* e mostrarne l'applicazione concreta nella vita. Infatti, come è stato scritto riguardo al Signore, che « incominciò ad agire e a insegnare »,[119] ella deve prima agire e poi insegnare, perché l'insegnamento pratico è migliore e più efficace di quello teorico e l'esempio è più perfetto delle parole.

Teniamo sempre ben presente questo principio, così come è stato formulato dall'abate Ipericio:[120] « Veramente saggio », egli dice, « è chi insegna con i suoi atti, non con le parole »; e, su questo punto, la sua osservazione ci offre non poca consolazione e fiducia. Si tengano presenti anche le parole con cui sant'Antonio[121] confutò quei filosofi verbosi che deridevano il suo insegnamento come se a impartirlo fosse uno sciocco o un ignorante qualsiasi: « Rispondetemi un po' », disse: « vale più il buonsenso o le lettere? E quale delle due cose precede l'altra? È il buonsenso che nasce dalle lettere o sono le lettere che nascono dal buonsenso? ». E poiché quelli dovettero ammettere che è il buonsenso che crea e inventa le lettere, il santo replicò: « Dunque chi possiede per intero il suo buonsenso non ha bisogno di cercare le lettere! ». Ascoltiamo anche quello che dice l'Apostolo e confortiamoci nel Signore:[122] « Dio non ha forse dimostrato stolta la sapienza del mondo? ». E ancora:[123] « Dio ha scelto ciò che nel mondo è giudicato stolto per confondere i sapienti, e le cose deboli per confondere i forti, e le cose umili, spregevoli e insignificanti per distruggere le cose importanti, ad evitare che qualcuno si possa vantare di fronte a lui». Infatti, come precisa più avanti, il regno di Dio non consiste nelle parole ma nella virtù.

Se poi la diaconessa ritenesse opportuno servirsi della Scrittura per chiarire qualche punto, non si vergogni di ricorrere agli uomini di lettere per farsi istruire e non disprezzi gli insegnamenti che questi possono fornirle, ma li accolga con diligente cura, dal momento che lo stesso principe degli Apostoli accolse con rispetto il rimprovero che gli era stato mosso da Paolo, suo compagno di apostolato.[124] Infatti, come ricorda anche san Benedetto,[125] « spesso il Signore rivela al più umile ciò che è meglio ».

Inoltre, per assecondare meglio il disegno della Provvidenza divina, di cui ha già parlato anche l'Apostolo, si eviti di scegliere le diaconesse tra donne di famiglie nobili o potenti, se non in casi di estrema e pressante necessità e per gravissimi motivi, perché è facile che esse, a causa della loro origine, risultino orgogliose o vanitose o presuntuose o superbe. Particolarmente dannoso per il monastero è poi scegliere come diaconessa una donna originaria del luogo stesso, perché allora c'è da temere che la vicinanza della sua famiglia la renda ancora più presuntuosa e che le visite dei suoi parenti siano importune o provochino turbamento nella quiete del monastero o che lei stessa per loro tolleri deroghe alla *Regola*: inoltre, potrebbe anche darsi che ella sia disprezzata dalle altre, perché, come dice il Signore, « un profeta nella sua patria non è mai onorato ».[126] Certo san Gerolamo aveva previsto tutti questi inconvenienti quando, scrivendo a Eliodoro, dopo aver elencato tutto ciò che nuoce ai monaci che restano nella loro terra d'origine, dice:[127] « Il risultato di queste considerazioni è che un monaco non può raggiungere la perfezione restando nel suo paese. Ma non voler raggiungere la perfezione è un peccato ». E non è un grave scandalo per le anime il fatto che la più tiepida nelle pratiche della pietà sia proprio colei che presiede al magistero religioso? Le varie monache a lei soggette devono solo dar prova delle virtù che si addicono al loro stato, ma una diaconessa deve dare un esempio brillante di tutte le virtù: è ovvio d'altronde che la diaconessa deve fare per prima tutto ciò che ordina alle altre, per non contraddire con il suo comportamento gli ordini che impartisce e distruggere con i fatti ciò che costruisce con le parole, perché in tal caso toglierebbe alla sua bocca il diritto di pronunziare parole di rimprovero e perché dovrebbe arrossire di vergogna ogni volta che si accingesse a correggere in altre quelle mancanze che lei stessa commette apertamente.

Anche il Salmista prega il Signore di preservarlo da questo pericolo, dicendo:[128] « Non togliere mai completamente dalla mia bocca la parola di verità ». Egli si riferiva appunto a quella che per lui era la punizione più grave che potesse venirgli dal Signore, e alla quale egli allude altrove, dicendo:[129] « Dio così parlò al peccatore: Perché parli della mia giustizia e hai sempre in bocca il mio patto? Tu detesti la disciplina e ti sei gettato dietro le spalle le mie parole». E l'Apostolo, attento anche lui ad evitare questo pericolo, dice:[130] «Castigo il mio corpo e lo costringo a servire perché non mi capiti di essere riprovato io stesso dopo aver predicato agli altri». Infatti quando di uno si disprezza il modo di vivere, ben presto si deve disprezzare anche la sua predicazione e la sua dottrina. Se poi qualcuno, dovendo curare una persona, è affetto dalla stessa malattia della persona che deve curare, si sentirà giustamente rimproverare dal paziente: «Medico, cura te stesso».[131]

Chiunque occupi un posto di responsabilità nella Chiesa, consideri bene quale danno provocherebbe una sua eventuale caduta, perché nel momento in cui precipitasse trascinerebbe con sé tutti coloro che gli sono sottomessi. Il Vangelo dice:[132] «Chi violerà anche uno solo di questi comandamenti e insegnerà agli uomini a fare altrettanto, sarà considerato il più piccolo nel regno dei cieli». E chi è che viola i comandamenti se non chi va contro di essi con il suo modo di comportarsi e, corrompendo gli altri con il cattivo esempio, siede sulla cattedra come maestro di pestilenza? E se chi tiene un simile comportamento nella Chiesa del mondo deve essere considerato l'infimo nel regno dei cieli, in quale considerazione dovrà essere tenuto il peggiore dei sacerdoti, alla cui negligenza il Signore chiederà conto dell'assassinio non soltanto della sua anima, ma anche di quella delle persone sottomesse al suo magistero? Giustamente, a questo proposito, la Sapienza[133] rivolge loro queste minacce:[134] «Avete ricevuto il potere dal Signore e la forza dall'Altissimo, il quale esaminerà le vostre opere e scruterà le vostre intenzioni, perché mentre eravate ministri del suo regno non avete governato rettamente e non avete osservato la legge della giustizia. Egli vi apparirà terribile e inatteso, perché il giudizio più severo è riservato a chi comanda: ai piccoli sarà usata misericordia, mentre i potenti dovranno sopportare grandi supplizi e ai più forti è destinata la pena più grave ».

I singoli fedeli, per salvarsi, devono solo evitare di peccare, i sacerdoti invece rischiano la morte anche per i peccati altrui. Aumentano i doni, ma aumentano anche i debiti, e chi più riceve più deve rendere. Il libro dei Proverbi ci esorta ancora più caldamente a tenerci in guardia da questo pericolo, dicendo:[135] « Figlio, se ti sei reso garante per un tuo amico, hai impegnato la tua mano presso un estraneo, ti sei legato con le parole della tua bocca e ti sei incatenato con i tuoi stessi discorsi; fa' come ti dico, figlio mio, e libera te stesso perché sei caduto in balia del tuo prossimo. Va' e affrettati a sollecitare il tuo amico, non conceder sonno ai tuoi occhi né riposo alle tue palpebre ». Ora, noi ci impegnamo per un amico quando la nostra carità ammette qualcuno a vivere nella nostra comunità: noi promettiamo di provvedere alle sue necessità ed egli promette di ubbidire a noi. Noi impegnamo presso di lui la nostra mano quando promettiamo di dedicare tutto il nostro zelo e la nostra sollecitudine alla sua salvezza, e allora cadiamo nelle sue mani, perché, se non staremo in guardia da lui, diventerà per noi l'assassino della nostra anima. Ed è appunto per fuggire questo pericolo che il libro dei Proverbi ci consiglia apertamente dicendo: « Va' e affrettati... ».

Occorre quindi che la diaconessa perlustri sollecita il suo accampamento recandosi ora qua ora là come fa un generale previdente e infaticabile, e lo ispezioni accuratamente per evitare che la negligenza di qualcuno lasci libero l'accesso a colui che « simile a un leone si aggira cercando chi divorare ».[136] La diaconessa deve essere al corrente di tutti i vizi della sua casa per poterli correggere prima che gli altri ne vengano a conoscenza e siano trascinati dal cattivo esempio. Si guardi quindi dal cadere in quell'errore che san Gerolamo rimprovera alle persone sciocche e trascurate:[137] « Noi siamo sempre gli ultimi a sapere i mali delle nostre case e ignoriamo i vizi dei nostri figli e delle nostre mogli quando già i nostri vicini li cantano ». Ella, insomma, deve seguire con molta attenzione la sua comunità, perché è responsabile dei corpi e delle anime delle persone a lei sottomesse.

Quanto alla custodia dei corpi, l'Ecclesiastico gliela raccomanda espressamente con queste parole:[138] « Se hai delle figliole, proteggi il loro corpo e non mostrar loro il viso troppo ridente ». E ancora:[139] « La figlia è il pensiero segreto del padre cui l'ansia toglie il sonno per il timore che possa essere contaminata ». In effetti noi contaminiamo il nostro corpo non soltanto vivendo nella lussuria, ma anche con tutte le azioni contrarie alla decenza che lo costringiamo a fare, sia con la lingua sia con qualsiasi altro membro, sia abusando dei sensi per soddisfare la nostra vanità. Non per niente, proprio a questo proposito sta scritto:[140] « La morte entra attraverso le nostre finestre », cioè il peccato entra nella nostra anima attraverso i cinque sensi. E quale morte è più terribile di quella delle anime, o che cosa è più difficile difendere delle anime? « Non temete », dice la Verità, « quelli che uccidono i corpi, ma non hanno alcun potere sull'anima ».[141] Dopo aver sentito questo consiglio chi non temerà la morte del corpo più di quella dell'anima? Chi non si guarderà dalla spada più che dalla menzogna? E tuttavia sta scritto:[142] « La bocca che mente uccide l'anima ».

In realtà, che cosa c'è che possa essere ucciso così facilmente come l'anima? Non esiste una freccia più veloce del peccato, e contro i cattivi pensieri nessuno può premunirsi. Chi, senza parlare dei peccati altrui, è in grado di prevenire i propri? Quale pastore fatto di carne e di ossa ha forze sufficienti per custodire le sue pecore spirituali da lupi spirituali, un gregge invisibile da un nemico invisibile? Chi non dovrebbe temere un predone che non desiste dall'attaccare, un predone che nessun recinto basta a tener lontano e nessun'arma può uccidere o ferire, e che trama continue insidie, soprattutto contro i religiosi, perché, secondo Abacuc,[143] « il suo cibo è scelto »?[144] Anche l'apostolo Pietro esorta a guardarsene:[145] « Il vostro avversario, il diavolo », dice, « si aggira come un leone ruggente cercando chi divorare », e quanto salda sia poi la sua volontà di divorarci, l'ha insegnato il Signore stesso al beato Giobbe:[146] « Egli inghiottirà », dice, « un fiume senza spaventarsi, sperando che il Giordano passi tutto attraverso la sua bocca». E che cosa non avrebbe il coraggio di attaccare, colui che osa tentare il Signore stesso, colui che perfino in paradiso ha ridotto in schiavitù i nostri progenitori e ha strappato alla comunità degli Apostoli proprio colui che il Signore aveva scelto? Nessun luogo è sicuro contro di lui, nessuna barriera gli è invalicabile. Chi può salvarsi dalle sue insidie e resistere alla sua forza? Egli è colui che scuotendo con un sol colpo i quattro angoli della casa del buon Giobbe, l'ha fatta rovinare schiacciando e uccidendo i suoi figli e le sue figlie innocenti.[147]

Che cosa potrà dunque fare contro di lui il sesso più debole? Chi deve temere la sua seduzione più delle donne, visto che egli ha incominciato proprio col sedurre una donna[148] e se ne è servito per corrompere anche l'uomo, riducendo così in stato di schiavitù tutta la loro discendenza? Facendole bramare un bene più grande, egli ha privato la donna anche di ciò che già possedeva; alla stessa maniera riuscirà oggi senza dubbio a sedurre con facilità altre donne facendo leva sulla loro sete di beni e di onori per invogliarle a comandare più che ad essere utili. Ma lo stesso comportamento successivo mostrerà se questi difetti erano preesistenti:[149] se infatti una diaconessa conduce una vita più raffinata di quella di una monaca qualunque o pretende per sé qualcosa in più del necessario, non c'è dubbio che lo aveva sempre desiderato. Se chiede vestiti più preziosi di quelli che possedeva prima vuol dire che ha il cuore gonfio di vano orgoglio: insomma, i fatti mostreranno chiaramente quello che ella aveva in fondo al cuore e la stessa dignità conferitale proverà se i sentimenti da lei mostrati in precedenza erano veri o falsi.

Sarebbe bene, per esempio, che ella fosse invitata a rivestire questa carica e non che fosse lei a proporsi, perché, come dice il Signore, tutti coloro che si mettono in mostra « sono ladri e disonesti »,[150] e anche san Gerolamo osserva:[151] « Sono venuti coloro che non sono stati invitati ». È bene, insomma, che questo onore le sia conferito e non già che sia lei stessa a conferirselo: « In effetti », dice l'Apostolo, « nessuno può arrogarsi tale dignità, ma soltanto chi è chiamato da Dio come Aronne ».[152] Colei che viene chiamata alla carica di diaconessa dovrebbe lamentarsi come se fosse stata condannata a morte, mentre colei che non è stata eletta dovrebbe essere contenta come se fosse stata liberata da un grave pericolo. Noi arrossiamo quando ci sentiamo dire che siamo migliori degli altri, ma quando, in occasione di una nostra elezione, viene messa in luce la nostra superiorità, non ce ne vergognamo certo: chi infatti non sa che la preferenza deve essere accordata ai migliori? Per questo nel ventiquattresimo libro dei *Moralia*[153] leggiamo:[154] « Non ci si deve assumere la responsabilità di guidare gli uomini, se non si sa dar loro il buon esempio vivendo una vita perfetta, e chi viene scelto per correggere le colpe altrui non deve macchiarsi lui stesso dei vizi che deve estirpare ». Se poi talvolta, dopo essere stati eletti, abbiamo l'imprudenza di opporre un debole rifiuto verbale fingendo di rifiutare l'onore che ci è stato offerto, non otteniamo altro che di attirarci l'accusa di fare ciò solo per sembrare più giusti e più degni.

Quante persone ho visto piangere nel giorno della loro elezione, che in realtà nel fondo del cuore ridevano! Si accusavano di essere indegne di tanto onore, ma era chiaro che con questo volevano conciliarsi maggiormente la benevolenza e il favore degli uomini, perché certo ricordavano che « il giusto è il primo accusatore di se stesso », come è scritto.[155] Se poi a costoro capitava di essere accusati da qualcuno e di avere in tal modo l'occasione per dimettersi, essi difendevano con accanimento e con grande impudenza quell'onore che avevano mostrato di accettare contro voglia, piangendo con finte lacrime ma accusandosi di colpe senz'altro vere. Quante volte nelle chiese abbiamo visto dei canonici schermirsi davanti al loro vescovo che voleva conferire loro i sacri Ordini, dichiarando la propria indegnità di fronte a un ministero tanto importante e la propria intenzione di non accettarlo, mentre poi, se il clero li elevava all'episcopato, opponevano scarsissima o nessuna resistenza? E a quelli che fino al giorno prima dicevano di non volere il diaconato per non mettere in pericolo la propria anima, basta poi una notte sola per diventare giusti e per non aver più paura di precipitare da un gradino più alto. A proposito di uomini come questi nel libro dei Proverbi si legge:[156] « Lo stolto batterà le mani quando si renderà garante per un amico ». Infatti questo disgraziato ride di una cosa di cui dovrebbe piangere, perché assumendo la direzione di altri a lui subordinati si obbliga per sua libera scelta a vegliare su persone dalle quali deve farsi amare più che temere.

Allo scopo di prevenire, per quanto è possibile, un tale flagello, proibiamo rigorosamente alla diaconessa di condurre una vita più raffinata e comoda delle altre monache: ella non avrà appartamenti riservati per mangiare o per dormire, ma compirà ogni sua azione insieme con il gregge che le è stato affidato, perché conoscerà meglio i bisogni delle sue monache quanto più vivrà in mezzo a loro. Sappiamo anche che san Benedetto,[157] sempre molto premuroso nei confronti dei pellegrini e degli ospiti, aveva istituito una tavola apposita per loro e per l'abate, ma questo provvedimento, benché fosse stato preso per un motivo di carità, fu poi modificato attraverso una disposizione del monastero molto opportuna che permette all'abate di non abbandonare la comunità e provvede ad assistere i pellegrini tramite un fedele dispensiere. Infatti proprio a tavola è più facile peccare[158] e occorre osservare la regola con maggiore attenzione. Molti abati, invece, con il pretesto di trattar bene gli ospiti, pensano soprattutto a trattar bene se stessi, per cui ogni volta che si assentano dalla mensa comune sono guardati con sospetto e suscitano mormorazioni a non finire. Inoltre l'autorità di un superiore è tanto più scarsa quanto più egli vive lontano dai suoi monaci, mentre ogni privazione diventa sopportabile quando si vede che è condivisa da tutti nella stessa misura e prima di tutti dallo stesso superiore. Un esempio in proposito ce lo dà anche Catone;[159] egli, come si legge,[160] vedendo che solo a lui era stata offerta un po' d'acqua, mentre anche tutti gli altri suoi soldati morivano di sete, non esitò a rifiutarla e a gettarla via, accontentando così tutti.

I superiori devono, dunque, essere sobri e, anzi, devono vivere ancor più parcamente, perché devono preoccuparsi di dare il buon esempio agli altri. Inoltre essi, per non insuperbire per l'onore che è stato loro concesso, e che altro non è che un dono di Dio, e per non sentirsi in diritto di insultare le persone a loro soggette, ascoltino bene ciò che sta scritto: « Non fare il leone nella tua casa, maltrattando i tuoi servitori e opprimendo chi ti è sottoposto...[161] La superbia è odiosa sia per Dio sia per gli uomini.[162] Il Signore ha distrutto le sedi dei superbi e ha collocato al loro posto i miti.[163] Hanno stabilito che tu fossi il loro capo? Non inorgoglirti: sii tra loro come uno di loro ».[164] E l'Apostolo dà a Timoteo queste istruzioni sul contegno da tenere verso le persone di rango inferiore:[165] « Non rimproverare il vecchio, ma rispettalo come se fosse tuo padre e tratta i più giovani come fratelli, le donne anziane come madri e quelle ancora giovani come sorelle ».

« Non siete stati voi a scegliere me », ha detto il Signore,[166] « ma sono stato io che ho scelto voi ». Tutti gli altri capi sono eletti dalle persone a loro sottoposte; sono queste persone che li nominano e che li pongono al potere e che li scelgono non perché siano dei padroni, ma dei servi.[167] Cristo è il solo vero Signore e soltanto lui può scegliersi dei servitori tra le persone a lui sottoposte. Eppure si è comportato da servo più che da padrone e con il suo esempio ha confuso i discepoli che già aspiravano ai più alti onori, dicendo:[168] « I re dei popoli li signoreggiano, e coloro i quali hanno potere su di loro sono chiamati benefattori. Ma per voi non è così ». Imita dunque i re della terra chi vuol essere *padrone* più che *servo* e preferisce essere temuto che essere amato e, inorgoglito dell'onore per cui è stato scelto, « a tavola cerca i primi posti e nelle sinagoghe i primi seggi e ama essere salutato in piazza e chiamato Rabbi ».[169] Eppure il Signore ci invita a non fregiarci di questo titolo, perché non abbiamo a vantarci per dei nomi, ma possiamo conservare sempre la nostra umiltà; egli dice infatti:[170] « Ma voi non fatevi chiamare Rabbi e non chiamate nessuno sulla terra padre vostro ». Poi, riprovando ogni possibile forma di orgoglio, dice:[171] « Chi si esalta sarà umiliato ».

Bisogna inoltre fare in modo che il gregge non corra pericoli per l'assenza del pastore e che la disciplina all'interno del monastero non venga meno quando i superiori non sono presenti. Per questo abbiamo stabilito che la diaconessa, dovendo badare più alle cose spirituali che a quelle materiali, non abbandoni mai il monastero per dedicarsi ad affari esterni, affinché la sua sollecitudine nei confronti delle monache possa essere tanto maggiore quanto più assidua sarà la sua presenza in mezzo ad esse, e d'altra parte le sue visite fuori del monastero siano tanto più degne del rispetto degli uomini quanto meno frequenti esse saranno. Infatti è scritto:[172] « Quando una persona potente ti chiama, non rispondere subito, perché così ti desidererà di più ».

Se poi il monastero deve inviare una legazione, se ne incarichino i monaci o i conversi, perché spetta sempre agli uomini provvedere alle necessità delle donne; infatti, quanto più è profonda la loro pietà, tanto più esse si consacrano a Dio e quindi hanno maggior bisogno dell'aiuto degli uomini. Per questo l'angelo ordina a Giuseppe di prendersi cura della madre del Signore[173] benché non gli fosse stato permesso di conoscerla[174] e Cristo stesso, morendo, lascia a sua madre una specie di secondo figlio incaricandolo di provvedere alle sue necessità materiali.[175] Tutti sanno, e l'abbiamo già ricordato a sufficienza altrove,[176] quante cure anche gli Apostoli abbiano dedicato alle pie donne, per aiutare le quali hanno istituito i sette diaconi.[177] Seguendo questo esempio e tenendo conto della realtà della situazione, abbiamo stabilito che i monaci e i loro conversi, come già fecero gli Apostoli e i diaconi, provvedano ai bisogni delle comunità femminili per quanto riguarda gli affari da svolgere all'esterno del monastero, fermo restando il fatto che ogni comunità femminile ha sempre bisogno dei monaci per celebrare le Messe, e dei conversi per i lavori manuali.

Bisognerebbe quindi restaurare l'usanza, documentata ad Alessandria ai tempi della Chiesa primitiva, sotto la direzione dell'Evangelista Marco,[178] di accogliere entro lo stesso Ordine comunità maschili e femminili in modo che gli uomini aiutino le donne del loro Ordine occupandosi delle attività manuali. Certamente, infatti, le monache osserverebbero più fedelmente la loro regola, se potessero contare sull'aiuto dei religiosi e se lo stesso pastore potesse governare sia le pecore sia gli arieti, di modo che il capo degli uomini sia anche il capo delle donne e veramente, secondo il precetto apostolico, « il capo della donna sia l'uomo, come il capo dell'uomo è Cristo e il capo di Cristo è Dio ».[179]

Così, ad esempio, il monastero di santa Scolastica,[180] essendo situato in un terreno di proprietà del monastero maschile, era anche retto da un monaco e poteva trarre istruzioni e conforto dalle frequenti visite di costui e da quelle dei suoi confratelli. Inoltre, un passo della regola di san Basilio[181] sull'opportunità di questo tipo di ordinamento, così si esprime:[182] « Domanda: " È necessario che l'abate di un monastero maschile abbia colloqui di edificazione con le monache, indipendentemente dalla loro diaconessa? ". – Risposta: "Certo, a patto che si osservi il precetto dell'Apostolo:[183] Tutto si faccia con decoro e con ordine " ». E nel capitolo seguente:[184] « Domanda: "È opportuno che l'abate di un monastero maschile si intrattenga spesso a colloquio con la diaconessa di uno femminile, soprattutto se alcuni monaci se ne scandalizzano? ". – Risposta: " Benché l'Apostolo affermi che chi è libero non deve essere giudicato dalla coscienza altrui,[185] è opportuno imitare l'Apostolo stesso quando dice:[186] 'Io non ho voluto far uso di questo diritto per non creare qualche ostacolo al Vangelo di Cristo'. Inoltre, per quanto è possibile, bisogna vedere raramente le monache e limitare al minimo la durata dei colloqui" ». Tutto questo è stato tra l'altro chiaramente ribadito anche dal Concilio di Siviglia:[187]

« Abbiamo deciso di comune accordo che i monasteri femminili della Betica[188] siano sottoposti all'amministrazione e al governo dei monaci. È infatti un provvedimento salutare per le vergini votate a Cristo quello di scegliere per loro dei padri spirituali che possano non solo proteggerle con la loro direzione, ma anche edificarle con i loro insegnamenti. Occorre però prendere delle precauzioni nei confronti dei monaci, nel senso che essi non debbono avere rapporti personali con le religiose e non possono accedere liberamente neppure al vestibolo; l'abate poi, o colui che ne sarà da lui incaricato, non potrà dettare precetti morali alle vergini se non in presenza della loro superiora, e anche con questa non avrà mai colloqui privati ma sempre in presenza di due o tre sorelle; le sue visite, inoltre, saranno rare, e i discorsi brevi.

« Dio non voglia, infatti, che si arrivi mai al punto di tollerare qualsiasi forma di familiarità tra i monaci e le vergini di Cristo, perché sarebbe peccato anche solo parlarne. Secondo i precetti delle regole e dei canoni, noi teniamo ben separati monaci e monache e ci limitiamo ad affidare le monache ai religiosi soltanto per quanto riguarda le preoccupazioni amministrative, scegliendo volta per volta un monaco esperto che si prenda cura dei loro beni sia in campagna sia in città, badi alle costruzioni e alle altre necessità del monastero, cosicché le ancelle di Cristo, dandosi pensiero soltanto del bene della loro anima, possano dedicarsi interamente alle pratiche religiose e consacrarsi alle loro opere. Naturalmente è opportuno che il monaco che verrà preposto a questo compito dal suo abate abbia l'approvazione del vescovo.

« Da parte loro, le monache provvederanno a confezionare gli abiti per i religiosi da cui aspettano protezione e ne riceveranno in cambio, come si è detto, i frutti del loro lavoro e il vantaggio della loro assistenza ».

In base dunque a questa saggia disposizione, noi vogliamo che i monasteri femminili siano sempre soggetti a quelli maschili, in modo che i monaci si prendano cura delle monache e un solo superiore provveda come un padre ai bisogni di entrambi i monasteri realizzando, per così dire, un solo ovile e un solo pastore nel Signore. Questa fraternità spirituale sarà gradita a Dio e agli uomini nella misura in cui, in virtù della sua stessa perfezione, potrà accogliere tutti quelli che, uomini o donne, vorranno entrarvi: così i monaci accoglieranno gli uomini e le monache le donne, e la comunità provvederà a ogni anima preoccupata della sua salvezza; così, chiunque vorrà entrare in monastero con sua madre, sua sorella, sua figlia o qualunque altra persona di cui intenda prendersi cura, potrà trovarvi pieno conforto. I due monasteri saranno uniti tra loro da un sentimento di carità tanto più grande e sollecito quanto più le persone che li compongono saranno già legate tra loro da vincoli di parentela o di affinità.

Vogliamo dunque che il capo dei monaci, il cosiddetto abate, governi anche il monastero delle religiose, ma in modo tale che egli riconosca come a lui superiori tutte le spose del Signore di cui egli è il servo, e sia contento non di comandare loro ma di servirle. Egli si comporti, insomma, come l'amministratore di una reggia, che non comanda alla padrona ma provvede a lei e le ubbidisce prontamente nelle cose giuste, finge di non udire gli ordini errati e svolge le funzioni amministrative dal di fuori, senza permettersi di entrare negli appartamenti privati se non quando gli venga esplicitamente ordinato. Noi vogliamo quindi che il servo di Cristo provveda proprio in questo modo alle spose di Cristo: egli dovrà prendersi fedelmente cura di loro in nome di Cristo e prima di prendere qualunque iniziativa ne dovrà discutere con la diaconessa; non decida nulla riguardo alle ancelle di Cristo o a tutto ciò che le concerne senza averle consultate, non dia istruzioni a nessuna di loro se non tramite la superiora, e non osi mai rivolger loro la parola di persona. Ogni volta che la diaconessa lo farà chiamare, non si faccia aspettare, e si affretti per quanto è possibile a eseguire gli ordini che questa gli darà in merito alle sue necessità personali e a quelle delle sue monache. E ancora: quando sarà fatto chiamare, non le si rivolga se non in pubblico e in presenza di persone provate, non le si avvicini troppo e non la intrattenga con discorsi troppo lunghi.

Tutto ciò che riguarda il vitto, i vestiti o anche il denaro, se ce n'è, sarà affidato alle ancelle di Cristo e da loro conservato; esse provvederanno poi a scegliere tra le cose che a loro non servono ciò che potrà essere utile ai monaci.

Questi si occuperanno dunque di tutte le attività che comportano contatti con il mondo, mentre le monache faranno quei lavori che sono adatti alle donne e possono essere svolti all'interno del monastero: cuciranno vestiti anche per i monaci, lavoreranno, faranno il pane, lo metteranno nel forno e lo toglieranno dopo la cottura; inoltre si occuperanno del latte e di tutti i prodotti che ne derivano, daranno da mangiare alle galline e alle oche: insomma faranno tutto quello che una donna sa fare meglio di un uomo.

Il superiore, all'atto della sua elezione, giurerà davanti al vescovo e alle monache che egli sarà per loro un fedele economo nel Signore e un attento difensore dei loro corpi dal contagio della carne; se poi – Dio liberi – il vescovo ravviserà da parte sua qualche mancanza, lo destituirà subito come colpevole di falso giuramento. Tutti i monaci, nella loro professione, prometteranno con giuramento alle monache di non tollerare che esse siano offese in alcun modo e di vegliare per quanto è in loro potere sulla loro purezza. Nessun monaco, dunque, potrà entrare nel monastero femminile senza l'autorizzazione del superiore e non potrà ricevere che attraverso il superiore stesso ciò che gli sarà mandato dalle monache. Nessuna monaca uscirà mai dal muro di cinta del monastero, perché, come si è detto, saranno i monaci a occuparsi degli affari da svolgere all'esterno, e toccherà a loro, che sono più forti, affaticarsi nei lavori che richiedono forza. Nessun monaco, poi, entrerà all'interno di questo recinto, se non con il permesso del superiore e con l'autorizzazione della diaconessa e per un onesto e giustificato motivo. Chi infrange quest'ordine sia cacciato dal monastero senza indugio.

Inoltre, per evitare che gli uomini approfittino della loro forza per opprimere in qualche modo le monache, è bene che anch'essi non facciano nulla se la diaconessa non è d'accordo, e che rispettino i suoi ordini. Tutti, uomini e donne, debbono dunque giurare ubbidienza alla diaconessa, in modo che la pace sia tanto più solida e la concordia tanto più duratura quanto minore sarà il potere lasciato al sesso più forte: né, d'altra parte, gli uomini devono sentirsi per questo costretti ad ubbidire alle donne, perché queste non faranno certo pesare la loro autorità, se essi non cercheranno di angariarle con la loro forza. Ed è pur sempre vero che quanto più uno si umilierà davanti a Dio, tanto più sarà esaltato.[189]

Riguardo alla diaconessa, per il momento, quanto si è detto può bastare; passiamo ora alle officiarie.[190]

La sacrestana,[191] che farà anche da tesoriera, si prenderà cura della chiesa, ne conserverà le chiavi e tutti gli oggetti necessari al culto, raccoglierà le offerte, se ve ne saranno, provvederà a far aggiustare o a sostituire le cose necessarie alla chiesa e i relativi ornamenti. Inoltre dovrà preparare le ostie, i vasi sacri, i libri e le decorazioni per l'altare, le reliquie, l'incenso, le lampade, l'orologio[192] e le campane.

Se è possibile, sarebbe bene che fossero le vergini a confezionare le ostie e a pulire il frumento che serve a fabbricare e a lavare i veli di lino[193] dell'altare. La sacrestana e le altre monache, però, non potranno toccare le reliquie e i vasi sacri e neppure i veli dell'altare, a meno che non debbano lavarli. A questo scopo si chiameranno e si aspetteranno i monaci o i loro conversi e, se sarà necessario, la sacrestana stessa potrà istruire in questo compito alcuni di loro che siano degni di toccare al momento opportuno gli arredi sacri togliendoli dai forzieri che lei avrà aperto e poi riponendoveli. Ovviamente è necessario che colei che è preposta al luogo sacro si distingua per la sua castità di vita: dovrebbe quindi, se è possibile, essere pura di spirito e di corpo, e tanto la sua astinenza quanto la sua continenza devono essere provate. È poi assolutamente indispensabile che ella sappia calcolare le fasi della luna per poter preparare i paramenti sacri secondo i periodi liturgici.

La maestra del coro[194] dirigerà il coro, dirigerà gli uffici divini e terrà lezioni sul modo di cantare e di leggere e su tutto quello che riguarda lo scrivere e il dettare.[195] Si occuperà anche della biblioteca distribuendo e ritirando i libri e provvederà con cura a farli copiare e restaurare. Ordinerà il coro assegnando i posti e stabilendo chi deve leggere e chi deve cantare, e comporrà la lista, da leggersi il sabato in Capitolo,[196] contenente i nomi delle ebdomadarie:[197] per poter fare questo è opportuno che sia istruita e, soprattutto, che conosca la musica. Inoltre avrà funzioni disciplinari seguendo immediatamente la diaconessa in ordine gerarchico, e ne farà le veci qualora questa fosse occupata in altre faccende.

L'infermiera[198] si prenderà cura delle malate, vegliando tanto sulle tentazioni della loro anima quanto sui bisogni del loro corpo. Ella concederà loro tutto ciò che la malattia può richiedere, cibi, bagni e ogni altra cosa. Riguardo alle persone malate è noto il proverbio che espressamente prescrive: « La legge non è fatta per i malati ». Non si neghi mai loro la carne se non il venerdì,[199] nella vigilia delle feste principali e nei giorni di digiuno delle *Quattro Tempora*[200] e della Quaresima. Inoltre, bisogna che esse siano tanto più lontane dalla possibilità di peccare quanto più devono pensare alla loro salute. Perciò, soprattutto in tali occasioni è necessario coltivare il silenzio, perché in quelle circostanze è facile lasciarsi andare agli eccessi, e conviene perseverare nella preghiera seguendo il precetto della Scrittura che dice:[201] « Figlio mio, non indugiare durante la malattia, ma prega il Signore, ed egli ti darà sollievo. Fuggi il peccato, mantieni pure le tue mani e purifica il tuo cuore da ogni male ». L'infermiera, inoltre, deve vegliare le malate continuamente per poter essere pronta ad aiutarle in caso di necessità. L'infermeria deve essere fornita di tutto il necessario per la degenza; in caso di bisogno occorrerà anche procurare le medicine, tenendo conto delle possibilità del luogo. In questo compito sarà facilitata l'infermiera che avrà qualche nozione di medicina. Ella dovrà occuparsi anche di quello che riguarda le perdite di sangue delle monache, e dovrà conoscere l'arte di praticare salassi[202] per evitare che l'operazione richieda la presenza di uomini. L'infermiera poi farà in modo che le malate non perdano né i vari uffici religiosi della giornata né la comunione, ma che si comunichino almeno la domenica, possibilmente dopo essersi confessate e dopo aver fatto la penitenza. Memore del precetto dell'apostolo san Giacomo,[203] provveda per tempo, quando le condizioni della malata non lascino più speranza, a fare amministrare l'estrema unzione dai due più vecchi sacerdoti del monastero e dal diacono, i quali entreranno nella camera della malata con l'olio santo e conferiranno il Sacramento in presenza di tutta la comunità che potrà assistere al rito da dietro una parete divisoria. Lo stesso procedimento si seguirà, quando sarà necessario, per amministrare la comunione. Bisogna dunque che l'infermeria sia disposta in modo tale che i monaci possano entrare e uscire facilmente per amministrare i sacramenti senza vedere le altre monache né esserne visti. Tutti i giorni, e almeno una volta al giorno, la diaconessa e la dispensiera devono visitare la malata come visiterebbero Cristo, per informarsi e provvedere alle sue necessità corporali e spirituali, meritando così di sentirsi rivolgere le parole del Signore:[204] « Ero infermo e mi avete visitato ». E se poi una malata, giunta in punto di morte, dovesse cadere nel deliquio dell'agonia, subito una di quelle che l'assistono si affretti al monastero e battendo sulla raganella annunci che la sorella sta per morire; allora tutte, a qualunque ora del giorno o della notte, raggiungano la morente, a meno che non siano trattenute dalla celebrazione degli uffici religiosi. In tal caso, poiché l'ufficio divino ha la precedenza su tutto, è sufficiente che si affretti a raggiungere il capezzale della morente la diaconessa con alcune monache da lei scelte, mentre l'intera comunità verrà dopo. Quelle che accorreranno, non appena avranno sentito i colpi battuti sulla raganella, incomincino a recitare le litanie, concludendole con i nomi di tutti i santi e le sante, per poi passare ai Salmi e alle altre preghiere dei moribondi. Del resto, quanto siano edificanti le visite agli infermi o ai morti, lo illustra con cura l'Ecclesiaste:[205] « È meglio entrare in una casa dove si piange che in una dove si banchetta, perché in quella si impara qual è la fine di tutti gli uomini, e chi vive pensa a ciò che sarà un giorno... Il cuore dei saggi è là dove è la tristezza ».

Poi, non appena la monaca sarà morta, il suo corpo venga subito lavato dalle sorelle, rivestito di una camicia comune ma pulita e calzato con un paio di sandali, e sia collocato sul feretro con il capo coperto. Questi indumenti devono essere cuciti saldamente o legati al corpo, e non devono più esserle tolti. Le monache porteranno poi la salma nella chiesa, e i monaci al momento opportuno cureranno la sua sepoltura, mentre le consorelle non cesseranno di salmodiare e di pregare nell'oratorio. La sepoltura della diaconessa si dovrà distinguere da quella delle altre soltanto per il fatto che la sua salma sarà avvolta in un cilicio, che le verrà cucito tutto intorno come un sacco.

La guardarobiera[206] provvederà a tutto ciò che concerne l'abbigliamento, dalle scarpe a tutto il resto. Farà tosare le pecore e procurerà il cuoio per le calzature, coltiverà il lino e raccoglierà la lana, provvederà alla fabbricazione della tela. Distribuirà a tutte il filo, l'ago e le forbici, si prenderà cura del dormitorio e dei letti, e provvederà a far tagliare, confezionare e lavare le tovaglie, i tovaglioli e tutta la biancheria. Per lei in particolare sembra che sia stato scritto il passo che dice: « Ha raccolto il lino e la lana e li ha lavorati con le sue mani...[207] Ha messo mano alla conocchia e le sue dita hanno fatto girare il fuso...[208] Non dovrà temere il freddo della neve per la sua casa, perché tutti i suoi familiari hanno due vestiti e va incontro sorridente al giorno che deve venire...[209] Ha sorvegliato l'andamento della sua casa e non ha mangiato il suo pane stando in ozio...[210] I suoi figli si sono alzati e l'hanno chiamata beata ».[211] La guardarobiera riceverà tutti gli strumenti del suo lavoro e distribuirà le varie mansioni tra le sorelle; ella si prenderà anche cura delle novizie, finché non saranno ammesse alla comunità.

La dispensiera[212] si occuperà di tutto ciò che riguarda il vitto, cioè della dispensa, del refettorio, della cucina, del mulino e del relativo forno; inoltre degli orti e dei giardini e delle coltivazioni dei campi; degli alveari, delle greggi, di tutto l'altro bestiame compresi gli uccelli: avrà insomma la responsabilità di tutto ciò che concerne l'alimentazione. Bisogna soprattutto che non sia avara ma che sia sempre pronta e disposta a dare ciò che è necessario. « Dio infatti ama chi dà con gioia ».[213] Ella non deve assolutamente essere più benevola con se stessa che con le altre nell'esercizio della sua mansione, e non può prepararsi piatti a parte o riservare per sé ciò che toglie alle altre. « Il miglior dispensiere », dice Gerolamo,[214] « è quello che non riserva nulla per sé». Giuda fu escluso dalla comunità degli Apostoli perché aveva abusato della sua carica di dispensiere: a lui infatti era affidata la borsa.[215] Anche Anania e sua moglie Saffira furono puniti con la morte, per aver tenuto cose che non appartenevano loro.[216]

Alla portinaia, o ostiaria che dir si voglia,[217] spetta il compito di ricevere gli ospiti e tutti quelli che si presentano alla porta, di annunciarli e condurli dove occorre e di assolvere i doveri dell'ospitalità. È opportuno che abbia un'età giusta e una certa intelligenza, in modo che sappia capire e dare una risposta, distingua le persone che vanno ricevute da quelle che non vanno ricevute, e capisca come vanno trattate. Posta come è all'ingresso del monastero come nel vestibolo del Signore, ella deve anzitutto rendere onore alla santità del monastero, perché la prima impressione dipende da lei: sia dunque dolce nel parlare e gentile nel rivolgersi agli estranei, e cerchi anche di dare esempio di carità a coloro a cui sarà stato vietato l'ingresso adducendo fondate motivazioni. Infatti è scritto:[218] «Una risposta dolce placa la collera, ma una parola pungente eccita l'ira», e altrove:[219] «Una parola dolce moltiplica gli amici e calma i nemici».

Se ci saranno cibi o vestiti da distribuire ai poveri, se ne incaricherà lei, perché è quella che li vede più spesso e li conosce meglio. Inoltre nel caso che lei o qualche altra delle officiarie abbia bisogno di aiuto o di riposo, la diaconessa provvederà a fornir loro delle collaboratrici, scegliendole preferibilmente tra le converse, per evitare che qualche monaca debba assentarsi dall'ufficio divino, dal Capitolo o dal refettorio. È bene che la portinaia abbia una stanzetta vicino alla porta, affinché lei o la sua sostituta siano sempre pronte a rispondere a chi arriva; là però esse non stiano in ozio ma osservino strettamente il silenzio: è più facile, ed esse lo sanno bene, che da quella stanza le loro chiacchiere giungano alle orecchie di chi è fuori. La portinaia, inoltre, non deve limitarsi a impedire l'ingresso agli uomini, applicando la regola, ma deve anche chiuder fuori tutte le voci del mondo, che potrebbero turbare la pace del monastero: naturalmente sarà ritenuta responsabile di ogni inconveniente derivante da una sua eventuale mancanza. Se poi le dovesse giungere qualche notizia che meriti di essere presa in considerazione, la riferisca in privato alla diaconessa e lasci decidere a lei.

Appena sente bussare o chiamare alla porta si presenti e chieda agli estranei chi sono e che cosa vogliono, e poi, se è il caso, si affretti ad aprire la porta per farli entrare. Potranno però essere ammesse all'interno del monastero soltanto le donne, mentre gli uomini saranno mandati dai monaci e nessuno di loro dovrà essere introdotto per alcun motivo nella parte abitata da donne, a meno che la diaconessa non sia stata avvisata e abbia concesso l'autorizzazione. Le donne invece verranno fatte entrare immediatamente. La portinaia poi inviterà tanto le donne che sono state ricevute, quanto gli uomini che per qualunque motivo siano entrati, a trattenersi nella sua stanza, in attesa che la diaconessa o le monache, se sarà necessario od opportuno, vengano a riceverli. Se poi si presentassero dei poveri a cui si devono lavare i piedi, la diaconessa stessa o le monache si prestino con zelo a compiere anche questo dovere dell'ospitalità. Infatti l'Apostolo ha meritato il nome di diacono soprattutto per aver coltivato questa pratica di umanità, come ricorda uno dei santi Padri in una delle *Vite* che di loro sono state scritte:[220] « Per causa tua l'Uomo-Salvatore si è fatto diacono: si è cinto con un panno e ha lavato i piedi dei suoi discepoli e li ha invitati a lavare quelli dei loro fratelli ».[221] È questo il motivo per cui l'Apostolo, a proposito della diaconessa, poneva certe condizioni, domandando « se ha praticato l'ospitalità e se ha lavato i piedi dei santi ».[222] Il Signore stesso, del resto, ha detto:[223] « Ero pellegrino e mi avete ricevuto ».

Si insegnino questi doveri a tutte le officiarie prive di cultura letteraria, tranne la corista, in modo che le eventuali persone che risulteranno in grado di coltivare le lettere possano dedicarsi ad esse in tutta tranquillità.

Gli ornamenti della chiesa siano limitati allo stretto necessario e si badi più alla loro pulizia che al loro valore. Non vi siano dunque arredi d'oro o d'argento, tranne un calice d'argento o anche più di uno se è necessario; non vi siano ornamenti di seta tranne le stole e i manipoli, né statue sacre, tranne una croce di legno per l'altare, sulla quale, se si vuole, non è proibito far dipingere un'effigie del Salvatore. Quanto alle immagini per l'altare, io penso che questa sia più che sufficiente. Le campane possono essere limitate a due. Fuori dell'ingresso della chiesa si collochi un vaso di acqua benedetta con cui le monache si santifichino al mattino prima di entrare e uscendo dopo Compieta.[224] Nessuna di loro manchi alle Ore canoniche e ciascuna al primo tocco interrompa ogni altra occupazione e si affretti, sempre con incedere modesto naturalmente, all'ufficio divino. Entrando in chiesa quelle che potranno recitino il Salmo:[225] « Entro nella tua casa, mi prostro al tuo tempio santo, ecc. ». Nel coro non si tenga nessun libro oltre quello necessario per l'ufficio del momento, e si recitino i Salmi con voce chiara e comprensibile; la salmodia o il canto mantengano un tono tale da poter essere sostenuti anche da quelle che hanno la voce debole. In chiesa non si legga e non si canti nulla che non sia tratto dagli scritti canonici, soprattutto dal Nuovo e dall'Antico Testamento,[226] e le letture tratte da entrambi siano distribuite in modo tale che questi libri si possano leggere per intero nel corso dell'anno. I commenti a questi testi, i sermoni dei dottori della Chiesa o qualunque altro testo utile all'edificazione[227] vengano invece recitati in refettorio o nel Capitolo e se ne permetta la lettura ovunque sia necessaria. Nessuna osi leggere o cantare senza essersi preparata e se, per caso, malgrado questa precauzione, le dovesse sfuggire qualche errore, subito chieda scusa con fervore a tutte le altre dicendo: « Perdona anche questa volta, o Signore, la mia negligenza ».[228]

Secondo la precisa disposizione del profeta, nel cuore della notte è d'obbligo alzarsi per la veglia notturna:[229] è quindi necessario coricarsi presto affinché anche quelle che hanno la salute delicata possano sopportare questa pratica. Del resto tutto quello che riguarda i doveri della giornata può benissimo aver fine al tramonto del sole, secondo la *Regola* di san Benedetto.[230] Dopo la veglia si torni in dormitorio finché non suoni l'ora del Mattutino. Per il resto della notte non si neghi il sonno al proprio corpo che è debole: il sonno lo ristora dalla stanchezza, lo dispone alla fatica e lo conserva sano e attivo.

Se però qualcuna sente il bisogno di dedicarsi alla meditazione sul Salterio[231] o su qualche altra lettura, può farlo, ma, come prescrive la *Regola* di san Benedetto,[232] senza turbare la quiete altrui. A questo proposito, infatti, il santo ha parlato di meditazione e non di lettura, per timore che questa potesse impedire a qualcuno di dormire. Del resto la sua frase: « I monaci che sentono il bisogno... » mostra chiaramente che non ha voluto obbligare nessuno a questa meditazione. Se qualcuno, poi, ha bisogno di seguire la scuola di canto, si usi lo stesso criterio.

Si cantino le lodi del mattino appena albeggia e, se è possibile, si segnali con un tocco di campana il sorgere di Lucifero.[233] Alla fine di questa funzione si torni in dormitorio. Quando in estate le notti sono brevi, o quando il Mattutino è lungo, non è vietato dormire fin quasi all'ora di Prima[234] purché ci si alzi al primo tocco di campana. San Gregorio[235] parla anche di questo riposo che segue il canto delle preci del mattino nel secondo capitolo dei *Dialoghi* dove dice, a proposito del venerabile Libertino:[236] « Quel giorno si era stabilito di

[illegible]

Cum in tanta verborum multitudine nonnulla etiam sanctorum dicta non solum ab invicem diversa, verum etiam invicem adversa videantur, non est temere de eis iudicandum per quos mundus ipse iudicandus est, sicut scriptum est: Iudicabunt sancti nationes. Et item: Sedebitis et vos iudicantes. Nec tamquam mendaces eos arguere aut tamquam erroneos contemnere praesumamus, quibus a Domino dictum est: Qui vos audit me audit; qui vos spernit me spernit. Ad nostram itaque recurrentes imbecillitatem nobis potius gratiam in intelligendo deesse quam eis in scribendo defuisse credamus, quibus ab ipsa dictum est Veritate: Non enim vos estis qui loquimini, sed Spiritus Patris vestri qui loquitur in vobis. Quid itaque mirum si absente nobis Spiritu ipso per quem ea et scripta sunt et dictata atque ipso quoque scriptoribus intimata, ipsorum nobis desit intelligentia? Ad quam nos maxime pervenire impedit inusitatus locutionis modus ac plerumque earundem vocum significatio diversa, cum modo in hac modo in illa significatione vox eadem sit posita. Quippe quemadmodum in sensu suo ita et in verbis suis unusquisque habundat. Et cum iuxta Tullium in omnibus identitas mater sit satietatis, id est fastidium generet, oportet in eadem quoque re verba ipsa variare nec omnia vulgaribus et communibus denudare verbis; quae, ut ait beatus Augustinus, ob hoc teguntur ne vilescant, et eo amplius sunt gratiora quo sunt maiore studio investigata et difficilius conquisita. Saepe etiam pro diversitate eorum quibus loquimur verba commutari oportet, cum frequenter eveniat ut verborum propria significatio nullis sit incognita aut minus usitata. Quibus quidem si ad doctrinam ut oportet loqui volumus, magis eorum usus quam proprietas sermonis aemulanda est, sicut et ipse grammaticae princeps et locutionum instructor Priscianus edocet. Quod et diligentissimus ecclesiae doctor beatus attendens Augustinus, cum in quarto De doctrina christiana ecclesiasticum instrueret doctorem, omnia illum quae intelligentiam impediunt eorum quibus loquitur praeterire admonet, et tam ornatum quam proprietatem sermonis contemnere, si absque his ad intelligentiam facilius possit pervenire. Non curante, inquit, illo qui docet quanta eloquentia doceat, sed quanta evidentia. Cuius diligens appetitus aliquando negligit verba cultiora. Unde ait quidam, cum de tali genere elocutionis ageret, esse in ea quandam diligentem negligentiam. Item: In bonis doctoribus tanta docendi cura sit ut verbum quod nisi obscurum sit vel ambiguum Latinum esse non potest, vulgi autem more sic dicatur ut ambiguitas obscuritasque vitetur, non sic dicatur ut a doctis sed potius ut ab indoctis dici solet. Si enim non piguit dicere interpretes nostros de sanguinibus, quoniam senserunt ad rem pertinere ut eo loco pluraliter enuntiaretur hoc nomen quod in Latina lingua singulariter tantummodo dicitur, cur pietatis doctorem pigeat imperitis loquentem ossum potius quam os dicere, ne ista syllaba non ab eo quod sunt ossa, sed ab eo quod sunt ora intelligatur? Quid enim prodest locutionis integritas quam non sequitur intellectus audientis, cum loquendi omnino nulla sit causa si quod loquimur non intelligunt propter quos ut intelligant loquimur? Qui ergo docet vitabit verba omnia quae non docent. Item: Insignis est indolis in verbis verum amare, non verba. Quid enim prodest clavis aurea si aperire quod volumus non potest? Aut quid obest lignea si hoc potest, quando nihil quaerimus nisi patere quod clausum est? Quis etiam non videat quam temerarium sit de sensu et intelligentia alterius alterum iudicare, cum soli Deo corda et cogitationes pateant? Qui nos etiam ab hac praesumptione revocans ait: Nolite iudicare et non iudicabimini. Et Apostolus: Nolite, inquit, ante tempus iudicare, quoadusque veniat qui illuminabit abscondita tenebrarum et manifestabit consilia cordium. Ac si aperte dicat: Illi committite in talibus iudicium qui solus omnia novit atque ipsarum quoque discretor est cogitationum. Iuxta quod et de occultis eius mysteriis typice super agno paschali scriptum est: Si quid residuum fuerit igni comburatur; hoc est, si quid est divinorum mysteriorum quod intelligere non valeamus, Spiritui per quem scripta sunt docenda potius reservemus quam temere definiamus. Illud quoque diligenter attendi convenit ne, cum aliqua nobis ex dictis sanctorum obiciuntur tamquam opposita sint vel a veritate aliena, falsa tituli inscriptione vel scripturae ipsius corruptione fallamur. Pleraque enim apocrypha ex sanctorum nominibus ut auctoritatem haberent intitulata sunt, et nonnulla in ipsis etiam divinorum testamentorum scripturis scriptorum vitio corrupta sunt. Unde fidelissimus doctor et veracissimus interpres Hieronymus ad Laetam de institutione filiae scribens nos praemunivit dicens: Caveat omnia apocrypha, et si quando ea non ad dogmatum veritatem sed ad signorum reverentiam legere voluerit, sciat non eorum esse quorum titulis praenotantur, [illegible] grandis esse prudentiae aurum in luto quaerere. Idem super [illegible] de inscriptione tituli eius quae est huiusmodi: Intellectus Asaph, ait sic: Scriptum est secundum Matthaeum: Cum locutus esset Dominus in parabolis et illi non intelligerent, et cetera. Haec autem facta sunt ut adimpleretur quod scriptum est per Isaiam prophetam: Aperiam in parabolis os meum. Evangelia usque hodie ita habent. Hoc Isaias non loquitur sed Asaph.

Figura 7.

Pagina del *Sic et Non*, una delle opere più celebri di Abelardo. È una raccolta di opinioni della Bibbia e dei Padri della Chiesa in apparenza contrastanti fra loro (da qui l'originale titolo dell'opera). Abelardo omette di proposito la soluzione dei casi, perché vuole che sia il lettore a scegliere, secondo ragione (Bibl. di Avranches).

trattare un altro affare a vantaggio del monastero. Terminato il Mattutino, Libertino si recò al letto dell'abate e gli chiese umilmente di pregare per lui ». Non si vieti dunque questo riposo mattutino da Pasqua fino all'equinozio d'autunno, quando i giorni cominciano ad accorciarsi.

Appena uscite dal dormitorio, le monache si lavino, prendano i libri e si siedano nel chiostro a leggere o a cantare fino al suono dell'ora di Prima, poi si rechino in Capitolo e dopo essersi riunite e aver stabilito il giorno secondo la luna, leggano il brano del *Martirologio*.[237] Si passi poi a qualche conversazione edificante o si legga e si commenti qualche passo della *Regola*, e infine, se c'è qualche modifica da introdurre o qualche novità da comunicare, la si esponga.

Si deve inoltre tener presente che il monastero, come del resto ogni altra casa, non dev'essere giudicato disordinato se vi nasce qualche disordine, ma se, nato un disordine, non vi si pone rimedio prontamente. Infatti, esiste forse un luogo completamente immune dal peccato? Sant'Agostino si mostra ben consapevole di questo quando, dettando istruzioni ai suoi sacerdoti, dice a un certo punto:[238] « Benché sia vigile la disciplina della mia casa, sono un uomo e vivo tra gli uomini e non posso illudermi che la mia casa sia migliore dell'arca di Noè, dove su otto uomini ci fu un reprobo,[239] o della casa di Abramo al quale è stato detto: "Scaccia l'ancella e suo figlio",[240] o di quella d'Isacco di cui Dio ha detto: "Io amai Giacobbe ma ebbi in odio Esaù",[241] o di quella di Giacobbe dove il figlio commise incesto nel letto del padre,[242] o di quella di Davide dove un figlio giacque con la sorella[243] e l'altro si ribellò all'autorità del padre così santo e mansueto,[244] o migliore della compagnia dell'apostolo Paolo che, se avesse abitato tra i giusti, non avrebbe detto: "Lotte al di fuori, timori al di dentro",[245] e neppure:[246] "Non c'è nessun uomo che si curi di voi come un fratello, perché tutti perseguono il loro interesse",[247] o migliore della compagnia di Cristo stesso nella quale gli undici buoni hanno sopportato Giuda, che era perfido e ladro;[248] o migliore infine del cielo, da cui perfino degli angeli sono stati scacciati».[249] E poi, lo stesso sant'Agostino, esortandoci a seguire la disciplina del monastero, aggiunge: «Confesso davanti a Dio che, da quando ho incominciato a servirlo, difficilmente sono riuscito a trovare persone migliori di quelle che nei monasteri hanno perfezionato la loro vita; ma è vero anche che non ho trovato persone peggiori di quelle che nei monasteri sono cadute in peccato». Per questo, credo, nell'Apocalisse è stato scritto:[250] «Il giusto diventi più giusto e l'immondo continui a essere tale».

La correzione quindi dev'essere tanto rigorosa che, se qualche monaca è stata testimone dello sbaglio di un'altra e l'ha tenuto nascosto, sia punita più gravemente che la colpevole stessa, perché nessuna deve aspettare a denunciare un errore suo o di un'altra. Colei che poi riesce a prevenire le altrui accuse accusandosi per prima – perché «il giusto è il primo accusatore di se stesso»[251] – merita una punizione più mite, purché non perseveri nel peccato. Nessuna si arroghi il diritto di scusare una colpevole a meno che la diaconessa non le chieda di rivelare una cosa sconosciuta alle altre, e nessuna osi punire una sua compagna a meno che non le sia stato ordinato dalla diaconessa. In effetti, a proposito del modo di punire è scritto:[252] « Figlio mio, non sdegnare la disciplina del Signore e non abbatterti quando ti castiga, perché il Signore corregge chi ama e si compiace con colui che castiga, come un padre fa con il figlio ». E ancora: « Chi risparmia la verga odia suo figlio, chi invece lo ama, lo corregge continuamente...[253] Lo stolto diventerà più savio se il colpevole sarà frustato...[254] Punito che sia l'empio, il semplice metterà giudizio...[255] La sferza al cavallo, la briglia all'asino e il bastone alle spalle degli stolti...[256] Chi punisce qualcuno godrà un giorno presso di lui miglior favore di chi lo inganna con parole di lode...[257] In verità al momento ogni punizione sembra causa di dolore e non di gioia, ma poi porterà a coloro che sono stati così provati frutti di pace e di giustizia...[258] La vergogna di un padre sta nell'aver allevato un figlio indisciplinato, ma per la condotta leggera di una figlia cadrà nel disonore...[259] Chi ama suo figlio lo abitui alla sferza se poi vuole essere contento di lui...[260] Un cavallo non domato diventerà intrattabile e un figlio lasciato a se stesso diventerà insolente. Vezzeggia tuo figlio e ti farà tremare, scherza con lui e ti farà piangere ».[261]

Nelle decisioni del Consiglio[262] ogni religiosa avrà diritto di parola, ma, al di sopra dei singoli pareri, sia ritenuta immutabile la decisione della diaconessa dalla cui volontà tutto dipende anche se, Dio liberi, dovesse sbagliare e schierarsi per il partito peggiore. Infatti nelle *Confessioni* sant'Agostino dice:[263] « Commette un grave peccato chi disubbidisce in qualcosa ai suoi superiori, anche se ottiene un risultato migliore di quello che avrebbe ottenuto se avesse fatto ciò che gli era stato ordinato ». È molto meglio per noi, infatti, agire bene che fare il bene, e dobbiamo preoccuparci non di quel che si fa ma di come lo si fa e con quale intenzione. È ben fatto tutto ciò che si fa per ubbidienza, anche se può non sembrare un bene. Bisogna dunque ubbidire in tutto ai superiori, benché materialmente possa essere controproducente, se l'anima non corre alcun pericolo. Il superiore, insomma, pensi a comandare bene, perché ai monaci basta ubbidire bene e seguire, come hanno promesso in voto, non la propria volontà ma quella dei superiori. Bisogna infatti impedire rigorosamente che si antepongano le varie abitudini alla ragione e che si difenda qualche cosa perché così vuole la tradizione più che la ragione o perché è in uso, piuttosto che per la sua bontà: un ordine si accolga tanto più volentieri quanto migliore sembra, altrimenti preferiremmo, come i giudei, l'antica legge al Vangelo.[264]

A questo proposito sant'Agostino sostiene in un suo passo,[265] fondandosi su molte testimonianze di Cipriano:[266] « Chi, disprezzando la verità, si permette di seguire l'uso comune, è invidioso o geloso dei suoi fratelli a cui viene rivelata la verità, oppure è ingrato verso Dio sulla cui ispirazione si fonda la sua Chiesa ». E poi:[267] « Nel Vangelo il

Signore ha detto:[268] *Io sono la Verità*; non ha detto: *Io sono l'uso comune*. Dunque, poiché la verità è stata manifestata, l'uso comune le ceda il posto, e poiché la verità è stata rivelata, l'errore lasci il posto alla verità, dal momento che anche Pietro ha smesso di circoncidere e ha ceduto il posto a Paolo che predicava la verità ».[269] Infine, nel quarto libro dello stesso trattato *Sul battesimo* dice:[270] « Invano quelli che sono vinti dalla ragione ci oppongono l'uso comune, come se esso fosse superiore alla verità e nelle cose spirituali non si dovesse seguire ciò che lo Spirito Santo ha rivelato di migliore ». Queste osservazioni sono veramente incontestabili, perché la ragione e la verità vanno sempre anteposte all'uso comune e alle abitudini. « Senza dubbio », scrive Gregorio al vescovo Vimondo,[271] « senza dubbio, per seguire il parere di Cipriano, nessuna usanza, per quanto vecchia e radicata, va anteposta alla verità, e una consuetudine contraria alla verità va soppressa ».[272] Con quanto amore invece dobbiamo abbracciare la verità, anche nel parlare, ce lo insegna l'Ecclesiastico quando dice:[273] « Non esitare a dire la verità per la salvezza della tua anima », oppure quando ordina:[274] « Non contraddire in nessuna maniera la parola della verità », e ancora:[275] « La parola della verità ispiri tutte le tue opere e una ferma decisione tutti i tuoi atti ». Non fate mai qualcosa perché così fanno tutti, ma prendete come punto di riferimento solo le scelte dei saggi e dei buoni. « Il numero degli stolti », dice Salomone,[276] « è infinito » e, secondo la parola del Vangelo, « molti sono i chiamati, ma pochi gli eletti ».[277]

Tutto ciò che è prezioso è raro, mentre quante più cose dello stesso tipo esistono, tanto meno valgono. Nessuno dunque, nel prendere una decisione, segua il parere della parte maggiore ma quello della parte migliore; non si tenga conto dell'età di un uomo, ma della sua saggezza e non si badi all'amicizia, ma alla verità. A questo proposito anche il poeta osserva:

« Anche da un nemico è lecito imparare ».[278]

Ogni volta che si dovrà prendere una decisione non si perda tempo. Se la discussione riguarda cose importanti si riunisca tutta la comunità; per gli affari meno importanti, invece, potrà bastare un consiglio tenuto tra la diaconessa e qualcuna delle monache più anziane. Infatti, a proposito della necessità di consultare sempre qualcuno, è scritto: « Dove non c'è nessuno che governa, il popolo va in rovina...[279] La salvezza è là dove si ascoltano molti consigli. Lo stolto giudica buona la sua condotta ma il savio ascolta i consigli...[280] Figlio mio, non fare nulla senza consigliarti e ti troverai contento ».[281] Se per caso qualcosa riesce bene anche se non ci si è consigliati, il favore della fortuna non scusa la presunzione dell'uomo; ma se si dovesse cadere in errore dopo essersi consigliati, non va accusata di presunzione la persona che ha chiesto consiglio, perché non è tanto colpevole colui che ha avuto fiducia, quanto coloro che questi ha ascoltato e che l'hanno fatto cadere in errore.

Una volta uscite dal Capitolo, le monache ritornino ciascuna alle proprie occupazioni, lettura, canto o lavoro manuale, e vi rimangano fino a Terza,[282] cioè all'ora in cui si dirà la Messa, che verrà celebrata da un sacerdote del monastero maschile scelto per la settimana e accompagnato, se ci sarà abbondanza di monaci da un diacono[283] e da un suddiacono[284] che lo servano e adempiano il loro compito. Il loro arrivo e la loro partenza devono avvenire in modo che le religiose non se ne accorgano nemmeno. Se poi sarà necessario, si potrà chiamare anche un numero maggiore di monaci compatibilmente con i loro impegni, cioè senza che essi debbano mancare agli uffici religiosi del loro monastero per celebrare la Messa in quello delle monache. La comunione venga distribuita alla fine della Messa da un sacerdote anziano, dopo che il diacono e il suddiacono sono stati fatti uscire, per togliere ogni occasione di tentazione. Tutta la comunità si comunichi almeno tre volte all'anno, cioè a Pasqua, a Pentecoste e a Natale, come i Padri hanno prescritto anche ai laici. Per prepararsi a questa comunione generale, è bene che le monache si accostino alla confessione tre giorni prima e facciano una adeguata penitenza: nel corso di questi tre giorni si purifichino digiunando a pane e acqua e preghino spesso con umiltà e tremore, tenendo presente la terribile sentenza dell'Apostolo:[285] « Chi mangerà il pane o berrà il calice del Signore indegnamente, sarà reo del corpo e del sangue del Signore. L'uomo dunque esamini se stesso e poi mangi di quel pane e beva del calice. Chi infatti mangia e beve senza esserne degno, mangia e beve la sua condanna perché non sa riconoscere il corpo del Signore. Per questo vi sono tra voi molti infermi e ammalati e molti dormono. Se invece esaminassimo noi stessi non saremmo giudicati ».

Anche dopo la Messa le monache tornino alle loro occupazioni fino a Sesta[286] e non trascorrano in ozio nessun momento della giornata, ma ciascuna si occupi di ciò che può e deve fare. A Sesta si deve andare a pranzo, a meno che non sia giorno di digiuno, perché in tal caso occorre aspettare l'ora di Nona[287] e, se si è in Quaresima, il Vespro.[288] In refettorio la lettrice legga in continuazione: quando la diaconessa vorrà farla smettere dirà: « Basta », e allora tutte si alzeranno in piedi per rendere grazie a Dio. D'estate, dopo pranzo, ci si ritiri a riposare in dormitorio fino a Nona, e dopo Nona si torni al lavoro fino a Vespro. Dopo il Vespro è il momento di cenare o di bere qualcosa, anche se l'ora della cena può variare secondo le stagioni. Il sabato poi, prima di cena, si deve provvedere alla pulizia personale con l'abluzione dei piedi e delle mani e la diaconessa si adatterà a questo ufficio di umiltà con le ebdomadarie che hanno fatto servizio in cucina. Dopo cena bisogna recarsi subito a Compieta, e poi si andrà a dormire.

Quanto al vitto e all'abbigliamento, si osservi il precetto apostolico, secondo il quale « quando abbiamo di che mangiare e di che vestirci, accontentiamoci »:[289] ci basti cioè il necessario e non andiamo a cercare il superfluo. Si usino insomma le cose che costano meno e che si possono trovare con minor difficoltà e portare senza scandalo, perché l'Apostolo quanto al mangiare raccomanda soltanto di non scandalizzare la propria e l'altrui coscienza, ben sapendo che il vizio non consiste nel mangiare, ma nel mangiare con troppo appetito: « Chi mangia », egli dice,[290] « non disprezzi colui che non mangia, e chi non mangia non condanni colui che mangia... Chi sei tu che ti permetti di condannare il servo altrui?... Chi mangia, mangia per piacere al Signore. Infatti rende grazie a Dio. E chi non mangia non mangia per piacere al Signore e rende grazie a Dio... Non perdete tempo nel giudicarvi a vicenda, ma piuttosto state attenti a non indurre in errore un fratello e a non dargli scandalo. Io so e sono convinto nel Signore che nulla è in se stesso *comune* ma lo è soltanto per colui che lo ritiene tale... Il regno di Dio non consiste nel mangiare e bere, ma è giustizia, pace e gioia nello Spirito Santo... Tutte le cose sono pure ma fa male un uomo che mangia dando scandalo. Bene è non mangiare carne e non bere vino e non fare nulla che possa indurre in errore o scandalizzare un tuo fratello ». Lo stesso Apostolo, dopo aver parlato dello scandalo che si può procurare a un fratello, aggiunge, a proposito dello scandalo che ognuno reca a se stesso mangiando contro la propria coscienza:[291] « Beato colui che non condanna se stesso in ciò che decide di fare. Ma colui che si sofferma a distinguere se debba mangiare o no un dato cibo, è condannato perché non agisce secondo coscienza. Infatti è peccato tutto ciò che non si fa secondo coscienza ».

Noi, dunque, pecchiamo in tutto ciò che facciamo contro la nostra coscienza e contro la nostra convinzione. E in ciò che decidiamo di fare in base alla legge che abbiamo ricevuto e che accettiamo, noi giudichiamo noi stessi e ci condanniamo, se mangiamo quei cibi che, in base alla distinzione, cioè in base alla nostra legge, rifiutiamo e condanniamo come impuri. La testimonianza della nostra coscienza è tanto importante che basta ad accusarci e a scusarci davanti a Dio, come ricorda Giovanni nella sua prima lettera:[292] « Carissimi, se la nostra coscienza non ci rimprovera, possiamo star tranquilli davanti a Dio. Qualunque cosa chiederemo, la riceveremo da lui, se osserviamo i suoi comandamenti e facciamo ciò che lui ha prescritto ». A ragione, dunque, anche Paolo ha fatto osservare poco fa[293] che nessuna cosa è *comune* in Cristo se non per colui che la ritiene tale, cioè la ritiene immonda e proibita. Infatti noi chiamiamo *comuni* i cibi che secondo la legge sono detti impuri, perché tale legge, vietandoli ai suoi fedeli, li esibisce e li rende di uso pubblico per quelli che sono al di fuori di essa. Così anche le donne *comuni* sono impure, così tutte le cose *comuni* o di dominio pubblico sono vili o meno preziose. San Paolo dunque asserisce che nessun cibo è *comune* per Cristo, cioè impuro, perché la legge di Cristo non ne vieta alcuno, se non, come si è detto, per evitare di scandalizzare la propria e l'altrui coscienza. E altrove lo stesso Apostolo dice: « Perciò, se un alimento scandalizza un mio fratello, non ne mangerò mai più per non indurlo in peccato...[294] Non sono forse libero? Non sono un apostolo? ».[295] Come se dicesse: « Non ho forse la stessa libertà che il Signore ha dato agli Apostoli di mangiare ogni sorta di cibi o di ricevere ogni sorta di assistenza? ». Infatti Cristo, quando inviò gli Apostoli a predicare il Vangelo tra gli uomini, disse loro:[296] « Mangiate e bevete quello che troverete presso di loro », senza naturalmente fare distinzione tra i vari cibi. E l'Apostolo, fedele a questo invito, ribadisce che i cristiani possono mangiare ogni sorta di alimenti, compresi quelli degli infedeli e i cibi offerti alle divinità pagane, purché l'atto di mangiarli non dia scandalo:[297] « Tutto è lecito, ma non tutto è conveniente; tutto è permesso, ma non tutto edifica. Nessuno cerchi il proprio vantaggio, ma quello altrui. Mangiate tutto quello che si vende al macello, senza avere scrupoli di coscienza. " La terra è di Dio con tutto ciò che essa contiene ".[298] Se un infedele vi invita a cena e avete voglia di andarci, mangiate tutto ciò che vi viene servito, senza farvi scrupoli di coscienza. Ma se uno vi dice: " Questo cibo è stato offerto agli dèi ", non ne mangiate per riguardo a colui che vi ha avvertito e per riguardo alla coscienza; alla sua coscienza, s'intende, non alla vostra... Non siate di scandalo né ai Giudei, né ai Gentili, né alla Chiesa di Dio ».

Da queste parole dell'Apostolo si deduce che nessun cibo è vietato se possiamo mangiarlo senza danneggiare la nostra o l'altrui coscienza. Ora, le nostre azioni non danneggiano la nostra coscienza se siamo convinti che la condotta di vita che seguiamo sia quella che porta alla salvezza, e, d'altra parte, esse non danneggiano neppure la coscienza altrui se gli altri sono convinti che il nostro genere di vita ci porta alla salvezza. E invero tale sarà la nostra vita, se riusciremo a evitare il peccato pur appagando i bisogni della nostra natura, e se sapremo non caricarci sulle spalle, con i nostri voti e sopravvalutando le nostre forze, un giogo troppo pesante, sotto il quale dovremo poi soccombere con una caduta che sarà tanto più grave quanto più alto era il grado a cui ci aveva innalzato la nostra professione.

Prevenendo questa caduta, e i voti di una professione religiosa irriflessiva, l'Ecclesiaste dice:[299] « Se hai fatto un voto a Dio, non indugiare ad adempierlo, perché egli non apprezza le promesse fatte senza riflettere e poi non mantenute. Mantieni dunque ciò che hai promesso. È meglio non fare voti, piuttosto che farli e non mantenere le promesse ». Anche l'Apostolo cerca di prevenire questo rischio:[300] « Voglio che le vedove più giovani si risposino, abbiano dei figli, diventino madri di famiglia e non forniscano all'avversario alcun motivo di maldicenza, perché alcune hanno già deviato per seguire Satana ». Tenendo conto della debolezza tipica della loro età, ai pericoli di quella che sarebbe una vita migliore Paolo oppone il rimedio di una vita più facile e consiglia di rimanere in basso per non correre il rischio di precipitare dall'alto.

Anche san Gerolamo, nella sua lettera alla vergine Eustochio, mostra di seguire lo stesso principio:[301] « Se anche quelle che sono rimaste vergini vengono condannate per altri peccati, che sarà di coloro che hanno prostituito le membra di Cristo e hanno trasformato il tempio dello Spirito Santo in un lupanare? Sarebbe stato meglio per l'uomo accettare il matrimonio e camminare in pianura piuttosto che precipitare nel fondo dell'inferno per aver voluto raggiungere più alte mete». Se poi ripensiamo ai precetti dell'Apostolo, troveremo che egli ha concesso soltanto alle donne di risposarsi, mentre ha esortato caldamente gli uomini alla continenza. Egli dice, infatti:[302] «Uno è stato chiamato quando era già circonciso? Non mostri il suo prepuzio». E ancora:[303] «Sei vedovo? Non cercare moglie» E mentre Mosè, più indulgente con gli uomini che con le donne, concedeva più donne a un solo uomo ma non più uomini a una sola donna e puniva l'adulterio commesso dalle donne più severamente di quello commesso dall'uomo,[304] l'Apostolo dice:[305] «La donna alla morte del marito è affrancata dal legame che la univa a lui e non è adultera se va con un altro uomo». E altrove:[306] «Alle vergini e alle vedove dico che è bene per loro che rimangano come sono io, ma se non si sentono di osservare la continenza, si sposino. Infatti è meglio sposarsi che bruciare». E ancora:[307] «Se il marito muore, la donna è libera: può sposare chi vuole, purché lo faccia nel Signore; tuttavia sarà più felice se, seguendo il mio consiglio, rimarrà vedova». Al sesso debole non permette soltanto un secondo matrimonio, ma non pone alcuna restrizione, concedendo alle donne di risposarsi dopo la morte del marito senza fissare il numero di questi matrimoni purché evitino il peccato di fornicazione. In effetti è meglio che si sposino più volte piuttosto di fornicare anche una sola volta, per evitare che, dopo essersi prostituite a uno, paghino a molti il debito del commercio carnale. Certamente il pagamento di questo debito non è completamente immune da colpa neanche nel matrimonio, ma si tollerano i peccati più piccoli per evitarne di più grandi. Che c'è allora di strano se, per evitare il peccato, si concede una cosa che ne è del tutto scevra, cioè si concedono, nel caso particolare dei cibi, tutti quelli che sono necessari, escludendone solo quelli che sarebbero superflui? Il male, come ho già detto, non è nel mangiare, ma nell'ingordigia che induce a volere ciò che non è lecito avere, a desiderare ciò che è proibito, e talvolta a prendere senza ritegno dando grande scandalo.

Tra gli alimenti degli uomini, ce n'è forse uno così pericoloso e dannoso e contrario alla santa quiete della nostra vita come il vino? Per questo il più grande dei sapienti[308] ci sconsiglia di farne uso, dicendo: « Il vino è fonte di lussuria, e la ubriachezza genera disonore. Chiunque ami queste cose non è saggio...[309] A chi i lamenti? Al padre di chi i lamenti? A chi le risse? A chi le insidie? A chi le ferite senza motivo? A chi gli occhi pesti se non a quelli che continuano a bere e vuotano un bicchiere dopo l'altro? Non guardare il vino quando il suo colore assume riflessi d'oro e splende nel bicchiere. Scende molto dolce, ma poi morderà come un serpente e spargerà il suo veleno come un basilisco. I tuoi occhi vedranno cose insolite e il tuo cuore dirà cose stravaganti e sarai come uno che dorme in alto mare o come un pilota che si è assopito abbandonando il timone, e dirai: "Mi hanno frustato e non ho sentito male, mi hanno trascinato di qua e di là e non me ne sono accorto. Quando mi sveglierò e potrò chiedere altro vino? " ».[310] E altrove:[311] « Non dare vino ai re, o Lamuele, non dare loro vino perché dove regna l'ebrezza non c'è più segreto. Non avvenga che bevendo dimentichino la giustizia e tradiscano la causa dei figli del povero ». E nell'Ecclesiastico leggiamo:[312] « L'operaio beone non si arricchirà, e chi disprezza la misura a poco a poco andrà in rovina. Il vino e le donne traviano anche i sapienti e fanno condannare gli uomini dabbene ».

Anche Isaia,[313] tralasciando tutti gli altri cibi e bevande, ricorda solo il vino tra le cause della schiavitù del popolo di Israele: « Guai a voi che vi alzate al mattino per correre a ubriacarvi e a gozzovigliare fino a sera, finché i fumi del vino vi fanno uscire di senno. La cetra, la lira, il timpano, il flauto e il vino riempiono i vostri banchetti e non degnate di uno sguardo l'opera del Signore. Per questo il mio popolo è stato ridotto in schiavitù, perché non ha avuto senno...[314] Guai a voi che siete bravi nel bere il vino e valorosi nel mescolare liquori inebrianti ».[315] Poi, dopo aver parlato del popolo, egli allarga i suoi rimproveri ai sacerdoti e ai profeti, e dice:[316] « Anche questi non capivano più nulla perché erano intontiti dal vino, e hanno sbagliato a causa dell'ebrezza. Il sacerdote e il profeta non erano in grado di connettere per l'ebrezza e in preda ai fumi del vino erravano qua e là ubriachi, incapaci di orientarsi e di giudicare.

Tutte le loro mense sono piene di vomito e di sporcizia tanto che su di esse non c'è più posto. Chi potrà accogliere la scienza del Signore, e a chi egli farà capire la sua parola? ». E per bocca di Gioele[317] il Signore stesso dice:[318] « Svegliatevi, ubriachi, e piangete voi che bevete per piacere! »: egli infatti non proibisce di bere soltanto quando il vino può giovare, come consiglia l'Apostolo a Timoteo, « per le frequenti debolezze dello stomaco »,[319] ma non dice, si badi, soltanto *debolezze*, bensì *frequenti debolezze*.

Noè, il primo che piantò una vigna,[320] ignorava probabilmente il male dell'ebrezza e, dopo essersi ubriacato, si spogliò completamente: il vino e la lussuria, infatti, vanno di pari passo. Essendo poi stato deriso dal figlio, scagliò su di lui la sua maledizione e lo condannò alla servitù,[321] cosa che non era mai accaduta prima, per quel che ne sappiamo. A ragione, dunque, le figlie di Loth avevano previsto che il loro santo e integro padre non avrebbe potuto essere trascinato all'incesto se non tramite l'ebrezza.[322] E la fortunata vedova sapeva che il superbo Oloferne non si sarebbe lasciato ingannare e uccidere se non in questo modo.[323] D'altra parte leggiamo che gli stessi angeli, quando apparvero agli antichi patriarchi e furono da loro ospitati, mangiarono la carne ma non bevvero vino.[324] E al nostro capo, il grande Elia,[325] che viveva nascosto in solitudine, i corvi portavano mattina e sera un vitto consistente in pane e carne, senza vino.[326]

Leggiamo anche che il popolo di Israele, che nel deserto si nutriva di cibi prelibati, soprattutto

SIGILLVM: BERNARDI ABBATIS SCI ARGVINE

Figura 8.

Sigillo di san Bernardo, il più acerrimo fra gli avversari di Abelardo e anche il più famoso. Contro di lui promosse il Concilio di Sens. Vigile custode dell'ortodossia, condannava il sapere profano e il razionalismo di Abelardo (Foto Holzapfel).

di quaglie, non ebbe né desiderò mai vino.[327] E non risulta che quando Cristo nel deserto nutriva il popolo con i pani e con i pesci,[328] distribuisse anche vino. Fanno eccezione le nozze,[329] quando è lecito indulgere a un uso smodato del vino, fonte di lussuria, e quando appunto si verificò il noto miracolo. Il deserto, invece, che è la dimora e la sede dei monaci, ha conosciuto il dono della carne, e non quello del vino.

Anche la prima clausola della legge in base alla quale i Nazirei[330] si consacrano al Signore impone di astenersi dal vino e da tutto ciò che può dare ebrezza. E in effetti, quale virtù e quale buona qualità rimane nell'uomo quando è ubriaco? Proprio per questo, secondo quanto leggiamo,[331] agli antichi sacerdoti era proibito non solo il vino ma tutto ciò che può provocare uno stato di ubriachezza. Per questo anche Gerolamo, nella lettera a Nepoziano intorno alla condotta dei chierici, prova forte indignazione per il fatto che i sacerdoti dell'antica legge erano superiori ai nostri in quanto si astenevano da tutto ciò che può rendere ebbri. « Stai bene attento a non puzzare mai di vino », dice,[332] « perché altrimenti si dirà che quando dai un bacio è come se porgessi una coppa, come argutamente osserva il filosofo. D'altra parte, se l'Apostolo condanna i preti che si ubriacano,[333] anche l'antica legge testualmente prescrive:[334] "Coloro che servono all'altare non devono bere né vino né *sicera*",[335] dove con *sicera* in ebraico si indica qualsiasi tipo di bevanda capace di ubriacare, come quella che deriva dalla fermentazione dell'orzo, quella che si ottiene dal succo delle mele o dalla cottura del miele o da infusi di erbe, oppure quella che si ottiene spremendo i frutti della palma, o quell'acqua sciropposa che cola dal grano quando lo si fa cuocere. Insomma, oltre al vino evita tutto ciò che inebria e sconvolge la mente».

Secondo la regola di san Pacomio,[336] nessuno deve toccare vino o liquori tranne i malati. Chi di voi non sa che il vino non si addice affatto ai monaci i quali, un tempo, lo avevano talmente in odio che, per contribuire a tenersene lontani, lo chiamavano Satana? Nelle *Vite dei Padri* si legge:[337] «Alcuni riferirono all'abate Pastore che un monaco non beveva vino, e questi rispose: "Il vino infatti non va bene per i monaci"...». E più avanti:[338] «Un giorno sul monte dell'abate Antonio, mentre si celebrava la Messa, fu trovato un vaso di vino; uno dei vecchi presenti ne riempì un bicchiere e lo portò all'abate Sisoi e glielo offrì; egli bevve, e ne bevve anche un secondo quando gli fu portato. Il vecchio gliene offrì poi un terzo, ma allora l'abate rifiutò dicendo: "Basta, fratello, non sai che il vino è Satana?"». E sempre sul conto dell'abate Sisoi leggiamo:[339] «Disse dunque il vecchio ai suoi discepoli che gli chiedevano se fosse troppo bere tre coppe di vino il sabato e la domenica quando si va in chiesa: "Se non fosse Satana, non sarebbe troppo"». Di questo si è ricordato anche san Benedetto quando concesse ai monaci di bere vino, ma con una certa misura: «Noi leggiamo», egli dice,[340] «che il vino non è assolutamente adatto ai monaci, ma oggi è difficile riuscire a persuaderli di questo».

Non è dunque strano che san Gerolamo, che non permetteva ai monaci se non in quantità limitata l'uso del vino, lo proibisca rigorosamente alle donne la cui natura è più debole, anche se più resistente all'ebrezza. Egli infatti, tra i precetti che dà alla vergine Eustochio in merito all'opportunità di conservare la verginità, include questa calda esortazione:[341] « Se dunque io posso dare un consiglio, e se si deve credere a uno che ha fatto molte esperienze in proposito, ecco il mio primo consiglio, anzi la mia prima preghiera: la vergine di Cristo fugga il vino come fosse veleno! Questa è la prima arma con cui i demoni attaccano i giovani e, in realtà, non provoca tanto sconvolgimento l'avarizia né tanto orgoglio la superbia né tanto piacere l'ambizione. Noi possiamo facilmente evitare gli altri vizi, ma non questo, perché qui il nemico è chiuso nel nostro cuore: dovunque andiamo, lo portiamo con noi. Vino e giovinezza sono due fuochi di voluttà. Perché gettare olio sul fuoco? Perché alimentare il fuoco in questo povero corpo che già arde? ».

Tuttavia, dai trattati di fisica risulta che il vino ha meno potere sulle donne che sugli uomini. E Teodosio Macrobio,[342] ad esempio, nel quarto libro dei *Saturnali* spiega così il fenomeno:[343] « Aristotele dice che le donne si ubriacano raramente, mentre per i vecchi è più facile. La donna ha per natura un corpo molto umido, come dimostra la morbidezza e la lucentezza della sua pelle e come dimostrano anche le periodiche purgazioni che liberano il suo corpo dagli umori superflui. Di conseguenza, quando il vino che la donna beve cade in questa massa d'umore, perde tutta la sua forza e, privo del suo naturale vigore, non è più in grado di raggiungere la sede del cervello». E ancora:[344] «Il corpo della donna, depurato come è da frequenti purgazioni, è come un tessuto pieno di fori attraverso i quali fuoriesce tutto l'umore che vi si ammassa e che preme per uscire. Attraverso questi stessi fori rapidamente esala anche il vapore del vino».

Per qual motivo, dunque, si concede ai monaci ciò che si vieta al sesso debole? Non è una pazzia concedere il vino a coloro a cui può fare più male e vietarlo agli altri? Che cosa c'è di più sconsiderato del fatto che i religiosi non abbiano orrore di una cosa che è contraria più di ogni altra allo spirito religioso e allontana da Dio? Che cosa è più vergognoso del fatto che la regola dell'astinenza, che porta alla perfezione della vita cristiana, non escluda ciò che è proibito anche ai re[345] o ai sacerdoti[346] dell'antica legge, anzi, ne faccia uno strumento di piacere? E chi non sa con quanta cura i chierici e i monaci del giorno d'oggi cerchino di colmare le loro dispense di ogni tipo di vino, che poi mescolano con le erbe, con il miele e con altri ingredienti per ubriacarsene tanto più facilmente quanto più è gradito al palato ed essere così spinti a una libidine che sarà tanto più violenta quanto più il vino li fa impazzire? E poi che eresia, anzi che pazzia è mai questa, per cui coloro che con la professione di fede si sono strettamente vincolati alla continenza siano poi i meno disposti a conservare il loro voto, anzi facciano di tutto per violarlo? Se i loro corpi sono chiusi nei monasteri, il loro cuore è pieno di libidine e la loro anima brucia dalla voglia di peccare. L'Apostolo, scrivendo a Timoteo, dice:[347] « Non bere soltanto acqua, ma prendi anche un po' di vino per il tuo stomaco e per le tue frequenti malattie », ma è chiaro che Timoteo, se fosse stato sano, avrebbe evitato di bere anche quel poco che gli veniva concesso a causa della sua infermità. Se noi facciamo voto di vivere come gli Apostoli e ci impegnamo soprattutto a fare penitenza e a fuggire il mondo, perché poi ci lasciamo attrarre da ciò che è più di ogni altra cosa contrario alla nostra promessa, da quello che è il più appetibile dei cibi e delle bevande? Sant'Ambrogio,[348] quel grande pittore della penitenza, non trova nulla di riprovevole nel vitto dei penitenti, eccetto il vino: « Qualcuno », dice,[349] « pensa forse di far penitenza, quando continua a sognare onori e ricchezze o ad abusare del vino o a praticare gli stessi rapporti coniugali? Bisogna rinunciare al mondo. Io ho trovato più facilmente gente che aveva conservato la sua innocenza che gente che aveva adeguatamente fatto penitenza ». E nel libro sulla *Fuga dal mondo* dice:[350] « Fuggirai efficacemente il mondo, se i tuoi occhi fuggono i bicchieri e le coppe, per non assuefarsi ai piaceri mentre si soffermano sul vino ». In questa sua opera, dunque, tra tutti gli alimenti da evitare, ricorda soltanto il vino: fuggire il vino, egli afferma, vuol dire fuggire il mondo; sembra quasi, insomma, che secondo lui tutti i piaceri del mondo dipendano dal vino. E non dice: « se la tua bocca evita di gustarlo », ma: « se i tuoi occhi evitano di guardarlo », certo perché teme che, a forza di guardarlo, ci si lasci prendere dal piacere e dal gusto di esso. Anche Salomone, nel passo che abbiamo già citato, dice:[351] « Non guardare il vino quando il suo colore assume riflessi d'oro e splende nel bicchiere ». Che diremo dunque noi, vi prego, che, per trarre piacere non solo a vederlo, ma anche a gustarlo, lo mescoliamo con miele, con erbe e con altri ingredienti e lo beviamo addirittura a coppe?

San Benedetto, costretto a tollerare l'uso del vino, diceva:[352] « Almeno limitiamoci a berne con una certa misura e non fino a ubriacarci, *perché il vino fa apostatare anche i saggi* ».[353] Ma volesse il cielo che ci bastasse berne a sazietà senza arrivare a ben altri eccessi, oltrepassando di molto il limite del necessario. Anche sant'Agostino, dettando la regola per i monasteri dei Canonici,[354] scrive:[355] « Soltanto il sabato e la domenica, secondo l'usanza, si dia il vino a chi ne vuole », e questo, evidentemente, per rispetto al giorno del Signore e al sabato che ne è la vigilia, ma anche perché i monaci che solitamente vivevano sparsi nelle loro celle in quei giorni si riunivano. Questa consuetudine è attestata anche da san Gerolamo, che nelle *Vite dei Padri*, a proposito di un monastero che si chiamava Cellia, scrive:[356] « Ciascuno vive nella sua cella. Soltanto il sabato e la domenica si riuniscono in chiesa e lì hanno modo di vedersi tra loro come se fossero in cielo ». Di conseguenza quell'atto di tolleranza era particolarmente conveniente in quelle occasioni, perché allora i monaci, trovandosi tutti insieme, potevano gustare il piacere di vivere in comunità e di pensare, anche se non osavano dirlo: « Ecco come è bello e piacevole che dei fratelli dimorino insieme! ».[357]

E poi che merito avremo mai se, pur astenendoci dal mangiar carne, ci ingozziamo di una quantità di altri alimenti superflui, se spendiamo tanto denaro per comperare i più diversi tipi di pesce, se condiamo le vivande con il pepe e le spezie e se, dopo esserci ubriacati, continuiamo a ingerire bicchieri di bevande aromatiche e calici di succhi di erbe? E l'unica scusa che adduciamo di fronte a tanti eccessi, è che non possiamo mangiare carne di cattiva qualità, in pubblico, come se la nostra colpa consistesse nella qualità dei cibi che mangiamo e non nella loro quantità, veramente eccessiva, giacché il Signore ci proibisce la crapula e l'ebrezza,[358] cioè ci proibisce di mangiare o di bere troppo, senza porre nessuna limitazione per quel che riguarda la diversità dei cibi e delle bevande.

Anche sant'Agostino ha tenuto ben presente questo principio quando, senza proibire nessun altro cibo oltre al vino e senza distinguere tra un cibo e l'altro, ha condensato in questa breve massima il suo concetto di astinenza:[359] « Domate la vostra carne digiunando e astenendovi dal mangiare e dal bere nella misura in cui la vostra salute ve lo permette ». Probabilmente Agostino aveva letto il passo dell'esortazione di Atanasio[360] ai monaci, dove si dice:[361] « A chi vuol digiunare non si ponga nessun limite, e ognuno lo faccia secondo le sue possibilità, a meno che, ovviamente, non si tratti di una persona malata. I digiuni feriali, cioè non domenicali, siano soltanto quelli stabiliti dalla legge, ma non siano mai votivi », come per dire: Se si è fatto voto di digiunare, non lo si adempia che alla domenica. Come si vede, egli non dà prescrizioni particolari per i digiuni, e l'unico criterio è quello della salute delle singole persone. « Egli considera », si dice infatti, « soltanto la robustezza del corpo, e permette a ciascuno di prenderla come regola, sapendo che non si sbaglia in nulla, se si tiene la misura in tutto ». Tutto questo, evidentemente, ha lo scopo di evitare che noi ci lasciamo andare troppo facilmente al richiamo dei piaceri, come il popolo[362] che era stato nutrito con il fiore del frumento e con il vino più puro, e di cui è stato scritto:[363] « Ha mangiato a sazietà, si è ingrassato e ha recalcitrato ». Inoltre, in questo modo si vuole evitare che noi abbiamo a soccombere con il nostro corpo macerato o addirittura stroncato da un'astinenza troppo rigida, o che noi corriamo il rischio di perdere la ricompensa in seguito alle nostre mormorazioni, o di vantarci della nostra eccellenza. Per prevenire questo inconveniente, l'Ecclesiaste dice:[364] « Il giusto perisce nella sua giustizia. Non essere troppo giusto né savio oltre misura, se non vuoi restare stupito » e gonfiarti di superbia, tutto preso dalla tua bravura.

A tutte queste pratiche, ovviamente, deve presiedere la saggezza, che è madre di tutte le virtù: è essa che deve commisurare alle possibilità di ciascuno i pesi che impone, attenta a seguire la natura e a non farle violenza; è essa che sa che non deve proibire le varie pratiche ma solo le eventuali esagerazioni, che deve eliminare il superfluo rispettando però il necessario, ed è ancora la saggezza che, per finire, deve estirpare i vizi senza ferire la natura. Chi è debole è sufficiente che eviti il peccato, e non è il caso che raggiunga il vertice della perfezione: poter sedere in un angolo del paradiso è già qualcosa, anche se non si può tener compagnia ai martiri.

È più sicuro, inoltre, fare voti limitati per permettere alla grazia di aggiungere qualcosa alle nostre promesse. A questo proposito, infatti, è stato scritto:[365] « Quando avrete fatto tutto ciò che vi è stato ordinato, dite: "Siamo servi inutili: non abbiamo fatto che il nostro dovere" ». E l'Apostolo dice:[366] « La legge provoca la collera, perché dove non c'è legge, non c'è neppure trasgressione ». E poi:[367] « Senza la legge il peccato era morto. Io poi, un tempo, vivevo senza la legge. Ma, venuto il comandamento, il peccato s'è ridestato, mentre io sono morto, e si trovò che il precetto, che doveva darmi la vita, mi ha dato la morte. Infatti il peccato, prendendo occasione dal precetto, mi ha sedotto e mi ha ucciso per mezzo di esso... in modo che il peccato diventa, per via del precetto, ancor più grave ».

Sant'Agostino diceva a Simpliciano:[368] « Il desiderio è stato accresciuto dal divieto che l'ha reso più dolce: per questo ci ha ingannato ». E nel secondo libro delle stesse *Questioni*, alla questione 67:[369] « L'attrattiva di un piacere peccaminoso è più forte quando questo è proibito ».

« Siamo sempre attratti da ciò che è proibito
e sempre bramiamo ciò che ci è negato ».[370]

Tenga dunque ben presenti queste cose, e tremi, chiunque voglia sottoporsi al giogo di qualche regola, e cioè impegnarsi ad osservare i voti di una nuova legge. Scelga quello che pensa di poter fare ed eviti ciò che va al di là delle sue forze. Nessuno è colpevole di fronte alla legge, se non si è mai promesso di rispettarla.[371] Rifletti dunque prima di promettere e dopo aver promesso rispetta l'impegno. Ciò che prima è frutto di una libera scelta, poi diventa necessario. « Nella casa del Padre mio », dice la Verità,[372] « ci sono molte dimore ».[373] E altrettante sono anche le vie per raggiungerle. Non è vero che chi si sposa sia condannato; però chi mantiene la verginità si salva più facilmente. I santi hanno fissato delle regole non per darci la salvezza, ma per rendercela più facile e permetterci di dedicarci a Dio con maggior purezza. « La vergine che si sposa », dice l'Apostolo,[374] « non commette peccato; però tali persone subiranno le tribolazioni della carne che io a voi vorrei risparmiare ». E poi:[375] « La donna non sposata e la vergine si danno pensiero delle cose del Signore, per essere sante nel corpo e nello spirito. Colei che è maritata, invece, pensa alle cose del mondo e al modo di piacere al marito. Ora vi dico questo per il vostro bene, non per tendervi un laccio, ma per indirizzarvi a ciò che è onesto e permette di adorare senza ostacoli il Signore ».

Tutto questo è in verità molto facilmente realizzabile quando ci ritiriamo dal mondo anche materialmente e ci chiudiamo entro le mura di un monastero per non essere turbati dal rumore del secolo.

Non soltanto chi si sottopone alla legge, ma anche chi la impone cerchi di evitare che con il complicarsi dei precetti si moltiplichino le trasgressioni. Il Verbo di Dio, venendo sulla terra, ha reso molte cose più semplici. Mosè aveva enunciato molti precetti, e tuttavia, come dice l'Apostolo,[376] « non è la legge che porta alla perfezione ». I suoi comandamenti erano tanti e tanto gravosi che l'apostolo Pietro confessa l'impossibilità di sopportarne il peso:[377] « Fratelli, perché tentate Dio imponendo sul collo dei discepoli un giogo che né i nostri padri né noi abbiamo potuto portare? Noi crediamo di salvarci per mezzo della grazia del Signore Gesù come anche loro si salvarono ».

Poche parole sono bastate a Cristo per insegnare agli Apostoli la purezza dei costumi e la santità della vita e per mostrare loro la via della perfezione. Tralasciando i precetti austeri e gravosi, li ha sostituiti con altri più dolci e più facili, nei quali ha racchiuso tutta la sua religione: « Venite a me », disse,[378] « tutti voi che siete affaticati e stanchi, e io vi darò riposo. Prendete su di voi il mio giogo e imparate da me che sono mite e umile di cuore, e troverete pace per le vostre anime. Il mio giogo è soave, e leggero il mio peso ».

In effetti, nelle opere dello spirito le cose vanno spesso come negli affari del mondo: molti lavorano e si affaticano di più guadagnando di meno; eppure molti, anche se paiono più provati, in cuor loro hanno meno meriti presso Dio, perché egli guarda il cuore, non le opere. Costoro infatti, quanto più intensamente si occupano delle cose esteriori, tanto meno possono coltivare il loro mondo interiore; quanto più si segnalano presso gli uomini che giudicano in base alle cose esteriori, quanto più acquistano gloria, tanto più si lasciano sedurre dall'orgoglio.

Proprio per prevenire questo errore, l'Apostolo sminuisce nettamente il valore delle opere e accentua quello della fede: « Se dunque Abramo »,[379] egli dice,[380] « è stato giustificato per le sue opere, egli ha motivo di gloriarsi, ma non davanti a Dio. Infatti, che cosa dice la Scrittura? "Abramo credette in Dio e ciò gli è stato ascritto a giustizia"[381] ». E poi:[382] « Che cosa diremo, dunque, del fatto che i Gentili, i quali non cercavano la giustizia, hanno abbracciato la giustizia, quella giustizia che viene dalla fede, mentre Israele, che seguiva la legge della giustizia, non l'ha raggiunta? Perché? Perché la cercò non nella fede, ma come se provenisse dalle opere ». Costoro sono simili a quelli che, pulendo l'esterno di un piatto o di un vaso,[383] non pensano a pulirne l'interno e, attenti alla carne più che allo spirito, sono più carnali che spirituali. Noi invece, poiché desideriamo che Cristo abiti con la fede nell'uomo interiore, non ci curiamo delle qualità esteriori che sono comuni tanto ai reprobi quanto agli eletti, perché teniamo sempre presente ciò che è stato scritto:[384] « Mi stanno a cuore, Signore, i voti che ti ho fatto e li soddisferò con inni di lode».

Così noi non pratichiamo l'astinenza puramente esteriore prescritta dalla legge, che evidentemente non contribuisce per nulla alla giustizia. Del resto il Signore, in fatto di cibi, ci ha proibito soltanto l'intemperanza e l'ubriachezza,[385] vale a dire il superfluo. E ciò che ha concesso a noi, egli non si è vergognato di mostrarlo in se stesso, benché molti se ne siano scandalizzati e l'abbiano rimproverato non poco. Ha detto infatti di sé:[386] «È venuto Giovanni, che non mangia e non beve, e hanno detto: "È posseduto dal demonio". È venuto il figlio dell'uomo, che mangia e beve, e hanno detto: "Ecco un mangione e un bevitore"». E, per scusare i suoi discepoli che non digiunavano come quelli di Giovanni[387] e non si preoccupavano molto, quando mangiavano, della pulizia materiale non lavandosi neppure le mani,[388] disse:[389] «I figli dello sposo non possono essere afflitti, finché lo sposo è con loro». E altrove:[390] «Non contamina l'uomo ciò che entra in bocca, ma ciò che ne esce, perché ciò che esce dalla bocca viene dal cuore e questo contamina l'uomo, ma il mangiare senza lavarsi le mani non contamina l'uomo». Dunque non è il cibo che contamina l'anima, ma il desiderio di un cibo proibito, perché come il corpo non può essere macchiato che da cose materiali, così anche l'anima non può essere macchiata che da cose spirituali. Non c'è quindi motivo di temere ciò che avviene nel nostro corpo se l'anima non dà il suo consenso; né, d'altra parte, si può contare sulla purezza della carne se l'anima è corrotta dalla volontà. Soltanto dal cuore, dunque, dipendono la vita e la morte dell'anima, per cui Salomone dice, nei Proverbi:[391] « Custodisci il tuo cuore con la massima attenzione, perché la vita dipende da esso ». E, in base all'affermazione della Verità ricordata poc'anzi,[392] ciò che contamina l'uomo dipende dal cuore, perché l'anima si danna o si salva secondo i suoi buoni o cattivi desideri. Ma poiché lo spirito e la carne sono intimamente congiunti in una sola persona, occorre assolutamente evitare che il piacere della carne strappi il consenso all'anima, e che la carne, abituata all'intemperanza dall'eccessiva indulgenza, entri in conflitto con lo spirito e cominci a dominarlo mentre dovrebbe ubbidirgli. A questo pericolo, comunque, potremo sottrarci se, come si è detto e ripetuto, pur concedendo tutto ciò che è necessario, riusciremo a eliminare con un taglio netto tutto il superfluo e permetteremo al sesso debole l'uso di qualunque cibo, vietandone soltanto l'abuso. Si permetta, insomma, di mangiare di tutto, ma con misura: « Tutto ciò che Dio ha creato », dice l'Apostolo,[393] « è buono, e non si deve rifiutare nulla, purché prendendone si rendano grazie; infatti la parola di Dio e la preghiera lo santificano. Offrendo questi princìpi ai fratelli, sarai un buon ministro di Gesù Cristo, nutrito delle parole della fede e della buona dottrina che hai imparato ». Anche noi, dunque, seguendo con Timoteo questo insegnamento dell'Apostolo ed evitando nel cibo soltanto la crapula e l'ebrezza, come ha prescritto il Signore,[394] regoliamoci in modo che tutti gli alimenti servano a rafforzare la debolezza della nostra natura, non a nutrirne i vizi. Serviamoci con misura soprattutto di quelle cose che, per il fatto di essere eccessive, possono essere anche più dannose: infatti è meglio e più lodevole mangiare sobriamente che digiunare rigorosamente. Per questo anche sant'Agostino, nel suo libro *Sulle virtù del matrimonio*, dice, a proposito degli alimenti che sostengono il corpo:[395] « Fa buon uso delle cose soltanto chi può farne a meno. Molti, invero, trovano più facile astenersene completamente piuttosto che regolarne l'uso, ma nessuno può far buon uso di una cosa se non è anche in grado di farne a meno contenendosi ». A questo proposito anche Paolo diceva:[396] « So vivere nell'abbondanza, ma anche sopportare la privazione ». In realtà, patire la privazione è cosa che può accadere a tutti gli uomini, ma il saperla sopportare è tipico degli uomini veramente grandi. E allo stesso modo chiunque può incominciare a vivere nell'abbondanza, ma saper vivere nell'abbondanza è soltanto di coloro che non se ne lasciano corrompere.

Per quanto riguarda il vino, dunque, poiché, come si è detto, esso è causa di lussuria e disordine, ed è quindi dannoso agli effetti sia della continenza sia del silenzio, le donne o se ne dovranno astenere completamente per amor di Dio, come se ne astenevano le donne dei Gentili[397] per timore di essere spinte all'adulterio, o lo mescolino con l'acqua in modo da poter calmare la sete e nello stesso tempo giovare alla salute senza subirne danno. Noi crediamo che si possano ottenere questi risultati se la bevanda conterrà almeno la quarta parte di acqua. Ma quello che è più difficile è sapersi poi contenere davanti alla bevanda così da non berne troppo, come raccomanda san Benedetto proprio a proposito del vino.[398] Noi riteniamo più sicuro non proibire di bere a sazietà, fino ad ubriacarsi, per non esporci a un altro rischio: infatti il peccato non sta nella sazietà, come abbiamo detto più volte, ma nella superfluità. Non si deve poi proibire la preparazione del vino misto a erbe o l'uso del vino puro a scopo terapeutico, purché tutto ciò sia riservato soltanto ai malati e gli altri non ne assaggino per nessuna ragione.

È rigorosamente proibito usare il fior di farina,[399] ma si deve sempre mescolare al frumento almeno la terza parte di farina meno fine, e non si deve gustare il pane appena tolto dal forno, ma solo quello che sia stato cotto almeno il giorno prima. La diaconessa penserà agli altri alimenti, provvedendo, come si è già detto, a soddisfare i bisogni delle sue monache mediante l'acquisto dei cibi meno costosi e più comuni. Che cosa c'è, infatti, di più stolto che acquistare dagli altri quando può bastare ciò che si ha già? E perché andare fuori a cercare il superfluo quando si ha in casa il necessario? O far fatica per procurarsi cose inutili quando si ha con sé ciò che può bastare?

Se teniamo presenti i precetti che sulla necessità di questa abitudine alla moderazione sono stati enunciati non tanto dagli uomini quanto dagli angeli o meglio dal Signore stesso, sapremo accontentarci di ciò che abbiamo a portata di mano e non sottilizzeremo sulla qualità dei cibi destinati a soddisfare i bisogni di questa vita. Infatti anche gli angeli mangiarono le carni che Abramo aveva posto loro davanti,[400] e nostro Signore Gesù Cristo ristorò la folla affamata con pesci trovati nel deserto:[401] quei fatti insegnano chiaramente che non ci si deve fare scrupolo di mangiare indifferentemente la carne o i pesci, e che il miglior cibo è quello che non comporta peccato e si offre spontaneamente richiedendo una preparazione più facile e una spesa meno gravosa. Anche Seneca,[402] il fervido amante della povertà e della continenza, il più intenso predicatore morale fra tutti i filosofi, diceva:[403] « Il nostro fine è di vivere secondo natura. È contro natura torturare il proprio corpo, trascurare la pulizia che non costa nulla, compiacersi della sporcizia e mangiare cibi non soltanto di poco prezzo, ma in certi casi anche ripugnanti. Come andare a ricercare cose troppo pregiate è da schizzinosi, così privarsi delle cose comuni e poco costose è una vera e propria follia. La filosofia esige che si sia frugali, non che ci si torturi. Si può giungere a una saggia frugalità: questa è la misura che mi piace ».

Anche Gregorio nel trentesimo libro dei *Moralia,*[404] mentre afferma che per valutare i costumi degli uomini bisogna badare non tanto alla qualità dei cibi quanto alla disposizione del loro animo, distingue fra le tentazioni della gola:[405] « Talvolta cerca cibi prelibati, altre volte mangia una cosa qualunque, ma esige che gli sia preparata con cura del tutto particolare. Talvolta, poi, desidera cibi ancora più comuni, ma pecca ugualmente per l'intensità con cui li desidera».

Il popolo di Israele durante la fuga dall'Egitto soffrì nel deserto perché, rifiutando la manna, voleva mangiare cibi a base di carne, in quanto li riteneva più pregiati.[406] Esaù perse l'onore della primogenitura per aver desiderato ardentemente un cibo da poco come le lenticchie; e con quale appetito le desiderasse, lo dimostrò preferendole alla primogenitura.[407] Il peccato non è nel cibo, ma nella gola: per questo noi per lo più mangiamo senza commettere peccato cibi raffinati, mentre nel gustarne di più comuni la nostra coscienza è in colpa.

Esaù, come si è visto, perdette la primogenitura per un piatto di lenticchie, mentre Elia nel deserto conservò la purezza del corpo pur mangiando carne.[408] Così anche l'antico avversario, ben sapendo che la causa della dannazione non è nel cibo, ma nel desiderio del cibo, ha vinto il primo uomo non con la carne, ma con una mela,[409] e ha tentato il secondo non con la carne ma con il pane.[410] Per questo, spesso noi commettiamo il peccato di Adamo anche mangiando cibi umili e comuni.

Dobbiamo dunque mangiare ciò che è richiesto dalle necessità della natura e non ciò che suggerisce la gola. Di fatto però non ci attraggono i cibi che sappiamo meno prelibati e quelli più comuni e meno costosi, come la normale carne che è certo più nutriente dei pesci per chi si sente debole e che, oltre a costare meno, è più facile a prepararsi.

La carne e il vino, insomma, sono come il matrimonio: una via di mezzo tra il bene e il male, e come tali possono rientrare nel numero delle cose indifferenti,[411] benché i rapporti matrimoniali non siano del tutto scevri dal peccato e il vino sia più pericoloso di ogni altro alimento.

Se dunque il vino, preso con misura, non è proibito ai religiosi, non c'è più nulla da temere riguardo ad alcun altro alimento, purché non si passi mai la misura. Se san Benedetto,[412] pur riconoscendo che il vino non si addice ai religiosi, è costretto peraltro a concederne ai monaci, anche se in quantità limitata, e ai monaci di un'epoca in cui, come egli dice, l'ardore dell'antica carità si andava ormai raffreddando, perché noi oggi non dovremmo concedere alle donne tutte le altre possibilità che nessun voto proibisce loro? Se perfino i pontefici e i capi della santa Chiesa, se le stesse comunità di monaci possono anche mangiare la carne senza commettere peccato, perché non c'è alcun voto che lo impedisce, chi potrebbe biasimarci per aver permesso gli stessi cibi alle donne, soprattutto poi se esse sono sottoposte a una maggior austerità in tutto il resto? Al discepolo basta essere come il maestro, e sarebbe veramente stolido e miope proibire ai monasteri femminili ciò che è permesso a quelli maschili.

Un altro motivo degno di considerazione è il fatto che, data la severità degli altri precetti della regola, il permesso di mangiare carne rappresenta l'unico caso in cui le donne sono poste sullo stesso piano dei fedeli laici, se è vero che, come attesta il Crisostomo,[413] ai secolari non è permesso nulla di ciò che è proibito ai monaci, tranne il diritto di sposarsi.[414] Anche san Gerolamo, ritenendo che gli obblighi religiosi dei chierici non sono inferiori a quelli dei monaci, dice:[415] « Come se tutto ciò che si dice per i monaci non valesse per i chierici, che sono i padri dei monaci ». Chi infatti potrebbe mettere in dubbio che è contrario a ogni discernimento imporre alle persone deboli lo stesso peso che si impone a coloro che sono forti e obbligare all'astinenza gli uomini e le donne nella stessa misura? Se qualcuno vuole qualche testimonianza da aggiungere agli insegnamenti della natura, si rivolga anche a san Gregorio,[416] questo grande capo e dottore della Chiesa, il quale, dando in proposito sagge istruzioni anche agli altri dottori, nel capitolo ventiquattresimo del suo *Pastorale* ricorda:[417] « Le norme da prescrivere agli uomini sono diverse da quelle adatte alle donne, perché ai primi si può imporre un giogo pesante, alle altre invece *deve essere imposto* un giogo più lieve; i primi siano dunque sottoposti a grandi prove, le altre a obblighi più lievi che le guidino dolcemente. Ciò che è lieve per i forti, non lo è per i deboli ».

Del resto la carne comune attira meno della stessa carne di pesce o di uccello, che tuttavia san Benedetto non ci proibisce affatto di mangiare. Anche l'Apostolo, distinguendo fra i vari tipi di carne, dice:[418] « Non tutte le carni sono uguali, ma c'è quella degli uomini, quella del bestiame, quella degli uccelli, quella dei pesci, e tutte sono diverse fra loro ». E la legge del Signore include tra le carni da offrirgli in sacrificio quella del bestiame e quella degli uccelli,[419] ma tralascia quella dei pesci, affinché nessuno creda che l'uso di mangiare la loro carne sia per Dio più puro di quello di mangiare la carne degli altri animali. La carne di pesce, in effetti, è tanto più costosa e cara per i poveri, quanto meno abbondanti rispetto agli altri animali sono i pesci: comprare carne di pesce, quindi, è più costoso che non comprare quella di altri animali, che, tra l'altro, è più nutriente e utile per rafforzare la debolezza del corpo.

Noi dunque, tenendo conto sia di quelli che possono essere i mezzi degli uomini, sia della loro natura, proibiamo soltanto, come si è detto, i cibi superflui, e raccomandiamo la misura nell'uso delle carni come di tutti gli altri cibi: così l'astinenza per le monache, alle quali è permesso ogni cibo, è più difficile a realizzarsi che per i monaci, ai quali alcuni alimenti sono vietati. Questa misura nell'uso delle carni consiste nel non mangiarne più di una volta al giorno e nel non servire alla stessa persona due diverse porzioni di carne. Inoltre ai piatti di carne non si deve aggiungere nessun altro contorno di legumi e non se ne deve mangiare più di tre volte la settimana, cioè nel primo, nel terzo, e nel quinto giorno,[420] anche se tra un giorno e l'altro dovessero cadere delle festività, perché quanto più grande è la solennità, tanto più rigorosa deve essere l'astinenza con cui la si onora. A far così, del resto, ci esorta con ardore anche l'esimio dottore Gregorio di Nazianzo[421] nel terzo libro *Sui lumi o la seconda epifania*, dove appunto dice:[422] « Celebriamo la festività non appagando il ventre, ma esultando nello spirito », e nel quarto libro *Sulla Pentecoste e lo Spirito Santo* dice:[423] « Questo è il nostro giorno di festa: perciò nei tesori del nostro cuore riponiamo qualcosa di durevole e di eterno, non cose che passano e si dissolvono. Al corpo basta la sua malizia, e non ha bisogno di altra materia di peccato: esso è una bestia insolente che il cibo più abbondante renderebbe ancor più insolente, e allora ci tormenterebbe con maggior violenza ». Perciò le varie solennità vanno celebrate in maniera più che spirituale, come raccomanda, in un passo della sua lettera sul modo di ricevere i doni, san Gerolamo, suo fedele discepolo:[424] « Dobbiamo sforzarci », egli dice,[425] « di celebrare le festività non tanto con l'abbondanza dei cibi quanto con l'esultanza dello spirito, perché è assurdo pretendere di onorare con un lauto banchetto un martire che si è reso gradito a Dio con il digiuno ». E Agostino nel trattato sul *Rimedio della penitenza* dice:[426] « Considera i martiri, che sono tanto numerosi: perché si preferisce celebrare le loro feste con pranzi sconvenienti, invece che imitare la loro vita con l'onestà del comportamento? ».

Nei giorni in cui non si mangerà carne sono permesse due porzioni di legumi di qualsiasi specie, a cui si potranno aggiungere dei pesci. Non si usino ingredienti ricercati per rendere più saporiti i cibi, ma ci si accontenti di quelli che crescono nella regione dove si abita; si mangi frutta soltanto a cena. Non è proibito portare in tavola, per quelle che ne hanno bisogno a scopo terapeutico, erbe, radici, frutta o altre cose di questo genere.

Se qualche monaca forestiera sarà ospite del monastero a tavola, le si offra qualche porzione supplementare per darle una prova di carità: ella poi, se vorrà, potrà distribuire questa porzione. L'ospite, o le ospiti, se ce ne sarà più d'una, potranno sedere alla tavola più grande e le servirà la diaconessa che pranzerà poi insieme con le altre addette ai servizi di cucina.

Se poi qualche monaca vorrà domare gli ardori della carne diminuendo la quantità del cibo, non ardisca farlo senza prima chiedere il permesso, permesso che peraltro non le dovrà essere negato se questo suo desiderio non sembra dovuto al capriccio, ma a un sentimento di virtù, e se il suo fisico è in grado di sopportare la privazione. Non si permetta però a nessuna religiosa del monastero di rimanere un'intera giornata senza mangiare.

Nel sesto giorno della settimana[427] si evitino i cibi conditi con grasso, e ci si accontenti dei cibi che si mangiano durante la Quaresima, per partecipare, con una sorta di astinenza, alle sofferenze che lo sposo ha patito in quel giorno. È poi doveroso non solo vietare ma considerare con orrore quell'usanza che è in vigore nella maggior parte dei monasteri, vale a dire l'abitudine di asciugarsi le mani e pulire i coltelli con i pezzi di pane avanzati dal pranzo e destinati ai poveri, perché in questo modo per risparmiare la biancheria da tavola si sporca il pane dei poveri, anzi il pane di Colui che, parlando di loro, ha detto:[428] « Ciò che fate al più piccolo dei miei servi, lo fate a me ».

Riguardo ai digiuni, basta seguire la regola generale della Chiesa, perché in questo campo non vogliamo vincolare le monache a pratiche più severe di quelle a cui sono sottoposti i fedeli laici e non osiamo mettere la loro debolezza al di sopra delle forze degli uomini. Dall'equinozio di autunno fino a Pasqua, data la brevità delle giornate, siamo convinti che basti un solo pasto al giorno. E poiché, come è chiaro, poniamo questa prescrizione non per motivi di astinenza, ma esclusivamente a causa della brevità delle giornate, non faremo qui alcuna distinzione di cibi.

Si evitino scrupolosamente le vesti preziose che la Scrittura condanna senza riserve. Il Signore, per esortarci a non farne uso, condanna l'orgoglio del ricco dannato[429] e, per contrasto, esalta l'umiltà di Giovanni.[430] San Gregorio,[431] poi, illustra con precisione questo concetto nella sua sesta *Omelia* sui Vangeli:[432] « Perché », osserva, « si dice: " Coloro che vestono elegantemente vivono nelle case dei re ",[433] se non per dimostrare chiaramente che tutti coloro che si rifiutano di soffrire per Dio combattono non per il regno celeste, ma per quello terreno, e, dediti soltanto alle pratiche esteriori, cercano le delizie e i piaceri della vita presente? ». E nella quarantesima *Omelia*:[434] « Vi sono alcuni che credono che il gusto per le vesti raffinate e preziose non sia peccato. Ma, se non fosse peccato, Dio non si sarebbe preoccupato tanto di dire che il ricco che soffriva le pene dell'inferno era vestito di bisso e di porpora.[435] Nessuno cerca vesti raffinate se non per vanagloria, cioè per aumentare il proprio prestigio agli occhi degli altri; infatti l'acquisto di un abito prezioso si spiega soltanto con il desiderio di soddisfare la propria vanagloria, come dimostra il fatto stesso che a nessuno viene in mente di indossare abiti pregiati dove gli altri non possono vederlo ». Anche la prima Epistola di Pietro esorta le donne laiche e coniugate a non cadere in questo peccato, dicendo:[436] « Allo stesso modo anche le donne siano soggette ai loro mariti, affinché, se alcuni di loro non credono alla parola, siano guadagnati, anche senza parola, dalla condotta delle loro mogli, quando avranno considerato la loro maniera di vivere casta e rispettosa. Le donne non usino parrucche, cinture d'oro o vesti sontuose e il loro ornamento non sia quello esteriore, ma quello che è riposto nel cuore e che consiste nella incorruttibilità di uno spirito dolce e calmo: questo solo ha grande valore agli occhi di Dio ».

Giustamente egli ha creduto di dover esortare a fuggire questa vanità più le donne che gli uomini, perché la loro natura debole vi è tanto più incline quanto più la lussuria esercita il suo fascino su di loro e per loro tramite. Se dunque occorre stroncare questa inclinazione presso le donne laiche, che provvedimenti si devono prendere per quelle votate a Cristo, il cui ornamento è nel non avere ornamenti? Se dunque una monaca ricerca questi ornamenti, o non li rifiuta se le vengono offerti, perde la fama di donna casta e si deve pensare che si prepari non alla vita religiosa ma alla fornicazione, giacché tiene un comportamento degno di una meretrice più che di una monaca. Il suo stesso modo di vestire è un invito a peccare, e rivela di per sé la corruzione dell'animo, perché è scritto:[437] « Il modo di vestire, il riso e il portamento di un uomo ne rivelano la natura ».

Leggiamo che il Signore apprezzò e lodò in Giovanni, come si è già ricordato, più la rozzezza e l'austerità delle vesti che quella del cibo: « Che cosa siete andati a vedere nel deserto? Un uomo che indossa morbide vesti? ».[438] Infatti talvolta l'uso di cibi preziosi può avere utilità, ma il pregio delle vesti non ne ha alcuna, perché esse, quanto più sono pregiate, tanto più si conservano con cura e meno servono; d'altra parte sono più costose e si rompono più facilmente, e, data la loro sottigliezza, danno al corpo meno calore.

Nessuna stoffa è più adatta di quella nera per confezionare l'abito austero di chi sta facendo penitenza, e nessuna pelle si addice alle spose di Cristo più di quella d'agnello, affinché l'abito stesso metta in evidenza il fatto che sono vestite (o le esorti a vestirsi) dell'Agnello,[439] sposo delle vergini.

I veli, non di seta ma di comune stoffa di lino tinta, saranno di due qualità, secondo che siano destinati alle vergini già consacrate o alle novizie. Quelli delle vergini che hanno fatto i voti di castità porteranno impresso il segno della croce per dimostrare che anche l'integrità del loro corpo è completamente votata a Cristo, e per sottolineare con il vestito la differenza che esiste tra loro e le altre in base alla consacrazione; inoltre, i fedeli intimoriti da questo segno saranno frenati dal concepire nei loro confronti desideri impuri. La vergine poi potrà ricamare con del filo bianco sulla sommità del capo questo simbolo della purezza verginale, ma non osi portarlo prima di essere stata consacrata dal vescovo. Nessun altro velo porti questo segno.

Esse indosseranno sulla pelle camicie di lino sempre pulite, che porteranno anche per dormire. Data la debolezza della loro costituzione, non vietiamo l'uso di soffici materassi e di lenzuola di lino. Dormiranno separatamente.[440]

Nessuna trovi a ridire se un suo vestito o qualunque altra cosa che ella ha ricevuto da altri viene dato a una sorella che ne ha più bisogno; sia invece particolarmente contenta di poter offrire il frutto della sua carità a una sorella bisognosa; avrà così coscienza di vivere non soltanto per sé ma anche per gli altri. In caso contrario non avrebbe più diritto ad appartenere a una comunità religiosa fondata sulla fraternità, e si renderebbe colpevole di un sacrilegio, grave come è quello di pretendere una proprietà.

Crediamo che per coprirsi bastino loro una camicia, un vestito di pelle e un mantello da portare quando il freddo è particolarmente intenso; quest'ultimo, poi, potrà servire anche come coperta per il letto.[441] Esse riceveranno due capi di ciascuno di questi indumenti, in modo che possano lavarli per evitare che siano invasi dai parassiti o coperti di sudiciume. Salomone, lodando la donna saggia e previdente, ha detto precisamente:[442] « Non dovrà temere il freddo della neve per la sua casa, perché tutti i suoi hanno due vestiti ». La lunghezza dell'abito sia tale che esso non scenda sotto il tallone sollevando polvere; le maniche non oltrepassino la lunghezza del braccio e della mano. È bene poi che esse si coprano gli stinchi e i piedi con scarpe e zoccoli e non vadano mai a piedi nudi con il pretesto di far penitenza. Ogni letto deve essere fornito soltanto d'un materasso, d'un guanciale, d'un origliere, di una coperta e di un lenzuolo. Ogni monaca dovrà coprirsi il capo con una benda bianca sormontata da un velo nero, sotto la quale potrà mettere un berretto di pelle d'agnello, se sarà necessario per la tonsura.

Si eviti il superfluo non soltanto nel vitto e nel vestiario ma anche negli edifici e in tutti gli altri beni, perché è chiaro che erigendo edifici più grandi o più belli del necessario od ornandoli con sculture e dipinti non costruiremmo asili per i poveri ma palazzi per i re. « Il figlio dell'uomo », dice Gerolamo,[443] « non ha dove posare il capo[444] e tu possiedi vasti portici e case immense? ». Permettendoci il lusso di tenere preziose e belle cavalcature, riveliamo la nostra vanità, oltre a mostrare che possediamo beni superflui; moltiplicando i nostri greggi e allargando i nostri possessi terreni, incrementiamo la nostra ambizione e la rivolgiamo alle cose esteriori e, infine, quanto più possediamo sulla terra, tanto più siamo costretti a pensare ai nostri possessi e siamo distratti dalla contemplazione delle cose celesti. Anche se chiudiamo il nostro corpo entro le mura di un monastero, l'anima è legata ai beni esteriori, è costretta a seguirli e a lasciarsi portare qua e là insieme con loro; d'altra parte i nostri beni possono andar perduti, e così quanto più sono numerosi tanto più ci danno preoccupazioni e timori, quanto più sono preziosi tanto più sono da noi amati e legano il nostro misero cuore con il desiderio di accrescerli. Dobbiamo dunque assolutamente stabilire un limite per le spese della nostra casa, evitando di coltivare desideri, accettare offerte o conservare beni ricevuti che vadano oltre lo stretto necessario, tenendo presente che tutto ciò che non rientra nelle cose necessarie è come se lo avessimo rubato e che quindi siamo colpevoli della morte di tanti poveri quanti avremmo potuto nutrirne utilizzando questi beni. Ogni anno, all'epoca del raccolto, si deve mettere da parte il necessario per l'annata; se poi avanza qualche cosa, dovrà essere data, anzi restituita ai poveri.

Vi sono alcuni che, completamente privi del senso della misura, si vantano di avere una comunità numerosa, anche se le loro fonti di reddito sono scarse, e poi, quando non riescono più a sostenere il peso del suo mantenimento, non si vergognano di andare in giro a mendicare o strappano agli altri con la violenza ciò di cui hanno bisogno. Anche oggi vi sono alcuni superiori che, fieri del gran numero dei loro monaci, preferiscono avere molti figli anziché figli buoni, e si credono più importanti se sono considerati capi di una grossa comunità. Per attirare i novizi nel loro monastero promettono una vita facile, mentre dovrebbero preannunciare una vita austera, e li accolgono sconsideratamente senza sottoporli ad alcun esame, anche se poi li perdono per apostasia. E probabilmente la Verità[445] biasima proprio costoro, quando dice:[446] « Guai a voi che percorrete il mare e la terra per farvi anche un solo seguace, e quando l'avete fatto lo rendete un figlio della Gehenna[447] il doppio di quel che siete voi ». Certamente essi sarebbero meno fieri della quantità dei loro monaci se mirassero alla salvezza delle anime più che pensare ad averne un gran numero, e se fossero meno sicuri delle loro forze nel rendere ragione della condotta del loro monastero.

Il Signore scelse pochi Apostoli, eppure, benché li avesse scelti di persona, anche tra quei pochi c'era un apostata,[448] a proposito del quale egli disse:[449] « Non vi ho scelti tutti e dodici? Eppure uno di voi è un demonio ». Come Giuda tra gli Apostoli, così tra i sette diaconi finì malamente Nicolao.[450] E quando gli Apostoli non avevano ancora riunito che pochi fedeli, Anania e sua moglie Saffira meritarono di essere condannati a morte.[451] Inoltre, dopo che molti degli antichi discepoli del Signore si furono tirati indietro, pochi restarono con lui: stretta, infatti, è la via che conduce alla vita e sono pochi coloro che vi entrano. Al contrario, larga e spaziosa è la via che conduce alla morte e molti sono coloro che la prendono spontaneamente.[452] Perché, come dice il Signore in un altro punto,[453] « molti sono i chiamati, ma pochi gli eletti ». E, secondo Salomone,[454] « infinito è il numero degli stolti ».

Chi si gloria del gran numero dei suoi religiosi dovrebbe dunque temere che, secondo il detto del Signore, tra i suoi monaci si trovino pochi eletti[455] e che egli stesso, accrescendo a dismisura il suo gregge, non sia in grado di custodirlo efficacemente, cosicché a buon diritto gli uomini che vivono secondo lo spirito potrebbero rinfacciargli il detto del profeta:[456] « Hai moltiplicato il popolo ma non hai accresciuto la tua gioia». Questo, in realtà, è proprio l'atteggiamento di coloro che sono fieri di avere un gran numero di monaci, perché, dovendo spesso uscire e tornare nel mondo per soddisfare le proprie necessità e quelle della loro comunità e correre qua e là mendicando, sono assillati da problemi più di ordine materiale che di ordine spirituale e acquistano più infamia che gloria.

Naturalmente, questa condotta è tanto più riprovevole nelle donne quanto più sembra rischioso che esse vadano per il mondo. Perciò, chiunque voglia tenere una condotta di vita tranquilla e onesta dedicandosi al servizio divino e godendo l'affetto di Dio e degli uomini, eviti di raccogliere intorno a sé persone di cui non è in grado di prendersi cura, non conti di pagare le proprie spese con la borsa altrui e non pensi a chiedere elemosine, ma a distribuirle. L'apostolo Paolo, il grande predicatore del Vangelo, benché in nome del Vangelo avesse diritto di farsi mantenere, preferiva lavorare con le proprie mani per non essere di peso ad alcuno, rendendo in tal modo vana la sua gloria.[457] Noi, dunque, che non dobbiamo predicare ma piangere i peccati, avremo l'ardire e la sfacciataggine di andare a mendicare? E come potremmo altrimenti nutrire tutti quelli che sconsideratamente abbiamo raccolto? E pensare che diamo già tante prove di pazzia quando, incapaci di predicare, assoldiamo dei predicatori e quando, portando in giro con noi dei falsi apostoli, ci carichiamo di croci e reliquie per venderle ai cristiani semplici e incolti insieme con la parola di Dio e con le menzogne del diavolo, promettendo loro tutto ciò che ci sembra possa servire a estorcere denaro! Eppure io credo che ormai più nessuno ignori quanto questa vergognosa brama, tesa al proprio utile e non a quello di Gesù Cristo, abbia avvilito la considerazione in cui era tenuto il nostro ordine e immeschinito la stessa nostra predicazione della parola di Dio. Per questo gli stessi abati e i superiori dei monasteri, introducendosi sconvenientemente in mezzo ai potenti del mondo e frequentando le corti dei re, hanno imparato ad essere più uomini mondani che cenobiti.[458] Andando a caccia del favore degli uomini con tutti i mezzi a loro disposizione, si sono abituati a conversare più con gli uomini che con Dio. Essi hanno letto spesso, ma inutilmente e senza frutto, e spesso hanno sentito ripetere ma non hanno messo in pratica, l'esortazione di sant'Antonio:[459] « Come i pesci muoiono se rimangono a lungo sulla sabbia, così anche i monaci che si trattengono a lungo fuori della cella o indugiano in compagnia degli uomini del mondo, rompono il loro voto di solitudine ». Bisogna dunque che come i pesci nel mare, così noi ci affrettiamo a tornare nelle nostre celle, per non correre il rischio di dimenticare di custodire il nostro spirito, a furia di vivere sempre fuori.[460]

Lo stesso autore della *Regola* monastica, san Benedetto, profondamente convinto di questa necessità, ha chiaramente espresso con l'esempio e con gli scritti il suo desiderio che gli abati siano sempre presenti nel monastero per custodire attentamente il loro gregge. Egli infatti una volta[461] lasciò il monastero per far visita a sua sorella[462] che era donna di eccelsa santità, ma quando questa fece per trattenerlo con sé almeno una notte per trarre giovamento dai suoi insegnamenti egli dichiarò esplicitamente che non poteva per nessun motivo passare la notte fuori della sua cella. E non disse: « Non possiamo », ma: « Non posso », perché i monaci potevano farlo con il suo permesso, mentre egli non poteva farlo se non per ordine di Dio, come più tardi avvenne. Nella sua *Regola*, dunque, san Benedetto non parla mai dell'assenza dell'abate ma soltanto di quella dei monaci. In particolare, per far sì che la presenza dell'abate sia assidua, prende misure tanto accorte da prescrivere che[463] nelle vigilie delle domeniche e dei giorni festivi la lettura del Vangelo e delle relative istruzioni possa essere fatta soltanto dall'abate. Inoltre egli prescrive che[464] l'abate sieda sempre a tavola con i pellegrini e gli ospiti e, se non ha ospiti, inviti alcuni monaci, quelli che vuole, provvedendo a lasciare insieme con gli altri soltanto uno o due anziani: con ciò san Benedetto lascia chiaramente intendere che l'abate non deve mai assentarsi dal monastero all'ora dei pasti, per evitare che, una volta abituato alle pietanze prelibate dei principi, lasci come cibo ai monaci il pane del monastero. Ma di questa trista sorta di abati la Verità[465] stessa dice:[466] « Legano pesi gravi e insopportabili e li caricano sulle spalle degli uomini, ma essi non levano neppure un dito per muoverli ». E altrove, a proposito di falsi predicatori:[467] « Guardatevi dai falsi profeti che vengono a voi ». Essi vengono, dice, di loro spontanea volontà, senza che Dio li abbia mandati e senza aspettare di essere incaricati di una missione. Giovanni Battista, il nostro capo spirituale, a cui il pontificato spettava per diritto d'eredità, abbandonò per sempre la città e si ritirò nel deserto,[468] cioè lasciò il pontificato per il monastero e la vita della città per una vita di solitudine. E il popolo usciva dalla città per recarsi da lui,[469] ma lui non entrava in città per andarlo a cercare. Tanta fu la sua grandezza che lo scambiarono per il Cristo anche se non poté correggere alcun vizio nelle città: come se egli fosse già steso su quel lettuccio da cui era pronto a rispondere all'amato che bussava alla porta:[470] « Ho già tolto la tunica, perché indossarla ancora? Ho lavato i miei piedi, perché devo sporcarli? ».

Quindi, chiunque avverta il bisogno della solitudine della pace monastica sia soddisfatto di possedere un lettuccio piuttosto che un letto,[471] perché, come dice la Verità,[472] « dal letto uno sarà preso, e l'altro lasciato ». Leggiamo poi che il lettuccio è quello della sposa, cioè dell'anima contemplativa strettamente congiunta a Cristo e legata a lui da un amore esclusivo.[473] Leggiamo anche che nessuno di quelli che sono entrati in quel lettuccio è stato abbandonato e lei stessa dice:[474] « Sul mio lettuccio, la notte, cercai l'amato del mio cuore ». Anzi, ella, non volendo alzarsi o temendo di alzarsi da questo lettuccio, dà all'amato che bussa la risposta che abbiamo riportato, perché fuori del suo lettuccio non vede che il sudiciume con cui teme di sporcarsi i piedi. Dina[475] ne uscì per vedere gli stranieri e si traviò. E, come fu predetto dal suo abate al monaco Malco,[476] che poi ne fece personalmente l'esperienza, la pecora che lascia l'ovile cade ben presto sotto i denti del lupo.

Evitiamo dunque di formare una comunità troppo numerosa i cui bisogni poi ci invitino, anzi ci costringano a uscire dal monastero e a fare il bene degli altri con nostro danno, come il piombo che si consuma nella fornace per dare l'argento.[477] Stiamo attenti piuttosto a non permettere alla fornace ardente delle tentazioni di consumare insieme il piombo e l'argento.

Si può obiettare che la Verità[478] ha detto:[479] « Chi verrà a me non sarà cacciato », ma neanche noi vogliamo che si caccino coloro che sono stati accolti, bensì che si prendano per coloro che dovranno essere accolti provvedimenti atti ad impedire che dopo averli ammessi al monastero, noi stessi siamo costretti ad andarcene per lasciare il posto a loro.

Infatti leggiamo che anche il Signore non scacciò nessuno di quelli che aveva accolto, ma respinse uno che gli si presentò[480] e anzi, poiché questi gli diceva:[481] « Maestro, ti seguirò dovunque andrai », egli gli rispose: « Le volpi hanno le tane, ecc. ».[482] Inoltre il Signore stesso ci esorta caldamente a calcolare prima bene le spese quando vogliamo fare qualcosa che comporta spese, e dice:[483] « Chi di voi, volendo costruire una torre, non calcola prima con calma quanto gli costerà e non si chiede se le sue sostanze basteranno per portarla a termine, per evitare che, non riuscendo a finirla dopo averne gettate le fondamenta, tutti quelli che la vedranno si facciano beffe di lui dicendo: "Quest'uomo ha incominciato a costruire, ma non ha potuto arrivare fino in fondo"? ».

In effetti è già tanto se uno riesce a salvare anche solo se stesso ed è rischioso pensare di provvedere a molti quando si è in grado solo di custodire se stessi. Nessuno, poi, è zelante nel custodire le anime se non è stato cauto nello sceglierle; e nessuno persevera in un impegno come colui che ha esitato e meditato a lungo all'atto di assumerlo. In questo, soprattutto, le donne devono essere molto lungimiranti, perché la loro debolezza, che è grande e ha bisogno soprattutto di tranquillità, non sempre è in grado di sostenere incombenze gravose.

Tutti riconoscono che la Sacra Scrittura[484] è lo specchio dell'anima, perché chiunque, nutrendosi della lettura di essa e mettendo a frutto i precetti che ne trae, può scoprire la bontà o la convenienza dei suoi costumi e, di conseguenza, aumentare la prima ed eliminare la seconda. Nel secondo libro dei *Moralia*, san Gregorio[485] sviluppa appunto questa immagine dello specchio, e dice:[486] « La Sacra Scrittura, messa davanti agli occhi dell'anima, è come uno specchio nel quale si riflette il nostro volto interiore. In esso possiamo vedere i nostri difetti e i nostri meriti, in esso possiamo giudicare quanti progressi facciamo e quanto siamo lontani dal migliorare ». Chi guarda la Scrittura senza capirla è come un cieco che tiene uno specchio[487] davanti agli occhi senza potervi vedere la sua immagine, cioè senza cercare gli insegnamenti che essa contiene e per trasmettere i quali è stata scritta. Uno stolto davanti alla Scrittura è come un asino davanti alla lira, è come un affamato che ha davanti il pane e non lo mangia: infatti, incapace com'è di penetrare da solo il significato della parola di Dio, e visto che nessuno lo aiuta con il suo insegnamento, ha davanti un cibo inutile, da cui non può trarre alcun giovamento.

Anche l'Apostolo, esortandoci tutti a studiare le Scritture, dice:[488] « Tutto ciò che è stato scritto è stato scritto per nostro ammaestramento, affinché potessimo avere speranza per mezzo della pazienza e della consolazione che derivano dalle Scritture ». E altrove:[489] « Siate colmi di Spirito Santo conversando tra di voi con Salmi, inni e cantici spirituali ». Infatti parla a se stesso o con se stesso chi capisce quello che dice e mette a frutto la comprensione delle sue parole. Lo stesso Apostolo, nella Lettera a Timoteo, dice:[490] « In attesa della mia venuta applicati alla lettura, all'esortazione e all'insegnamento ». E poi:[491] « Resta fedele alle cose che hai imparato e che ti sono state confidate, perché sai da chi le hai apprese; fin dall'infanzia hai conosciuto le Sacre Scritture che possono istruirti in vista della salvezza mediante la fede in Gesù Cristo. Ogni scrittura divinamente ispirata è utile per insegnare, per riprendere, per correggere, per educare alla giustizia, affinché l'uomo di Dio sia perfetto e preparato a ogni sorta di opere buone ». Egli inoltre, esortando i Corinzi alla comprensione della Scrittura per essere in grado di spiegare ciò che anche gli altri possono dire di essa, dice:[492] « Aspirate alla carità e ambite i doni spirituali, ma specialmente quello della profezia, perché chi parla una lingua non parla agli uomini ma a Dio... Chi poi profetizza edifica la Chiesa... Per questo chi parla una lingua, preghi per saperla interpretare. Io pregherò con lo spirito, ma anche con la mente... Canterò con lo spirito e anche con la mente. Altrimenti se dirai parole di benedizione con lo spirito chi terrà il posto del comune fedele? Come potrà rispondere *Amen* alla tua benedizione se non comprende quello che dici? Senza dubbio il tuo rendimento di grazie sarà bello, ma nessun altro ne resta edificato. Ringrazio Dio di avere, unico tra tutti voi, il dono delle lingue, ma in chiesa preferisco dire con la mia intelligenza cinque parole che servano a istruire gli altri, piuttosto che dirne diecimila che siano solo parole. Fratelli, non siate fanciulli nell'intelligenza, ma bimbi nella malizia e uomini maturi nel senno».

Parlare[493] una lingua è detto di chi pronuncia soltanto delle parole, senza spiegarne il significato. Invece profetizza o spiega chi, seguendo l'esempio dei profeti, detti appunto *veggenti*, cioè *intelligenti*,[494] capisce ciò che dice, così da poterne fornire la spiegazione. Prega o canta solo con la bocca chi articola delle parole emettendo il fiato, senza applicarvi l'intelligenza della mente. Infatti, quando la nostra bocca prega, quando cioè il soffio della nostra pronuncia si limita a formare delle parole senza che il cuore capisca ciò che dicono le labbra, la nostra mente non trae dalla preghiera il frutto che dovrebbe, non è stimolata ed elevata a Dio dalla comprensione delle parole. L'Apostolo, dunque, ci esorta a essere perfetti nel parlare, affinché non soltanto sappiamo pronunciare delle parole come fanno i più, ma ne comprendiamo il significato; in caso contrario, egli dice, preghiamo e cantiamo senza frutto. Anche san Benedetto è dello stesso parere:[495] « Nel cantare, la nostra disposizione sia tale che la nostra mente concordi con la nostra voce ». Identico è il precetto del Salmista:[496] « Cantate con intelligenza », così da unire alla pronuncia delle parole il sapore e il condimento dell'intelligenza e poter veramente dire con il Signore stesso:[497] « Quanto sono dolci le tue parole per il mio palato! ». Oppure ancora:[498] « L'uomo non si renderà gradito a Dio suonando la tibia », perché la tibia emette un suono che accarezza i sensi, non l'intelligenza della mente, per cui si dice che suonano bene la tibia ma non sono graditi a Dio coloro che si divertono a produrre suoni melodiosi senza che la loro intelligenza ne sia edificata. Ma in che modo, continua l'Apostolo,[499] quando in chiesa si loda il Signore, si potrà rispondere *Amen* se la formula della benedizione è incomprensibile e non si capisce neppure il valore di ciò che viene chiesto nelle preghiere? Così noi vediamo spesso che in chiesa molte persone semplici, incapaci di intendere il senso delle parole, sbagliano nel pregare e chiedono cose più nocive che utili. Per esempio, quando si dice: « Affinché passiamo attraverso i beni temporali in maniera che *non perdiamo* i beni eterni », alcuni, ingannati dall'affinità delle parole quasi simili, dicono: « Che *noi perdiamo* i beni eterni », oppure: « Che *non prendiamo* i beni eterni ». Anche l'Apostolo cerca di metterci in guardia da questo rischio, e dice: « Altrimenti, se dirai parole di benedizione con lo spirito», cioè se ti limiterai a pronunciare le parole della benedizione con il soffio della pronuncia senza chiarirne il significato alla mente dell'ascoltatore, «chi prenderà il posto del semplice fedele», cioè di coloro che assistono, il cui compito è quello di rispondere, e chi si incaricherà di rispondere se i fedeli non sono in grado di farlo e anzi non devono farlo? «E come dirà *Amen*», quando ignora se ciò comporti una maledizione o una benedizione? Infine, quelli che non comprendono la Scrittura come potranno tenere discorsi morali, esporre e interpretare la regola o correggere le interpretazioni errate?

Ci meraviglia dunque non poco il fatto che, certamente per ispirazione del demonio, nei monasteri non si compiano studi per penetrare la Scrittura e si insegni soltanto il canto e la pronuncia delle parole, ma non il modo di capire il senso delle parole, come se per le pecore belare fosse più utile che pascolare. In realtà la divina comprensione della Scrittura è cibo e nutrimento spirituale per l'anima. Il Signore stesso, prima di destinare Ezechiele[500] alla predicazione, lo nutre con un libro che subito diventa miele sulla sua bocca.[501] E sempre a proposito di questo cibo, in Geremia si legge:[502] «I piccoli chiesero del pane e non vi era chi lo spezzasse»: e sappiamo che spezza il pane ai piccoli chi spiega ai semplici il significato della lettera, e i piccoli che chiedono di spezzar loro il pane sono quelli che vogliono nutrire la loro anima con l'intelligenza della Scrittura, come dice il Signore in un altro passo:[503] «Manderò sulla terra una fame, ma non fame di pane o sete di acqua, ma fame di ascoltare la parola del Signore».

Così l'antico avversario,[504] per ottenere il risultato opposto, ha mandato nei chiostri dei monasteri la fame e la sete di ascoltare le parole degli uomini e le voci del mondo, affinché, occupati in vaniloquio, rifiutiamo tanto più la parola divina quanto più ci appare insipida, poiché le mancano la dolcezza e il condimento dell'intelligenza. Anche il Salmista, come abbiamo ricordato,[505] dice:[506] «Quanto sono dolci le tue parole per il mio palato! Sono più dolci del miele per la mia bocca!», e subito spiega in che cosa consiste questa dolcezza, dicendo:[507] «Dai tuoi precetti ho capito», cioè: ho ricevuto l'intelligenza più dai tuoi precetti che da quelli degli uomini, perché essi mi hanno istruito e illuminato; e non tralascia neppure di mostrare l'utilità di questa intelligenza, aggiungendo:[508] «Perciò detesto tutte le vie di iniquità». Molte vie di iniquità, infatti, sono così evidenti che facilmente tutti le odiano e le disprezzano, ma solo mediante la parola divina noi possiamo conoscerle tutte ed evitarle. Per questo il Salmista dice anche:[509] «Ho nascosto nel mio cuore le tue parole per non peccarc contro di te»: e queste parole sono più nascoste nel cuore che pronunciate dalla bocca, quando la nostra meditazione ne fissa l'intelligenza. E quanto meno ci applichiamo a questa intelligenza, tanto meno possiamo conoscere ed evitare queste vie di iniquità e preservarci dal peccato.

D'altra parte, una simile forma di negligenza è molto più riprovevole nei monaci che aspirano alla perfezione, in quanto più facile sarebbe per loro coltivare la propria cultura, dal momento che hanno a disposizione una gran quantità di libri sacri e possono dedicarsi allo studio in tutta tranquillità. Così, nelle *Vite dei Padri*, quel vegliardo biasima giustamente coloro che si vantano di possedere molti libri, ma non pensano a leggerli:[510] « I profeti », dice, « hanno scritto i libri, poi sono venuti i nostri Padri e hanno lavorato molto su di essi, i loro successori li hanno imparati a memoria ed ecco che è venuta la nostra generazione che li ha trascritti su carte e pelli ma li ha lasciati riposare negli scaffali ».

Anche l'abate Palladio, esortandoci vivamente ad apprendere e a insegnare, dice:[511] « Un'anima che vive secondo la volontà di Cristo deve imparare fedelmente ciò che ignora o insegnare chiaramente ciò che ha imparato ». Se poi, pur potendolo, non vuole fare né l'una né l'altra cosa, vuol dire che è invasa da pazzia.

Il primo passo che si compie quando si comincia ad allontanarsi da Dio è il fastidio per la sua dottrina: e come può l'anima amare Dio quando non desidera ciò di cui ha urgente bisogno? Perciò, anche sant'Atanasio[512] nella sua esortazione ai monaci raccomanda tanto lo studio e la lettura da consigliare di interrompere anche la preghiera per dedicarvisi: « Vi traccerò la via da seguire. In primo luogo si osservi la pratica scrupolosa dell'astinenza e il rispetto del digiuno, l'assiduità nella preghiera e nella lettura e, se qualcuno è ancora privo di cultura letteraria, coltivi il desiderio di ascoltare, dettato dal bisogno di imparare. Questi sono, per così dire, i trastulli di coloro che sono ancora dei lattanti in quello che riguarda la conoscenza di Dio ». E poi, dopo aver prescritto: « Bisogna pregare con ardore così incessante da lasciare soltanto un momento di intervallo tra una preghiera e l'altra », aggiunge: « Se è possibile, soltanto l'intervallo dedicato alla lettura interrompa le preghiere ». Né l'apostolo Pietro avrebbe potuto dire diversamente:[513] « Siate sempre pronti a rendere ragione della parola della vostra fede e della vostra speranza a chi ve la chiede ». E l'apostolo Paolo:[514] « Non cessiamo di pregare per voi affinché siate colmi della conoscenza di Dio con perfetta sapienza e intelligenza spirituale ». E ancora:[515] « La parola di Cristo abiti in voi abbondantemente con perfetta sapienza ».

Allo stesso modo, nell'Antico Testamento la parola divina raccomanda agli uomini la cura dell'istruzione sacra. Infatti Davide dice:[516] « Beato l'uomo che non si è lasciato trascinare nel concilio degli empi e che non si è soffermato nella via dei peccatori e non si è seduto sulla cattedra dell'empietà, ma la cui volontà sta nella legge del Signore ». E a Giosuè, figlio di Nun, Dio dice:[517] « Questo libro non uscirà dalle tue mani e lo mediterai giorno e notte ».

In mezzo a queste occupazioni si insinua spesso il tarlo dei cattivi pensieri, e benché il nostro zelo basti a tener l'animo rivolto verso Dio, tuttavia l'interesse onnipresente per le cose del mondo attira e turba tutti. E se spesso è esposto alle tentazioni chi si dedica con zelo agli impegni religiosi, non riuscirà certo a evitarle chi è abituato all'ozio.

San Gregorio papa,[518] nel diciannovesimo libro dei *Moralia*, dice in proposito:[519] « Noi ci lamentiamo che sia già iniziata l'epoca in cui vediamo molti membri della Chiesa che non vogliono fare ciò che comprendono o che si rifiutano perfino di capire e conoscere la parola sacra. Non ascoltano la verità per rivolgere l'orecchio a delle favole e intanto " tutti fanno i loro interessi, non quelli di Gesù Cristo ".[520] Gli scritti di Dio si possono trovare ovunque e leggere, ma gli uomini si rifiutano di studiarli. Quasi nessuno chiede di sapere ciò in cui crede ».

Eppure, a far questo i monaci sono esortati caldamente anche dalla *Regola* che hanno fatto voto di rispettare e dagli esempi dei santi Padri. San Benedetto, infatti, non dà alcun precetto in merito all'insegnamento o allo studio del canto, mentre ne dà molti sulla lettura,[521] distinguendo accuratamente i momenti riservati a essa da quelli riservati al lavoro e provvede così bene all'insegnamento del dettare[522] e dello scrivere da includere le tavolette e lo stilo tra gli oggetti che i monaci hanno diritto a ricevere dall'abate.[523] Tra l'altro egli prescrive che tutti i monaci all'inizio della Quaresima ricevano ognuno un libro dalla biblioteca e lo leggano di seguito e per intero:[524] ma che cosa c'è di più ridicolo che dedicarsi alla lettura senza capire ciò che si legge? È noto il proverbio del Saggio: « Leggere e non capire è perder tempo ». E a un simile lettore si può applicare a ragione il detto del filosofo: « Come un asino alla lira »,[525] perché è come un asino davanti alla lira il lettore che tiene in mano un libro, ma non è in grado di tradurne in pratica gli insegnamenti. Sarebbe molto meglio che questi lettori rivolgessero la loro attenzione a qualcosa di utile, piuttosto che perdere il tempo a guardar le lettere e a voltar le pagine! In costoro possiamo vedere chiaramente realizzato quello che dice Isaia:[526] « Ogni visione sarà per voi come le parole di un libro sigillato. Se tale libro è dato a uno che sa leggere, e gli dicono: "Leggilo", questi risponderà: "Non posso perché è sigillato". Se lo daranno a uno che non sa leggere e gli dicono: "Leggilo", questi risponderà: "Non so leggere". E il Signore ha detto: "Questo popolo mi si accosta con la sua bocca e mi glorifica con le sue labbra, ma il suo cuore è tanto lontano da me e mi ha temuto perché gli uomini glielo hanno ordinato e glielo hanno insegnato. Ecco dunque che io continuerò a stupire questo popolo con prodigi grandi e meravigliosi. Perirà la sapienza dei suoi sapienti e l'intelligenza dei suoi savi si oscurerà" ».

Si dice[527] che nei monasteri conoscono le lettere quelli che le sanno pronunciare. Essi però, per quanto riguarda la comprensione, ammettono di ignorare la legge, e il libro che viene loro affidato è per loro un libro sigillato, come per coloro che chiamano illetterati. Sono queste le persone che il Signore accusa di accostarsi a lui con la bocca e con le labbra più che con il cuore, perché non sono affatto in grado di comprendere le parole che, bene o male, sanno pronunciare. Essi sono estranei alla scienza della parola divina, e con la loro pedissequa ubbidienza seguono il costume degli uomini più che l'utilità della Scrittura. Per questo il Signore minaccia di accecare anche quelli che tra loro sono detti sapienti e siedono come dottori.

San Gerolamo, sommo dottore della Chiesa e onore della vita monastica, ci esorta all'amore per le lettere dicendo:[528] « Ama la scienza delle lettere e non amerai i vizi della carne », e se vogliamo sapere quanta fatica gli sia costato il loro apprendimento, possiamo leggere le sue stesse testimonianze. Così, tra le altre considerazioni che egli fa in merito ai propri studi, evidentemente per istruirci con il suo esempio, in un passo della lettera a Pammachio e a Oceano dice:[529] « Quando ero giovane, ardevo di un mirabile desiderio di imparare. E non mi istruii da solo, come fanno certi presuntuosi, ma ad Antiochia ascoltai spesso le lezioni di Apollinare,[530] e lo frequentai perché mi insegnasse la scienza delle Sacre Scritture... Il mio capo era già sparso di capelli bianchi e si addiceva più a un maestro che a un discepolo, quando andai ad Alessandria e seguii le lezioni di Didimo[531] per il quale conservo molta gratitudine perché mi insegnò ciò che non sapevo. A questo punto gli uomini credevano che io avessi finito di imparare, ma io tornai a Gerusalemme e a Betlemme dove – so io con quale fatica – ascoltai l'ebreo Barannia, che teneva lezioni di notte perché aveva paura dei Giudei e mi sembrava quasi un secondo Nicodemo ».[532] Certo san Gerolamo ricordava molto bene ciò che aveva letto nell'Ecclesiastico:[533] « Figlio, incomincia a istruirti quando sei giovane e troverai la sapienza fino a quando avrai i capelli bianchi ». Istruito non soltanto dalle parole della Scrittura ma anche dagli esempi dei santi Padri, egli, tra gli elogi che fa a quell'eccellente monastero,[534] aggiunge anche questo a proposito dello studio particolare che vi si faceva delle Sacre Scritture: «Non abbiamo mai visto tanta applicazione alla meditazione, alla comprensione e alla scienza della Sacra Scrittura: li si sarebbe potuti scambiare per altrettanti oratori intenti a spiegare la divina sapienza».

Anche Beda,[535] che era entrato in monastero da bambino, dice nella *Storia degli Angli*:[536] «Da quel giorno passai tutta la mia vita nello stesso monastero e mi dedicai esclusivamente alla meditazione della Scrittura e negli intervalli di tempo che mi lasciava l'osservanza severa della regola e l'impegno quotidiano di cantare in chiesa mi piacque sempre insegnare e scrivere». Oggi, invece, coloro che vengono educati nei monasteri perseverano in un'ignoranza tale che, paghi del suono delle parole, non si danno alcun pensiero di comprenderle e non badano ad ammaestrare il cuore, ma la lingua. Chiaramente a loro condanna suona il noto proverbio di Salomone:[537] «Il cuore del sapiente chiede la scienza e la bocca dell'insensato si pascerà di ignoranza», quando si compiace di pronunciare parole che non capisce. Costoro evidentemente non possono amare Dio e infiammarsi per lui, perché sono troppo lontani dal capire il significato della Scrittura che ci insegna a conoscerlo.

Noi crediamo che nei monasteri si sia giunti a questa situazione per due motivi ben precisi: o per l'invidia dei laici, cioè dei conversi, e degli stessi superiori, o per l'abitudine al vaniloquio che, come conseguenza di una vita oziosa, oggi è molto diffuso entro le mura dei monasteri. Questi monaci, nel loro desiderio di legarci con loro alle cose della terra più che a quelle del cielo, sono simili agli stranieri[538] che seguivano Isacco quando scavava i pozzi e si affannavano a riempirli di terra impedendogli di attingere l'acqua.[539] A una situazione del genere allude san Gregorio[540] nel sedicesimo libro dei *Moralia*, quando dice:[541] « Spesso, quando ci dedichiamo allo studio della parola sacra, dobbiamo lottare contro le insidie degli spiriti maligni che offuscano la nostra mente con la polvere dei pensieri terreni per distrarre gli occhi della nostra attenzione dalla luce della visione interiore. E qualcosa di simile aveva sperimentato anche troppo bene il Salmista, che appunto dice:[542] "Allontanatevi da me, maligni, e scruterò i comandamenti del mio Dio", facendo chiaramente capire che non poteva scrutare i comandamenti di Dio se la sua mente doveva sopportare le insidie degli spiriti maligni. Una situazione analoga è, come si è visto, anche quella in cui si trova Isacco; in essa gli spiriti maligni sono simboleggiati dalla malvagità degli stranieri che riempivano di terra i pozzi che Isacco scavava.[543]

« Noi, quando penetriamo in profondità nei significati riposti della Sacra Scrittura, scaviamo senza dubbio pozzi di questa specie, ma gli stranieri ce li riempiono di nascosto quando gli spiriti del male ci suggeriscono pensieri terreni mentre siamo immersi in meditazioni profonde, privandoci, per così dire, dell'acqua della scienza divina che abbiamo scoperto. E perché nessuno riesca a trionfare con la sua virtù contro questi nemici, è spiegato per bocca di Elifaz:[544] "L'onnipotente ti difenderà contro i tuoi nemici e per te ammasserà tesori"; vale a dire: mentre il Signore con il suo potere allontanerà da te gli spiriti maligni, il tesoro della parola divina aumenterà in te». Egli aveva letto, se non sbaglio, le *Omelie* sul Genesi del grande filosofo cristiano Origene[545] e aveva attinto dai pozzi della sua dottrina ciò che ora dice riguardo a quei pozzi d'acqua. Infatti, quest'indefesso scavatore di pozzi spirituali non solo ci invita a bere la loro acqua, ma ci esorta caldamente a scavarne anche noi dicendo, nel corso della già ricordata dodicesima omelia:[546] «Tentiamo di mettere in pratica il precetto della sapienza:[547] "Bevi l'acqua delle tue fonti e dei tuoi pozzi. E cercati una fonte che sia tutta per te". Cerca dunque anche tu, ascoltatore, di avere il tuo pozzo e la tua fonte affinché anche tu possa prendere il libro della Scrittura e incominciare a capirne da solo il significato e, conformemente alle istruzioni che la Chiesa ti ha dato, tenta anche tu di bere alla fonte del tuo ingegno. Dentro di te c'è una fonte d'acqua viva, vi sono sorgenti inesauribili e abbondanti correnti d'intelligenza, purché non siano colme di terra e di sterpi. Ma mettiti a scavare la tua terra e a purificare ciò che vi è di marcio nell'ingegno, a eliminare la pigrizia e a scuotere il torpore del cuore. Ascolta ciò che, infatti, dice la Scrittura:[548] "Pungi un occhio e otterrai una lacrima; pungi il cuore e otterrai l'intelligenza". Purifica dunque anche tu il tuo ingegno, affinché un giorno tu possa bere dalle tue fonti e attingere dai tuoi pozzi l'acqua viva. Se infatti hai accolto in te la parola di Dio, se hai ricevuto da Gesù e conservato fedelmente l'acqua viva, vi sarà in te una fonte di acqua che zampilla nella vita eterna ».

Nell'omelia successiva egli parla ancora dei pozzi di Isacco, già ricordati:[549] « I pozzi che i Filistei[550] avevano riempito di terra significano certamente le anime riempite da coloro che chiudono la porta all'intelligenza delle cose spirituali così da non potervi bere loro stessi e da non lasciar bere gli altri. Ma ascolta le parole del Signore:[551] "Guai a voi, Scribi e Farisei, perché avete perso la chiave della scienza; non siete entrati voi e avete impedito di entrare a quelli che volevano farlo "... Ma noi non dobbiamo smettere di scavare pozzi di acqua viva approfondendo quelli antichi e aprendone di nuovi, per renderci simili allo scriba di cui il Signore nel Vangelo ha detto:[552] "Trae dal suo tesoro cose nuove e vecchie"... Prendiamo dunque esempio da Isacco e scaviamo con lui pozzi di acqua viva; anche se i Filistei si oppongono e ci intralciano con la violenza, noi tuttavia continuiamo a scavare con lui affinché si possa dire anche a noi:[553] " Bevi l'acqua delle tue fonti e dei tuoi pozzi ". Scaviamo fino a quando l'acqua non sgorghi abbondante dai nostri pozzi, cosicché la scienza della Scrittura non giovi soltanto a noi, ma serva anche per istruire gli altri e insegnar loro a bere. Bevano gli uomini e gli animali, perché anche il Profeta dice:[554] "Signore, salverai gli uomini e gli animali da soma"... Il Filisteo conosce le cose della terra, ma non sa trovare l'acqua su tutta la terra, non sa trovare la ragione delle cose ».

A che ti serve avere l'istruzione e non saperla usare? E avere la parola, ma non saper parlare? Questo vuol dire essere simili ai figli di Isacco che in ogni terra scavavano pozzi di acqua viva. Voi però non dovete comportarvi così, ma, evitando rigorosamente le parole inutili, quelle tra voi che hanno ottenuto la grazia di imparare cerchino di istruirsi sulle cose di Dio, come è scritto a proposito dell'uomo felice:[555] « Nella legge del Signore è la sua volontà, e mediterà giorno e notte sulla sua legge ». Per dimostrare l'utilità di questo assiduo studio della legge divina, più avanti si aggiunge:[556] « E sarà come un albero che è stato piantato presso un corso d'acqua », mentre invece ciò che non è bagnato dalla corrente della parola divina è come un albero secco e infecondo.

A questo proposito la Scrittura dice:[557] « Dal ventre di chi crede in me scaturiranno correnti di acqua viva », cioè quei fiumi di cui parla la sposa del Cantico tessendo la lode dello sposo:[558] « I suoi occhi sono come colombe sul bordo dei ruscelli, che si sono bagnate nel latte e si posano presso fiumi ricchi d'acqua ». Anche voi, bagnandovi nel latte, cioè splendendo del candore della castità, posatevi come le colombe presso i fiumi, affinché attingendovi la sapienza possiate non solo imparare, ma anche insegnare e indicare agli altri la via che il loro sguardo deve fissare; non solo vedere voi lo sposo, ma anche saperlo descrivere agli altri.

Noi sappiamo che di questa unica sposa,[559] la quale meritò di intendere lo sposo con l'orecchio del cuore, è stato scritto:[560] « Maria custodiva tutte queste parole e le meditava nel suo cuore ».

La madre dell'Altissimo Verbo, dunque, teneva le parole di lui nel cuore più che sulla bocca, le riponeva con cura meditandole attentamente e confrontandole tra loro, certo per studiarne la perfetta armonia. Sapeva che secondo il mistero della legge ogni animale è impuro tranne quello che rumina e ha lo zoccolo bifido.[561] Infatti non c'è nessun'anima pura se non quella che rumina i precetti divini rivolgendo la sua meditazione a ciò che può comprendere e impegna la sua intelligenza per eseguire quegli stessi precetti in modo da fare non soltanto il bene, ma da farlo bene, cioè con onestà di propositi. La divisione dell'unghia del piede, invece, è il discernimento dello spirito, a proposito del quale è scritto:[562] « Se offri giustamente, ma non dividi giustamente, hai commesso peccato ». E la Verità[563] dice:[564] « Chi mi ama osserverà la mia parola ».

Ma chi potrà osservare con l'ubbidienza i precetti del Signore se non li avrà prima compresi? Nessuno sarà zelante nell'eseguirli se non è stato attento nell'apprenderli, come si legge di quella donna fortunata[565] che, trascurando tutto il resto, si era seduta ai piedi del Signore e ascoltava la sua parola, certo con l'orecchio disposto a quella comprensione che lui stesso richiede quando dice:[566] « Chi ha orecchi per intendere, intenda ».

E se non potete infiammarvi con il fervore di tanta devozione, almeno cercate di imitare con l'amore e lo studio delle lettere sacre le fortunate alunne di san Gerolamo, Paola[567] ed Eustochio,[568] su richiesta delle quali, soprattutto, quel dottore ha illuminato la Chiesa con tanti scritti.[569]

[570]

. . . .

---

[1] Nella Lettera VII in cui, come si è visto, Abelardo ha tracciato per Eloisa la storia del monachesimo femminile.

[2] Zeusi, il famoso pittore greco originario di Eraclea, attivo tra la fine del secolo V e l'inizio del IV. Gli antichi sono concordi nel riconoscere in lui uno dei più grandi maestri, anche se le fonti sul suo conto non ci permettono di capire in che cosa consistesse la sua originalità artistica.

[3] Cicerone, *De inventione*, II, 1: nel Medioevo i due libri *De inventione* erano noti con il titolo di *Rhetorica vetus*.

[4] Crotone, oggi in provincia di Catanzaro, sulla costa ionica, fu una delle più ricche e fiorenti colonie greche d'Italia, sede di Pitagora e della sua scuola filosofica.

[5] Sempre Cicerone, le cui opere filosofiche, *riscoperte* dai Padri della Chiesa, furono molto apprezzate nel Medioevo.

[6] La monaca, *sponsa Christi*.

[7] Abelardo, prima di tracciare le linee della sua Regola per le monache del Paracleto, espone i criteri cui si atterrà.

[8] Cfr. *Matth.* XXV, 1 ss.: si tratta della parabola delle dieci vergini, cinque stolte e cinque prudenti, che andarono incontro allo sposo.

[9] *Luc.* XII, 35: *sint lumbi vestri praecincti:* il passo, che in Luca allude alla necessità di essere sempre pronti a operare (nei paesi orientali, prima di mettersi al lavoro o in viaggio, gli uomini si legavano con la cintura ai fianchi l'ampia veste), è interpretato da Abelardo come un invito a praticare la castità.

[10] *Luc.* XIV, 33: *sic ergo omnis ex vobis, qui non renuntiat omnibus quae possidet, non potest meus esse discipulus.*

[11] *Matth.* XII, 36: *dico autem vobis quoniam omne verbum otiosum, quod locuti fuerint homines, reddent rationem de eo in die iudicii.*

[12] *I Corinth.* VII, 34.

[13] *V.* nota 8.

[14] *Matth.* XXV, 11-12.

[15] Cfr. *Matth.* XIX, 27: « Abbiamo abbandonato tutto e ti abbiamo seguito ».

[16] *Luc.* X, 16.

[17] *Matth.* XXIII, 3.

[18] *Luc.* XIV, 33. *V.* nota 10.

[19] *Ib.* 26.

[20] *Ib.* IX, 23.

[21] Gesù figlio di Sirac, al quale è attribuito il libro sapienziale dell'Ecclesiastico, il cui titolo nell'originale ebraico suona appunto: « Sapienza di Gesù figlio di Sirac ».

[22] *Eccli.* XVIII, 30-31.

[23] *Act. Apost.* IV, 32. La comunità cui si allude è quella dei primi cristiani di Gerusalemme.

[24] Agostino, *Retractationes,* I, 1 (P.L. 32, coll. 583-584).
[25] *Prov.* X, 19. Salomone è considerato l'autore della maggior parte delle parabole, delle sentenze e delle massime raccolte nel libro dei Proverbi.
[26] *V.* Lettera VI, nota 3.
[27] *Regula Sancti Benedicti,* XLII, 1.
[28] *Jac.* III, 2.
[29] *Ib.* 7-8. Abelardo sottintende il resto del versetto, che dice: « ... ma la lingua nessuno è capace di domarla ».
[30] *Ib.* 5.
[31] *Ib.* 6.
[32] *Ib.* 8.
[33] *Ib.* I, 26.
[34] *Prov.* XXV, 28.
[35] *Vitae Patrum,* V, 4, 1 (P.L. 73, col. 864).
[36] *Jac.* III, 8.
[37] Paolo, l'Apostolo per eccellenza.
[38] *I Timoth.* II, 11-12.
[39] *Ib.* V, 13.
[40] L'ultima delle Ore canoniche con la quale si chiude la giornata liturgica e anche la parte dell'ufficio divino che i sacerdoti dicono alla fine del giorno (*completa sc. dies,* donde « compieta »), prima del riposo notturno. Riguardo al divieto assoluto di parlare dopo Compieta, si veda anche *Regula Sancti Benedicti,* XLII.
[41] *V.* Lettera VI, nota 18.
[42] Non Gregorio, *Moralia,* VIII, 17, ma: VII, 37 (P.L. 75, col. 800).
[43] *Prov.* XVII, 14.
[44] *Ib.* XVIII, 4: il passo completo suona: « Come acqua profonda sono le parole che escono dalla bocca del saggio ».
[45] *Ib.* XXVI, 10.
[46] *Vitae Patrum,* V, 4, 27 (P.L. 73, col. 868).
[47] Cfr. *Jac.* III, 2.
[48] *Is.* XXXII, 17.
[49] *Vitae Patrum,* V, 4, 7 (P.L. 73, col. 865).
[50] *V.* Lettera I, note 74 e 75.
[51] Gerolamo, *Epist. CXXV ad Rusticum monachum,* 7.
[52] Giovanni Battista condusse una vita di penitenza con i suoi discepoli.
[53] Paolo di Tebe d'Egitto, nato verso il 230, si sarebbe ritirato dal mondo verso il 250 e sarebbe morto verso il 340. Gli unici dati relativi alla sua vita a noi noti sono quelli contenuti nella *Vita sancti Pauli* di san Gerolamo (P.L. 13, coll. 17 ss.), in cui però prevale l'elemento romanzesco. La tradizione agiografica lo dipinge come il primo eremita cristiano.
[54] Sant'Antonio abate, nato in Egitto verso la metà del secolo III e morto più che centenario verso il 356, condusse vita eremitica nel deserto: fu una delle più grandi figure dell'ascetismo cristiano primitivo.
[55] Macario l'Egiziano o il Grande fu uno dei massimi rappresentanti del movimento monastico egiziano del secolo IV. Sotto il suo nome ci sono state tramandate molte opere di carattere ascetico (P.G. 34).
[56] Cfr. *Matth.* IV, 1 ss.
[57] Cfr. *ib.* XIV, 15 ss.
[58] Cfr. *ib.* 23.
[59] Ad esempio quando si apparta nell'orto del Gethsemani: cfr. *Matth.* XVI, 36 ss.
[60] Cfr. *Matth.* XVII, 1 ss.
[61] Cfr. *ib.* XXVIII, 16.
[62] Cfr. *Luc.* XIV, 50.
[63] Abelardo stesso chiarirà più avanti che l'onagro o asino selvatico

(originario della Persia, con la testa larga e tozza, orecchie lunghe, criniera folta e coda a fiocco) è figura del monaco.

[64] *Job,* XXXIX, 5 ss.

[65] Per azione dei venti provenienti dal mare, molti deserti in Oriente si coprono di una crosta di sale.

[66] Gerolamo, *Epist. XIV ad Heliodorum,* 6.

[67] Monaco, dal greco μοναχός, vale appunto « solitario ».

[68] Il destinatario della lettera in questione è, più precisamente, Paolino da Nola.

[69] Gerolamo, *Epist. LVIII ad Paulinum presbyterum,* 6.

[70] *V.* nota 53.

[71] *V.* nota 54.

[72] Ilarione, nato in Palestina all'inizio del secolo IV, divenne ben presto cristiano e a soli quindici anni andò a vivere nel deserto con sant'Antonio in Egitto; tornato in Palestina, condusse vita eremitica prima presso Gaza, poi di nuovo in Egitto, poi in Libia, in Sicilia, in Dalmazia e infine a Cipro, dove morì nel 731. San Gerolamo, che ne scrisse la *Vita* in termini altamente celebrativi (P.L. 23, coll. 29-54), lo presenta come l'istitutore dell'anacoretismo in Palestina.

[73] *V.* nota 55.

[74] Elia fu uno dei più grandi Profeti d'Israele: cfr. *III Reg.* XVII-XIX, XXI e *IV Reg.* II, 1-18.

[75] Eliseo, unto da Elia verso la metà del secolo IX, fu pure uno dei maggiori Profeti: cfr. *III Reg.* XIX, 16 e *IV Reg.* II-V.

[76] *V.* nota 50.

[77] I figli di Rechab, della tribù dei Keniti (*I Par.* II, 55) o Rechabiti, erano un gruppo di nomadi che si erano convertiti al monoteismo ebraico, seguendo però pratiche ascetiche particolari come l'astinenza dal vino. Geremia (XXXV, 1 ss.) cita i Rechabiti come esempio al popolo di Israele per la costanza e per la fedeltà con cui osservano determinati precetti.

[78] *Jerem.* XXXV, 1 ss.

[79] *Vitae Patrum,* V, 2, 5 (P.L. 73, col. 858).

[80] *Ib.* V, 8, 18 (col. 908b).

[81] *Ib.* VII, 12, 7 (col. 1035c-d).

[82] *Ib.* V, 8, 10 (col. 904).

[83] Cfr. *ib.* 13 (coll. 907-908).

[84] *V.* Lettera XIV, nota 22.

[85] Sulpicio Severo, nato nell'Aquitania intorno al 360 e morto in una comunità monastica verso il 420, ci lascia una *Vita di san Martino,* scritta ancora prima della morte del santo di Tours e tutta piena di entusiastica ammirazione per la sua virtù. Tra le altre sue opere si ricordano le *Epistole,* i *Dialoghi* e la *Cronaca.* Per il passo citato cfr. Gerolamo, *Epist.* LXIX (P.L. 22, coll. 653 ss.).

[86] *Cant.* V, 3.

[87] Il diavolo (*Matth.* IV, 3).

[88] *Vitae Patrum,* V, 2, 2 (P.L. 73, col. 858).

[89] Gerolamo, *Epist. XIV ad Heliodorum,* 10.

[90] *Regula Sancti Benedicti,* LXVI. Abelardo parafrasa qui, adattandola alle monache, la *Regula* di san Benedetto.

[91] L'arca di Noè (se ne veda la descrizione in *Gen.* VI, 14-16), che i santi Padri consideravano immagine della Chiesa che si salva sopra le acque del giudizio.

[92] *Prov.* XXVIII, 2.

[93] Dopo la morte di Alessandro Magno, avvenuta nel 323 a.C., il suo immenso impero fu diviso a più riprese tra i suoi generali, i cosiddetti Diadochi.

[94] Come dimostra la successiva citazione di Lucano, Abelardo allude alla divisione del potere di Roma da parte di Cesare, Pompeo e Crasso in occasione del primo triumvirato.

[95] *V.* Lettera IV, nota 9.
[96] Lucano, *Pharsal.* I, 84-86.
[97] *Ib.* 89-93.
[98] *Vitae Patrum, Vita Sancti Frontonii*, I, 2 (P.L. 73, col. 439).
[99] *Exod.* XVI, 3 ss.
[100] *Jac.* III, 1.
[101] Gerolamo, *Epist. CXXV ad Rusticum monachum*, 15.
[102] Romolo uccise Remo e restò l'unico re della città appena fondata.
[103] Cfr. *Gen.* XXVII, 22: secondo il racconto biblico, Esaù e Giacobbe, figli di Isacco e di Rebecca, cominciarono a litigare tra loro nel ventre della madre.
[104] *Job*, VII, 1.
[105] *Cant.* VI, 3.
[106] Le donne che, come spiegherà Abelardo stesso, vivono nel monastero ma non hanno emesso i voti solenni.
[107] *V.* nota 105.
[108] *V.* Lettera VII, pp. 302 s.
[109] *I Timoth.* V, 9-11.
[110] *Ib.* III, 11.
[111] *Eccles.* X, 16.
[112] *Job*, XII, 12.
[113] *Prov.* XVI, 31.
[114] *Eccli.* XXV, 6-8.
[115] *Ib.* XXXII, 4.
[116] Presbitero, dal greco πρεσβύτερος, vale appunto « più anziano, vecchio ».
[117] Nel testo: *senes.*
[118] *V.* note 109 e 110.
[119] *Act. Apost.* I, 1.
[120] Cfr. *Vitae Patrum*, V, 10, 75 (P.L. 73, col. 925).
[121] *Vitae Patrum, Vita beati Antonii*, I, 45 (P.L. 73, col. 158).
[122] *I Corinth.* I, 20.
[123] *Ib.* 27-29. Il testo del Cousin (cit., p. 166) presenta una lezione diversa, evidentemente errata, del passo paolino, che non pare attribuibile ad Abelardo, sempre preciso nel citare le Sacre Scritture.
[124] Abelardo allude qui alla polemica, cui già ha fatto cenno, tra Pietro e Paolo, in occasione della quale Paolo si oppose decisamente anche se rispettosamente a Pietro, criticandone il comportamento (*Galat.* II, 11 ss.; Lettera VI, nota 83).
[125] *Regula Sancti Benedicti*, III, 7.
[126] *Matth.* XIII, 57.
[127] Gerolamo, *Epist. XIV ad Heliodorum*, 7.
[128] *Psalm.* CXVIII, 43.
[129] *Ib.* XLIX, 16-17.
[130] *I Corinth.* IX, 27.
[131] *Luc.* IV, 23. Le parole sono in bocca a Gesù.
[132] *Matth.* V, 19.
[133] Cioè il libro della Sapienza, uno degli scritti sapienziali della Bibbia.
[134] *Sap.* VI, 4 ss.
[135] *Prov.* VI, 1 ss.
[136] *I Petri*, V, 8.
[137] Gerolamo, *Epist. CXLVII ad Sabinianum*, 10. *V.* anche Lettera I, nota 57.
[138] *Eccli.* VII, 26.
[139] *Ib.* XLII, 9.
[140] *Jerem.* IX, 20.
[141] *Matth.* X, 28.
[142] *Sap.* I, 11.

[143] Abacuc è l'ottavo dei Profeti minori e uno dei maggiori poeti ebraici, come dimostra la sua *profezia.*
[144] *Habac.* I, 16.
[145] *I Petri,* V, 8.
[146] *Job,* XL, 18.
[147] *Ib.* I, 18-19.
[148] Eva, la prima donna.
[149] L'elezione a diaconessa sarà per la donna come un vero e proprio banco di prova: una volta chiamata ad assumere una carica così elevata, dimostrerà con il suo stesso comportamento se è degna della carica stessa oppure se era soltanto una donna superba e orgogliosa.
[150] *Joan.* X, 8.
[151] La citazione non è reperibile.
[152] *Hebr.* V, 4. Aronne, fratello maggiore di Mosè, fu consacrato sacerdote insieme con i suoi figli (*Exod.* XXIX, 9).
[153] O più esattamente *Moralia in Job,* la vasta opera esegetica che Gregorio Magno (Lettera VI, nota 18) compose con l'intento di « illustrare il libro di Giobbe nel triplice senso, storico, tipologico e morale » (Pellegrino cit., p. 163).
[154] Gregorio, *Moralia,* XXIV, 25 (P.L. 76, col. 318).
[155] *Prov.* XVIII, 17.
[156] *Ib.* XVII, 18.
[157] *Regula Sancti Benedicti,* LVI.
[158] Eloisa ha sviluppato l'argomento nella Lettera VI (pp. 239 ss.).
[159] Marco Porcio Catone, uccisosi a Utica nel 46 a.C., strenuo difensore delle libertà repubblicane contro Cesare.
[160] Cfr. Lucano, *Pharsal.* IX, 498 ss.:

> « Non appena il gran caldo ebbe dilatato l'aria addensata dal vento
> e il giorno cominciò ad avvampare, i corpi si bagnarono di sudore,
> le bocche bruciarono di sete; lontano si scorse una magra
> polla d'acqua: un soldato a fatica la raccoglie tra la polvere
> nel cavo del suo largo elmo e la porge al generale.
> Tutti avevano la gola riarsa dalla sete e il generale con in mano
> quelle poche gocce suscitava l'invidia ostile di tutti. Ma disse:
> " Tu pensi dunque che io sia l'unico vigliacco tra tanti soldati?
> Ti sembra che io sia così infiacchito da non poter sopportare
> questi primi caldi? Sei tu piuttosto, che meriti l'onta di bere
> quando tutti hanno sete! ". Allora, pieno d'ira, rovesciò l'elmo
> e l'acqua bastò per tutti ».

[161] *Eccli.* IV, 35.
[162] *Ib.* X, 7.
[163] *Ib.* 17.
[164] *Ib.* XXXII, 1.
[165] *I Timoth.* V, 1.
[166] *Joan.* XV, 16.
[167] *Ministri,* nel testo.
[168] *Luc.* XXII, 25-26.
[169] *Matth.* XXIII, 7. Ai tempi di Gesù gli Ebrei rivolgevano ai loro teologi l'appellativo onorifico di « Rabbi » (« grande »; donde, più tardi, è venuto « rabbino »), analogo ai nostri titoli di « eccellenza » e simili.
[170] *Matth.* XXIII, 8.
[171] *Ib.* 12.
[172] *Eccli.* XIII, 12.
[173] Cfr. *Matth.* I, 18 ss.
[174] In senso biblico « conoscere » significa avere rapporti sessuali.
[175] Cfr. *Joan.* XIX, 26-27.
[176] *V.* Lettera VII, pp. 290 s.
[177] Cfr. *Act. Apost.* VI, 1.

[178] *V.* Lettera VII, p. 293.

[179] Cfr. *I Corinth.* XI, 3.

[180] Santa Scolastica era la sorella di san Benedetto e seguendo il suo esempio si consacrò a Dio fin dalla giovinezza, fondando un monastero femminile, non molto lontano da Montecassino, presso l'abbazia dei monaci benedettini. Morì nel 542.

[181] Basilio, nato a Cesarea di Cappadocia intorno al 330 e morto nel 379 dopo una intensa attività ascetica e pastorale, è considerato il fondatore e l'organizzatore del monachesimo orientale, del quale dettò le *Regole*: le *Regole diffuse* e le *Regole in epitome*. Basilio lasciò una produzione letteraria molto vasta, che va dalle opere dogmatiche *(Contro Eunomio, Dello Spirito Santo)*, a quelle ascetiche *(Moralia)* e che comprende numerose *Omelie* e *Lettere*. Di grande importanza è il breve trattato *Ai giovani, come possono trarre profitto dalle lettere pagane*.

[182] Basilio, *Reg. int.* CVIII (P.G. 31, col. 1155c).

[183] *I Corinth.* XIV, 40.

[184] Basilio, *Reg. int.* CIX (P.G. 31, col. 1155c-d).

[185] *I Corinth.* X, 29.

[186] *Ib.* IX, 12. La citazione non è ricavata dalla Volgata di san Gerolamo.

[187] Il II Concilio di Siviglia fu tenuto nel 619. Cfr. il passo citato in J.D. MANSI, *Sacrorum Conciliorum nova et amplissima collectio*, vol. X, coll. 556-561.

[188] La *Baetica* era una provincia della Spagna, corrispondente all'odierna Andalusia e a parte dell'odierna Granada. Il nome derivava dalla regione del fiume che l'attraversava, il *Baetis*, l'odierno Guadalquivir.

[189] Cfr. *Matth.* XXIII, 12.

[190] *Officiales* nel testo, cioè quelle che attendono ai vari *officia*, ai vari servizi.

[191] *Sacrifica* nel testo.

[192] Qualsiasi tipo di clessidra, di meridiana o di strumento ad acqua, mercurio o sabbia, atto a misurare il tempo (cfr. A. BLAISE, *Dictionnaire Latin-Français des Auteurs Chrétiens*, Turnhont 1954, *sub voce*).

[193] *Pallae* nel testo, in quanto propriamente *palla* è la pezzuola di lino con cui si coprono la patena e il calice.

[194] *Cantrix* nel testo.

[195] Nel senso medioevale del termine: cfr. *ars dictandi*.

[196] Le riunioni periodiche delle monache e il luogo in cui si riuniscono.

[197] Le monache che devono recitare l'Ufficio e i Salmi nel corso della settimana (ebdomadario vale infatti « settimanale », « che viene o si rinnova ogni settimana »).

[198] *Infirmaria* nel testo.

[199] *Sexta feria* nel testo.

[200] *V.* Lettera VII, nota 198.

[201] *Eccli.* XXXVIII, 9-10.

[202] *Flebotomia* nel testo.

[203] *Jac.* V, 14-15: « È ammalato qualcuno tra voi? Mandi a chiamare i presbiteri della Chiesa, ed essi preghino sopra di lui, ungendolo con l'olio nel nome del Signore. E la preghiera della fede salverà il malato e il Signore gli darà sollievo e se egli avesse dei peccati, gli saranno perdonati ». Fin dal 416 il papa Innocenzo I utilizzò esplicitamente questi versetti a proposito del sacramento dell'unzione degli infermi, finché questa interpretazione, divenuta tradizionale nella Chiesa, non fu sancita e definita dal Concilio di Trento.

[204] *Matth.* XXV, 36.

[205] *Eccles.* VII, 3 e 5.

[206] *Vestiaria* nel testo.

[207] *Prov.* XXXI, 13.

[208] *Ib.* 19.

[209] *Ib.* 21.
[210] *Ib.* 27.
[211] *Ib.* 28.
[212] *Celleraria* nel testo.
[213] *II Corinth.* IX, 7.
[214] Gerolamo, *Epist. LII ad Nepotianum*, 16.
[215] Cfr. *Joan.* XII, 6.
[216] Cfr. *Act. Apost.* V, 2 ss. Anania e Saffira, dopo aver venduto un loro podere, trattennero parte del denaro ricavato invece di consegnarlo alla comunità cristiana di Gerusalemme, e furono per questo puniti con la morte.
[217] *Portaria sive ostiaria* nel testo.
[218] *Prov.* XV, 1.
[219] *Eccli.* VI, 5.
[220] Cfr. Cousin cit., p. 178, nota 4.
[221] Cfr. *Joan.* XIII, 1 ss.
[222] *I Timoth.* V, 10.
[223] *Matth.* XXV, 35.
[224] *V.* nota 40.
[225] *Psalm.* V, 8.
[226] Più tardi Abelardo stesso, in seguito alle insistenti richieste di Eloisa, provvederà a comporre tutta una serie di *Sequentiae et Hymni* da cantarsi nel corso dell'anno *in usum Virginum monasterii Paraclitensis;* si veda, in proposito, la Lettera X e l'introduzione relativa.
[227] Sempre dietro richiesta di Eloisa, Abelardo provvederà più tardi a comporre per le monache del Paracleto un numero cospicuo di *Sermones per annum legendi*: si veda, in proposito, la Lettera XI e l'introduzione relativa.
[228] San Benedetto nella sua *Regula* (XLV) commina addirittura gravi pene a chi sbaglia durante il canto o le letture, se non fa una pronta penitenza davanti a tutti: *infantes autem pro tali culpa vapulent*!
[229] Cfr. *Psalm.* CXVIII, 62. Cfr. anche *Regula Sancti Benedicti*, VIII.
[230] *Regula Sancti Benedicti*, XLI, 18-21: *luce adhuc diei omnia consummentur... luce fiant omnia.*
[231] *V.* Lettera III, nota 3.
[232] *Regula Sancti Benedicti*, XLVIII, 13: *qui voluerit legere, sibi sic legat ut alium non inquietet.*
[233] La stella del mattino, cioè il pianeta Venere.
[234] L'*hora prima* andava dalle 6 alle 7.
[235] *V.* Lettera VI, nota 18.
[236] Gregorio, *Dialoghi*, I, 2 (P.L. 77, col. 161).
[237] Il libro liturgico, diviso in tanti capitoli quanti sono i giorni dell'anno, in ciascuno dei quali sono ricordati brevemente i martiri e i santi che si commemorano in un determinato giorno.
[238] Cfr. Cousin cit., p. 180, nota 2.
[239] Cfr. *Gen.* IX, 29 ss.
[240] *Ib.* XXI, 10.
[241] *Mal.* I, 2-3.
[242] Cfr. *Gen.* XXXV, 22: « Ruben andò a dormire con Bala, donna di suo padre Giacobbe, il quale lo riseppe ».
[243] *II Reg.* XIII, 1 ss. Ammon figlio di Davide si innamorò di sua sorella Tamar, che era molto bella, e « facendole violenza giacque con lei ».
[244] *II Reg.* XV, 1 ss. Assalonne congiurò e si ribellò contro suo padre Davide, ma fu poi sconfitto e ucciso (*ib.* XVI-XIX).
[245] *II Corinth.* VII, 5.
[246] Abelardo riassume qui il testo di sant'Agostino che dice invece: « E parlando della santità e della fede di Timoteo non avrebbe detto... ».
[247] *Philipp.* II, 20.

[248] Giuda, il dodicesimo apostolo, amministrò malamente i beni degli Apostoli e tradì Gesù Cristo.

[249] Cfr. *Luc.* X, 18; *II Petri*, II, 4: « Dio non perdonò agli angeli peccatori ma, gettatili nell'inferno, li consegnò ad abissi tenebrosi affinché vi fossero custoditi per il giudizio »; *Judae*, 6.

[250] *Apoc.* XXII, 11.

[251] *Prov.* XVIII, 17.

[252] *Ib.* III, 11-12.

[253] *Ib.* XIII, 24.

[254] *Ib.* XIX, 25.

[255] *Ib.* XXI, 11.

[256] *Ib.* XXVI, 3.

[257] *Ib.* XXVIII, 23.

[258] *Hebr.* XII, 11.

[259] *Eccli.* XXII, 3.

[260] *Ib.* XXX, 1.

[261] *Ib.* 8-9.

[262] Cfr. *Regula Sancti Benedicti*, III, *De adhibendis ad consilium fratribus*.

[263] La citazione non è reperibile.

[264] In linea con tutta l'elaborazione dottrinale apostolica e patristica, Abelardo si oppone a qualsiasi tentativo di rinchiudere la vita umana entro le norme dettate dalla tradizione, dall'uso e dall'abitudine intese come una serie di leggi da applicare alla lettera, onde sfuggire alla condanna divina: il problema di una ubbidienza puramente formale, quale quella predicata dall'antica legge giudaica, è sostituito dal problema della fede in Cristo, quale è stata predicata attraverso il Vangelo.

[265] Agostino, *De baptismo contra Donat.* III, 5 (P.L. 43, col. 143).

[266] Cipriano, vescovo di Cartagine, nacque all'inizio del secolo III e subì il martirio durante la persecuzione di Valeriano nel 258. Grande apologeta cristiano e infaticabile pastore di anime, ci lasciò tredici trattati di argomento vario (famosi il *De lapsis* e il *De catholicae ecclesiae unitate*) e ottantun lettere.

[267] Agostino, *De baptismo contra Donat.* III, 6 (P.L. 43, col. 143).

[268] *Joan.* XIV, 6.

[269] Con un'allusione al contrasto tra Pietro e Paolo di cui si parla in *Galat.* II, 11 ss. (*v.* nota 124), Agostino contrappone qui la fedeltà alla legge giudaica alla fede nel Cristo.

[270] Agostino, *De baptismo contra Donat.* IV, 5 (P.L. 43, col. 157).

[271] Sul vescovo Vimondo, cfr. Cousin cit., I, p. 182, nota 7.

[272] Gregorio, *Epistolae extra Registrum vagantes*, LXIX (P.L. 148, col. 713).

[273] *Eccli.* IV, 24.

[274] *Ib.* 30.

[275] *Ib.* XXXVII, 20.

[276] *Eccles.* I, 15. Nel libro dell'Ecclesiaste (= « colui che parla all'assemblea »), di tanto in tanto è introdotto a parlare Salomone.

[277] *Matth.* XXII, 14.

[278] Ovidio, *Metamorph.* IV, 428.

[279] *Prov.* XI, 14.

[280] *Ib.* XII, 15.

[281] *Eccli.* XXXII, 24.

[282] Le 9 del mattino.

[283] Qui « diacono » indica chi ha ricevuto il secondo degli Ordini sacri, tra il suddiaconato (*v.* nota successiva) e il sacerdozio, e serve il sacerdote nelle funzioni.

[284] Il suddiacono è il chierico che ha ricevuto il primo degli Ordini sacri e ha la mansione di servir messa.

[285] *I Corinth.* XI, 27 ss.

[286] Mezzogiorno.

[287] Le 15 pomeridiane.
[288] Ordinariamente le 18.
[289] *I Timoth.* VI, 8.
[290] *Rom.* XIV, 3-4, 6, 13-14, 17, 20-21.
[291] *Ib.* 22.
[292] *I Joan.* III, 21-22.
[293] *V.* nota 290 e, più precisamente, *Rom.* XIV, 14.
[294] *I Corinth.* VIII, 13.
[295] *Ib.* IX, 1.
[296] *Luc.* X, 7.
[297] *I Corinth.* X, 23-29, 32.
[298] *Psalm.* XXIII, 1.
[299] *Eccles.* V, 3-4.
[300] *I Timoth.* V, 14-15.
[301] Gerolamo, *Epist. XXII ad Eustochium*, 6.
[302] *I Corinth.* VII, 18. Tutto il passo paolino sta a significare che ciascuno deve continuare a vivere nelle condizioni in cui si trovava al momento della conversione, « perché ciò che vale è l'osservanza dei comandamenti di Dio »: così « chi è stato circonciso non deve mostrare il prepuzio », cioè non deve tener nascosta la cosa (certi Giudei apostati, per non essere riconosciuti come Ebrei, ricorrevano a una speciale operazione chirurgica che faceva scomparire il segno della circoncisione).
[303] *Ib.* 27.
[304] Cfr. *Num.* IV, 11 ss.; *Deuter.* XXIV, 1-4.
[305] *Rom.* VII, 3.
[306] *I Corinth.* VII, 8.
[307] *Ib.* 39-40.
[308] Salomone, *sapientior cunctis* (*III Reg.* IV, 31), cui, come già si è visto, sono attribuite in maggior parte le sentenze contenute nel libro dei Proverbi.
[309] *Prov.* XX, 1.
[310] *Ib.* XXIII, 29-35.
[311] *Ib.* XXXI, 4, 5.
[312] *Eccli.* XIX, 1-2.
[313] Isaia è il più grande dei Profeti; sebbene non sia il primo in ordine di tempo, nel canone delle Scritture è considerato il primo, per l'altezza delle rivelazioni e dello stile. Isaia profetò dal 740 al 701 a.C. circa, abitando a Gerusalemme, dove forse era anche nato.
[314] *Is.* V, 11-13.
[315] *Ib.* 22.
[316] *Ib.* XXVIII, 7 ss.
[317] Gioele è uno dei dodici Profeti minori. All'infuori del nome non si sa niente di lui. Il suo libro è tra i più raffinati ed eleganti.
[318] *Joel.* I, 5.
[319] *I Timoth.* V, 23.
[320] Cfr. *Gen.* IX, 20.
[321] *Ib.* 21 ss.
[322] Cfr. *Gen.* XIX, 30-38. Loth, figlio di Haran, nipote di Abramo, fu l'unico a essere risparmiato con la sua famiglia dalla distruzione di Sodoma e Gomorra, anche se sua moglie perì per la sua disubbidienza. Quando rimase solo con le due figlie, queste « per serbare la discendenza del padre », lo ubriacarono e giacquero con lui, senza che Loth se ne accorgesse.
[323] *Judith*, XII, 1 ss. La « fortunata vedova » è Giuditta, che salvò Israele, tagliando la testa di Oloferne, generale di Nabucodonosor.
[324] Cfr. *Gen.* XVIII, 1.
[325] Abelardo ha già presentato il profeta Elia come uno dei precursori dell'ideale monastico (nota 74), per aver condotto vita solitaria per un certo periodo di tempo (*v.* nota seguente).
[326] *III Reg.* XVII, 2 ss.

[327] Cfr. *Exod.* XVI e XVII.
[328] Cfr. *Matth.* XIV, 17 ss.
[329] Abelardo allude alle nozze di Cana (*Joan.* II, 1 ss.).
[330] *V.* Lettera IV, nota 17.
[331] *Judic.* XIII, 14.
[332] Gerolamo, *Epist. LII ad Nepotianum,* 11. Lo stesso passo è già stato integralmente riportato da Eloisa nella Lettera VI (p. 252, nota 69).
[333] *I Timoth.* III, 3: *oportet episcopum... esse... non vinolentum.*
[334] *Levit.* X, 9; *v.* Lettera VI, nota 71.
[335] *V.* Lettera VI, nota 72.
[336] Pacomio, nato in Egitto verso il 292 e morto verso il 346, è considerato il fondatore del cenobitismo cristiano: infatti compose una Regola monastica (cfr. L. Th. Lefort, *La règle de St. Pachome,* in « Le Muséon », XXIV, 1921; XXXVII, 1924; XL, 1927), che san Gerolamo fece conoscere in Occidente con la sua traduzione latina (P.L. 23, coll. 61-86), e alla quale si ispirarono poi le principali istituzioni monastiche orientali e occidentali.
[337] *Vitae Patrum,* V, 4, 31 (P.L. 73, col. 868). Questo passo, come i due seguenti, è già stato citato da Eloisa: Lettera VI, pp. 253-254.
[338] *Ib.* 36 (col. 869).
[339] *Ib.* 37 (ib.).
[340] *Regula Sancti Benedicti,* XL, 13-15.
[341] Gerolamo, *Epist. XXII ad Eustochium,* 8.
[342] *V.* Lettera VI, nota 51.
[343] Anche Eloisa cita il passo: *Saturn.* VII, 6, 16-17.
[344] *Ib.* 18.
[345] Cfr. *Prov.* XXXI, 4-5.
[346] Cfr. *Levit.* X, 9.
[347] *I Timoth.* V, 23.
[348] *V.* Lettera X, nota 9.
[349] Ambrogio, *De poenitentia,* II, 10 (P.L. 16, col. 520).
[350] Ambrogio, *De fuga saeculi,* IX, 2 (P.L. 14, col. 594).
[351] *Prov.* XXIII, 31.
[352] *Regula Sancti Benedicti,* XL, 16-19.
[353] *Eccli.* XIX, 2.
[354] *V.* Lettera VI, nota 50.
[355] Agostino, *Regul. sec.* II, 3 (P.L. 32, col. 1451).
[356] Cfr. Cousin cit., p. 151, nota 1.
[357] *Psalm.* CXXXII, 1.
[358] Cfr. *Luc.* XXI, 34.
[359] Agostino, *Epist.* CCXI (P.L. 33, col. 960).
[360] *V.* Lettera I, nota 126.
[361] Atanasio, *Exortatio ad monachos* (P.G. 103, col. 667).
[362] Il popolo di Israele.
[363] *Deuter.* XXXII, 15.
[364] *Eccles.* VII, 16 e 17.
[365] *Luc.* XVII, 10.
[366] *Rom.* IV, 15. L'esistenza di una legge è la condizione indispensabile perché si possa trasgredirla, cioè peccare: se non ci fosse la legge non ci sarebbe il peccato, e di conseguenza neppure l'ira divina (*v.* anche la nota seguente e Lettera VI, note 42-43).
[367] *Ib.* VII, 8-11. La legge (la legge giudaica qui considerata in opposizione alla nuova *legge* predicata da Cristo) ha dato vita al peccato: prima della legge il peccato era morto, perché l'uomo non ne aveva coscienza, non esisteva cioè una legge trasgredendo la quale si commetteva peccato. La legge ha dato occasione al peccato di prendere corpo e di svilupparsi. La coscienza umana, d'altra parte, prima della legge *(precetto) viveva,* mentre il peccato era impotente *(morto):* ma con il sopravvenire della legge *(precetto)* la coscienza umana si commi-

surò con la volontà di Dio e si scoprì in contrasto con essa, cosicché la sua scelta divenne peccato e per l'uomo fu la *morte*.

[368] Agostino, *De diversis quaestionibus ad Simplicianum*, I, 5 (P.L. 40, col. 104).

[369] Agostino, *De diversis quaestionibus*, LXXXIII, 67 (P.L. 40, col. 66).

[370] Ovidio, *Amores*, III, 4, v. 17.

[371] *V.* note 366 e 367.

[372] Gesù Cristo; cfr. *Joan.* XIV, 6.

[373] *Joan.* XIV, 2.

[374] *I Corinth.* VII, 28.

[375] *Ib.* 34-35.

[376] *Hebr.* VII, 19.

[377] *Act. Apost.* XV, 10.

[378] *Matth.* XI, 28-30.

[379] *V.* Lettera VI, nota 32.

[380] *Rom.* IV, 2.

[381] *Gen.* XV, 6.

[382] *Rom.* IX, 30-32.

[383] Nel testo *paropsis*.

[384] *Psalm.* LV, 12.

[385] *Luc.* XXI, 34.

[386] *Matth.* XI, 18-19.

[387] *Ib.* IX, 14.

[388] *Ib.* XV, 2.

[389] *Ib.* IX, 15.

[390] *Ib.* XV, 11 e 20.

[391] *Prov.* IV, 23.

[392] *V.* note 372 e 390.

[393] *I Timoth.* IV, 4-6.

[394] *V.* nota 385.

[395] Agostino, *De bono coniugali*, XXI, 25 (P.L. 40, col. 390).

[396] *Philipp.* IV, 12.

[397] *V.* Lettera VII, nota 235.

[398] *Regula Sancti Benedicti*, XL.

[399] *Triticae medullae similago* nel testo.

[400] Cfr. *Gen.* XVIII, 9.

[401] Cfr. *Matth.* XV, 32 ss.; *Marc.* VIII, 1 ss.

[402] *V.* Lettera I, nota 71.

[403] Seneca, *Ad Lucilium*, I, 5, 4.

[404] *V.* nota 153.

[405] Gregorio, *Moralia*, XXX, 18 (P.L. 76, coll. 556-557).

[406] Cfr. *Num.* XI, 4 ss.

[407] Cfr. *Gen.* XXV, 29 ss.

[408] *I Reg.* XVII, 4 ss.

[409] Cfr. *Gen.* III, 1 ss. Il primo uomo è naturalmente Adamo.

[410] Cfr. *Matth.* IV, 1 ss.

[411] Sulla dottrina stoica degli *indifferentia* cfr. Seneca, *Epist. CXVII Ad Lucilium*, e Gerolamo, *Epist. CXII ad Augustinum*, 16 (P.L. 22, col. 926). Cfr. anche Gilson cit., pp. 141-142, nota 1 e Lettera VI, nota 75.

[412] *Regula Sancti Benedicti*, XL.

[413] *V.* Lettera VI, nota 36.

[414] Crisostomo, *Adv. oppugnatores vitae monast.* III (P.G. 47, col. 372).

[415] Gerolamo, *Epist. LIV ad Furiam*, 5.

[416] *V.* Lettera VI, nota 18.

[417] Gregorio, *Reg. pastor.* III, 1 (P.L. 77, col. 51).

[418] *I Corinth.* XV, 39.

[419] *Levit.* I, 1 ss.

[420] Cioè la domenica *(feria prima)*, il martedì *(feria tertia)* e il giovedì *(feria quinta)*.

[421] Gregorio di Nazianzo, nato tra il 325 e il 329 a Nazianzo in Cappadocia e morto verso il 390 dopo varie peripezie che lo videro vescovo di Sasina, di Nazianzo e infine di Costantinopoli, è uno dei più grandi rappresentanti della patristica greca, famoso soprattutto per i suoi *Discorsi*, per l'*Apologetico*, per le *Lettere* e i *Carmi*.

[422] Gregorio di Nazianzo, *De luminibus vel secundis Epiphaniis*, III, 39, 20 (P.G. 36, col. 358).

[423] Gregorio di Nazianzo, *De Pentecoste et Spiritu Sancto*, IV, 41, 3 (ib. col. 350).

[424] Gerolamo conobbe verso il 380 a Costantinopoli il Nazianzeno, che lo iniziò alla tecnica esegetica di Origene sulle Sacre Scritture.

[425] Gerolamo, *Epist. XXI ad Eustochium*, 3.

[426] Agostino, *De poenitentiae medicina Serm. CCCLIV*.

[427] Il venerdì *(feria sexta)*.

[428] *Matth.* XXV, 40.

[429] Cfr. *Luc.* VI, 24; XVI, 19; *Matth.* XIX, 24.

[430] Cfr. *Matth.* XI, 7 ss.

[431] *V.* Lettera VI, nota 18.

[432] Gregorio, *In Evangelia homiliae*, VI, 3 (P.L. 76, col. 1097a).

[433] *Matth.* XI, 8.

[434] Gregorio, *In Evangelia homiliae*, XL, 3 (P.L. 76, col. 1305a-b).

[435] Cfr. la parabola di Epulone e Lazzaro, in *Luc.* XVI, 19: « C'era un uomo ricco, il quale vestiva di porpora e di bisso... ».

[436] *I Petri*, III, 1 ss.

[437] *Eccli.* XIX, 27.

[438] *Matth.* XI, 8.

[439] Gesù Cristo, *Agnus Dei* (*Joan.* I, 36).

[440] Anche san Benedetto aveva prescritto ai suoi monaci: *Singuli per singula lecta dormiant* (*Regula Sancti Benedicti*, XXII, 1). Il testo di Abelardo aggiunge anche *et comedent* (« e mangino »), che probabilmente è un errore.

[441] Cfr. *Regula Sancti Benedicti*, LV.

[442] *Prov.* XXXI, 21.

[443] Gerolamo, *Epist. XIV ad Heliodorum*, 6.

[444] *Matth.* VIII, 20.

[445] Gesù, che di sé dice: *Ego sum via, et veritas, et vita* (*Joan.* XIV, 6).

[446] *Matth.* XXIII, 15.

[447] La Gehenna è una valle a sud di Gerusalemme, dove si gettavano i cadaveri dei lapidati e le immondizie della città, che venivano consumate da un fuoco sempre acceso. Con il termine Gehenna, poi, i Giudei designavano il luogo dove le anime sarebbero state punite dopo il giudizio finale: il termine vale quindi *inferno* e il nesso « figli della Gehenna » significa appunto « gente degna dell'inferno ».

[448] Giuda Iscariota.

[449] *Joan.* VI, 71.

[450] Nicolao era un pagano di Antiochia che, convertitosi prima al giudaismo e poi al cristianesimo, fu uno dei « sette diaconi » della comunità primitiva di Gerusalemme (*Act. Apost.* VI, 5). Quanto al fatto che Nicolao « perì malamente » come Giuda, c'è da osservare che a partire da Ireneo di Lione, si vide in Nicolao il fondatore della setta dei *Nicolaiti*, di cui si fa cenno in *Apoc.* II, 6 e 15.

[451] *V.* nota 216.

[452] Cfr. *Matth.* VII, 13 e 14.

[453] *Ib.* XX, 16.

[454] *Eccles.* I, 15.

[455] *V.* nota 453.

[456] *Is.* IX, 3.

[457] *I Corinth.* IX, 1 ss.

Figura 9.

Sigillo del Capitolo di Saint-Etienne de Sens. A Sens, davanti a vescovi e prelati, si tenne nel 1141 il Concilio che san Bernardo promosse contro Abelardo, il quale però si rifiutò ostinatamente di prendere la parola e di difendersi (Foto Holzapfel).

[458] *Coenobitae* nel testo, da *coenobium* (greco κοινόβιος, « vita in comune »): indica i monaci che vivono in comunità.
[459] *Vitae Patrum, Vita beati Antonii*, 53 (P.L. 73, col. 164).
[460] Notevole in queste pagine la violenta accusa di Abelardo contro la degenerazione dell'Ordine benedettino.
[461] L'episodio è narrato da Gregorio Magno in *Dialoghi*, II, 33 (P.L. 76, col. 197).
[462] Santa Scolastica: *v.* nota 180.
[463] *Regula Sancti Benedicti*, IX.
[464] *Ib.* LVI.
[465] *V.* nota 445.
[466] *Matth.* XXIII, 4.
[467] *Ib.* VII, 15.
[468] Cfr. *Marc.* I, 1 ss.
[469] *Ib.* 5.
[470] *Cant.* V, 3.
[471] La distinzione tra *lectulus* e *lectus*, per cui a *lectulus* si attribuisce un significato positivo e salvifico rispetto a *lectus*, è ricavata dall'esame dei singoli passi delle Scritture in cui i due termini appaiono.
[472] *Luc.* XVII, 34.
[473] Abelardo ha già illustrato la sua interpretazione del Cantico dei Cantici all'inizio della Lettera V (*v.* p. 202 e note relative).
[474] *Cant.* III, 1.
[475] Dina, figlia di Giacobbe e di Lia, che « uscì fuori per vedere » le donne di Salem, città dei Sichemiti, fu rapita e violentata da Sichem, figlio del principe del paese. Fu poi vendicata dai suoi fratelli (cfr. *Gen.* XXXIV, 1 ss.).
[476] Cfr. Gerolamo, *Vita Malchi monaci captivi*, 3 (P.L. 27, col. 578).
[477] Nel processo per ottenere l'argento dal materiale di piombo cui è unito in natura.
[478] *V.* nota 445.
[479] *Joan.* VI, 37.
[480] Lo scriba di *Matth.* VIII, 19-20.
[481] *Matth.* VIII, 19-20.
[482] L'episodio or ora citato da Abelardo ha, nel Vangelo, lo scopo di chiarire quella che è la condizione fondamentale per mettersi al seguito di Gesù, la rinunzia. Abelardo, molto opportunamente, se ne serve qui per ribadire non solo la necessità, per il monaco o per la monaca, di rinunciare a tutto, ma anche l'obbligo, per il superiore del monastero, di prospettare ai novizi le difficoltà che li aspettano.
[483] *Luc.* XIV, 29-30.
[484] Abelardo affronta ora un nuovo argomento, quello relativo alla necessità, per le monache, di leggere e meditare le Scritture. Tornerà sull'argomento in una successiva lettera indirizzata a tutte le monache del Paracleto, *De studiis litterarum* (P.L. 73, coll. 326-336) e poi, dopo che Eloisa gli avrà fatto presenti le difficoltà cui tanto lei quanto le sue monache vanno incontro quando devono leggere i passi più difficili delle Scritture (*v.* la Lettera IX di Eloisa ad Abelardo), provvederà a rispondere ai quarantadue *problemata* che Eloisa gli ha sottoposto sull'interpretazione di alcuni passi particolarmente difficili: oltre alla già ricordata Lettera IX si vedano i *Problemata Heloissae cum Abaelardi solutionibus* in Cousin cit., I, pp. 239-294.
[485] *V.* Lettera VI, nota 18.
[486] Gregorio, *Moralia*, II, 1 (P.L. 75, col. 553).
[487] Accettiamo l'integrazione *speculum* del Cousin cit. (I, p. 205, riga 13).
[488] *Rom.* XV, 4.
[489] *Ephes.* V, 18-19.

[490] *I Timoth.* IV, 13.

[491] *II Timoth.* III, 14 ss.

[492] *I Corinth.* XIV, 1-2, 4, 13, 15-20. La citazione non è sempre conforme al testo della Volgata.

[493] Abelardo si accinge a interpretare e a spiegare il lungo passo paolino.

[494] *Videntes id est intelligentes*, nel testo.

[495] *Regula Sancti Benedicti*, XIX, 11-12.

[496] *Psalm.* XLVI, 8.

[497] *Ib.* CXVIII, 103.

[498] *Ib.* CXLVI, 10: in realtà le « tibie » cui si fa cenno in questo passo non sono gli strumenti musicali a fiato simili al nostro flauto, ma le gambe dell'uomo!

[499] Abelardo continua la sua interpretazione del passo paolino citato: *v.* nota 492.

[500] Il profeta Ezechiele, attivo tra il 600 e il 570 a.C.

[501] *Ezech.* III, 3.

[502] *Lament. Jerem.* IV, 4.

[503] *Amos*, VIII, 11.

[504] Il demonio (*I Petri*, V, 8).

[505] *V.* nota 497: ma qui la citazione è più completa.

[506] *Psalm.* CXVIII, 103.

[507] *Ib.* 104.

[508] *Ib.*

[509] *Ib.* CXVIII, 11.

[510] *Vitae Patrum*, V, 5, 114 (P.L. 73, col. 933).

[511] *Ib.* V, 10, 67 (P.L. 73, col. 924).

[512] Cfr. Cousin cit., p. 208, nota 2 e Atanasio, *Exort. ad monach.* (P.G. 103, col. 667).

[513] *I Petri*, III, 15: la citazione è a memoria.

[514] *Coloss.* I, 9: la citazione è a memoria.

[515] *Ib.* III, 16.

[516] *Psalm.* I, 1. Davide, come è noto, è considerato l'autore della maggior parte del libro dei Salmi.

[517] *Josue*, I, 8.

[518] *V.* nota 153 e Lettera VI, nota 18.

[519] Gregorio, *Moralia*, XIX, 30 (P.L. 76, col. 136).

[520] *Philipp.* II, 21.

[521] *Regula Sancti Benedicti*, XLVIII, specialmente 32 ss.

[522] Nel senso già chiarito alla nota 195.

[523] *Regula Sancti Benedicti*, LV, 40.

[524] *Ib.* XLVIII, 32 ss.

[525] 'Αλλ'ὄνος λύρας nel testo.

[526] *Is.* XXIX, 11-14.

[527] Abelardo spiega il passo citato di Isaia.

[528] Gerolamo, *Epist. CXXV ad Rusticum monachum*, 11.

[529] Gerolamo, *Epist. LXXXIV ad Pammachium et Oceanum*, 3.

[530] Apollinare di Laodicea in Siria (310-390 c.): Gerolamo seguì le sue lezioni di esegesi biblica ad Antiochia verso il 374, prima che fosse condannato dal Concilio del 381.

[531] Didimo il Cieco, della scuola di Alessandria, che Gerolamo frequentò nel 385 e di cui nel 392 tradusse il *De Spiritu Sancto.*

[532] Nicodemo, infatti, era il fariseo che si recò a visitare Gesù di notte (*Joan.* III, 1 ss.), non sappiamo se per timore o per stare tranquillo con lui senza essere disturbato.

[533] *Eccli.* VI, 18.

[534] Il testo è incerto.

[535] *V.* Lettera I, nota 138.

536 Beda, *Historia gentis Anglorum*, V, 24 (P.L. 95, col. 288c).
537 *Prov.* XV, 14.
538 *Allophyili* nel testo (cfr. *Psalm.* LV, 1): più avanti Abelardo li chiamerà Filistei (*v.* nota seguente e nota 550).
539 Cfr. *Gen.* XXVI, 15 ss. Isacco, il figlio di Abramo e di Sara, nato quando ormai i suoi genitori erano vecchi, secondo la promessa del Signore: in conseguenza di una carestia Isacco si era trasferito a Gerara presso il re dei Palestini (Filistei) e là era diventato molto ricco lavorando la terra. I Palestini, però, invidiosi della sua ricchezza, insabbiarono tutti i suoi pozzi.
540 *V.* note 416 e 153.
541 Gregorio, *Moralia,* XVI, 18 (P.L. 75, col. 1131).
542 *Psalm.* CXVIII, 115.
543 È l'interpretazione del passo di *Gen.* XXVI, 15 ss.: *v.* nota 539.
544 *Job*, XXII, 25. Elifaz è il più vecchio dei tre amici che si recarono a visitare e a consolare Giobbe.
545 *V.* Lettera V, nota 48.
546 Origene, *In Gen. homil. XII*, 5 (P.G. 12, col. 229).
547 *Prov.* V, 15 e 17: la citazione, ovviamente, non è conforme al testo della Volgata.
548 *Eccli.* XXII, 24: anche qui la citazione non è conforme al testo della Volgata.
549 Origene, *In Gen. homil. XIII*, 2, 4 (P.G. 12, coll. 231 e 235-236).
550 Propriamente i Filistei occuparono la zona in cui era stanziato Isacco soltanto in epoca successiva. I Filistei, infatti, che si stanziarono nella regione tra il confine egizio ed Ekron, comparvero in Canaan verso il 1200, provenienti dalle isole dell'Egeo e si urtarono subito con il popolo d'Israele (cfr. *Judic.* XIII-XIV) che a un certo punto riuscirono a sottomettere finché Davide non li sconfisse definitivamente.
551 *Luc.* XI, 52: la citazione non è conforme al testo della Volgata.
552 *Matth.* XIII, 52.
553 *V.* nota 547.
554 *Psalm.* XXXV, 7: la citazione non è conforme al testo della Volgata.
555 *Ib.* I, 2.
556 *Ib.* 3.
557 *Joan.* VII, 38.
558 *Cant.* V, 12.
559 Maria, madre di Dio, come appare dalla citazione che subito segue.
560 *Luc.* II, 19.
561 Cfr. *Levit.* XI, 3-8; *Deuter.* XIV, 7. Abelardo stesso interpreterà allegoricamente la proibizione in base alla quale la legge di Mosè proibiva agli Ebrei di nutrirsi della carne degli animali che non ruminano e che non hanno le unghie fesse: la sua interpretazione, tra l'altro, è del tutto simile a quella che più di un secolo dopo il pensiero scolastico elaborerà con san Tommaso: *fissio ungulae significat... discretionem boni et mali; ruminatio autem significat meditationem Scripturarum et sanum intellectum earum* (*Summa theol.* I-II, q. CII, 6).
562 Cfr. *Hebr.* V, 14.
563 *V.* nota 445.
564 *Joan.* XIV, 23.
565 Maria, sorella di Marta e di Lazzaro: cfr. *Luc.* X, 38 ss.
566 *Matth.* XI, 15.
567 *V.* Lettera I, nota 206.
568 *V.* Lettera V, nota 3.
569 Famosissime, tra le altre opere di san Gerolamo, la *Epistola XXII ad Eustochium*, che è un vero e proprio trattato *de verginitate* e che Abelardo ha tenuto spesso presente in questa Lettera VIII, *Institutio seu regula sanctimonialium.* L'accenno, del resto, a san Gerolamo e alle

sue due appassionate alunne Paola ed Eustochio è a più livelli indicativo di quello che per Abelardo è ormai il suo rapporto con Eloisa: e non per niente Eloisa stessa all'inizio della Lettera IX ricorderà ad Abelardo i suoi doveri di nuovo Gerolamo nei confronti delle sue fedeli discepole.

[570] La lettera sembra interrotta. Forse l'*Epistola IX De studio litterarum ad virgines Paraclitenses* (P.L. 178, coll. 326-336), che pare acefala, ne è la originale prosecuzione.

IX.

ELOISA AD ABELARDO

Le monache del Paracleto fecero tesoro dei consigli di Abelardo che le esortava ad applicarsi ai testi sacri (cfr. Cousin cit., Epistola IX, pp. 225-236) e si dedicarono con zelo allo studio delle Sacre Scritture. Ma, poco preparate come erano nell'esegesi dei Sacri Testi, si imbattevano in passi oscuri o di difficile interpretazione. Eloisa decise allora di raccogliere un buon numero di questi passi e di inviarli ad Abelardo affinché li spiegasse loro. Con questa breve lettera Eloisa mette al corrente Abelardo della situazione e lo prega di risolvere per lei e le sue monache le quarantadue quaestiones *o* problemata *relative ad altrettanti passi dei Sacri Testi e a taluni argomenti allora molto dibattuti. Nel* Codex Victorinus 397 *le* Quaestiones *di Eloisa sono seguite dalle* Solutiones *di Abelardo: caratteristica delle une e delle altre è l'estrema semplicità con cui i problemi sono posti e le soluzioni sono prospettate: Abelardo, inoltre, nelle sue risposte usa anche un tono piuttosto spigliato, che le rende oltre che utili anche piacevoli. Interessante, nella breve lettera di Eloisa, il suo porsi nei confronti di Abelardo, ancora considerato* dilecte multis, sed dilectissime nobis, *come una nuova Marcella nei confronti di un nuovo san Gerolamo.*

La tua cultura, più che la mia semplicità, saprà certo con quanto entusiasmo san Gerolamo abbia lodato, approvato e anche incoraggiato la passione con cui santa Marcella[1] si dedicava ai problemi relativi alle Sacre Scritture. Anzi a proposito di lei, nel primo libro del suo commento alla Lettera di san Paolo ai Galati, dice chiaramente:[2] « So che il suo entusiasmo, la sua fede, la fiamma che le brucia il petto sono cose che vanno al di là del suo sesso, che si è dimenticata degli uomini ed è tutta presa dai richiami dei volumi celesti e che, così, ella supera questo Mar Rosso che è il mondo. Quando ero a Roma, non perdeva mai l'occasione di venirmi a trovare per pormi qualche domanda sulle Sacre Scritture. E non si limitava, come i Pitagorici, ad accettare come esatta ogni mia risposta: la mia competenza o la mia autorità non significavano niente per lei se prima non si era resa conto personalmente della cosa: perciò esaminava tutto e soppesava ogni minimo particolare con estrema attenzione, tanto che mi pareva di avere a che fare non con un'allieva ma con un giudice ». In questo campo ella aveva compiuto tali progressi che san Gerolamo l'additava come esempio a tutti coloro che gli manifestavano l'intenzione di intraprendere quegli stessi studi. Ad esempio, scrivendo alla vergine Principia, tra le altre cose le consiglia:[3] « Presso di te, come guida nello studio delle Scritture e come modello per la santificazione del corpo e dell'anima, hai nientemeno che Marcella e Asella;[4] l'una può guidarti attraverso i prati verdeggianti e i variopinti fiori dei libri sacri fino a colui che nel Cantico dice:[5] "Io sono il fiore dei campi e il giglio delle convalli"; l'altra è un po' come il fiore del Signore e merita davvero di sentirsi ripetere insieme con te:[6] "Come il giglio tra le spine, così è la mia diletta tra le fanciulle" ».

A questo punto, o mio diletto, che molte amano, ma che nessuno può amare come me, ti chiederai perché ti dica queste cose; non sto facendo sfoggio di dottrina, ti assicuro: voglio soltanto ricordarti le tue responsabilità, affinché tu paghi finalmente il debito che hai contratto nei nostri confronti. Ci hai raccolte, ancelle di Cristo e tue figlie spirituali, nel tuo Oratorio, consacrandoci al servizio del Signore, e ci hai sempre esortate ad applicarci allo studio della parola di Dio e alla meditazione dei sacri testi.[7] Se ben ricordi, raccomandandoci lo studio delle Sacre Scritture, che hai definito uno specchio dell'anima perché permettono di scorgerne la bellezza o le mancanze, hai più volte ribadito che nessuna sposa di Cristo può farne a meno se vuol davvero piacere a colui cui si è consacrata, e dicevi anche, continuando nella tua esortazione, che il sacro testo, quando non è compreso, è come uno specchio posto innanzi a un cieco.[8]

Le tue parole ci hanno convinte: tanto io quanto le mie sorelle, per ubbidirti anche in questo, per quanto possiamo ci dedichiamo con zelo a questa attività: l'amore delle lettere, a proposito del quale il santo dottore sopra ricordato a un certo punto diceva:[9] « Ama e studia le Scritture e non amerai i vizi della carne », ci ha conquistato. Ma ci imbattiamo in molti problemi, e la nostra lettura va a rilento: così la nostra stessa ignoranza contribuisce a renderci più ostica la parola di Dio e la fatica cui ci sottoponiamo quasi ci sembra infruttuosa. Perciò noi, tue allieve e figlie, abbiamo deciso di ricorrere a te che sei il nostro maestro e padre, e ti abbiamo inviato alcune brevi domande, alle quali ti supplichiamo e ti preghiamo, ti preghiamo e ti supplichiamo, di degnarti di rispondere: non dimenticare, infatti, che è per tuo invito, anzi per tuo ordine, che abbiamo iniziato questo studio.

Ti inviamo, dunque, affinché tu ce le risolva, alcune questioni: fa' conto che non seguiamo l'ordine preciso delle Sacre Scritture, ma te le sottoponiamo alla rinfusa, così come giorno per giorno ci si sono presentate.

---

[1] Marcella è una delle pie matrone del circolo femminile romano di cui san Gerolamo era la guida spirituale. A lei sono indirizzate molte lettere dell'epistolario geronimiano.

[2] Gerolamo, *Commentarii in Epistolam Pauli ad Galatas*, 2.

[3] Gerolamo, *Epist. LXV ad Principiam virginem*, 2. Principia era una

vergine romana che dopo la partenza da Roma di san Gerolamo si unì a Marcella, aiutandola nella sua campagna contro Rufino. La lettera in questione è del 397.

[4] Sulla pia Asella si veda Gerolamo, *Epist. XXIII ad Marcellam de vita Asellae.* Ad Asella è anche indirizzata la famosa lettera di san Gerolamo, in cui il Santo cerca di giustificare il suo tenore di vita contro l'invidia dei suoi nemici *(Epist. XLV ad Asellam).*

[5] *Cant.* II, 1.

[6] *Ib.* 2.

[7] Si veda, in particolare, l'Epistola IX in Cousin cit., pp. 225-236.

[8] *V.* Lettera VIII, p. 468. Qui Eloisa riporta quasi integralmente le parole di Abelardo.

[9] Gerolamo, *Epist. CXXV ad Rusticum monachum*, 11.

X.

ABELARDO A ELOISA

Abelardo, in seguito alle richieste di Eloisa, ha provveduto a comporre una serie di Sequentiae *e di* Hymni *che le monache del Paracleto potranno cantare nel corso dell'anno. In questa breve lettera di accompagnamento – lettera indirizzata a Eloisa, come dimostra il principio stesso, anche se, come è suo solito, egli si rivolge anche alle altre monache – Abelardo, prendendo lo spunto dalle incertezze che lo avevano colto al momento di accingersi a un lavoro del genere e riportando in proposito due brani di una lettera di Eloisa che non ci è pervenuta, traccia un chiaro quadro della situazione piuttosto confusa e incerta in cui si trovava la Chiesa Gallicana per quel che riguarda l'uso dei Salmi e degli Inni nelle varie occasioni del giorno e dell'anno. Interessante, ad esempio, oltre all'osservazione che* latina et maxime gallicana Ecclesia sicut in psalmis et in hymnis magis consuetudinem tenet quam auctoritatem sequitur, *l'accenno al problema, da filologo e da umanista (all'inizio del secolo XII), della determinazione della genuina* translatio *del Salterio. Gli inni di Abelardo, in cui secondo l'Amboesius « brilla una gran luce di pietà cristiana », furono scoperti nel 1600 in un codice del secolo XII, ma furono pubblicati per la prima volta dal Cousin. Essi sono divisi in tre gruppi, preceduti ciascuno da una breve presentazione, e sono in tutto novantaquattro, di cui l'ultimo mutilo (cfr. Cousin cit., pp. 298-328). Quanto alla data, la lettera risale con tutta probabilità al periodo 1136-1138.*

Per venire incontro al tuo vivo desiderio, Eloisa, sorella mia, un tempo cara nel mondo, ora ben più cara in Cristo, ho composto questi *inni*, per usare il termine greco,[1] o *tillim*, secondo il nome ebraico.[2] Siete state voi, tu e le donne che vivono con te nella santa vita monastica, a invitarmi a scriverli, e perciò a suo tempo mi sono rivolto a voi per domandarvi che cosa desideravate con precisione. Io infatti ritenevo inutile comporre per voi nuovi inni, visto che ne avevate un gran numero di vecchi: mi sembrava anzi un vero e proprio sacrilegio che dei nuovi componimenti, scritti da un peccatore come me, fossero preferiti o anche soltanto paragonati a quelli vecchi, composti dai Santi. Le risposte in proposito sono state diverse, ma ricordo che tu, tra l'altro, hai addotto, per convincermi, anche questi motivi: « È noto », dicevi, « che in fatto di salmi e di inni la Chiesa latina e in particolare quella gallicana[3] più che attenersi a testi autorevolmente riconosciuti, si attengono alla tradizione.[4] Infatti ancora oggi non è ben sicuro nemmeno chi sia stato l'autore della versione del Salterio, in uso nella nostra Chiesa gallicana,[5] e se si volesse deciderlo sulla base delle affermazioni di quanti ci hanno segnalato le discordanze tra le diverse traduzioni, il disaccordo sarebbe notevole e, secondo me, si finirebbe col non accettarne nessuna come legittima. Perciò ha finito per prevalere una tradizione ormai radicata, così che, mentre per tutti gli altri testi noi possediamo i genuini esemplari di san Gerolamo,[6] per il Salterio, che è il testo più diffuso, usiamo esemplari apocrifi.[7] Per quello che riguarda gli inni oggi in uso, poi, la confusione è tale che è quasi impossibile capire dal titolo di che inni si tratti e chi ne sia l'autore. E anche se di taluni sembra che si conosca il nome dell'autore (i più antichi, ad esempio, sembra siano opera di Ilario[8] e di Ambrogio,[9] poi di Prudenzio[10] e di parecchi altri),[11] spesso vi è una tale discordanza nelle sillabe[12] che risulta difficile adattare al testo la melodia, mentre, come è ovvio, se non c'è la melodia non si può neppure parlare di inno, giacché l'inno altro non è che una lode di Dio cantata». Mi facevi inoltre notare che per parecchie solennità mancavano addirittura gli inni adatti, come nel caso delle feste degli Innocenti,[13] degli Evangelisti[14] e in quelle delle sante che non furono né vergini né martiri. Precisavi anche che ci sono parecchi inni che sarebbe bene modificare, almeno per evitare a chi li canta di sbagliare, vuoi per le mutate necessità dei tempi, vuoi per le contraddizioni del contenuto. « In qualche caso, e anche nel caso dell'ufficiatura, i fedeli, disorientati, sono talmente in anticipo sulle ore fissate o anche in ritardo, chc, almeno per quello che riguarda il tempo, sono costretti a invertire i termini, cantando di giorno gli inni notturni e di notte quelli diurni. È certo, invero, che secondo l'autorità dei Profeti e secondo le stesse disposizioni ecclesiastiche, neanche di notte bisogna smettere di lodare Dio, perché sta scritto: "Durante la notte mi sono ricordato del tuo nome, o Signore",[15] e ancora: "Nel cuore della notte uso alzarmi per parlare con te",[16] cioè per lodarti. Così anche le altre sette lodi di cui parla lo stesso profeta,[17] quando dice: "Sette volte al giorno sono solito cantare le tue lodi",[18] devono essere evidentemente cantate nel corso di tutta la giornata: Prima, ad esempio, che fa parte delle cosiddette preci del mattino e a proposito della quale il profeta scrive testualmente: "Nel mio mattutino penserò a te, o Signore",[19] va cantata subito all'inizio del giorno, mentre in cielo brillano l'aurora e Lucifero, e si distingue in più inni. Infatti inni in cui si dice: "Levandoci la notte mettiamoci tutti a vegliare",[20] "Con canti interrompiamo la notte",[21] "Per parlare con te ci alziamo e interrompiamo il lento trascorrere della notte",[22] "La nera notte copre i colori di tutte le cose della terra",[23] "Nel quieto tempo della notte dal letto noi ci alziamo",[24] "Come noi le ore della notte con il canto rompiamo",[25] e simili denunciano chiaramente la loro natura di inni notturni. Allo stesso modo anche gli inni mattutini il più delle volte indicano l'ora in cui devono essere cantati: ad esempio inni in cui si legge: "Ecco che già le ombre della notte si attenuano",[26] "Si leva, ecco, l'aurea luce",[27] "L'aurora già tinge il cielo",[28] "L'aurora di luce brilla",[29] "L'uccello del giorno annuncia la luce vicina",[30] "Lucifero illumina l'oriente",[31] e tutti gli altri di questo tipo ci indicano con estrema precisione l'occasione in cui devono essere cantati, e se nonostante ciò noi ce ne serviamo in occasioni diverse, commettiamo un vero e proprio falso. Eppure, il più delle volte, non è la negligenza a provocare una tale inosservanza ma piuttosto il bisogno di distribuire i vari inni nel tempo: e questo succede praticamente ogni giorno soprattutto nelle chiese parrocchiali o in quelle più piccole dove, a causa delle occupazioni stesse della gente, l'ufficiatura è celebrata nel corso della giornata. Ora, se la mancata coincidenza del momento in cui l'Ufficio è celebrato con l'inno genera equivoci, non è meno vero che gli stessi autori di taluni inni, vuoi perché valutassero gli altri sulla base della contrizione del loro animo, vuoi perché desiderassero celebrare i santi con troppo entusiasmo, in alcuni loro inni sono caduti in eccessi tali che spesso contro la nostra stessa coscienza vi rintracciamo alcuni passi completamente contrari alla realtà. E in verità pochissime sono le persone veramente in grado di esprimere con spontanea partecipazione, e con sincero dolore per i peccati, sentimenti come: "Piangendo diciamo le nostre preghiere",[32] "Benigno accogli le nostre lacrime assieme ai canti",[33] o altri sentimenti di questo tipo che sono propri solo di uomini privilegiati e quindi di pochi. E il tuo senso critico può ben giudicare con quanta presunzione ogni anno non ci facciamo scrupolo di cantare: "O Martino, che hai uguagliato gli Apostoli",[34] e come esageriamo quando, celebrando i vari confessori

Pierres abalart le confesse
Qui suer heloys labesse
Du paraclit qui fu samie
Acorder ne se vouloit mie
Pour riens qu'il la preist a fame
Ains li faisoit la ieune dame
Bien entendant et bien letree
Et bien amant et bien amee
Arguments a li chastier

Figura 10.

Abelardo ed Eloisa. Miniatura da *Le roman de la Rose* (secolo XIV) (Foto Giraudon).

per i loro miracoli, cantiamo: "Presso la sua sacra tomba spesso le membra degli infermi alla salute..." ».[35]

Queste, in breve, le considerazioni da te fatte, e così il rispetto della tua santità mi ha indotto a scrivere per voi questi inni per tutto il corso dell'anno. E mentre voi, spose e ancelle di Cristo, pregate me per questo, io pregherò voi: fate in modo di rendere meno pesante, sollevandolo con le mani delle vostre preghiere, il peso che mi avete posto sulle spalle, in modo che colui che semina e colui che miete, lavorando insieme, insieme godano.

---

[1] *Hymni* nel testo: in greco ὕμνοι. Abelardo compose e inviò a Eloisa anche delle *Sequentiae*.

[2] *Tillim* nel testo; meglio *tehillim*.

[3] La Chiesa gallicana era costituita dall'insieme delle Chiese latine che anticamente facevano parte della giurisdizione della Gallia transalpina.

[4] Eloisa allude probabilmente al fatto che in Francia, nonostante le disposizioni impartite da Pipino e Carlo Magno nel corso dei secoli VIII e IX, disposizioni che miravano a imporre a tutta la cristianità occidentale la liturgia romana, nell'ambito della Chiesa gallicana, ricca tra l'altro di una sua tradizione liturgica molto interessante, si conservarono in taluni casi gli antichi testi.

[5] Ai tempi di Abelardo ed Eloisa nella Chiesa gallicana si usava lo stesso Salterio in uso tuttora, cioè l'antica versione latina condotta sul testo greco dei Settanta e autorevolmente riveduta e corretta da san Gerolamo nel 389, Salterio noto appunto con il nome di Salterio gallicano. San Gerolamo nell'ambito della sua versione di tutto l'Antico Testamento (la Volgata) tradusse direttamente dall'ebraico anche il Salterio, ma non volle che questo fosse sostituito al Salterio gallicano, e di fatto la Chiesa, come si è visto, considera come ufficiale il gallicano. Eloisa, da quello che si deduce dal contesto, vorrebbe invece che fosse adottata anche per il Salterio la versione di san Gerolamo dall'originale ebraico.

[6] Eloisa allude all'Antico Testamento, tradotto da san Gerolamo.

[7] Ragionando in questi termini Eloisa dovrebbe aggiungere che anche i Vangeli sono non meno apocrifi del Salterio, giacché san Gerolamo si limitò anche in questo caso a rivederne la versione latina. Resta comunque molto interessante e notevole l'atteggiamento critico,

quasi filologico, nei confronti dei problemi dei testi sacri e, come si vedrà, dell'attribuzione dei vari inni.

[8] Ilario di Poitiers (315-367/8), oltre che autore di opere esegetiche e di opere polemiche contro gli eretici (cfr. Pellegrino cit., pp. 60-64), fu autore di un libro di *Inni*, di cui ci sono pervenuti, non interi, tre (per un totale di centoquaranta versi), rispettivamente sulla Trinità, sulla redenzione del cristiano e sulla vittoria di Cristo sul demonio.

[9] Ambrogio, nato a Treviri nel 339-340 e morto vescovo di Milano nel 397, accanto alle fondamentali opere esegetiche, ascetiche e dogmatiche, compose anche degli *Inni*, riprendendo il tentativo di Ilario: accanto ai quattro inni *(Aeterne rerum conditor; Deus creator omnium; Iam surgit hora tertia; Veni, redemptor gentium)* sicuramente autentici, moltissimi altri vanno sotto il nome di « Inni ambrosiani » ma soltanto cinque o sei sembrano dovuti ad Ambrogio.

[10] Aurelio Prudenzio Clemente, nato in Spagna nel 348 e morto probabilmente a Roma dopo il 405, è il maggior poeta cristiano, « poeta di altissimo volo, uno dei maggiori lirici dell'antichità » (Alfonsi cit., p. 468): più che per i suoi poemetti didascalici *(Apotheosis, Hamartigenia, Psychomachia)* e polemici *(Contra Symmachum)* è qui ricordato da Eloisa come autore dei *Cathemerinon libri*, veri e propri inni da cantarsi nel corso della giornata e in occasione delle festività del Redentore, e del *Peristephanon liber*, una raccolta di quattordici inni in onore dei martiri.

[11] Ad esempio Paolino da Nola, per non citare che il primo della lunga serie di scrittori di Gallia che dal sec. IV al sec. VI-VII illustrarono la poesia latina cristiana.

[12] Il problema è fondamentale e importante: a causa del passaggio, sempre più evidente, dalla metrica quantitativa, tipica della poesia classica, a quella accentuativa, tipica della poesia romanza, si verificavano questi fenomeni di discordanza sottolineati da Eloisa.

[13] Le feste dei santi Innocenti martiri cade il 28 dicembre. Nel Medioevo era molto sentita ed era la festa dei fanciulli cantori.

[14] La festa di san Matteo cade il 21 settembre, quella di san Marco il 25 aprile, quella di san Luca il 18 ottobre, quella di san Giovanni il 27 dicembre.

[15] *Psalm.* CXVIII, 55.

[16] *Ib.* 62.

[17] Davide, o comunque l'autore del Salmo in questione, il giovane perseguitato e disprezzato che chiede la salvezza all'osservanza della legge.

[18] *Psalm.* CXVIII, 164. Sette, naturalmente, è il numero della perfezione.

[19] *Ib.* LXII, 7.

[20] *Hym. S. Gregorii*, in *Brev. Rom., dominica ad Mat.*

[21] *Hym. S. Ambrosii, ib. fer. III, ad Mat.*

[22] *Ib. fer. IV, ad Mat.*

[23] *Ib. fer. V, ad Mat.*

[24] *Ib. fer. VI, ad Mat.*

[25] *Ib. sabb. ad Mat.*

[26] *Hym. S. Gregorii, ib. dom. ad Laudes.*

[27] *Hym. Prudentii, ib. fer. V, ad Laudes.*

[28] *Hym. S. Ambrosii, ib. sabb. ad Laudes.*

[29] *Ib. Tempore pascali, ad Laudes.*

[30] *Hym. Prudentii, ib. fer. III, ad Laudes.* L'« uccello del giorno » è il gallo.

[31] *Hym. S. Ambrosii, ib. fer. VI, ad Laudes.*

[32] *Ib. fer. IV, ad Laudes.*

[33] *Ib. sabb. ad Mat.*

[34] L'inno *Rex Christe, Martini decus* (nella lettera di Abelardo è

citato il v. 17) è stato tolto, da molti secoli, da quasi tutti i breviari monastici.

[35] « I due versi sono tolti dall'inno, assai antico, *Iste Confessor Domini sacratus*, che tuttora, nel Breviario Romano, è cantato ai Vesperi nella festa di un Confessore Pontefice. Per ragioni imprecisate, ma forse anche per le stesse considerazioni fatte a suo tempo da Eloisa, a partire dal pontificato di Urbano VIII, i due versi citati e criticati evidentemente in questa lettera e appartenenti alla stessa strofa, furono sostituiti, tanto che la stessa, ora, si legge così modificata:

Cuius ob praestans meritum frequenter
Aegra quae passim jacuere membra
Viribus morbi domitis, saluti
Restituuntur ».

(L. Chiodini, in *Petri Abaelardi et Heloissae Epistolae*, Milano 1964, p. 381).

XI.

ABELARDO A ELOISA

La breve lettera accompagna i Sermones per annum legendi *che, per richiesta di Eloisa, Abelardo ha provveduto a comporre subito dopo la stesura degli Inni e delle Sequenze. I* Sermones *di Abelardo, vere e proprie omelie, prendendo lo spunto da una festività cristiana o dalla celebrazione di qualche santo, svolgono, con ricchezza di citazioni bibliche, concetti morali, e si distinguono, come premette lo stesso autore, per la* pura locutio, *per la* rusticitas *quasi, che davvero li rende facilmente comprensibili. Difficile stabilire quali dei trentaquattro* Sermones *abelardiani pervenutici (cfr. Cousin cit., pp. 351-395) siano stati inviati da Abelardo a Eloisa con la nostra lettera di accompagnamento: probabilmente, dopo l'invio di una prima cospicua raccolta, cui alluderebbe appunto la lettera in questione, Abelardo deve aver spedito alle monache del Paracleto in tempi diversi vari altri* Sermones, *anche se è verosimile che non tutti quelli da lui composti fossero destinati al Paracleto (ad esempio il* Sermo in die S. Marcellini *è indirizzato* ad fratres Rothomagenses, *come dimostrano i continui riferimenti), mentre è pure verosimile che Abelardo ne abbia composti per il Paracleto altri che non ci sono pervenuti. I codici, un* Paraclitensis *e uno del* gymnasium Sorbonicum, *in cui l'Amboesius nella sua edizione parigina del Seicento dichiara di aver trovato i* Sermones, *sono andati perduti: cinque* Sermones, *di cui due altrimenti ignoti, ci sono stati conservati in un codice* Einsedlensis *del secolo XII.*

Ho appena terminato grazie alle tue preghiere, o Eloisa, sorella mia veneranda e diletta in Cristo, la breve raccolta di Inni e di Sequenze,[1] e subito, contrariamente alle mie abitudini, mi sono messo a scrivere i sermoni[2] che mi hai chiesto per te e per le tue figlie spirituali riunite costì nel mio Oratorio. Ma, preoccupato più della lezione dei sacri testi che del sermone in sé, ho mirato più alla chiarezza dell'esposizione che all'eleganza dello stile e, insomma, ho curato il significato letterale più che l'ornamento retorico. Forse, almeno, il mio stile semplice e disadorno permetterà anche alle persone più umili di seguirmi, e del resto, tenendo conto del fatto che i miei sermoni sono indirizzati a un pubblico ben preciso, sono convinto che la loro stessa semplicità sarà considerata come una specie di ornamento, tanto più gradito quanto più comprensibile anche da parte delle monache meno preparate. Nello scrivere questi sermoni e nell'ordinarli ho seguito il calendario delle varie festività, prendendo come punto di partenza la festa della nostra Redenzione.[3]

Addio nel Signore, o ancella del Signore, un

tempo a me cara nel mondo e ora carissima in Cristo: mia sposa, allora, secondo la carne, ed ora sorella secondo lo spirito e compagna nella professione della vita religiosa.

---

[1] *V.* la lettera precedente, dove però si parla solo di *hymni* o *tillim*. Con il nome di *sequenza* si indica generalmente il canto liturgico latino che segue l'Alleluia. Nella Chiesa latina essa appare nel secolo VIII-IX e ben presto, data la sua natura innodica, fu confusa con l'inno. Esempi di sequenze, oltre quelle di Abelardo (cfr. Cousin cit., pp. 351-395), possono essere il *Lauda Sion Salvatorem*, lo *Stabat Mater* e il *Dies irae*.

[2] Come si è detto nell'Introduzione alla lettera, Abelardo con questa breve epistola invia appunto a Eloisa alcuni *Sermones* per la celebrazione di tutte le solennità dell'anno liturgico.

[3] La festa dell'Annunciazione della Beata Vergine Maria, che cade il 25 marzo.

XII.

ABELARDO A ELOISA

Fidei confessio

Le dottrine di Abelardo furono condannate dal Concilio di Sens del 1141. Sconfitto e abbattuto, Abelardo di fronte alla condanna reagisce in un modo forse inatteso per i suoi discepoli e i suoi amici: posto davanti a una precisa alternativa, la scelta tra la verità filosofica e la verità di Dio, Abelardo sceglie Dio.

In questa lettera a Eloisa, che pare essere stata l'ultima, Abelardo « scrive per lei la professione di fede che san Bernardo di Clairvaux non aveva ottenuto da lui: la più alta testimonianza del suo amore e del suo rispetto, per chi sappia leggere, che Eloisa abbia mai ricevuto. [...] Tutto quello che andava detto qui è detto, e Abelardo non si smentirà mai. In questo supremo testamento, scritto per colei che gli fu "cara nel mondo", egli non rinnega quel che era stato un tempo il loro amore, e vuol prendere lei anzitutto come testimone della sua fede, a lei ne confida la professione, come mosso dall'intima certezza che nessuno meglio di lei saprà accoglierla e custodirla » (Gilson cit., pp. 114 e 116).

La lettera non ci è pervenuta integra: quello che qui riportiamo è il frammento di essa che ci è stato conservato da un discepolo di Abelardo, Berengario di Poitiers, nella sua Epistola apologetica *contro san Bernardo e tutti gli altri che condannarono Abelardo (cfr. Cousin cit., II, pp. 771-786).*

Eloisa, sorella mia, un tempo a me cara nel mondo, oggi ben più cara in Cristo, la logica mi ha reso odioso al mondo. Dicono infatti quei perversi pervertitori, la cui saggezza è perdizione, che io sono un grande logico, ma che zoppico non poco in san Paolo.[1] Pur riconoscendo l'acutezza del mio ingegno, mi negano la purezza della fede cristiana. In questo, mi sembra, essi mi giudicano lasciandosi trascinare dalle loro opinioni personali più che sulla base di dati precisi.

Io non voglio essere un filosofo, se per esserlo devo andare contro Paolo; non voglio essere Aristotele se per questo è necessario che mi separi da Cristo, « perché non c'è sotto il cielo altro nome in virtù del quale io debba salvarmi ».[2]

Adoro Cristo che regna alla destra del Padre. Lo stringo con le braccia della fede quando compie divinamente opere gloriose nel seno di una Vergine per mezzo dello Spirito Santo. E affinché ogni trepida preoccupazione, ogni incertezza sia bandita dal cuore che batte nel tuo petto, ascolta quello che sto per dirti: io ho fondato la mia coscienza su quella pietra sulla quale Cristo ha edificato la sua Chiesa. E ti dirò in breve quello che è scritto su quella pietra.[3]

Credo nel Padre, nel Figlio e nello Spirito Santo, Dio uno e vero, che pur essendo Trino nelle persone è sempre Uno nella sostanza. Credo che il Figlio è in tutto uguale al Padre, nell'eternità, nella potenza, nella volontà e nelle opere. Non credo ad Ario[4] che, spinto dalla sua mente perversa o piuttosto sedotta da uno spirito demoniaco, stabilisce diversi gradi nella Trinità e sostiene che il Padre è più grande e il Figlio meno grande, dimentico di quel principio della legge che dice: « Tu non salirai per gradi al mio altare ».[5] Infatti, porre un prima e un poi nella Trinità significa salire l'altare di Dio per gradini. Affermo anche che lo Spirito Santo è in tutto consustanziale e uguale al Padre e al Figlio, perché è colui che nei miei libri designo spesso con il nome di Bontà.[6] Condanno perciò Sabellio[7] il quale, sostenendo che la persona del Padre è la stessa di quella del Figlio, ritenne che il Padre abbia sofferto la Passione: perciò i suoi seguaci sono stati chiamati anche Patripassiani. Credo anche che il Figlio di Dio si è fatto figlio dell'uomo, e che l'unità della sua persona deriva da due nature e di due nature è costituita. Egli, dopo aver assolto tutti i doveri della condizione umana che aveva assunto, ha sofferto, è morto, è risuscitato ed è asceso al cielo, donde verrà a giudicare i vivi e i morti.[8] Credo anche che tutti i peccati sono rimessi nel battesimo;[9] che noi abbiamo bisogno della grazia per incominciare a fare il bene come per condurlo a termine, e credo che quando pecchiamo possiamo risollevarci per mezzo della penitenza. Quanto alla risurrezione della carne, non è neppure il caso di parlarne: non potrei gloriarmi di essere cristiano se non credessi di essere destinato un giorno a risorgere.

Questa è la fede su cui mi appoggio e da cui la mia speranza trae la sua forza. Saldamente stretto ad essa non temo i latrati di Scilla, rido della voragine di Cariddi, non pavento le melodie mortali delle Sirene.[10] Imperversi la tempesta, io non ne sarò scosso. Per quanto soffino i venti io non mi muoverò. Le mie fondamenta poggiano su una salda pietra.

---

[1] Abelardo fu accusato di razionalismo: egli voleva infatti sostituire la ragione all'autorità in materia di teologia, e ha più volte cercato di interpretare razionalisticamente i dogmi, in special modo quello della Trinità.

[2] *Act. Apost.* IV, 12.

[3] I vari punti in cui si articola la *fidei confessio* di Abelardo ricalcano in parte lo schema del Simbolo Niceno, ma Abelardo deve aver avuto come punto di riferimento anche i quattordici *Capitula errorum Petri Abaelardi*, cioè le quattordici tesi contrarie all'ortodossia che san Bernardo aveva desunto dalle sue opere e poi inviato a Roma (cfr. Cousin cit., II, Append., pp. 765-770).

[4] Ario, prete alessandrino (280-336), negò l'identità di sostanza tra il Padre e il Figlio e sostenne la natura umana di Gesù, mettendone in dubbio la divinità. L'arianesimo, che tanta fortuna doveva avere presso l'episcopato asiatico e di conseguenza anche presso le prime popolazioni barbariche che abbracciarono il cristianesimo nelle forme ariane, fu condannato nel Concilio di Nicea (325).

[5] *Exod.* XX, 26.

[6] *Divina bonitas quae Spiritus Sanctus intelligitur* (*Exposit. in Hexam.*, Cousin cit., p. 631); *Spiritus Sancti vocabulo ipsa eius charitas seu benignitas exprimitur* (*Introduct. ad theol.*, Cousin cit., p. 13; cfr. anche pp. 20 ss. e *Theol. christ.*, V, pp. 368 ss.).

[7] Sabellio, l'eretico vissuto a Roma nel secolo III d.C., secondo il quale Dio è un'unica Persona indivisibile, Figlio e Padre nello stesso tempo, che prende diversi nomi secondo i diversi aspetti sotto cui viene considerato.

[8] Il nesso è quasi identico a quello che si legge nel Simbolo Niceno: *venturus est (cum gloria) iudicare vivos et mortuos.*

[9] Più chiaramente nel Simbolo Niceno: *confiteor unum baptisma in remissionem peccatorum.*

[10] Scilla e Cariddi erano chiamati due gorghi presso lo stretto di Messina, personificati in due orribili mostri che travolgevano e inghiottivano le navi. Anche le Sirene erano mostri marini, con corpo di donna e coda di pesce, che seducevano con il canto i naviganti e li facevano annegare. Tutti e tre i personaggi mitici sono assunti da Abelardo come simboli dei pericoli e degli allettamenti della vita mondana: « ... L'umanista impenitente non si rassegna a concludere questa confessione cristiana così solenne, scritta durante ore tanto gravi, senza mobilitare un'ultima volta le Sirene dell'*Eneide*. In fin dei conti, gli si poteva chiedere di ritrattarsi, ma non di diventare un altro » (Gilson cit., p. 116).

XIII.

PIETRO IL VENERABILE[1] A PAPA INNOCENZO II[2]

Condannato nel Concilio di Sens del 1141, in rotta con san Bernardo di Clairvaux, Abelardo si appella a Roma, e quando il pontefice Innocenzo II lo dichiara eretico e ordina di dare alle fiamme i suoi scritti, si mette in viaggio per la capitale della cristianità nella speranza di farsi ascoltare. Nulla sappiamo su questo viaggio, come nulla sappiamo sullo stato d'animo di Abelardo, ormai vecchio e certo stanco per tante battaglie: pare che egli andasse di monastero in monastero, anche se forse non fu sempre accolto in tutti, data la condanna che gravava su di lui. Inoltre, doveva essere intimamente convinto dell'inutilità del suo viaggio a Roma dove l'avevano preceduto le lettere di san Bernardo e dove ormai poteva sperare in pochi amici disposti ad aiutarlo. E a Roma infatti non giungerà mai. In questa lettera Pietro il Venerabile, abate di Cluny, amico di Abelardo (secondo alcuni sarebbe addirittura il destinatario della Histoira calamitatum*) e già in duro contrasto con san Bernardo, informa il pontefice Innocenzo II che Pietro Abelardo,* magister Petrus sapientiae vestrae optime notus, *ha bussato alla porta della sua abbazia: egli lo ha accolto cristianamente, l'ha confortato, l'ha indotto a far pace con san Bernardo, e ora umilmente chiede al pontefice non di revocare la condanna ma di permettere che Abelardo trascorra gli ultimi giorni di vita,* qui fortasse non multi sunt, *nella pace di Cluny dove la mano di Dio, dopo avercelo guidato, l'ha ispirato a chiedere di rimanere.*

La breve lettera è un capolavoro di semplicità e di umiltà cristiana, ma in mezzo a tutto, ancora una volta, si leva la figura di Abelardo, vecchio, stanco, pentito, desideroso di far pace con i suoi nemici, desideroso di riposare lontano dai tumulti scholarum et studiorum *anche se continuerà con la sua* scientia *a giovare ai nuovi* fratres *(l'attività di maestro sembra essergli indispensabile, come l'aria che respira), Abe-*

lardo è grande anche nella sconfitta: « Si stenta dapprima a credere che questo uccello delle tempeste fosse veramente divenuto il semplice passerotto di cui parla Pietro il Venerabile e che, avendo trovato un nido, accettasse alfine di restarvi. Pure, è così. La pace abita infine nel suo cuore » (Gilson cit., p. 121).

La lettera è in P.L. 189, coll. 305-306.

Al Sommo Pontefice, nostro Padre e Signore, papa Innocenzo frate Pietro, umile abate di Cluny ubbidienza e amore.

Maestro Pietro, perfettamente noto, mi sembra, alla vostra sapienza,[3] è passato recentemente da Cluny,[4] venendo dalla Francia.[5] Gli abbiamo domandato dove andasse. Ci rispose che, stanco per le vessazioni di taluni che volevano a tutti i costi farlo passare per eretico, cosa di cui aveva orrore, si era appellato alla maestà apostolica e voleva rifugiarsi sotto le sue ali. Abbiamo lodato il suo proposito e l'abbiamo consigliato di raggiungere senz'altro il noto rifugio che accoglie tutti. La giustizia apostolica – gli dicemmo – non ha mai abbandonato nessuno, fosse anche uno straniero o un pellegrino, e certo non l'avrebbe lasciato solo. Gli abbiamo anche promesso che vi avrebbe trovato misericordia, se ce ne fosse stato bisogno.

Proprio in quel momento sopraggiunse il signor abate di Citeaux,[6] che si trattenne a discutere con noi e con lui sulla possibilità di addivenire a una pacificazione tra lui e l'abate di Clairvaux,[7] contro il quale si era appellato. Anche noi ci adoperammo a mettere pace e lo esortammo a recarsi a Clairvaux insieme con l'abate. A questi nostri consigli aggiungemmo che, se in passato egli avesse scritto o detto cose che suonavano offensive per orecchie cattoliche, acconsentisse, dietro invito dell'abate di Clairvaux e di altre persone buone e sagge, a evitarle nei suoi discorsi e a cancellarle dai suoi scritti.

E così fu fatto; vi andò, tornò e al suo ritorno riferì che, grazie all'intervento dell'abate di Citeaux, messi da parte i rancori di un tempo, si era rappacificato con l'abate di Clairvaux. Nel frattempo, in virtù dei nostri consigli, ma soprattutto, come crediamo, per ispirazione di Dio, manifestò il desiderio di dimenticare i tumulti delle scuole e degli studi e di fissare per sempre la sua dimora nella vostra Cluny. Noi, pensando che ciò ben si conveniva alla sua vecchiaia, alla sua stanchezza e alla sua professione religiosa, acconsentimmo al suo desiderio, in considerazione anche del fatto che la sua scienza, che non vi è del tutto sconosciuta, potrebbe giovare alla moltitudine dei nostri fratelli: e, sempre che ciò piaccia alla vostra Benevolenza, noi, volentieri e con gioia, gli abbiamo concesso di restare con noi, che, come sapete, siamo vostri in tutto.

Ve ne supplico dunque, io che, qualunque io sia, sono vostro; ve ne supplica il monastero di Cluny, a voi devotissimo; ve ne supplica egli stesso per sé, per noi, per i vostri figli latori delle presenti, per questa lettera che ci ha pregato di scrivervi: ordinate che egli finisca gli ultimi giorni della sua vita e della sua vecchiaia, che forse non sono più molti, nella vostra Cluny e che da nessuno egli possa essere cacciato o allontanato da questa casa, dal nido che egli, come un passero o una tortora, è contento di aver finalmente trovato. In nome della benevolenza con cui onorate tutti i buoni e con cui avete amato anche costui, difendetelo con lo scudo della protezione apostolica.

---

[1] Pietro il Venerabile, nato in Alvernia verso il 1094, morì a Cluny, nel 1156. Divenuto abate di Cluny nel 1122 esercitò una grande influenza sui suoi contemporanei. Compose opere apologetiche e polemiche, prediche e *Inni*, oltre a numerose lettere, importanti per la storia del suo tempo. Nel 1141 accolse benevolmente nel suo monastero Abelardo.

[2] Innocenzo II, papa dal 1130 al 1143, si distinse per l'austerità dei suoi costumi e per la solerzia con cui provvide alla riforma della disciplina cultuale e alla lotta contro gli eretici: oltre che Abelardo, infatti, condannò anche Arnaldo da Brescia.

[3] Innocenzo II aveva incontrato di persona Abelardo all'abbazia di Morigny il 20 gennaio 1131 quando il monaco tornava a Saint-Gildas dal Paracleto.

[4] L'abbazia di Cluny nella Borgogna, sulla riva sinistra della Grosne, in una bella e fertile vallata, fu fondata nel 910 da Guglielmo il Pio, duca di Aquitania. Essa fu il centro della grande riforma monastica dell'Ordine benedettino che si diffuse poi in tutta l'Europa. Cluny fu celebre anche per gli illustri personaggi che diede alla Chiesa, primo fra tutti quell'Ildebrando di Soana che fu papa con il nome di Gregorio VII.

[5] *Veniens a Francia* nel testo: in effetti il ducato di Borgogna, in cui sorge Cluny, non faceva parte del Regno di Francia, al quale fu unito definitivamente solo nel 1497 (*v.* Lettera XIV, nota 26).

[6] L'abbazia di Citeaux *(Cistercium)* fu fondata nel 1098 da san Roberto di Molesne e costituì il primo nucleo di quell'ordine cistercense che ristabilendo l'osservanza delle regole benedettine con i suoi precetti di povertà assoluta e di obbligo del lavoro manuale, tanta influenza avrà in tutta l'Europa. I monaci di Citeaux e soprattutto san Bernardo (accanito avversario dei monaci di Cluny e intransigente nemico del razionalista Abelardo: *v.* la nota seguente) sono i massimi esponenti di quella corrente spirituale a tendenza mistica, destinata a influire notevolmente sul pensiero medioevale.

[7] Bernardo di Clairvaux (Chiaravalle) è il più famoso degli avversari di Abelardo, contro il quale promosse, come si è visto, il Concilio di Sens. Nato presso Digione nel 1090-1091, morì a Clairvaux nel 1158. Entrato nel monastero benedettino riformato di Citeaux, fon-

dò e diresse per trentotto anni il monastero di Clairvaux, pur non tralasciando di occuparsi attivamente delle altre abbazie, della Chiesa di Roma e in genere di tutta la cristianità. Il suo *Epistolario* costituisce al riguardo una miniera di informazioni ed è lo specchio più sincero della sollecitudine umana e religiosa dell'autore. Preoccupato del bene della Chiesa, combatté eresie e promosse crociate. Tra le sue opere hanno importanza soprattutto i *Sermones in Cantica Canticorum*, il *De gratia et libero arbitrio*, il *De diligendo Deo*, il *De consideratione* e il *De gradibus humilitatis et superbiae*. Vigile custode dell'ortodossia, egli condanna senza riserve il sapere profano che si pone come fine a se stesso; non ama coloro che fondano la loro ricerca sulla ragione, perché è convinto che alla verità si perviene con spirito di umiltà e amore. Si capiscono così i motivi della sua polemica, a volte feroce, contro il razionalismo di Abelardo.

XIV.

PIETRO IL VENERABILE A ELOISA

Abelardo è a Cluny, ospite di Pietro il Venerabile. La sua ormai è una vita di penitenza: i suoi stessi confratelli, oltre che testimoniare concordemente l'umiltà e la santità della vita che egli conduce, non possono non stupirsi nel vedere un uomo tanto grande umiliarsi fino a tal punto. Con addosso una semplice tonaca, parco nel cibo, egli con la parola e con l'esempio condanna sia in sé sia negli altri tutto ciò che non è strettamente necessario. Legge molto e prega spesso; interrompe il silenzio solo per rispondere a qualche confratello e per parlare di teologia; si accosta spesso, tutte le volte che può, ai Sacramenti: « Insomma il suo pensiero, la sua lingua, la sua stessa attività non fanno altro che meditare, insegnare e professare la teologia, la filosofia e la saggezza ». A Cluny, Abelardo ha trovato la pace, « consacrando a Dio gli ultimi giorni della sua vita ».

Ormai è vecchio e stanco. Le infermità da cui è da tempo affetto si fanno più gravi. Pietro il Venerabile, che sempre vigila sulla salute non solo spirituale ma anche fisica del suo illustre ospite e amico, ritiene opportuno mandarlo in campagna, fuori dell'abbazia madre di Cluny, nel piccolo monastero di Saint-Marcel, presso Châlons, nel luogo « più bello » della Borgogna. Là, appena le forze glielo consentono, Abelardo riprende a pregare, a leggere, a scrivere e dettare, e la morte gli fa visita mentre attende a queste sante occupazioni: lo trova sveglio, e non addormentato come molti altri, con la sua lampada piena d'olio, con la coscienza colma delle testimonianze di una vita santa. Colpito da un male che si aggrava sempre più, in breve Abelardo si riduce in fin di vita: confessa i suoi peccati, pronuncia la sua professione di fede, riceve il corpo del Signore. Muore serenamente. È il 21 aprile 1142: Abelardo ha sessantatré anni. Il suo corpo viene sepolto nel piccolo cimitero di Saint-Marcel.

Questi gli ultimi giorni di vita di Abelardo e questa la

sua fine: essi furono resi noti a Eloisa da un testimone oculare, da quel Pietro il Venerabile che aveva accolto presso di sé e confortato il povero Abelardo, dopo che questi, come si è visto, sconfitto e umiliato nel Concilio di Soissons da Bernardo di Clairvaux, aveva bussato al monastero di Cluny, dove aveva infine deciso di rimanere.

« La testimonianza di Pietro il Venerabile è per noi inestimabile, perché egli è un testimone del secolo XII per questa storia del secolo XII... Con quale delicatezza informa Eloisa, dopo la morte di Abelardo, di questi particolari che noi conosciamo solo da lui! Pietro conosceva bene Eloisa, e sapeva che se qualche cosa poteva lenire il suo dolore era questa assicurazione che egli solo aveva l'autorità di darle: il grande uomo che lei ha amato aveva finito i suoi giorni fra amici coscienti della sua grandezza e che gliel'avevano provato » (Gilson cit., pp. 123-124).

La lettera, stilisticamente perfetta, è un documento di inestimabile importanza: oltre ad informarci su quello che in un certo senso è l'epilogo del dramma di Abelardo ed Eloisa, essa ci conferma ancora una volta la grandezza e la sincerità del loro amore: lo stesso Pietro il Venerabile sembra prenderne atto, e dopo aver lodato Eloisa per le sue doti intellettuali e per le sue virtù di badessa, « non finge di non sapere quel che tutti sanno » e celebra la sublimità di un amore che troverà il suo suggello lassù nei cieli: « Sorella venerabile e carissima nel Signore, colui al quale tu fosti unita nella carne, *poi legata con un nodo tanto più saldo quanto più perfetto era il legame della carità divina, colui con il quale e sotto il quale tu hai servito il Signore,* Cristo ora lo tiene nel suo seno al tuo posto e come un'altra te stessa te lo custodisce affinché alla venuta del Signore... per grazia sua ti sia restituito ». *Così Pietro il Venerabile, e « se c'era un Dio che quella badessa ostinata, ribelle e come murata nel suo dolore, non poteva rifiutare di amare, era quello che le custodiva il suo Abelardo, per lei e al suo posto –* ut te alteram *– al fine di renderglielo un giorno e per sempre » (Gilson cit., p. 127).*

Alla venerabile e carissima sorella in Cristo, Eloisa, badessa, il suo umile fratello Pietro, abate di Cluny: la salute che Dio ha promesso a coloro che lo amano.

Mi è giunta l'affettuosa lettera[1] che mi hai inviato poco fa per mezzo del mio figliolo Teobaldo, e la mia gioia è stata grande, soprattutto perché sapevo che mi veniva da te. Avrei voluto risponderti subito per dirti quello che avevo in cuore, ma purtroppo a causa degli impegni, più o meno gravosi, inerenti al mio ufficio, impegni ai quali per lo più, per non dire sempre, mi vedo costretto a cedere, non ho potuto. Finalmente oggi ho un po' di tempo libero, in mezzo a tanto lavoro, e mi sono accinto a fare quel che avevo in animo. Per prima cosa mi sembra giusto che mi affretti a ricambiarti, almeno a parole, l'affetto di cui mi hai dato prova sia nella tua lettera sia, prima ancora, con i doni che mi hai mandato; poi voglio mostrarti quanto amore io nutra per te nel Signore in cuor mio. Infatti, a voler essere sincero, non è soltanto adesso che mi accorgo di volerti bene, perché, anzi, ricordo di volerti bene da molto tempo. Ero poco più di un adolescente, quando sentii parlare per la prima volta di te; allora non eri ancora famosa per la tua pietà religiosa, ma tutti già lodavano e ammiravano la tua bravura di studiosa.[2] In quegli anni io sentivo dire che c'era una donna, che – cosa veramente eccezionale –, pur essendo ancora legata al mondo, si dava tutta allo studio delle lettere e della sapienza, senza che nulla, né i desideri del mondo né le sue vanità né i suoi piaceri potessero distoglierla dal lodevole proposito di imparare le arti liberali. Così, mentre tutto il mondo, come intorpidito da una meschina indifferenza, rifuggiva da questi esercizi e la sapienza non sapeva più dove posare i suoi piedi, non dico presso le donne, dalle quali era stata completamente bandita, ma neppure presso gli uomini, tu, con quella tua eccezionale passione per gli studi, sei prevalsa su tutte le donne e quasi hai superato tutti gli uomini. Ben presto tuttavia, quando a colui che ti aveva scelta fin dal grembo di tua madre piacque per sua grazia di chiamarti a sé, come dice l'Apostolo,[3] hai cambiato in meglio, e molto in meglio, l'oggetto dei tuoi studi: hai scelto il Vangelo invece della logica, l'Apostolo[4] invece della fisica, il Cristo invece di Platone,[5] il chiostro invece dell'Accademia,[6] e sei così diventata una donna tutta versata nella filosofia. Hai sconfitto i tuoi nemici e hai strappato loro il bottino; attraversando il deserto di questo pellegrinaggio, con i tesori d'Egitto hai innalzato a Dio nel tuo cuore un prezioso tabernacolo. Hai cantato con Maria un cantico di lode quando il Faraone fu spazzato via dalle onde,[7] e prendendo in mano, come già fece un tempo Maria, il timpano della beata penitenza, hai fatto salire fino alle orecchie di Dio l'armonia di una nuova musica melodiosa. Fin dai primi tuoi passi hai calpestato il capo dell'antico serpente che sempre insidia le donne, e sempre lo calpesti, per grazia di Dio, bene operando, tanto che nessuno più oserebbe sibilarti contro. Tu sei e sarai sempre motivo di terrore per questo superbo principe del mondo: incatenandolo a te e alle ancelle del Signore che vivono con te, costringerai a gemere questo essere immondo che la parola divina chiama re dei figli della superbia, come Dio stesso dice al santo Giobbe.[8] E si tratta di un miracolo davvero unico, un miracolo che bisogna esaltare più di qualsiasi altro: colui che nel paradiso di Dio, secondo il profeta,[9] sollevava la testa più in alto dei cedri, colui che superava in altezza perfino le cime degli abeti, ecco, è sconfitto dal sesso più fragile: il più forte degli Arcangeli[10] soccombe a una debole donna. Il vostro duello torna tutto a gloria del Creatore e getta il seduttore nella vergogna più profonda. Questa lotta gli ricorda che non solo è stato stolto, ma che si è anche coperto di ridicolo, aspirando a essere pari alla sublime Maestà, lui che non è stato in grado di vincere neppure lo scontro con una debole donna. In cambio di tale vittoria, il capo della vincitrice riceve dal Re dei cieli una corona di gemme; così, più ella era debole per via della carne nella battaglia sostenuta, più gloriosa apparirà nella sua ricompensa eterna.

Queste mie parole, carissima sorella nel Signore, non sono parole di adulazione: io voglio solo esortarti a perseverare nel bene come hai fatto finora, in modo tale che tu possa divenire ancor più animosa nel conservare questi doni e nell'infiammare con le parole e con l'esempio le sante compagne che servono con te il Signore e che ti sono state affidate per grazia sua affinché affrontino insieme con te la stessa lotta. Tu sei infatti uno di quegli animali che apparvero al profeta Ezechiele:[11] anche se sei una donna non devi solo bruciare come un pezzo di carbone, ma bruciare e far luce come una lampada. Tu sei discepola della verità, ma per la tua dignità, per i tuoi doveri nei confronti delle religiose che ti sono state affidate, sei anche maestra di umiltà. Certamente Dio in persona ti ha imposto di insegnare l'umiltà, di insegnare ogni pratica celeste: tu devi aver cura non solo di te ma anche del gregge che ti è stato affidato, e in cambio di tutto ciò riceverai un premio di gran lunga più grande di tutti gli altri. Senza dubbio ti è riservata una palma a nome di tutte, perché, come ben sai, tutte coloro che sotto la tua guida hanno sconfitto il mondo e il principe del mondo ti prepareranno altrettanti trionfi, altrettanti gloriosi trofei presso il Re e Giudice eterno.

Ma non è proprio insolito tra i mortali che delle donne comandino ad altre donne: qualche volta, anzi, esse hanno anche combattuto e hanno accompagnato gli uomini sul campo di battaglia. Infatti se è vero, come si dice, che « è lecito imparare anche da un nemico »,[12] si legge[13] che presso i Gentili, Pentesilea, regina delle Amazzoni,[14] combatté spesso con le sue schiere di donne alla guerra di Troia. E leggiamo[15] che anche presso il popolo di Dio la profetessa Debora infiammò contro i pagani Barach, giudice di Israele. Perché dunque le donne che marciano contro valorosi armati nei combattimenti delle virtù, non dovrebbero poter guidare gli eserciti del Signore, dal momento che Pentesilea, andando oltre ogni umana convenienza, combatteva con la sua schiera contro i nemici, e questa nostra Debora incitava, armava e infiammava alla guerra in nome del Signore perfino gli uomini? Alla fine, dopo aver sconfitto il re Jabin, dopo aver ucciso Sisara, dopo aver distrutto l'esercito profano, subito intonò un cantico[16] e devotamente lo consacrò alle lodi del Signore. Ben più gloriosa sarà la vittoria che per la grazia di Dio tu e le tue sorelle riporterete su nemici di gran lunga più terribili; ben più glorioso sarà anche il canto che tu intonerai con tanta gioia che non smetterai più di gioire e di cantare. Così tu sarai per le ancelle del Signore, cioè per l'esercito celeste, quello che Debora fu per il popolo ebreo; il combattimento sarà ricco di soddisfazioni, e nulla, se non la vittoria, lo interromperà. E poiché il nome Debora, come tu ben sai, in ebraico significa *ape*, anche in questo tu assomiglierai a Debora e sarai un'ape: tu, infatti, deporrai il miele, ma non per te soltanto, giacché con la parola, con tutti i mezzi possibili offrirai alle tue consorelle e a tutti gli altri tutti i succhi preziosi che hai raccolto qua e là.

Nel breve spazio di questa vita mortale ti sazierai anche della profonda dolcezza delle Sacre

Scritture, e mediante la tua continua predicazione sazierai anche le tue fortunate consorelle fino al giorno in cui, come dice il profeta, « i monti distilleranno eterna dolcezza e le colline verseranno latte e miele ».[17] Infatti, benché ciò si riferisca al tempo della grazia, nulla impedisce che sia riferito al tempo della gloria, anzi è più dolce.

Sarebbe per me dolce poter continuare a parlare ancora a lungo con te di queste cose, perché mi piace la tua celebre erudizione, e la tua pietà, che molti mi hanno elogiato, mi attira ancora di più. Volesse il cielo che tu fossi qui con noi, a Cluny![18] Volesse il cielo che tu fossi rinchiusa nell'amabile prigione di Martigny[19] insieme con le altre ancelle di Cristo che aspettano la libertà del cielo! Io avrei preferito le ricchezze della tua scienza e della tua pietà ai più grandi tesori di tutti i re e certo sarei felice di vedere quella santa comunità di sorelle brillare ancor di più per la tua presenza. Anche tu del resto ne avresti ricavato un non piccolo vantaggio e vedresti con stupore come là si calpesti la nobiltà del mondo e tutto il suo orgoglio. Vedresti come tutti gli eccessi del lusso del mondo sono stati trasformati nella più assoluta povertà, vedresti come i vasi immondi del demonio siano diventati templi purissimi dello Spirito Santo. Vedresti come queste figlie del Signore, sottratte, anzi rubate, a Satana e al mondo, elevino sulle fondamenta dell'innocenza le alte mura della virtù, le vedresti innalzare fino alla sommità del cielo la cima della loro beata costruzione. Ti rallegreresti vedendo questi fiori di angelica verginità vivere insieme con le vedove più caste, e tutte insieme celebrare la gloria di questa fortunata e gloriosa risurrezione: qui, nello stretto spazio delle loro celle, esse vivono come se fossero già materialmente sepolte nella speranza eterna.

Certo Dio ha dato anche a te e alle tue consorelle tutti questi doni e forse anche di più, e sarebbe estremamente difficile escogitare qualcosa che tu già non possiedi nel campo spirituale; tuttavia io sono sicuro che la nostra comunità avrebbe tratto non pochi vantaggi dalla tua preziosa presenza.

Ma se la provvidenza di Dio, dispensatrice di tutto, ci ha negato la gioia di avere te con noi, non ci ha negato il piacere di avere qui l'uomo che ti appartiene,[20] l'uomo, io dico, di cui si ripeterà spesso e sempre con onore il nome, questo servitore di Cristo, questo vero filosofo di Cristo, maestro Pietro, che quella stessa divina provvidenza ha condotto a Cluny negli ultimi anni della sua vita, arricchendola così con un dono più prezioso dell'oro e del topazio. Tutta Cluny è concorde nel testimoniare la santità, l'umiltà e la devozione con cui egli visse qui tra noi, e certo poche righe non basterebbero per dirti tutto. Di fatto, se non mi sbaglio, non ricordo di aver mai visto nessuno che si vestisse e si comportasse in modo umile come lui: a pensarci bene ci si accorgeva che né Germano[21] doveva essere stato più umile di lui, né lo stesso Martino[22] più dimesso. Così, se qualche volta in seguito alle mie continue insistenze egli sedeva al posto d'onore in mezzo a questo nostro grande gregge di confratelli, in realtà egli sembrava l'ultimo di tutti per l'estrema povertà delle sue vesti. Spesso mi meravigliavo e anzi, vedendolo camminare nel corso delle processioni davanti a me insieme con gli altri secondo l'usanza, quasi mi stupivo che un uomo come lui, tanto grande e tanto famoso, potesse umiliarsi a tal punto. E mentre ci sono certi professori di religione che pretendono che anche il vestito dell'ordine che indossano sia ricco e costoso, egli era soddisfatto di quello che gli passava il monastero, e pago di una semplice tonaca non chiedeva niente altro. Agli stessi rigidi principi si sottoponeva per quello che riguardava il mangiare e il bere e tutte le altre cure del corpo, e con la parola e con l'esempio condannava sia in sé sia negli altri tutto ciò che era non dico superfluo, ma non strettamente necessario. Leggeva continuamente e pregava spesso; non rompeva mai il silenzio, a meno che qualche confratello non gli rivolgesse la parola o non lo si sollecitasse a parlare in pubblico su qualche argomento di teologia. Si accostava spesso, ogni volta che poteva, al sacramento celeste, offrendo a Dio il sacrificio dell'Agnello immortale: anzi, una volta ristabilito nella grazia apostolica in seguito a una mia lettera e al mio interessamento,[23] lo faceva quasi ogni giorno. Insomma il suo pensiero, la sua lingua, la sua stessa attività non facevano altro che meditare, insegnare e professare la teologia, la filosofia e la saggezza.

Così, timoroso di Dio e lontano dal male, viveva in mezzo a noi quell'uomo semplice e retto, consacrando a Dio gli ultimi giorni della sua vita, quando, vedendolo afflitto più del solito dalla scabbia e da altri malanni, lo inviai a riposare a Châlons.[24] Pensavo infatti che il posto, non lontano dalla città, ma nondimeno separato da essa dall'Arar,[25] fosse a lui particolarmente adatto per la sua stessa bellezza che lo rende tra i migliori di tutta la nostra Borgogna.[26] Là, egli, non appena il suo stato di salute glielo permise, riprese le sue antiche abitudini: stava sempre sui libri e, come si racconta anche a proposito di Gregorio Magno,[27] non lasciava passare neppure un momento senza pregare o leggere o scrivere o dettare. Mentre era tutto preso da queste occupazioni, lo colse l'arrivo del visitatore di cui parla il Vangelo e lo trovò sveglio e non addormentato, come succede per i più. Lo trovò veramente sveglio e lo chiamò alle nozze dell'eternità, proprio come nel caso della vergine saggia, non della vergine stolta:[28] egli infatti aveva portato con sé la lucerna piena d'olio, cioè una coscienza colma delle testimonianze di una vita santa. Così, quando fu il momento di pagare il debito che tutti i mortali hanno contratto, la malattia si aggravò e in breve tempo lo ridusse in punto di morte.[29] Con quali sante disposizioni, con quale devozione, con che spirito cristiano egli allora abbia professato la sua fede e abbia poi confessato i suoi peccati, con quale desiderio e con quale slancio egli abbia preso il viatico dell'ultimo viaggio, il pegno della vita eterna, cioè il corpo del Redentore, con quanto fervore di fede egli abbia raccomandato a lui il suo corpo e la sua anima, qui e nell'eternità, te lo possono testimoniare i suoi confratelli e tutta la comunità di quel monastero in cui riposa

il corpo di san Marcello martire. In questo modo ha finito i suoi giorni maestro Pietro. Ed è bello pensare che in questo modo colui che era noto in quasi tutto il mondo per l'eccezionale grandezza del suo insegnamento ed era famoso dappertutto sia passato, buono e umile nella sua pazienza, alla scuola di quel maestro che aveva detto:[30] « Imparate da me che sono mite e umile di cuore ».
Sorella venerabile e carissima nel Signore, colui al quale tu fosti prima unita nella carne, poi legata con un nodo tanto più saldo quanto più perfetto era il legame della carità divina, colui con il quale e sotto il quale tu hai servito il Signore, Cristo ora lo tiene nel suo seno al tuo posto e come un'altra te stessa te lo custodisce affinché alla venuta del Signore, in mezzo alla voce dell'Arcangelo e al suono della tromba di Dio che scende dal cielo, per grazia sua ti sia restituito.

Ricordati dunque sempre di lui, nel Signore. Ricordati anche di me, se vuoi, e abbi cura di raccomandare alle sante sorelle che servono con te il Signore anche i fratelli della mia comunità e tutte le sorelle che dappertutto nel mondo servono, ciascuno secondo le sue possibilità, il Signore cui anche tu servi.

Addio.

---

[1] La lettera in cui Eloisa con tutta probabilità chiedeva a Pietro il Venerabile notizie sugli ultimi giorni di vita di Abelardo, dopo che ne aveva appreso la morte dalla viva voce del monaco Teobaldo, è andata perduta.

[2] In termini pressoché uguali si era già espresso Abelardo, *v.* Lettera I, p. 75.
[3] Cfr. *Galat.* I, 15.
[4] Paolo, come il solito.
[5] Il famoso filosofo greco vissuto ad Atene tra il 428 e il 348 a.C.
[6] L'Accademia era la scuola filosofica fondata da Platone verso il 387, nei giardini dell'eroe Academo ad Atene. Qui indica genericamente la filosofia.
[7] Cfr. *Exod.* XV, 20-21. Maria è la profetessa sorella di Mosè e di Aronne.
[8] Cfr. *Job*, XL, 25.
[9] Cfr. *Ezech.* XXXI, 8.
[10] Lucifero.
[11] Cfr. *Ezech.* I, 5 ss.
[12] Ovidio, *Metamorph.* IV, 428.
[13] Giustino, *Hist. eccl.* II, 4, 31.
[14] Le famose donne guerriere, nate da Ares e Afrodite.
[15] *Judic.* IV, 4 ss. Debora, giudice e profetessa di Israele, incitò e guidò Barach alla guerra contro le armate del re Jabin che erano guidate da Sisara e, ottenuta la vittoria, celebrò Dio nel Cantico che porta il suo nome.
[16] *Judic.* V, 1 ss.; *v.* la nota precedente.
[17] *Joël*, III, 18. La citazione non è del tutto fedele.
[18] *V.* Lettera XIII, nota 4.
[19] Martigny, cittadina sulla destra della Loira nella Saône-et-Loire, era sede di un priorato fondato nel secolo XI da Ugo di Cluny.
[20] *Ille tuus* nel testo. La lettera si alza di tono: Pietro il Venerabile si appresta a informare Eloisa sugli ultimi giorni di vita di Abelardo.
[21] Germano, nato presso Autun alla fine del secolo V, era prete e abate, quando, trovandosi a Parigi, fu eletto vescovo della città. Si cattivò la simpatia di Childeperto I, re dei Franchi, che fondò per lui il monastero e la chiesa di S. Vincenzo, chiesa che è oggi nota con il nome di Saint-Germain-des-Près ed è la più antica di Parigi. San Germano morì nel 576. Venanzio Fortunato ne scrisse la *Vita.*
[22] Martino di Tours è uno dei santi più popolari della Francia e il santo dei poveri per eccellenza. Nato verso il 330 in Pannonia da genitori pagani, diede ancora in giovane età esempio delle sue cristiane virtù; risale appunto alla sua giovinezza l'episodio che rimarrà famoso in tutto il Medioevo e oltre: ad Amiens, avendo visto un povero che, nudo, chiedeva la carità, Martino divise in due il suo mantello militare e gliene diede metà. Consacrato diacono e prete, si distinse per la sua attività antieretica; poi, per dieci anni condusse vita eremitica in assoluta povertà, finché fu acclamato vescovo di Tours, carica che rivestì con grande zelo apostolico fino alla morte, avvenuta nel 397.
[23] *V.* Lettera XIII.
[24] Precisamente nel monastero di Saint-Marcel, non lontano da Châlons, ma al di là della Saône.
[25] L'odierna Saône.
[26] La Borgogna, l'antica *Burgundia,* così detta dal popolo germanico dei Burgundi che nel secolo V si trasferì nella regione del lago di Ginevra sul versante occidentale delle Alpi e del Giura, costituita in ducato l'indomani della morte di Carlo Magno, dopo varie vicende entrò a far parte definitivamente del Regno di Francia nel 1497.
[27] *V.* Lettera VI, nota 18. Tutti e tre i biografi di Gregorio Magno (Anonimo di Whitby, Paolo Diacono e Giovanni Diacono) parlano della sua instancabile attività.
[28] Cfr. *Matth.* XXV, 1 ss.

[29] « Il dottor Jeannin (*La dernière maladie d'Abélard, Mélanges Saint-Bernard*, 1953) sulla base di quanto si legge in Geoffroy d'Auxerre e in Pietro il Venerabile, ha diagnosticato per Abelardo la malattia di Hodgkins: uno stato leucemico con manifestazioni cutanee pruriginose » (R. Pernond, *Héloïse et Abélard*, Parigi 1970, p. 294, n. 32).

[30] *Matth.* XI, 29.

NECROLOGIO DI ABELARDO

Abelardo morì il 21 aprile 1142 nel monastero di Saint-Marcel nei pressi di Châlons, all'età di sessantatré anni.

Nel Necrologio francese del Paracleto (cfr. BOUTILLIER DU RETAIL-PIÈTRESSON DE SAINT-AUBIN, *Recueil des historiens de la France, Obituaires de la province de Sens, IV, Diocèses de Meaux et de Troyes*, Parigi 1923, pp. 386-430) sotto l'anno 1142 si legge testualmente:

Maître Pierre Abélard, fondateur de ce lieu et instituteur de sainte religion, trespassa le XXI avril âgé de LXIII ans.

Il suo corpo fu dapprima deposto nel cimitero di Saint-Marcel. Ma vi rimase pochissimo tempo.

XV.
ELOISA A PIETRO IL VENERABILE

Abelardo è morto. Ma Eloisa ha ancora qualcosa da fare. Il corpo del suo amico è sepolto lontano da lei, eppure un giorno, in una delle sue prime lettere, egli ha manifestato il desiderio di riposare al Paracleto, dovunque e in qualunque modo gli fosse capitato di morire. Allora Eloisa non aveva neppure voluto sentir parlare di queste cose, ma ora è diverso, ora deve esaudire l'ultima volontà del suo Abelardo: e non sarà l'ultima cosa che farà per lui. Così, dietro richiesta di Eloisa, Pietro il Venerabile furtivamente fa togliere il corpo di Abelardo dal cimitero di Saint-Marcel e personalmente lo porta al Paracleto, da Eloisa.

Eloisa scrive questa breve lettera a Pietro il Venerabile per ringraziarlo. Lo ringrazia della visita – la prima di una lunga serie –, lo ringrazia delle lodi che ha voluto tributare alla sua comunità di monache e delle buone parole; ma di una cosa in particolare lo vuole ringraziare e glielo dice, senza enfasi, quasi di passaggio: « Tu ci hai restituito il corpo del Maestro »; tutto qui. E non ha finito: Eloisa è grata a Pietro il Venerabile per la promessa che ne ha avuto di un trentennale a favore della sua anima dopo la sua morte, e gli chiede di confermare questa sua promessa con una patente o uno scritto, di suo pugno, sigillato, e nell'occasione *invii, per favore, un'altra patente scritta di suo pugno e sigillata, in cui* a chiare lettere *sia contenuta l'*assoluzione del Maestro*: ella l'appenderà alla sua tomba.*

Sposa tenerissima, Eloisa è anche madre premurosa: quell'Astrolabio di cui quasi ci eravamo dimenticati, quel bimbo che appena nato Eloisa e Abelardo avevano affidato a una sorella di Abelardo, e che era rimasto sempre estraneo alle vicende dei due grandi genitori, ora torna alla ribalta; Eloisa prega Pietro il Venerabile di fare il possibile per ottenere al suo Astrolabio qualche prebenda, qualche rendita ecclesiastica, o presso il vescovo di Parigi o presso qualche altro vescovo.

Si noti il brusco passaggio dal « voi » al « tu » nel passo centrale della lettera: Eloisa, nell'atto di ringraziare Pietro il Venerabile per averle portato il corpo di Abelardo, svela il vero scopo della sua breve lettera e ci testimonia, se ce n'era bisogno, la sua tenera sollecitudine di donna sempre innamorata.

A Pietro, suo riveritissimo signore e padre, venerabile abate di Cluny, Eloisa, umile ancella di Dio e sua: lo spirito della grazia salutare.

Insieme con la divina misericordia ci ha visitato la grazia della vostra condiscendenza.[1] Ci rallegriamo, padre benevolo, del fatto che la vostra grandezza si è degnata di discendere fino alla nostra piccolezza, e ne siamo orgogliose perché una vostra visita è un grande onore anche per gli uomini più grandi. Ognuna delle mie sorelle sa quanto le abbia giovato la presenza della vostra sublimità; quanto a me, io non sarei capace, non dico di esprimere a parole, ma neppure di abbracciare con il pensiero tutti i vantaggi e tutta la dolcezza che mi ha procurato la vostra visita. Tu, nostro abate, nostro signore, il 16 novembre dell'anno passato hai celebrato presso di noi una Messa, nel corso della quale ci hai raccomandate allo Spirito Santo. Poi in capitolo ci hai nutrite con il cibo della parola di Dio e ci hai lodate. Ci hai reso il corpo del Maestro,[2] e ci hai accordato il beneficio di Cluny. E anche a me hai voluto fare un dono, che mi testimonia la sincerità dell'amore che mi porti. A me che la tua sublime umiltà non ha sdegnato di chiamare sorella sia per iscritto sia a voce, per quanto io non mi ritenga degna neppure del nome di ancella, a me hai promesso un trentennale[3] che il monastero di Cluny celebrerà per la mia anima quando sarò morta, e hai aggiunto che confermerai quel dono per iscritto con una patente sigillata. Così ora, fratello o meglio signore, degnatevi di fare quello che avete promesso alla vostra sorella, o meglio alla vostra ancella. E vi piaccia inviarmi anche un'altra patente,[4] in cui sia contenuta in termini chiari l'assoluzione del Maestro, affinché sia appesa alla sua tomba.[5]

Ricordatevi, anche, per l'amore di Dio, di nostro figlio Astrolabio,[6] che è anche il vostro, in modo da ottenere per lui una prebenda[7] dal vescovo di Parigi o da quello di qualche altra diocesi.

Addio. Che il Signore vi protegga, e ci conceda ancora la gioia di una vostra visita.

---

[1] Difficile stabilire l'anno di questa visita di Pietro il Venerabile a Eloisa: comunque, tenendo conto del fatto che Abelardo morì il 21 aprile 1142 e che questa pare essere stata la prima delle visite di Pietro il Venerabile, come si deduce dal fatto che, più avanti, Eloisa lo ringrazierà di aver portato il corpo del Maestro, si sbaglierà di poco pensando al 16 novembre (*v.* più avanti) dello stesso 1142 o del 1143.

[2] Così, con il semplice nome di *Magister*, Eloisa chiama Abelardo. Anche Pietro il Venerabile parla di *magister Petrus*.

[3] *Tricenarium* nel testo.

[4] *Sigillum* nel testo.

[5] La patente *(sigillum)* con cui Pietro il Venerabile dichiarò Abelardo assolto da tutti i suoi peccati ci è stata conservata in un codice del Paracleto (P.L. 189, col. 427, nota 182): si veda alle pp. 559-561.

[6] *V.* Lettera I, p. 80 e nota 62 e Lettera XVI, nota 3.

[7] In pratica, il diritto a godere le rendite di un patrimonio ecclesiastico.

XVI.

PIETRO IL VENERABILE A ELOISA

Pietro il Venerabile non può non accontentare in tutto e per tutto la sua trepida amica: l'abate di Cluny è rimasto anch'egli affascinato da Eloisa; l'ammirazione, anzi l'affetto che le portava quando, ancora giovane, sentiva parlare di lei come studiosa, ha trovato conferma nella realtà. Anche in lui, come in Eloisa, la prima visita al Paracleto ha lasciato un'eco profonda: è contento di essere ricordato da tutto il Paracleto; è felice di poter confessare che nel fondo del suo cuore – in intimis mentis meae recessibus *– Eloisa occupa un posto di « vero non falso amore ». Le spedisce dunque insieme con la lettera la patente che conferma il dono del trentennale, e quella che assolve Abelardo da tutti i suoi peccati – anche qui, anche in questa lettera, Abelardo,* magister Petrus, *domina su tutto: tutto il resto è inutile; Pietro lo sa bene: Eloisa vuole leggere solo quello che riguarda il suo Abelardo – e in tutta sincerità promette che farà il possibile per ottenere una prebenda per Astrolabio, anche se, premette, la cosa sarà tutt'altro che facile, giacché i vescovi sono piuttosto restii a concederle nell'ambito delle loro chiese.*

Alla nostra venerabile e carissima sorella, ancella di Dio, Eloisa, superiora e badessa delle ancelle di Dio, suo fratello Pietro, umile abate di Cluny: la pienezza della salute del Signore e quella del nostro amore in Cristo.

È con non poca gioia che leggendo la lettera di vostra santità ho appreso che la mia visita nel vostro monastero non è ancora stata dimenticata: così, veramente, mi sembra di non essere soltanto venuto da voi, ma di non essermene mai partito. Voi, dopo avermi ospitato, vi ricordate di me non come si ricorda l'ospite che si ferma una sola notte e poi se ne va: io per voi non sono stato un forestiero o un pellegrino qualunque, io sono stato in mezzo a voi come un membro della vostra santa comunità! Tutto quello che ho detto e fatto nel brevissimo e davvero fugace tempo che sono stato con voi è rimasto saldamente impresso nella vostra santa memoria e nel vostro benevolo cuore, al punto che non vi siete lasciate sfuggire non solo il senso ma neppure una parola del mio discorso. Con uno zelo che è pari soltanto alla santità del vostro affetto, avete fatto tesoro di tutto, come se fossero tutte cose grandi, celesti, sacre, come se fossero parole od opere di Gesù Cristo in persona. Forse a ricordare tutto ciò con tanta precisione siete state indotte dalla parola della *Regola* comune che ci raccomanda appunto di accogliere ogni ospite come se si trattasse di Gesù stesso,[1] e di rispettare lui in ogni ospite. O forse avete pensato alla raccomandazione che riguarda i superiori, anche se io non sono un vostro superiore, e che dice: « Chi ascolta voi, ascolta me ».[2] E voglia il cielo che io possa sempre essere da voi ricordato in modo tale che voi, insieme con il santo gregge che vi è stato affidato, imploriate sempre per me e per la mia salvezza la misericordia dell'Onnipotente. Da parte mia, io vi ricambio con tutto l'affetto di cui sono capace, perché fin da prima di vedervi e soprattutto in seguito, dopo avervi conosciuta, vi ho serbato nel profondo del mio cuore un posto particolare d'amore sincero. Vi confermo per iscritto, come volevate, la promessa di un trentennale in dono che vi ho fatto di persona e a voce, e perciò vi invio la relativa patente. Vi invio anche, come mi avete chiesto, la patente scritta di mio pugno e sigillata con l'assoluzione di Maestro Pietro.

Quanto al vostro, e per mezzo di voi anche nostro, Astrolabio, farò volentieri il possibile, non appena se ne presenterà l'occasione, per procurargli una prebenda in qualcuna delle nostre chiese più importanti. La cosa però non è facile, perché, come ho già avuto modo di constatare, i vescovi muovono un gran numero di difficoltà e sono piuttosto restii a concedere prebende nelle loro chiese.

Tuttavia, per voi, farò tutto quello che potrò, non appena mi sarà possibile.[3] Addio.

---

[1] *Regula Sancti Benedicti*, LII: *omnes supervenientes hospites tamquam Christus suscipiantur* (ed. Buttler, p. 96).

[2] *Luc.* X, 16.

[3] Gli eruditi e gli storici hanno cercato di scoprire, attraverso l'esame dei documenti dell'epoca, che fine abbia fatto il figlio di Abelardo e di Eloisa. Si ha notizia, in effetti, di un abate che porta il nome poco comune di Astrolabio presso l'abbazia di Hautrive nel cantone di Fribourg dal 1162 al 1165, ma è parso per lo meno improbabile che il figlio di Abelardo possa essere divenuto abate di una abbazia cistercense come quella di Hautrive, anche perché Pietro il Venerabile, abate di Cluny, non può certo averlo raccomandato presso l'abate di Citeaux, con il quale, come è noto, non era in buoni rapporti. Più verosimile sembra invece l'ipotesi che si basa su di un cartolario della chiesa bretone di Buzé, dove all'anno 1150 tra i canonici della cattedrale di Nantes si nomina un certo Astrolabio, nipote di un altro canonico chiamato Porcario, che potrebbe essere il fratello di Abelardo, che fu appunto canonico di Nantes, come già abbiamo avuto occasione di osservare. Il Necrologio latino del Paracleto (*v.* Lettera I, nota 62) si limita a registrare la morte di Astrolabio sotto la data del 29 o 30 ottobre senza indicare, peraltro, né l'anno del decesso né eventuali titoli o prerogative del defunto.

XVII.

PIETRO IL VENERABILE A ELOISA

Un codice del Paracleto (cfr. P.L. 189, col. 427, nota 182) ci ha conservato il testo della patente (sigillum) *che contiene l'assoluzione di Abelardo da tutti i suoi peccati, patente che Eloisa aveva chiesto a Pietro il Venerabile per poterla appendere sulla tomba del suo Abelardo. Il documento è, come si può capire, importantissimo. In esso, tra l'altro, l'abate di Cluny ammette chiaramente di aver sottratto il corpo di Abelardo dal cimitero di Saint-Marcel, per portarlo al Paracleto.*

Io, Pietro di Cluny, che ho accolto come monaco qui a Cluny Pietro Abelardo e che ho concesso alla badessa Eloisa e alle monache del Paracleto il suo corpo portandolo loro furtivamente, per l'autorità di Dio onnipotente e di tutti i santi lo assolvo d'ufficio da tutti i suoi peccati.

NECROLOGIO DI ELOISA

Eloisa sopravvisse ventidue anni al suo amico e morì il 16 maggio 1164 all'età di sessantatré anni: la stessa età di Abelardo.

Nel Necrologio latino del Paracleto (cfr. Boutillier cit.) si legge testualmente:

Decimo sexto cal. junii mater nostrae religionis Heloissa prima abbatissa documentis et religionis charissima, spem bonam eius nobis vita donante feliciter, migravit ad Dominum.

« Qui finisce la storia e comincia la leggenda. La quale narra che, poco tempo prima della sua morte, Eloisa avrebbe preso le disposizioni necessarie per essere seppellita con Abelardo. Quando venne aperta la tomba di questi ed ella venne deposta vicino a lui, egli tese le braccia per accoglierla e le chiuse strettamente su di lei. Così raccontata, la storia è bella ma, leggenda per leggenda, si sarebbe più disposti ad ammettere che, raggiungendo il suo amico nella tomba, fosse stata Eloisa ad aprire le braccia per abbracciarlo » (Gilson cit., p. 129).

APPENDICE

EPITAFFIO DI ABELARDO[1]

PETRUS IN HAC PETRA LATITAT, QUEM MUNDUS HOMERUM
CLAMABAT, SED IAM SIDERA SIDUS HABENT.
SOL ERAT HIC GALLIS, SED EUM IAM FATA TULERUNT.
ERGO CARET REGIO GALLICA SOLE SUO.
ILLE SCIENS QUIDQUID FUIT ULLI SCIBILE, VICIT
ARTIFICES, ARTES ABSQUE DOCENTE DOCENS.
UNDECIMAE MAII PETRUM RAPUERE KALENDAE,
PRIVANTES LOGICES ATRIA REGE SUO.
EST SATIS IN TUMULO, PETRUS HIC IACET ABAELARDUS,
CUI SOLI PATUIT SCIBILE QUIDQUID ERAT.

« Pietro sotto questa pietra è celato, lui che il mondo Omero chiamava ma che ormai le stelle annoverano tra loro come stella.
Egli era il sole per i Galli, ma ormai il destino l'ha portato via, e così la terra dei Galli è priva del suo sole.
Sapendo tutto quello che si poteva sapere, egli superò ogni studioso, insegnando le arti senza aver avuto maestri.
Il 21 aprile ha portato via Pietro, privando la reggia della logica del suo re.

[1] Tra i vari epitaffi di Abelardo riportiamo questo, che è attribuito a Pietro il Venerabile e i cui due ultimi versi furono incisi sulla tomba (cfr. Cousin cit., I, *Appendix*, pp. 717-718 e *Lettres d'Abailard et d'Héloïse*, traduites sur les manuscrits de la Bibliothèque Royale, par E. Oddoul, précédées d'un essai historique par M. et M.me Guizot, édition illustrée par J. Gigoux, Parigi 1839, 2 voll., pp. 269-272).

Questo basta sulla tomba: qui giace Pietro Abelardo: egli solo seppe quello che si poteva sapere ».

EPITAFFIO DI ELOISA[2]

HOC TUMULO ABBATISSA IACET PRUDENS HELOISSA.
PARACLITUM STATUIT, CUM PARACLITO REQUIESCIT.
GAUDIA SANCTORUM SUA SUNT SUPER ALTA POLARUM.
NOS MERITIS PRECIBUSQUE SUIS EXALTET AB IMIS.

« In questa tomba giace la saggia badessa Eloisa.
Fondò il Paracleto e con il Paracleto riposa.
Le sue sante gioie sono sopra l'alto dei cieli.
Con i suoi meriti e le sue preghiere ci salvi dall'abisso ».

[2] Cfr. Cousin cit., p. 719.

LE SUCCESSIVE TRASLAZIONI DEI RESTI DI ABELARDO E DI ELOISA

Dopo che Abelardo ed Eloisa furono sepolti insieme nel cimitero del Paracleto, nella zona chiamata *le petit Moustier*, passarono più di tre secoli prima che qualcuno osasse separare i due sposi che la morte e la loro ultima volontà avevano strettamente unito.

Nel 1497, tuttavia, a causa di un grottesco scrupolo di cui si fece interprete anche il vescovo di Troyes, le ossa di Abelardo e di Eloisa furono riesumate e messe in due tombe differenti, che furono trasferite nella grande chiesa dell'abbazia e collocate ai lati del coro, Abelardo a destra ed Eloisa a sinistra, dove restarono per circa due secoli.

Nel 1630 Marie de la Rochefoucauld, badessa del Paracleto, le fece trasferire sotto l'altare maggiore.

Centotrentasei anni dopo, Marie de Roucy de la Rochefoucauld, pure ella badessa del Paracleto, pensò di far costruire una nuova tomba in memoria dei due amanti, di cui uno era stato il fondatore e l'altra la prima badessa del Paracleto, e, quando la nuova tomba fu pronta, nel 1766, scrisse all'Académie des Inscriptions chiedendo un epitaffio. Così Marie de Roucy de la Rochefoucauld, nipote della precedente e ultima badessa del Paracleto, fece incidere questo epitaffio:

HIC
SUB EODEM MARMORE IACENT
HUIUS MONASTERII
CONDITOR PETRUS ABAELARDUS
ET ABBATISSA PRIMA HELOISSA
OLIM STUDIIS INGENIO AMORE INFAUSTIS NUPTIIS
ET POENITENTIA
NUNC AETERNA QUOD SPERAMUS FELICITATE
CONIUNCTI
PETRUS OBIIT XX PRIMA APRILIS MCXLII
HELOISSA XVII MAII MCLXIII

« Qui, sotto la stessa pietra, riposano di questo monastero il fondatore, Pietro Abelardo, e la prima badessa, Eloisa, un tempo dagli studi, dal genio, dall'amore, da un infelice matrimonio e dalla penitenza, ora – lo speriamo – dall'eterna felicità uniti. Pietro Abelardo morì il 21 aprile 1142, Eloisa il 16 maggio 1163 ».[1]

Nel 1792, in piena rivoluzione francese, un decreto ordinò la soppressione dei monasteri in tutto il territorio nazionale; il Paracleto, che allora era retto *ad interim*, come appare da un documento di inventario dei beni redatto dalla Municipalità di Nogent-sur-Seine, subì la confisca e la distruzione. Nei confronti dei due amanti, però, le autorità di Nogent fecero una eccezione: insieme con il curato della parrocchia e con i notabili del luogo, procedettero, nella più grande pompa, all'esumazione delle ossa di Abelardo e di Eloisa. Poi una eccezionale processione accompagnò i loro resti mortali fino alla chiesa del paese: si tenne un discorso ufficiale, si intonarono canti funebri e infine il feretro, in cui le ossa di Abelardo e di Eloisa erano state deposte di nuovo insieme, anche se separate da un tramezza di piombo, fu collocato in un sotterraneo della cappella di Saint-Léger. Nel 1800, sotto il ministro Luciano Bonaparte, fu ordinato che le spoglie dei due celebri amanti fossero trasportate nel giardino del Musée Français, dove Alexandre Lenoir, fondatore del museo stesso, fece costruire una elegante cappella sepolcrale con i più begli avanzi del Paracleto e dell'abbazia di Saint-Denis. Un verbale constata che, in occasione dell'apertura del doppio feretro, il 23 aprile dello stesso anno, si trovarono, nella parte che conteneva i resti di Abelardo, gran parte del cranio e della mascella inferiore, le costole, le vertebre e buona parte del femore e della tibia. Nella parte che conteneva i resti di Eloisa si trovò la testa intera, la mascella inferiore, le ossa delle braccia, del bacino e delle gambe in perfetto stato di conservazione; A. Lenoir, anzi, parlando di Eloisa dice: « L'inspection des os de son corps, que nous avons examinés avec soin, nous a convaincus qu'elle fut, comme Abailard, de grande stature et de belles proportions... Les ossements sont forts et d'une grande dimension. La tête d'Héloïse est d'une belle proportion; son front, d'une forme coulante, bien arrondie et en harmonie avec les autres parties de la face, exprime encore la beauté parfaite... ».[2]

Nel 1815 il governo concesse al Mont-de-Piété un vasto appezzamento di terreno già prima assegnato al Musée Français, e, in conseguenza di questa disposizione, fu necessario

[1] La data più comunemente accettata è quella del 16 maggio 1164.
[2] A. Lenoir, *Notice historique*, Parigi 1815, pp. 4 ss.

spostare di nuovo la tomba dei due celebri sposi, che così fu collocata nel terzo cortile del museo.

Nel 1817 i resti di Abelardo e di Eloisa furono trasportati nel cimitero di Mont-Luise, in una delle sale dell'antico palazzo di Père-Lachaise, dove rimasero per poco più di cinque mesi.

Il 6 novembre dello stesso anno, in presenza di un commissario di polizia che aveva il compito di constatare le condizioni delle ossa, queste furono trasferite nel cimitero di Père-Lachaise, dove si trovano tuttora.[3]

[3] *Lettres d'Abailard et d'Héloïse*, trad. Oddoul cit., I, pp. CVIII-CXII.

BIBLIOGRAFIA

EDIZIONI DELLE OPERE DI ABELARDO:

Petri Abaelardi, Sancti Gildasii in Britannia abbatis, et Heloissae coniugis eius, quae postmodum prima coenobii Paraclitensis abbatissa fuit, Opera nunc primum ex MMs. Codd. eruta in lucem edita, studio et diligentia Andreae Quercetani, Turonensis. Parigi MDCXVI. Si tratta dell'*editio princeps*: *Andrea Quercetanus* è André Duchesne, cui si deve anche l'ampio apparato di *Notae* che correda l'*Historia calamitatum.*

Petri Abaelardi opera, hactenus seorsum edita nunc primum in unum collegit textum ad fidem librorum editorum scriptorumque recensuit notas, argumenta, indices adiecit Victor Cousin, adiuvantibus C. Jourdain et E. Despois, Parigi 1848 e 1849, 3 voll. (Le *Epistulae* sono nel vol. I, pp. 1-236). Si tratta dell'edizione più completa e sicura.

Patrologiae Cursus completus, Series Latina (P.L.), t. 178, *Petri Abaelardi abbatis Rugensis Opera Omnia*, ed. J.P. Migne, Parigi 1855, 1885 ed. 2. Il Migne si limita a riportare, modificandola solo leggermente, l'*editio princeps* del 1616.

Limitatamente all'*Historia calamitatum* è fondamentale l'edizione critica del Monfrin: ABÉLARD, *Historia calamitatum. Texte critique avec une introduction*, publié par J. Monfrin, Parigi 1959, 1962, 1967.

TRADUZIONI:

Al di là delle numerosissime parafrasi dell'*Epistolario* fiorite nel Seicento e nel Settecento (famoso il poema *Eloisa to*

Abelard di A. Pope, pubblicato a Londra nel 1717 in *The Works of Alexander Pope*, Londra 1717, pp. 391-408, e tradotto in versi dall'abate Antonio Conti, *Lettere di Eloisa ad Abelardo*, ora in *Versioni poetiche di Antonio Conti*, a cura di G. Gronda, Bari 1966, pp. 13 ss.), parafrasi che snaturano la drammatica vicenda dei due amanti, romanzandola e popolarizzandola, ricordiamo le traduzioni dell'*Epistolario*:

A.F. Gervaise, *Les véritables Lettres d'Abeillard et d'Héloïse, tirées d'un ancien manuscrit latin trouvé dans la bibliothèque de François d'Amboise et traduites par l'auteur de leur vie, avec de notes historiques et critiques très curieuses*, 2 voll., Parigi 1723.

J. Berington, *The History of the Lives of Abeillard and Heloisa, comprising a period of eighty-four years, from 1079 to 1163 with their genuine Letters from the collection of Amboise*, Londra 1787.

J.F. Bastien, *Lettres d'Abailard et de Héloïse, nouvelle traduction, avec texte à côté*, 3 voll., Parigi 1792.

F.S. Delaulnaye, *Lettres d'Héloïse et d'Abailard, traduction nouvelle avec le texte à côté*, 3 voll., Parigi 1796.

E. Oddoul, *Lettres d'Abailard et d'Héloïse, traduites sur les manuscrits de la Bibliothèque Royale, précédées d'un essai historique par M. et M.me Guizot, édition illustrée par J. Gigoux*, 2 voll., Parigi 1839. Si tratta di una edizione molto elegante; la traduzione, piuttosto riassuntiva, risente non poco dell'enfasi tipica dell'epoca. Nel 1954 ne è stata fatta una riedizione (Parigi, *Les Belles Lectures*).

G. Barbieri, *Lettere di Abelardo e di Eloisa corredate di documenti antichi e moderni*, Ubicini, Milano 1841. Si tratta di una traduzione condotta anziché sull'originale, come l'autore dichiara a p. 5 dell'Introduzione, sulla versione francese dell'Oddoul. Il lavoro del Barbieri, comunque, ebbe grande successo e fu ristampato più volte in edizioni popolari: si veda ad esempio l'edizione della « Biblioteca Universale Sonzogno », Milano 1883.

M. Carriere, *Abälard und Heloise. Jhre Briefe und die Leidensgeschichte übersetzt und eingeleitet*, Giessen 1853.

O. Gréard, *Lettres d'Abélard et d'Héloïse. Traduction nouvelle d'après le texte de Victor Cousin, précédée d'une intro-*

duction, Parigi 1870. È la traduzione più precisa di quasi tutto l'Epistolario di Abelardo e di Eloisa (Lettere I-VIII) ed è stata più volte riedita.

ABELARDO ED ELOISA, *Lettere. Prima traduzione italiana dal testo latino di E. Quadrelli*, Formiggini, Roma 1927. Traduzione incompleta e non priva di inesattezze, in uno stile estremamente ridondante.

P. BAUMGARTEN, *Briefwechsel Zwischen Abaelard und Heloise mit der Leidensgeschichte Abaelards*, Lipsia 1931.

PIETRO ABELARDO, *Epistolario completo. Traduzione completa e note critiche di C. Ottaviano*, Palermo 1934. Lavoro esauriente e molto documentato.

Petri Abaelardi Abbatis Ruiensis et Heloissae Abbatissae Paraclitensis Epistolae... Pietro Abelardo Abate di Ruyts ed Eloisa Badessa dello Spirito Santo, Lettere. Introduzione storico-critica con note e versione italiana di Luigi Chiodini, Milano 1964. Edizione di lusso, tipograficamente molto curata. L'*Epistolario* non è completo. Buona la traduzione.

E limitatamente alla *Historia calamitatum*, ma indispensabili per accostarsi al mondo di Abelardo:

J.T. MUCKLE, *The story of Abelard's adversities. A Translation with Notes of the Historia calamitatum; with a preface by E. Gilson*, Toronto 1954.

A. SCKOLOVA, *Petri Abeljar Jstorija moich bedstvii*, Mosca 1959.

ABELARDO, *Historia calamitatum. Studio critico e traduzione italiana di A. Crocco*, Napoli 1968. Traduzione molto accurata con testo a fronte. Particolarmente interessanti l'Introduzione e le note.

STUDI:

Oltre al testo fondamentale del Gilson (E. GILSON, *Héloïse et Abélard*, Parigi 1938, 1948 ed. 2, trad. ital. di G. Cairola, Torino 1950, 1970 ed. 2), ricordiamo:

CH. DE RÉMUSAT, *Abélard*, 2 voll., Parigi 1845.

L. Tosti, *Storia di Abelardo e dei suoi tempi*, Napoli 1851, Roma 1887.

C. Ottaviano, *Pietro Abelardo. La vita, le opere, il pensiero*, Roma s.d. (ma 1931).

J.G. Sikes, *Peter Abailard*, Cambridge 1932. Specialmente sulla dottrina di Abelardo.

Ch. Charrier, *Héloïse dans l'histoire et dans la légende*, Parigi 1933. Il lavoro, ricco di documentazioni sulle successive incarnazioni dei due eroi, è una difesa di Eloisa.

E. McLeod, *Héloïse*, Londra 1938 (trad. ital. di N. Ruffini, Milano 1951). Contemporaneo al lavoro del Gilson, ma da esso indipendente.

M. Dal Pra, *Idee morali nelle Lettere di Eloisa*, in « Riv. di Storia e di Filosofia », III, 1948, pp. 125 ss.

J.T. Muckle, *Abelard's Letter of consolation...*, « Mediaeval studies », XII, 1950, pp. 163-213.

J.T. Muckle, *The Personnal Letters between Abelard and Heloise*, « Mediaeval studies », XV, 1953, pp. 47-95.

P. Zumthor, *Héloïse et Abélard*, « Revue de sciences humaines », N.S., 91, 1958, pp. 313-332.

M. De Gandillanc, *Sur quelques interprétations récentes d'Abélard*, « Cahiers de civilisation médiévale », IV, 1961, pp. 293-301.

D. De Robertis, *Il senso della propria storia ritrovata attraverso i classici nella « Historia calamitatum » di Abelardo*, in « Maia », XVI, 1964, pp. 6-54.

Damien van den Eynde, *Chronologie des écrits d'Abélard à Héloïse*, « Antonianum », 37, 1962, pp. 337-349.

Si veda anche:

G.M. Dreves, *Petri Abaelardi Peripatetici Palatini Hymnarius Paraclitensis*, Parigi 1891.

F. Laurenzi, *Le poesie ritmiche di Pietro Abelardo*, Roma 1911.

PIETRO ABELARDO, *I « Planctus »*. Introduzione, testo critico e trascrizioni musicali a cura di G. Vecchi, Modena 1951.

Interessante la rielaborazione per il teatro di RONALD DUNCAN (*Abelard and Heloise*, Londra 1961, trad. ital. di M. de Rachewiltz, Milano 1965).

* Regine Pernoud. Heloise + Abelard

opening quot.: "There are only two precious things on earth: the first is love; the second, a long way behind it, is intelligence.

(Gaston Berger)

INDICE

La pace di Abelardo e l'inferno di Eloisa, di Guido Ceronetti 5

La vita di Abelardo ed Eloisa, di Federico Roncoroni 23

LETTERE D'AMORE

I. Abelardo a un amico 57

II. Eloisa ad Abelardo 147

III. Abelardo a Eloisa 163

IV. Eloisa ad Abelardo 179

V. Abelardo a Eloisa 199

VI. Eloisa ad Abelardo 235

VII. Abelardo a Eloisa 275

VIII. Abelardo a Eloisa 357

IX. Eloisa ad Abelardo 501

X. Abelardo a Eloisa 507

XI. Abelardo a Eloisa 517

XII. Abelardo a Eloisa 521

XIII. Pietro il Venerabile a papa Innocenzo II 527

XIV. Pietro il Venerabile a Eloisa 533

Necrologio di Abelardo 547

XV. Eloisa a Pietro il Venerabile 549

XVI. Pietro il Venerabile a Eloisa 553

XVII. Pietro il Venerabile a Eloisa 559

Necrologio di Eloisa 563

APPENDICE

Epitaffio di Abelardo 569

Epitaffio di Eloisa 570

Le successive traslazioni dei resti di Abelardo e di Eloisa 571

Bibliografia 575

Nella stessa collana:

Gambe di Legno:
La lunga marcia verso l'esilio
(Memorie di un guerriero cheyenne)
pagine 332, lire 3500

Anatolij Marčenko:
I confortevoli lager del compagno Brežnev
(« La mia testimonianza »)
pagine 440, lire 3500

Friedrich Reck-Malleczewen:
Il tempo dell'odio e della vergogna
(Diario di un aristocratico tedesco antinazista)
pagine 225, lire 2800

Paolo Diacono:
Storia dei Longobardi
6 tavole a colori, 24 in b.n. fuori testo
pagine 312, lire 5000

Mari Sandoz:
Cavallo Pazzo
(Lo Strano Uomo degli Oglala)
pagine 500, lire 4800

Friedrich Reck-Malleczewen:
Il re degli anabattisti
(Storia di una rivoluzione moderna)
pagine 261, lire 3500

Rusconi Editore

Finito di stampare nell'ottobre 1971
dalla Cromotipia E. Sormani - Milano

Legatoria Piolini e Rotta - Milano